JOAN WOLF
Prinzessin des Lichts

Buch

Alfred, der fünfte Sohn von König Ethelwulf von Wessex, ist als der König in die Geschichte eingegangen, der England dereinst vor den Dänen rettete. Nur wenige aber wissen, welchen schwierigen Weg das Schicksal für den jungen Herrscher und seine geliebte Königin Elswyth ausersehen hat. Denn Alfred herrscht über ein schwaches, bedrohtes Britannien. Angeführt von Guthrum, einem machtvollen, ränkeschmiedenden Wikinger, brechen die eroberungswütigen Dänen immer häufiger in sein Land ein. Verzweifelt versucht der junge König mit Hilfe von Elswyth, seine Ritter zum Kampf gegen die Wikinger zu einen. Aber immer neue Gerüchte und Intrigen, in deren Mitte ein dänischer Spion steht, zerstören die mühsam gefundene Einigkeit. Eines Tages dann muß Alfred die schwerste Entscheidung seines Lebens treffen: Soll er sein Land retten oder die über alles geliebte Ehefrau.

Autorin

Joan Wolf ist als Autorin packender Urzeit-Romane und farbenprächtiger historischer Romane berühmt geworden. »Prinzessin des Lichts« ist – nach »Tochter der Kelten« und »Der Weg nach Avalon« – der dritte, in sich abgeschlossene Roman in Joan Wolfs großer Saga über die frühe Geschichte Englands. Die Autorin lebt mit ihrem Mann und ihren beiden Kindern in Milford, Connecticut.

Von Joan Wolf ist bereits erschienen
Der Weg nach Avalon. Roman (42383)
Tochter der Kelten. Roman (42476)
Herrin der Pferde. Roman (42478)
Unter dem Rentier-Mond. Roman (41579)
Die Tochter des Hirsch-Clans (43474)

JOAN WOLF

Prinzessin des Lichts

Roman

Aus dem Amerikanischen
von Antje Althans

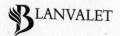

Die Originalausgabe erschien 1990
unter dem Titel »The Edge of Light«
bei NAL Books, New York

Umwelthinweis:
Alle bedruckten Materialien dieses Taschenbuches
sind chlorfrei und umweltschonend.
Das Papier enthält Recycling-Anteile.

Blanvalet Taschenbücher erscheinen im Goldmann Verlag,
einem Unternehmen der Verlagsgruppe Bertelsmann

Deutsche Erstveröffentlichung Juni 1998
Copyright © der Originalausgabe 1990 by Joan Wolf
Published by arrangement with New American Library,
a Division of Penguin Books, USA, Inc.
Copyright © der deutschsprachigen Ausgabe 1998
by Wilhelm Goldmann Verlag, München
Umschlaggestaltung: Design Team München
Umschlagmotiv: Frederick Sandys »Morgan-le-Fay«
Satz: DTP Service Apel, Hannover
Druck: Elsnerdruck, Berlin
Verlagsnummer: 35016
MD · Herstellung: Heidrun Nawrot
Made in Germany
ISBN 3-442-35016-6

1 3 5 7 9 10 8 6 4 2

Für Joe
»Der Wind unter meinen Flügeln«

*Vor allem muß ich eines sagen: Es war mein Wunsch,
ehrenhaft zu leben und den Menschen nach mir
durch meine guten Werke in Erinnerung zu bleiben.*

– Alfred, König der Westsachsen,
in seiner Boethiusübersetzung

Personenverzeichnis

Die Westsachsen

Die königliche Familie
Ethelwulf, König von Wessex
Judith, Prinzessin von Frankreich
Alfred, Prinz von Wessex
Athelstan, Alfreds ältester Bruder
Ethelbald, Alfreds zweitältester Bruder
Ethelbert, Alfreds drittältester Bruder
Ethelred, Alfreds Lieblingsbruder
Ethelswith, Alfreds Schwester, Königin von Mercien
Cyneburg, Ethelreds Frau, Alfreds Schwägerin
Athelwold, Alfreds Neffe, Athelstans Sohn

Die Ealdormen von Wessex
Osric, Ealdorman von Hampshire
Ethelwulf, Ealdorman von Berkshire
Ailnoth, Ealdorman von Berkshire
Ethelnoth, Ealdorman von Semersetshire
Ethelm, Ealdorman von Wiltshire
Ceolmund, Ealdorman von Kent
Godred, Ealdorman von Dorset
Ulfric, Ealdorman von Surrey
Eadred, Ealdorman von Surrey
Odda, Ealdorman von Devon

Der Klerus
Eahlstan, Bischof von Sherborne, Alfreds Onkel
Swithun, Bischof von Winchester
Ceolnoth, Erzbischof von Canterbury
Athelred, Erzbischof von Canterbury
Kenwulf, Bischof von Wiltshire
Pater Erwald, Alfreds Priester

Andere Westsachsen
Edgar, Than aus Alfreds Leibgarde und sein Bannerträger
Brand, Than aus Alfreds Leibgarde
Roswitha, Alfreds Geliebte
Godric, Verwalter auf Gut Lambourn
Cenwulf, Than der Grafschaft Dorset, Anhänger Athelwolds
Wilfred, Mitglied der Leibgarde Alfreds

Die Mercier
Burgred, König von Mercien, Alfreds Schwager
Elswyth, mercische Adlige
Athulf, Ealdorman von Gaini und Elswyths Bruder
Ceolwulf, Elswyths zweiter Bruder
Eadburgh, Elswyths Mutter
Edred, Ealdorman von den Tomsaetan
Ethelred von Hwice, Alfreds Freund

Die Dänen
Ivar Knochenlos, Anführer der Großen Dänischen Armee
Halfdan, Mitanführer der dänischen Armee
Guthrum, dänischer Jarl, einer der dänischen Anführer
Erlend Olafson, Guthrums Neffe
Eline, Erlends Mutter
Asmund, Erlends Stiefvater
Harald Bjornson, Kommandant von Guthrums Flotte
Ubbe, Bruder von Ivar Knochenlos und Halfdan

Vorspiel
A. D. 856–865

1

DER kleine Junge stand in der Ecke. Sein Vater, der König, hatte ihn für einen Moment vergessen. Die Thane, die sich um König Ethelwulf scharten, machten verdrießliche Gesichter und sprachen mit grimmigen Stimmen. Das Wort, das sie ständig gebrauchten, kannte Alfred nicht.

Rebellion.

Was bedeutete das? Alfred drückte sich tiefer in die Ecke des Königssaals und versuchte zu verstehen, was die Lehnsmänner sagten. Sein Bruder Ethelbald führte eine Rebellion an; soviel war klar. Aber was hieß das, »Rebellion«?

Alfred und sein Vater waren das letzte Jahr fern von Wessex auf einer Pilgerfahrt nach Rom. Während ihrer Abwesenheit war die Herrschaft Alfreds ältesten Brüdern, Athelstan und Ethelbald, übertragen worden. Vor ein paar Monaten war Athelstan gestorben, und Ethelbald hatte das ganze Königreich übernommen.

Und nun führte er eine Rebellion an.

Was auch immer eine »Rebellion« war, dachte Alfred erschaudernd, es konnte nichts Gutes bedeuten. Das sah man am Gesichtsausdruck der Thane.

»Mein Prinz.« Es war die vertraute Stimme von einem der Lehnsmänner, die Ethelwulf ständig begleiteten. »Komm mit, Junge«, sagte der Mann jetzt ruhig. »Die Königin sucht dich.«

Alfred brauchte einen Moment, um zu begreifen, von wem er sprach. »Oh«, sagte er dann, »Judith!«

»Ja, Lady Judith. Sie hat nach dir verlangt.«

»In Ordnung«, antwortete Alfred und trat plötzlich ganz bereitwillig aus seiner dunklen Ecke hervor. Vielleicht wußte Judith, was »Rebellion« bedeutete. »Ich komme.«

Prinzessin Judith, Tochter von Karl dem Kahlen, war vor drei Wochen in Frankreich mit Ethelwulf verheiratet worden.

Judith war sechzehn Jahre alt; Ethelwulf war dreiundfünfzig.

»Alfred«, sagte Judith auf fränkisch, als er ihr Schlafgemach betrat. Sie war nicht viel älter als ihr Stiefsohn, und die beiden hatten während des viermonatigen Aufenthaltes der Westsachsen am französischen Königshof schnell Freundschaft geschlossen. Kinder lernen leicht, und so hatte Alfred sich Grundkenntnisse in Fränkisch angeeignet und brachte Judith nun Sächsisch bei. »Was geht hier vor?« fragte sie, und ihre großen braunen Augen sahen besorgt aus.

»Ich weiß nicht, Judith«, antwortete Alfred und schloß die Tür hinter sich. »Ich glaube, mein Bruder Ethelbald hat etwas Böses getan. Die Thane sagen, es ist ›Rebellion‹.« Er benutzte das sächsische Wort. »Weißt du, was das bedeutet?« fragte er.

Judith schüttelte den Kopf. »Wenn du das Wort nicht kennst, Alfred, wie soll ich es dann kennen?«

»Oh.« Enttäuscht überquerte er den Holzfußboden und erklomm den zweiten Sessel im Raum, der wie Judiths nahe beim Kohlenbecken stand. Beunruhigt sagte er: »Komisch, daß meine anderen Brüder, Ethelbert und Ethelred, nicht hier sind, um uns zu begrüßen.«

Judith seufzte irritiert. »Ihr mit euren westsächsischen Namen! Für mich hören sie sich alle gleich an!«

Alfred grinste ein wenig, »›Ethel‹ bedeutet von Adel«, erklärte er. Es gefiel ihm, ihr etwas beibringen zu können. »Die Namen vieler westsächsischer Adliger beginnen so.« Ihm fiel etwas ein, worüber er sich schon immer geärgert hatte. »Von all meinen Geschwistern bin ich der einzige, der nicht so einen Namen hat. Sogar meine Schwester heißt Ethelswith!«

»Du warst ein Nachzügler«, sagte Judith mit ihrer sanften Stimme. »Dein Vater hat mir erzählt, daß du sein besonderes Gottesgeschenk bist. Deshalb hast du auch einen besonderen Namen.«

Alfred schob die Unterlippe vor. »Ich finde ›Ethelwold‹ schön«, meinte er nach einer Weile.

Judith sagte bestimmt: »Ich mag ›Alfred‹.«

Er blickte sie unter langen, goldenen Wimpern von der Seite an; dann grinste er.

»Wie alt ist dein Bruder Ethelbald?« fragte Judith als nächstes.

Das Lächeln verschwand, und Alfred blickte eifrig auf seine Finger. »Ethelred ist achtzehn. Ethelbert ist vier Jahre älter als er, und Ethelbald noch mal zwei Jahre älter. Also ist er ...« Er runzelte die Stirn, konzentrierte sich und fing an, mit Hilfe der Finger zu rechnen.

»Vierundzwanzig«, sagte Judith schließlich, als es offensichtlich war, daß Alfred den Überblick verloren hatte.

Alfred runzelte wütend die Stirn, weil es ihm nicht gelungen war, die Rechenaufgabe zu lösen.

In diesem Moment bewegte sich der Türriegel, und die Tür wurde aufgestoßen. Alfred und Judith sprangen auf, als ein großer, dünner Mann mit grauem Haar den Raum betrat.

»Mylord«, sagte Judith. Ihre Stimme war plötzlich gedämpft.

»Vater!« rief Alfred erleichtert. Sobald Ethelwulf auf sie zusteuerte, fragte Alfred auf sächsisch: »Was ist eine ›Rebellion‹?«

»Rebellion«, wiederholte Ethelwulf, König von Wessex, niedergeschlagen. Er wandte sich zu Judith und sagte das Wort noch einmal, auf fränkisch. Ihre Augen weiteten sich, als sie plötzlich begriff.

»Setzt Euch, meine Liebe«, sagte Ethelwulf zu seiner Frau. Er sprach Französisch mit Akzent, aber relativ fließend. Er wandte sich Alfred zu. »Du kannst dich auf den Boden setzen, mein Sohn. Meine alten Knochen haben einen Sessel nötiger als deine.«

Alfred sank auf den Fellteppich zu Füßen seines Vaters. »Was habt Ihr zu Judith gesagt?« fragte er Ethelwulf mit der furchtlosen Neugier eines verwöhnten Kindes. »Wie hieß das Wort? Was ist ›Rebellion‹?«

Ethelwulf ließ sich auf dem Sessel nieder und streckte die langen Beine aus. »›Rebellion‹ ist, wenn man eine Armee gegen den König aufstellt«, sagte er und sah in die goldenen Augen seines Sohnes, die zu ihm aufblickten. »Anscheinend hat dein

Bruder Ethelbald beschlossen, seine jetzige Position nicht aufzugeben. Er hat Geschmack daran gefunden, König zu sein.«

Alfred starrte seinen Vater an. Ethelwulf sah gar nicht besorgt aus, dachte er. Nur müde. Was Ethelbald auch tat, es konnte nicht so schlimm sein, wie Alfred befürchtet hatte.

Judith sagte: »Mylord, es tut mir leid, das zu hören. Aber ein Mann allein kann keine Rebellion führen. Hat Euer Sohn Gefolgschaft?«

»Es scheint so«, antwortete Ethelwulf.

»Aber nicht Ethelred!« warf Alfred ein, der seinen Lieblingsbruder sofort verteidigte.

»Nein, Ethelred nicht«, stimmte sein Vater zu. »Ethelred und Ethelbert erwarten mich in Winchester. Anscheinend hat Osric, Ealdorman von Hampshire, das Fyrd zu unserer Verteidigung aufgestellt.«

Es war einen Moment still. Dann fragte Judith fast schüchtern. »Ich verstehe Eure Worte nicht, Mylord. Was ist das Fyrd? Was ist ein Ealdorman?«

»Ein Ealdorman ist vergleichbar mit einem fränkischen Grafen, meine Liebe«, erklärte Ethelwulf. »Ein Adliger, der vom König ernannt wird, um die Grafschaft zu leiten. Er ist zuständig für Rechtsprechung und Verteidigung. Das Fyrd ist die Streitkraft, die der Ealdorman in Notzeiten aus Thanen und Freien der Grafschaft aufstellt.«

Alfred war den Ausführungen seines Vaters mit kaum verhohlener Ungeduld gefolgt. »Vater« sagte er, sobald Ethelwulf gesprochen hatte, »hat Ethelbald etwa eine *Armee*?«

»Ja, mein Sohn«, war die traurige Antwort. »Ich befürchte ja.«

Alfred spürte, wie sich sein Magen zusammenzog. »Was bedeutet das alles?« Er flüsterte fast. »Was wird geschehen?«

Judiths pragmatische, kühle Stimme übertönte ihn. »Wer gehört zu Ethelbalds Gefolge, Mylord? Und wie viele Männer sind es?«

Alfreds Vater rieb sich das Gesicht, ein sicheres Zeichen, daß er in Sorge war. »Ethelbalds Pflegevater ist der Bruder meiner ersten Frau; Eahlstan, Bischof von Sherborne. Ethelbald hat den

Großteil seines Lebens im Westen des Landes verbracht, und die Männer aus der Gegend westlich des großen Waldes von Selwood haben sich erhoben, um ihn zu unterstützen.«

»Aber die Männer im Osten werden doch zu Euch stehen?« Überrascht starrte Alfred Judith an. Noch nie hatte er sie so . . . bestimmt erlebt.

»Soviel ich weiß, ja.«

Judith lehnte sich im Sessel zurück. »Nun, wenn Eure anderen Söhne auf Eurer Seite sind, Mylord, und alle Grafschaften östlich von Selwood, dann wird Ethelbalds Unterfangen nur von kurzer Dauer sein.«

Alfred sah, wie der Vater kurz in seine Richtung blickte. Dann lächelte Ethelwulf Judith an. »Dessen bin ich mir ganz sicher, meine Liebe«, sagte er mit einem falschen, besänftigenden Unterton, den Alfred kannte, und der bedeutete, daß ihm etwas verheimlicht wurde. »Ich bin mir ganz sicher.«

Alfred konnte es kaum erwarten, nach Winchester zu kommen. Sein Bruder Ethelred war dort, und Ethelred war der Mensch, den Alfred auf der ganzen Welt am liebsten hatte. Natürlich liebte er seinen Vater auch, aber es war immer Ethelred gewesen, der sich für das jüngste Mitglied der westsächsischen Königsfamilie Zeit genommen hatte. Ethelred hatte Alfred das Reiten und das Jagen beigebracht und ihn gelehrt, wie man mit Pfeil und Bogen schießt. Er hatte ihm sogar versprochen, ihn im Umgang mit dem Schwert zu unterrichten, wenn er aus Rom zurückkehrte.

Ethelred würde ihn nicht wie ein Baby behandeln. Ethelred würde ihm sagen, was los war. Ethelred würde dafür sorgen, daß er sich wieder sicher fühlte.

Die Steinmauern von Winchester waren den römischen Mauern, die man in Frankreich und Italien überall sah, sehr ähnlich, aber Alfred sah die westsächsische Hauptstadt an diesem Tag mit anderen Augen, als er mit dem Zug seines Vaters durch das Stadttor ritt. Die Städte in Frankreich und Italien waren viel prachtvoller gewesen als das kleine Marktstädtchen Winchester. Alfred hatte gestern Judiths Gesichtsausdruck gesehen, als sie zum ersten Mal das einfache, hölzerne Herrenhaus erblickt hatte, das der Hauptwohnsitz des Königs in Southampton war. Southampton war eines der kleinsten westsächsischen königlichen Landgüter; aber selbst die größten und prächtigsten, nicht einmal Wilton, entsprachen auch nur im entferntesten dem Glanz der königlichen *vils* in Franken.

Alfreds Herz klopfte vor Freude, als er die beiden Männer sah, die sie auf den Treppenstufen des Königssaales erwarteten.

»Meine Brüder!« sagte er zu Judith; aber eigentlich sah er nur einen von beiden an.

Ethelbert und Ethelred begrüßten ihren Vater wie es sich geziemte, und dann stellte Ethelwulf sie Judith vor. Ihr Willkommensgruß fiel kurz aus; keiner der Prinzen sprach Fränkisch, und Judiths Sächsisch war rudimentär.

Dann konnte Alfred es nicht länger erwarten. »Ethelred!« rief er.

Der blonde junge Mann wandte sich von Judith ab und strahlte den kleinen Jungen auf dem Pony an. »Alfred!« sagte er lachend und imitierte Alfreds unverwechselbare abgehackte Sprache. Dann griff Ethelred nach ihm, zerrte den kleinen Bruder geradewegs aus dem Sattel, schwang ihn zuerst hoch in die Luft und nahm ihn dann fest in die Arme. »Wie geht es meinem kleinen Lieblingsbruder?« fragte er, als er das Kind wieder auf die Füße stellte.

Alfred strahlte. »Ich bin dein *einziger* kleiner Bruder«, entgegnete er, und Ethelred lachte und zerzauste ihm das Haar.

»Deshalb bist du mir ja auch so lieb und teuer.«

Ethelwulf hob Judith vom Pferd. »Kommt«, sagte er zu seinen Söhnen. »Wir gehen in den Saal.«

Der große Saal von Winchester war genauso geräumig wie die Königssäle, die Alfred in Frankreich gesehen hatte. Der Kamin in der Mitte war so lang, daß darin zwei Feuer brannten, an jedem Ende eines. Der Rauch schlängelte sich nach oben und entwich durch den offenen Rauchabzug im Dach. Geschnitzte Säulen stützten dicke Querbalken, und in beide langen Wände waren Türen eingelassen. An den Holzwänden hingen Wandteppiche in leuchtenden Farben, und darüber eine Sammlung polierter Waffen und Schilde. Ringsum standen Bänke, und der Steinboden war mit frisch duftenden Binsen bedeckt. In den Wandleuchtern brannten mehrere Fackeln.

Es war zwar kein Steingebäude, dachte Alfred loyal, als er den Raum betrat, aber es war genauso prachtvoll wie der Palast von Judiths Vater. Und das Beste war, es war sein Zuhause.

Ethelwulf befahl gerade einer Dienerin, Judith in eines der privaten Schlafgemächer am hinteren Ende des Saales zu führen, aber Judith sagte: »Alfred wird es mir zeigen.«

Bestürzt blickte Alfred seinen Vater an. Er wollte nicht mit Judith gehen; er wollte dableiben und dem Gespräch zwischen dem Vater und den Brüdern zuhören. Doch Ethelwulf sagte nur: »Ich bin sicher, Alfred zeigt es Euch gern, meine Liebe.«

Fürstliche Höflichkeit zwang Alfred dazu, sich an Judiths Seite zu begeben und zu sagen: »Hier entlang, Mylady. Das Zimmer links.«

Es war das Gemach seiner Mutter gewesen. An der Tür hielt er inne und starrte auf die unveränderte Einrichtung. Auf dem Bett lag eine wunderschöne gewebte Decke mit einem goldenen Drachen darauf, dem Symbol des Königshauses. Seine Mutter hatte über ein Jahr daran gearbeitet; sie hatte sie ganz allein gewebt. Die Kleidertruhe war mit poliertem Messing eingefaßt und der Steinboden mit den farbenfrohen Teppichen bedeckt, die schon immer da gelegen hatten. Da stand ein Tisch mit einem Schmuckkästchen, das jetzt leer war, und zwei weitere Tische mit Öllampen. Neben jedem Tisch befand sich ein Korbsessel mit bequemen Kissen.

»Was für ein hübsches Zimmer«, sagte Judith. Alfred hörte die Überraschung in ihrer Stimme deutlich heraus.

»Es hat meiner Mutter gehört«, sagte er.

Es folgte ein kurzes Schweigen. Dann sagte Judith behutsam: »Hoffentlich macht es dir nichts aus, wenn ich es benutze.«

Er dachte darüber nach. »Ich war überrascht, als du meinen Vater geheiratet hast«, gab er zu. Mit der brutalen Ehrlichkeit, die Kindern eigen ist, fügte er hinzu: »Er ist alt, und du bist jung.«

Judiths hübsches Gesicht war unbewegt. »Mein Vater hat die Heirat arrangiert. Er hielt es für eine gute Idee, unsere beiden

Länder in dieser schweren Zeit der Wikingerinvasion miteinander zu verbinden.«

»Macht es dir nichts aus, deine Heimat und dein Volk zu verlassen?« Alfred war wirklich neugierig. Als sie nicht gleich antwortete, fügte er hinzu: »*Mir* würde das nicht gefallen.«

»Ich wurde nicht gefragt, ob es mir etwas ausmacht«, antwortete Judith schließlich, und sogar ein Siebenjähriger konnte die Bitterkeit in ihrer Stimme erkennen. Ihre zarten Gesichtszüge schienen jetzt von Kälte durchdrungen. »Ich bin eine französische Prinzessin; deshalb muß ich heiraten, wie es mir befohlen wird. So ist es im Leben.«

Alfred war entsetzt. »Du bist nicht gefragt worden?«

»Prinzessinnen werden niemals gefragt, Alfred.« Die Kälte hatte sich nun auch in ihre Stimme eingeschlichen.

»Wie ist das bei Prinzen?« Mit der rücksichtslosen Ichbezogenheit eines Kindes hatte Alfred sofort Parallelen zwischen seiner und ihrer Situation gezogen. »Könnte man mich auch so verheiraten, weg von meiner Familie, in ein fremdes Land?« Seine Augen waren riesengroß, die Stimme klang entsetzt.

»Nein, Alfred.« Judiths Gesicht wurde weicher, und sie legte ihm den Arm um die Schultern. »Mach dir keine Sorgen, mein Lieber. So etwas könnte dir niemals passieren. Du bist schließlich ein Junge. Du hast bei deiner Heirat ein Wörtchen mitzureden.«

Er musterte sie. »Bist du sicher?«

»Ganz sicher.« Sie lächelte.

»Aber Judith . . .« Jetzt, wo seine eigenen Befürchtungen aus der Welt geschafft waren, konnte er wieder an sie denken. »Das ist nicht fair«, sagte er.

»Nein«, sagte sie kalt. »Das ist es nicht. Aber anscheinend empfinden das nur kleine Jungs und junge Mädchen so.«

Er wußte nicht, wie er sie trösten sollte. Sie sah so traurig aus. »Judith«, sagte er zaghaft mit sanfter Stimme. »Ich bin sehr froh, daß du im Zimmer meiner Mutter wohnen wirst.«

In ihren Augen schimmerte etwas. Besorgt hoffte er, daß es keine Tränen waren. »Danke, Alfred«, sagte sie. »Du bist ein guter Freund.«

Er lächelte sie gewinnend an und lud sie zum größten Vergnügen ein, das er sich vorstellen konnte. »Vielleicht kannst du morgen mit mir und Ethelred auf die Jagd gehen.«

»Wir werden sehen«, antwortete sie. »Aber vielen Dank, daß du mich gefragt hast.«

»Falls wir überhaupt zum Jagen kommen«, murmelte er und folgte ihr zur Kleidertruhe. »Ethelbald mit seiner blöden Rebellion!«

2

DIE Gespräche im Königssaal drehten sich nur um Ethelbalds Rebellion, und bald strömten die Ealdormen und die führenden Thane aus den Grafschaften östlich von Selwood in Scharen nach Winchester, um sich mit dem König zu beraten.

Alfred fand heraus, daß ein Grund für die Rebellion die Heirat seines Vaters mit Judith war.

»Aber Judith ist doch nett!« Alfred legte bei Ethelred Protest ein, nachdem er diese traurige Nachricht erfahren hatte. »Warum sollte Ethelbald gegen sie sein?« Ihm fiel noch etwas anderes ein. »Sie ist doch die Urenkelin von Karl dem Großen, Ethelred. Ich habe gehört, daß das ein Grund ist, warum Vater sie geheiratet hat. Weil er unsere Familie mit der Karls des Großen verbinden wollte.«

»Ethelbald stört, daß Judith zur Königin von Wessex gekrönt und gesalbt worden ist, als sie Vater geheiratet hat«, erklärte Ethelred. »Noch nie zuvor ist eine Königin gesalbt worden, Alfred. Weder in Wessex noch im übrigen Reich. Die Salbung steht Königen zu, nicht Königinnen. Auch von den westsächsischen Thanen ist niemand über diese Salbung erfreut. Wir haben keine Königinnen in Wessex. Mutter war die Ehefrau des Königs, sie wurde niemals Königin genannt.«

»Aber Judiths Mutter wird Königin genannt«, sagte Alfred.

»Das ist bei den Franken so üblich. Bei uns nicht.«

Alfreds Gesicht hellte sich auf. »Vielleicht kann Vater Judith nach Hause schicken. Das würde sie freuen.« Er senkte die

Stimme. »Ich glaube, sie ist nicht sehr glücklich hier, Ethelred. Sie spricht unsere Sprache nicht, und sie ist so weit weg von Zuhause...«

Doch Ethelred schüttelte den Kopf. »Eine Ehe dauert das ganze Leben, Alfred. Vater kann Judith nicht einfach nach Hause schicken.«

»Oh.«

»Vater hat nach Ethelbald schicken lassen. Er soll zu Verhandlungen nach Winchester kommen«, sagte Ethelred darauf.

Alfred war überrascht. »Glaubst du, daß er kommt?« fragte er nach einer Weile. »Hier sind alle so böse auf ihn.«

»Das weiß niemand«, sagte Ethelred.

Alfred hatte seine blonden Augenbrauen zusammengezogen. »Ich kann mich nicht an Ethelbald erinnern«, gestand er.

»Er war auf deiner Taufe.« Ethelred zerzauste seinem kleinen Bruder das Haar. »Aber ich nehme an, daran kannst du dich nicht erinnern.«

Alfred entzog sich der Hand seines Bruders. »Natürlich weiß ich das nicht mehr!« Empört starrte er Ethelred an. »Da war ich noch ein Baby!«

»Das stimmt«, antwortete Ethelred ernst. »Aber das ist wahrscheinlich das einzige Mal, daß du Ethelbald gesehen hast. Er war immer bei seiner Pflegefamilie im Westen.«

»Ethelred, wieso hatte Ethelbald einen Pflegevater?« Über diese Frage hatte Alfred sich schon tagelang den Kopf zerbrochen. »Wir anderen hatten keinen. Wir sind alle daheim bei unserem eigenen Vater geblieben. Warum ist Ethelbald weggeschickt worden?«

»Als sie noch klein waren, haben sich Ethelstan und Ethelbald dauernd gestritten«, antwortete Ethelred. »Ethelbald hat sich darüber geärgert, daß Ethelstan Vaters Erbe war, obwohl er nicht Mutters Sohn war, sondern von einer Konkubine. Um des lieben Friedens willen hat Vater schließlich alle beide zu Pflegeeltern gegeben. Deshalb ist Ethelbald von Eahlstan aufgezogen worden.«

»Aha.« Alfred schnitt ein neues Thema an. »Sieht Ethelbald aus wie ich?«

»Nein. Er sieht unserem Großvater, König Egbert, ähnlich. Vater sagt immer, von all seinen Kindern hat nur Ethelbald den berühmten Teint des westsächsischen Königshauses geerbt.«

»Ich sehe aus wie Mutter«, sagte Alfred traurig.

»Sei froh«, sagte Ethelred. »Sie war sehr hübsch.«

»Sie war ein Mädchen.«

Um Ethelreds Mund zuckte es. »Stimmt. Aber du siehst nicht wie ein Mädchen aus, kleiner Bruder.«

»In Rom haben sie gesagt, ich sehe aus wie ein kleiner Engel.« Alfred klang nun restlos empört.

Ethelred hustete. »Aber Engel sind Jungs«, sagte er nach einer Weile.

Alfreds Gesicht erhellte sich. »Das stimmt.«

»Vielleicht kannst du Ethelbald schon bald sehen«, sagte Ethelred. »Vater hat einen Boten nach Sherborne entsandt. Wir müssen nur auf die Antwort warten.«

Die Antwort kam schneller als erwartet. Vier Tage, nachdem der Bote des Königs aufgebrochen war, ritt Ethelbald persönlich nach Winchester. Alfred war gerade von der Messe im Münster zurückgekehrt, als die Gruppe aus Sherborne ankam. Er sah seinen Bruder Ethelbald, wie er im Hof von seinem großen braunen Hengst stieg.

Sein erster Gedanke war, daß Ethelbald groß war. Größer als Ethelred. Größer als Alfreds Vater. Er trug keine Kopfbedeckung; ein blaues Stirnband hielt sein schulterlanges Haar aus dem Gesicht. Und das Haar hatte die Farbe des Mondlichts.

Mit Herzklopfen beobachtete Alfred seinen Bruder, der flankiert von acht Thanen die Stufen zum Königssaal emporschritt und durch die große Tür verschwand.

Zwei Stunden später ließ der König nach seinen drei jüngsten Söhnen schicken und unterrichtete sie über seine Entscheidung.

»Vater. Ihr seid verrückt!« Ethelbert war vor Empörung ganz weiß. »Ihr könnt ihm doch nicht einfach so nachgeben.«

»Mein Entschluß ist gefaßt.« Das normalerweise freundliche Gesicht des Königs war hart wie Granit geworden. »Ich werde

Ethelbald den größten Teil von Wessex übergeben und die Herrschaft über Kent übernehmen.«

Besorgt blickte Alfred von seinem Vater zu seinen Brüdern und wieder zurück.

»Kent und die restlichen Grafschaften, die unser Großvater für Wessex gewonnen hat, sind nur ein Unterkönigreich. Die Herrschaft über Kent wird der Tradition nach dem Erben übergeben«, sagte Ethelbert. »Es ist eine Demütigung für Euch, unter der Herrschaft Eures eigenen Sohnes zum Unterkönig zu werden, Vater!«

Ethelwulf schloß für den Bruchteil einer Sekunde die Augen. Alfred sprang auf und ging zu dem Tisch in der Ecke, um seinem Vater einen Kelch Met einzuschenken. Es war still im Raum, als er ihn vorsichtig zum Stuhl des Königs trug. Ethelwulf lächelte seinem Jüngsten zu und nahm den Met an.

»Hört zu, Söhne«, sagte er, als er getrunken hatte. »Ich bin nun fast achtzehn Jahre lang König von Wessex gewesen, und davor habe ich für meinen Vater Kent regiert. All diese Jahre habe ich immer getan, was das Beste für das Königreich war, das Beste für das Volk. Wir sehen uns nun mit der vielleicht größten Bedrohung der Zivilisation konfrontiert, die es jemals in England gegeben hat. Die grausamen und heidnischen dänischen Horden rauben und brandschatzen an unseren Küsten und quälen unser Volk wie der Wolf eine schutzlose Schafherde. Es ist Zeit für einen jungen König; es ist Zeit für einen Krieger. Ethelbald ist beides.«

»Er ist ein herzloser, rücksichtsloser Bastard.«

Entsetzt starrte Alfred Ethelbert an. Sogar die Lippen seines Bruders waren weiß.

Doch Ethelwulf war nicht zornig. »Dein Bruder hat mich immer an meinen Vater erinnert«, gab er zur Antwort und sah dabei nicht seine Söhne an, sondern den goldenen Met in dem Kelch mit der Goldgravur. »Er sieht aus wie mein Vater, und sein Charakter ist wie seiner. Egbert von Wessex war ein harter und rücksichtsloser Mann. Aber niemand kann bestreiten, daß er ein großartiger König war.«

Das verstand Alfred nicht. »Aber Vater . . . Wenn Ethelbald

böse ist, wie kann er dann wie Großvater sein, der ein großer König war?«

»Ich habe nie behauptet, daß Ethelbald böse ist, Alfred«, antwortete Ethelwulf. »Er ist ehrgeizig. Das war mein Vater auch. Und Cerdic, der erste König unseres Geschlechtes, und Ceawlin, und Ine ... alle großen westsächsischen Könige.« Er blickte von Alfred zu Ethelbert und dann zu Ethelred. »In Friedenszeiten wäre Ethelbald vielleicht nicht der König meiner Wahl. Friede erfordert Tugenden, die er nicht besitzt. Aber wir haben keinen Frieden, und ich glaube, er ist der richtige Mann, um mit den Dänen fertig zu werden. Er hat in Aclea mit mir gekämpft. Ich habe Ethelbald im Kampf gesehen, und es besteht kein Zweifel daran, daß er ein Krieger ist.«

Ethelbert machte eine Bewegung, als wollte er Einspruch erheben, aber der König hob die Hand. »Ich tue es für das Königreich«, sagte Ethelwulf. »Denkt immer daran, Söhne, wenn ihr je selbst an die Macht kommt. Ein wahrer König stellt immer das Wohl des Königreichs über seinen persönlichen Ehrgeiz.«

»Das wird Ethelbald nie tun«, sagte Ethelred bitter.

Alfred trat einen Schritt näher zu Ethelred und sah ihn mit großen Augen an.

»Vielleicht«, antwortete Ethelwulf seinem Sohn. »Aber noch bin *ich* der vereidigte und geweihte König, und das ist es, was ich tun werde. Ich werde nicht zulassen, daß dieses Land durch einen Bürgerkrieg auseinandergerissen wird.«

»Es wird einen Krieg geben, Vater.« Ethelbert fiel auf die Knie und umklammerte den Arm des Vaters. »Wir werden ihn vertreiben, ihn und seine ganze westliche Gefolgschaft!« Die blauen Augen, die zu Ethelwulf emporblickten, glänzten wild.

»Nein, Ethelbert.« Alfred hatte seinen Vater noch nie mit einer solchen Stimme sprechen gehört. Er trat noch näher zu Ethelred.

»Ich bin fest entschlossen«, fuhr der alte König langsam und mit Nachdruck fort. »Ich werde das Königreich an Ethelbald übergeben. Doch ich habe mit ihm die Abmachung getroffen, daß du nach meinem Tod die Herrschaft in Kent übernehmen wirst. Und falls er sterben sollte und keinen Sohn hinterläßt, der alt genug ist, um zu regieren, geht das gesamte Königreich auf dich über. Also sei versichert, Ethelbert, daß ich deine Interessen gewahrt habe. Deine und die deiner Brüder. In Krisenzeiten darf die Herrschaft über Wessex nicht einem Kind überlassen werden.« Nun blickte der König von einem zum anderen, um sich zu vergewissern, daß er ihre uneingeschränkte Aufmerksamkeit hatte. »Falls es notwendig wird, müßt ihr die Nachfolge des anderen antreten«, sagte er. »Das müßt ihr mir schwören.«

Ethelbert richtete sich langsam auf, und Alfred sah, daß sein Gesichtsausdruck verändert war. Plötzlich verstand Alfred, daß Ethelbert Angst um sein Erbe hatte. Deshalb sträubte er sich so dagegen, Ethelbald die Herrschaft zu überlassen!

»Ich sehe, ich kann Euch nicht davon abbringen«, stellte Ethelbert fest.

»Nein, mein Sohn.«

Kurze Zeit später herrschte Stille. Alfred senkte die Augen und starrte auf die braune Wolle seiner Tunika. Ethelred legte ihm seine warme Hand beruhigend auf die Schulter, und er hörte, wie sein Vater sagte: »Alles wird gut werden, meine Söhne. Ich verspreche euch, alles wird gut.«

Der Rat der westsächsischen Adligen, der Witan, kam auf Wunsch des Königs am nächsten Morgen zusammen. Die Könige von Wessex waren niemals Autokraten gewesen und hatten sich immer vom Witan beraten lassen. Aber es gab dominante und weniger dominante Könige. Ethelwulf hatte sich von jeher bereitwillig dem Rat der Ealdormen, Thane und Bischöfe des westsächsischen Adels unterworfen.

Doch diesmal setzte Ethelwulf sich durch.

Dafür gab es zwei Gründe, erklärte Ethelred Alfred, nachdem die Zusammenkunft des Witan, der Witenagemot, sich aufgelöst hatte. Erstens wäre Ethelbald seinem Vater wahrscheinlich sowieso auf den Thron gefolgt. Athelstans Sohn war zu jung, um die Führung eines Landes zu übernehmen, das von den Dänen bedroht wurde, und würde es auch in den nächsten fünfzehn Jahren noch sein.

Zweitens hatten viele der anwesenden Thane in Aclea gekämpft. Obwohl offiziell Ethelwulf das westsächsische Fyrd zu diesem denkwürdigen Sieg gegen die Dänen geführt hatte, war der wahre Führer sein Sohn Ethelbald gewesen. Das wußten sie alle.

Deshalb hatte der westsächsische Witan dem Ersuchen Ethelwulfs stattgegeben, Ethelbald zum neuen König zu ernennen.

Es würde jedoch keine feierliche Krönung geben. Die Kirche hatte sich geweigert, einen neuen König zu salben, solange der alte noch lebte. Ethelbald hatte auch nicht darauf bestanden. Er hatte die Macht; alles andere konnte warten.

Als Ersatz für die Krönungszeremonie hatte Ethelwulf ein Festmahl für die Großen des Königreichs vorgeschlagen. »Wenn wir nicht zusammenhalten, werden wir nach und nach alle den Dänen in die Hände fallen«, sagte er, um die Einwände seiner treuesten Anhänger zu entkräften. »Wollt Ihr das etwa?«

Das wollte niemand, und so fand das Festmahl zwei Wochen nach dem Witan in Winchester statt.

Am Abend des Festes teilten Ethelwulf und Ethelbald sich die Ehre, auf dem Thron zu sitzen; zwei Könige, der alte und der neue, wachten über den zum Bersten vollen Saal.

Alfred saß zwischen Judith und Ethelred und hörte zu, wie der Skop *Die Schlacht von Deorham* sang, ein altes Kriegslied seines Volkes.

»Wie ein großer Silberadler fällt Ceawlin über seine Feinde her«, sang der Harfenspieler, und Alfred blickte schnell zu seinem ältesten Bruder. Ceawlin, dachte er, muß so ausgesehen haben wie Ethelbald.

Dann sah er seine eigenen kindlich schmächtigen Arme und Beine an. Er würde nie aussehen wie Ethelbald. Man hatte ihm oft genug gesagt, er ähnele seiner Mutter.

Auf einmal sah er, daß Ethelbald ihm zunickte. Alfred sprang auf und begab sich zum Thron. Er hatte bisher mit diesem Fremden, der sein Bruder war, nicht mehr als einen einfachen Gruß gewechselt.

»Würdest du gern den Metkelch im Saal umhertragen, mein Junge?« fragte Ethelbald mit seiner tiefen Stimme.

Alfred starrte in die Augen des Bruders empor. Sie waren nicht blau und auch nicht grün, dachte er, sondern aus einem Mischmasch. Er zögerte. Ethelbald tat ihm zwar große Ehre, aber Alfred befürchtete, es könnte Verrat an seinem Vater sein, Ethelbald diesen Dienst zu erweisen.

Sein Vater sagte mit freundlicher Stimme: »Tu, was dein Bruder dir gebietet, mein Sohn.« Alfred sah, daß Ethelwulf ihn anlächelte. Dann nahm er den goldenen Metkelch von Ethelbald in Empfang. Mit feierlichem Gesicht trug er ihn elegant zu dem Mann zur Linken Ethelbalds, bemüht, nichts zu verschütten. Dann ging Alfred langsam von Than zu Than.

Alfred hatte seine Aufgabe fast erledigt, als ihm plötzlich übel wurde. Er hätte das gewürzte Fleisch nicht essen sollen, dachte er besorgt. Er wußte, daß er es nicht durfte, aber es hatte so lecker ausgesehen ...

Vielleicht verschwand die Übelkeit ja, wenn er sie einfach ignorierte.

Er brachte Ethelbald den Kelch zurück und bekam dafür ein kurzes, herzliches Lächeln aus den blaugrünen Augen. Er zwang sich zurückzulächeln und kehrte beherrscht auf seinen Platz auf der Bank zurück. Fünf Minuten später wandte er sich an den Bruder, den er liebte. »Ethelred«, sagte er leise. »Ich fühle mich nicht wohl. Ich glaube, es ist besser, wenn ich in den Prinzensaal gehe.«

Ethelred sah ihn prüfend an und sagte sofort: »Ich gehe mit dir.«

Alfred nickte und sah, wie sein Bruder dem Vater etwas ins Ohr flüsterte. Ethelwulf blickte Alfred durchdringend an und nickte dann Ethelred zu. Alfreds empfindlicher Magen war in der Familie bekannt.

Er übergab sich auf dem Hof und dann noch einmal, als sie schon im Saal waren. Er fühlte sich schwach und elend und schrecklich unzulänglich. Niemand sonst wurde von gewürzten Speisen krank. Nur er.

Er legte sich auf eine der Bänke im Saal und schloß die Augen. Er schwitzte, obwohl ihm sehr kalt war. »Geht es dir gut?« fragte Ethelred.

»Ja.« Er rang sich ein Grinsen ab. »Das wird schon wieder, Ethelred. Du kannst jetzt zurück zum Bankett gehen.« Er fing an, mit den Zähnen zu klappern.

»Du frierst ja«, sagte Ethelred und holte noch eine Decke. Nachdem er all seine Wolldecken über Alfred gelegt hatte, fragte er noch einmal: »Bist du sicher, daß du klarkommst?«

»Ganz sicher«, sagte Alfred.

»Vor der Tür steht ein Diener. Wenn du mich brauchst, schick ihn in den großen Saal.«

»In Ordnung.«

Als Ethelred gegangen war, öffnete Alfred die Augen, lag still und sah ins Feuer. Der große Holzklotz schwelte unter einem Aschehaufen. Alle Saaltüren waren fest verschlossen. Es war ganz still.

Ethelred war niemals krank, dachte Alfred. Auch Ethelbert nicht. Und Ethelbald... Alfred sah seinen ältesten Bruder ganz deutlich vor sich. Er ging jede Wette ein, daß Ethelbald noch nie im Leben krank gewesen war.

Wie wäre es, fragte er sich, wenn ich Ethelbald wäre? So groß wie ein Baum und so stark wie ein Ochse. Ein Krieger, der allen Ehrfurcht einflößt. Niemals Zweifel zu haben oder sich zu fürchten. Ethelbald sah nicht so aus, als wüßte er, was das Wort Furcht bedeutete.

Alfred hatte Angst. Er hatte Angst vor Krankheit. Er hatte Angst, schwach zu sein. Er hatte Angst, er würde niemals so stark wie seine Brüder.

In ihm stieg wieder die Übelkeit hoch. Er stand auf und wankte zur Tür und nach draußen in die Dunkelheit, wo die Luft kalt war. Am besten wehrte man sich nicht gegen die Übelkeit, sondern wurde alles los, was dem Magen nicht bekam.

Er hatte einen ekligen Geschmack im Mund und weiche Knie und fror, als er schließlich zurück in den Saal kroch und Zuflucht unter den Decken suchte.

Er wollte seine Mutter. Osburgh war seit drei Jahren tot, und meist war sie nur noch eine verschwommene Erinnerung. Doch in Situationen wie dieser erinnerte er sich deutlich an ihre Hand auf seiner Stirn und an ihre sanfte Stimme. Tränen schossen ihm in die Augen, aber er biß die Zähne zusammen und hielt sie zurück.

Er war doch kein Baby. Er war schließlich acht Jahre alt. Er würde zum Heiligen Wilfred beten, ihn so tapfer und stark wie seine Brüder zu machen. Sein Magen zog sich zusammen, und er schloß die Augen, rollte sich zusammen und fing an zu beten.

3

ZWEI Tage nach dem Festmahl verließen Alfred, sein Vater, Judith und zwei seiner Brüder Winchester, um nach Kent zu reiten, wo Ethelwulf die Herrschaft wieder aufnahm, die er jahrelang unter seinem eigenen Vater innegehabt hatte. Die folgenden Monate vergingen zwar friedlich, aber die Nachrichten aus Frankreich waren beunruhigend. Die Städte und Klöster an der Seine und an der Loire wurden von den Skandinaviern niedergebrannt und geplündert, und Judiths Vater, Karl der Kahle, war anscheinend nicht in der Lage, dem Wüten der Heiden Einhalt zu gebieten.

In diesem Winter beschäftigte Judith sich damit, Alfred das Lesen beizubringen. Die fränkische Prinzessin war entsetzt darüber gewesen, wie schlecht es in Wessex um die Bildung stand, und die brennenden Klöster in Frankreich spornten sie nur noch mehr an, den Segen ihrer eigenen erstklassigen Erziehung weiterzugeben so gut sie konnte. Bei Alfred entdeckte sie einen Wissensdurst, von dem kein Familienmitglied etwas gewußt hatte, und die beiden jungen Leute verbrachten viele lange Winternachmittage Seite an Seite über einem Buch.

Der Frühling kam, und an den Küsten von Sussex und Kent blieb es ruhig. Keine Langschiffe mit schrecklichen, geschnitzten Kielen und noch schrecklicherer Fracht, den Wikingerkriegern, tauchten aus dem Nebel über dem Kanal auf, um den Frieden der Freien, der Thane oder des alten Königs zu stören.

An der Küste im Westen von Wessex war es nicht so friedlich. Im Juni kamen skandinavische Plünderer aus Irland den Bristol-

Kanal hinauf und raubten und brandschatzten. Aber Ethelbald hielt sich auf seinem Landgut in Wedmore auf und rief sofort das Fyrd von Somersetshire zusammen, um die Plünderer zu vertreiben. Sie segelten zurück übers Meer nach Dublin und wurden in diesem Jahr nicht mehr gesehen.

Statt dessen konzentrierten die Dänen ihre Angriffe auf Frankreich. Judiths Vater, vom Großteil seines Adels im Stich gelassen, mußte hilflos zusehen, wie die Wikinger seine Stadt Paris niederbrannten. Von all den prachtvollen Kirchen an der Seine standen am Ende des Sommers nur noch vier.

Der Winter kehrte wieder ein, die Zeit der Sicherheit in Wessex, wenn die Wikinger nach Hause zurückkehrten, auf ihre eigenen Ländereien und an den häuslichen Herd. Als der Dezember kam, begann Alfred wieder damit, seine Nachmittage mit Judith über den Büchern zu verbringen.

Ethelred verstand ihn nicht.

»In Judiths Gegenwart fühle ich mich so dumm«, gestand Alfred, als sein Bruder Überraschung darüber äußerte, daß Alfred wieder einmal nicht mit zur Jagd kommen wollte. »Wußtest du, daß sie Latein und Französisch lesen kann, und daß sie mir beibringt, Sächsisch zu lesen?«

»Du bist nicht dumm.« Ethelred blickte wütend drein. »Ich weiß noch, als Mutter dem ersten Kind, das lesen konnte, ein Buch versprochen hat, und du, bei weitem der Jüngste, hast es gewonnen!«

»Ich habe aber nicht Lesen gelernt.« Die Farbe auf Alfreds Wangen kam nicht von der Wärme des Feuers. »Ich habe das Buch mit zu einem Mönch im Münster genommen und ihn dazu gebracht, es mir an einem Nachmittag ein Dutzendmal vorzulesen. Ich habe mir die Worte gemerkt und wann man umblättern muß.« Er warf Ethelred schnell einen goldenen Blick zu. »Dann habe ich das Buch mit zu Mutter genommen und es auswendig aufgesagt. Sie dachte, ich hätte es gelesen, aber das war nicht der Fall.«

Ethelred grinste. »Du kleiner Teufel.«

»Judith hätte das niemals getan«, sagte Alfred. »Judith hätte Lesen gelernt.«

»Judith ist ein Mädchen. Mädchen haben nicht so viele andere Dinge im Kopf wie Jungs«, antwortete Ethelred leichthin.

»Judiths Vater hat eine Palastschule, Ethelred.« Alfred und sein Bruder standen zusammen vor dem Kamin im Königssaal von Eastdean, während die Thane des Vaters ihre Ausrüstung für einen Jagdausflug zusammensuchten. »Judith ist schon in die Schule gekommen, als sie fünf war«, sagte Alfred. »Sie sagt, in Frankreich müssen alle Kinder im Schloß die Schule besuchen und Lesen und Schreiben lernen.« Sein kleines Gesicht sah entschlossen aus. »Wir sollten in Wessex auch eine Palastschule haben.«

Aber Ethelred stimmte ihm nicht zu. »Es reicht, wenn der König seinen Namen schreiben kann, Alfred, damit er die königlichen Urkunden unterzeichnen kann. Und jeder Mann sollte das Latein aus der Messe kennen. Aber ich glaube nicht, daß es nötig ist, alle Kinder des königlichen Hofs zu Schriftgelehrten zu machen.«

»Judith sagt, das ist der einzige Weg, etwas zu lernen.«

»›Judith sagt‹! Du klingst langsam wie Judiths Echo, Alfred.« Ethelreds braune Augen funkelten ärgerlich. »Kommst du jetzt mit auf die Jagd oder nicht?«

Alfred sah zu den Männern hinüber, die mit dem Zusammensuchen ihrer Ausrüstung beschäftigt waren. Die Hunde des königlichen Hofes rannten im großen Saal umher und beschnüffelten den Binsenboden, ganz aufgeregt, weil es bald nach draußen ging. Einer von ihnen kam herüber und stupste mit dem Kopf Alfreds Hand an. Er sah vom Hund zu seinem Bruder und grinste. »Ich komme mit.«

»Braver Junge«, sagte Ethelred und zerzauste Alfreds helles Haar.

Anfang Januar wurde Ethelwulf krank. Zuerst schien es nichts Ernstes zu sein, nur eine fieberhafte Erkältung, von der er sich bald erholen würde, wenn er das Bett hütete. Dann aber bekam er Husten und verlor an Gewicht. In weniger als einer Woche war klar, daß die Krankheit wahrscheinlich tödlich enden würde.

Der Bischof von Winchester, Ethelwulfs alter Freund Swithun, kam und nahm ihm die Beichte ab. Auch seine drei jüngsten Söhne fanden sich an seinem Sterbebett ein und versprachen in Bischof Swithuns Gegenwart noch einmal, sich gegenseitig zu unterstützen und für das Wohl von Wessex zusammenzuhalten.

Ethelbald kam nicht; man hatte auch nicht nach ihm geschickt.

Ethelwulf starb an einem stürmischen, regnerischen Januartag in den frühen Morgenstunden. Sobald der Regen etwas nachgelassen hatte, wurde der Sarg auf einen Wagen geladen. Vor und hinter dem in Gobelins gehüllten Sarg ritt eine Phalanx von Thanen aus Ethelwulfs Leibgarde. Dahinter folgte die Prozession der Trauernden: Judith, Ethelbert und seine Frau, Ethelred und Alfred. Die Familie des Königs eskortierte seine Leiche nach Winchester, wo er hatte begraben werden wollen.

Alfred ritt neben Ethelred. Die Pferde trotteten unbeirrt vorwärts, und wie die übrige Trauergesellschaft zog er seinen Umhang mit der Kapuze fester um sich. Um nach Winchester zu gelangen, mußten sie durch den Weald, einen der größten Wälder Englands, aber auch die Bäume boten den Reitern keinen Schutz vor dem peitschenden Regen.

Sein Vater war tot. Er würde Ethelwulf und sein warmes, liebevolles Lächeln niemals wiedersehen und nie wieder hören, wie er ihn ein Geschenk Gottes nannte ...

Alfreds Tränen vermischten sich mit dem Regen auf seinen Wangen. Er hatte Kopfschmerzen, und sein Magen spielte verrückt.

Er sah, wie Judith vor ihm sich die Kapuze enger um den Kopf zog.

Was würde mit Judith geschehen, jetzt wo Vater tot war? Er hatte gehört, wie sich Ethelbert und Ethelred in der Nacht, als Vater starb, über sie unterhalten hatten. Sie hatten gesagt, Judith müsse nach dem Tod ihres Ehemannes zurück nach Frankreich.

Er wollte nicht, daß Judith nach Frankreich zurückging.

Er wollte nicht, daß sein Vater tot war.

Alfred unterdrückte ein Schluchzen. Er würde nicht weinen.

Schließlich war er acht Jahre alt, fast ein Mann. Er würde den Schmerz ertragen wie ein Erwachsener. Tapfer, wie Ethelred.

Er wünschte nur, sein Kopf würde nicht so weh tun.

Ethelred nahm die Kälte und die Nässe mit stoischem Schweigen hin, und wie Alfred dachte er über die Zukunft nach.

Nach dem Tod des gütigen Ethelwulf würde sich in Wessex wenig ändern. Man würde Ethelbald in aller Form krönen, und Ethelbert würde zum Secondarius ernannt werden und an Ethelwulfs Stelle die Regierung Kents übernehmen.

Judith würde man zurück zu ihrem Vater nach Frankreich schicken. Karl der Kahle würde sie zweifellos noch vor Jahresende wieder verheiraten, und damit irgendeinen neuen dynastischen oder finanziellen Plan verfolgen. Ethelred, der ein weiches Herz hatte, empfand plötzlich Mitleid mit dem jungen Mädchen, der ehemaligen Ehefrau seines Vaters. Armes Ding. Doch für sie war jetzt kein Platz mehr in Wessex.

Als sie durch die Tore von Winchester ritten, hörte es plötzlich auf zu regnen. Ethelred wandte sich Alfred zu, der schon seit einiger Zeit verstummt war, um ihn aufzumuntern. Als er das Gesicht des Kindes sah, hielt er inne. »Was ist los?« fragte er scharf.

»Ethelred...« Alfred, dessen Teint sogar im Winter immer leicht golden war, sah im grauen Licht sehr blaß aus. »Mein Kopf tut weh«, sagte er.

Ethelred machte ein besorgtes Gesicht, beugte sich herüber und legte die Hand auf die Stirn des Bruders. Sie war kalt, nicht heiß. »Wo tut es weh?« fragte er.

»Hier.« Er deutete auf seine Stirn.

»Du bist wahrscheinlich nur müde«, tröstete Ethelred ihn. »Das war eine schwere Reise für dich. Du wirst dich wieder besser fühlen, wenn du im Warmen bist und etwas gegessen hast.«

Alfred lächelte ihn vage an, aber als er neben ihm zum Prinzensaal ging, bemerkte Ethelred, daß Alfred seinen Kopf ganz still hielt. Ethelred schickte ihn ins Bett, in sein privates Schlafgemach, wo es ruhig war, und riet ihm, sich auszuruhen.

Eine Stunde später hatte Alfred unerträgliche Schmerzen. Ethelred saß an seinem Bett, hielt ihm die Hand und betete für seine Genesung. »Es ist wie ein Hammer, der schlägt und schlägt und schlägt...« flüsterte das Kind. Alfred starrte seinen Bruder und Judith an, die neben Ethelreds Stuhl stand. »Muß ich sterben?« Seine Augen waren ganz dunkel; darunter zeigten sich Schatten.

»Natürlich mußt du nicht sterben!« Es war Judith, die antwortete. Sie sprach Sächsisch und klang entsetzt. Alfreds müde, schmerzerfüllte Augen wanderten zu Ethelred.

»Nein, Alfred«, sagte er und bemühte sich, sachlich und ruhig zu klingen. »Du mußt nicht sterben.«

»*Aber wann hört das endlich auf?*«

»Ich weiß nicht. Bald.« Gott, es mußte einfach bald aufhören. »Hier«, sagte Ethelred, nahm von Judith einen kalten Lappen in Empfang und legte ihn auf Alfreds Stirn. »Das wird dir helfen.«

Eine Stunde später verschwanden die Kopfschmerzen fast wie durch ein Wunder. In der einen Minute litt Alfred noch, in der nächsten sah er Ethelred benommen und verwundert an und sagte: »Es ist weg.«

»Weg?«

»Ja. Kein Hämmern mehr. Es ist... weg.«

»Gott sei Lob und Dank«, sagte Ethelred inbrünstig.

»Ja«, sagte Alfred wieder. Er hob den Kopf vom Kissen, als wollte er ausprobieren, ob er noch schmerzte, und legte ihn dann vorsichtig wieder zurück. Sein goldenes Haar breitete sich aus wie ein Heiligenschein.

Die Tür öffnete sich, und Judith kam mit neuen Lappen herein.

»Mir geht es besser, Judith«, sagte Alfred sofort. »Die Kopfschmerzen sind weg.«

»Gott sei Lob und Dank«, sagte Judith, unbewußt dieselben Worte benutzend wie Ethelred.

Alfred blickte von der Ehefrau seines Vaters zu seinem Bruder. »Aber... was war die Ursache? Ich habe noch nie zuvor solche Schmerzen gehabt.«

Ethelred legte seine große Hand auf Alfreds kleine, die auf der gelben Wolldecke ruhte. »Es ist nicht einfach, Vollwaise zu werden«, sagte er. Ganz sanft fügte er hinzu: »Aber ich passe auf dich auf, kleiner Bruder. Keine Angst.«

Die langen goldenen Wimpern des Kindes flatterten einen Augenblick und verbargen die Augen.

»Bist du müde?« fragte Ethelred. »Kannst du ein bißchen schlafen?«

Alfred nickte. Ethelred fand, daß er sehr jung und sehr zart aussah, und er beugte sich herab und küßte den kleinen Bruder sanft auf die Stirn, als wäre sein Kopf so zerbrechlich wie der eines Neugeborenen. Alfreds Wimpern hoben sich, und er lächelte.

»Schlaf, mein Lieber«, sagte Judith, die hinter Ethelred stand, und die Wimpern senkten sich wieder. Ethelred und Judith sahen einander an und verließen leise den Raum.

Alfred hörte dem vertrauten Latein der Messe zu und senkte den Kopf, damit sein Haar nach vorne fiel und sein Gesicht verbarg. Er stand zwischen Judith und Ethelred, und sie sollten nicht sehen, daß er weinte.

Es war falsch, so traurig zu sein, dachte er, und versuchte verzweifelt, die Tränen zurückzuhalten. Sein Vater war bei Gott. Sein Vater war glücklich. Es war selbstsüchtig von ihm, so unglücklich zu sein. Es zeigte, daß ihm der wahre Glaube fehlte.

Er senkte den Kopf noch tiefer. Alles, was er von Judith neben sich sehen konnte, war ihre Hand auf der Kniebank vor ihr. Auf Judiths anderer Seite, im Moment nicht im Blickfeld, stand Ethelbald.

Ethelbald war wegen der Kopfschmerzen nett zu ihm gewesen. Er hatte Alfred sogar eines seiner Stirnbänder geschenkt. Er sollte es tragen, »um das Böse abzuwenden«, hatte er mit einem Lachen gesagt.

Ethelbald war jetzt der richtige König. Ein kriegerischer König in der großen Tradition ihres Hauses.

Aber Ethelwulf hatte seine eigene Größe gehabt, dachte Alfred loyal. Er würde sich immer an die Worte seines Vaters erinnern, als er seinem hartnäckigen Sohn das Königreich überließ: »*Ein wahrer König stellt immer das Wohl des Königreichs über seinen persönlichen Ehrgeiz.*«

Wieder drohten die Tränen zu fließen. Noch nie, dachte Alfred niedergeschlagen, noch nie hatte er sich so allein gefühlt. Nicht einmal, als er mit drei Jahren zum ersten Mal nach Rom geschickt wurde, um an Stelle seines Vaters dessen Gelübde einzulösen, auf Pilgerfahrt zu gehen.

Dann legte Ethelred ihm den Arm um die Schultern und zog ihn näher an sich heran. *Mach dir keine Sorgen*, schien die Berührung seines Bruders zu sagen. *Ich bin hier.*

Einen Augenblick lang lehnte Alfred sich dankbar gegen den harten, warmen Körper Ethelreds, doch dann richtete er sich entschlossen auf. Ethelred sah ihn anerkennend an, und dann wandten sich beide wieder zum Altar, wo Bischof Swithun die Totenmesse für ihren Vater las.

Zwei Tage nach der Beerdigung wurde Ethelwulfs Testament vor dem Witan verlesen. Das Witenagemot dauerte lang. Alfred saß mit Judith in ihrem Schlafgemach, versuchte sich auf ein lateinisches Gedicht zu konzentrieren und das Brummeln der Männerstimmen im Saal zu ignorieren.

Judith war nervös. Alfred konnte es daran erkennen, wie sie im Zimmer hin und her ging; sie, die sonst nie rastlos war, schien heute nicht stillsitzen zu können.

»Was ist denn, Judith?« fragte er schließlich, als sie zum wiederholten Male hinter ihm auf und ab ging.

Sie blieb am Feuer stehen, und er drehte sich herum, um sie anzusehen. Sie wandte ihm den Rücken zu, und ihre Stimme kam gedämpft über ihre Schulter: »Wahrscheinlich wird mir nur langsam klar, daß ich nach Frankreich zurück muß.«

»Darüber habe ich schon nachgedacht«, sagte er, und sein kleines Gesicht war sehr ernst. »Mein Vater hat dir doch mehrere Landgüter geschenkt.« Alfred wußte das, weil er gehört hatte, wie sich ein paar westsächsische Thane über die Veräußerung westsächsischen Königsbesitzes an die Franken beklagt hatten. Er lehnte sich ein wenig nach vorn. »Du kannst auf deinem eigenen Besitz hier in Wessex wohnen, Judith, und ich ziehe zu dir!«

Sie wandte sich um und sah ihn an. »Aber ich muß auch ein wenig Zeit mit Ethelred verbringen«, fügte er gewissenhaft hinzu. »Sonst vermißt er mich.«

In Judiths großen braunen Augen schimmerten Tränen. »Oh Alfred, ich wünschte, das könnten wir tun.«

»Aber wieso nicht, Judith? Du bist erwachsen. Du kannst tun, was du möchtest.«

In ihren Augen glänzten unvergossene Tränen. »Ich bin nicht irgendeine Erwachsene, mein Lieber. Ich bin eine französische Prinzessin, und mein Vater wird es mir niemals gestatten, Witwe zu bleiben.« Sie blickte auf ihre schlanken Hände und verschränkte sie in Höhe ihrer Taille. »Für einen König ist eine Tochter ein wertvolles Pfand.« Sie sah wieder zu Alfred auf. »Denk an deine eigene Schwester, Alfred. Ethelswith ist zwanzig Jahre jünger als Burgred von Mercien. Glaubst du, sie hätte ihn geheiratet, wenn es nach ihr gegangen wäre?«

Er starrte sie an und antwortete nicht.

»Gott weiß, wen mein Vater als nächstes für mich auswählt«, sagte Judith bitter.

Alfred war fassungslos. »Ich finde es nicht fair, daß Mädchen bei ihrer Heirat so wenig Mitspracherecht haben.«

Ihre Antwort wurde von plötzlich ausbrechendem Lärm im Saal übertönt. Das Witenagemot war offensichtlich zu Ende. Alfred sammelte seine Bücher zusammen. Er wollte Ethelred suchen, um herauszufinden, was geschehen war. Dann klopfte es an Judiths Tür.

»Alfred...« Judith war ganz blaß. »Öffnest du bitte die Tür?«

Er warf ihr einen verwirrten Blick zu, kam jedoch gehorsam ihrem Wunsch nach. Vor der Tür stand sein Bruder Ethelbald.

»Ich bin gekommen, um die Königin zu sprechen, mein Junge«, sagte Ethelbald mit seiner tiefen Stimme.

Alfred wandte sich an Judith. »Es ist der König, Mylady.«

»Kommt herein, Mylord«, antwortete Judith. Alfred starrte sie an. Sie klang seltsam.

Ethelbald trat ein, und mit einem Mal schrumpfte das Zimmer. Alfred blickte neidisch auf die breiten Schultern seines Bruders. Er bemerkte, daß Ethelbald und Judith sich intensiv ansahen, und fragte ein wenig unsicher: »Soll ich gehen, Judith? Oder soll ich hierbleiben?« Das Funkeln in den Augen seines Bruders, als er Judith anblickte, beunruhigte Alfred.

Ethelbald hob eine Augenbraue, und Judith sagte: »Geh und suche Ethelred, Alfred. Das willst du doch sowieso.« Sie lächelte ihn an und sah wieder ein bißchen mehr wie sie selbst aus. Er lächelte zurück, nahm sein Buch, ging zur Tür hinaus und ließ Judith mit Ethelbald allein.

4

ES war ein kalter, klarer Januarnachmittag, und als Alfred Ethelred schließlich fand, schlug der ältere Bruder einen Ritt am Itchen entlang vor. Alfred war einverstanden. Während er so neben Ethelred her ritt, und sein kurzbeiniges, feistes Pony versuchte mit dem größeren Pferd des Bruders schrittzuhalten, hielt er sich mit seinen Fragen zurück, genoß die schwache Wintersonne und die Gesellschaft seines Bruders und ließ Ethelred selbst bestimmen, wann er zu ihm sprechen wollte.

Ethelred wartete, bis sie die Mauern Winchesters hinter sich gelassen hatten. Dann sagte er: »Ethelbald heiratet Judith.«

Der Schock, den die Worte des Bruders ihm versetzten, traf Alfred wie ein Schlag ins Gesicht.

»*Was?*«

»Ich sagte, Ethelbald heiratet Judith«, wiederholte Ethelred. »Darüber haben wir den ganzen Morgen im Witenagemot diskutiert.«

Bestürzt und überrascht starrte Alfred den Bruder an. »Ethelbald kann Judith nicht heiraten«, sagte er. »Judith war doch mit Vater vermählt.«

»Normalerweise hast du recht«, sagte Ethelred. »Die Kirche erlaubt es einem Mann nicht, seine Stiefmutter zu ehelichen. Aber diese Situation hier ist ... ungewöhnlich.«

Die Überraschung ließ langsam etwas nach, und Alfred überdachte Ethelreds Worte. »Inwiefern ungewöhnlich?« fragte er.

»Anscheinend ist die Ehe zwischen Vater und Judith niemals vollzogen worden, Alfred.«

Alfred starrte auf Ethelreds Profil. »Was heißt das, ›vollzogen‹?«

Ethelred seufzte. »Ich wußte, du würdest das fragen.«

»Aber was bedeutet es, Ethelred?«

»Es bedeutet«, antwortete Ethelred vorsichtig, »daß Vater und Judith nicht wie Mann und Frau zusammengelebt haben.«

»Aber das haben sie doch«, sagte Alfred, immer noch verwirrt.

Noch vorsichtiger als vorher sagte Ethelred: »Sie haben nicht zusammen geschlafen, Alfred. Sie hatten keine Babys. Sie waren nicht wie Ethelbert und Ebbe.«

Es war kurz still. »Oh«, sagte Alfred schließlich.

»Kleiner Bruder«, fuhr Ethelred fort, »es gibt in der Kirche eine Regel, daß eine Ehe nicht gültig ist, wenn sie nicht vollzogen wurde. Wenigstens hat das der Erzbischof Hincmar von Reims, Judiths eigener Metropolit und eine anerkannte Autorität für Kirchenrecht, kürzlich erklärt. Und wenn Judith nicht richtig mit Vater verheiratet war, dann kann sie Ethelbald ehelichen.«

»Aber will Judith denn die Ehe mit Ethelbald eingehen? Hat man sie gefragt?«

»Das wollte Ethelbald heute morgen tun, als er zu ihr gegangen ist.«

»Sie wird einwilligen müssen«, sagte Alfred streitsüchtig. »Ich erlaube nicht, daß sie zu etwas gezwungen wird, das sie nicht will.«

Ethelred blickte lächelnd in Alfreds entschlossene Augen. »Ich auch nicht.«

Schweigend ritten sie ein paar Minuten. Nur das Klappern der Hufe auf dem gefrorenen Boden war zu hören. Dann sagte Alfred: »Wenn die Thane nicht begeistert waren, als Vater Judith geheiratet hat, wieso willigen sie dann in eine Ehe mit Ethelbald ein?«

»Gute Frage, kleiner Bruder«, sagte Ethelred anerkennend.

»Es hängt damit zusammen, daß Judiths Heiratsgut in westsächsischer Hand bleiben soll. Wenn Judith Ethelbald ehelicht, gehen die Landgüter, die Vater ihr vermacht hat, auf ihre Kinder über. Wenn Judith zurück nach Frankreich zu ihrem Vater geht, wird Karl der Kahle den Besitz ganz sicher verkaufen, um seine Schatzkammer zu füllen. Niemand will, daß die Güter oder die westsächsische Kronsteuer den Franken in die Hände fallen.«

Wieder war es still, länger als vorher. Dann sagte Alfred: »Ethelbald sieht großartig aus. Und er ist jung. Vielleicht will Judith ihn sogar heiraten.«

»Ich wäre überrascht, wenn nicht, Alfred«, antwortete Ethelred. »Keine Frau weist einen Mann wie Ethelbald ab.«

Das konnte sogar Alfred mit seinen acht Jahren verstehen.

»Es wäre schön, wenn Judith in Wessex bleiben könnte«, sagte er dann. »Ich würde sie vermissen, wenn sie zurück nach Frankreich ginge.«

»In ihrer Heimat wird es einen Aufschrei der Empörung geben«, sagte Ethelred. Er schien mehr mit sich selbst zu sprechen als zu Alfred. »Sie heiratet ohne die Erlaubnis ihres Vaters, und Karl der Kahle wird darüber nicht erfreut sein. Aber wir glauben nicht, daß Karl die französischen Bischöfe veranlassen wird, Einspruch gegen die Verbindung einzulegen. Er wird es sich mit Wessex nicht verderben wollen. Oder mit Ethelbald, der, wie man gerechterweise zugeben muß, großes Ansehen genießt, weil er gegen die Dänen gekämpft hat.«

Alfred antwortete nicht, sondern sah den Bruder nur an und versuchte zu verstehen, was er sagte.

»Um ehrlich zu sein, waren wir alle schockiert und entsetzt, als Ethelbald dem Witan heute morgen diese Heirat vorschlug«, sagte Ethelred. »Es riecht nach Inzest. Aber als die Wahrheit über Vaters Ehe herauskam ... nun, es ist einfach vernünftig, Alfred. Das Mädchen ist hier, sie ist eine Prinzessin, sie wurde schon zur Königin von Wessex gekrönt und gesalbt, und wir halten den Besitz und das Geld im Land. Ethelbald könnte keine bessere Partie machen.«

»Aber«, fragte Alfred leise, »will Ethelbald Judith denn nicht um ihrer selbst willen?«

Ethelred sah ihn an. »Doch, da bin ich mir sicher, Alfred.« Er lächelte. »Judith ist sehr schön. Wie könnte ein Mann sie nicht um ihrer selbst wollen?«

Ethelreds Antwort räumte Alfreds Zweifel nicht aus, aber er wußte nicht, warum. Dann sagte Ethelred: »Laß uns galoppieren«, und Alfred ließ sich ablenken.

Als die Brüder zurück nach Winchester ritten, fing Alfreds Kopf wieder an zu schmerzen. Es war Spätnachmittag, die Sonne schien hell, und als die Pferde wieder ins Schritttempo verfielen, schien es Alfred, als bohrten sich die vom glitzernden Fluß reflektierten Lichtblitze wie Speere in seine Augen.

»Ethelred«, sagte er und versuchte nicht panisch zu klingen, »ich glaube, ich kriege wieder diese Kopfschmerzen.«

»Was tut denn genau weh?« fragte Ethelred scharf.

»Die Augen. Und die Stirn.«

»Gib mir die Zügel«, sagte Ethelred. »Ich führe das Pony. Schließ einfach die Augen und sitz still. Wir sind fast zu Hause.«

Alfred überließ ihm die Zügel und tat, wie ihm befohlen wurde. Doch selbst unter geschlossenen Lidern schmerzten die Augen wie Feuer. Schon bald spürte er selbst das Auftreten der Hufe im einfachen Schritttempo im Kopf.

»Ethelred«, sagte er verzweifelt, als man am Horizont die Mauern von Winchester undeutlich erkennen konnte. »Ich fürchte, mir wird schlecht.«

»Ich hebe dich herunter«, hörte er den Bruder sagen, und dann stand Ethelred neben dem Pony. Er spürte die großen Hände des Bruders um seine Taille, wie sie ihn mühelos aus dem Sattel hoben. Sobald Alfreds Füße den Boden berührten, krümmte er sich zusammen und übergab sich. Um ihm beizustehen, schlang Ethelred den Arm um ihn.

»Es tut mir leid«, flüsterte er, als er schließlich zu würgen aufhörte.

»Red keinen Blödsinn«, sagte Ethelred. Es klang fast zornig, aber Alfred wußte, daß er nur Angst hatte. Auch Alfred hatte Angst. Er glaubte, er könne diesen Schmerz nicht noch einmal aushalten.

In seinem Kopf tobte ein Feuersturm.

Er schaffte es nicht bis zum Saal, sondern übergab sich noch einmal im Hof. Dann hob Ethelred ihn hoch und trug ihn in den Prinzensaal, in das Zimmer, das sie sich teilten. Ethelred legte ihn aufs Bett und schickte nach kalten Lappen.

Die Marter nahm kein Ende. Alfred lag ganz still da, aber nichts schien zu helfen. Stunden vergingen.

Wie beim letzten Mal verschwand es ganz plötzlich. Er sah seinen Bruder und Judith an, die auch gekommen war und an seinem Bett saß, und sagte wie schon einmal leise und überrascht: »Es ist weg.«

»Gott sei Dank«, sagte Ethelred.

Alfred faßte sich an die Stirn. »Warum bekomme ich diese Schmerzen?« fragte er. »Ist irgend etwas in meinem Kopf nicht in Ordnung?«

»Nein, natürlich nicht«, antwortete Judith bestimmt. »Mit deinem Gehirn ist alles in Ordnung, Alfred.«

»Während du hier gelegen hast, Alfred, hat mir Eahlstan erzählt, daß seine Mutter, unsere Großmutter, auch solche Kopfschmerzen hatte«, sagte Ethelred.

»Unsere Großmutter?« Alfreds Blick forschte im Gesicht des Bruders. »Dieselben Schmerzen?«

»Das hat Eahlstan gesagt. Es ist anscheinend erblich bedingt.«

»Ist Großmutter daran gestorben?«

»Nein.« Ethelred blickte grimmig drein. »Nein, Alfred. Unsere Großmutter ist an etwas ganz anderem gestorben. Und sie hat lange gelebt. Lang genug, um Kinder und Enkel zu haben.«

Jetzt, wo er wußte, daß er nicht der einzige war, der unter so schrecklichen Kopfschmerzen litt, fühlte er sich besser. Und Ethelred hatte recht. Seine Großmutter war alt geworden. Ihr Leben war ganz normal verlaufen. Noch nie hatte jemand ihre Kopfschmerzen erwähnt.

»Bedeutet das, daß ich sie weiterhin haben werde?« fragte Alfred, und seine Augen hefteten sich an Ethelreds Gesicht.

»Ganz bestimmt nicht.« Ethelred strich Alfred das Haar aus der Stirn. »Ich bin sicher, die Kopfschmerzen gehen weg, wenn wir wieder ein normales Leben führen. Du bist jetzt nur durch

Vaters Tod durcheinander. Sobald Ethelbald gekrönt ist, kehren du und ich nach Eastdean zurück. Das wird dir gefallen, oder?«

»Ja«, sagte Alfred, aber es klang unsicher. Sein Blick ging zu Judith. »Heiratest du Ethelbald?« fragte er sie.

»Ja.« Ihre braunen Augen lächelten ihn an. »Ich konnte doch nicht die Gelegenheit ausschlagen, dich als Schwager zu bekommen.«

Einer seiner Mundwinkel hob sich.

Sie lehnte sich herab und flüsterte ihm ins Ohr: »Mit Ethelbald komme ich jedenfalls besser weg als mit Sidroc dem Dänen.«

Auch der andere Mundwinkel verzog sich.

»Du brauchst deine Hunde«, sagte Ethelred, und da grinste Alfred.

»Ihr Westsachsen und eure Hunde«, beschwerte sich Judith scherzhaft.

»Habt ihr in Frankreich keine?« fragte Ethelred.

»Natürlich, aber wir halten sie in Hundehütten«, antwortete Judith.

»Die meisten Westsachsen tun das auch«, gab Ethelred zu. »Nur meine Familie hält sie gern im Haus.«

»Alfred schläft sogar mit seinen!« sagte Judith und erschauderte theatralisch.

Alfred lachte vergnügt. »Sie wärmen mich«, sagte er. Das Lachen ging in ein Gähnen über.

»Du bist müde«, sagte Ethelred. »Ich glaube, es ist das Beste, wenn du ein wenig schläfst.«

»Ich bin überhaupt nicht müde«, widersprach Alfred und gähnte noch einmal.

Ethelred und Judith lachten und standen gleichzeitig auf.

»Gute Nacht«, sagte Ethelred bestimmt, und die beiden verließen das Zimmer. Als sich die Tür schloß, schlief Alfred schon fast.

Zwei Wochen später wurden Ethelbald und Judith vermählt, und am Tag nach der Hochzeit wurde Ethelbald in aller Form zum König von Wessex gekrönt. Ethelbald übertrug Ethelbert als Unterkönig die Herrschaft über Kent, wie er es geschworen hatte, als Ethelwulf seinem ältesten Sohn die Rechte in Wessex abgetreten hatte. Ethelbert kehrte mit seiner Familie in die südöstlichen Grafschaften zurück, um seine Oberherrschaft aufzunehmen. Alfred und Ethelred gingen mit ihm.

Sommer und Herbst vergingen. Der Schnee kam, häufte sich auf den Saaldächern, drückte die Zweige der Bäume nieder und blockierte die Wege. Das Brennholz mußte anstatt auf Lastkarren auf Pferdeschlitten aus dem Wald geholt werden. In der Woche bevor die Fastenzeit begann, nahm Ethelred sich eine Braut. Sie hieß Cyneburg, und Alfred mochte sie recht gern. Er wußte, es war wichtig, daß Ethelred heiratete, denn Ethelbert hatte bisher nur Mädchen gezeugt, und Ethelbald und Judith hatten überhaupt noch keine Kinder. Der einzige von Ethelwulfs Söhnen, der schon einen Jungen hatte, war Athelstan, der älteste.

Der Schnee ging in Regen über. Der Februar schwand dahin, und es wurde März. In diesem Jahr war die Fastenzeit schwerer als sonst für Alfred; er befand sich im Wachstum und war hungriger als je zuvor. Ostern feierte er mit Ethelbald und Judith auf Wilton, und er verbrachte ein paar schöne Wochen auf der Jagd mit seinem Bruder, dem König.

Im August gab es einen unbedeutenden dänischen Überfall in der Nähe von Hythe in Kent, dann noch einen in der Nähe von Maldon. Ein paar Häuser wurden geplündert und niedergebrannt, und man berichtete von sechs Toten. Ethelreds Frau, Cyneburg, war schwanger, und Ethelred bat Alfred, dafür zu beten, daß sie ihm einen Sohn schenken würde. Ethelberts jüngstes Kind war wieder ein Mädchen gewesen. Es war höchste Zeit für einen Jungen in der Familie, sagte Ethelred.

Weihnachten kam, und zur gleichen Zeit die Neuigkeit, daß auch Judith ein Kind erwartete.

Mitten in der Fastenzeit gebar Cyneburg einen Jungen, und Ethelred war hocherfreut. Ethelbert beging Ostern in Farnham, und Alfred verbrachte die Feiertage bei seinem Bruder, denn Ethelred war von seiner neuen Rolle als Vater in Anspruch genommen, und Judiths Niederkunft stand kurz bevor, und sie fühlte sich nicht wohl.

Die Nachricht von Ethelbalds Tod kam, während Alfred in Farnham weilte.

»Es war das Rotfieber«, sagte der Bote grimmig. »Der König starb innerhalb von vierzig Stunden.«

Alfred kannte das Rotfieber. Es war mitleiderregend. Die Haut wurde rot und fleckig, und das Fieber wütete heftig. Die meisten Leute, die es bekamen, starben daran.

Wie alle anderen in Farnham war Ethelbert entsetzt über die Neuigkeiten. Niemand, der Ethelbald kannte, hätte sich träumen lassen, daß ihm so etwas widerfahren könnte. Es gab wenige Männer, die so vor Gesundheit strotzten wie er, und alles hatte dafür gesprochen, daß er ein langes, erfülltes Leben vor sich hatte.

»Wie geht es Lady Judith?« fragte Alfred.

»Sie ist auch erkrankt«, kam die nichts Gutes verheißende Antwort. »Lady Judith hat den König während seiner Krankheit gepflegt. Anscheinend hat sie sich angesteckt.«

»Ich möchte zu ihr, Ethelbert«, sagte Alfred. »Arme Judith. Sie ist ganz allein.«

Doch Ethelbert wollte nichts davon hören, seinen jüngsten Bruder auf Wilton der Ansteckungsgefahr auszusetzen, und so blieb Judith allein mit ihrem Leid. Ethelbert war gerade gekrönt worden, als sie erfuhren, daß Judith selbst sich zwar erholen würde, sie jedoch Ethelbalds Kind verloren hatte.

Nicht vor Juni erlaubten Ethelbert und Ethelred Alfred, nach Wilton zu reisen und Judith zu besuchen. Er war tief bekümmert, als er sie blaß, verhärmt und teilnahmslos vorfand. Er fühlte sich schrecklich schuldig, weil ihr niemand beigestanden hatte, um mit ihrem Verlust fertig zu werden, und gab sich große Mühe, sie abzulenken. Aber nichts schien zu helfen.

Alfred hatte zwei Wochen auf Wilton verbracht, als die Nachricht kam, daß die Dänen Winchester angegriffen hatten. Alfred hörte den Männern im Saal zu und rannte dann zu Judith, um es ihr zu erzählen.

Sie war im Garten, saß mit leeren Händen auf einer Bank und starrte vor sich hin. Das tat sie oft. Zu oft. Es bereitete Alfred große Sorgen.

»Judith«, sagte er jetzt, als er die Bank erreichte und sich schwungvoll neben sie setzte. »Gerade ist ein Bote mit schrecklichen Neuigkeiten gekommen. Die Dänen haben Winchester überfallen. Sie sind mit ihren Schiffen den Itchen herauf gekommen und haben die Stadt geplündert!«

Ihr ausdrucksloser Blick fiel auf sein Gesicht. Dann raffte sie sich auf zu fragen: »Hat ihnen keiner Widerstand geleistet?«

»Osric hat das Fyrd aus Hampshire gerufen, und Ethelwulf, Ealdorman von Berkshire, hat seins um sich geschart. Der Bote, der hierher gekommen ist, bittet um Verstärkung aus Wiltshire. Sie wollen versuchen, einen Teil der Beute zurückzuerobern, bevor die Dänen sie auf ihre Schiffe verladen haben.« Alfred sprang wieder auf und fing an, vor Judith auf und ab zu gehen. »Ich wünschte, ich könnte mitgehen!«

»*Nein!*« Wenigstens das schien zu ihr durchzudringen. »Nein, Alfred!« sagte sie noch einmal. »Du bist zu jung. Du wirst nächsten Monat erst zehn.« Wie eine Beschwörungsformel wiederholte sie: »Du bist zu jung.«

»Das haben die Thane auch gesagt«, antwortete Alfred. Er klang bitter.

»Wo . . .« Judith holte tief Atem. »Wo«, sie versuchte es noch einmal, »ist Ethelbert? Wo ist . . . der König?«

»In Surrey.«

Es war still. Alfred schritt weiter auf und ab. Judith starrte jetzt auf ihren Schoß. Schließlich sagte sie, ganz leise: »Es hat ja nicht lange gedauert, bis sie Ethelbalds Tod zu ihrem Vorteil genutzt haben.«

Alfred hielt inne. Es herrschte ein kurzes Schweigen, dann sagte er: »Es stimmt schon, daß Ethelbert nicht denselben Ruf als Krieger hat wie Ethelbald. Vielleicht hat er auch nicht die Veranlagung dazu. Aber Ethelbert ist kein Feigling, Judith. Er wird Wessex schon zu verteidigen wissen.«

»Das hoffe ich.« Ihre Stimme klang gedämpft. Der gesenkte Kopf verbarg das Gesicht.

»Judith . . .« Alfred stellte die Frage, die ihm schon lange auf der Zunge lag. »Judith, was wirst du jetzt tun?«

»Ich muß zurück nach Frankreich«, antwortete sie leise.

Er setzte sich wieder neben sie. »Wenn du zurückgehst, zwingt dein Vater dich dann zu einer neuen Heirat?«

Sie zuckte mit den Achseln. »Ich bin jetzt eine Frau, Alfred, und kein Mädchen mehr, und mir ist egal, was mein Vater wünscht.« Endlich hob sie den Kopf und sah ihn an, und die großen braunen Augen waren finster. »Wenn ich jemals wieder heirate«, sagte sie, »dann treffe ich die Wahl, und niemand sonst.« Es klang, als legte sie ein Gelübde ab.

Alfred starrte sie an. »Hast du ... hast du Ethelbald geliebt?« fragte er schließlich ganz leise.

Ihr Gesicht war seltsam unbewegt. »Ja. Ich denke schon.«

Alfred sagte: »Ich glaube, du hast recht; du solltest zurück nach Frankreich gehen.« Überrascht wandte sie sich ihm zu; diese Reaktion hatte sie nicht erwartet. »Hier in Wessex ist es zu schwer für dich«, sagte er traurig. »Da sind zu viele Erinnerungen.«

»Ja.« Ganz plötzlich zitterte ihre Stimme. »Ich fühle mich so alt, Alfred. Ich bin erst achtzehn, aber ich fühle mich ganz alt.« Sie straffte die Schultern und erhob sich. »Komm«, sagte sie und sah in sein hochgewandtes Gesicht. »Laß uns sehen, was wir über Winchester erfahren können.«

Den Männern aus Berkshire und Hampshire gelang es, einen Großteil der Beute zurückzugewinnen, die die Dänen im Zuge ihres Überraschungsangriffs auf Winchester gemacht hatten, und die Wikingerschiffe segelten den Itchen wieder herunter.

Ethelbert übernahm die Herrschaft und beschloß, daß die alte Sitte, Kent und die verbündeten Grafschaften unter die Herrschaft eines Nebenkönigs zu stellen, nicht sehr klug war. Es ermutige die östlichen Grafschaften nur dazu, sich als nicht zu Wessex gehörig zu sehen, sagte er zu Ethelred. Es sei am besten, wenn ein König über alles herrsche. Um Ethelred für den Verlust eines Königreichs zu entschädigen, ernannte Ethelbert seinen Bruder zum Secondarius, zum Thronfolger. Da Ethelberts Frau bisher nur Töchter bekommen hatte, schien es, daß das Königtum nicht an seine eigenen Nachkommen weitergegeben würde.

Judith kehrte nach Frankreich zurück, und ihr Vater, Karl der

Kahle, kerkerte sie im Palast von Senlis ein, weil sie sich weigerte, auf seinen Befehl hin zu heiraten.

Unter Ethelberts Herrschaft blieb es in Wessex friedlich. Keine Wikingerschiffe kamen die Küsten entlang oder die Flüsse hinauf. Die drei Söhne von Ethelwulf lebten nach außen hin in Harmonie miteinander. Wenn Ethelred sich über den Verlust Kents ärgerte, dann wußte niemand davon.

In Dänemark begannen Ivar Knochenlos und sein Bruder Halfdan, zwei Söhne des berühmten und wilden Wikingerseeräubers Ragnar Lothbrok, mit der Aufstellung einer Armee. Bisher hatten die Wikinger Wessex immer vom Meer aus angegriffen und sich dann wieder aufs Meer zurückgezogen. Ihr Stützpunkt war das Schiff gewesen, und sobald der Herbst kam, waren die Wikingerschiffe immer wieder in die Heimat zurückgekehrt. Doch es wurde immer schwieriger, in Dänemark gutes Land zu finden, die zurückkehrenden Männer fanden zu Hause immer weniger vor. Die Wikinger liebäugelten mit mehr als nur Gold und Silber. Sie wollten Land. Männer wie diese, dachten die Söhne von Ragnar Lothbrok, waren reif für eine Eroberungsarmee; eine Armee, die vom Land her operierte, nicht vom Meer aus; eine Armee, die das ganze Jahr über Beschäftigung bot.

Als Ethelwulf, König von Wessex, im Jahr 855 nach Rom pilgerte, hatte er fünf lebende Söhne: Athelstan, Ethelbald, Ethelbert, Ethelred und Alfred. Der älteste, Athelstan, war gestorben, bevor Ethelwulf wieder englischen Boden betrat. Als Ethelwulf seine Söhne darum gebeten hatte zu schwören, sich gegenseitig nachzufolgen, wenn es nötig wäre, war Ethelbald, der neue König, jung, stark und gesund gewesen. Dann war Ethelbald am Rotfieber gestorben und hatte das Königreich Ethelbert, dem dritten Sohn, überlassen.

Im Jahr 865, zehn Jahre nach Ethelwulfs Pilgerreise, traf die westsächsische Königsfamilie wieder ein tragischer Schicksalsschlag, Ethelbert, der herrschende König, trat in einem Stall in Winchester auf einen Nagel. Er durchbohrte die Schuhsohle und dann den Fuß. In weniger als einer Woche war der junge König tot.

Wieder einmal wandte sich der Witan an Ethelwulfs Söhne, um den neuen König auszuwählen. Ethelred, der einst drei Brüder gehabt hatte, die in der Thronfolge vor ihm standen, wurde vom Witan ernannt. Im Juli wurde er im Münster von Winchester zum König von Wessex gekrönt.

Während der Krönungszeremonie ernannte der neue König offiziell seinen Bruder Alfred zum Secondarius, oder auch Thronerben, da sein Sohn noch zu jung war, um zu regieren.

Im Herbst des Jahres 865, im ersten Jahr der Herrschaft Ethelreds, landete die Streitmacht, die in ganz Wessex als die Große Armee bekannt werden sollte, in Ostanglien. Sie wurde von Ragnar Lothbroks Söhnen angeführt und umfaßte siebentausend Mann. Ivar Knochenlos verteilte seine Männer in vier Gruppen über das Land und begann, in Ostanglien Pferde zu stehlen. Bei Anbruch des Winters würde diese Armee nicht in die Heimat zurückkehren. Diesmal waren sie nach England gekommen, um zu bleiben.

I

Der Sturm braut sich zusammen
A. D. 867–870

5

ES würde ein Gewitter geben. Die Luft war so drückend, daß man kaum atmen konnte, und der Himmel war seltsam gefärbt. Jeder konnte sehen, daß ein Unwetter nahte. Auch die Pferde spürten es. Alfreds Fuchs scheute vor jedem Blatt.

Gut, dachte Alfred. Er liebte Gewitter.

Neben ihm sagte Ethelred mürrisch: »Es ist heute zu heiß, um zu reisen.«

Alfred wandte sich seinem Bruder zu. Armer Ethelred, dachte er mitfühlend. Er sah erhitzt und unbehaglich aus. »Wir müssen jeden Moment in Tamworth sein«, sagte Alfred.

Ethelred wischte sich den Schweiß von der Stirn. Sein verschwitztes blondes Haar war dunkel geworden, und seine Tunika wies zwischen den Schulterblättern Flecken auf. »Du siehst aus, als wäre dir überhaupt nicht heiß«, sagte er zu Alfred. »Wie stellst du das an?«

»Ich bin nicht so empfindlich gegen Hitze wie du«, antwortete Alfred. Dann fügte er hinzu: »Kopf hoch, Ethelred. Ich sehe eine Lichtung vor uns. Das muß Tamworth sein.«

»Das hoffe ich«, murrte Ethelred. Er drehte sich im Sattel um und betrachtete die Thane, die hinter ihm auf dem Waldweg ritten. Sie sahen alle so erhitzt und elend aus wie er. Er sah wieder nach vorn und kniff die Augen zusammen, um durch den Dunst zu sehen. »Es ist Tamworth«, sagte er. »Gott sei Dank.«

Ein paar Minuten später ritt eine von Thanen aufgestellte Wache auf dem Waldweg auf sie zu, um Ethelred von Wessex und seine Gefolgschaft in die Enklave Tamworth, das Zentrum des englischen Königreiches Mercien, zu eskortieren.

Ethelreds Schwester, Ethelswith, war mit Burgred, dem König von Mercien, verheiratet, aber in diesem Sommer war Ethelred nicht wegen Familienangelegenheiten in den Norden gekommen. Ein Besuch in Mercien erschien unerläßlich, weil Nordhumbrien im Frühjahr an die Dänen gefallen war. Seit der Zeit König Egberts, Ethelreds Großvater, bestand zwischen Wessex und Mercien ein Verteidigungsbündnis. Es wurde Zeit, sicherzustellen, daß diese Allianz noch gültig war. Die dänische Armee hatte mit der Eroberung Nordhumbriens wenig Mühe gehabt, weil das Land in sich selbst uneinig war. Ethelred war entschlossen, Wessex und Mercien vor diesem Schicksal zu bewahren.

Der Königssitz Tamworth war zwischen den Flüssen Tane und Trent in einer gut geschützten Lichtung erbaut worden. Im letzten Jahrhundert hatte das große Offa es durch Gräben und Palisaden noch weiter befestigt, und einen bewachten Damm zur Durchquerung des Sumpfes gebaut, der Tamworths Süden schützte. Über diesen Damm ritt Ethelreds Truppe jetzt in das eingefriedete königliche Zentrum Merciens hinein.

Alfred war schon einmal in Tamworth gewesen, deshalb überraschte ihn der Anblick des großen Saales nicht, der hoch oben auf einem künstlich angelegten Erdplateau lag. Er beobachtete, wie sein Pferd weggeführt wurde, und folgte dann Ethelred in den Gästesaal, der ihnen zugewiesen worden war, damit sie sich den Staub von der Reise abwaschen konnten, bevor sie zu Burgred geführt wurden.

Es gab nur ein Privatgemach im Saal, und da Ethelred ohne seine Frau reiste, bot er Alfred wie immer an, es mit ihm zu teilen. Ethelred legte nicht viel Wert auf Privatsphäre, aber er wußte, daß Alfred es tat. Die beiden Brüder unterhielten sich ungezwungen, während sie sich wuschen und saubere Hemden und Tuniken anzogen, die Ethelreds Kleiderwart, Sinulf, bereitgelegt hatte. Es war schwül im Zimmer, und Ethelred schwitzte die saubere Kleidung durch.

Im größten Raum des Gästesaales erwartete sie ein junger mercischer Adliger. »Mylord«, sagte er zu Ethelred und neigte das rabenschwarze Haupt in Ehrerbietung. »Ich bin Athulf, Ealdorman von Gaini. Man schickt mich, um Euch zum König zu eskortieren.«

Alfred und Ethelred tauschten einen überraschten Blick aus. Solange die beiden zurückdenken konnten, war Ethelred Mucill

Ealdorman von Gaini und einer von Burgreds Hauptberatern gewesen. Wo kam plötzlich dieser Junge her? Athulf sah den Blick und erklärte ernst: »Mein Vater ist im letzten Winter gestorben, und der König war so gütig, mich an seiner Stelle zum Ealdorman zu ernennen.«

Alfred hätte diesen schwarzhaarigen Mercier mit der Hakennase nie für Ethelred Mucills Sohn gehalten. Er sieht willensstark aus, dieser Athulf, dachte Alfred. Gott wußte, daß Burgred ein paar willensstarke Berater dringend nötig hatte. Nach Alfreds Erfahrung hatte sein Schwager Tatsachen noch nie ins Auge gesehen.

»Danke, Mylord.« Die Augen des jungen Ealdorman blickten von Ethelred zu Alfred und dann wieder zurück zu Ethelred.

»Das ist mein Bruder, Prinz Alfred«, sagte Ethelred prompt. »Mein Secondarius.«

Die beiden jungen Männer wechselten einen liebenswürdigen, wenn auch abschätzenden Blick. Dann sagte Athulf: »Wenn Ihr mit mir kommen wollt, Mylords?«

»Bertred?« Ethelred sah sich nach seinem Schatzkanzler um.

»Hier bin ich, Mylord.« Bertred trat vor. Er trug die goldbestickte Satteldecke und die Goldbrosche, die Gastgeschenke für Burgred.

Ethelred nickte zustimmend und bedeutete dem mercischen Adligen, daß er bereit war, ihn zu begleiten. Alfred ging neben Ethelred her, und Bertred folgte mit den Geschenken.

»Ich bin überrascht, daß ich Euch nicht schon eher getroffen habe«, sagte Ethelred gutgelaunt zu dem Ealdorman, als sie den Gästesaal verließen. »Ich kannte Euren Vater gut.«

Der Mercier, der nicht älter als zweiundzwanzig sein konnte, zuckte mit den Achseln. »Mein Vater war so sehr mit den Angelegenheiten des Landes beschäftigt, Mylord, daß es meine Aufgabe war, mich um die Landgüter zu kümmern. Deshalb war ich nicht oft in Tamworth.«

Offenbar hatte Ethelred über das Aussehen des jungen Ealdormans dasselbe gedacht wie Alfred, denn er sagte jetzt auf seine freundliche Art: »Ihr seht Eurem Vater gar nicht ähnlich.«

»Nein.« Athulf klang ein wenig ungehalten, als er dem König

antwortete. Alfred dachte bei sich, daß er diese Bemerkung bestimmt schon viele Male gehört hatte. »Eine meiner Großmütter war Waliserin«, sagte Athulf. »Meine Schwester und ich schlagen nach ihr. Nur mein Bruder hat den hellen Teint und das blonde Haar der Mercier.«

»Ah«, sagte Ethelred. Schon von jeher hatte Mercien eine gemeinsame Grenze mit Wales. Doch anders als in Wessex, wo man die Britannier seit Jahrhunderten inner- und außerhalb der Grenzen mit Erfolg eingegliedert hatte, war Mercien immer uneins mit den walisischen Britanniern geblieben. Im letzten Jahrhundert hatte Offa sogar einen großen Erdwall gebaut, um die mercische Grenze festzulegen, an der es immer wieder zu Feindseligkeiten kam. Ab und zu gab es jedoch auch Versuche, die Feindschaft durch eine Heirat beizulegen. Das war offensichtlich bei Athulfs Großeltern der Fall gewesen.

»Wir hier in Mercien waren sehr besorgt, als wir von der Niederwerfung Nordhumbriens erfuhren«, sagte Athulf plötzlich.

»Genauso wie wir in Wessex«, antwortete Ethelred, und sein verschwitztes Gesicht war grimmig.

»Wir haben gehört, daß zwei nordhumbrische Könige und acht Ealdormen gefallen sind«, sagte Alfred. »Stimmt das?«

Athulf blickte zu der kleineren, dünneren Gestalt zur Rechten des Königs. »Ich fürchte ja, Mylord.« Als nächstes sprach er zum König. »Wenn die Nordhumbrier weiter im freien Feld hätten kämpfen können, hätten sie vielleicht eine Chance gehabt. Aber als die Dänen erst einmal in die Stadtmauern von York eingedrungen waren, konnten sie die Nordhumbrier wie Schafe zur Schlachtbank führen.« Das schmale, dunkle Gesicht des Merciers war traurig. »Fast die gesamte Kampfkraft des Nordens an einem Nachmittag dahin«, sagte er. »Das ist schwer zu glauben.«

Es folgte ein kurzes Schweigen. Dann sprach Ethelred: »Niemand hat erwartet, daß die Dänen nach Norden einmarschieren. Mit der Besetzung Yorks haben sie die Nordhumbrier überrumpelt.«

Athulf grinste die beiden Westsachsen schief an. »Ein wahres

Wort, Mylord. Wir haben fast alle damit gerechnet, daß sie Wessex angreifen.«

»Von Ostanglien aus hätten sie in alle Richtungen weiterziehen können«, antwortete Alfred finster. »Nördlich von Nordhumbrien, landeinwärts nach Mercien oder gen Südwesten nach Wessex. Sie hatten die Wahl.«

»Die Zwietracht Nordhumbriens hat sie angelockt«, bemerkte Ethelred.

»Es scheint so.« Der Mercier rieb sich die Nase. »Aelle hatte gerade Osbert, der achtzehn Jahre lang König war, abgesetzt, und seine eigene Macht war noch nicht gesichert. Um gerecht zu sein, muß man sagen, daß die Nordhumbrier sich schließlich doch noch zusammengerauft haben, um die Angreifer zu vertreiben.«

»Miteinander leben konnten sie nicht, aber um gemeinsam zu sterben, haben sie sich zusammengeschlossen.« Alfreds Ton war neutral.

»Die beiden Könige sind nicht wirklich gemeinsam gestorben«, sagte Athulf. »Aelle wurde gefangengenommen.«

Ethelred sagte: »Das wußte ich nicht.« Der Gesichtsausdruck des jungen Merciers ließ beide Brüder langsamer gehen. Inzwischen war es nicht mehr heiß, sondern schwül. Sogar auf Alfreds goldener Haut glänzte Schweiß. »Was ist mit ihm passiert?« fragte Ethelred.

»Das wißt Ihr nicht?«

»Dann würde ich nicht fragen.« Ethelred zupfte an seiner Augenbraue, ein sicheres Zeichen, daß er beunruhigt war.

»Aelle wurde gefangengenommen. Dann haben sie . . .« Athulfs Stimme erstarb. Er räusperte sich und begann von neuem. » Bei den Wikingern gibt es anscheinend eine Tradition, wie man sich gefangengenommener Könige entledigt. Während York vor seinen Augen abbrannte, packten sie Aelle und schnitten ihm bei lebendigem Leib die Rippen und die Lunge heraus und breiteten sie als Opfer für ihren Gott Odin aus wie die Schwingen eines Adlers.« Er blickte die beiden Westsachsen an. »Sie nennen dieses Gemetzel ›Blutadler‹«, sagte er. Sein Gesicht und seine Stimme waren sehr grimmig.

»Lieber Gott im Himmel!« Ethelreds braune Augen waren vor Entsetzen weitgeöffnet.

»Möge Gott seiner Seele gnädig sein«, sagte Athulf und bekreuzigte sich.

»Amen.« Sie waren während des Gesprächs fast stehen geblieben, doch jetzt stiegen sie langsam weiter den Hügel hinauf, der zum Königssaal von Tamworth führte. »Davon wußte ich nichts«, sagte Ethelred. Schweiß strömte von seinem Gesicht.

»Wir müssen uns ihnen entgegenstellen.« Alfreds Stimme war hart und schroff. »Solche Barbaren dürfen wir in England nicht dulden.«

»Ein wahres Wort, Mylord«, antwortete Athulf aus vollem Herzen. Dann standen sie vor der großen Tür des Königssaals von Tamworth.

Ethelswith von Mercien saß neben ihrem Ehemann, dem König, im stickigen Saal und beobachtete, wie ihre Brüder auf sie zukamen. Ethelred hat zugenommen, seit ich ihn das letzte Mal gesehen habe, dachte sie. Und er sieht sehr blaß aus. Na ja, er geht auf die Dreißig zu; er ist kein junger Mann mehr. Aber auch nicht alt, fügte sie schnell hinzu, als ihr einfiel, daß sie nur zwei Jahre jünger war. Wahrscheinlich lassen ihn die beiden jungen Männer an seiner Seite aussehen, als sei er mittleren Alters.

Ethelswiths Augen wanderten von Ethelred zu Alfred. Sie hatte eine Schwäche für ihren jüngsten Bruder, und ihr fiel ein, daß er in zwei Tagen achtzehn wurde. Ein wichtiger Geburtstag. Ich muß ein Bankett für ihn geben, dachte sie. In einer plötzlichen sentimentalen Anwandlung fiel ihr auf, wie sehr er ihrer Mutter ähnelte.

Inzwischen hatten sie den Thron erreicht, und nun erhob sich Burgred, um die Besucher aus Wessex willkommen zu heißen. Burgred läßt Ethelred jung erscheinen, dachte Ethelswith, während sie Bruder und Ehemann bei der Begrüßungszeremonie beobachtete. Burgred, mit massigen Schultern und Gliedmaßen, nahm gerade höflich Ethelreds Geschenk in Empfang. Dann gab er ein Zeichen, und einer seiner Thane trat mit den beiden Wolfshunden vor, dem Gegengeschenk für den Schwager.

Alfreds Gesicht leuchtete auf, als die Hunde gebracht wurden. Er schnalzte mit den Fingern, und sie kamen sofort zu ihm, wie es alle Hunde taten. Er kraulte ihnen die Ohren und sah zu Ethelred auf. Seine goldenen Augen leuchteten. »Das sind prachtvolle Tiere, Mylord.«

Ethelred ist viel zu blaß, dachte Ethelswith plötzlich. Es mußte an der Hitze liegen. Sie erhob sich vom Thron und sagte: »Ihr seht nicht gut aus, Bruder. Kommt und setzt Euch, und ich lasse nach Met schicken.«

Ethelred lächelte ein wenig unsicher. »Es ist so heiß.« Dann, als sich alle zu den Stühlen begaben, die in der Nähe der Tür aufgestellt worden waren, um auch den kleinsten Luftzug zu erhaschen, fügte er hinzu: »Der junge Athulf hat uns gerade von Aelles Schicksal berichtet. Wir in Wessex hatten noch nichts von diesem Blutadler gehört.«

Ethelswith runzelte die Stirn und preßte die Lippen zusammen. Sie dachte nicht gerne daran, was Aelle zugestoßen war. Es ließ sie erschaudern. Sie hörte, wie Burgred »Abscheulich!« murmelte, und dann hatten sie die Stühle erreicht, und ein Diener brachte den Met.

Ethelred nahm einen kräftigen Zug, und sein Gesicht schien wieder ein wenig Farbe zu bekommen. Dann sagte er zu Burgred, der es mit dem Met gleichgetan hatte: »Was glaubt Mercien, haben die Dänen als nächstes vor?«

Burgred reckte den Hals, als ob ihm sein Kragen zu eng wäre. Es war sehr heiß im Saal, obwohl die Tür offenstand. »Meines Wissens sind sie noch immer in York«, antwortete er. »Vielleicht bleiben sie dort.« Burgred trank noch einen Schluck Met, und der Schweiß stand ihm auf der Stirn.

»Alfred glaubt das nicht.« Ethelred sah von Burgred zu seinem Bruder, der den Met abgelehnt hatte.

»Wieso nicht?« Auch Burgred blickte seinen jungen Schwager an.

»Bisher war es zu einfach für sie, Mylord«, antwortete Alfred. Er war höflich und respektvoll, wie es sich geziemte, aber er sprach mit dem unbekümmerten Selbstvertrauen eines Mannes, der daran gewöhnt war, daß seinen Worten Beachtung geschenkt wurde. Ethelswith bemerkte, daß er der einzige der ganzen Gruppe war, der nicht erhitzt aussah. »Edmund von Ostanglien hat ihnen keinen Widerstand geleistet«, fuhr Alfred fort. »Edmund hat ihnen erlaubt, auf seinem Land zu überwintern und die Pferde seines Volkes zu stehlen. Jetzt ist auch Nordhumbrien gefallen. Es würde mich sehr überraschen, wenn Ivar Knochenlos nicht versuchen würde herauszufinden, aus welchem Holz Mercien und Wessex geschnitzt sind.«

Auf dem Stuhl an der anderen Seite ihres Ehemannes konnte Ethelswith Athulf nicken sehen. Sie wußte, daß der junge Ealdorman Burgred genau dasselbe gesagt hatte, nachdem sie die Nachricht von der nordhumbrischen Niederlage erreicht hatte.

»Mercien und Wessex sind viel stärker als Ostanglien und Nordhumbrien«, sagte Burgred. »Alle in Europa wissen das. Auch diese Skandinavier müssen das wissen.«

Alfred sagte, noch immer in höflichem, ehrerbietigem Ton: »Seit mein Vater und mein Bruder Ethelbald die Dänen in Aclea geschlagen haben, und das war vor sechzehn Jahren, hat es in Wessex keine einzige Schlacht mehr gegeben. Und Ethelbald ist jetzt tot. Die Führer von Wessex und Mercien sind in der Schlacht mit Dänen unerprobt.« Alfred sah Ethelswith kurz an, dann wieder Burgred. Seine abgehackte Stimme war zwar noch immer höflich, aber jetzt unverkennbar autoritär: »Ich glaube, sie werden uns angreifen.«

Es folgte eine atemlose Stille. Ethelswith starrte nachdenklich in Alfreds feines Gesicht. Er ist so jung, dachte sie, fast noch ein Junge. Ethelred ist elf Jahre älter als er. Burgred ist alt genug, um sein Vater zu sein. Wieso hören diese beiden älteren Könige ihm so ernsthaft zu? Aus den Augenwinkeln sah sie, wie Athulf den jungen Prinzen verwirrt anstarrte, als versuche auch er dieses Rätsel zu lösen.

»Natürlich kann ich mich irren«, sagte Alfred. »Aber das ist meine Überzeugung.«

Ethelred seufzte und sagte finster: »Ich versuche mich daran zu erinnern, als du das letzte Mal unrecht hattest.«

Burgred brummte: »Auf jeden Fall sollten wir gerüstet sein.« Er sah Ethelred griesgrämig an. »Ich weiß nicht, wie es Euch geht, Bruder, aber ich verspüre nicht den Wunsch, einem Wikingergott geopfert zu werden.«

Ethelred warf einen ironischen Blick zurück. »Ich kann mir einen angenehmeren Zeitvertreib vorstellen«, sagte er. Und Alfred lachte.

Der Sturm, der sich den ganzen Tag über zusammengebraut hatte, brach am späten Nachmittag los, als die Diener gerade im großen Saal die Holztische für das Abendessen aufstellten. Alfred und Ethelred hielten sich in ihrem Zimmer im Gästesaal auf, als sie das erste Grollen des Donners hörten, der durch das Tanetal anrollte.

Ethelred lag im schwülen Zimmer auf dem Bett und ruhte sich aus. Er legte die Hände unter den Kopf und sagte: »Gott sei Dank. Vielleicht hört die Hitze jetzt auf.« Es blitzte. »Schließ bitte die Fensterläden, Alfred!« fügte er hinzu.

»Dann ist es hier wie im Backofen«, antwortete Alfred, unterbrach trotzdem, was er gerade tat, und schloß und verriegelte die Fensterläden des einzigen Fensters im Raum. Dann blickte er zu Ethelred, der ausgestreckt auf dem Bett lag. »Ich kann meine Magenmedizin nicht finden«, sagte er. »Ich glaube, ich habe sie in meiner Satteltasche gelassen. Ich gehe in den Stall und hole sie.«

Ethelred setzte sich auf. »Du kannst bei diesem Sturm nicht nach draußen gehen! Schick einen der Thane aus dem Saal.« Er sah Alfred prüfend an und runzelte die Stirn. »Ist dir schlecht?«

Alfred lächelte schief. »Nein. Aber du kennst doch meinen Magen, Ethelred. Fremde Säle und fremdes Essen bekommen ihm nicht. Ich habe die Arznei für den Notfall lieber bei mir.« Er ging zur Tür.

»Schick einen der Thane«, sagte Ethelred noch einmal, als der Bruder den Umhang nahm und nach draußen in den Saal ging.

Doch Alfred ignorierte die Thane, die dort auf den Bänken saßen, durchquerte schnell den Raum und sah weder nach rechts noch nach links. Er öffnete die Tür, warf sich den Umhang um und ging hinaus in den Regen.

Ein Blitz erhellte den Hof. Alfred hob das Gesicht zum

Himmel empor. Der Regen trommelte auf seine Haut und durchnäßte sein Haar. Es fühlte sich wunderbar kühl an. Langsam ging er zu dem Stall, wo die Pferde standen. Dann krachte der Donner. Der Sturm ist immer noch ein Stück entfernt im Tal, dachte er.

Der Hof war verlassen und die Stalltür fest verschlossen. Alfred öffnete sie und ging hinein. Ein Pferd wieherte leise und trat gegen seine Holzbox; ein anderes antwortete. »Keine Angst, ihr Prachtkerle«, sagte Alfred beruhigend. »Nur ein Gewitter.« Er ließ die Tür offen, um etwas Licht in den dunklen Stall zu lassen, und ging hinüber, um die Stirn seines Fuchses zu streicheln. Wieder erhellte ein Blitz die Welt und erleuchtete den Stall. Der Hengst schnaubte und warf den Kopf zurück. Alfred ging zurück zur Tür und sah hinaus.

Er liebte Stürme. Er hatte seine Arznei überhaupt nicht vergessen, sondern nur eine Ausrede gesucht, um irgendwohin zu gehen, wo er das Unwetter beobachten konnte. Ethelred, das wußte er, bestand darauf, sich hinter geschlossenen Fensterläden zu verstecken, egal wie heiß es war. Ethelred mochte Gewitter überhaupt nicht.

Als er so an der Tür stand, erblickte er eine kleine Gestalt, in einen Umhang mit Kapuze gehüllt, die über den Hof rannte. Eine junge Dienerin, dachte Alfred, und hob überrascht die Augenbrauen, als er bemerkte, daß die Gestalt auf seinen Stall zusteuerte. Das Mädchen sah ihn erst am Eingang stehen, als es ihn fast umrannte; dann blickte sie auf und sagte mit überraschter und seltsam tiefer Stimme: »Oh!«

Wieder blitzte es. Das Gesicht unter der braunen Kapuze war hell erleuchtet: ein Kindergesicht, mit schwarzen Augenbrauen und Wimpern und Augen aus dem dunkelsten Blau, das Alfred jemals gesehen hatte. Der Donner krachte. »Komm lieber herein«, sagte Alfred. »Der Blitz kommt näher.«

Das Kind trat nach ihm durch die Tür und schob die Kapuze zurück. Zwei lange glänzende Zöpfe fielen ihr bis auf die Taille herab. Alfred sah, daß die Zöpfe so schwarz waren wie die Augenbrauen. »Was tut Ihr hier?« fragte sie mit einem Akzent, der nur der einer mercischen Adligen sein konnte.

Sie sahen einander an. Dann antwortete Alfred: »Ich suche Schutz vor dem Sturm.« Seine abgehackte Sprechweise stand in starkem Kontrast zu ihrer tiefen, gedehnten Sprache. »Und was tust *du* hier?«

Sie blickte in den Stall. »Ich wollte bei den Pferden sein. Sie werden bei Gewitter unruhig.«

»Verstehe.« Sein Gesicht war vollkommen ernst. »Bist du ein Stallknecht?«

»Natürlich nicht!« Sie warf ihm einen verächtlichen Blick zu. Dann fügte sie hinzu, als würde der Name alles erklären: »Ich bin Elswyth.« Er hob die Augenbrauen in vorgetäuschter Verblüffung, und sie geruhte hinzuzufügen: »Mein Bruder ist der Ealdorman von Gaini.«

»Ich dachte mir schon, daß du Athulfs Schwester bist«, antwortete er. »Schwarze Haare sieht man nicht oft in Mercien.« Dann sagte er mit uneingeschränkter Höflichkeit: »Ich bin Alfred, der Prinz von Wessex.«

Er sah, wie ihre blauen Augen sich weiteten. Es blitzte, und fast unmittelbar danach krachte der Donner. Im Stall wieherte ein Pferd wie von Sinnen. Elswyth rief ihm etwas Beruhigendes zu, wich jedoch nicht von der Tür. Stattdessen zog sie sich den Umhang fester um die Schultern und sah hinaus auf den Hof. Plötzlich wurde Alfred klar, daß es sie aus genau demselben Grund in den Stall gezogen hatte wie ihn. Wieder blitzte es, und auch er wandte sich nach draußen, um das Gewitter zu beobachten.

Ungefähr zehn Minuten lang schwiegen sie. Sie standen an der offenen Tür, ließen sich den kühlen Regen ins Gesicht prasseln und sahen dem Unwetter zu. Als die Blitze langsam schwächer wurden und das Gewitter abzog, wandten sie sich schließlich wieder einander zu und betrachteten sich von neuem.

»Deine Anwesenheit hat wirklich beruhigend auf die Pferde gewirkt«, sagte Alfred.

Sie hatte dieselbe arrogante Nase wie ihr Bruder, aber ihre war nicht nur hochmütig, sondern auch schmal und elegant. Ihre Augen waren von einem viel tieferen Blau. Daß Augen so dunkel und trotzdem so blau sein konnten! »Und wieso weilt Ihr nicht im Gästesaal, Prinz?« gab sie mit ihrer seltsam rauhen, unkindlichen Stimme zurück.

»Ich hatte etwas im Stall vergessen.«

Es war still, als sie sich prüfend ansahen. Der Donner dröhnte in der Ferne. Dann fingen sie zur gleichen Zeit zu lachen an.

»Ich liebe Gewitter«, gestand Elswyth. »Als meine Mutter die Fensterläden schloß, bin ich entwischt.«

»Genau das habe ich auch getan.« Jetzt sahen sie sich mit offener Sympathie an.

»Ihr seid Lady Ethelswiths jüngster Bruder?« fragte sie nach einer Weile.

»Ja.«

Sie nickte. »Ich habe von Euch gehört.«

Er lächelte leise und antwortete nicht. Sie lehnte an der offenen Tür und musterte ihn von Kopf bis Fuß. Sie kann nicht älter als zwölf sein, dachte Alfred. Ihr Selbstbewußtsein amüsierte ihn. »Ich habe heute nachmittag schon deinen Bruder kennengelernt«, sagte er.

»Athulf. Ja.« Sie zuckte mit den Schultern. »Seit dem Tode meines Vaters gehört er zum Gefolge des Königs. Mein anderer Bruder und ich sind gerade in Tamworth angekommen, um Athulf und meine Mutter zu besuchen. Ich weiß nicht, wieso ich mitkommen mußte. Normalerweise bleibe ich auf unseren Besitzungen auf dem Land.«

Sie schien mit ihrer gegenwärtigen Situation unzufrieden zu sein. »Vielleicht wollte dein Bruder dir eine Freude machen«, sagte Alfred.

»Eine Freude?« Sie sah ihn an, als wäre er verrückt. »Ich kann Euch versichern, Prinz, daß es kein Vergnügen ist, hier in Tamworth mit meiner Mutter eingesperrt zu sein.«

Alfreds Lippen zuckten. Er kannte Eadburgh, Elswyths Mutter, und er wußte genau, was Elswyth meinte.

»Da wir gerade von meiner Mutter sprechen«, sagte sie nun finster. »Sie wird mich schon suchen. Ich sollte lieber zurück in unseren Saal gehen.«

Ohne noch einmal zurückzublicken, ging sie hinaus auf den

Hof, der sich langsam wieder erhellte. Alfred sah der kleinen Gestalt nach, bis sie in einem der Säle verschwand; dann verließ auch er den Stall und kehrte zu Ethelred zurück.

6

AN Alfreds Geburtstag fand eine große Jagd statt. Burgred kannte seinen jungen Schwager gut genug, um zu wissen, daß Alfred nichts so sehr gefallen würde wie eine Jagd. Jagen schien eine Passion der gesamten westsächsischen Königsfamilie zu sein. Jagen und Hunde.

Neben Ethelreds Pferd liefen die beiden neuen Wolfshunde, als Alfred seinen braunen Hengst auf ihn zutraben ließ und im hellen Morgensonnenschein neben dem Braunen des Bruders zum Stehen kam. Seit dem Gewitter war es bedeutend kühler, und auf dem großen Hof von Tamworth wimmelte es von lärmenden Menschen: Adlige zu Pferde, Stallknechte, Hundeführer und Jäger zu Fuß. Die Hunde liefen aufgeregt zwischen den Beinen der Pferde umher. Alfred bemerkte erfreut, daß keines der feurigen mercischen Pferde versucht hatte, einen Jagdhund zu treten. Burgreds Pferde sind gut zugeritten, dachte er, als sein Blick auf einen kleinen grauen Wallach mit besonders elegantem Gang fiel. Ein schönes Tier, dachte er, und versuchte den Reiter auszumachen. Seine Augen weiteten sich überrascht, als er die junge Elswyth erkannte. Wie alle Männer auf dem Hof trug sie ein braunes Jagdgewand und Hosen mit kreuzweise geschnürten Waden und saß mühelos im Herrensattel auf dem Grauschimmel.

Alfreds feine Augenbrauen zogen sich zusammen. Das war keine Jagd für Mädchen. Was dachte sich ihr Bruder nur? Denn ganz offensichtlich war Elswyth mit Athulfs Erlaubnis hier; Alfred sah, daß er neben seiner Schwester auf seinem Braunen saß.

Die Menge im Hof schien sich plötzlich zu teilen, und Alfred forschte nach der Ursache für diese Störung. Zielstrebig bahnte sich eine Frau in einem cremefarbenen Kleid und blauem Umhang zu Fuß einen Weg durch Reiter und Hunde. Die Bewegung in der Menge war durch die Bemühungen der Reiter entstanden, ihr den Weg frei zu machen. Alfred brauchte nur einen Augenblick, um zu erkennen, daß die Frau Eadburgh war, die Ehefrau von Ethelred Mucill und Elswyths Mutter.

Alfred sah zurück zu Elswyth. Auch sie beobachtete, wie ihre Mutter immer näher kam, und sie wirkte nicht gerade glücklich. Bevor ihm bewußt wurde, was er da eigentlich tat, drängte Alfred sich mit seinem Hengst durch das Gewirr von Pferden und Hunden, geradewegs zum Ealdorman von Gaini und seiner Schwester.

Eadburgh erreichte sie noch vor ihm. »Bist du verrückt, Athulf, deiner Schwester zu erlauben, ein solches Aufsehen zu erregen?« sagte Eadburgh gerade gebieterisch, als Alfreds Fuchs in Hörweite des kleinen Familientreffens kam. Dann sagte sie zu ihrer Tochter: »Du wirst dieses Pferd sofort zurück in den Stall bringen, Elswyth.«

Elswyths Gesicht war zornig. In der hellen Sonne konnte Alfred erkennen, daß sie noch eine schöne Kinderhaut hatte: perlmuttfarben, feinporig und makellos. Ihre Augen funkelten mitternachtsblau, als sie auf ihre Mutter herabblickte. »Athulf hat gesagt, ich kann an der Jagd teilnehmen«, antwortete sie wütend mit ihrer rauhen Stimme. »Ich reite besser als jeder Mann hier! Das wißt Ihr genau, Mutter. Ich bin nicht in Gefahr.«

Alfred hielt sein Pferd an und lauschte ohne jede Hemmung.

Als nächstes sprach Eadburgh; ihre vornehme Stimme war eiskalt. »Wenn du nicht sofort absteigst, Elswyth, werde ich gefährlich«, sagte sie.

»Nicht doch, Mutter«, warf Athulf beschwichtigend ein. »Ich habe Elswyth erlaubt, mitzureiten. Warum soll das Kind nicht seine Freude haben? Ihr wird nichts passieren. Ich verspreche, die ganze Zeit an ihrer Seite zu bleiben.«

Eadburghs Gesicht war genauso kalt wie ihre Stimme. Sie wollte Athulf gerade antworten, hielt aber inne, als sich noch ein Pferd näherte. »Ceolwulf!« sagte sie zu dem Neuankömmling. »Sprich du mit deinem Bruder. Er erlaubt deiner Schwester, an dieser Jagd teilzunehmen.«

Das also ist der andere Bruder, dachte Alfred, als er weiter vorwärtsritt. Ceolwulfs gutaussehendes Gesicht zeigte deutlich, wie unbehaglich ihm zumute war. Unglücklich blickte er von seiner Mutter zu seinem Bruder.

Elswyth sagte: »Versucht nicht, Ceolwulf da hineinzuziehen, Mutter. Ihr wißt doch, wie sehr er Konflikte verabscheut.«

Alfreds Hengst kam genau neben ihr zum Stehen. Er lächelte auf ihr überraschtes Gesicht herab und sagte charmant: »Lady Elswyth! Ich bin hocherfreut, daß Ihr an meiner Geburtstagsjagd teilnehmt.« Er sah von ihren dunkelblauen Augen in Athulfs hellere Augen, und dann zu Eadburgh herab. Als sei er überrascht, hob er die Augenbrauen, dann runzelte er die Stirn. »Mylady, wieso steht Ihr hier inmitten all dieser Pferde? Erlaubt mir, einen meiner Männer kommen zu lassen, damit er Euch sicher zu Eurem Saal geleitet.«

Dagegen war Eadburgh machtlos, das wußte er sehr wohl. Mit einem leichten Lächeln sah er, daß sie ihm irgendeine Antwort gab; dann bedeutete er einem Stallknecht, sie vom Hof zu führen. Sobald sie außer Hörweite war, wandte er sich an ihre drei Kinder.

Elswyth lachte. »Habt Dank, Prinz. Ich schulde Euch einen Gefallen.«

»Ihr könnt mich dadurch belohnen, daß Ihr nicht zu Schaden kommt«, antwortete Alfred.

Ihre Nase hob sich in einer Gebärde, die ihm langsam schon vertraut wurde. Athulf sagte belustigt: »Das ist höchst unwahrscheinlich. Eher verletze ich mich bei dem Versuch, mit ihr mitzuhalten.«

Ceolwulf sagte unglücklich: »Mutter wird wütend sein. Warum mußt du sie immer herausfordern, Elswyth?«

»Mutter will aus mir ein Ebenbild ihrer selbst machen«, antwortete Elswyth. »Aber ich bin nicht wie sie.« Dann fügte sie ungehalten und zornig hinzu: »Man kann es nicht jedem recht machen, Ceolwulf. Manchmal muß man sich eben entscheiden.«

Die Jagdhörner erschallten. Alfred sah, daß Ethelred nach ihm Ausschau hielt, und mit einem Nicken in Elswyths Richtung drückte er die Beine leicht zusammen und ritt zurück zu seinem Bruder.

Elswyth war überglücklich. Einen schrecklichen Augenblick lang hatte sie befürchtet, doch nicht an der Jagd teilnehmen zu können; Athulf hätte sich ihretwegen nicht gegen ihre Mutter aufgelehnt. Aber der westsächsische Prinz hatte sie gerettet. Und er hatte es ganz bewußt getan. Das war deutlich genug gewesen. Er hatte Mutter gegenüber einen unfairen Vorteil, und er hatte ihn genutzt. Skrupellos. Elswyth war mit einer solchen Vorgehensweise völlig einverstanden. Sie bedauerte nur, selbst nicht öfter einen derartigen Vorteil zu haben.

Es war ein warmer Sommertag; zu warm in der Sonne, aber unter dem Baldachin der Waldbäume war es kühl und grün und für eine Jagd einfach perfekt. Nie war Elswyth glücklicher als im Freien auf einem Pferderücken, wild hinter den Hunden her galoppierend. Manchmal dachte sie, daß sie nur mit Tieren wirkliches Glück empfand. In der letzten Zeit stellten alle so viele Ansprüche an sie, niemand schien mit ihr zufrieden zu sein. Sogar ihre Brüder, mit denen sie ihr ganzes Leben verbracht hatte – sogar sie hatten sich seit dem Tod des Vaters verändert. Aber sie und Silken – und jetzt lehnte sich Elswyth nach vorne und tätschelte den glänzenden scheckigen Hals ihres kleinen, grauen Wallachs – sie und Silken verstanden sich vollkommen, waren immer völlig im Einklang miteinander.

Die Jäger hatten die Netze gespannt, und die Hunde taten ihre Pflicht und trieben das Wild hinein. Elswyth hielt sich ein wenig abseits, als die Beute erlegt wurde. Sie liebte die Jagd, nicht das Töten. Es war nicht so sehr das Blut, das sie abschreckte, sondern ein Gefühl von Ungerechtigkeit. Dem Wild, das sich in den Netzen verstrickt hatte, blieb gegen die Männer mit den Speeren keine Chance. Elswyth bevorzugte einen faireren Kampf.

Eine halbe Stunde später sah sie einen.

Die Jäger hatten im Dickicht beim Fluß einen Keiler entdeckt.

Einen riesigen Keiler, den größten, den Elswyth je gesehen hatte. Sie hatten ihn in eine Lichtung gelockt, die an einem Weiher lag, und als sie auf ihn zukamen, stand er dort, mit dem Rücken zum Wasser, und die Sonne schien auf seine harten, grauen Borsten und die wilden, weißen Hauer. Die Adligen auf ihren Pferden blieben in der Deckung der Bäume, als er schnaubend auf dem Boden scharrte. Das Tier sieht wild aus, dachte Elswyth ehrfürchtig. Sie hatte nicht gewußt, daß Keiler so groß sein konnten. Er schnaubte noch einmal böse, stellte die kurzen Beine weit auseinander und senkte den Rüssel zu Boden. Die kleinen Augen glühten rot, während sie die Männer und die Pferde fixierten.

Plötzlich rief eine knappe, befehlende Stimme: »Er gehört mir!«, und Elswyth sah, wie Alfred vom Pferd sprang und mit dem Speer in der Hand auf die Lichtung zuging.

Ihr Herz setzte einmal aus und fing an zu rasen. Neben ihr faßte Athulf ihren eigenen stummen Protest in Worte. »Der Keiler ist viel zu groß für den Prinzen.« Ihr Bruder sah sich um, doch niemand regte sich. Seine schwarzen Augenbrauen zogen sich blitzartig zusammen. »Alfred kann ihn niemals halten«, murmelte Athulf, sprang aus dem Sattel und ergriff seinen Speer.

Der Keiler hatte Alfred kommen sehen und scharrte wieder. Schaum tropfte aus seinem Maul. Die schrecklichen, gebogenen Hauer leuchteten in der hellen Sonne. Die roten Augen hefteten sich auf den Prinzen.

Alfred mußte Athulfs Schritte gehört haben, denn mit einer schnellen Kopfbewegung fauchte er den Mercier an: »*Zurück!*« Mit seinen funkelnden Augen und den entblößten weißen Zähnen wirkte er einen Augenblick lang genauso gefährlich wie der Keiler.

Wie vom Donner gerührt blieb Athulf stehen.

Der Keiler stürmte geradewegs auf Alfred zu.

Für den Bruchteil einer Sekunde kam es Elswyth vor, als setzten ihr Herz und ihr Atem aus. Athulf hatte recht. Der westsächsische Prinz war zu dünn und zu leicht, um einen Keiler dieser Größe aufzuspießen. Mit vorgestrecktem Speer kniete Alfred sich hin, und dann war der Keiler über ihm. Elswyth schloß die Augen.

Die Männer um sie herum schrien auf. Sie öffnete die Augen gerade rechtzeitig, um zu sehen, wie Alfred wieder aufstand. Sie starrte zu ihm hin und bemerkte erstaunt, daß er den Keiler mitten ins Herz getroffen hatte. Sie beobachtete, wie er sich in die Richtung seines Bruders, des Königs, drehte und grinste. Sein ganzer rechter Arm war voll vom Blut des Keilers. Elswyth sah das Blitzen der weißen Zähne in seinem goldbraunen Gesicht. Dann betrachtete sie den erlegten Keiler.

Der Prinz war so schmächtig. Wie hatte er es geschafft, den Speer hochzuhalten?

Athulf neben ihr fragte sich genau dasselbe.

Ein westsächsischer Than, der an Athulf vorbeiging, sagte grinsend: »Wir haben alle schon vor Jahren gelernt, uns nicht zwischen Alfred und seine Keiler zu stellen. Er reißt einem sonst den Kopf ab.«

»Er ist stärker, als er aussieht«, sagte Athulf.

»Er ist so stark wie jeder Mann, der doppelt soviel wiegt wie er«, prahlte der Than. »Er ist vielleicht nicht so groß, aber unser Prinz kann trotzdem fast alles.« Er ging vorbei, lief zu Alfred und sagte etwas, das sie nicht hören konnten. Alfred lachte, legte ihm die Hand auf den Arm, wandte sich dann ab und verlangte sein Pferd zurück.

Noch am selben Tag fand nach der Jagd Alfreds Geburtstagsfestmahl statt. Ethelswith spielte gern für ihre Brüder die Gastgeberin und hatte alles getan, das Ereignis so prächtig wie möglich zu gestalten. Obwohl es noch hell war, brannten in den Wandleuchtern des großen Saales Fackeln und erleuchteten die riesigen Fresken, die Tamworths ganzer Stolz waren. Die Fresken waren im letzten Jahrhundert gemalt worden, in Offas ruhmreichen Tagen, und am berühmtesten war die Darstellung von Offas Zeitgenossen Karl dem Großen, umgeben von seinen Begleitern, zwischen denen sich auch Offa selbst befand. Es gab noch andere Szenen aus Offas Leben sowie aus denen anderer Helden der mercischen, fränkischen und römischen Geschichte zu sehen. Diese Fresken waren in ganz England berühmt, und Ethelswith war sehr stolz darauf.

An diesem Abend hatte sie ihren Saal mit dem mercischen Hochadel gefüllt, den sie extra für dieses Bankett hatte kommen lassen, um ihrem jüngeren Bruder die Ehre zu erweisen. Natürlich hatte Burgred den Thron inne, und an diesem Abend saß Ethelred auf ihrem Platz neben ihm. Ethelswith hatte neben Alfred auf der Bank zur Rechten Burgreds sitzen wollen, und an Alfreds andere Seite hatte sie Athulf gesetzt, von dem sie dachte, Alfred finde ihn sympathisch. Neben Athulf saßen seine Mutter, sein Bruder und seine Schwester.

Das Festmahl sollte mit der feierlichen Übergabe von Burgreds Geschenk an Alfred beginnen. Es wurde langsam still im überfüllten Saal, als die Thane und Ladies auf den Wandbänken sahen, daß der König sich erhob.

Alfred saß neben seiner Schwester und lauschte nach außen hin aufmerksam Burgreds äußerst schmeichelhafter Rede. Zwar mochte er seinen Schwager recht gern, aber er fand ihn oft geistig nicht besonders gewandt. Um die Wahrheit zu sagen, verbrachte Alfred niemals mehr als eine Stunde in Burgreds Gesellschaft, ohne Ethelswith wegen der Fadheit ihrer Ehe zu bedauern. Dann schalt er sich selbst wegen mangelnder Nächstenliebe. Burgred ist rechtschaffen und gütig, hielt er sich dann selbst vor. Der arme Mann kann nichts dafür, daß er außerdem dumm ist.

Aber er *war* dumm. Natürlich war es angenehm, daß er so viel von Alfred hielt, doch es wäre noch angenehmer, wenn er einfach zu reden aufhörte und allen zu essen gestattete. Alfred setzte eine noch aufmerksamere Miene auf und ließ vor seinem geistigen Auge die nachmittägliche Jagd noch einmal Revue passieren.

Plötzlich bekam er den Ellenbogen seiner Schwester in die Rippen. Er blinzelte, kehrte in die Gegenwart zurück und sah, daß Burgred ihn anblickte und ihm ein Schwert darbot.

»Geh und nimm es«, zischte Ethelswith ihm ins Ohr.

Alfred verließ seinen Platz und verneigte sich elegant vor dem mercischen König. Burgred legte ihm das Schwert in die Hände. Das fette Gesicht des Königs strahlte. Alfred verspürte das vertraute Schuldgefühl. Der arme Mann. Er konnte nichts dafür, daß er dick und dumm war. »Ich danke Euch, Mylord«, sagte er mit seinem charmanten Lächeln. »Ich werde dieses Geschenk stets in Ehren halten.«

Er trat zurück und ging wieder zu seinem Platz. Ein Seufzer der Erleichterung ging durch den Saal, als die Gäste bemerkten, daß er keine langen Reden halten würde. Obwohl sein Gesicht ernst war, leuchteten Alfreds Augen amüsiert, als er den Platz neben seiner Schwester wieder einnahm.

»Danke«, murmelte Ethelswith ihm ins Ohr. »Wir sterben schon alle vor Hunger.«

Als die Diener aus der Küche in den Saal kamen, beladen mit schweren Platten voll Fleisch, Saucen, Gemüse und Brot, betrachtete Alfred seine Schwester neugierig.

Ethelswith war neun Jahre älter als er und stand ihm vom Alter her von allen Geschwistern am nächsten. Trotzdem kannte er sie nicht, wie er Ethelred kannte. Alfred war erst fünf gewesen, als sie mit Burgred von Mercien verheiratet wurde, und abgesehen von seltenen Besuchen sahen sie sich kaum.

Sie ist immer noch eine hübsche Frau, dachte er, als er das gleichmäßig geflochtene, hellbraune Haar und die klaren, blauen Augen seiner Schwester betrachtete. Seit einigen Jahren musterte Alfred die Frauen genauer. Ethelswith war definitiv hübsch. Viel zu hübsch für Burgred.

Sie war jetzt dreizehn Jahre verheiratet und hatte immer noch keine Kinder. Alfred verspürte plötzlich echtes Mitgefühl. Keine Kinder, dachte er, und einen Ehemann, den sie langweilig finden muß. Und sie ist mit ihm verheiratet, seit sie vierzehn ist.

Nicht zum ersten Mal sinnierte Alfred über das harte Los der Frauen, was die Ehe betraf.

»Hast du etwas von Judith gehört?« fragte Ethelswith, und einen kurzen Moment fragte er sich erstaunt, ob sie seine Gedanken gelesen hatte.

Überrumpelt platzte er mit der Nachricht heraus, die er ihr taktvoller beibringen wollte. »Sie hat einen Sohn.«

An Ethelswiths traurigem Gesichtsausdruck erkannte er schnell, wie gefühllos er gewesen war. Um ihr Gelegenheit zu geben, sich wieder zu fangen, sprach er ruhig weiter. »Weißt du, daß ihr Vater schließlich nachgegeben und eingewilligt hat, ihre

Ehe anzuerkennen? Karl hat Judiths Mann zum Grafen von Flandern ernannt. Ein kluger Schritt. Erstens konnte Karl sowieso nichts mehr unternehmen, als der Papst die Ehe anerkannt hatte. Zweitens ist Balduin Eisenarm wie geschaffen, Flandern vor den Dänen zu schützen.«

Ethelswiths Gesicht war jetzt wieder heiter. Sie häufte sich Wildbret auf den Teller und sagte ein wenig sarkastisch zu Alfred: »Ich muß schon sagen, Judith hat ein höchst aufregendes Leben. Ich beneide sie.«

»Ich hoffe, sie ist glücklich«, sagte er mit ruhiger Stimme. »Sie hat es verdient.«

Seine Schwester warf ihm einen schiefen Blick zu. »Das stimmt. Ich erinnere mich jetzt. Dich hat sie auch eingewickelt.«

Alfred zwang sich, daran zu denken, daß Ethelswith mit Burgred verheiratet war. Sie hatte allen Grund, auf Judith eifersüchtig zu sein. »Ich habe Judith immer sehr gern gehabt«, antwortete er gelassen.

»Sprecht Ihr von Judith von Frankreich?« Es war Athulf, von Alfreds anderer Seite.

»Ja«, sagte Alfred. Auch er füllte seinen Teller. Athulf bot ihm Sauce an, doch er schüttelte den Kopf. Brot, dachte er, ist wahrscheinlich am sichersten.

»Das Mädchen muß eine ganz schöne Plage sein«, sagte Athulf amüsiert. »Ich bin froh, daß ich nicht ihr Vater bin.« Er goß sich Sauce übers Fleisch. »Das muß man sich einmal vorstellen. Deine Tochter, die du in dein sicherstes Schloß gesperrt hast, weil sie sich weigert, den Mann zu heiraten, den du für sie ausgewählt hast, brennt mit ihrem Bewacher durch! Der zufällig auch noch dein fähigster Befehlshaber ist!«

»Ihr Bruder hat ihr geholfen und sie unterstützt«, erinnerte Alfred ihn. »Balduin ist ein hervorragender Mann. Ich glaube, sie hat eine gute Wahl getroffen.« Alfred dachte daran zurück, wie Judith nach Ethelbalds Tod auf Wilton im Garten gesessen und ins Leere gestarrt hatte.

»Er mag zwar hervorragend sein, aber er ist auf keinen Fall der richtige Heiratskandidat für die Prinzessin von Frankreich. Es wundert mich nicht, daß Karl wütend war. Ist er nicht von

sämtlichen fränkischen Bischöfen exkommuniziert worden?«
Athulf saugte mit einem Stückchen Brot etwas Sauce auf und steckte es in den Mund.

»Das stimmt«, antwortete Alfred. »Aber dann hat sich Balduin an Papst Nikolaus gewandt. Der Papst zeigte Verständnis und legte bei Karl Fürsprache für Balduin und Judith ein. Als Nikolaus erst einmal die Hände im Spiel hatte, konnte Karl nicht mehr viel tun.«

Athulf runzelte die Stirn. »Ich bin überrascht, daß der Papst so gehandelt hat. Es ist nicht die Sache der Kirche, junge Mädchen dazu zu ermutigen, ihre eigenen Ehen zu arrangieren.«

»Judith war schon zweimal verwitwet«, sagte Alfred. »Sie ist also nicht gerade unerfahren.«

Athulf, der den Mund voll hatte, zuckte mit den Schultern.

Alfred betrachtete das hagere, dunkle Gesicht seines Nachbarn. Dann hob er eine seiner dünnen Augenbrauen. »Judith hat mir geschrieben, daß Balduin dem Papst auch gesagt hat, er würde mit den Wikingern gemeinsame Sache machen, wenn seine Ehe nicht anerkannt würde. Da Balduin in den letzten Jahren eine der Hauptstützen Karls gegen die Dänen war, kann man sich Karls Reaktion auf diese Drohung vorstellen.«

Einen Augenblick herrschte verdutztes Schweigen; dann fing Athulf an zu lachen.

»Mein Bruder Ethelbald hätte dasselbe getan«, sagte Alfred. »Ich denke, deshalb hat Judith Balduin auch geheiratet. Er scheint Ethelbald zu ähneln.«

»Ein Ethelbald auf der Welt hat gereicht, denke ich«, sagte Ethelswith, die ihrem ältesten Bruder nie vergeben hatte, daß er eine Rebellion gegen ihren Vater angezettelt hatte.

Unbewußt berührte Alfred sein Stirnband, das er seit Ethelbalds Tod trug. »Ethelbald hatte auch viele hervorragende Eigenschaften«, sagte er dann zu seiner Schwester. Seine Stimme war beherrscht, aber es war etwas in ihr, das Athulf veranlaßte, das Thema zu wechseln.

»Nun, ich bin froh, daß meine eigene Hochzeit wahrscheinlich glatter vonstatten geht«, sagte Athulf. »Ich glaube nicht an die große Liebe.«

Ethelswith, die den warnenden Unterton in Alfreds Stimme auch gehört hatte, ging auf Athulfs Themenwechsel ein. »Im Herbst heiratet Athulf die Tochter des Ealdorman von Hwice«, sagte sie ein wenig zu lebhaft zu ihrem Bruder.

»Ich wünsche Euch alles Glück der Erde, Mylord«, sagte Alfred, und sowohl sein Gesicht als auch seine Stimme waren vollkommen freundlich.

»Danke. Sie ist ein liebes Mädchen, und wir passen sehr gut zusammen.« Athulf nickte in die Richtung eines Mädchens, das weiter unten an der Tafel saß. »Das ist Hild, das blonde Mädchen, dort mit dem gelben Kleid.«

»Sie ist sehr hübsch«, sagte Alfred.

Athulf nickte und nahm ein würziges Hühnerbein von der Platte vor sich.

»Alfred, du hast gar nichts gegessen«, sagte seine Schwester. »Du bist viel zu dünn. Iß.«

»Das Essen sieht wundervoll aus, Ethelswith«, sagte er ehrlich, nahm ein Stück Brot und fing an zu kauen.

Als Elswyth endlich zu Alfreds Geburtstagsmahl kam, starb sie fast vor Hunger. Wie die anderen Gäste Burgreds dachte sie, er würde nie mehr aufhören zu reden; und ihre sowieso schon hohe Meinung vom westsächsischen Prinzen stieg noch, als er ihnen eine langatmige Dankesrede ersparte. Sobald das Essen auf dem Tisch stand, füllte sie ihren Teller und begann, ihn zu leeren.

»Elswyth«, sagte Eadburgh neben ihr, »iß nicht wie ein ausgehungerter Köter. Du bist eine Lady.«

»Ich habe Hunger«, antwortete Elswyth, kaute jedoch gehorsam langsamer. Eadburgh war schon böse genug auf sie, weil sie mit zur Jagd gegangen war. Sie konnte nur verlieren, wenn sie ihre Mutter weiter ärgerte.

»Ich mag es, wenn jemand einen gesunden Appetit hat«, sagte der Ealdorman von den Tomsaetan, der auf Elswyths anderer Seite saß. Er tätschelte ihre Hand. »Lady Elswyth ist jung«, sagte er zu ihrer Mutter. »Junge Menschen haben immer Hunger.«

Elswyths schmale Hand erstarrte unter seinen großen, fetten

Fingern. Dann zog sie die Hand weg und warf dem Mann neben ihr einen Blick voll glühender Abneigung zu.

Ealdorman Edred von den Tomsaetan war ein großer, kräftig gebauter Mann mittleren Alters, sein Haar war dunkelblond und seine Augen grau. Die Tomsaetan waren der Hauptstamm Merciens, und ihr Territorium umfaßte das mercische Herzland: die königliche Kirche in Repton, das Bistum Lichfield und den Hauptsitz in Tamworth. Von jeher waren sie von ihrem eigenen Ealdorman regiert worden, der nach dem König der mächtigste Adlige Merciens war. Edred hatte diese Position seit etwa zehn Jahren inne und war ein Freund von Elswyths Vater gewesen. Elswyth mochte ihn nicht, aber sie konnte sowieso nicht viele Leute leiden.

Durch ihre Abfuhr überhaupt nicht gekränkt, lächelte er sie an. Er hatte stark hervorstehende, gelbe Zähne. Pferdezähne, dachte Elswyth böse. Sie stehen einem Pferd gut, aber keinem Mann. Die Zähne des westsächsischen Prinzen dagegen waren so weiß und gerade wie ihre eigenen. Ihre dünne Nase mit dem hohen Nasenbein, die ihr Gesicht hochmütig aussehen ließ, schien noch dünner zu werden, als sie das lächelnde Gesicht des Ealdorman von den Tomsaetan betrachtete. »Ich habe seit der Jagd nichts gegessen«, sagte sie, und ihre Stimme war noch rauher als sonst.

»Ach ja, ich habe Euch heute im Revier gesehen.« Edreds graue Augen glitten von ihrem Gesicht zu ihrem Hals. Elswyth spürte, daß ihre Wangen vor Ärger rote Flecken bekommen hatten. Seine Augen schienen sie fast zu streicheln. Dann sah er ihre Mutter an. Freundlich sagte er: »Lady Elswyth wird doch sicherlich langsam zu alt, um den Jungen zu spielen.« Er fügte hinzu: »Wie alt ist sie jetzt, Mylady? Zwölf?«

»Dreizehn«, sagte Eadburgh, und ihr Mund zog sich zu einem Strich zusammen. »Und ich stimme Euch zu, Mylord. Sie ist zu alt, um weiterhin den Wildfang zu spielen. Ihr Bruder hat ihr gestattet, an der Jagd teilzunehmen. Athulf ist einfach zu nachsichtig mit ihr.«

»Gewiß«, sagte der Ealdorman jovial. »Er mag seine Schwester sicher sehr gern.«

Was ging es diesen lästigen Kerl mit den gelben Hauern an, was Athulf ihr erlaubte? Elswyths Augen waren jetzt ganz schmal und so dunkelblau, daß sie fast schwarz waren, was immer ein gefährliches Zeichen war. Sie öffnete den Mund, um ihren Bruder hitzig zu verteidigen, doch sie spürte die Hand ihrer Mutter auf ihrem Arm. Und zwar fest.

»Genauso ist es, Mylord«, sagte Eadburgh mit süßer Stimme zu Edred. Ihre Stimme stand in solchem Kontrast zu ihrem eisernen Griff, daß Elswyth ihre Mutter entgeistert anstarrte. Bedeutungsvoll fuhr Eadburgh fort: »Doch wenn sie auch jung ist, sie hat eine gute Erziehung genossen. Wenn die Zeit kommt, wird Elswyth schon wissen, wo ihr Platz ist.«

Edred nickte und lächelte. Elswyth saß stumm unter dem Griff ihrer Mutter. Als er sich endlich lockerte, blieb sie völlig unbewegt. Demonstrativ rieb sie sich den schmerzenden Arm nicht, der noch mehrere Tage danach blaue Flecken aufwies.

Verzweifelt wünschte sie sich, zu Hause in Croxden zu sein. Sie haßte Tamworth, haßte alle Leute am Hof, haßte die Art, wie ihre Mutter sich mit Edred aufführte. Elswyth war es noch nie leichtgefallen, sich mit Veränderungen abzufinden, und in der letzten Zeit waren ihr fast alle Leute um sie herum fremd. Sie vermißte ihre Pferde und ihre Hunde, vermißte die Leute auf dem Landgut, die eher ihre Freunde waren als ihre Dienstboten. Athulf und Ceolwulf sah sie kaum noch, und ganze Nachmittage lang war sie mit ihrer Mutter und deren Frauen eingeschlossen.

In Tamworth gab es keine Beschäftigung für Elswyth. Die Mädchen ihres Alters fertigten Handarbeiten an und sprachen über die Ehe. Elswyth haßte Handarbeit und hatte vor, den Rest ihres Lebens mit ihren Brüdern zu verbringen. Ihr war langweilig. Sie bekam es sogar langsam mit der Angst zu tun. Sie senkte den Kopf und starrte auf ihren Teller; der Appetit war ihr vergangen. Sie hatte Athulf heute gefragt, ob sie bald nach Hause zurückkehren würden, und er war ihr ausgewichen.

Elswyth dachte, daß sie lieber den Dänen in die Hände fallen würde, als noch ein paar Monate mit Eadburgh in Tamworth zu verbringen.

7

MITTE Juli kehrten Ethelred und Alfred nach Wessex zurück, um wie üblich die Runde von einem königlichen Landgut zum anderen zu machen. Oberflächlich schien sich in Wessex nichts geändert zu haben. Trotzdem spürte Alfred, daß sich im ganzen Land ein unheilvolles Warten breitmachte; er hatte den Eindruck, als hielten alle den Atem an. Die Dänen hatten Nordhumbrien erobert. Wohin würden sie als nächstes ziehen?

Im Oktober kam die Nachricht, daß Ivar Knochenlos für Nordhumbrien einen neuen König ernannt hatte. Es war ein Engländer, kein Däne, und sein Name war Egbert.

»Nie von ihm gehört«, sagte Ethelred zu Alfred, als sie diese Neuigkeit besprachen, nachdem Burgreds Bote fortgeschickt worden war. »Egbert? Er war kein Ealdorman.«

»Zweifellos irgendein Than ohne Rückgrat, den Ivar leicht manipulieren konnte«, antwortete Alfred. »Er ist wertlos; ein König, den Ivar durch Befehle in Bewegung setzt wie Kinder eine Handpuppe.« Er runzelte die Stirn. »Die Ernennung eines Marionettenkönigs läßt nichts Gutes ahnen, Ethelred. Wenn Ivar in Nordhumbrien bleiben wollte, hätte er das nicht getan.«

Alfreds Vorahnung erwies sich als richtig. Mitte November zog die dänische Armee in rasantem Tempo durch das Trenttal nach Nottingham, eine von Burgreds Städten, nur dreißig Meilen nördlich von Tamworth. Von dort aus plünderte die dänische Armee systematisch die Umgebung.

Außer sich vor Angst, schickte Burgred eine Nachricht nach Süden zu seinem Schwager, dem König von Wessex, erinnerte Ethelred an seine Allianz mit Mercien und bat um Unterstützung.

Ende Dezember ritt Alfred mit einer Eskorte von fünfzig Thanen gen Norden nach Tamworth, um sich mit dem mercischen König zu beraten und für Ethelred Informationen über die gegenwärtige Situation in Nottingham zu sammeln.

Der Tag war grau und windstill, als Alfred Tamworth erreichte. In der Nacht zuvor hatte es leicht geschneit. Die Dächer der Säle waren weiß gesprenkelt, und der Schnee bedeckte die Holzstöße, die an den Palisadenmauern aufgestapelt waren. Der große Saal von Tamworth war mit Tannenreisig geschmückt, und das Weihnachtsscheit schwefelte noch im Kamin. Doch die Gesichter derer, die Alfred auf dem Weg zu seinem Gastgeber grüßten, sahen alles andere als festlich aus.

»Schön dich zu sehen, mein Junge«, sagte Burgred ernst.

Ethelswith kam und gab Alfred den Friedenskuß. Ihre Lippen fühlten sich kalt an, als sie seine Wange berührten.

Burgred hatte seinen Witan einberufen, damit sie alle hören konnten, was Wessex zu sagen hatte, und die mercischen Adligen und Bischöfe fanden sich rasch im großen Saal ein, sobald sie von Alfreds Ankunft erfahren hatten. Die meisten mercischen Ealdormen kannte Alfred vom Sehen. Sie waren alle älter als er, außer Athulf, mit dem Alfred ein freundliches Lächeln wechselte.

Die Männer saßen im großen Saal auf den Bänken vor den Resten des Weihnachtsscheits. Edred, Ealdorman von den Tomsaetan und Anführer der mercischen Adligen, sprach als erster. »Was gedenkt König Ethelred gegen die Dänen zu unternehmen?«

Alfred hob eine seiner perfekten Augenbrauen und verzichtete auf den Hinweis, daß die Dänen in Nottingham hauptsächlich Merciens Problem waren.

Fast jammernd sagte Burgred: »Als Mercien deinem Großvater, König Egbert, die Treue geschworen hat, gab er uns das Versprechen, uns zu schützen. Wessex schuldet uns Unterstützung, Alfred. Ethelred weiß das sicher.«

Jetzt war Alfred wirklich überrascht. Es klang fast, als hätte Burgred überhaupt keine Pläne, sondern wartete darauf, daß Ethelred alles in die Hand nahm. Er sah sich im Kreis der mercischen Adligen um, und ihm gefiel nicht, was er sah. Athulf war der einzige, der seinem Blick nicht auswich, und Athulf sah sehr grimmig aus.

Alfred blickte wieder zu seinem Schwager und sagte völlig

gelassen: »Vor allen Dingen ist Ethelred ein christlicher König, Mylord. Angesichts einer solchen Bedrohung wie der durch die Dänen ist es unbedingt notwendig, daß alle christlichen Könige und alle christlichen Länder zusammenstehen. Wessex hilft Mercien in diesen Notzeiten.«

Die starke Spannung, die Alfred im Saal gespürt hatte, löste sich urplötzlich. Zum ersten Mal seit Alfreds Ankunft lächelte Burgred. »Gott sei Dank«, sagte er inbrünstig. Dann fragte er: »Was sollen wir unternehmen?«

Alfred sah Athulf an. Der junge Mercier verweigerte den Blickkontakt. Die restlichen Adligen starrten den westsächsischen Prinzen an und warteten auf seine Antwort.

Alfred war erstaunt. Es war ihm fast peinlich. Er faltete seine juwelengeschmückten Hände über dem Knie und fragte mild: »Wie ist die gegenwärtige Situation in Nottingham?«

Wenigstens über das Geschehen im dänischen Lager schien der mercische Witan gut Bescheid zu wissen. Die Dänen hatten anscheinend nicht versucht, weiter als bis Nottingham vorzudringen. Sie verhielten sich genauso wie damals in York: Abgesehen von schnellen Raubzügen in die Umgebung blieben sie innerhalb ihrer Befestigungen. »Die meisten Leute in einem Radius von zehn Meilen um Nottingham sind geflohen«, sagte Athulf. »Allein der Name Ivar Knochenlos reicht aus, um die furchtlosesten Herzen mit Schrecken zu erfüllen.«

»Ist ihnen noch kein Widerstand geleistet worden?« fragte Alfred.

»Nein«, antwortete Athulf, und seine blauen Augen erwiderten gelassen Alfreds Blick. Alfred ertappte sich bei dem Gedanken, daß Athulfs Augen viel blasser waren als die seiner Schwester. Das tat nichts zur Sache. Dann fügte Athulf hinzu: »Der König hat das Fyrd noch nicht zusammengerufen.«

Genau das hatte Alfred vermutet. Trotzdem blickte er im Kreis der mercischen Adligen umher und fragte überrascht: »Ihr habt das Fyrd noch nicht zusammengerufen, Mylords? Aber warum nicht?«

»Alle Thane Merciens würden nicht ausreichen, um Ivar Knochenlos und seine gottlose, blutrünstige Armee zu schlagen«, gab Edred ihm zornig zur Antwort. »In Gottes Namen, Prinz, diese Männer haben die letzten zehn Jahre damit verbracht, die großen Städte Frankreichs zu plündern! Sie sind geübt! Im Vergleich zu ihnen haben wir keine Ahnung von Kriegsführung.«

Es war Athulf, der seinem Landsmann antwortete: »Wir werden es lernen müssen, Mylord.« Er blickte ringsum in die Gesichter der Adligen, die zum mercischen Witan gehörten, und fügte hinzu: »Die Dänen werden sich nicht in Luft auflösen.«

Es folgte eine kurze, unglückliche Stille. Dann sagte Alfred entschieden: »Nein, ich fürchte nicht.«

Burgred sah ihn an. »Alfred . . .« Die elende Stimme des mercischen Königs war fast mitleiderregend. »Was sollen wir tun? Was wird Ethelred unternehmen, um uns zu helfen?«

»Er wird die Fyrds aller Grafschaften zusammenrufen, um Euch zu Hilfe zu eilen«, antwortete Alfred mit bestimmter Stimme. »Ethelred schlägt vor, daß wir bis zum Frühling warten, wenn die Straßen passierbar sind. Dann läßt er die vereinigten Fyrds von Wessex nach Nottingham marschieren, wo sie sich mit den vereinigten mercischen Fyrds zusammenschließen werden. Wir halten es für sicher, bis zum Frühjahr zu warten. Es ist unwahrscheinlich, daß die Dänen mitten im Winter vorzurükken versuchen.«

Athulfs hageres, dunkles Gesicht fing an zu leuchten. »Gott sei Dank!« sagte er.

Sogar Edred nickte vernünftig. »Gut. Vielleicht reicht ein Schlag mit unseren vereinigten Armeen aus, um die dänische Bedrohung für immer zu vertreiben.«

Burgred sagte: »Und vielleicht sind die Dänen mit ihrer Beute zufrieden und kehren noch vor dem Frühjahr nach Nordhumbrien zurück.«

Es folgte ein bestürztes Schweigen. Athulf sah angeekelt aus. Sogar der Bischof von Repton sah den König entgeistert an. Alfred sagte: »Vielleicht, Mylord. Aber ich würde nicht darauf wetten.«

»Ich auch nicht«, sagte Athulf, und der Rest des mercischen Witan murmelte zustimmend.

»Wir rufen unsere Fyrds zusammen, Prinz«, sagte Edred zu Alfred. »Und wenn der Frühling kommt, werden wir sehen, was wir tun können, um die Dänen für immer aus diesem Land zu vertreiben.«

»Athulf!« Elswyth stürmte auf ihren Bruder zu, sobald er nach der Besprechung zwischen dem Witan und dem westsächsischen Prinzen aus dem großen Saal kam. »Ich muß dich sprechen!«

Athulf versuchte ihre Hand von seinem Arm abzuschütteln. »Ich habe jetzt keine Zeit, Elswyth. Ich muß etwas erledigen.« Als sie keine Anstalten machte, ihn loszulassen, fügte er hinzu: »Wann bist du in Tamworth angekommen? Ich dachte, du und Mutter, wärt in Croxden.«

»Mutter ist auch noch in Croxden«, antwortete Elswyth. »Ich selbst bin erst vor einer Stunde nach Tamworth gekommen. Ich muß mit dir reden, Athulf!«

Er hatte versucht weiterzugehen und sie hinter sich her gezerrt, doch jetzt blieb er wie vom Donner gerührt stehen. »Mutter ist noch in Croxden? Wie bist du dann nach Tamworth gekommen?« Er drehte sich herum, um sie anzusehen, und bemerkte erst jetzt, daß sie Jungenkleider trug.

»Ich bin geritten«, antwortete sie mit dem unverwechselbaren trotzigen Klang in der tiefen Stimme. Sie ließ seinen Arm los.

»Wer hat dich hergebracht?« Drohend verdunkelte sich sein Gesicht.

Sie hob das Kinn. »Ich habe zwei Stallburschen gezwungen, mich zu begleiten.«

Das entflammte seinen Zorn. »Um Himmels willen! *Elswyth!* Die Dänen sind in Nottingham, und du galoppierst allein in der Gegend herum! Bist du verrückt?«

Sein Zorn hatte sie noch nie eingeschüchtert. »Nicht verrückt, Athulf«, antwortete sie. »Verängstigt. Und nicht wegen der Dänen.« Zum ersten Mal bemerkte er die Schatten unter ihren Augen. »Wußtest du, daß Mutter vorhat, mich mit dem Ealdorman von den Tomsaetan zu verheiraten?« fragte sie.

Ganz plötzlich konnte er ihr nicht mehr in die Augen sehen.

»Sie hat mir davon erzählt, ja.« Er merkte selbst, daß er ausweichend klang.

»Du hast doch nicht etwa zugestimmt!« Ihre Stimme war hitzig, ihre schöne Haut gerötet. »Athulf, er ist alt! Und... widerwärtig!«

Athulf blickte sich schnell um. »Still! Das ist nicht der Ort, um private Angelegenheiten zu besprechen.«

»Dann geh mit mir in unseren Saal.«

Er biß die Zähne zusammen. »Ich kann nicht. Ich muß einen Auftrag für den König ausführen.«

Sie packte ihn wieder am Arm. »Dann mußt du hier auf dem Hof mit mir reden, denn ich lasse dich nicht los, bevor wir das besprochen haben.« Er bemerkte den eigensinnigen Ausdruck auf ihrem Gesicht. Wenn Elswyth so aussah, gab es kein Erbarmen. »In Ordnung«, sagte er gereizt. »Ich kann wohl ein paar Minuten erübrigen. Komm mit in den Saal.«

Sie betraten ihren Familiensaal, und Athulf nahm sie mit in sein Schlafgemach, wo sie ungestört waren. »Nun«, sagte er und wandte sich zu ihr, als sich die Tür hinter ihnen geschlossen hatte. »Ich kann dein Verhalten nicht billigen, Elswyth. Es war töricht, allein durch die Gegend zu reiten –« Er ignorierte ihr defensives »Ich hatte zwei Stallburschen bei mir!« und fuhr unerbittlich fort: »Mutter wird außer sich sein vor Sorge. Ich muß ihr sofort einen Boten schicken und sie wissen lassen, daß du in Sicherheit bist.«

Wie immer ließ Elswyth sich nicht vom Thema abbringen. »Ich werde Edred nicht heiraten«, sagte sie. Sie sah entschlossen und dickköpfig aus; ihr ausdrucksvoller Mund war zusammengepreßt.

Sie ist erst vierzehn, sagte Athulf zu sich selbst. *Ich werde nicht zulassen, daß sie mir Vorschriften macht.* Er biß die Zähne zusammen und sagte: »Du heiratest, wen Mutter und ich für dich auswählen.«

Ihre Augen verdunkelten sich. Sie reichte ihm nicht einmal bis zum Kinn, aber ihr Wille war stärker als seiner. Das wußte er. Sie hatte den stärksten Willen von ihnen allen, abgesehen vielleicht von dem ihrer Mutter. Er war wütend darüber, daß

Eadburgh ihn in diese Situation gebracht hatte und nun nicht anwesend war, um ihn zu unterstützen. Elswyth sagte trotzig: »Du kannst mich nicht zwingen. Das verbietet die Kirche.«

»Die Kirche befiehlt dir, denen zu gehorchen, die für dich verantwortlich sind«, antwortete er. Als ihre Augen aufblitzten, fuhr er fort: »Um Himmels willen, Elswyth, er ist eine glänzende Partie! Edred ist der mächtigste Mann Merciens. Er ist reich. Du wirst jeden Luxus genießen, den sich ein Mädchen nur wünschen kann. Er wird gut zu dir sein. Er mag dich. Es ging von ihm aus, nicht von uns.«

»Luxus ist mir völlig egal«, sagte sie. Das war leider nur zu wahr. Athulf wußte, daß seine Schwester sich aus nichts etwas machte, was Mädchen normalerweise gefiel: Kleider, Schmuck und ähnliche Dinge. Sie war nicht wie andere Mädchen. Genausowenig wie ein Berglöwe einer zahmen Stallkatze glich. »Ich will niemals heiraten«, fuhr sie fort. »Ich will so weiterleben wie bisher, bei dir und Ceolwulf.«

Er schloß kurz die Augen, öffnete sie wieder und sah, wie sie ihn flehend ansah. »Bitte Athulf«, sagte sie. »Ich will nicht heiraten!«

Gegen seinen Willen war sein Herz von Mitleid erfüllt. Er hörte die Angst in ihrer Stimme und verstand sie durchaus. Das arme Kind, dachte er. Dann sagte er streng zu sich selbst, daß sie kein Kind mehr sei. Sie war vierzehn, ein Alter, in dem viele Mädchen heirateten. Irgendwann mußte sie ja erwachsen werden. Sie mußte heiraten. Alle Mädchen mußten heiraten. Heiraten oder ins Kloster gehen, und Elswyth würde verrückt werden, wenn sie hinter Klostermauern eingesperrt würde. Also mußte sie heiraten, und sie würden wahrscheinlich kein besseres Angebot bekommen als Edreds.

Es ist zu ihrem eigenen Besten, sagte er entschieden zu sich selbst. Wenn sie sich erst einmal an den Gedanken gewöhnt hat, wird sie sich damit abfinden. Elswyth hat schon immer jede Art von Veränderung verabscheut.

»Du kannst nicht mehr bei mir leben«, sagte er, und seine Stimme war jetzt sehr geduldig. »Ich heirate bald, und meine Frau will bestimmt nicht für immer ihr Heim mit einer unverheirateten Schwägerin teilen. Alle Mädchen müssen heiraten, Elswyth. Sieh dich doch um. Selbst du mußt das einsehen. Es sei denn, du möchtest doch ins Kloster?«

»Nein!« Ihr Blick war entsetzt.

»Ich kann mir dich auch nicht hinter Klostermauern vorstellen«, stimmte er zu. »Also bleibt nur noch die Ehe.«

»Aber ich mag ihn nicht, Athulf!«

»Du kennst ihn doch gar nicht«, antwortete er, immer noch mit derselben geduldigen Stimme. »Er ist ein guter Mann. Ich würde dich mit niemandem verheiraten, von dem ich nichts halte. Komm schon, Elswyth, dein Leben mit Edred wird sich nicht groß von dem bei mir unterscheiden. Er wird dir alle Pferde und Hunde schenken, die du dir nur wünschen kannst.«

Ihr Gesicht war starr, die Augen eher schwarz als blau. Sie sagte: »Aber ich muß in seinem Bett schlafen.«

Er wich ihrem Blick aus und spürte, wie er rot wurde. »Elswyth« – seine Stimme war schroff – »du bringst mich in Verlegenheit.«

Erst gab sie keine Antwort. Dann sagte sie mit einer harten, kalten Erwachsenenstimme: »Und ich sage dir, ich heirate ihn nicht. Du kannst mich nicht zwingen, Athulf. Ich muß schließlich das Jawort geben, und ich werde es nicht tun.«

Er sagte: »Dann gehst du ins Kloster.«

Völlig ungläubig starrte sie ihn an. »Das würdest du mir nicht antun.«

»Was bleibt mir denn anderes übrig?« Er zwang sich, ihrem entsetzten Blick standzuhalten und verschloß sein Herz. Es war zu ihrem eigenen Besten, sagte er sich noch einmal. »Du kannst nicht den Rest deines Lebens damit verbringen, den Wildfang zu spielen, Elswyth. Ich sehe jetzt ein, daß ich dich verzogen habe. Mutter hat dich zu oft jungen Männern überlassen, die keine Ahnung davon hatten, wie man ein Mädchen erzieht. Aber das geht nicht so weiter. Deine Kindheit ist vorbei, Elswyth. Es wird Zeit, daß du die Bürden einer Frau auf dich nimmst. Und jetzt muß ich einen Boten nach Croxden entsenden«. Seine Stimme war fest und unerbittlich. »Außerdem muß ich, wie ich schon sagte, etwas für den König erledigen.«

Als er sich von seiner Schwester abwandte und die Tür seines Schlafgemachs aufstieß, um in den belebten Saal zu gehen, konnte er seine Erleichterung nur schwer verbergen. Natürlich tat das Kind ihm leid, aber es gab keine andere Möglichkeit. Mädchen mußten heiraten. Ende der Diskussion.

Elswyth blieb volle drei Minuten unbeweglich wie eine Statue stehen.

Was sollte sie nur tun? Tief in ihrem Herzen hatte sie niemals geglaubt, daß Athulf sie gegen ihren Willen zu einer Heirat zwingen würde. Es stimmte, daß er sie verwöhnt hatte, daß er ihr ihren Willen gelassen hatte, solange sie denken konnte. Sie hätte niemals gedacht, daß er sie so verraten würde.

Vielleicht Ceolwulf? Sie verwarf den Gedanken sofort wieder. Ceolwulf würde sie bedauern, aber er würde sich nie gegen ihre Mutter oder Athulf auflehnen. Ceolwulf ging immer den Weg des geringsten Widerstandes. Für ihn war Loyalität nicht annähernd so wichtig wie sein Harmoniebedürfnis.

Schließlich ging sie hinaus in den Saal. Ohne die besorgten Blicke zu bemerken, die ihr die Thane zuwarfen, die am Feuer Pferdegeschirr flickten und einen Teil ihrer Diskussion mit Athulf gehört hatten, öffnete sie die Tür und ging hinaus auf den Hof. Sie wollte allein sein. Sie ging zum Stall.

Die Sonne, die mattrote Kugel hinter dünnen, grauen Schleierwolken, war noch nicht untergegangen. Es wird bald schneien, dachte sie. Der Erdboden unter ihren Ledersohlen war hart, hart und kalt. Sie fror. Die ganze Welt war grau und trostlos.

Was sollte sie nur tun?

Im Stall war es warm. Ein Stallbursche gab den Pferden gerade Heu, und Elswyth lehnte sich gegen Silkens Box und sah dem kleinen Grauschimmel beim Abendbrot zu. Doch das friedliche Kaugeräusch, das sie liebte, half nicht, das Angstgefühl aus ihrem Bauch zu vertreiben. Der Stallbursche beendete seine Arbeit und ging. Jetzt, als sie allein war, schlüpfte Elswyth in Silkens Box und drückte ihre Stirn an den Pferdehals. Sie schloß die Augen, ließ die Hände in die lange Silbermähne gleiten und hoffte, etwas Wärme und Trost zu finden. Silken fraß seelenruhig weiter.

Was sollte sie nur tun?

Nach ein paar Minuten öffnete sich die Stalltür. Ein kalter Luftzug wehte durch den Gang, und jemand kam herein. Elswyth verhielt sich ruhig und hoffte, daß derjenige schnell das erledigen würde, was er wollte, und dann wieder ging. Sie war nicht in der Stimmung, sich zu unterhalten.

Leichte Schritte kamen den Gang entlang und hielten vor Silkens Nachbarbox. »Wie geht's, mein Junge?« erklang die abgehackte Stimme des westsächsischen Prinzen. Man hörte, wie sein Hengst den Apfel kaute, den er mitgebracht hatte. Alfred stand einen Augenblick dort und sprach leise mit dem Fuchs. Dann schlüpfte auch er in die Box seines Pferdes. »Laß mich dein Bein ansehen«, sagte er. Silken hob den Kopf und beäugte den Fremden in der Nachbarbox, und auch Elswyth wandte sich um und beobachtete, wie der Prinz sich herabbeugte und das Fesselbein des Fuchses befühlte. Als Alfred sich wieder aufrichtete, sah er sie. Sogar im blassen Licht der einzigen Lampe nahe der Tür konnte Elswyth erkennen, wie seine Augen sich überrascht weiteten. Doch er fuhr nicht zusammen und machte keine Bewegung, die sein Pferd hätte ängstigen können. »Elswyth«, sagte er. Während er sie mit gerunzelter Stirn anstarrte, fügte er hinzu: »Geht es dir gut?«

Zu ihrer eigenen Überraschung antwortete sie: »Nein. Überhaupt nicht.«

Ernst sahen sie sich über die Trennwand hinweg an. Die Pferde senkten die Köpfe und fraßen weiter. Dann fragte Alfred: »Kann ich dir helfen?«

Sie schüttelte den Kopf. »Mir kann keiner helfen.« Sie klang vollkommen niedergeschlagen.

Er tätschelte den Hals des Fuchses, öffnete die Tür der Box und ging zurück in den Gang. Dann sagte er zu Elswyth: »Komm heraus. Wir können uns auf die Heuballen in der Ecke setzen, und du kannst es mir erzählen.«

Ziemlich mürrisch tat sie wie befohlen. Sie ließ sich Zeit, als sie ihm zu den Heuballen folgte, aber als er auf den Platz neben sich deutete, setzte sie sich und sah ihn fast verdrießlich an. Ruhig erwiderte er ihren Blick. Er sagte: »Nun erzähl's mir.«

»Ihr könnt mir nicht helfen, Prinz«, wiederholte sie. Sie bemerkte selbst, daß sie wie ein verzogenes Gör klang, und runzelte grimmig die Stirn.

»Nenn mich Alfred«, sagte er. »Und wir werden nie erfahren, ob ich dir helfen kann, wenn du mir nicht sagst, was los ist.«

Sie zuckte mit den Schultern. Er würde Athulfs Partei ergreifen, dachte sie. Schließlich war er ein Mann.

»Elswyth«, sagte er ganz leise. Es war still im Stall, und der Geruch von Pferden und Heu war beruhigend. Es kann nichts schaden, es ihm zu erzählen, dachte sie. Sie zog den Umhang fester um die Schultern, als wolle sie sich schützen, und berichtete von ihrem Gespräch mit Athulf. »Ich dachte, sie könnten mich nicht zwingen«, kam sie bitter zum Ende. »Aber Athulf hat gesagt, er schickt mich sonst in ein Kloster.« Sie konnte immer noch nicht glauben, daß er das zu ihr gesagt hatte. Aber er hatte. Und er meinte es ernst. »Ich könnte es im Kloster nicht aushalten«, sagte sie. »Ich würde verrückt, wenn ich dort eingeschlossen wäre.«

Zu ihrem großen Schrecken zitterte ihre Stimme, und Tränen brannten in ihren Augen. Ihr ganzes Gesicht war angespannt, und sie versuchte verzweifelt, ihre Fassung wiederzugewinnen.

Er schien nicht zu bemerken, daß sie die Beherrschung verloren hatte, und sagte nur: »Du bist nicht dafür geschaffen, dein Leben in den Dienst Gottes zu stellen.«

Seine Sachlichkeit half ihr; Mitleid hätte ihre Scham nur noch vertieft. »Es ist nicht fair«, sagte sie. »Nur weil ich ein Mädchen bin, kann ich zu einer Ehe gezwungen werden, die ich hasse und vor der ich mich fürchte. Wenn ich ein Junge wäre, würden sie das nicht tun.«

Sie drückte ihr Rückgrat durch, reckte die Nase in die Luft und wartete darauf, daß er ihr eine Predigt über das Los der Frauen halten würde. Stattdessen sagte er mit einer seltsam leisen Stimme: »Nein, es ist auch nicht fair. Ich habe das schon oft gedacht.«

Überraschung durchfuhr sie. Sie starrte ihn mit weit aufgerissenen Augen an. »Ihr findet nicht, daß ich unvernünftig bin?«

»Nein.« Er sah sie nicht mehr an, sondern blickte in die Ferne, als ob er etwas oder jemand anderes sähe. Die Lampe nahe bei der Tür erleuchtete sein Haar schwach. Sie ertappte sich bei dem Gedanken, daß es hübsch war, glatt, glänzend und honigfarben. Alfred war hübsch. Ihr stockte der Atem, als ihr die Idee kam, genauso plötzlich und hell wie ein Blitz.

»Es scheint mir nicht unvernünftig zu sein, wenn ein Mädchen den Wunsch hat, ein Mitspracherecht bei der Frage zu haben, wen es heiratet«, sagte er. »Aber, wie du festgestellt hast, ist das allzu oft nicht der Fall.«

Sie antwortete nicht, sondern starrte ihn weiter an. Sie sah ihn jetzt im Licht dieser brillanten neuen Idee. Seine Gesichtszüge waren sehr fein, sehr klar geschnitten. Sie mochte seine Nase, die keinen arrogant wirkenden Nasenrücken hatte wie Athulfs und bis zu einem gewissen Grade auch ihre. Sein Mund war auch hübsch; er war fest und wirkte kühl. Edreds sah immer feucht aus und . . . hungrig. Schließlich sagte sie ganz langsam: »Es ist ja schön und gut, wenn Athulf sagt, daß Edred mir Pferde und Hunde schenken wird, aber ich werde auch in seinem Bett schlafen müssen.«

Daraufhin sah er sie an. Seine Augen haben eine hübsche Farbe, dachte sie. Er sagte: »Das ist natürlich der Kern des Problems.«

Sie blickte forschend in sein Gesicht. »Als ich das Athulf gesagt habe, das mit Edreds Bett, war es Athulf peinlich.«

»Das sollte Athulf auch peinlich sein«, kam prompt die ehrliche Antwort.

Elswyth lächelte. Alfred, dachte sie, war wirklich sehr nett!

»Wie alt bist du, Elswyth?« fragte er.

»Ich bin vierzehn.«

Er sagte etwas zu sich selbst, das sie zugleich überraschte und erfreute. Dann fügte er hinzu: »Als Judith von Frankreich meinen Vater geheiratet hat, war sie auch erst vierzehn, und der Vollzug der Ehe wurde wegen ihres Alters herausgeschoben. Vielleicht kann Edred . . .«

Sie dachte daran, wie Edred sie ansah. »Das glaube ich nicht«, sagte sie. Sie versuchte vergeblich, ihr Schaudern zu unterdrücken. Sie versuchte es zu erklären. »Er sieht mich so an . . .«

Alfreds Gesicht trug einen unverkennbar angewiderten Ausdruck. Elswyths Lebensgeister erwachten wieder. »Alfred«, sagte sie. Es war das erste Mal, daß sie ihn beim Namen nannte; sie ließ ihn lang und glatt von der Zunge rollen. Sie zog den Umhang auf ihren Knien glatt und fuhr vorsichtig fort: »Vielleicht könnt Ihr mir doch helfen –«

Er fiel ihr ins Wort, bevor sie weitersprechen konnte. »Meine Kleine, es tut mir leid, aber ich weiß nicht wie. Ich kann nicht mit deinem Bruder sprechen. Dazu habe ich nicht das Recht. Athulf wäre wütend, wenn ich mich einmischen würde und dazu hätte er allen Grund.« Alfreds blonde Augenbrauen hatten sich zusammengezogen, und er beobachtete ihre Hände, die rastlos mit der braunen Wolle ihres Umhangs spielten. »Vielleicht könnte ich mit Ethelswith sprechen«, fügte er hinzu. »Gerade sie müßte wissen, wie es ist, zu einer ekelerregenden Ehe gezwungen zu werden...« Er bremste sich und blickte auf, direkt in Elswyths Augen. »Das wollte ich nicht sagen.«

Sie lächelte ihn etwas nervös an. »Es wird nichts nützen, mit Lady Ethelswith zu sprechen.« Nachdrücklich fügte sie hinzu: »Nein, Alfred, es gibt nur eine Person, die mir helfen kann, und das seid Ihr.«

Seine Augen weiteten sich überrascht. »Ich?« Er schüttelte den Kopf. »Ich wünschte, ich könnte es, Elswyth, aber –«

»*Ihr* könnt mich heiraten«, sagte sie.

Er wich zurück, als hätte sie ihn geschlagen. »*Was?*«

Sie beging nicht den Fehler, sich zu ihm zu lehnen, ihn zu bedrängen. Instinktiv hielt sie Abstand. »Versteht Ihr denn nicht?« fragte sie, ein Musterbeispiel an Vernunft. »Ihr seid von noch höherem Stand als Edred. Athulf würde bestimmt einen westsächsischen Prinzen einem mercischen Adligen vorziehen. Und Eure Familie ist reich! Auch das würde für meine Mutter und Athulf eine Rolle spielen.«

Er lächelte ein wenig über ihre Offenheit. »Aber verstehst du nicht, Elswyth? Du würdest nur einen Ehemann gegen einen anderen austauschen. Du sagtest doch, du wolltest überhaupt nicht heiraten.«

»Will ich ja auch nicht. Aber wenn ich schon heiraten muß,

würde ich viel lieber Euch heiraten als Edred.« Ihre dunkelblauen Augen fixierten ihn. »Es wäre auch für Euch eine vorteilhafte Verbindung, Alfred.« Ihre tiefe, gedehnte Stimme war überzeugend. »Mein Vater war einer der angesehensten mercischen Adligen. Und ich habe eine reiche Mitgift, jedenfalls sagen das meine Mutter und Athulf.«

»Du schmeichelst mir, Elswyth«, fing er an, ganz klar in der Absicht, sie zurückzuweisen.

»Ich *mag* Euch«, rief sie aus, und jetzt war ihre Stimme voll Angst. »Und ich *hasse* Edred.«

Er wirkte gequält. »Elswyth, du verstehst das nicht –«

Doch sie wollte nicht zuhören. »Wie alt seid Ihr?« fragte sie.

»Achtzehn.«

»Nun«, sagte sie kühn, »dann ist es Zeit, daß Ihr heiratet.«

Er fing an zu lachen.

»Ihr sagtet, Ihr wolltet mir helfen.« Sie war unfair. Sie wußte es, doch es war ihr egal. Er war ihre einzige Hoffnung. »Dann helft mir. Heiratet mich.«

Sein Gelächter erstarb so abrupt, wie es begonnen hatte. Sein Gesicht wurde ernst. »Es tut mir leid, Elswyth«, sagte er. Seine Stimme klang sehr freundlich, aber auch endgültig. »Ich würde dir ja gern helfen, aber ich kann dich nicht heiraten.«

»Wieso nicht?« gab sie wie aus der Pistole geschossen zurück. Wenn Elswyth sich etwas in den Kopf gesetzt hatte, war sie gnadenlos. »Seid Ihr schon verlobt?«

»Nein.« Sein Gesicht wirkte plötzlich angespannt. Sie hatte ihn noch nie so gesehen. Es ließ ihn älter aussehen. »Es ist nur ... Ich habe beschlossen, niemals zu heiraten. Das ist alles.«

Sie erkannte, daß da mehr war als das Widerstreben, sie zu heiraten. Irgendetwas, das tiefer ging. Sie beobachtete ihn nachdenklich. Er sah wieder in die Ferne.

»Wieso nicht?« fragte sie wieder.

Er lachte ein bißchen und zuckte mit den Schultern. »Ach, genauso wie du komme ich besser allein zurecht.«

»Vielleicht«, antwortete sie langsam, »aber das ist nicht der wahre Grund, oder?«

Er kehrte wieder in die Gegenwart zurück und wandte sich

ihr widerstrebend zu. Sogar in der Dunkelheit konnte sie eine Falte um seinen Mund erkennen. Sie rechnete damit, daß er aufstehen und weggehen würde, aber er tat es nicht. Schließlich sagte er: »Nein.« Er sprach widerwillig, aber er fuhr fort: »Das ist nicht der Grund. Weißt du, ich bin ... beeinträchtigt ... Elswyth, ich bin nicht für die Ehe geeignet, egal mit welcher Frau. Obwohl –« Und selbst in seinem offensichtlichen Kummer brachte er schnell ein charmantes Lächeln zustande. »Wenn ich je heiraten würde, wäre ich glücklich, wenn du meine Frau würdest.«

Grübelnd sah sie ihn an. Was konnte er mit »beeinträchtigt« nur meinen? Sein Aussehen war perfekt. Er war schön. Sie hatte gesehen, wie er den Keiler getötet hatte; er war stark und tapfer. Ihr fiel nur eine Möglichkeit ein, und sie wäre nicht Elswyth gewesen, wenn sie nicht gefragt hätte: »Seid Ihr etwa kastriert?«

Sie sah, welchen Schock ihre Worte ihm versetzten. »Natürlich nicht!« Das Licht der Lampe fing das brennende Gold seiner Augen ein.

Vernünftig sagte sie: »Was sollte ich denn denken?«

Nach einer Weile mußte er gegen seinen Willen lachen. »Wahrscheinlich genau das. Nein ... mit meinem Kopf ist etwas nicht in Ordnung, Elswyth.«

»Mit Eurem Kopf?«

»Ja.« Da war wieder die Falte um seinen Mund. »Ich bekomme schreckliche Kopfschmerzen. Ich glaube, mit meinem Gehirn ist etwas nicht in Ordnung. Ich habe gebetet und gebetet, doch die Kopfschmerzen kommen immer wieder. Ich glaube langsam, sie werden nie verschwinden.« Er sprach fast gleichgültig, als sei es nicht von großer Bedeutung, doch die Falte um seinen Mund war jetzt noch ausgeprägter, und sie erkannte, daß er über dieses Thema sonst nicht sprach.

»Wie oft bekommt Ihr sie?« fragte sie.

Er zuckte mit den Schultern. »Das ist unterschiedlich. Manchmal alle paar Wochen, manchmal monatelang gar nicht.«

Sie bemerkte, daß das keine normalen Kopfschmerzen sein konnten. Er war nicht der Typ, der Schmerzen übertrieben darstellte. Ganz im Gegenteil, dachte Elswyth. Sofort erfaßte Elswyth instinktiv, wie Alfred über diese Kopfschmerzen dachte. Deshalb wußte sie genau, was sie ihm antworten mußte.

»Ihr seid eben nicht perfekt«, sagte sie mit ernstem Gesicht. »Man kann nicht erwarten, perfekt zu sein. Das war doch die Sünde Satans, nicht wahr?«

Er antwortete nicht, aber seine Augen flammten plötzlich in leuchtendem Gold auf.

»Alfred«, sagte sie, und jetzt lehnte sie sich ein wenig zu ihm hin, ganz die Jägerin, die ihre Beute in die Enge treibt. »Ihr täuscht Euch, wenn Ihr glaubt, die Ehe umgehen zu können. Ihr seid zwar ein Junge, deshalb können sie Euch vielleicht nicht zwingen, so wie mich, aber sie werden Euch auch nicht in Ruhe lassen.«

Er sagte nichts, blickte sie nur mit goldenen leuchtenden Augen an. Schlau fügte sie hinzu: »Und Ihr werdet bestimmt auch nicht erklären wollen, warum Ihr nicht heiraten wollt.«

Es folgte eine lange Pause. Dann sagte er: »Du bist ein Teufel.« Er klang, als sei er außer Atem.

Sie drückte ihren Rücken durch und sagte leidenschaftlich: »Ich würde viel lieber Euch mit Euren Kopfschmerzen heiraten als Edred.«

Wieder folgte eine Pause. Elswyth hielt den Atem an. Er sah sie nicht an. Schließlich fragte er: »Bist du dir sicher?« Dann sagte er mit Überwindung: »Manchmal frage ich mich, was passiert, wenn die Kopfschmerzen schlimmer werden und jeden Tag kommen. Ich könnte verrückt werden vor Schmerz, Elswyth. Du verstehst das nicht.«

»Alfred«, sagte sie. »Edreds Zähne sind gelb.«

Alfreds Gesicht erhellte sich amüsiert. »Das stimmt. Wie die eines Pferdes.«

Sie fingen im selben Moment an zu lachen, genau wie bei ihrem letzten Zusammentreffen in diesem Stall. Dann sagte er ein wenig atemlos: »In Ordnung, kleine Elswyth, ich werde herausfinden, ob Athulf mich an Edreds Stelle akzeptiert.«

Erleichtert seufzte sie auf, und er legte seine Hand auf ihre, die mit der Handfläche nach oben auf dem Heu zwischen ihnen lag. Das war das erste Mal, daß er sie berührte. Seine Hand war dünn und sehnig, mit Goldringen geschmückt, und sie umschloß sie sofort mit ihren Fingern. Er stand auf und zog sie hoch.

»Eins noch«, sagte er, und nun war er sehr ernst.

»Ja?« Sie sah zu ihm auf. Ihr Augen waren auf der gleichen Höhe mit seinem hübschen, fest geformten Mund.

»Mach dir keine Sorgen darüber, in meinem Bett schlafen zu müssen. Wie mein Vater glaube ich, daß du mit vierzehn zu jung für so etwas bist. Ich werde warten.«

Sie lächelte strahlend. »Oh, danke, Alfred.«

»Gern geschehen.« Seine Stimme klang amüsiert und bedauernd zugleich. »Komm mit. Ich werde versuchen, noch vor dem Abendessen mit Athulf zu sprechen.« Er öffnete die Stalltür, und sie verharrten eine Weile gemeinsam im Eingang. Ihre Arme berührten sich. Es hatte angefangen zu schneien.

»Zieh die Kapuze hoch«, sagte Alfred. Und sie, die Befehle haßte, gehorchte auf der Stelle. Sie war so glücklich, daß sie ihn hätte umarmen können.

»Geht Ihr zuerst«, sagte sie, plötzlich ganz besonnen. »Es wäre nicht gut, wenn wir gemeinsam beim Verlassen des Stalles gesehen würden.«

Er lachte und zeigte seine hübschen weißen Zähne, zog sanft an einer ihrer langen Zöpfe und ging ohne Kopfbedeckung hinaus in den Schnee. Er hat die selbstbewußte, fast arrogante Grazie einer Katze, dachte Elswyth mit Genugtuung, als sie ihn im leichten Schneefall beim Überqueren des Hofes beobachtete. Sie war ganz sicher, daß er Athulfs Einwilligung bekommen würde. Alfred hatte das gewisse Etwas, das jeden dazu brachte, seine Forderungen zu erfüllen. Wenn sie schon heiraten mußte, und das schien der Fall zu sein, hätte sie keine bessere Wahl treffen können.

Sie zog die Kapuze enger und ging hinaus in den Schnee.

8

ATHULF war erst ein paar Minuten im Saal, als Alfred ihn dort aufsuchte. Elswyths Bruder erschien erfreut, den westsächsischen Prinzen zu sehen, und ließ seinen Gast auf einem Stuhl mit hoher Lehne beim Feuer Platz nehmen. Athulfs Thane saßen auf den Wandbänken, unterhielten sich, schnitzten oder besserten Leder aus, und die beiden jungen Männer konnten unter vier Augen sprechen.

»Diese Angelegenheit mit den Dänen ist äußerst ernst«, sagte Athulf zu Alfred, als sie beide Bierkelche in den Händen hielten. »Burgred gibt sich Illusionen hin, wenn er glaubt, daß sie nicht weiter als bis Nottingham nach Süden vordringen.« Mit einem schnellen Seitenblick auf Alfred fügte er hinzu: »Ich danke Gott, daß Wessex uns bei diesem Feldzug unterstützen wird. Die Westsachsen sind viel erfahrener im Kampf gegen die Dänen als wir Mercier.«

»Wie ich schon im Witan sagte, ist es Zeit, daß alle Christen zusammenstehen«, antwortete Alfred. Er fuhr mit dem rechten Zeigefinger am Rand seines Silberkelchs entlang und fügte vorsichtig hinzu: »Ich war ... überrascht ..., daß Burgred keine eigenen Pläne zur Verteidigung Nottinghams hatte.«

»Seit wir vor Eurem Großvater kapituliert haben, Prinz, sind wir in Mercien verweichlicht«, antwortete Athulf. Seine Stimme klang bitter. »Ein unterworfenes Volk verliert seine Entschlußkraft.«

Alfred war überrascht über diese Bitterkeit und blickte in Athulfs mageres, dunkles Gesicht. »Mercien hat immer seinen eigenen König behalten«, sagte er bedächtig zu Elswyths Bruder. »Sicher, Egbert war Bretwalda, Herrscher über alle Briten, aber er hat niemals versucht, Mercien zu einem Teil von Wessex zu machen.«

»Wir haben Wessex die Treue geschworen. Man hat uns gelehrt, uns der Führung durch Wessex anzuvertrauen. Es ist unfair, sich jetzt über Dinge zu beklagen, Prinz, die Wessex selbst verursacht hat.«

Es war kurz still. Alfred blickte von Athulfs strengem Profil zurück auf seinen Bierkelch und verstand, daß der Mercier sich durch die fehlende Initiative seines Landes tief gedemütigt fühlte. »Vielleicht habt Ihr recht«, sagte Alfred mild und nahm einen Schluck Bier.

Wieder schwiegen sie. Dann besann Athulf sich auf seine Gastgeberpflichten und räusperte sich. »Aber Ihr seid nicht hergekommen, um meine Vorwürfe zu hören«, sagte er zu seinem Gast und brachte ein reumütiges Lächeln zustande. »Womit kann ich Euch dienen, Prinz?«

»Ich will Eure Schwester heiraten«, sagte Alfred.

Athulfs blaue Augen öffneten sich so weit, daß es komisch wirkte. Alfred verbarg seine Belustigung.

»Ihr möchtet *Elswyth* heiraten?«

»Wieso nicht?« Alfred lehnte sich bequemer auf seinem holzgeschnitzten Stuhl zurück. »Sie ist eine sehr gute Partie.«

»Natürlich ist sie das«, stimmte Athulf hastig zu, als er merkte, daß er einen groben Fehler begangen hatte. »Sie stammt aus einer der besten Familien Merciens. Und sie wird eine hohe Mitgift bekommen.«

»Das ist schön«, sagte Alfred.

Langsam fing Athulf sich wieder. Alfred beobachtete ihn unter gesenkten Wimpern. »Ich fürchte, Prinz«, sagte Athulf zögernd, »Elswyth ist schon jemand anderem versprochen.«

»Gab es eine formelle Verlobung?«

»Nein.«

»Dann gibt es auch kein Versprechen«, sagte Alfred.

»Nun, es gibt eine inoffizielle . . . Übereinkunft.«

Alfred zuckte mit den Schultern, die so entspannt an dem schwarzen Stuhl lehnten. »Dann brecht sie.«

»Ich . . . Das ist nicht so einfach.« Athulf rieb sich die Nase und starrte ins Feuer.

Alfred sagte: »Sagt Edred, daß sie ihn nicht mag, daß er zu alt ist, daß sie lieber mich heiraten will.«

Noch einmal schweiften Athulfs Augen zum Prinzen und weiteten sich. »Ihr habt mit Elswyth gesprochen?« fragte er. Er klang fast anklagend.

»Natürlich habe ich mit Elswyth gesprochen.« Plötzlich schwand die Belustigung aus Alfreds Augen. »Gott allein weiß, was sie tut, wenn Ihr sie zur Heirat mit Edred zwingt. Sie fürchtet sich vor ihm, sie findet ihn abstoßend.« Seine Augen funkelten im Feuerschein. »Elswyth ist nicht der Typ, der sich mit unangenehmen Situationen abfindet«, fügte er hinzu. »Sie ist eine Rebellin.«

»Ich weiß.« Athulfs Gesicht war düster. »Sie war schon immer so. Und sie ist verzogen worden. Meine Mutter war immer mit Vater bei Hof und hat sie mir und Ceolwulf überlassen.«

»Und da durfte sie immer tun, was sie wollte.«

»Öfter als ihr guttat«, stimmte Athulf reumütig zu. »Aber das kann nicht so weitergehen, Prinz. Sie ist fast eine Frau.«

Das Feuer loderte plötzlich auf, als ein Teil des riesigen brennenden Holzklotzes zerbarst und herunterfiel. »Mädchen oder Frau, sie ist immer noch Elswyth«, sagte Alfred. »Sie wird immer Elswyth sein. Und sie kommt mit mir besser weg als mit Edred.«

Athulf sah Alfreds vom Feuer vergoldetes Gesicht. »Hat sie gesagt, sie würde Euch heiraten?«

»Sie hat mich *gebeten*, sie zu heiraten«, antwortete Alfred ernst.

»Oh mein Gott«, stöhnte Athulf. »Das kann auch nur Elswyth einfallen.«

»Ich mag sie«, sagte Alfred. »Ich glaube, wir verstehen uns.«

Athulfs dunkles, hochmütiges Gesicht, ebenfalls vom lodernden Feuer erleuchtet, wurde sehr ernst. »Prinz«, sagte er fast widerstrebend. »Ich muß Euch bitten, es noch einmal zu bedenken, bevor ich antworte. Ihr habt eine hohe Stellung in Wessex – Ihr seid Secondarius, der Erbe Eures Bruders. Euer Volk verehrt Euch; das ist allen, die Euch kennenlernen, sofort klar. Es besteht durchaus die Möglichkeit, daß Ihr eines Tages König werdet.« Athulfs arrogante Adlernase sah ausgemergelt aus, als er sagte: »Ich kann mir nicht vorstellen, daß Elswyth Eure Erwartungen an eine Ehefrau in einer solchen Position erfüllen kann.« Dann fügte er verzweifelt hinzu: »Immer, wenn

Ihr sie nötig hättet, würde sie auf dem Pferd durch die Downs galoppieren.«

Darüber mußte Alfred lachen. Dann wurde er wieder ernst und versicherte Athulf: »Mein Bruder ist, Gott sei Dank, jung und gesund. Und er hat einen Sohn, der ihm in ein paar Jahren nachfolgen kann. Meine Position wird sich wahrscheinlich nicht ändern, und ich wünsche mir das auch nicht. Meine Ehefrau muß nicht feiner als die eines gewöhnlichen Thanen sein, und das ist Elswyth.« Amüsiert fügte er hinzu: »Eins ist sicher: Sie hat genug Stolz, um Königin zu werden.«

»Mehr als sicher«, sagte Athulf und atmete schwer durch die Nase.

»Nun, Mylord, wie lautet Eure Antwort?« Alfred klang nicht, als hätte er irgendwelche Zweifel. Weder an seinen Schultern noch an den entspannten Händen, die den Kelch hielten, war irgendeine Anspannung zu erkennen, doch sein Gesichtsausdruck war höflich.

»Sie lautet natürlich ja. Ihr wißt selbst, daß Ihr eine bessere Partie seid als Edred. Und, was noch wichtiger ist, Elswyth scheint Euch zu mögen.« Athulf rieb sich die Nase, sah Alfred an und sagte sarkastisch: »In letzter Zeit habe ich mich selbst nicht besonders gemocht.«

Alfred schenkte seinem zukünftigen Schwager schnell ein charmantes Lächeln. »Es ist nicht einfach, sie als Schützling zu haben, das kann ich mir vorstellen.«

»Nun, in Kürze wird sie Euer Schützling sein«, antwortete Athulf. »Ich danke dem lieben Gott für diese Gnade.«

Alfred stellte seinen kaum berührten Bierkelch auf die Armlehne seines Stuhls und beugte sich ein wenig nach vorn, als wolle er aufstehen. »Wir warten mit der Hochzeit bis nach der Schlacht mit den Dänen«, sagte er, immer noch in derselben Haltung.

»Es besteht kein Grund, so lange zu warten«, versicherte Athulf ihm, doch Alfred schüttelte den Kopf.

»Wenn ich in der Schlacht fiele, würde es nichts ausmachen, das ist schon richtig. Aber ich habe eine tiefe Abneigung dagegen, einem jungen Mädchen einen Krüppel aufzubürden. Wir werden warten.«

Athulfs Gesichtsausdruck veränderte sich. »Das habe ich nicht bedacht.«

»Normalerweise denke ich auch nicht darüber nach«, sagte Alfred leichthin, »aber in diesem Fall ist es angebracht. Elswyth und ich heiraten, wenn wir das Dänenproblem gelöst haben.«

»In Ordnung«, sagte Athulf. Die beiden Männer standen gleichzeitig auf und betrachteten sich mit Sympathie. »Ich fühle mich geehrt, Euer Schwager zu werden«, sagte der Mercier.

»Ich mich auch«, antwortete Alfred. Ein Lächeln erhellte Athulfs dunkles Gesicht und verscheuchte den hochmütigen Ausdruck vollkommen. Alfred legte ihm die Hand auf die Schulter und wandte sich dann zur Tür. »Ich muß mich vor dem Bankett noch umziehen.«

Athulf begleitete ihn zur Saaltür, und als die beiden Männer hinausblickten, sahen sie, daß es stark schneite. »Gut«, bemerkte Athulf mit Genugtuung. »Je mehr es schneit, desto unwahrscheinlicher ist es, daß die Dänen die Umgebung plündern.«

»Ich bete, daß sie bis zum Frühjahr in Nottingham bleiben«, sagte Alfred, und seine Sprechweise war sehr abgehackt. »Unsere große Chance besteht darin, Athulf, daß unsere beiden Armeen sie mit voller Kraft in die Zange nehmen.«

»Ich weiß«, sagte Athulf.

Alfred zögerte. Dann fügte er hinzu: »Ich wünschte, ich könnte sicher sein, daß Burgred das einsieht.«

»Burgred hat einen Witan«, antwortete Athulf grimmig. »Ihr könnt Euch auf uns verlassen.«

Alfreds Hand berührte Athulf einen Augenblick lang; dann war der Prinz im Schneegestöber verschwunden.

Alfred kehrte nach Wessex zurück. Ethelred berief einen Witan ein, und die Nachricht ging durchs Land, daß die Fyrds aller Grafschaften sich im März sammeln und in Nottingham den Dänen stellen sollten.

Es gab kein stehendes Heer in Wessex, sondern nur die Leibgarde des Königs, die im Königssaal lebte und durch königliche Einkünfte entlohnt wurde. Ihre Mitglieder waren professionelle Soldaten. Außerdem besaß jeder Ealdorman eine Gruppe von Thanen, die ihm die Treue geschworen hatte und auf seine Kosten in seinem Saal lebte. Diese beiden Gruppen waren die Elite der westsächsischen Armee.

Wenn ein Ealdorman jedoch das Fyrd seiner Grafschaft einberief, griff er auch auf andere Männer zurück, hauptsächlich auf die ortsansässigen Thane.

Die Thane der Grafschaften bewohnten ihre eigenen Landgüter, die aus mindestens fünf Hides, ungefähr zweihundert Hektar Land, bestehen mußten, jedoch auch viel größer sein konnten. Selbst wenn diese Thane nicht im Saal des Ealdorman lebten, so waren sie trotzdem verpflichtet, für ihn zu kämpfen, wenn er sie rief. Weiterhin mußten sie dem Fyrd pro fünf Hides, die sie mehr besaßen, einen zusätzlichen Mann zur Verfügung stellen. Diese zusätzlichen Männer waren meist Freie, die den Than der Grafschaften repräsentierten und ihm Treue schuldeten. Der Than hatte dafür Sorge zu tragen, daß all seine Vertreter mit Harnisch und Speer ausgerüstet waren und eine Grundausbildung an den Waffen erhielten. Auch die Städte von Wessex wurden nach Hides geschätzt, und pro fünf Hides mußten die Stadtbewohner einen Vertreter zum Dienst im Fyrd entsenden.

Das also waren die Männer, die Wessex in den letzten fünfzig Jahren gegen die Dänen verteidigt hatten. Da die Fyrds örtlich gebunden waren, konnten sie schnell zusammengerufen werden, und da immer dieselben Männer kamen, hatten sich die Thane, Freien und Stadtbewohner, aus denen die Armee der Grafschaft bestand, mit der Zeit zu passabel ausgestatteten und erfahrenen Kriegern entwickelt.

Sie alle sammelten sich im März, als die Ealdormen die Fyrds von Wessex zusammenriefen, um nach Nottingham zu marschieren. Sie wußten nur zu gut, daß die Armee, die sie dort erwartete, anderen Kalibers war als die plündernden Horden, auf die sie in der Vergangenheit gestoßen waren.

Es ist ein schlechter Zeitpunkt, die Bauern von ihrem Land wegzuholen, dachte Alfred, als sich die vereinigten Fyrds von Wessex langsam die alte römische Straße Fosse Way gen Norden nach Mercien entlangbewegten. Viertausend Mann marschierten die westlichste aller großen römischen Straßen entlang, und die meisten von ihnen, Thane und Freie, waren Landbesitzer, deren Felder gepflügt werden mußten, wenn in diesem Frühjahr noch gesät werden sollte. Eine so große Armee konnte man nur für relativ kurze Zeit zusammenhalten.

Dieser Gedanke hatte Alfred in den letzten sechs Wochen Sorge bereitet. Die westsächsischen Männer waren hauptsächlich Bauern, die daran gewöhnt waren, sofort nach einer Schlacht nach Hause auf ihre Felder und zu ihrem Vieh zurückzukehren. Die Dänen dagegen waren eine professionelle Armee, die sich für Eroberungen zusammengeschlossen hatte und von ihrer Beute lebte. Die Dänen lösten sich nach einer Schlacht jedenfalls nicht auf, das war Alfred völlig klar.

Wir müssen sie in Nottingham schlagen, dachte er. Alfreds Hengst bog seinen glänzenden kastanienbraunen Hals in der kühlen, feuchten Luft und schnaubte, weil er zu einem solch langsamen Tempo gezwungen wurde. Die Leibgarde des Königs und die Ealdormen waren zu Pferde, doch die meisten Männer der westsächsischen Fyrds gingen zu Fuß. Das Tempo war auf sie und die Proviantwagen abgestimmt, die langsam von Ochsen gezogen wurden.

Der Marsch von Chippenham, wo sie sich gesammelt hatten, nach Tamworth dauerte eine Woche. In Tamworth vereinigten sich die Fyrds von Wessex mit der mercischen Armee, und von dort zogen sie gemeinsam nach Nottingham, wo sie sich am rechten Trentufer versammelten und über den Fluß hinweg auf hohe Klippen blickten, auf denen dänische Krieger mit blitzenden Waffen aufgereiht waren.

Die dänischen Befestigungen in Nottingham waren gewaltig. Auf allen Seiten der Stadt, die nicht durch den Fluß und die Klippen geschützt waren, hatten die Wikinger Erdwälle aufgeworfen. Und wenn die vereinten mercischen und westsächsischen Streitmächte sie auch an Zahl übertrafen, so befanden sich die Dänen innerhalb ihrer Festung doch in Sicherheit und machten keine Anstalten, zum Kampf herauszukommen.

Die Tage vergingen. Alfred sah die ersten Anzeichen von Rastlosigkeit bei den Männern. Es wurde wärmer. Zu Hause würden bald die Färsen und Kühe kalben, und die Milchwirtschaft würde in vollem Gange sein. Auch die Schweine warfen, und während die Männer sich in Nottingham um die Kochfeuer scharten und ihre Armeeverpflegung aßen, träumte mehr als einer von ihnen von Spanferkel.

Sie konnten es sich nicht leisten, hier untätig am Ufer zu sitzen.

»Was können wir denn schon unternehmen?« fragte Ethelred vernünftig, als Alfred ihm bereits ein Dutzendmal am selben Tag diesen Gedankengang unterbreitet hatte. »Es wäre Wahnsinn, das Lager anzugreifen. Du hast ja gehört, was mit den Nordhumbriern passiert ist, als sie erst einmal in die Stadtmauern von York eingedrungen waren. Wenn wir schon mit den Dänen kämpfen müssen, dann im freien Feld.«

»Aber sie kommen nicht heraus, Ethelred!« sagte Alfred frustriert.

»Wenn sie hungrig sind, werden sie schon kommen«, kam Ethelreds gelassene Antwort.

»Bis es soweit ist, sind unsere Männer schon längst nach Hause gegangen«, sagte Alfred. Noch am selben Abend ritt er mit ein paar ausgesuchten Männern am Trent entlang nach Süden, um auszukundschaften, ob man den Fluß irgendwo nördlich von Repton überqueren konnte.

»Wenn wir eine Gruppe von Männern hinüberbringen könnten, die die Dänen von Süden her überraschen könnten, dann würde es dem Rest der Armee vielleicht gelingen, erfolgreich von Westen anzugreifen«, erklärte Alfred Edgar, einem jungen Than, einem seiner engsten Vertrauten.

»Es wäre einen Versuch wert, Mylord«, antwortete Edgar prompt. Wie Alfred war Edgar jung und durch die Untätigkeit der letzten zwei Wochen frustriert.

In dieser Nacht stahlen sich zehn von ihnen im Dunkeln aus dem Lager. Alfred hatte nicht einmal Ethelred von seinen Plänen erzählt. Zu Alfreds Enttäuschung hatte Ethelred sich der Führung Burgreds unterworfen, seitdem die Armeen von Wessex und Mercien sich vereinigt hatten. Alfred konnte Ethelreds Entscheidung nachvollziehen, denn die Mercier waren extrem empfindlich, was die westsächsische Oberherrschaft in der Vergangenheit betraf. Aber es war eine Tatsache, daß Burgred zu ängstlich und unentschlossen war, um jemals einen erfolgreichen Anführer abzugeben. Alfred entschied, daß es am besten war, auf eigene Verantwortung aktiv zu werden.

Die Thane, die Alfred folgten, waren alle jung. An ihren Stirnbändern konnte man unschwer erkennen, daß sie zum Prinzen gehörten. In der letzten Zeit war es unter Alfreds Männern, besonders unter den jungen, zur Mode geworden, seinen Stil zu kopieren. Seine Männer waren alle glattrasiert, obwohl Alfreds Gesicht glatt war, weil ihm noch kein Bart wuchs.

Sie bewegten sich vorsichtig und blieben so lange wie möglich zwischen den Bäumen, um nicht von den Dänen am anderen Ufer gesehen zu werden. Bei Tagesanbruch waren alle bis auf zwei von ihnen zum sächsischen Lager zurückgekehrt. Keiner der beiden Könige hatte ihre Abwesenheit bemerkt. Edgar und sein Begleiter Brand kehrten gegen Mittag zurück, nachdem sie sich bei der örtlichen Bevölkerung versichert hatten, daß es bei Willowburg tatsächlich eine Furt durch den Fluß gab. Dann ging Alfred zu Ethelred und Burgred.

Burgred wollte nichts von einem Angriff auf das dänische Lager hören. »Die Nordhumbrier wurden abgeschlachtet, als sie innerhalb der Stadtmauern von York auf die Dänen trafen«, sagte er dickköpfig zu Alfred. »Wir müssen im offenen Feld gegen sie kämpfen, wenn wir sie besiegen wollen.«

»Aber sie werden nicht nach draußen kommen, Mylord.« Alfred bemühte sich, geduldig zu sein. Der Aprilhimmel war von einem tiefen Blau: hohe, weiße Wolken schwebten über dem dänischen Lager, das so quälend nah am anderen Ufer des Flusses lag. »Sie wissen, daß wir in der Überzahl sind«, fuhr Alfred fort. »Sie werden im sicheren Nottingham bleiben, es sei denn, wir zwingen sie zu einer Schlacht. Und da gibt es diese Furt –«

»Nein«, sagte Burgred. Er wandte sich an Ethelred: »Er hätte das Lager nicht ohne meine Erlaubnis verlassen dürfen.«

Ethelred sah beunruhigt von Burgred zu Alfred. »Wenn wir

sie lange genug belagern«, sagte er zu seinem Bruder, »müssen sie herauskommen, um sich Nahrung zu beschaffen.«

Alfred sah Ethelred ungeduldig an. »Die Fyrds sind ungeeignet für eine lange Belagerung«, sagte er. »Schon jetzt sehnen sich die Thane und Freien nach Hause zurück. Und nur unsere Leibgarden reichen nicht aus. Wir brauchen auch die Bauern. Du weißt das so gut wie ich, Ethelred.«

Burgred richtete seine massige Gestalt hoch auf. »Ich bin der Anführer dieser Armee, Prinz«, sagte er zu Alfred. »Es wäre gut, wenn du das berücksichtigen würdest.«

»Alfred will nicht anmaßend sein«, sagte Ethelred.

»Er ist mehr als anmaßend. Er ist unverschämt«, gab Burgred zurück. »Ihr habt diesem Grünschnabel schon immer zuviel Beachtung geschenkt, Schwager. Deshalb ehrt er Alter und Erfahrung nicht.« Und mit diesen abschließenden Bemerkungen drehte Burgred den beiden Westsachsen den Rücken zu und begab sich würdevoll in sein Zelt.

Ethelred sah Alfred an. Das junge Gesicht seines Bruders trug einen anderen Ausdruck, als er erwartet hatte. Alfred sah nicht wütend, gedemütigt oder verächtlich aus. Seine Augen waren kalt, rational und unerbittlich. Ganz ruhig sagte er zu Ethelred: »Burgred begeht einen schweren Fehler.«

»Vielleicht«, erwiderte Ethelred. »Aber ich kann mich nicht über seine Entscheidung hinwegsetzen, Alfred. Die Mercier werden mir gegen den Willen ihres Königs nicht folgen. Und wir Westsachsen sind nicht stark genug, um Nottingham allein zu stürmen. Wir haben keine andere Wahl, als die Belagerung so lange aufrechtzuerhalten wie wir können, und das Beste zu hoffen.«

Und so warteten sie. Währenddessen zerstreuten sich die Männer aus Wessex und Mercien langsam in alle Winde. Kaum jemand sah einen Sinn darin, Tag für Tag am Trentufer herumzusitzen, wenn es zu Hause wichtigere Dinge zu erledigen gab. Die Thane machten sich Sorgen, daß ihre Schäfer und die Hirten ihrer Kühe, Ziegen und Schweine in Abwesenheit ihrer Herren die Arbeit vernachlässigten. Für die Freien war das Problem noch viel gravierender. Die Arbeit auf ihren Höfen wurde normalerweise vom Besitzer selbst erledigt; war er im Frühjahr nicht anwesend, gab es im nächsten Jahr einen hungrigen Winter.

Ende April hatten die vereinigten Armeen von Wessex und Mercien über dreitausend Mann verloren.

»Ich werde um Frieden bitten«, sagte Burgred. Und Ethelred stimmte ihm zu. Angesichts der Verluste in den sächsischen Armeen konnten sie nichts anderes tun, sagte er zu Alfred.

Der Frieden wurde von Burgreds Vertreter Edred, Ealdorman von den Tomsaetan, ausgehandelt. Ivar Knochenlos wahrte seinen Vorteil rücksichtslos. Er verlangte von Burgred fünftausend Pfund Danegeld als Gegenleistung dafür, daß er Mercien verließ.

Alfred wurde leichenblaß, als ihm klar wurde, daß Burgred die Bedingungen akzeptieren wollte.

»Wo ist der mercische Witan?« bestürmte er Athulf, den er sofort aufgesucht hatte, als ihm klarwurde, daß er Burgred nicht davon überzeugen konnte, die Forderungen der Wikinger abzulehnen.

Athulfs hageres, dunkles Gesicht war grimmig. »Der Witan hat dem König Recht gegeben«, antwortete er mit gepreßter Stimme. »Sie wollen die Dänen abfinden.«

Alfred, der selten fluchte, tat es jetzt. Athulfs Mund war so dünn wie eine Schwertklinge. »Ich stimme Euch zu, Prinz. Ich glaube, wir begehen einen großen Fehler. Aber der König will nicht hören. Er hat ... Er hat ...«

»Er hat Angst«, sagte Alfred.

Es folgte ein bedeutungsvolles Schweigen. Dann stieß Athulf einen tiefen Seufzer aus. »Aelle hat einen grausamen Tod erlitten. Man kann ihm keine Vorwürfe machen, glaube ich.«

»Burgred ist ein König.« Alfreds goldene Augen funkelten. »Er sollte nicht an seine eigene Sicherheit denken, sondern an sein Volk und seinen Gott.« Die beiden jungen Männer standen am Trentufer, und nun wandte Alfred das Gesicht dem Felsen von Nottingham am anderen Flußufer zu. »*Jetzt* ist genau der richtige Zeitpunkt, Athulf!« Seine Fäuste öffneten und schlossen sich. »Bei Gott, wir *haben* sie! Stattdessen bezahlt Burgred sie auch noch für ihren Abzug.«

»Das habe ich dem Witan auch gesagt, Prinz.« Athulf klang eher müde als zornig.

»Und die anderen Ealdormen?«

»Sie haben Burgred zugestimmt.« Auch Athulf starrte nach Nottingham herüber. »Mercien hat noch nie gegen die Dänen gekämpft«, sagte er dann mit fast tonloser Stimme. »Wir haben am Meer keine Festungen. Der Anblick von Nottinghams Befestigungen hat nicht nur Burgred in Angst und Schrecken versetzt, Prinz. Und die Angst ist nicht unberechtigt. Unsere Truppen sind unerfahren und ungeübt. Wir sind den Dänen nicht gewachsen.«

»Euch stehen in der Schlacht viertausend Westsachsen zur Seite«, sagte Alfred.

»Wir verlieren täglich mehr Männer. Ihr wißt das.«

»Wir verlieren Männer, weil wir untätig herumsitzen!« Alfred war frustriert und wütend.

»Prinz ... Mylord Athulf ...« Die beiden jungen Männer drehten sich hastig um. Keiner von ihnen wollte, daß ihr Gespräch von fremden Ohren belauscht wurde. Hinter ihnen stand ein Junge von etwa vierzehn Jahren, zögernd, jedoch mit einem Zug um den Mund, der ihnen zeigte, daß er sich nicht so leicht abschütteln lassen würde. »Ist es wahr?« fragte er und blickte von Athulf zu Alfred, dann wieder zu Athulf. »Wird der König das Danegeld zahlen?«

Athulf schickte den Jungen nicht weg, sondern antwortete ihm: »Ja, Ethelred. Ich fürchte, es ist wahr.«

Die haselnußförmigen Augen des Jungen leuchteten sehr grün. »Aber das kann er doch nicht tun!«

Athulf sah Alfred an und sagte dann mit tonloser Stimme zu dem Jungen: »Doch, das kann er.«

»Aber ...« Die feurigen grünen Augen wandten sich wieder Alfred zu. »Was sagen die Westsachsen dazu, Mylord?«

Alfred sah Athulf an. »Das ist Ethelred von Hwicce«, sagte Athulf. »Der Bruder meiner Verlobten. Sein Vater ist einer unserer Ealdormen.«

Alfred verstand und hob die Augenbrauen. Dann blickte er zurück zu dem Jungen. Ethelred war ein stämmiger Bursche mit rötlichem Haar und sehr heller, fast schneeweißer Haut. »Ihr seid sehr jung für einen Krieger«, sagte Alfred.

»Ich bin vierzehn, Mylord.« Stolz reckte er das Kinn. »Ich kann so gut mit dem Schwert umgehen wie jeder Mann.«

»Ich verstehe.« Alfreds Augen waren ernst, als er das Gesicht des Jungen betrachtete. Er beantwortete Ethelreds Frage: »Die Westsachsen müssen sich der Entscheidung Merciens beugen.«

Eine feurige Röte überzog die weiße Haut des Jungen. »Ihr habt unrecht!« rief er hitzig. Er biß sich auf die Unterlippe, die sowieso schon aufgesprungen war. »Ich bitte um Vergebung, Mylord. Ich will keine Kritik üben, aber seht Ihr nicht ein, daß wir kämpfen müssen?«

Alfreds Haut rötete sich ebenfalls vor Erregung. »Doch, Lord Ethelred«, antwortete er, »ich sehe es ein. Aber Eure Landsleute nicht. Sprecht mit Eurem Vater. Er ist einer von denen, die für den Frieden sind.«

Alfreds entschiedene Stimme war noch verletzender als seine Worte, und der Junge erblaßte. »Ich weiß.« Ethelreds Stimme klang erstickt. »Ich hatte gehofft, die Westsachsen würden anders denken.«

»Die Westsachsen können nicht ohne Merciens Hilfe angreifen«, kam die kühle Antwort. »Und ich glaube nicht, daß die mercischen Fyrds gegen den Willen der eigenen Führer dem König von Wessex folgen würden.« An Alfreds Gesicht konnte man erkennen, daß er diese Tatsache tief bedauerte.

Jetzt war Athulfs dunkle Haut vor Ärger gerötet. »Mercien hat seinen eigenen König, Mylord, und ihm schulden wir Gehorsam.«

»Das habt Ihr nur allzu deutlich demonstriert«, fauchte Alfred.

Ethelred blickte von den feinen Gesichtszügen des westsächsischen Prinzen zum herrischen und wütenden Gesicht seines zukünftigen Schwagers. Er biß sich noch einmal auf die malträtierte Lippe. Dann sagte er unbehaglich: »Ich danke Euch, Mylords. Ich hatte nicht die Absicht, Euer Gespräch zu stören.« Noch einmal blickte er von Alfred zu Athulf, verbeugte sich und schickte sich an zu gehen.

Alfred sagte zu Athulf: »Wenn der mercische Witan nur halb soviel Mumm hätte wie dieser Junge hier, wären wir schon morgen in Nottingham.«

Die Worte waren an Athulf gerichtet, aber Alfreds entschiedene Stimme trug, und Ethelred hörte ihn deutlich. Die schneeweiße Haut des Jungen rötete sich wieder, diesmal vor Stolz und Freude.

Prinz Alfred war derselben Meinung wie er, dachte er, als er sich weiter vom Prinzen und von Athulf entfernte. Wenn es Alfreds Entscheidung wäre, würden sie kämpfen. Das konnte Ethelred ganz klar sehen.

Er trat gegen einen Stein. Er hatte nicht damit gerechnet, daß sich in dem schmächtigen, fast zerbrechlich wirkenden westsächsischen Prinzen ein solcher Kampfgeist verbarg.

Dennoch war Alfred genauso machtlos wie er, das Geschehen hier in Nottingham zu beeinflussen.

Ethelred verbrachte den Nachmittag damit, Steine in den Fluß zu werfen; ein Zeitvertreib, der seine Erniedrigung und Frustration angesichts der unnötigen Kapitulation seines Königs in keiner Weise milderte.

9

»HALT still, Elswyth!« sagte Eadburgh und zog nicht gerade sanft an dem schwarzen Zopf, den sie gerade flocht.

Elswyth schossen vor Schmerz die Tränen in die Augen, doch sie protestierte nicht. Eadburgh flocht weiter Goldfäden in ihre dicken Zöpfe, die Hauptzierde aller unverheirateten mercischen Mädchen. »Fertig«, sagte sie schließlich und trat zurück, um ihre Arbeit zu begutachten. Fast widerwillig fügte sie hinzu: »Du hast schönes Haar, Tochter. Wenn du es nur besser pflegen würdest!«

»Danke, Mutter«, sagte Elswyth tonlos. Im letzten Monat hatten sich ihre Unterhaltungen darauf beschränkt, daß Eadburgh sie schalt und Elswyth einsilbige Antworten gab. Elswyth wußte schon seit langem, daß jeder Versuch, sich mit ihrer Mutter wirklich auszutauschen, von vornherein zum Scheitern verurteilt war.

Eadburghs Mund wurde dünn. Sie hatte den ganzen Winter in Croxden verbracht und sich um Elswyths Aussteuer gekümmert. Mutter und Tochter hatten notgedrungen mehr Zeit miteinander verbracht als je zuvor im Leben, was beiden die Laune gründlich verdorben hatte.

Nun ging Eadburgh zur Kleidertruhe in der Ecke und nahm einen Umhang heraus. Er war schön, aus ganz weicher Wolle und tiefblau gefärbt, damit er zu Elswyths Augen paßte.

»Es ist zu warm für einen Umhang«, sagte Elswyth.

»Eine Lady muß einen Umhang tragen«, kam die prompte Antwort. »Es schickt sich nicht, ohne zu gehen.«

Verächtlich kräuselte Elswyth die Lippen. Eadburghs Gesicht wurde hart. Sie legte den Umhang um die geraden Schultern ihrer Tochter und befestigte ihn mit einer großen Anstecknadel aus Emaille. »Denk daran, ihn anzubehalten«, sagte sie.

»Ja, Mutter«, antwortete Elswyth.

»Du kannst Margit hereinschicken und im Saal auf mich warten.« Als Eadburgh ihre Tochter dabei beobachtete, wie sie zur Tür des Schlafgemachs ging, preßte sie die Lippen zu einem Strich zusammen.

Elswyth suchte die Dienerin ihrer Mutter und stellte sich dann an die Saaltür, um hinauszusehen. Von ihrem Standort aus konnte sie den Königssaal Tamworths deutlich sehen. Obwohl es draußen noch hell war, leuchteten neben den geschnitzten Doppeltüren Fackeln. An diesem Abend gab Burgred ein großes Fest, weil Mercien sich von den Dänen befreit hatte.

Burgred hielt sich seit der vergangenen Woche in Tamworth auf. Elswyth war über die Friedensbedingungen entsetzt gewesen. Ceolwulf hatte ihr versichert, daß Burgred das Richtige getan hatte. »Wir hätten in Nottingham nicht gegen die Dänen kämpfen können«, sagte er. »Wir wären bei dem Versuch, die Stadt zu stürmen, abgeschlachtet worden. Du ahnst ja nicht, wie gut sie befestigt war, Elswyth!«

Elswyth, der das friedliche Naturell ihres Bruders nur allzu bekannt war, beruhigte das keineswegs. Aber Athulf war noch in Nottingham, so wie alle Westsachsen, und so konnte sie niemand anders fragen. Bis jetzt. König Ethelred und Alfred waren heute zurück nach Tamworth geritten: deshalb wollte Burgred feiern.

Elswyth lehnte an der offenen Tür und sah auf den belebten Hof hinaus. In ihrem eigenen Saal war es ungewöhnlich still: die meisten ihrer Thane weilten noch mit Athulf in Nottingham. Nur Ceolwulf und ein paar enge Vertraute waren mit Burgred zurück nach Tamworth gekommen. Athulf würde aber bald zurückkehren, dachte sie. Zu ihrer Hochzeit.

Seit ihrer Verlobung am letzten Weihnachtsfest hatte Elswyth Alfred nicht mehr gesehen. Heute abend würde sie ihn jedoch treffen, und in zwei Wochen fand die Hochzeit statt. Obwohl es ein warmer Abend war, verschränkte Elswyth die Arme, als sei ihr kalt. Alles um sie herum veränderte sich, dachte sie traurig. Der Winter in Croxden mit ihrer Mutter war schrecklich gewesen. Die Dänen waren noch immer in Nottingham und bisher ungeschlagen. In zwei Wochen würde sie eine verheiratete Frau sein. Sie wünschte sich von ganzem Herzen, wieder ein Kind zu sein.

Der Königssaal war überfüllt, als Elswyth, ihre Mutter, Ceolwulf und seine Thane eintraten. Durch die Wärme des Feuers und die Menschenmenge wurde ihr in ihrem Umhang augenblicklich zu warm. Sie sah sich um, konnte aber Alfred nicht entdecken. Der Thron, auf dem die beiden Könige Platz nehmen sollten, war noch leer. »Wir sollen rechts vom Thron sitzen«, sagte Ceolwulf zu Eadburgh. »Neben dem westsächsischen Prinzen.«

Sie durchquerten den Saal. Sie befanden sich gerade in der Mitte am großen Kamin, als Elswyth Alfred auf sich zukommen sah. Er bewegte sich mit der für ihn typischen leichten Eleganz. Sie blieb stehen.

»Elswyth«, setzte Eadburgh verärgert an, doch dann sah auch ihre Mutter ihn.

»Mylady. Elswyth.« Er stand jetzt vor ihnen, lächelte und

blickte von den Frauen zu Ceolwulf, dann zurück zu Elswyth. »Euer Haar funkelt vor Gold«, sagte er.

Eadburgh, die Stunden damit verbracht hatte, Goldfäden in die dicken schwarzen Zöpfe zu flechten, lächelte selbstzufrieden.

»Das hat Mutter gemacht«, sagte Elswyth. »Euch zu Ehren.« Es klang, als sei sie der Folter entronnen.

Alfred blickte von ihr zu Eadburgh und lachte. Als Elswyth in seine belustigten, goldenen Augen sah, war ihr, als würde eine große Last von ihr genommen. Es wird schon gutgehen, dachte sie und lächelte zurück. Man konnte ihr den Gedanken deutlich vom leicht geröteten Gesicht ablesen.

Alfred nahm sie bei der Hand, sagte: »Heute abend sitzt Ihr neben mir!« und führte sie zu den Bänken.

Kurz nachdem Elswyth Platz genommen hatte, hielten Burgred und Ethelred feierlich Einzug. Dann eröffnete Burgred das Festmahl mit einer Rede über den Frieden mit den Dänen. Während sie dem König zuhörten, beobachtete Elswyth Alfred von der Seite.

»Es ist klüger, den Frieden mit Geldmünzen zu erkaufen als mit Menschenleben«, sagte Burgred, und Alfreds vollkommen gerade Nase schien dünner zu werden.

»Die Dänen werden Nottingham verlassen, sobald wir die geforderte Summe aufbringen«, sagte Burgred, und unter Alfreds glatter, goldener Wange zuckte ein Muskel. Elswyth sah, daß er ins Leere starrte, und jedem, der ihm nicht so nah war wie sie, mußte seine Miene unergründlich erscheinen.

Als Burgred endlich ein Ende gefunden hatte, und das Essen auf die Tische gestellt wurde, sagte Elswyth zu Alfred: »Aber wohin werden die Dänen nun ziehen?«

Er bot ihr eine Schüssel Würzfleisch an, und sie häufte sich geistesabwesend etwas auf ihren Teller. »Überallhin, wo sie noch mehr abkassieren können«, antwortete Alfred tonlos.

Sie nahm ein weißes Brötchen und brach es. »Also haben wir unsere Sicherheit auf Kosten anderer erkauft.«

Er nahm sich ebenfalls eines. »Das könnte man so sehen.«

Sie belegte ihr Brötchen mit Fleisch und biß hinein. Neben Alfred unterhielten sich sein Bruder und Burgred. An ihrer Seite war Ceolwulf mit seinem Nachbarn ins Gespräch vertieft. Mit leiser Stimme fragte sie: »Warum haben wir nicht gekämpft, Alfred? Ihr hattet so viele Männer! Ihr hättet den Dänen in der Schlacht die Stirn bieten sollen. Ihr hättet sie nicht davonkommen lassen dürfen. Jetzt können sie sich ein anderes Königreich einverleiben. Wahrscheinlich ziehen sie jetzt nach Ostanglien.«

Er sah sich um. Dann antwortete er genauso leise wie sie: »Burgred wollte nicht kämpfen, und Euer Witan hat ihm zugestimmt.«

»Ich verstehe.« Sie sah ihn forschend an. »Und Ihr?«

Seine langen, goldberingten Finger zerteilten das Brötchen. Bisher hatte er noch nichts gegessen. »Die Westsachsen hätten gekämpft, aber ohne die Mercier waren wir nicht stark genug.« Er blickte zu Ceolwulf neben ihr. Dann sagte er: »Euer Bruder Athulf wollte auch kämpfen. Aber unsere Meinung hat sich nicht durchgesetzt.« Sein bitterer Ton war nur schwach herauszuhören. Er ist nicht daran gewöhnt, daß man seinen Rat nicht befolgt, dachte Elswyth scharfsinnig.

»Gemeinsam waren wir ihnen zahlenmäßig überlegen«, sagte er. »Wir hätten kämpfen sollen.«

Elswyth beobachtete, wie die langen Finger ihres zukünftigen Gatten nervös das Brötchen in Stücke rissen. Dann sagte sie langsam und nachdenklich: »Wenn man ein Pferd zureitet, darf man es niemals merken lassen, daß man Angst hat. Wenn es das erst einmal spürt, weiß es, daß es nur die Ohren anlegen muß, damit man nachgibt. Dann hat man die Kontrolle verloren. Und das wird auch mit der Zeit nicht besser.« Sie hob den Blick und sah, daß er sie anstarrte. Um seinen Mund war wieder diese Falte.

»Genau«, sagte er.

»Alfred«, sagte Ethelred auf der anderen Seite, und er wandte sich seinem Bruder zu.

Im Laufe des Abends bemerkte Elswyth, daß Alfred kaum etwas aß. Sie sagte nichts dazu. Sie selbst war wie immer hungrig und aß mindestens dreimal soviel wie er, und dabei war er viel größer als sie. Er war ganz offensichtlich in Gedanken. Als der Skop sang, verlor er sich in einen Tagtraum. Sie hatte den Eindruck, daß er kaum wußte, wo er sich befand oder wer neben ihm saß.

»›Die graue Möwe wand sich raubgierig; die Wetterleuchte dunkelte‹«, sang der Skop, der die bekannte angelsächsische Geschichte über die Reise des Heiligen Andreas in das Land Myrmidonien vortrug. »›Winde wuchsen, Wellen schlugen, Stürme tobten, Stricke krachten, Wogen schwollen; Wassergraus erhub sich mächtig durch die Massen. Die Mannen wurden voll Angst in ihren Herzen.‹«

Ein schrecklicher Sturm, dachte Elswyth. Das waren die Dänen. Und Burgred und die mercischen Adligen hatten Angst gehabt. Elswyths dunkelblaue Augen wanderten zu ihrem König, der an diesem Abend sicher und wohlgenährt im Fackelschein auf seinem Thron saß. Burgred ist ein Narr, dachte sie. Die Dänen würden ihn nicht weniger verachten als sie. Sie würden seine Kronsteuer kassieren und den Winter über verschwinden, doch sie würden zurückkehren. Sie wären dumm, wenn sie es nicht täten; und Elswyth bezweifelte, daß die Dänen dumm waren.

Die Vorstellung, daß die Dänen nach Tamworth kommen könnten, machte ihr angst. Sie hatten Nordhumbrien unterworfen. Wenn sie Ostanglien besetzten, das viel kleiner als Nordhumbrien war, würden sie nach Mercien zurückkehren. Und wenn sie sich Merciens bemächtigten, dann würden sie weiter nach Wessex ziehen.

Wir hätten in Nottingham gegen sie kämpfen sollen, dachte Elswyth.

»›Gott beschützte ihn heilig aus der Höhe vor dem Heidenvolk; der Wehrmänner Waffen hieß er dem Wachse gleich bei dem Angriffe all zerschmelzen‹«, sang der Skop, »›damit die Schergen da nicht schaden könnten, die schlimmen Angreifer mit der Schneiden Gewalt.‹«

Aber so würde es nicht kommen, dachte Elswyth, die Augen auf Alfreds Hände gerichtet, die endlich zur Ruhe gekommen waren. In dem Lied vom Heiligen Andreas wurden die Heiden durch Gebete und Wunder geschlagen. Vielleicht wirkten Gebete auch in der realen Welt, aber um die Dänen zu bezwingen, waren menschliche Taten vonnöten. Ein starker Anführer war das Wunder, das England jetzt brauchte. Und das war Burgred nicht.

Alfreds Hand bewegte sich und griff nach seinem Kelch. Er drehte sich um und lächelte, als er sah, daß sie ihn beobachtete.

Es war die Zeit der Schafschur, und Ethelred schickte die restlichen Thane aus den Grafschaften und die Freien heim nach Wessex. Er behielt nur seine engsten Vertrauten und die Ealdormen mit ihren Leibgarden in Mercien. Die Hälfte der Thane blieb im Lager in der Nähe von Nottingham, doch die Ealdormen und die wichtigsten Thane des königlichen Haushalts kamen nach Tamworth, um Alfreds Hochzeit beizuwohnen.

Ethelred, der entschlossen war, die Hochzeit seines Bruders mit allen möglichen Ehren zu begehen, hatte nach Erzbischof Ceolnoth von Canterbury schicken lassen, und so mußte die gesamte Hochzeitsgesellschaft auf ihn warten. Ethelswith betete jede Nacht um seine baldige Ankunft. Es kostete sie ein Vermögen, den König von Wessex mitsamt seinem Gefolge zu verpflegen. Jeden Abend konsumierten sie im großen Saal zehn Töpfe Honig, dreihundert Laibe Brot, zwölf Fässer walisisches Bier, dreißig Fässer helles Bier, zwei Ochsen, zehn Gänse, zwanzig Hühner, zehn Käselaibe, ein Faß Butter, fünf Lachse und hundert Aale. Zur Ergänzung der Nahrungsversorgung schickte sie Burgred und seine Gäste jeden Tag auf die Jagd; trotzdem schrumpften ihre eigenen Vorräte beträchtlich.

Von allen Beteiligten war Alfred derjenige, der am wenigsten an seine Hochzeit dachte. Der Gedanke an die Dänen in Nottingham lastete schwer auf seiner Seele. Er konnte den Gedanken nicht abschütteln, daß Wessex und Mercien eine günstige Gelegenheit verschenkt hatten, als sie sich vor einem Kampf drückten.

Außerdem beunruhigte es ihn, daß er fast zum ersten Mal im Leben mit Ethelred uneinig war. Wenn Ethelred sich behauptet hätte, hätte er die Mercier überzeugen können. Dessen war sich

Alfred sicher. Und selbst wenn nicht . . . Dann hätten die Westsachsen die Initiative ergreifen müssen. Wahrscheinlich wären ihnen genügend Mercier gefolgt.

Zu spät, dachte er. Und sogar die Jagd konnte ihn nicht von seinen düsteren Gedanken ablenken.

Ceolnoth kam zwei Tage vor Alfreds neunzehntem Geburtstag in Tamworth an. Ethelswith beschloß, noch einen Tag zu warten und die Hochzeit und den Geburtstag zusammen zu feiern. Das würde Glück bringen. Während der ersten Messe, die der Bischof in Tamworth zelebrierte, betete Elswyth inbrünstig, daß sie noch zwei Tage aushalten würde, ohne ihre Mutter zu erschlagen.

»Daß ein menschliches Wesen soviel Interesse für Geschirr und Wäsche aufbringen kann, ist mir unbegreiflich«, sagte sie zu Alfred, als sie am Tage der Ankunft Ceolnoths zusammen beim Abendessen saßen. »Über die Hochzeitsvereinbarungen und die Mitgift haben wir uns bereits im Winter geeinigt. Wir wissen beide, was dem anderen zusteht. Das reicht doch wohl aus.«

Alfred lachte über ihr grimmiges Gesicht. »Frauen sind immer so«, sagte er. »Und ich finde, einer muß sich schließlich um Geschirr und Wäsche kümmern. Ich bestimmt nicht.«

Sie sah ihn an. »Ich auch nicht.« Sie fand es nur fair, vollkommen ehrlich zu sein. »Ich war schon immer der Meinung, man sollte diese Dinge der Dienerschaft überlassen.«

»Du würdest dich auch dafür interessieren, wenn du müßtest«, antwortete er leichthin.

»Ich nehme es an.« Aber sie bezweifelte es.

»Um die Wahrheit zu sagen, Elswyth« – und er seufzte ein wenig müde – »wünschte ich mir, wir hätten keine anderen Sorgen als die Aussteuer.«

»Ich weiß.« Sie nahm vom Diener eine Schüssel mit Hühnerfleisch entgegen und stellte sie vor Alfred. »Da ist dein Hähnchen«, sagte sie. In den letzten paar Tagen war sie höchstpersönlich in die Küche von Tamworth gegangen und hatte dafür gesorgt, daß Alfred zum Abendbrot ein einfaches Brathähnchen bekam; sie machte sich Gedanken über seine Appetitlosigkeit. Er konnte es sich nicht leisten, abzunehmen.

Er nahm sich ein Hühnerbein und sah sie an. Sie hatte kein Wort darüber verloren; das Hähnchen war von einem Tag auf den anderen auf den Tisch gekommen. »Danke«, sagte er. »Mein Magen verträgt scharfes Essen nicht.«

Sie schenkte ihm ein schwaches Lächeln. »Die Köche in Tamworth gehen großzügig mit Gewürzen um«, stimmte sie zu. »Du willst dich nach der Hochzeit sicher nicht lange in Mercien aufhalten, Alfred, oder?«

Er widmete sich dem Hähnchen. »Nein. Die Dänen sind ungefährlich, solange das Danegeld noch eingetrieben wird. Warum sollten sie kämpfen? Sie werden auch so genug Gewinn machen. Wir werden uns nach der Hochzeit nach Wessex begeben. Daheim gibt es genügend Dinge zu erledigen.«

»Gut«, stimmte sie von Herzen zu.

Er lachte in sich hinein. »Arme kleine Elswyth. Noch zwei Tage, dann bist du von Geschirr und Wäsche erlöst.«

Sie hatte an diesem Abend keinen Hunger. Sie legte ihr Messer weg, stützte den Kopf auf und beobachtete ihn beim Essen. »Ich hätte nie gedacht, daß ich richtig froh sein würde zu heiraten«, sagte sie verwundert.

Er war mit Kauen beschäftigt, doch seine Augen funkelten amüsiert. Sie fuhr fort: »Ich habe immer geglaubt, das Schlimmste, was mir je passieren könnte, wäre es, mein Zuhause und meine Brüder verlassen zu müssen. Aber meine Brüder habe ich den Winter über kaum gesehen, und immer, wenn ich mein Pferd holen oder meinen Falken fliegen lassen wollte, war meine Mutter zur Stelle und hat mich ausgeschimpft. Es war einfach gräßlich!«

Er hatte das Hühnerbein bis auf die Knochen abgenagt und legte es weg. »Es freut mich, daß du mich deiner Mutter vorziehst.«

»Ich würde sogar Ivar Knochenlos meiner Mutter vorziehen«, antwortete sie finster.

»Ich fühle mich geschmeichelt«, sagte er.

»So habe ich es nicht gemeint«, versicherte sie ihm. Als er

spöttisch eine Augenbraue hochzog, sagte sie: »Du weißt schon, was ich meine, Alfred. Zieh mich nicht auf.«

Sie schwiegen eine Weile. Er nahm sich noch ein Stück von dem Hähnchen. Zufrieden beobachtete sie, wie er hineinbiß. Er sah sie an und sagte: »Du ißt ja gar nichts, Elswyth. Möchtest du auch etwas?«

»Nein.« Sie schüttelte den Kopf. »Das ist für dich.« Sie seufzte. »Wenn man den ganzen Tag drinnen sitzt, hat man keinen großen Hunger. *Du* warst schließlich auf der Jagd.«

Schweigend betrachtete er sie einen Moment. »Möchtest du morgen mit mir jagen gehen?«

Ihr Gesicht leuchtete auf wie eine Kerze. »Ginge das?«

»Wieso nicht?«

Sie schob die Unterlippe vor. »Wegen meiner Mutter. Sie findet bestimmt irgendeinen Vorwand, um mich davon abzuhalten.«

Er lächelte leise. »In zwei Tagen bist du meine Frau«, sagte er. »Ich glaube, das gibt mir ein Mitspracherecht.«

Sie lächelte zurück, und ihre dunkelblauen Augen leuchteten. »Oh, Alfred, ich würde so gern morgen jagen!«

»Aber fall nicht vom Pferd«, sagte er. »Ich will am Mittwoch keine hinkende Braut.«

Sie hob das Kinn. »Ich falle nie vom Pferd.«

»Dann mußt du der beste Reiter der Welt sein.«

Völlig ernst sagte sie: »Ich glaube, das bin ich auch.«

Er brüllte vor Lachen. Als er wieder Luft bekam, sagte er: »Ich glaube, du bist gut für mich, Elswyth.«

»Ich werde mir Mühe geben«, antwortete sie vollkommen ernst, als ob sie ein feierliches Gelübde ablegte. »Ich mag dich, Alfred.«

»Ich mag dich auch.« Er war mit dem Hühnerbein fertig und legte den Knochen weg. Übertrieben ängstlich sagte er: »Und jetzt zu deiner Mutter.«

Sie unterdrückte ein Lachen. Als Alfred aufstand und zu Eadburghs Tisch ging, setzte sie eine unschuldige Miene auf. Elswyth zweifelte nicht daran, daß er sich durchsetzen würde. Er wußte, wie man Leute dazu brachte, das zu tun, was er wollte.

Sie beobachtete aus den Augenwinkeln, wie er mit ihrer Mutter sprach. Er schenkte Eadburgh sein unerwartetes, schnelles Lächeln. Es veränderte sein Gesicht so rasch von Ernst zu charmanter Vertraulichkeit und wieder zurück, daß es einen atemlos machte. Eadburgh strahlte.

Ich werde morgen auf die Jagd gehen, dachte Elswyth zufrieden und griff nach einer Platte mit gewürztem Hammelfleisch. Ganz plötzlich hatte sie doch Hunger.

Am Abend vor der Hochzeit unterhielten sich Alfred und Ethelred noch lange. Die Sommernacht war angenehm warm, und die Brüder fühlten sich in kurzärmeligen Hemden wohl. Sie hatten nicht die geringste Lust, ins Bett zu gehen, und so besprachen sie noch einmal ihre Pläne. Schon vor Wochen hatten sie beschlossen, daß Alfred nach der Hochzeit nach Wessex zurückkehren und sich um dessen Verteidigung kümmern sollte, während Ethelred in Nottingham bleiben würde, bis Burgreds Dänensteuer eingetrieben und bezahlt war.

Im Saal vor Ethelreds Gemach war es still; die Thane schliefen auf den Bänken. Das leise Gemurmel aus dem Schlafgemach des Königs hätte nicht einmal ein Kind gestört, geschweige denn einen Erwachsenen, der es gewöhnt war, inmitten anderer Männer zu nächtigen.

»Wir können wirklich nicht viel tun«, sagte Alfred schließlich. Seine schlanken Hände bewegten sich rastlos, und er fügte hinzu: »Außer warten, was als nächstes passiert.«

»Genauso ist es«, stimmte Ethelred keineswegs ungeduldig zu. Das Warten ging ihm bei weitem nicht so gegen den Strich wie Alfred. Gelassen fuhr der König fort: »In den Grafschaften wird es vor Gericht Streitfälle zu schlichten geben. Erledigst du das für mich, Alfred?«

»Ja, natürlich.« Alfred hatte seinen Bruder schon oft bei der Anhörung von Fällen vertreten, die die Befugnisse der grafschaftlichen Gerichte überstiegen. »ALFRED, FILIUS REGIS« erschien fast genauso oft auf offiziellen Dokumenten wie »ETHELRED, REX«.

»Ich glaube, wir sollten langsam zu Bett gehen«, sagte Alfred schließlich. »Der morgige Tag wird lang.« Er gähnte, streckte sich, zog sich das Hemd über den Kopf, faltete es und legte es auf die Kleidertruhe in der Ecke.

Schweigend beobachtete Ethelred seinen Bruder beim Entkleiden. Als Alfred sich hingesetzt hatte, um sich die Schuhe auszuziehen, fragte der König schließlich sanft: »Wie lange willst du mit dem Vollzug dieser Ehe warten?«

Alfred sah überrascht auf. Während er sein Stirnband abnahm, antwortete er: »Ich weiß nicht. Bis Elswyth erwachsen ist, nehme ich an.«

»Sie ist vierzehn, Alfred. Alt genug, um zu heiraten.«

»Sie ist noch ein Kind«, sagte Alfred. Er fuhr sich mit den Fingern durch das lange Haar, das ihm, jetzt, wo es nicht mehr gebändigt wurde, ins Gesicht gefallen war. »Ich kann warten.«

Nun stellte Ethelred endlich die Frage, die ihn schon beschäftigte, seitdem Alfred ihm von dem Versprechen erzählt hatte, das er Elswyth gegeben hatte. »Alfred . . . Was ist mit Roswitha?«

Alfred ließ die Hand sinken. Das lange, grüne Stirnband hing auf den Boden herab, der mit Binsen bestreut war. Mit hochgezogenen Augenbrauen sah er Ethelred an. »Was soll das heißen, was ist mit Roswitha?«

Ethelred wählte seine Worte sorgfältig. Er wußte, daß es dem Bruder widerstrebte, seine Intimsphäre zu diskutieren, aber er fand, daß es gesagt werden mußte. »Wenn du erst einmal verheiratet bist, ist es Ehebruch, wenn du dich weiter mit ihr triffst. Ich weiß nicht, ob du das bedacht hast, Alfred. Aber es ist so. Und wenn du mit Roswitha brichst und die Ehe mit Elswyth nicht vollziehst . . . nun . . . dann bringst du dich selbst in eine unangenehme Situation, Bruderherz. Das ist es, was ich sagen wollte.«

Es war still. Die Ecke, in der Alfred saß, war dunkel; Ethelred konnte seinen Gesichtsausdruck nicht erkennen. In der Stille und der Dunkelheit schien es Ethelred plötzlich, als hätte Roswitha den Raum betreten.

Sie war die Witwe eines Thanen aus der Nähe von Southampton mit einem kleinen Besitz von fünf Hides, und Alfred hatte sie vor zwei Jahren kennengelernt, als er in Southampton war, um etwas für Ethelred zu erledigen. Ihre Liaison hatte bei niemandem Anstoß erregt. Alfred war siebzehn gewesen und sie zwanzig. Beide waren unverheiratet. So etwas geschah immer wieder, auch in Familien, die so gläubig waren wie die westsächsische Königsfamilie. Athelstan, ihr ältester Bruder, war aus einem Verhältnis hervorgegangen, das ihr Vater, Ethelwulf, vor seiner Ehe mit Ethelreds und Alfreds Mutter Osburgh, eingegangen war.

Ethelred war weder überrascht noch entsetzt gewesen, als Alfred sich eine Frau wie Roswitha zur Geliebten nahm. Eine solche Liaison konnte man leicht lösen, wenn es Zeit für eine Heirat war, hatte Ethelred gedacht. Doch Alfred hatte augenscheinlich eine tiefere Zuneigung für Roswitha entwickelt als Ethelred für klug hielt. Immer wenn Ethelred in den letzten zwei Jahren das Thema Ehe angeschnitten hatte, war Alfred ausgewichen. Widerstrebend war der König zu dem Schluß gekommen, daß die Liebe seines Bruders zu seiner Geliebten einer Heirat im Weg stand. Und Roswitha war keine passende Ehefrau für einen Prinzen, da ihre Herkunft nicht edel genug war.

Als Alfred dann aus heiterem Himmel um Elswyth von Mercien angehalten hatte, war Ethelred hocherfreut gewesen. Die Verbindung war hervorragend; das Mädchen war von Adel und mit dem mercischen Königshaus verwandt. Dann, erst vor ein paar Wochen, hatte Alfred Ethelred davon erzählt, daß er das Mädchen erst später zu sich ins Bett nehmen wollte.

Das gefiel Ethelred überhaupt nicht.

»Ich glaube nicht, daß du das alles durchdacht hast, Alfred«, sagte Ethelred noch einmal freundlich. »Du wirst weder eine Ehefrau noch eine Geliebte haben. Und das wird dir nicht gefallen.«

Es war weiterhin still in der Ecke. Ethelred war sich fast sicher, daß Alfred noch nicht darüber nachgedacht hatte. Sein Bruder war zu sehr mit den Dänen beschäftigt gewesen, um sich über die Folgen einer solchen Ehe Gedanken zu machen. Und Roswitha hatte offensichtlich auch nichts gesagt. Sie war eine kluge Frau. Das hatte Ethelred schon immer gewußt.

Endlich bewegte sich Alfred. »Nun«, sagte er mit bewußt sorgloser Stimme, »wir werden sehen, wie sich die Dinge entwickeln. Wenn es nach Ivar Knochenlos geht, Ethelred, werden wir beide sowieso zu beschäftigt sein, um uns Sorgen um die Frauen zu machen.«

Ethelred hielt es für das Beste, das Thema fallenzulassen. Er hatte seinen Standpunkt klargemacht. »Stimmt«, antwortete er und begann damit, die Bänder seines eigenen Hemds zu lösen. »Es wird das Beste für uns sein, wenn wir endlich schlafen.«

Alfred schritt durch den Raum. »Laß uns beten«, sagte er, »daß Burgred sich morgen nicht berufen fühlt, eine Rede zu halten.«

Wie erwartet lachte Ethelred, zog sich fertig aus und löschte die Kerze.

10

ALFREDS Hochzeitstag brach an. Es versprach, ein warmer, klarer Tag zu werden. Alfred schlief länger als gewöhnlich, und als er die schweren Augen endlich öffnete, sah er Ethelred über sich. »Zeit aufzustehen, mein Junge«, sagte sein Bruder laut. »In einer Stunde müssen wir in der Kirche sein.«

Einen Augenblick lag Alfred völlig still da. Dann, als Ethelred sich abgewandt hatte, bewegte er vorsichtig den Kopf auf dem Kissen. Im Nacken und hinter den Ohren spürte er einen seltsamen Schmerz, der ihm nicht gefiel. Er schloß kurz die Augen.

Bitte, Gott, betete er. *Nicht heute.*

Vor der Tür des Schlafgemachs hörte man Männer reden und im Saal umhergehen. Alfred setzte sich vorsichtig auf. Noch war es kein richtiger Schmerz. Nur ein leichter Druck, eine Empfindlichkeit.

Vielleicht wird es gutgehen, dachte er. Seit über vier Monaten hatte er keine Kopfschmerzen gehabt. Er rieb sich den Nacken und betete noch einmal, daß er heute keine bekommen würde.

Sinulf, Ethelreds Kleiderwart, kam herein, um dem König beim Ankleiden zu helfen. Die Kleidung, die beide Westsachsen zur Hochzeit tragen sollten, war schon vor ihrer Abreise aus Winchester sorgfältig ausgewählt worden. Alfred stand auf, und während Ethelred sich anzog, steckte er den Kopf in die Wasserschüssel, die zum Waschen bereitstand. Dann spritzte er sich Wasser ins Gesicht und auf den Nacken.

Es wird gutgehen, sagte er bestimmt zu sich selbst. Ethelred war inzwischen angezogen, und jetzt wandte Sinulf sich Alfred zu, um ihm zu helfen. Er ließ sich mit einem makellosen, neuen Hemd und einer safrangelben Tunika bekleiden. Beides hatte Ethelreds Frau, Cyneburg, für ihn gemacht. Cyneburg stand kurz vor der Niederkunft ihres fünften Kindes und hatte deshalb die Reise nach Mercien nicht gewagt. Doch anläßlich seines Hochzeitstags hatte sie Alfred freundlicherweise mit einem neuen Hemd und einer bestickten Tunika versorgt.

Als König und Prinz angezogen waren, kam Ethelreds Hofkaplan herein und sprach das Morgengebet. Dann war es Zeit, zur Kirche zu gehen, wo Alfred und Elswyth um zehn Uhr von Ceolnoth, dem Erzbischof von Canterbury, getraut werden sollten.

Die Sonne schien sehr hell, als Alfred den Hof überquerte und auf die kleine Holzkirche zuging, wo Elswyth ihn erwartete. Kopf und Nacken taten ihm jetzt wieder weh. Er hielt den Kopf so still wie nur möglich und ging vorsichtig, damit er nicht schmerzte. Ethelred sagte etwas zu ihm, was er nicht verstand, aber er lächelte, als würde er zustimmen. Ethelred sah ihn scharf an, und dann waren sie an der Kirchentür angelangt.

Elswyth trug ein tiefblaues Überkleid, ein cremefarbenes Unterkleid und auf ihrem wallenden Haar die Hochzeitskrone. Alfred hatte ihr Haar noch nie zuvor offen gesehen, und einen Augenblick lang vergaß er fast den Schmerz in seinem Kopf, als er die glänzende, blauschwarze Mähne bewunderte, die kaskadenartig bis zur Taille herunterfiel. Sie schien für ihren kleinen Kopf und den schlanken, zerbrechlichen Hals viel zu schwer zu sein. Elswyths Augen waren von einem dunkleren Blau als ihr Kleid, und sie blickte unglaublich hochmütig drein. Er wußte sofort, daß sie nervös war. Er lächelte sie an und sagte: »Nur Mut!«

Ihr kleines, festes Kinn hob sich, genau wie er erwartet hatte. »Du bist spät dran«, sagte sie, und wie immer überraschte es ihn, wie rauh ihre Stimme war.

»Sie haben mich für dich schön gemacht«, antwortete er, und darüber grinste sie.

»Das ist ihnen sogar gelungen«, sagte sie und taxierte ihn von den weichen Lederschuhen bis zum ordentlich gekämmten, goldenen Haar.

»Du siehst auch hübsch aus«, sagte er.

Sie warf ihm einen verächtlichen Blick zu, ergriff jedoch die Hand, die er ihr darbot. Ihre Finger waren kalt, und er umschloß sie mit seiner Hand, um sie zu beruhigen. Dann schritten sie gemeinsam durch das Kirchenschiff, und die Augen aller in der Kirche ruhten auf ihnen.

Sie knieten nebeneinander vor Ceolnoth, der ein glänzendes Meßgewand aus goldenem Stoff trug, und die Hochzeitsmesse begann.

Es ist in Ordnung, solange ich mich nicht übergeben muß. An diesem Gedanken hielt Alfred sich fest, als die Messe dauerte und dauerte und der Schmerz in seinem Kopf immer stärker und stärker wurde. Er war vom Nacken zur Stirn gewandert, und er wußte, daß er zu acht Stunden Höllenqualen verdammt war. Er würde es aber ertragen, solange sein Magen ihn nicht im Stich ließ. Er mußte einfach.

Gott sei Dank mußte er keine Hochzeitsnacht durchstehen!

Er gab seine Eheversprechen mit fester Stimme, Elswyth ebenfalls.

Der Erzbischof hielt eine Predigt, die fast eine Stunde dauerte.

Endlich, es war Alfred wie eine Ewigkeit vorgekommen, war es vorbei. Er und Elswyth waren Mann und Frau. Noch einmal durchquerten sie das Kirchenschiff, Hand in Hand, wie sie hereingekommen waren, und traten aus der dunklen Kirche hinaus in den hellen, sonnigen Hof.

Wie ein Dolch bohrte sich das Licht in seinen Kopf, und er

stolperte. »Alfred . . .« Es war Elswyths Stimme, leise und nahe an seinem Ohr. »Geht es dir gut?«

»Ja, natürlich.« Er konnte sie nicht klar erkennen, die Sonne war zu hell. Er verengte die Augen wie eine Katze. »In der Kirche war es soviel dunkler als hier im Hof«, sagte er.

»Das Hochzeitsmahl findet im großen Saal statt.« Sie hatte seine Hand wieder ergriffen.

»Ja. Ich weiß.«

Sie waren von Menschen umringt. Er hielt nach Ethelred Ausschau und entdeckte seinen vertrauten Blondschopf ganz in der Nähe. Erleichtert dachte er, daß er auf Ethelred zählen konnte, wenn er Hilfe brauchte. Er würde Bescheid wissen.

Burgred bestand darauf, daß Alfred und Elswyth zusammen auf dem Thron sitzen sollten. Alfred war dagegen, konnte jedoch die Ehre nicht ablehnen. Also nahmen sie Platz, und die restlichen Gäste strömten in den Saal.

Es war sehr heiß. Der Schmerz hämmerte jetzt im Rhythmus seines Herzschlags.

Burgred hielt eine lange Rede; dann wurde das Essen hereingebracht.

Aufgrund der Hitze und des Essensgeruchs drehte sich ihm jetzt der Magen um.

»Alfred . . .« Es war Elswyths Stimme. »Du bist so blaß. Sind es wieder deine Kopfschmerzen?«

In seinem Magen rumorte es jetzt heftig. Er konnte es nicht länger verbergen. »Ja. Elswyth . . . Bitte hol Ethelred.«

Er saß mit geschlossenen Augen da und konzentrierte sich darauf, seinen Magen unter Kontrolle zu halten. *Ich werde mich nicht vor all diesen Menschen übergeben.*

»Alfred.« Gott sei Dank. Es war die Stimme seines Bruders. »Ist es dein Kopf?«

»Ja, Ethelred, schaff mich hier raus.«

»In Ordnung.« Ethelreds Arm legte sich um seine Schultern, und er ließ sich hochziehen. »Wir nehmen die Tür hinter uns.«

Er schaffte es noch bis auf den Hof, bevor er unkontrolliert zu würgen begann. Er hatte fast nichts im Magen, da er vor der heiligen Kommunion gefastet und seit dem gestrigen Abend nichts gegessen hatte. Endlich ließen die Krämpfe nach. Ethelred wischte ihm das Gesicht mit einem weichen Tuch ab und sagte: »Ich trage dich in den Saal.«

»*Nein!*« Sein Atem ging flach und unregelmäßig. »Ich laufe.«

Alles, was er auf dem Weg vom großen Saal zum Gästesaal, wo sie untergebracht waren, wahrnahm, war das Toben des Schmerzes in seinem Kopf und die beruhigende Nähe seines Bruders. Er hörte, wie seine Schwester sagte, sie würde nach einem Arzt schicken. Er wollte ihr mitteilen, daß ein Arzt nichts nützen würde, doch er schaffte es nicht. Er hatte Angst, seinen Magen aus dem Gleichgewicht zu bringen.

Er mußte all diesen Augen entkommen.

Endlich erreichten sie den Saal, und er konnte die Tür des Schlafgemachs hinter sich schließen. Mehrere Personen begleiteten ihn, doch er hielt sich am Bettpfosten fest und starrte ins Leere. Ethelred reichte ihm eine Waschschüssel und sagte: »Ich lasse nach ein paar kalten Tüchern schicken.«

Alfred nahm die Schüssel und übergab sich aufs neue.

»Das Festmahl«, sagte er, als er endlich wieder sprechen konnte. »Ich komme jetzt zurecht, Ethelred. Geh zurück zum Fest.«

»Ganz sicher nicht«, sagte sein Bruder bestimmt. »Dir geht es schlecht. Du kannst nicht allein bleiben.«

Mehr als alles andere in der Welt wollte er allein sein. Seine Kopfschmerzen sollten nicht den ganzen Tag ruinieren; er wollte auch Ethelswith nicht enttäuschen, die so gastfreundlich gewesen war. »Bitte«, sagte er.

»Das Festmahl ist jetzt unwichtig.« Das war Ethelswith persönlich, die einem Mönch die Tür öffnete, der wahrscheinlich ihr Arzt war.

»Und ob es wichtig ist . . .«

Eine gedehnte, rauhe Stimme aus der Richtung der Kleidertruhe sagte: »Ich werde zum großen Saal zurückgehen und dafür sorgen, daß das Fest weitergeht.«

Er setzte sich aufs Bett.

»Ihr wollt allein zum Fest zurückkehren?« Ethelswith klang schockiert.

»Alfred hat Kopfschmerzen«, sagte Elswyth. »Das ist kein Grund, hunderte Menschen hungrig nach Hause zu schicken.«

Es gelang ihm, laut und deutlich zu sagen: »Danke, Elswyth.«

»Gern geschehen«, antwortete sie, und dann hielt der Arzt ihm eine Arznei an die Lippen.

»Ich kann nicht«, sagte er. »Davon wird mir nur wieder schlecht.«

»Nimm es«, sagte seine Schwester. Er gehorchte, und drei Minuten später würgte er wieder über der Waschschüssel.

Im großen Saal von Tamworth kursierten die wildesten Gerüchte, als Elswyth etwa zwanzig Minuten nach Alfreds überstürztem Aufbruch zurückkam. Ruhig ging sie zu Burgred, der noch immer neben dem Erzbischof saß. Er wirkte zugleich besorgt und ungehalten, und sie flüsterte ihm etwas ins Ohr. Er nickte, sagte etwas zu Ceolnoth, erhob sich dann und bot ihr seine Hand. Es wurde still, als der König Elswyth feierlich zum Thron geleitete und dann seinen gewohnten Platz einnahm. Sie ließ sich nieder, während er stehenblieb.

Im Saal herrschte Totenstille. Burgred unterbrach das Schweigen: »Prinz Alfred fühlt sich nicht wohl. Es ist nichts Ernstes«, sagte der König. »Er läßt sich entschuldigen und wünscht, daß trotz seiner Abwesenheit fröhlich gefeiert wird.« Dann setzte Burgred sich, zum ersten Mal im Leben beherzigend, daß manchmal in der Kürze die Würze liegt.

Nach einem langen Augenblick des Schweigens erhob sich das Gemurmel wieder. Diener betraten den Saal und brachten Nachschub. Elswyth sagte zu Burgred: »Vielen Dank, Mylord. Alfred wäre sehr unglücklich, wenn seine Unpäßlichkeit Euer herrliches Festmahl verderben würde.«

»Aber was ist denn los mit ihm?« fragte Burgred. Die Empörung in seiner Stimme war nicht zu überhören. »In der Kirche ging es ihm doch noch sehr gut.«

»Das glaube ich nicht«, antwortete Elswyth. »Er leidet unter schweren Kopfschmerzen. Sie sind so schlimm, daß sein Magen verrückt spielt.«

Burgreds fleischiges Gesicht ließ kein Mitleid erkennen. »Alfred ist einfach zu nervös«, sagte er zu Elswyth. »Das war schon immer meine Meinung. Er sollte weniger denken und mehr essen.«

»Vielleicht«, sagte Elswyth kurz angebunden.

Burgred tätschelte ihre Hand. »Kein besonders schöner Hochzeitstag für Euch, meine Liebe.«

Sie zuckte mit den Schultern. »Mir geht es gut, Mylord. Es ist schließlich Alfred, der leidet.«

»Ach«, sagte der König, »Kopfschmerzen. Das übersteht er schon, meine Liebe.« Er häufte sich Essen auf den Teller.

»Ja«, sagte Elswyth. »Da bin ich mir sicher.« Auch sie nahm sich etwas, obwohl sie überzeugt war, daß sie daran ersticken würde, wenn sie versuchte, es zu essen.

Es schien Elswyth, als würde das Festmahl niemals enden. Ethelswith kehrte zurück, dann Ethelred, und es kamen immer neue Speisen, mehr Met und mehr Bier. Der Skop, der extra für die Hochzeit ein Lied komponiert hatte, sang hastig etwas anderes. Es erschien ihm unangemessen, einer sitzengelassenen Braut ein Hochzeitslied vorzutragen.

Elswyth ertrug das alles mit hocherhobenem Kopf und dem hochmütigsten Gesichtsausdruck, zu dem sie fähig war. Man hatte keine Vorbereitungen für eine Bettzeremonie getroffen, also mußte sie nur dieses endlose Fest durchstehen. An diesem Gedanken hielt sie sich fest, während sie vorgab, zu essen und zu trinken und dem Skop zuzuhören.

Schon in der Kirche hatte sie gespürt, daß etwas nicht stimmte. Man hatte Alfred angesehen, daß er litt; auch seine Stimme hatte anders geklungen. Als sie zum großen Saal gehen mußten, hatte sie es dann mit Sicherheit gewußt. Seine schöne goldene Gesichtsfarbe war fahl geworden, und die Qual stand ihm im Gesicht geschrieben. Sie hatte gebetet, daß er das Festmahl durchstehen würde, nicht aus eigenem Interesse, sondern weil sie wußte, daß es ihm sehr viel bedeutete.

Diese Krankheit demütigte ihn. »Ich bin beeinträchtigt«, hatte er zu ihr gesagt, als sie ihm im Stall die Heirat vorgeschlagen hatte. Sie verstand; sie verstand, daß er nichts mehr hassen würde, als wenn alle Welt von seiner Schwäche erführe. Und es gab wenig, was demütigender für einen Mann war, als an seinem Hochzeitstag krank zu werden. Das Beste, was sie für ihn tun konnte, war, sich so zu verhalten, als wäre nichts Besonderes geschehen. Das war für ihn wichtiger, als jemanden zu haben, der seine Hand hielt. Also biß sie die Zähne zusammen und tat genau das.

Der Nachmittag verging, und der Abend brach an. Elswyth und Alfred hatten geplant, die Nacht in Tamworth zu verbringen und am nächsten Tag nach Wessex aufzubrechen. Vorerst wurden also keine weiteren Pläne durchkreuzt. Elswyth konnte zwar nicht wissen, ob sie morgen wirklich abreisen würden, aber im Moment würde sie sich erst einmal so verhalten, als sei nichts Außergewöhnliches vorgefallen.

Als das feuchtfröhliche Fest langsam außer Kontrolle geriet, verließen die Frauen den Saal; Elswyth zog sich in Begleitung der Königin würdevoll zurück. Ethelred war schon etwas früher gegangen. Als die beiden die Stufen hinabschritten, die vom großen Saal zum Hof führten, sagte Ethelswith zu Elswyth: »Ethelred hat gesagt, daß diese Anfälle gewöhnlich acht Stunden andauern. Wir sollten nachsehen, ob Alfred sich schon wieder erholt hat.«

Die beiden Frauen steuerten auf den Saal zu, in dem Alfred lag. »Man hat mir nie etwas über diese Kopfschmerzen erzählt«, sagte Ethelswith, als sie nebeneinander durch den getrockneten Schlamm gingen. Sie sah verstimmt aus. »Ethelred sagt, Alfred leidet schon seit Jahren darunter.«

»Es wird ihm daran liegen, es nicht publik zu machen«, sagte Elswyth.

»Wußtet Ihr davon?« Die Königin sah das Mädchen, das neben ihr ging, scharf an.

Die schwere Hochzeitskrone hatte Elswyth schon den ganzen Nachmittag gedrückt, und sie hatte sie sofort abgenommen, als sich die Saaltür hinter ihnen schloß. Jetzt verstärkte sie ihren Griff um sie und antwortete kurz und bündig: »Ja.«

Es herrschte Schweigen, als die beiden Frauen sich dem Gästesaal näherten. »Nun«, sagte Ethelswith schließlich, als sie schon fast an der Tür waren, und in ihrer normalerweise sanften

Stimme lag ein leiser, boshafter Unterton, »wenigstens bringt man Euch nicht um Eure Hochzeitsnacht. Ihr hättet sowieso im Saal Eures Bruders nächtigen sollen.«

Elswyth warf der Königin einen feindseligen Blick zu und antwortete nicht.

Dann waren sie im Saal angelangt und wurden von Ethelred begrüßt. »Wie geht es ihm?« fragte Ethelswith ihren Bruder.

»Besser. Als ich gegangen bin, hat er geschlafen.«

»Gott sei Dank.« Der Ausruf der Königin war aufrichtig. Sie hatte ihren kleinen Bruder wirklich gern.

Ethelred lächelte Elswyth an. »Es war richtig von Euch, zur Feier zurückzukehren«, sagte er zu ihr.

Sie nickte stumm.

»Kommt und setzt Euch.« Ethelred deutete in Richtung Kamin. Die Juninacht war kühl genug für ein Feuer, und Elswyth folgte den Geschwistern zu den Stühlen, auf die Ethelred gedeutet hatte. Es war still im Saal. Die meisten westsächsischen Thane waren noch auf dem Fest, und die Diener hielten sich auf dem Speicher auf. Elswyth nahm Platz und lehnte den Kopf an die hohe, geschnitzte Stuhllehne. Eine Spitze in der Schnitzerei stach sie, und sie richtete sich wieder auf und rieb sich die schmerzende Stelle am Kopf.

»Du hättest mir von diesen Kopfschmerzen erzählen können«, sagte Ethelswith gekränkt zu ihrem Bruder.

Ethelred zuckte mit den Schultern. »Er ist da sehr empfindlich, Ethelswith. Er hat sie seit dem achten Lebensjahr. Es ist eine Familienkrankheit, hat man mir berichtet. Eahlstan sagt, unsere Großmutter hat auch darunter gelitten.«

Ethelswith runzelte die Stirn. »Und man kann nichts dagegen tun?«

»Nichts. Ich kann dir versichern, wir haben die besten Ärzte konsultiert. Er hat alle möglichen Arzneien geschluckt und an jedem Schrein, den man sich nur denken kann, für seine Heilung gebetet. Es ist eine seltene Krankheit, wenn auch nicht völlig unbekannt.« Ethelred seufzte. »Der Herr hat ihm ein Kreuz auferlegt, Schwester, und er muß es tragen, so gut er kann, bis es dem Herrn gefällt, ihn davon zu befreien.«

Ethelswith senkte den Kopf.

Elswyth sprach zum ersten Mal. »Kann ich einen Augenblick zu ihm hineingehen?«

»Ich glaube, er schläft, aber wenn Ihr Euch persönlich überzeugen wollt ...« Ethelred lächelte. Die Besorgnis der Braut seines Bruders gefiel ihm. »Geht nur«, sagte er, und Elswyth erhob sich, legte die Hochzeitskrone auf den Stuhlsitz und öffnete die Tür zu Alfreds Gemach.

Die Fensterläden waren geöffnet, und die Juninacht war noch hell genug, so daß sie ohne Kerze sehen konnte. Sie stand einen Moment mit dem Rücken zur geschlossenen Tür und sah auf das Bett. Kein Laut war zu hören. Er schläft wohl wirklich, dachte sie.

Sie wußte nicht, wieso sie gekommen war. Sie hatte einfach plötzlich dieses überwältigende Bedürfnis gehabt, ihn zu sehen, sich zu vergewissern, daß er wirklich da war. Sich zu überzeugen, daß es ihm gutging. Leichtfüßig trat sie an das große Holzbett, das den meisten Platz im Raum in Anspruch nahm, und sah auf ihn herab.

Er lag auf dem Rücken, einen Arm über dem Kopf, und die schlaffen Finger berührten den Holzrahmen des Bettes. Das Haar fiel ihm wirr in die Stirn. Die Bänder seines Hemds hatten sich gelöst. Sogar die Teile seines Körpers, die nicht der Sonne ausgesetzt waren, hatten einen leichten Goldton. Es war das erste Mal, daß sie ihn nicht wie aus dem Ei gepellt sah. Sein Gesicht war friedlich. Er wirkte sehr jung; überhaupt nicht wie der kluge, erwachsene Prinz, den sie kannte. Er schien so ... verletzlich, wie er dort lag. Völlig unerwartet überkam sie eine Welle von Gefühlen, die so heftig waren, daß ihr der Atem stockte.

Die langen, goldenen Wimpern hoben sich, und er blickte hinauf in ihr Gesicht. Einen Augenblick lang schien er sie nicht zu erkennen. Dann blinzelte er und machte eine Bewegung, als wollte er sich aufsetzen: »Elswyth ...«

»Pst.« Sie atmete tief durch, um die Fassung wiederzugewinnen, und legte ihm die Hand auf die Schulter, damit er liegenblieb. »Das gräßliche Bankett ist jetzt vorbei, und ich wollte nur sehen, wie es dir geht.«

Er ließ sich von ihr in die Kissen drücken. Er sah jetzt nicht mehr jung und verletzlich aus. »Elswyth«, sagte er noch einmal. »Es tut mir so leid . . .«

Sie ließ seine Schulter los und antwortete verächtlich: »Sei doch nicht dumm. Du hast es ja nicht mit Absicht getan.«

Er stützte sich auf den Ellbogen und strich sich das Haar aus den Augen. »Ist das Bankett inzwischen zu Ende?«

»Naja, die Männer sind noch dort und trinken. Es war ein großer Erfolg, auch ohne dich.«

»Da bin ich aber froh.« Er lächelte sie schief an. »Danke, daß du allein gegangen bist.«

»Du hast dich schon bedankt.« Ihr Gesicht war ernst. »Sind die Kopfschmerzen weg?«

»Ja. Sie verschwinden relativ schnell, nach ungefähr acht Stunden.« Er hatte plötzlich Schatten unter den Augen. »Ich nehme an, inzwischen wissen alle, was passiert ist.«

»Burgred hat ihnen erzählt, daß du dich nicht wohl fühlst, das ist alles. Die Einzelheiten gehen niemand etwas an.«

»Trotzdem wird es bald alle Welt wissen. Ethelswith hat bestimmt schon jeden um Hilfe gebeten, der einen Kräutergarten besitzt.« Die Bitterkeit in seiner Stimme war unverkennbar.

Noch einmal wurde sie von dem heftigen Bedürfnis übermannt, ihn zu beschützen. Es war nicht fair, dachte sie, ihn bloßzustellen, wenn er vor Schmerzen hilflos war. »Mach dir keine Sorgen, Alfred«, sagte sie und bemerkte nicht, wie kühl und grimmig sie klang. »Ich werde dafür sorgen, daß sie es für sich behalten.«

Seine Wimpern flatterten. Erstaunt sah er sie an.

»Ich wollte dich nicht wecken«, sagte sie, aber ihr Gesichtsausdruck wurde nicht weicher. »Ich wollte nur nachsehen, ob es dir wirklich gut geht.«

»Morgen bin ich wieder auf dem Damm«, antwortete er langsam. »Wir können wie geplant nach Wessex reisen.«

»In Ordnung.« Sie lächelte ihn an und sah endlich wieder wie ein junges Mädchen aus. »Gute Nacht«, sagte sie leise. »Schlaf weiter.« Sie wandte sich um und verließ den Raum.

11

ALS Ethelred den westsächsischen Thron bestieg, hatte er das königliche Landgut Wantage seinem Bruder Alfred auf Lebenszeit überschrieben. Alfred war dort geboren, und es war sein Lieblingsgut. Deshalb reisten er und Elswyth nach der Hochzeit dorthin. Die Hälfte der westsächsischen Ealdormen war mit ihnen nach Wessex zurückgekehrt, die andere Hälfte war bei Ethelred in Nottingham geblieben, um den Merciern beizustehen, falls die Dänen ihr Wort brechen sollten.

Es war ein warmer Sommer, und es wurde erst spät am Abend dunkel. Die Ealdormen hatten geschworen, dafür zu sorgen, daß die Fyrds der Grafschaften in Alarmbereitschaft waren. Außerdem würden sie sich erst einmal um die Streitfälle kümmern, die sich während ihrer Abwesenheit in den örtlichen Volksversammlungen ergeben hatten. Deshalb nahm Alfred sich einen Monat Zeit, um auf Wantage seine eigenen Angelegenheiten zu regeln. Der Gutsverwalter, Renfred, war zwar ehrlich und tüchtig, aber manche Entscheidungen konnte nur der Gutsherr selbst treffen.

Kurz nach Alfreds Ankunft auf Wantage begann die Heuernte, und alle auf dem Gut, Männer und Frauen, arbeiteten von morgens bis abends auf den Feldern. Sogar die Jagd wurde beschränkt, denn auch Hundeführer und Jäger mußten bei der Heuernte helfen. Alfred hatte etwas Freizeit und entschloß sich, Elswyth die Downs zu zeigen.

Elswyth war auf Wantage rundum glücklich. Sie liebte das Durcheinander von Tieren und Pferdegeschirr im großen Saal des Guts. Ihre Mutter hätte das niemals geduldet. Elswyth jedoch machte es überhaupt nichts aus, wenn die Hunde im Weg waren oder Sättel und Zaumzeug, die zur Reparatur mit hereingebracht worden waren, noch tagelang auf den Bänken herumlagen. Der Verwalter und seine Frau kümmerten sich um die wichtigen Dinge, die ein Haus sauber und wohnlich machten: Der Fußboden wurde regelmäßig mit frischen Binsen bestreut, das Bettzeug war immer rein, das Essen war gut. Elswyth sah keinen Anlaß, sich einzumischen. Alles war perfekt.

Alfreds engste Vertraute und die anderen Gefolgsmänner wußten es zu schätzen, daß die neue Frau ihres Herrn sich so problemlos ihrer behaglichen Umgebung anpaßte. Alle waren sich einig, daß der Prinz keine Frau hätte finden können, die den Bedürfnissen seiner Leute besser entsprach.

An einem Julimorgen während der Heuernte ritten Alfred und Elswyth zusammen aus. Drei Hunde folgten ihnen auf den Fersen. Sie waren allein, und Elswyth trug Hosen mit kreuzweise geschnürten Waden, die sie beim Reiten so bequem fand. Alfred hatte versprochen, ihr den Blowing Stone zu zeigen, mit dem er schöne Kindheitserinnerungen verband, wie er sagte.

Elswyth gefielen die Downs sofort. Wie Alfred betonte, waren sie zu dieser Jahreszeit am schönsten. Das Gras war von einem saftigen Grün, die Felder wie goldene Sandflächen, der gepflügte Kreideboden fast schneeartig in seiner nebligen Weiße, und die prächtigen Ulmen dunkel über dem grünen Getreide. Am Tag zuvor waren sie im White Horse Vale gewesen, und Elswyth hatte die aus alten Zeiten stammende Figur des seltsamen Pferdes, das so hoch über der Welt thronte und sich so leuchtend weiß vom saftigen grünen Rasen abhob, mit Bewunderung und Ehrfurcht betrachtet. Heute nahmen sie einen etwas anderen Weg als gestern. Der Blowing Stone befand sich nördlich des Pferdes, auf einem anderen hohen Hügel, und Elswyth und Alfred banden ihre Pferde fest und stiegen zu Fuß bis ganz nach oben. Die Hunde rasten vor ihnen her.

»Das ist er«, sagte Alfred und legte die Hand auf einen braunen, eisenartigen Block aus Sandstein. Er stand hochkant und hatte eine Art Mundstück, die kleine rundliche Öffnung eines Trichters, der sich durch den Stein zog. »Paß auf«, sagte er, bückte sich und blies hinein.

Ein dröhnendes Geräusch schallte über den Hügel bis ins Tal hinab. Die Hunde jaulten, und Elswyth fuhr zusammen. Alfred lachte über ihren Gesichtsausdruck. »Es heißt, man kann es fünf Meilen weit hören, wenn man lang genug hineinbläst«, erzählte er ihr. »Möchtest du es auch einmal versuchen?«

Es gelang ihr nicht so gut wie ihm. »Ich habe nicht so viel Luft wie du«, sagte sie bedauernd.

»Um so besser.« Amüsiert zog er eine Augenbraue hoch. »Komm her und schau.«

Sie stellte sich neben ihn und ließ sich die Sehenswürdigkeiten zeigen, die von ihrem Hügel aus sichtbar waren. »Da drüben ist Lambourn«, sagte er schließlich. »Dort habe ich auch ein Landgut. Es ist viel kleiner als Wantage, aber ich glaube, es wird dir gefallen.«

»Da bin ich mir sicher.« Sie hatte sich die Hand vor die Augen gehalten, doch jetzt ließ sie Aussicht Aussicht sein und sah auf in das Gesicht des Mannes neben ihr.

Die Sommersonne hatte seine Haut tief gebräunt und sein Haar gebleicht. Ihre eigene Haut war zu hell, um braun zu werden; daß sie viel Zeit im Freien verbrachte, sah man nur an der rosigen Frische ihrer Wangen. Alfred erwiderte ihren Blick. »Ich habe Hunger«, sagte er. »Laß uns essen.«

Sie hatten Brot und Käse in ihren Satteltaschen, und Elswyth packte das Essen aus, während Alfred die Satteldecken ausbreitete, damit sie sich setzen konnten. »Es ist so friedlich hier«, sagte sie träumerisch, als Brot und Käse verzehrt waren. »An Tagen wie heute fällt es einem schwer zu glauben, daß es die Dänen wirklich gibt.«

Er seufzte. »Ich weiß.« Er hatte die Reste ihrer Mahlzeit wieder in die Satteltaschen gepackt, und jetzt kam er zurück und ließ sich neben ihr nieder. Behaglich streckte er sich auf der Decke aus und stützte sich auf einen Ellbogen. Er riß einen Grashalm aus und kaute gedankenverloren darauf. Die Sonne schien auf sein sommerhelles Haar, das ihm das blaue Stirnband so ordentlich aus dem Gesicht hielt. »Aber sie sind leider Realität.«

Ein Stück entfernt grasten die Pferde friedlich. Die Hunde lagen ausgestreckt in der Sonne und schliefen. Abgesehen vom Kauen der Pferde und dem Schnarchen der Hunde waren nur die Schreie der Vögel am blauen Himmel zu hören. Elswyth schlang die Arme um die Knie und sagte: »Wenn ich noch auf Croxden wäre, würde meine Mutter mich dazu zwingen, Wolle zu spinnen.« Angeekelt rümpfte sie die Nase. »Oder einen Wandbehang zu sticken.«

Er lächelte leise, aber sein abwesender Blick sagte ihr, daß er mit den Gedanken woanders war.

Ich hätte die Dänen nicht erwähnen sollen, dachte sie und ärgerte sich über ihre eigene Dummheit. Jetzt habe ich ihn beunruhigt.

»Wir sollten etwas unternehmen«, sagte er plötzlich. Er setzte sich auf und warf den Grashalm weg, auf dem er gekaut hatte. »Es ist Wahnsinn, einfach nur darauf zu warten, daß die Dänen uns überfallen, so wie wir es jetzt tun. Wir sollten uns wappnen.«

»Ihr wappnet euch doch«, sagte sie vernünftig. »Die Ealdormen kümmern sich um die Fyrds . . .«

Doch er ballte die Faust. »In Wessex liegt alles so weit auseinander, Elswyth. Mir fehlt der Zugriff auf alle Reserven. Die dänische Armee dagegen ist konzentriert.«

»Aber was kannst du denn tun?« fragte sie. »Du kannst keine Armee zusammenrufen, nur weil die Dänen uns vielleicht angreifen. Wer sollte dann das Land bestellen?«

»Ich weiß nicht«, antwortete er. »Ich wünschte bei Gott, ich wüßte es. Ich glaube nur, daß wir unsere Verteidigung nicht richtig organisieren.«

»Du hast eine große Armee aufgestellt, um Mercien zu helfen«, sagte sie. »Das wirst du doch sicher auch tun, wenn Wessex angegriffen wird.«

»Das ist wahr. Nehme ich an.«

»Natürlich ist es wahr.« Sie sprach sehr entschieden. »Dein Problem ist, daß du es haßt, untätig zu sein. Aber wäre es dir wirklich lieber, wenn die Dänen auf Wantage auftauchen würden?«

Er lachte gegen seinen Willen. »Nein, natürlich nicht.«

»Na also.« Mit dem Zeigefinger glättete sie eine Falte, die sich zwischen seinen Augenbrauen eingegraben hatte. »Du machst dir zu viele Sorgen, Alfred«, sagte sie.

Als sie ihre Hand zurückziehen wollte, hielt er sie fest, und sofort umschlangen ihre Finger die seinen.

Eine Zeitlang sahen sie sich in die Augen; dann lächelte er reumütig. »Du hast recht.« Er legte sich wieder hin, hielt ihre

Hand noch immer fest in seiner und sah mit zusammengekniffenen Augen in den Himmel. »Ich habe ja gesagt, du bist gut für mich, Elswyth.«

»Du bist auch gut für mich.« Ihre rauhe Stimme war sehr leise.

»Mmm.« Seine Augen waren jetzt geschlossen. Sie verhielt sich ganz still, und innerhalb von Minuten war er eingeschlafen.

Im August zogen sie mit dem ganzen Haushalt nach Lambourn um. Es war ein viel kleineres Landgut als Wantage, wie Alfred gesagt hatte, und der Hauptsaal war bereits voll, wenn die Holztische zum Mittagessen aufgestellt wurden, aber die Lage des Gutes auf den Lambourn Downs war besonders schön.

Die Streitfälle, die Alfred sich während des Sommers anhörte, waren meist unkompliziert. Godric war schon seit vielen Jahren Verwalter auf Lambourn und hatte in der Nachbarschaft immer erfolgreich Recht und Ordnung aufrechterhalten. Der König war selten gezwungen gewesen, einen Streit aus der Umgegend Lambourns zu schlichten. Der brisanteste Fall, mit dem Alfred in diesem Sommer konfrontiert wurde, war eine Fehde zwischen zwei Thanen, die zu seinen Gefolgsmännern gehörten. Der Streit um ein Mädchen aus dem Ort eskalierte in einem Faustkampf, der schließlich von Brand, einem der engsten Vertrauten Alfreds, beendet wurde, wobei auch er nicht ungeschoren davonkam. Alfred sprach die vorgeschriebenen Strafen von acht Shillingen für einen Vorderzahn und vier Shillingen für einen Backenzahn aus und verbannte die Thane für einen Monat in ihre Heimatorte. Diese Strafe schmerzte sie viel mehr als die Geldstrafen.

Im September, während Ethelred immer noch in Mercien weilte, kam es zu einem viel ernsteren Prozeß, einem, der das Einschreiten des Königs oder seines Stellvertreters nötig machte. Der Verwalter des Königs, der für das königliche Landgut von Southampton verantwortlich war, hatte versucht, das Weideland seiner Schweine über die Grenzen des Waldlandes hinaus auszudehnen, das zum Gut gehörte. Der Abt von Netley, dem die umstrittenen Wälder gehörten, legte beim König Einspruch ein, da die Abtei schon immer zwei Drittel der Wälder genutzt hatte, während der König stets nur einen Anspruch auf Mastfutter für dreihundert Schweine gehabt hatte.

Alfred begab sich nach Southampton, um den Fall anzuhören. Er ließ Elswyth auf Lambourn zurück.

Während des letzten Monats war Alfred klargeworden, wie wahr Ethelreds Worte am Abend vor der Hochzeit gewesen waren. Sein Körper, dem jetzt das Ventil für die überschüssige Energie fehlte, rebellierte immer heftiger gegen die erzwungene Enthaltsamkeit. Als der Ruf aus Southampton kam, war Alfred schon soweit, daß er nachts nicht schlafen konnte.

Während er die vertraute alte römische Straße entlangritt, die auf weite Strecken von wilden Kirschbäumen eingefaßt war, dachte er ständig an Roswitha. Er wollte in Winchester übernachten und am frühen Morgen nach Southampton aufbrechen. Er würde sie aufsuchen. Er würde sie aufsuchen müssen. Es wäre unhöflich, wenn er sie nicht aufsuchen würde.

Aber er war verheiratet. Eine geschlechtliche Beziehung zu einer anderen Frau wäre Ehebruch, eine Todsünde.

Er war zwar verheiratet, aber mit einem Kind. Elswyth war durchaus eine reizende kleine Gefährtin, keine Frage, aber . . .

Was würde Roswitha tun, wenn sie ihn sah? Würde sie so empfinden wie er, daß seine Ehe alles zwischen ihnen geändert hatte? Den ganzen letzten Winter hatte sie kein Wort über die Heirat verloren, hatte sich immer so verhalten, als würde alles bleiben, wie es war. Hätte sie etwas gesagt, hätte er es sich vielleicht noch anders überlegt . . .

Als Alfred Southampton erreichte, war er noch immer unentschlossen.

Um drei Uhr nachmittags kam er mit seinem Gefolge von zwanzig Mann auf Ethelreds Landgut an. Um vier schwang er sich in den Sattel eines ausgeruhten Pferdes und begab sich auf den Weg zu dem kleinen Gut Millbrock, etwa drei Meilen nördlich des königlichen Besitzes, wo am nächsten Tag die Anhörung der Streitfälle stattfand.

Er wollte Roswitha nur einen kurzen Besuch abstatten. Das war alles. Er würde sie aufsuchen, sich überzeugen, daß es ihr gutging, und dann nach Southampton zurückkehren. Das war seine Absicht.

Sie wußte, daß er kam. Er hatte Boten geschickt, damit man auf dem königlichen Gut Vorbereitungen für die Verpflegung seiner Männer treffen konnte, und einer der Boten war instruiert worden, hinüber nach Millbrock zu reiten. Sie würde ihn erwarten.

Und wirklich, als er durch den Rutenzaun ritt, der ihr Grundstück umgab, stand sie bereits auf der Vordertreppe ihres kleinen Saals. Die Abendsonne fiel auf ihr leuchtend goldenes Haar, das nachlässig in einem Netz gebündelt war. Er konnte ihre Augen nicht erkennen, doch er wußte genau, daß sie grau waren. Er stieg ab, und ein Mann eilte herbei, um ihm die Zügel abzunehmen.

»Mylord«, sagte sie mit ihrer hohen, klaren Stimme, als er am Fuße der Treppe stehenblieb und zu ihr emporschaute. »Seid herzlich willkommen. Beliebt es Euch, einzutreten und eine kleine Stärkung zu Euch zu nehmen?«

»Danke.« Sein Mund war sehr trocken. »Es ist schön, dich zu sehen«, sagte er und ließ sich von ihr in den vertrauten Saal führen.

Roswitha bemühte sich sehr, ihren Triumph zu verbergen, als sie Alfred mit ins Haus nahm und Bier, Brot und Käse kommen ließ. Während er bedient wurde, saß sie neben ihm auf der Bank; sie wählte ein unverfängliches Thema und erkundigte sich nach seinen Hunden. Sie achtete jedoch nicht auf seine Antwort. Stattdessen erinnerte sie sich an die Zeit vor zwei Jahren, als Alfred erstmals nach Millbrock gekommen war.

Sie hatte ihn zum ersten Mal auf dem Gut Southampton gesehen, wo er für seinen Bruder einen Gerichtstag abhielt. Sie hatte einen Fall vorgebracht, der ihr Anrecht auf Brennholz im Wald des Königs betraf. Er hatte die Verhandlung geführt und zu ihren Gunsten entschieden. Danach hatte er im Hof ihre Nähe gesucht. Am nächsten Tag war er nach Millbrock gekommen.

Sie hatte den ersten Schritt machen müssen. Er war fast vier Jahre jünger als sie und noch unerfahren gewesen. Aber er hatte gewußt, was er wollte. Als sie ihm die Hände auf die Schultern gelegt hatte und ihr Gesicht zu ihm emporhob, hatte er seinen Mund fest auf ihren gepreßt und sie an sich gezogen.

Zwei lange Jahre hatte er nur sie im Arm gehalten, und sie hatte sogar die Hoffnung gehegt, daß er sie eines Tages heiraten würde. Dann, im letzten Winter, war er aus Tamworth gekommen und hatte sich mit der Tochter eines mercischen Ealdorman verlobt.

Roswitha war am Boden zerstört gewesen, doch sie hatte sich bemüht, es nicht zu zeigen. Wenn sie ihm doch nur ein Kind hätte schenken können! Aber sie hatte zwei Fehlgeburten gehabt, und obwohl er sehr besorgt um sie gewesen war, hatte sie gewußt, daß dies das Ende ihrer Träume bedeutete. Kein gesellschaftlich hochstehender Mann, geschweige denn ein Prinz, würde eine Frau heiraten, die keine Kinder bekommen konnte.

Seine Verlobung war ein harter Schlag für sie gewesen, aber sie hatte geschwiegen. Er war den ganzen Winter über mit der bevorstehenden Konfrontation mit den Dänen beschäftigt gewesen, und wenn sie zusammen waren, hatte sie die Zukunft nie angesprochen. Solange er zu glauben schien, daß sie immer für ihn da wäre, würde sie das ebenfalls tun. Sie konnte sich zwingen, seine Ehe zu akzeptieren. Was sie jedoch nicht hinnehmen konnte, niemals hinnehmen würde, war, daß sie ihn verloren hatte.

Sie war eine außergewöhnlich schöne Frau; das wußte sie. Ihre Abstammung war nicht so gut gewesen wie die des einfachen Thanen, der sie geheiratet hatte, doch er hatte sie trotzdem liebend gern zur Frau genommen. Wenn sie wollte, konnte sie wieder heiraten; es gab genügend Männer ihres eigenen Standes, die sie, ihr goldenes Haar, ihren reifen, warmen Körper und ihre fünf Hides Land nehmen und sich glücklich schätzen würden. Doch sie wollte diese Männer nicht. Sie wollte Alfred.

»Alfred«, sagte sie leise und lehnte sich näher zu ihm hin. »Ich habe dich vermißt.«

Einer seiner Wangenmuskeln zog sich zusammen.

Sie fragte sich, was ihn bedrückte. Er war so angespannt. Sie sah, wie fest die Sehnen an seinem Handgelenk waren.

Ihr kam ein schrecklicher Gedanke. Er wollte ihr doch nicht etwa Lebwohl sagen?

Nein! dachte sie panisch. Sie starrte ihn an, auf das lange, goldene Haar, auf das scharf geschnittene, fast zarte Profil. Er sah so distanziert aus ... Dann wandte er sich zu ihr, und sie sah seine Augen. Sie waren feurig golden, aus einer Gefühlsregung heraus, die sie sehr gut kannte, und die Panik in ihrem Herzen ließ nach.

Alles würde gut werden.

»Wir sollten uns nicht mehr treffen, Roswitha«, sagte er, und die Worte standen in krassem Gegensatz dazu, was sie in seinen Augen las. »Ich bin jetzt verheiratet.«

Das war es also. Sie leckte sich die Lippen und sah, wie seine Augen ihrer Zunge folgten. Sie lächelte und löste sein Stirnband. »Was zwischen uns geschieht, geht nur uns etwas an«, sagte sie leise. »Es schadet niemandem.«

Er saß immer noch da, und seine Augen glitten von ihrem Mund zu ihrem weichen, weißen Hals, doch er hielt sich noch zurück. Sie legte das Stirnband auf den Tisch. »Alfred«, sagte sie und legte das Netz, das ihr üppiges Haar gebändigt hatte, daneben. »Liebster.«

Er starrte jetzt auf das feine, goldene Netz vor sich. Roswitha nahm eine seiner schlanken, starken Hände und legte sie auf ihre Brust.

Seine Hand umschloß und liebkoste sie sofort. Sie hörte, wie er tief einatmete.

»Roswitha.« Sie sah die Lippenbewegung, aber er brachte keinen Ton heraus. Sie lehnte sich gegen ihn und hielt noch immer seine Hand auf ihrer Brust. Und dann, schließlich, senkte sich sein Mund auf ihren.

Gott sei Dank, dachte sie und gab sich den Wonnen hin, die ihr sein Mund und die Hand auf ihrer Brust bereiteten. Und dann hörte alles Denken auf.

Alfred verbrachte einen Monat in Southampton und brach erst wieder auf, als die Nachricht von Ethelred kam, daß der König wieder in Wessex weilte. Alfred traf sich in Winchester mit ihm.

»Das Danegeld ist bezahlt, und die Dänen sind wieder auf dem Weg nach York«, informierte Ethelred seinen Bruder, als die beiden Männer sich kurz nach Alfreds Ankunft in Winchester unter vier Augen im Schlafgemach des Königs unterhielten.

»Mit ganzen Schiffsladungen mercischen Geldes.« Alfred versuchte nicht, seine Verbitterung zu verbergen.

Ethelred stimmte entschieden zu. »Mit Schiffsladungen mercischen Geldes.«

Alfreds Finger spielten nervös mit dem Bierkelch, den er in der Hand hielt. »Die Dänen haben doch nichts zerstört?« fragte er nach einiger Zeit.

»Nein. Sie haben Wort gehalten.« Ethelreds Hände lagen ruhig und entspannt auf den Armlehnen seines Stuhls.

»Vorerst«, sagte Alfred.

So bestimmt wie vorher antwortete Ethelred: »Vielleicht sind sie zufrieden mit dem, was sie bis jetzt bekommen haben. Das ist schließlich nicht gerade wenig, Alfred: Nordhumbrien und eine beachtliche Summe mercischen Geldes.«

»Und alles ohne große Anstrengung gewonnen«, betonte Alfred. »Wenn ich Ivar Knochenlos wäre, hätte ich ungeheure Lust herauszufinden, ob die anderen sächsischen Königreiche genauso freigebig für den Frieden zahlen wie Mercien.«

»Vielleicht hat sich das Zahlen gelohnt«, sagte Ethelred. »Vielleicht denken die Nordhumbrier jetzt, sie hätten auch lieber zahlen sollen als zu kämpfen. Jedenfalls ist Mercien in besserem Zustand als Nordhumbrien. Es ist immer noch ein unabhängiges Königreich ... Dort sind keine Klöster abgefakkelt worden ...« Doch der unbeirrt entschlossene Ton des Königs schwand langsam. Alfred hatte noch nicht gesprochen, aber Ethelred konnte seinem Bruder plötzlich nicht mehr in die Augen sehen. Er starrte auf Alfreds Bierkelch und sagte: »Ich sehe schon, du bist anderer Meinung.«

»Nein.« Die entschiedene Stimme ließ keinen Kompromiß zu. »Ich stimme zu, daß die Dänen nur zu gern unsere Kronsteuer kassieren, um Frieden zu schließen. Aber was geschieht, wenn sie zurückkehren, Ethelred? Was passiert, wenn das Königreich keine Reserven mehr hat, um sich freizukaufen?«

Verstockt sagte Ethelred: »Vielleicht verschwinden sie dann.«

Es folgte ein unbehagliches Schweigen. »Vielleicht«, antwortete Alfred schließlich. Die Tür öffnete sich und Ethelreds Frau, Cyneburg, kam mit ihrem kleinen Sohn auf dem Arm herein. Als sie Alfred sah, lächelte sie, und er ging sofort zu ihr und gab ihr den Friedenskuß. »Ein hübscher Junge«, sagte er und bewunderte seinen kleinen Neffen in Cyneburgs Armen.

»Er ist ein braves Kind«, sagte Cyneburg sanft. Im selben Moment fing das Kleinkind an zu weinen, als wollte es das Gegenteil beweisen. Cyneburg lachte, legte es sich auf die Schulter und klopfte ihm den Rücken. »Aber wo ist Elswyth?« fragte sie Alfred. »Ich möchte deine Frau so gern kennenlernen, Alfred. Ich war sehr enttäuscht, daß ich nicht zu deiner Hochzeit kommen konnte.«

»Sie ist auf Lambourn«, antwortete Alfred bereitwillig.

»Sie vermißt dich bestimmt.« Das Baby hatte aufgehört zu weinen, aber Cyneburg streichelte weiterhin mit einer Hand seinen winzigen Rücken, während die andere das zerbrechliche Köpfchen stützte.

»Das bezweifele ich.« Alfreds Gesicht war völlig unbewegt. »Ich bin sicher, sie ist glücklich, Lambourn für sich allein zu haben.«

Cyneburgs hochgewölbte Augenbrauen hoben sich noch mehr, und sie blickte zu Ethelred. Die braunen Augen ihres Ehemanns erwiderten den Blick, und er zuckte ganz schwach mit den Schultern.

Das Baby fing wieder an zu weinen.

»Er hat Hunger«, sagte Cyneburg.

Alfred ging zur Tür. »Ich gehe hinaus, dann kannst du ihn stillen.«

Er hatte schon die Türklinke in der Hand, als Cyneburg lächelnd sagte: »Vielleicht hast du bald deinen eigenen Sohn, Schwager.«

Die Hand noch auf der Klinke, sah Alfred sie an: »Ich fürchte, noch nicht so bald. Elswyth ist selbst noch ein Kind.«

Cyneburg sah überrascht aus. »Ich wußte nicht . . . Ich dachte, sie sei schon fünfzehn.«

»Nein, sie ist erst vierzehn.«

»Vierzehn, als ihr euch verlobt habt«, sagte Cyneburg freundlich. »Wann hat sie Geburtstag?«

Höflich stand er da und wartete darauf, daß sie ihn gehen ließ. »Ich bin mir nicht sicher. Irgendwann im November, glaube ich.«

»Na, dann«, sagte Cyneburg mit einem neckenden Lächeln, »dann habe ich ja gar nicht so unrecht, Alfred. In einer Woche ist schon November.«

Sie sah, wie sich seine Augen vor Überraschung weiteten. »Das stimmt«, sagte er dann langsam.

»Du mußt sie mir einmal vorstellen.« Cyneburg trug das Baby zu einem Stuhl. Da sie jetzt abgelenkt war, murmelte Alfred eine höfliche Antwort, öffnete die Tür und ging hinaus in den Saal.

Cyneburg und Ethelred sahen sich an. »Ich habe gehört, er war einen Monat in Southampton«, sagte sie.

Ethelred seufzte. »Du erfährst alle Neuigkeiten früher als ich, Cyneburg.«

Sie setzte sich auf den Stuhl und öffnete ihr Kleid. »Was ist los mit dem Mädchen, das er geheiratet hat?« fragte sie. »Ich war mir sicher, daß er sie liebt. Er hat sich so schnell für sie entschieden, und dabei hat er alle Mädchen, die du und ich ihm vorgeschlagen haben, so kompromißlos abgelehnt.«

»Ich weiß nicht, was er für sie empfindet«, antwortete Ethelred. »Elswyth ist auf alle Fälle ... ungewöhnlich.« Er rieb sich die rechte Augenbraue. »Sie hat keine vornehmen Manieren, Cyneburg. Sie ist ein Wildfang, trägt Jungenkleidung und reitet mit den Männern zur Jagd. Ich kann mir nicht vorstellen, was Alfred bewogen hat, um sie anzuhalten. Bei jedem anderen Mann würde ich sagen, er ist von ihrem Namen und den Verbindungen ihrer Familie beeinflußt worden; aber nicht bei Alfred.«

»Nein, Alfred nicht«, stimmte Cyneburg zu.

»Ich habe immer geglaubt, er würde eine Frau wie Judith von Frankreich heiraten«, vertraute er ihr an. »Er hat Judith sehr bewundert. Sie korrespondieren immer noch miteinander.«

»Und diese Elswyth ist nicht wie Judith?«

»Überhaupt nicht.« Ethelred war sich ganz sicher. »Judith war sehr schön, aber es war mehr als nur äußere Schönheit. Judith hatte eine heitere Gemütsruhe. Eine Frau wie sie wäre gut für Alfred. Ich dachte immer, er wüßte das selbst.«

Das Baby saugte jetzt kräftig an der Brust. »Ist Elswyth nicht schön?« fragte Cyneburg.

»Doch, aber auf eine sehr überhebliche Art. Überhaupt nicht wie Judith. Es hatte etwas Beruhigendes, Judith anzusehen. An Elswyth ist überhaupt nichts Beruhigendes.«

Cyneburg sah nachdenklich aus. »Sie klingt wirklich nicht wie die ideale Frau für Alfred. Aber er muß etwas an ihr gefunden haben, was ihm gefällt, Ethelred, sonst hätte er nie um sie angehalten.«

»Das stimmt wahrscheinlich. Aber mir mißfällt, daß er in Southampton war.« Grimmig fügte er hinzu: »Diese Roswitha erinnert mich an Judith.«

»Weißt du ganz sicher, daß er wieder mit Roswitha angebändelt hat?«

»Nicht sicher«, antwortete Ethelred. »Keiner seiner Gefolgsmänner läßt je ein Wort gegen ihn verlauten, weder zu mir noch zu sonstjemandem. Du weißt ja, welch fanatische Loyalität sie Alfred gegenüber an den Tag legen. Aber warum sollte er sonst einen ganzen Monat in Southampton verbracht haben?«

Cyneburg nahm das Baby von der Brust, legte es sich über die Schulter und klopfte ihm den Rücken. »Es gibt keinen anderen Grund.« Sie drückte einen Kuß auf den flaumigen Babykopf. »Nun«, sagte sie pragmatisch, »wenn jemand klug genug ist, seine Probleme zu lösen, dann Alfred. Wir müssen es ihm selbst überlassen, Ethelred.«

Ethelred ging zu ihr und drückte seiner Frau einen Kuß auf das dunkelblonde Haar. »Nicht jeder Mann hat soviel Glück wie ich«, sagte er. Sie sah in sein gütiges Gesicht und lächelte.

12

ALS Alfred nach mehr als sechs Wochen nach Lambourn zurückkehrte, hing der reife Erntegeruch schwer und süß in der spätherbstlichen Luft. Weizen und Gerste waren abgeerntet, und Alfred sah mit Genugtuung, daß die Schafe auf die Stoppelfelder getrieben worden waren, um die Reste herauszulesen.

Es ist ein schöner Herbst und eine gute Ernte gewesen, dachte Alfred zufrieden, als er die warme, milde Luft einatmete. Die Speicher würden bis zum Rand gefüllt sein.

»Eine gute Ernte, Mylord«, sagte der Than, der neben ihm ritt.

Alfred lächelte ihn freundlich an. »Genau das habe ich auch gerade gedacht, Edgar. Godric leistet gute Arbeit.«

»Das stimmt.« Der Ruf eines Fischers am Flußufer erregte ihre Aufmerksamkeit, und sie sahen zu ihm hinüber. Sonnenstrahlen glitzerten auf dem Wasser, und die Schuppen des frisch gefangenen Fisches leuchteten silbern in den Händen des Fischers.

Alfred sagte: »Es ist schön, nach Hause zu kommen.«

Eine halbe Stunde später ritt er mit seinem Begleittrupp auf dem kleinen Hof von Gut Lambourn ein. Diener eilten herbei, um die Pferde zu halten, und Godric selbst nahm Alfreds Zügel, während der Prinz abstieg. Dann übergab der Verwalter Alfreds Pferd Nugget einem Stallknecht und rief laut: »Willkommen, Mylord, willkommen!« Die Haut über den scharfen Wangenknochen des Mannes bekam von seinem breiten Lächeln Falten. »Wir haben Eure Nachricht erhalten, und ich bin glücklich, Euch mitteilen zu können, daß alles zu Eurem Empfang bereit ist.«

»Es freut mich, das zu hören«, antwortete Alfred. Dann legte er eine goldberingte Hand auf die Schulter des Verwalters und sagte: »Die Ernte scheint gut gewesen zu sein.«

»Das war sie wirklich, Mylord. Es wird Euch freuen, wie gut.«

Alfred sah sich um und fragte: »Wo ist Lady Elswyth?«

Das Gesicht des Verwalters wurde dünn und scharf wie ein Messer. »Irgendwo draußen in den Downs, Mylord. Sie ist oft stundenlang fort, nur in der Begleitung Brands, Mylord.«

Godric klang eindeutig mißbilligend. Alfred verspürte leichte Ungeduld mit Elswyth. Er hatte bereits genug Sorgen. Es fehlte ihm noch, daß sein Verwalter über das gedankenlose Verhalten der neuen Herrin schockiert war.

Er schlug Godric auf die Schulter. »Morgen werde ich mit Euch die Speicher inspizieren«, sagte er, und der Mann lächelte wieder.

»Danke, Mylord. Ich bin sicher, *Ihr* werdet zufrieden sein.« Der Gesichtsausdruck des Verwalters war säuerlich. »Ich fürchte, Lady Elswyth versteht wenig von der Leitung eines Guts.«

Alfred seufzte im stillen und wollte gerade den Saal betreten, als er das Geräusch herannahender Pferde vernahm. Er sah sich um, und durch das Tor kam ein kleiner, grauer Wallach mit einem schwarzhaarigen Mädchen, das sicher und aufrecht im Sattel saß. Alfred dachte nicht zum ersten Mal, daß er noch nie jemanden gesehen hatte, der so sicher im Sattel war. Den Than, der neben ihr ritt, bemerkte er kaum.

Sie erspähte ihn sofort. »Alfred«, rief sie und trabte heran. Der kleine Grauschimmel kam direkt vor ihm zum Stehen. Alfred bemerkte nicht, daß Godric sich unauffällig zurückzog, denn Elswyth schenkte ihm ein strahlendes Lächeln. »Endlich«, sagte sie, »bist du wieder da.«

Er lachte und ging zu dem Wallach, um sie herunterzuheben. Sonst lehnte Elswyth verächtlich jede Hilfestellung ab, doch jetzt legte sie fröhlich die Hände auf die Schultern ihres Mannes und ließ sich unbefangen wie ein Kind an seinem Körper hinabgleiten. Mit den Händen auf seinen Schultern blieb sie stehen und sah mit diesen dunkelblauen Augen, die immer dunkler und blauer zu sein schienen als in seiner Erinnerung, hinauf in sein Gesicht. »Aber was hat dich so lange ferngehalten?« fragte sie.

»Ach, es gab mehr zu tun als ich erwartet hatte«, antwortete er unbefangen. »Dann ist Ethelred aus Mercien zurückgekehrt.« Er legte seine Hände kurz auf ihre, nahm sie dann von seinen Schultern und behielt eine fest in seiner warmen Hand. Er ging auf den Saal zu. »Weißt du schon, daß die Dänen Mercien endlich verlassen haben?«

»Gott sei Dank«, antwortete sie prompt. »Nein, das wußten wir noch nicht.« Sie paßte sich wie selbstverständlich seinem Tempo an und ging mit ihm zum Saal, während er weiter von den Dänen berichtete.

Den Rest des Nachmittags verbrachte Alfred mit seinen Hunden. Er hatte sie bei Elswyth auf Lambourn gelassen und sie sehr vermißt. Godric bat ihn um eine Unterredung, doch Alfred vertröstete ihn. Er hatte das sichere Gefühl, daß der Verwalter sich über Elswyth beschweren würde, und das wollte Alfred sich nicht anhören. Irgendwann würde er es zwar tun müssen, und wenn Elswyth sich in Godrics Arbeit auf dem Gut einmischte, würde er mit ihr reden müssen. Aber nicht heute.

Godrics Frau, Lady Ada, servierte an diesem Abend ein hervorragendes Festessen, weil der Herr von Lambourn zurückgekehrt war. Elswyth sollte sich mit Alfred den Thron teilen, Godric und seine Frau auf dem Ehrenplatz zur Rechten Alfreds sitzen. Bevor Elswyth sich jedoch zu ihrem Mann begab, sah Alfred sie mit seinem Than Brand ins Gespräch vertieft. Die beiden hatten gemeinsam den Saal betreten, standen an der Tür und unterhielten sich ernsthaft. Godric starrte sie an, und Lady Adas Gesicht trug denselben Ausdruck wie Alfred ihn oft bei Eadburgh gesehen hatte, wenn sie ihre Tochter anblickte.

Um Himmels willen, dachte Alfred. Er hatte Brand mit der Hälfte seiner Gefolgsmänner zurückgelassen, weil er dachte, der junge Than könnte Elswyth Gesellschaft leisten, aber er hatte nicht mit dieser Vertrautheit gerechnet, die sich offensichtlich zwischen ihnen entwickelt hatte. Wenn Elswyth schon nicht über genügend Feingefühl verfügte, um zu merken, daß sie ins Gerede kamen, sollte wenigstens Brand soviel Takt besitzen.

Die beiden beendeten ihr Gespräch und trennten sich. Elswyth, um sich bei Alfred auf dem Thron niederzulassen, und Brand, um seinen Platz weiter unten an der Tafel einzunehmen. Alle im Raum setzten sich, und Alfreds Hausgeistlicher für Gut Lambourn erhob sich, um das Tischgebet zu sprechen.

Alfred bemühte sich zuzuhören, aber er war an diesem Abend

unruhig. Das war er schon die ganze letzte Woche in Southampton gewesen, und während seines Aufenthaltes in Winchester hatte er sich nach Lambourn gesehnt. Doch jetzt, als er endlich dort war, konnte er sich nicht so recht über seine Heimkehr freuen.

Alfred hörte Pater Odos monotoner Stimme zu und dachte unbehaglich, daß er am morgigen Tag seine Sünde mit Roswitha beichten mußte. Ursprünglich hatte er dies bei einem der Priester im Münster von Winchester tun wollen; dann hatte er es jedoch verschoben. Aber das ging nicht noch länger. Er mußte zur Beichte gehen und Besserung geloben.

Der Priester beendete das Tischgebet und setzte sich. Die Diener kamen mit dem Essen. Alfred sah, daß Godric völlig in sein Abendessen vertieft war, wandte sich zu Elswyth und sagte milde: »Du und Brand scheint euch gut zu verstehen.« Er nahm sein Messer und bestrich ein lockeres, weißes Brötchen mit Butter. Der Weizen auf Lambourn war sehr gut, und der Bäcker verstand sein Handwerk.

Da sie den Mund voll hatte, konnte sie nur energisch nicken. Als sie wieder sprechen konnte, sagte sie: »Brand ist ein guter Mann. Und er ist auch ein guter Reiter. Deine anderen Thane bekommen es mit der Angst zu tun, wenn ich losgaloppiere.«

Er biß herzhaft in das weiße Brötchen. »Sie sind eben nicht an eine so großartige Reiterin gewöhnt.« Es schmeckte köstlich.

»Brand ist ein guter Mann«, sagte sie noch einmal und fügte finster hinzu: »Das ist mehr, als ich von den anderen hier auf Lambourn behaupten kann, Alfred.«

Er zögerte, kam dann aber zu dem Schluß, daß er sich genausogut zuerst ihre Version anhören konnte. »Wirklich?« Unschuldig hob er eine Augenbraue. »Hattest du Schwierigkeiten, Elswyth?«

»So würde ich es eigentlich nicht nennen.« Ihre schwarzen Augenbrauen zogen sich über der hohen, dünnen Nase zusammen. »Aber ich bin der Meinung, du solltest deinen Verwalter ablösen, Alfred.«

Entgeistert starrte er sie an. »Godric ablösen? Wieso? Erst heute, als ich nach Lambourn kam, habe ich noch gedacht, in welch gutem Zustand das Gut ist.« Er hatte sich so hingesetzt, daß er Godric mit der Schulter den Blick auf ihre Gesichter versperrte.

»Ja, der Besitz ist in gutem Zustand.« Der Spott in ihrer Stimme war beißend, und sie warf dem Verwalter aus verengten Augen einen Blick zu.

Alfred sagte nachdrücklich: »Elswyth, erklär mir jetzt bitte, was du damit sagen willst.«

Sie antwortete ebenso bestimmt: »Alfred, die Leute auf deinem Gut haben hungern müssen.«

»*Was?*«

Sie nickte, und ihr Gesicht war sehr ernst. »Ja. Ein paar Tage nach deiner Abreise ging ich eines Nachmittags ins Küchenhaus, um eine Kleinigkeit zu essen. Ich war zu hungrig, um bis zum Abendessen zu warten.«

Er hielt seine Stimme leise. »Und weiter?«

»Die Männer hatten gerade ein Schaf geschlachtet, und der Koch briet es. Es roch wunderbar. Ich setzte mich in die Küche, einfach nur, um den Duft zu genießen und mein Brot mit Käse zu essen. Das habe ich auch zu Hause oft getan. Dann sah ich plötzlich, wie zwei von den Dienerinnen mich beobachteten. Eigentlich nicht mich, sondern mein Essen. Ich sah sie mir an. Ganz genau. Sie waren *dünn*, Alfred. Mehr als dünn, sie sahen halb verhungert aus.«

Jetzt war zwischen seinen hellen Augenbrauen eine tiefe Falte zu sehen. »Was hast du unternommen?«

»Ich habe sie gefragt, wann ihre letzte Mahlzeit war. Und was es gab. Dann bat ich sie, mir zu sagen, was sie in der letzten Woche gegessen hatten.« Ihre langen, schwarzen Wimpern hoben sich, und mitternachtsblaue Augen sahen in sein Gesicht. »Alfred, diese Mädchen bekamen nicht genug zu essen. Als ich den Koch fragte, auf wessen Befehl er handelte, sagte er auf Godrics.«

Es folgte ein kurzes, angespanntes Schweigen. Dann fragte Alfred wieder: »Was hast du unternommen?«

»Ich befahl dem Koch, das Schaf für die Dienerschaft zuzubereiten, und dann sprach ich mit Godric. Ihm gefiel nicht, was ich zu sagen hatte, aber seitdem gab es genug zu essen. Aber ich traue ihm nicht, Alfred. Ich fürchte, sobald ich ihm den Rücken drehe, wird er die Verpflegung wieder kürzen.«

Alfreds Mund umgab jetzt eine zornige Falte. Es wurde lauter im Saal, als die Thane sich zwischen den Gängen unterhielten. Niemand konnte Alfreds und Elswyths Gespräch mitanhören. »In seinen Büchern ist eine ausreichende Nahrungsmenge für die Leute auf dem Gut verzeichnet«, sagte Alfred.

»Da bin ich mir sicher.« Elswyth war voll Hohn. »Aber ich glaube, er verkauft deine Nahrungsmittel auf dem Markt, Alfred. Zu seinem eigenen Profit.«

Das Schweigen, das nun folgte, war gefährlich. Alfred sagte grimmig: »Wenn das wahr ist, dann hat er nicht nur seine Anstellung verspielt.«

Elswyth sagte: »Du hast noch gar nichts gegessen.«

Er schenkte dem Essen auf dem Teller vor ihm immer noch keine Beachtung. »Wieso hast du mir heute nachmittag nichts davon erzählt? Ich muß jemanden, dem ich vertraue, damit beauftragen, bei den hiesigen Thanen und Freien Erkundigungen einzuziehen.«

»Ich habe schon Erkundigungen eingezogen«, antwortete sie. »Deshalb habe ich heute nachmittag auch nichts gesagt. Ich habe auf Brand gewartet. Er hat Beweise, daß Nahrungsmittel aus Lambourn wirklich in der Nachbarschaft verkauft werden.« Sie ergriff ihren Bierkelch und trank.

Er beobachtete die Schluckbewegungen ihres schlanken Halses. »Du hast schon Erkundigungen eingezogen?« Er hörte selbst, wie skeptisch er klang.

»Das war doch das einzig Vernünftige.« Das ungeheure Blau ihrer Augen hob sich von den schwarzen Wimpern und der weißen Haut ab. »Wenn die Leute auf dem Gut die Nahrungsmittel nicht bekommen und sie auch nicht in den Speichern lagern, dann müssen sie irgendwo anders verschwinden.«

Er sah sie scharf an und sagte: »Vorhin auf dem Hof hat Godric mir erzählt, daß du nichts von Gutsverwaltung verstehst.«

Verächtlich kräuselten sich ihre Lippen. »Ich würde ihm nicht einmal meine Hunde anvertrauen, Alfred. Du hättest die Geschichte hören müssen, die er mir auftischen wollte. Es sei nötig, Nahrung bis zum Frühling aufzubewahren. Er muß mich für einen Dummkopf halten.«

Er sagte: »Du hast mir einmal gesagt, du würdest dich nicht mit der Verwaltung eines Gutes befassen.«

»Ich habe gesagt, ich würde mich nicht mit Wäsche und Geschirr befassen«, korrigierte sie ihn. »Mit den Menschen ist es etwas anderes. Es ist nicht fair, Unfreie auszunutzen.« Sie schob seinen Teller näher zu ihm. »Lady Ada ist genauso schlimm wie ihr Mann«, flüsterte sie ihm ins Ohr.

»Das ist mehr als unfair«, sagte er. »Es ist eine ungeheure Sünde. Godric ist schon seit Lebzeiten meines Vaters Verwalter auf Lambourn. Es ist meine Schuld, daß ich seine Unehrlichkeit nicht früher bemerkt habe.«

Plötzlich grinste Elswyth. »Du verbringst eben nicht genug Zeit in der Küche. Ich dagegen verlebe dort viele angenehme Stunden. Du wärest überrascht, was man in der Küche alles erfahren kann.«

Er lächelte nicht zurück. »Ich werde nach dem Essen mit Brand sprechen«, sagte er. »Ich werde mir Godric vorknöpfen, Elswyth. Du kannst sicher sein, daß er keine Gelegenheit mehr haben wird, meine Leute hier auf Lambourn hungern zu lassen.« Sein seltsam ruhiger Gesichtsausdruck bedeutete nicht, daß er Gnade walten lassen würde. Dessen war Elswyth sich sicher.

»Ich wußte, daß du wütend sein würdest, Alfred«, sagte sie anerkennend. »Bitte iß etwas!«

Er nickte und nahm sich eine Scheibe Schinken. Elswyth wandte sich dem Priester auf ihrer anderen Seite zu, und Alfred kaute gehorsam. Es schmeckte wie Asche. Aus den Augenwinkeln sah er, wie Godric zu seiner Rechten sein Bier herunterstürzte.

Ein Schurke, dachte Alfred. Warum ist mir das nicht früher aufgefallen?

Er gab sich die Antwort selbst: Weil Godric von adliger Abstammung war, ein Gut führte, das in gutem Zustand war, und weil seine Bücher immer in Ordnung waren. Alfred war es nie in den Sinn gekommen, darauf zu achten, wie mager seine Diener waren.

Er war bitterböse und beschämt. Elswyth hatte nur zwei Wochen gebraucht, um herauszufinden, was vor sich ging. Und sie hatte ganz ohne seine Vollmacht und mit überraschender Kompetenz Gegenmaßnahmen ergriffen.

Er beobachtete seine kindliche Frau beim Gespräch mit Pater Odo. Noch in diesem Monat wird sie fünfzehn, dachte er. Er spürte noch einmal den schlanken Körper, der so selbstverständlich an seinem herabgeglitten war, als er sie vom Pferd gehoben hatte. Als würde sie seinen Blick bemerken, wandte sie sich von dem Priester ab und sah ihn an. Ihre reine Haut hatte die leicht glänzende Struktur erlesener Perlen. Ihr geflochtenes Haar war so schwarz, daß es im Fackelschein blau leuchtete. Er sah auf ihren ausdrucksvollen Mund, auf die Spalte in dem kleinen, festen Kinn. Sie lehnte sich nach vorn und machte eine Bemerkung über den Skop.

»Ja«, sagte er. »Natürlich.«

Sie blickte an ihm vorbei, weil sie nach dem Harfenspieler Ausschau hielt.

Noch einmal erinnerte er sich daran, wie sich ihr schlanker, geschmeidiger Körper angefühlt hatte, es war nicht mehr der eines Kindes gewesen.

Brand hatte beobachtet, wie intensiv sich Alfred und Elswyth beim Essen unterhalten hatten, und war deshalb nicht überrascht, als er später zu einer Unterredung in das Schlafgemach des Prinzen gerufen wurde. Er hatte gesehen, daß Godric ebenfalls versucht hatte, mit Alfred zu sprechen, jedoch rüde ignoriert worden war.

Alfred war selten rüde. Godric wirkte extrem besorgt, als Brand zur Tür des Prinzengemachs ging und klopfte.

»Herein!«

Als Brand eintrat, hockte Alfred gerade auf dem Boden und untersuchte sorgfältig das Ohr eines Wolfshundes. »Da muß etwas Salbe hinein«, sagte der Prinz und stand auf. Sofort sprang der Hund aufs Bett und streckte sich aus, den Kopf auf den Pfoten.

»Ihr habt Informationen für mich, glaube ich«, sagte Alfred.

»Ja, Mylord.« Brand sprach ruhig. Was er dem Prinzen zu sagen hatte, war nicht angenehm, und als er zum Ende kam, sah er, daß Alfred wütend war.

»Und das geht schon längere Zeit so?« fragte Alfred.

»Seit Jahren, Mylord.«

»Konntet Ihr herausfinden, wieso es niemandem in den Sinn kam, mir diesen Diebstahl zu melden?« Sein Ton war eisig, und aus Wut sprach er die Worte überdeutlich aus.

»Mylord, alle hatten Angst vor Godric. Er ist von hoher Abstammung und Cousin des Ealdorman von Wiltshire. Welches Recht hatten sie denn schon, sich gegen ihn aufzulehnen? Er sagte immer, er würde auf Euren Befehl handeln.«

»Wollt Ihr damit sagen, daß meine Leute auf Lambourn dachten, sie müßten auf meinen Befehl hin hungern?«

»Nein, Mylord!« Brand hatte Alfred noch nie so gesehen. Seine Handflächen wurden feucht. »Aber Ihr seid selten anwesend. Und Godric ist immer da . . .«

»Was ist mit Pater Odo?«

»Er ist alt und . . .«

»Und nutzlos.«

»Nun«, sagte Brand unglücklich. »Ja.«

»Wird sich jemand freiwillig zum Schwur gegen Godric melden, wenn es zum Prozeß kommt?«

Brands haselnußbraune Augen weiteten sich. »Ein Prozeß, Mylord?«

»Das sagte ich soeben.«

Brand rieb sich die Handflächen an seiner Wollhose. »Ich bin sicher, die Thane aus der Grafschaft würden sich anbieten, Mylord. Wenn sie wüßten, daß es Euch nicht mißfallen würde.«

»Ihr könnt ihnen sagen, daß es mir überhaupt nicht mißfallen würde.« Alfreds Gesichtsausdruck war so unerbittlich, daß Brand Angst bekam.

»Jawohl, Mylord«, sagte er.

»Ich rede morgen mit Godric«, sagte Alfred. »Danach könnt Ihr mit den Thanen der Grafschaft sprechen.«

»Jawohl, Mylord«, sagte Brand wieder.

»Ihr könnt gehen.«

»Jawohl, Mylord.« Dankbar wandte sich Brand zur Tür und ließ Alfred mit seinem Hund allein.

Am nächsten Morgen ging Godric mit entschlossenem Gesicht zu seiner Unterredung mit Alfred. Als er das Gemach des Prinzen wieder verließ, war sein Gesicht aschfahl. Alfred stellte ihn unter Bewachung und ließ die hysterische Lady Ada aus dem Saal entfernen.

»Die Naturalien des Prinzen zum eigenen Gewinn verkaufen!« sagte Edgar, dessen blaue Augen vor Schreck geweitet waren, zu Brand. »Es ist kaum zu glauben.«

»Das ist gar nicht so ungewöhnlich, Edgar«, sagte Brand, der Sohn eines Thanen der Grafschaft. »Schon gar nicht in einem königlichen Haushalt, wo der Herr die meiste Zeit des Jahres abwesend ist. Godrics Fehler war, daß er zu gierig war. Und Lady Ada zu durchtrieben.«

»Vorhin habe ich den Prinzen gesehen«, sagte Edgar. »Ich wußte nicht, daß er so böse werden kann.«

Ein blaues und ein haselnußbraunes Augenpaar trafen sich. »Ich weiß«, sagte Brand. »Verrat ist eine üble Sache.«

Die beiden jungen Männer waren nach draußen gegangen, unter dem Vorwand, sich im Fechten zu üben, doch keiner hatte Anstalten gemacht, das Schwert zu heben. Jetzt sagte Edgar: »Wenn der Prinz Godric vor Gericht bringt, wer soll dann die Wahrheit seiner Worte bezeugen?«

Nach angelsächsischem Gesetz mußte der Angeklagte keine Beweise für den Sachverhalt des Rechtsstreites liefern, sondern mit Männern vor Gericht erscheinen, die beschworen, daß der Schwur des Angeklagten rein war. Wenn die vorgeschriebene Anzahl von Eideshelfern anwesend war und der Eid vollständig geleistet wurde, war der Fall abgeschlossen.

Vielsagend hob Brand die Augenbrauen. »Wer steht schon für einen Mann ein, der seinen Herrn verraten hat!«

»Niemand«, antwortete Edgar.

»Wenn der Prinz Godric wirklich vor Gericht bringt«, sagte Brand, »wird Godric sterben.«

In der angelsächsischen Gesellschaft war Treue gegenüber dem Herrn oberstes Gebot. Wie Brand gesagt hatte: Wenn Alfred Godric vor Gericht stellte, war der Ausgang der Verhandlung voraussehbar. Godric hatte diese Treuepflicht gebrochen, und deshalb mußte Godric sterben. Wenn jemand überrascht darüber war, daß Alfred so streng mit einem Mann so hohen Ranges wie Godric verfuhr, so wagte es doch niemand, Kritik zu äußeren.

»Bei all seiner Gutmütigkeit sollte man sich nicht mit dem Prinzen anlegen«, sagte Edgar. Und diese Meinung teilten alle.

Nur Elswyth fand, daß Godrics große Sünde nicht seine Bereicherung auf Alfreds Kosten gewesen war, sondern daß er die Leute auf dem Gut hatte hungern lassen.

»Die meisten Verwalter betrügen«, sagte sie abgeklärt zu Alfred. »Damit muß man rechnen. Aber das ging darüber hinaus.«

»Ja«, sagte Alfred grimmig. »Das ist wahr.«

Es war am Tag nach dem Vollzug der Strafe. Lady Ada war schon vor langer Zeit zum Gut ihres Bruders geschickt worden. Elswyth und Alfred ritten zusammen in Richtung White Horse Vale, und nun sagte Elswyth: »Ich finde, du hättest ihn hängen sollen.« Hängen war die Strafe für Nichtadlige; Adlige starben durch das Schwert. Alfred hatte Godric die Ehre seines Ranges zugestanden.

»Tot ist tot«, antwortete Alfred. »Gerechtigkeit ist eine Sache. Rache eine andere.«

»Ich bin für Rache«, sagte sie, und zum ersten Mal seit einer Woche lächelte Alfred.

»Meine kleine Fürsprecherin der Armen und Unterdrückten«, sagte er. »Was wünschst du dir zum Geburtstag?«

Die Antwort kam sofort. »Ich möchte das braune Fohlen.«

Darüber lachte er. »Soll nur einer sagen, Elswyth weiß nicht, was sie will.«

Sie war froh, daß sich seine Laune gebessert hatte, und lächelte zurück. »Du weißt schon, welches ich meine, Alfred. Das dreijährige auf der entlegenen Weide.«

»Ich weiß genau, welches du meinst. Das Fohlen von Nugget und Emma. Das mit dem wunderbaren Gang.«

»Dieser Trab!« sagte Elswyth begeistert. »Es gleitet nur so dahin.« Schmeichelnd sagte sie: »Ich könnte etwas ganz Besonderes aus ihm machen, Alfred. Ich weiß es.«

»Es ist sehr temperamentvoll.«

»Ich weiß. Wenn du einen deiner plumpen Thane draufsetzt, wird es verrückt spielen.«

Milde sagte Alfred: »Ich habe es nicht für meine Thane gezüchtet.«

»Du willst es für dich selbst.« Elswyths Augen waren blendend blau, als sie ihn forschend ansah. »Das wußte ich nicht, Alfred. Dann mußt du es natürlich behalten.« Großzügig fügte sie hinzu: »Du bist schließlich der Züchter.«

Ein Windstoß peitschte über den ungeschützten Rasen. Elswyths lange, schwarze Zöpfe waren zu schwer, um vom Wind zerzaust zu werden, doch das Haar an ihren Schläfen bewegte sich. Alfred lächelte über das kleine, begeisterte Gesicht seiner Frau. »Alles Gute zum Geburtstag, Elswyth. Es gehört dir.«

Die blauen Augen leuchteten noch blauer, wenn das noch möglich war. »Meinst du das ernst? Es gehört wirklich mir?«

Er nickte und beobachtete, wie die zarte Farbe die perlenfarbene Rundung ihrer Wangen wärmte.

»Es ist nicht so, daß ich Silken nicht liebe«, sagte sie, als wolle sie sich bei ihrem kleinen Grauschimmel für mangelnde Loyalität entschuldigen. »Ich werde Silken immer lieben. Aber dieses Fohlen . . . Dieses Fohlen ist etwas ganz Besonderes.«

»Ja«, sagte Alfred. Seine Augen lagen noch immer auf ihrem kristallklaren Gesicht. »Das glaube ich langsam auch.«

Elswyth tätschelte den scheckig-grauen Hals ihres Wallachs, strich seine Mähne glatt und warf Alfred unter langen, dunklen Wimpern einen Seitenblick zu. »Wer zuerst bei den Bäumen ist«, sagte sie und schoß, abrupt von Schritt zu vollem Galopp übergehend, davon.

Kurz vor der Birkenreihe überholte sein Hengst sie, und beide hielten ihre Pferde an. Zufrieden lachten sie sich an.

»Ich bin so froh, daß du nach Hause gekommen bist, Alfred«, sagte sie. »Ich habe dich vermißt.«

Es dauerte fast den ganzen November, bis ein neuer Verwalter für Lambourn gefunden und eingewiesen worden war. Die Pflichten eines königlichen Gutsverwalters waren umfangreich und konnten nicht irgendeinem beliebigen Mann anvertraut werden, nur weil seine Herkunft nobel genug war. Neben der Führung des Gutes mußte Alfreds neuer Verwalter in der örtlichen Volksversammlung als Vorsitzender fungieren, die Kaufleute in der Umgebung kontrollieren, Geldstrafen und Steuern eintreiben, Besitztransaktionen bezeugen, gestohlenes Vieh aufspüren und mit dem Fyrd kämpfen. Es war ein sehr verantwortungsvolles Amt, das große Vertrauenswürdigkeit verlangte. Deshalb war der Bruch dieses Vertrauens auch ein so schweres Vergehen.

Alfred entschied sich schließlich für den dritten Sohn des Ealdorman von Berkshire, in dessen Grafschaft Lambourn lag, und das Arrangement schien alle Beteiligten zufriedenzustellen. Ulf lebte sich relativ problemlos auf Lambourn ein, und als Alfred und Elswyth das Gut verließen, um Weihnachten in Dorchester zu verbringen, hatte der neue Verwalter das Gut so gut im Griff, daß der Winter kommen konnte.

13

SEIT seiner Hochzeit hatte Alfred erst einmal Kopfschmerzen gehabt, und das war kurz bevor er nach Southampton gereist war. Am Tag, bevor sie nach Dorchester aufbrechen wollten, hatte er wieder welche, aber sie ritten trotzdem pünktlich los. Alfred weigerte sich, auch nur in Betracht zu ziehen, einen Tag später aufzubrechen.

Die Reise nach Dorchester ging nur langsam voran, hauptsächlich wegen der Ochsenkarren, die Alfreds Beitrag zu Ethelreds Weihnachtsessen transportierten: große Bierfässer, Met, Honig sowie Pökelfleisch und Fisch. All das sollte die Gaben des Jagdreviers und des Weidelands von Dorchester ergänzen. Den Großteil der Strecke hielt Elswyth Silken neben Alfreds Nugget. Der große Hengst und der kleine Wallach vertrugen sich inzwischen überraschend gut. Alfred hatte auch drei seiner Lieblingshunde dabei. Sie rannten ungeduldig neben den Pferden her und machten Streifzüge in die Wälder, wenn es ihnen auf der Straße zu langweilig wurde.

Die Gruppe übernachtete in mehreren Abteien, die auf dem Weg lagen, und Elswyth sah zum ersten Mal, welche Auswirkungen die jahrelangen dänischen Plünderungen auf viele westsächsische Gotteshäuser gehabt hatten.

Alfred und Elswyth übernachteten in der königlichen Stadt Winchester und reisten dann gen Westen nach Wilton, wo sie noch eine Nacht verbrachten. Die römische Straße, die von Wilton aus nach Süden ging, führte direkt in die königliche Stadt Dorchester und zum dortigen Gut, wo die westsächsischen Könige traditionell das Weihnachtsfest begingen.

Elswyth freute sich ganz besonders auf Dorchester, weil es nahe am Meer lag. Alfred war überrascht gewesen, als sie ihm erzählt hatte, daß sie noch nie das Meer gesehen hatte. Wessex war von so viel Meer umgeben, daß es ganz selbstverständlich zu einem Teil seines Lebens geworden war. Er hatte Schwimmen gelernt, fast bevor er laufen konnte, und von Kindesbeinen an hatte er mit dem kleinen Boot umgehen können, das die Westsachsen zum Angeln benutzten. Doch für Elswyth, das Kind aus Mercien, war das Meer ein fremdes Element, und sie war ganz versessen darauf, es zu sehen.

Ethelred und Cyneburg waren schon über eine Woche in Dorchester, als Alfreds Zug endlich dort ankam. Es war noch hell, und die Männer waren noch auf der Jagd, deshalb blieb es Cyneburg überlassen, ihren Schwager und seine Frau zu begrüßen.

Elswyth sah zu, wie Alfred mit seiner Schwägerin den Friedenskuß austauschte. Cyneburg war weich, rund und hübsch;

sie entsprach genau Elswyths Vorstellungen von der Frau, die Ethelred sich für die Ehe aussuchen würde. Dann wollte Alfred seine Schwägerin mit seiner Frau bekannt machen, und Elswyth trat höflich vor.

»Ich freue mich, dich endlich begrüßen zu dürfen, Elswyth«, sagte Cyneburg. Ihr Ton war freundlich, doch die hellblauen Augen sahen Elswyth abschätzend an. »Es tut mir leid, daß ich nicht an eurer Hochzeit teilnehmen konnte.«

»Mir auch«, antwortete Elswyth. Ihre rauhe, langgezogene Stimme war vorsichtig und höflich. Sie erwiderte Cyneburgs Blick und wartete darauf, daß sie noch etwas sagen würde. Als Cyneburg schwieg, fügte Elswyth hinzu: »Ich bin froh, hier zu sein.«

»Und wir sind froh, daß ihr da seid.«

Wieder wurde es still. Elswyth war verärgert. Wieso sah diese Frau sie so komisch an? War ihr Gesicht dreckig? Doch sie unterdrückte die scharfe Bemerkung, die ihr auf der Zunge lag. Elswyth war entschlossen, sich mit Cyneburg anzufreunden. Sie wußte, wie gern Alfred Ethelred hatte, und daß es ihm mißfallen würde, wenn sie nicht mit seiner Frau auskam. Also bemühte sie sich um einen freundlichen Gesichtsausdruck und zermarterte sich das Hirn, was sie noch sagen konnte.

Das Schweigen wurde vom Weinen eines Babys unterbrochen. Elswyth, die sich noch nie für Kinder interessiert hatte, sagte nach einer plötzlichen Eingebung: »Ich würde gern Ihr Neugeborenes sehen, Mylady.«

Cyneburgs hübsches Gesicht hellte sich auf und war jetzt direkt schön. »Wirklich? Dann komm mit, und ich zeige es dir sofort. Nein, du nicht, Alfred.« Scherzhaft verscheuchte Cyneburg Alfred. »Elswyth und ich brauchen ein bißchen Zeit, um uns kennenzulernen. Stimmt's, Elswyth?«

Elswyth bejahte gehorsam und folgte Ethelreds Frau. Sie war so offensichtlich entschlossen, Cyneburgs Kind zu bewundern, daß Alfred belustigt hoffte, daß sie es nicht übertreiben würde. Er betrachtete den schlanken, geraden Rücken seiner Frau, als sie hinter Cyneburg hermarschierte, und ging erst in den Hof, als sich die Tür hinter ihr geschlossen hatte.

In Dorchester wurde Alfred immer der Prinzensaal überlassen, und wenn es auch nur ein Nebensaal war, so war er doch größer als der große Saal auf Lambourn. Er hatte zwei getrennte Schlafgemächer; Alfred nahm eines davon und überließ Elswyth das andere. Die Thane aus Alfreds Leibgarde schliefen wie immer auf den Bänken im Saal. Das Durcheinander wurde immer größer, und die Hunde streiften umher, wo sie wollten. Elswyth fühlte sich sofort wohl.

Elswyth hatte Cyneburgs Baby ausgiebig bewundert, was sie sofort zu deren Liebling machte. Elswyth stieg noch höher in Cyneburgs Gunst, als sie Heiligabend den ganzen Nachmittag beim Brettspiel mit Ethelreds ältestem Sohn, Ethelhelm, verbrachte, der mit Husten das Bett hüten mußte.

»Es hat Spaß gemacht«, sagte sie zu Alfred, als er sie wegen dieser edlen Tat lobte. Ihre blauen Augen funkelten boshaft. »Ich habe ihm beigebracht, wie man mogelt. Wenn er das nächste Mal mit seinem Vater spielt, wird Ethelred nicht wissen, wie ihm geschieht.«

»Warte nur, bis Cyneburg herausfindet, welch schlechten Einfluß du auf ihre Sprößlinge hast«, sagte Alfred. Er lachte. Dann sagte er mit vorgetäuschter Strenge: »Welchen Trick hast du ihm beigebracht? Kenne ich ihn?«

Sie lächelte selbstzufrieden. »Spiel mit mir, dann finden wir es heraus.«

»Du bist ein charakterloses Gör«, sagte er. »Hast du ihm etwa gezeigt, wie man die Karten zinkt?«

Sie zog ihm das Stirnband über die Augenbrauen. »Nein.« An der Tür winselte ein Hund, der nach draußen wollte, und Elswyth sprang auf. »Warte nur ab«, sagte sie über die Schulter und öffnete dem ungeduldigen Hund die Tür.

Zwei Tage nach Weihnachten nahm Alfred sie mit ans Meer. Der Morgen versprach sehr kalt und windig zu werden, und er schlug zunächst vor, bis zum nächsten Tag zu warten. Doch Elswyths Gesicht war so betrübt, daß er seine Meinung änderte und sagte, daß sie doch aufbrechen würden, wenn sie wollte.

Als sie nach Süden ritten, erzählte Alfred Elswyth davon, wie vor Jahrhunderten die Legionen mit ihren Schiffen in der Bucht nahe Dorchester angelegt hatten. Dann ragte plötzlich hoch oben Maiden Castle drohend vor ihnen auf.

»Das ist eine der alten Hügelfesten der Britannier«, sagte Alfred auf ihre Frage. »Siehst du diese Erdaufschüttungen? Das waren die Wälle eines riesigen Verteidigungssystems, das sich um den ganzen Hügel zog.« Sein lohfarbenes Haar wehte im Wind, als er die alte Feste betrachtete. »Sie hat den Römern nicht standgehalten«, fügte er hinzu.

Sie schwiegen, als sie Seite an Seite auf ihren Pferden saßen und sich die bittere Schlacht vorstellten, die vor Jahrhunderten an dieser Stelle stattgefunden haben mußte. Dann sagte Alfred: »Wenn man um den Hügel herumklettert, kann man sogar die ineinander übergreifenden Mauern an den Eingängen sehen.«

»Da möchte ich gern hin«, sagte sie sofort.

Darüber grinste er. »Warum wußte ich, daß du das sagen würdest? Aber nicht heute, Elswyth; nicht, wenn wir an der Küste entlangreiten wollen.«

»Nimmst du mich ein andermal mit?«

»Natürlich.«

»Wann?«

»Wenn ich kann.« Er sah sie an und täuschte Verärgerung vor. »Elswyth, du bist manchmal schlimmer als Ethelhelm.«

»Wenn mir etwas versprochen wird, muß es eindeutig sein.« Und sie streckte ihre überhebliche, aristokratische Nase in die Luft.

»Du hättest es wohl gern mit Blut niedergeschrieben und von drei Ealdormen bezeugt«, antwortete er.

Verächtlich kräuselte sie die Lippen. »Darauf bin ich noch gar nicht gekommen.«

»Wir gehen, wenn ich die Zeit dazu finde«, antwortete er, und sie war so klug, das Thema fallenzulassen.

Stattdessen sagte sie: »Ich kann das Meer riechen!« Und atmete begeistert die Luft ein.

»Wenn der Wind aus dieser Richtung kommt, kann man das Meer wahrscheinlich sogar in Mercien riechen«, scherzte er reumütig. Trotz des Stirnbandes wehte ihm das Haar ins Gesicht. Elswyths Nase und Wangen waren puterrot.

»Laß uns galoppieren«, schlug sie vor. »Dann wird uns warm.«

Die beiden Pferde, der große Braune und der kleine Grauschimmel, setzten sich bereitwillig in Bewegung. Auch die Pferde schienen das Meer zu riechen.

Alfred zeigte seiner Frau eine wunderschöne Bucht, die vom Südwestwind geschützt und in Sand eingefaßt war. Elswyth war vor Begeisterung nicht zu bändigen. In ihren Jungenhosen raste sie die Sandbänke auf und ab, trunken vom ersten Geschmack der Freiheit; ihr Umhang und ihre Zöpfe flogen hinter ihr her.

»Komm«, rief sie, als sie kurz neben Alfred anhielt und sich seine Hand schnappte. »Laß uns mit der Flut Fangen spielen!«

Das Wasser schimmerte in der kalten Wintersonne. Der Wind war hier kühl, jedoch erträglich, und der Sand fest. Alfred lachte und spielte mit.

Sie saßen im Schutz eines Felsens und aßen Brot und Käse. Aus Elswyths Zöpfen hatten sich Haarsträhnen gelöst und hingen unordentlich auf ihren Rücken herab. Alfred griff nach einer schwarzen Strähne. Sie fühlte sich an wie schwere Seide.

»Tordis wird Stunden brauchen, bis es sich wieder durchkämmen läßt«, sagte Elswyth, die den Mund voll Brot hatte.

»Du hast wunderschönes Haar.« Er rieb die schimmernde blauschwarze Strähne zwischen den Fingern. »Du solltest es nicht immer geflochten tragen.«

»Wenn du es nicht magst, werde ich es nicht tun.« Sie ließ ihre weißen Zähne aufblitzen. »Vielleicht sollte ich ein Stirnband tragen.«

Er lachte. »Du würdest ein wenig seltsam damit aussehen, Elswyth.«

»Alle aus deiner Gefolgschaft haben eins.«

»Du gehörst nicht zu meiner Gefolgschaft.«

Sie seufzte. »Ich weiß. Möchtest du noch Käse?« Er nahm ein Stück Käse entgegen. »Sind die Dänen hier zum ersten Mal an Land gekommen?« fragte sie.

»Es war ein Stück weiter unten an der Küste.«

Sie zog die Knie an und legte das Kinn darauf. Die unordentlichen Zöpfe umrahmten ihr Gesicht, das plötzlich ganz ernsthaft war. »Die Abteien und Klöster, an denen wir auf dem Weg nach Süden vorbeigekommen sind ... Man konnte den großen Schaden sehen. So viele neue Gebäude, die auf die Schnelle errichtet wurden, um die niedergebrannten zu ersetzen. Was für eine Zerstörung von Bibliotheken! Wir in Mercien hatten mehr Glück. Wahrscheinlich ist uns deshalb nicht so bewußt wie euch in Wessex, wie gefährlich die Dänen wirklich für uns sind.«

»Wir in Wessex hatten auch eine Friedensperiode, als die Dänen in Frankreich beschäftigt waren«, antwortete Alfred. »Und bei unseren letzten Gefechten haben wir immer den Sieg davongetragen. Ich glaube, daß Wessex zu selbstzufrieden ist, Elswyth. Meine Landsmänner machen sich nicht bewußt, daß wir diesmal keiner Bande von Plünderern gegenüberstehen, sondern einer Armee, die sich in York festgesetzt hat. Und diese Armee hat nicht vor, nach Dänemark zurückzukehren.«

Sie erschauderte heftig. »Wir werden ihnen Widerstand leisten«, sagte sie.

Er preßte seinen breiten, festen Mund zusammen. »Dafür bete ich.«

»Doch, das werden wir«, sagte sie. »Wir müssen einfach. Die Alternative ist undenkbar.«

Es herrschte ein kurzes Schweigen, als er in ihr Gesicht starrte. Sie strich sich eine Haarsträhne von der Wange, und er sagte mit seltsam klingender Stimme: »Dafür, daß du ein kleines Mädchen bist, sagst du oft sehr vernünftige Dinge.«

Ihre Augen, die viel blauer waren als der dunkle Winterhimmel, funkelten empört. »Kleines Mädchen! Ich bin kein kleines Mädchen, Alfred!«

Sein Mund verzerrte sich zu einem schiefen Lächeln. »Wirklich nicht?« Er stand auf und hielt ihr die Hand hin. »Komm, wir müssen zurück nach Dorchester.«

Als Elswyth an diesem Abend zum Essen erschien, hatte sie eine andere Frisur. Statt der gewohnten geflochtenen Zöpfe trug sie ihr Haar mit Kämmen hochgesteckt und auf dem wohlgeformten Hinterkopf zu einem Knoten gewunden. Sie war ähnlich frisiert wie Cyneburg, zu deren sanfter Schönheit dieser Stil gut paßte. Doch er paßte auch zu Elswyth. Ohne die kindliche Flechtfrisur kamen ihre ausgeprägten, vornehmen Wangenknochen erst richtig zur Geltung, ebenso wie ihr langer, schlanker Hals.

Alfred starrte seine Frau während des ganzen Abendessens an. Ihm war nie zuvor bewußt geworden, wie viel jünger die Flechtfrisur sie wirken ließ. Ihr Gesicht sieht völlig anders aus, dachte er verwundert. Es schien nicht mehr rund und kindlich; die hohen Wangenknochen, die schmalen Schläfen und der ausdrucksvolle, leicht hochmütige Mund hatten sie plötzlich in eine Frau verwandelt.

»Gefällt dir mein Haar?« hatte sie ihn sofort gefragt. »Du wolltest doch nicht, daß ich weiterhin diese Flechtfrisur trage.«

»Ja.« Er konnte nicht aufhören, sie anzustarren. »Es ist sehr hübsch so, Elswyth.«

Sie rümpfte die elegante Nase. »Es hat Ewigkeiten gedauert. Aber wenn es dir gefällt . . .« Sie lächelte und schob ihre Hand in seine. »Schade, daß heute Freitag ist. Ich habe Fisch so satt. Während der Adventszeit gab es nichts anderes.«

Er gab irgendeine Antwort, und sie nahmen ihre Plätze an Ethelreds Tisch ein.

Nicht nur Alfred bemerkte, daß die neue Frisur Elswyth veränderte. Auch Cyneburg und Ethelred machten ihr Komplimente, und sie war gezwungen, eine höfliche Antwort zu geben. Elswyth waren Komplimente gleichgültig, und nachdem sie eine Stunde lang angestarrt worden war, bereute sie bereits ihre neue Frisur. Sogar Brand starrte sie mit seltsam grünen Augen an und sagte ihr zögernd, daß er sie schön fand. Elswyth mochte Brand, deshalb lächelte sie und bedankte sich; doch nach dem Essen war sie heilfroh, als sie sich mitsamt der neuen Frisur in ihrem Schlafgemach verstecken konnte.

Trotzdem trug sie das Haar am nächsten Tag wieder hochgesteckt. Alfred gefiel es, und Elswyth hoffte, daß die Überraschung über Nacht nachgelassen haben würde, und die Veränderung keinem mehr auffallen würde. Nach dem Frühstück fing es an zu regnen, ein kalter, starker Regen, der den ganzen Tag anzuhalten drohte. Alfred und seine Thane und Elswyth mit ihren Frauen waren gezwungen, sich im Prinzensaal aufzuhalten. Die Frauen spannen Wolle, die Männer spielten Dame und hörten Brand beim Leierspiel zu. Die Hunde schliefen vor dem Feuer. Elswyth holte ein Spielbrett hervor und forderte Alfred zu einer Partie Wildschwein und Jagdhund heraus.

Er nahm die Herausforderung an, und sie setzten sich gemeinsam vors Feuer; die Hunde schliefen zu ihren Füßen. Draußen ging der Regen bald in Hagel über, und die kalte Luft, die unter den Türen durchzog, bewegte die Binsen auf dem Fußboden. Elswyth zog die Füße unter sich, um sie zu wärmen, und sah mit gerunzelter Stirn auf das Spielbrett. Das flackernde Licht des Feuers warf einen rosigen Glanz auf die perlenfarbene Haut über ihren hohen Wangenknochen. Ihre langen, gesenkten Wimpern waren schwarz wie Kohle. Sie verschob vorsichtig eine geschnitzte Hundefigur, sah mit blitzenden blauen Augen auf und grinste boshaft.

»Gewonnen!« triumphierte sie.

Alfred zwang sich, auf das Brett zu sehen. »Ja, tatsächlich.« Seine Stimme klang seltsam, das merkte sogar er selbst.

»Und ich habe nicht einmal gemogelt.« Sie neigte den Kopf auf ihre zugleich arrogante und bezaubernde Art. »Du warst nicht bei der Sache. Wir spielen noch einmal.« Sie war eine großzügige Siegerin.

»Nein.« Er stand auf. »Ich muß mit Ethelred sprechen.«

Die unglaublich blauen Augen weiteten sich überrascht. »Draußen hagelt es«, sagte sie.

Er zuckte mit den Schultern. »Macht nichts.« Er entfernte sich und gab durch Zeichen zu verstehen, daß er seinen Umhang brauchte.

Sie sah ihm nach und legte besorgt die Stirn in Falten. »Geht es dir gut, Alfred?«

»Keine Sorge«, antwortete er hastig. »Mir ist nur gerade etwas eingefallen, was ich mit Ethelred besprechen muß.« Er nahm von Brand seinen Umhang entgegen und steuerte auf die Saaltür zu.

Draußen riß der Wind an seinem Umhang, und der Hagel schlug ihm ins Gesicht. Er suchte Zuflucht im Saal seines

Bruders und verbrachte den Rest des Nachmittags beim Damespiel mit Ethelred.

In dieser Nacht lag er wach in seinem einsamen Bett und dachte an seine Frau. Der Sturm hatte an Stärke zugenommen und rüttelte heulend an den geschlossenen Fensterläden; die Wandbehänge blähten sich durch den Luftzug auf.

Hellwach lag er da und wurde von einem Gefühl übermannt, das so intensiv und turbulent war wie der Sturm draußen.

Elswyth. Wie lange, fragte er sich, liebte er sie schon? Denn das war es, was ihm in dieser Nacht den Schlaf raubte, daran hatte er keinen Zweifel, Liebe. Und Begehren.

Er liebte sie schon seit langem, dachte er. Was es auch war, das ihn so stark zu ihr hinzog, es hatte ihn von Anfang an bezaubert. Er hätte niemals in eine Heirat mit irgendeinem Mädchen, das sich im Stall die Seele aus dem Leib weinte, eingewilligt.

Elswyth würde ihn sofort darauf hinweisen, daß sie nicht geweint hatte.

Er lächelte ein wenig schmerzlich und starrte in die Dunkelheit. Elswyth war der Grund, dachte er, weshalb es ihn zurück nach Lambourn gezogen hatte, und wegen ihr hatte er sein letztes Treffen mit Roswitha so unbefriedigend gefunden. Und es war seine Freude an der Gesellschaft seiner Frau verbunden mit der Frustration über seine nicht vollzogene Ehe, was seine Rückkehr nach Lambourn so schwierig gemacht hatte.

Sie war ihm in dieser Nacht so nah. Nur auf der anderen Seite einer dünnen Holzwand. Er sah sie deutlich vor sich: die Linie ihrer schönen Wangenknochen; die Spalte auf ihrem kleinen, entschlossenen Kinn; der spöttische Mund, der ihn verrückt machte. Sie schlief sicher fest in dieser wilden, stürmischen Nacht, eingehüllt in ihr wunderschönes Haar und völlig ahnungslos, daß etwas zwischen ihnen nicht stimmen könnte.

Denn sie liebte ihn auch. Das bezweifelte er nicht. Es herrschte ein Einvernehmen zwischen ihnen, das nicht vielen Menschen vergönnt war. Sie waren zwar in vielerlei Hinsicht sehr unterschiedlich; doch in den großen und wichtigen Dingen des Lebens stimmten sie überein. Sie verstanden sich.

Sie verstand ihn voll und ganz, nur eins fehlte.

Sie war fünfzehn und kein Kind mehr. Er erinnerte sich nur allzu deutlich, wie sich ihr Körper anfühlte, als er sie aus dem Sattel gehoben hatte. Doch gerade weil er sie verstand, sah er ein, daß sie in dieser Beziehung noch keine Frau war. »Danke, Alfred!« hatte sie gesagt, als er ihr versprochen hatte, die Ehe nicht zu vollziehen. Er erinnerte sich an ihr strahlendes Lächeln und daran, was sie über Edred gesagt hatte: »Aber ich werde in seinem Bett schlafen müssen.«

Er konnte ihr Vertrauen nicht mißbrauchen. Er konnte nichts von ihr verlangen, was sie noch nicht zu geben bereit war. Er würde einfach weiter warten müssen.

Alfred schlief erst ein, als es schon dämmerte. Als er am nächsten Morgen müde und schlechtgelaunt den Saal betrat, erblickte er Elswyth und wußte, daß er nur Frieden finden würde, wenn er sich von ihr fernhielt. Das Wetter war scheußlich, aber er ging trotzdem mit seinen Thanen auf die Jagd. Er erlaubte Elswyth nicht, sie zu begleiten.

Sobald sie Weihnachten gefeiert hatten, dachte er, würde er Elswyth zurück nach Wantage schicken und durchs Land reisen, um die Verteidigungsbereitschaft der Grafschaften zu überprüfen. Er mußte nur Weihnachten überstehen. Das würde er doch sicher schaffen.

Elswyth bemerkte die Veränderung an Alfred sofort, konnte sie sich jedoch nicht erklären. Sie wußte nur, daß er sie anscheinend nicht mehr in seiner Nähe haben wollte. Er verbrachte die Tage mit den Männern auf der Jagd und fand keine Zeit, sie noch einmal mit zu Maiden Castle zu nehmen.

Dann bekam er Kopfschmerzen; zuerst an Silvester und dann wieder zwei Tage danach.

Er ließ sie nicht in seine Nähe. Cyneburg brachte ihm die kalten Lappen für den Kopf, und Ethelred hielt die Tür verschlossen.

Zuerst war Elswyth sehr verletzt. Doch dann bekam sie Angst. Vielleicht hatte Alfred etwas Ernstes, wovon sie nichts wissen sollte. Es war nicht normal, daß die Kopfschmerzen in so kurzen Abständen kamen; soviel hatte Ethelred verlauten lassen. Und Elswyth sah, wie angespannt Alfred war, selbst wenn er keine Schmerzen hatte.

Irgend etwas stimmte nicht mit ihm. Was wäre, wenn er ernstlich krank wäre? Oder wenn er sterben würde?

Noch nie im Leben hatte Elswyth soviel Angst gehabt wie an diesen Tagen in Dorchester. Noch nie hatte sie sich so allein gefühlt. Was sollte sie nur tun, wenn Alfred etwas passierte?

Es kam ihr nicht ein einziges Mal in den Sinn, daß sie das Problem war, daß er sie begehrte, sich aber an sein Versprechen gebunden fühlte und sich deshalb in einen solch angespannten Zustand versetzte, daß er zwangsläufig Kopfschmerzen bekam.

Alfred hatte richtig erfaßt, daß Elswyth an alles andere als an Sex dachte. Aber sie war nicht aus Unreife unwissend; es war ihrer Unschuld. Sie wußte, sie liebte Alfred. Sie wußte, sie würde vor Einsamkeit sterben, wenn sie ihn je verlieren würde. Sie, die immer das Alleinsein gesucht hatte, merkte nun, daß sie einen anderen Menschen so nötig hatte wie die Luft zum Atmen.

Sie wußte nichts über körperliche Lust, kannte das Bedürfnis nach den Wonnen des Leibes nicht. Elswyth hatte sich nie im Leben mit anderen Frauen über solche Sachen ausgetauscht. Ihr kam nicht ein einziges Mal der Gedanke, daß Alfreds Problem so einfach war. Sie war immer davon ausgegangen, daß er die Ehe vollziehen würde, wenn er es wollte. Ihr kam nie in den Sinn, daß sie den ersten Schritt machen mußte.

»Vollziehe diese Ehe endlich!« sagte Ethelred zwei Tage nach der letzten Kopfschmerzattacke zu Alfred. »Du machst dich selbst krank. Das Mädchen ist alt genug, Alfred. Und sie vergöttert dich. Jeder kann das sehen. Worauf wartest du noch?«

»Ich habe keine Lust, darüber zu diskutieren, Ethelred.« Alfreds Stimme war kalt und endgültig. »Frage ich dich etwa nach deiner Beziehung zu Cyneburg?«

»Meine Beziehung mit Cyneburg ist völlig in Ordnung«, begann Ethelred, aber Alfred drehte ihm den Rücken zu und verließ überstürzt den Raum.

»Schicken Sie ihn nach Southampton«, riet Ethelreds Senne-

schall, Odo, ein alter Than, der schon Ethelwulf gedient hatte.
»Alles ist besser als noch so eine Kopfschmerzattacke.«

»Ich glaube wirklich nicht, daß das Mädchen die leiseste Ahnung hat, was Alfred quält«, sagte Cyneburg zu ihrem Mann, als er ihr von Odos Empfehlung erzählte.

»Wenn das wahr ist, dann hat Alfred vielleicht recht«, sagte Ethelred ernst. »Vielleicht ist sie wirklich noch ein Kind.«

»Nein.« Cyneburg schüttelte den Kopf. »Sie liebt ihn. Das ist eindeutig. Sie ist nur noch nicht ... erweckt. Elswyth hatte eine sehr seltsame Erziehung, Ethelred. Alfred sagt, ihre Brüder haben sich um sie gekümmert und ihr zuviel Freiheit gelassen. Ihre Mutter hat sie völlig vernachlässigt. Das arme Kind. Kein Wunder, daß sie so ahnungslos ist. Ihr hat nie eine Frau den Weg gewiesen.«

»Ich glaube, Elswyth und ihre Mutter mochten sich nicht besonders«, sagte Ethelred.

Cyneburg seufzte bedauernd.

Ethelred lächelte. »Nicht alle Mütter sind so liebevoll wie du, meine Liebe. Und nicht alle Kinder so leicht zu lenken wie unsere.«

»Trotzdem«, sagte Cyneburg. «Alfred könnte sie lehren, ihn zu lieben, wenn er es nur versuchen würde.«

»Ich fürchte, Alfred kann im Moment nicht klar denken«, sagte Ethelred trocken. »Es ist unmöglich, mit ihm darüber zu diskutieren.«

»Dann muß man es mit Elswyth besprechen«, sagte Cyneburg.

Ethelred sah besorgt aus. »Ich weiß nicht ...«

»Fällt dir etwas Besseres ein?« Seine Frau starrte ihn leicht verärgert an. »Willst du ihn etwa nach Southampton schicken?«

»Nein.« Ethelred hatte einen entschlossenen Zug um den Mund. »Ich kann sein Seelenheil nicht aufs Spiel setzen.«

»Eben.« Cyneburgs hübsches Gesicht sah überraschend resolut aus. »Es wird Zeit, daß jemand mit Elswyth spricht. Und mir scheint«, schloß sie, »daß ich dieser Jemand bin.«

Bevor Cyneburg jedoch ihren Entschluß in die Tat umsetzen konnte, bekam Alfred wieder Kopfschmerzen. Es war genau am zwölften Tag nach Weihnachten, und nachdem Cyneburg dafür gesorgt hatte, daß Alfred gut mit kalten Tüchern versorgt war, ging sie ins Nebenzimmer, um mit seiner Frau zu sprechen.

Elswyth lief auf und ab wie ein eingesperrter Tiger; ihre Haut war vor Anspannung fast durchsichtig, ihre blauen Augen funkelten. »Was hat er?« fragte sie Cyneburg sofort, als sie Elswyths Gemach betrat. »Warum hat er so oft Kopfschmerzen? Ihr verheimlicht mir doch alle etwas. Ich weiß es einfach. Ist es sehr schlimm? Muß er sterben?«

Elswyth blieb vor Cyneburg stehen, ergriff ihren Arm und schüttelte ihn. Elswyths Stimme zitterte, als sie zornig rief: »*Sag es mir!*«

Cyneburg antwortete mit ruhiger Stimme: »So schlimm ist es nicht, Elswyth. Es ist nur, daß Alfred ein Mann ist. Und daß er diese Ehe nicht vollziehen kann, fordert jetzt seinen Tribut.«

Elswyth hob das Kinn, und ihre verengten, funkelnden Augen schienen sich zu weiten. Sie trat einen Schritt zurück. »Was meinst du damit?« fragte sie ehrlich verblüfft.

»Er hatte eine Geliebte, bevor er dich geheiratet hat«, sagte Cyneburg. »Er ist neunzehn Jahre alt, Elswyth, und kein Mönch. Ich finde, wenn du ihm keine richtige Ehefrau sein willst, solltest du ihn zurück zu Roswitha schicken.«

Es folgte ein verdutztes Schweigen. Dann sagte sie: »Roswitha?« Elswyth sah jetzt nicht mehr Cyneburg an, sondern starrte an ihr vorbei ins Leere. Plötzlich suchten ihre dunkelblauen Augen die helleren ihrer Schwägerin. »Diese Roswitha, wohnt sie in Southampton?« fragte Elswyth.

Cyneburg verbarg ihre Zufriedenheit. »Ja«, sagte sie ganz vorsichtig.

»Liebt Alfred sie?« Ihre Augen waren jetzt mitternachtsblau und funkelten aus gefährlich verengten Schlitzen mit langen Wimpern. Auf Elswyths schmaler, aristokratischer Nase bildete sich eine steile Falte. Cyneburg starrte sie furchtsam an und antwortete hastig: »Sicher nicht. Wenn er Roswitha lieben würde, hätte er dich nicht geheiratet.«

»Aber wenn es stimmt, was du sagst, warum hat er nicht mit mir darüber gesprochen?« Elswyth wandte ihr schönes, beunruhigend leidenschaftliches Gesicht ab und schritt wieder im Raum auf und ab. Cyneburg wartete. Schließlich wandte Elswyth sich wieder zu ihr und sagte: »Er ist doch wohl nicht so dumm, sich wegen einer solchen Lappalie krank zu machen!«

»Männer«, sagte Cyneburg weise, »können bemerkenswert dumm sein.«

»Alfred nicht«, antwortete sie prompt.

Cyneburg lächelte und stimmte zu: »Normalerweise nicht.«

Elswyth trat einen Schritt näher. »Du meinst also, er hat diese Kopfschmerzen, weil er mit mir ins Bett möchte?«

»Genau das meine ich.«

Elswyth stellte sich auf die Zehenspitzen, als ob soeben eine große Last von ihr genommen worden wäre. Sie streckte die Schultern. »Das Problem ist schnell gelöst«, sagte sie.

Cyneburg nickte und verschränkte die Arme. »Das dachte ich mir.«

Elswyth sah Cyneburg argwöhnisch an. »Wie sieht diese Roswitha aus?«

»Ich habe gehört, sie ist hübsch«, antwortete Cyneburg.

Elswyth entblößte ihre Zähne. »Ich werde ihn ihr niemals überlassen.«

Cyneburg starrte in das leidenschaftliche, schöne Gesicht. »Das dachte ich mir.« Sie ging zur Tür und legte die Hand auf die Klinke. »Nun, meine Liebe«, bemerkte sie. »Jetzt liegt es bei dir.«

Elswyth ging in Alfreds Gemach nebenan. Er lag mit einem Tuch auf der Stirn im Bett. Sie schlich sich heran und starrte auf ihn herab. Seine schmerzgetrübten Augen blickten zurück.

»Elswyth.« Er setzte sich auf, und sie hinderte ihn nicht daran. »Was tust du hier?« Seine Stimme klang wie immer in dieser Situation, so als bereite ihm das Sprechen große Mühe.

»Ich bin gekommen, um dir zu sagen, daß ich Roswitha umbringe, wenn du jemals wieder in ihre Nähe kommst«, sagte Elswyth.

Die schweren Augen, die vor Schmerz dunkler als gewöhnlich waren, starrten sie verdutzt an.

»Von jetzt an schläfst du in meinem Bett.« Sie starrte ihn an. Sie klang, als würde sie mit zusammengebissenen Zähnen sprechen. »Habe ich mich klar genug ausgedrückt?«

»Ich . . . Ja.«

»Gut«, sagte sie. »Du hast mich geheiratet. Jetzt wirst du mich nicht mehr los. Ich komme wieder, wenn es dir besser geht.« Sie wandte sich ab und verließ leise den Raum.

Schließlich kam er zu ihr. Der Schmerz verflog diesmal schneller, als er erwartet hatte. Elswyth hielt sich noch in ihrem Gemach auf und bürstete gerade einen Hund, als Alfred hereinkam. Als sich die Türklinke bewegte, wandte sie blitzartig den Kopf. »Alfred! Geht es dir besser?« Sie setzte den Hund auf den Boden und sprang auf.

»Ich bin völlig in Ordnung«, antwortete er.

Sie durchquerte den Raum und blieb vor ihm stehen. Ihre Augen sahen in sein Gesicht empor. Nur eine Lampe und das warme Kohlenbecken in der Ecke erhellten das Gemach. Im matten Licht konnte sie erkennen, daß er immer noch blaß aussah, und daß seine Augen schwer waren. Dann lächelte er.

Es ist gut, dachte sie. Alles wird gut werden. Und sie schob die Hände in seine und lächelte zurück.

»Hast du ernst gemeint, was du gesagt hast?« fragte er.

»Ja.« Die Schwere seiner Augen ist anders, dachte sie, und hat nichts mit den Kopfschmerzen zu tun. Er hob eine ihrer Hände, die sich so vertrauensvoll in seine geschmiegt hatten, hoch und betrachtete sie. Sein Lächeln verschwand, und sein Gesicht war jetzt sehr ernst. Vorsichtig verschränkte er ihre Finger mit den seinen. Dann hob er ihre Hand zum Mund.

Sie spürte seine Küsse auf jedem einzelnen Finger, und ihre Lippen öffneten sich. »Weißt du eigentlich . . .?« sagte er, und auch seine Stimme war schwer und so verändert. Sie klang heiser, überhaupt nicht so wie sonst. »Kannst du dir überhaupt vorstellen, wie sehr ich mich nach dir gesehnt habe?« Und er sah wieder in ihr Gesicht herab.

Sie schüttelte den Kopf. Seine Augen ließen ihre nicht los. Ganz tief in ihrem Gold hatte eine Flamme zu brennen begonnen. »Du hättest es mir sagen sollen«, flüsterte sie. »Ich hatte ja keine Ahnung.«

»Ich hatte es dir versprochen.« Er hob ihre andere Hand und küßte auch diese Finger. »Ich hatte versprochen zu warten.«

»Du hast gewartet«, sagte sie. »Jetzt hat das Warten ein Ende.«

Darauf zog er sie an sich. Sie schlang ihre Arme um seine Taille und legte die Wange an seine Schulter. Hier in seinen Armen bin ich sicher, dachte sie. So wunderbar, wunderbar sicher. Sie spürte, wie seine Lippen über ihr Haar streiften, über ihr Ohr, über ihre Wange. Sein weiches Leinenhemd war warm an ihrem Gesicht, und sie fühlte seine Rückenmuskeln unter ihren Händen. Sie seufzte.

»Elswyth.« Das Wort war ein Flüstern, eine Liebkosung. »Elswyth.« Er wiederholte es noch einmal, und ein wenig widerstrebend hob sie den Kopf von seiner Schulter und sah zu ihm empor.

Er war so schön. Sie liebte ihn so sehr. Sie hörte ihn etwas murmeln, und dann neigte sich sein Mund herab. Sanft berührte er ihren, und sie lehnte sich ihm mit zurückgelegtem Kopf entgegen. Ihr Haar löste sich langsam aus der Hochsteckfrisur. Sein Mund wurde härter, fordernder. Sie hätte sich nie träumen lassen, daß sich der Mund eines Mannes so anfühlen konnte.

»Liebste.« Er dirigierte sie zu dem Stuhl neben dem Kohlenbecken. Er setzte sich und zog sie wieder an sich; er hielt sie zwischen seinen Knien, als er sie küßte. Sie drängte sich gegen ihn, ihr warmer, junger Körper suchte seinen, und sie umschlang seinen Nacken. Die Holzkohle glühte warm in der kalten Januarluft. Der Hund, den sie gebürstet hatte, lag ausgestreckt auf den Binsen und wärmte sich am Kohlenbecken. Alfreds Finger strichen über ihren Rücken und ihre Schultern, während sein Mund sie das Küssen lehrte. Seine Hand glitt tiefer und streichelte ihre schlanke Taille. Sie fuhr wieder nach oben und umfaßte eine ihrer kleinen Brüste. Sie reagierte sofort auf seine Berührung und wölbte sich ihm entgegen.

Sie sank an ihn und nahm noch die Empfindungen wahr, die seine Berührungen in ihr weckten. Seine Finger glitten unter ihr

Kleid; dann spürte sie ihre Wärme auf der nackten Haut. Sie wimmerte vor Lust.

»Elswyth.« Seine Stimme war jetzt drängend vor Verlangen. »Elswyth, komm ins Bett.«

Ihre Lippen streiften unter seinem Kiefer entlang, wo noch ein Bart wachsen mußte. »Ja«, sagte sie. »Alfred, das ist wunderbar.«

Er lachte unsicher. »Elswyth ... Beim ersten Mal kann es weh tun.«

»Das macht mir nichts aus«, antwortete sie, und es war die Wahrheit.

Es war so wundervoll, ihn berühren zu können. Sie hatte ihn schon immer gern berührt, und jetzt konnte sie die Hände an dem glatten, goldenen Körper entlanggleiten lassen und die geschmeidigen, starken Muskeln fühlen. Es machte überhaupt nichts, daß es weh tat, als er in sie eindrang. Allein zu sehen, wieviel Freude sie ihm schenken konnte, flößte ihr Ehrfurcht ein.

»Ich liebe dich«, sagte er ihr ins Ohr. Sie preßte die Lippen auf den goldenen Kopf, der auf ihrer Brust ruhte. »Die Liebe zu dir hat mich verrückt gemacht.«

»Ich liebe dich auch«, antwortete sie, die Lippen noch in seinem Haar vergraben. »Das wußtest du doch sicher. Wieso hast du so lang gewartet?«

»Ich hatte es dir versprochen...« Sie spürte, wie seine Wimpern über die nackte Haut ihrer Brust strichen.

»Du hast mir einen solchen Schrecken eingejagt«, sagte sie. »Ich hatte Angst, du hättest etwas Schlimmes ... Immer diese Kopfschmerzen ... Du hättest es mir sagen sollen.«

»Mmm.« Er klang schläfrig. »Es scheint so.«

Sie wiegte ihn in den Armen. »Du bist müde«, sagte sie leise. »Schlaf ruhig.«

Er hob den Kopf und sah auf sie herab. Das Stirnband lag auf dem Boden, und sein Haar hing nach vorn und umrahmte sein Gesicht golden. »Geh nicht weg«, sagte er zärtlich.

Als sie ihn ansah, spürte sie einen Schmerz in ihrem Herzen. Wieso war ein so großes Glücksgefühl so schmerzhaft?« »Ich gehe nicht weg«, antwortete sie sanft.

14

ATHULF wollte unmittelbar nach Ostern heiraten. Deshalb reisten Elswyth und Alfred Ende März nach Mercien. Es war die Jahreszeit, in der die Felder bestellt wurden, und auf dem Weg sah Alfreds Gruppe immer wieder Ochsen, die mühevoll die Felder auf und ab gingen; die Bauern hinter ihnen lenkten die Pflüge, um die Erde für die Gersten-, Weizen- und Roggensaat vorzubereiten.

»März ist nicht gerade die beste Zeit für eine Hochzeit«, bemerkte Alfred zu Elswyth. Es war der zweite Tag ihrer Reise zum Gut Croxden in Mercien, und sie durchquerten gerade einen kleinen Waldfluß. Er hob seine Füße ein wenig, damit sie nicht naß wurden. Es stimmte, daß es im Frühling wenige Hochzeiten gab. Im Frühjahr waren Nahrung und Futter knapp. Dazu kam, daß die Kirche Hochzeiten während der Fastenzeit verbot. Im angelsächsischen England fanden Hochzeiten eher im Herbst als im Frühling statt.

»Athulf und Hild wollten ja schon im Oktober heiraten«, erklärte Elswyth, als Silken vorsichtig durch das kalte Wasser watete. Der kleine Grauschimmel bekam nicht gern nasse Füße. »Aber dann wurde ihr Vater krank. Es schien unpassend, eine Hochzeit zu feiern, während der Brautvater im Sterben liegt, deshalb haben sie gewartet. Er ist erst letzten Monat gestorben.«

Die Pferde hatten jetzt das Wasser durchquert und kletterten einen kleinen Hang hinauf. Als sie sich wieder auf dem Weg befanden, fragte Alfred nachdenklich: »Hilds Vater war Ealdorman von Hwicce, oder?«

»Ja.« Elswyth beugte sich nach vorne, um Silkens Mähne in Ordnung zu bringen. Wie zum Dank reckte er seinen scheckigen Hals.

»Was glaubst du, wer zum neuen Ealdorman ernannt wird, Elswyth?«

Elswyth, die amüsiert lächelte, streichelte den Hals des kleinen Grauschimmels. Dann wandte sie sich an ihren Mann. »Hild hat einen Bruder«, sagte sie. »Er ist noch jung, aber vielleicht wird er berufen. Diese Ehre gebührt schon seit Generationen dieser Familie, und wir in Mercien fühlen uns in solchen Sachen mehr der Familientradition verpflichtet als ihr in Wessex.«

»Ihr Bruder?« Alfred runzelte die Stirn und versuchte sich zu erinnern. »Ist er rothaarig?«

»Ja. Er heißt Ethelred. Ein guter Reiter.«

Alfred lachte. »Elswyth, du beurteilst jeden danach, wie gut er im Sattel sitzt.«

»Das System ist gar nicht so schlecht«, gab sie zurück. »Die Art, wie ein Mensch seine Tiere behandelt, sagt viel über seinen Charakter aus.«

»Das stimmt wahrscheinlich.« Sie ritten langsam den Weg entlang, und jetzt hielt Nugget an und rieb sich mit der Schnauze am Knie. Auch Silken blieb stehen und beobachtete den braunen Hengst interessiert. Alfred sagte: »Diesen Ethelred habe ich einmal in Nottingham getroffen, und er konnte es kaum erwarten, gegen die Dänen zu kämpfen. Wenn er wirklich an seines Vaters Stelle ernannt wird, sind das gute Neuigkeiten für Wessex.«

Elswyths zarte Lippen verzogen sich zu einem eindeutig zynischen Lächeln. »Wenn er so begierig darauf ist, gegen die Dänen zu kämpfen, wäre es besser, wenn er seinen Eifer für sich behält. Burgred ist bestimmt nicht auf der Suche nach einem Helden.«

Alfreds Gesicht sah wieder nachdenklich aus. Nugget hörte auf, sich zu kratzen, und ging weiter. »Das stimmt«, antwortete Alfred. Er fügte hinzu: »Glaubst du, daß Ethelred an dieser Hochzeit teilnimmt?«

»Er ist Hilds ältester Bruder. Ich wäre überrascht, wenn er nicht käme.«

»Gut. Dann kann ich mit ihm reden.«

Darüber grinste Elswyth. »Du meinst wohl, du kannst ihm raten, den Mund zu halten«, sagte sie.

Er lachte ein wenig und gab zu: »Ich bin immer auf der Suche nach Verbündeten.«

Sie ritten jetzt durch tiefere Wälder. Der Weg war schmaler geworden, so daß sie hintereinander reiten mußten. Elswyth ritt vor Alfred her, weil Silken gekränkt war, wenn er hinten gehen mußte. Plötzlich raschelte es in den Bäumen zu ihrer Rechten; dann hörte man den Schrei eines Tieres. Silken machten einen Satz, bockte und ging durch. Nugget wollte ihm folgen, doch Alfred zügelte den Hengst mit harter Hand. Es würde Silken nur noch mehr anspornen, wenn ein anderes Pferd ihm auf den Fersen wäre. Elswyth verschwand zwischen den Bäumen. Alfred schrie Brand über die Schulter zu, er sollte mit den anderen Schritt gehen, und zwang sein Pferd zu traben, obwohl es eine schnellere Gangart bevorzugt hätte. Es dauerte nicht lang, und er erblickte seine Frau, die ihm mit dem kleinen Grauschimmel gelassen entgegenkam. Sein grimmiges Gesicht hellte sich auf, und er hielt sein aufgeregtes Pferd an.

»Hat es Spaß gemacht?« fragte er sie, als sie sich auf dem Waldweg gegenüberstanden. Der Rest der Gruppe war noch weit entfernt, und sie hatten einen Augenblick für sich allein.

Sie lachte. Ihre Wangen waren gerötet, und die Augen leuchteten blau wie Saphire. »Er hatte keine richtige Angst. Es war nur ein guter Vorwand durchzugehen.«

Er nickte. »Das dachte ich mir. Wir sollten einen Moment auf die anderen warten.«

Sie wendete Silken und, da der Weg hier breiter war, stellte Alfred sich neben sie. Die Pferde standen still, Silken sehr selbstzufrieden und Nugget resigniert darüber, daß er den Händen gehorchen mußte, die seine Zügel hielten. Ganz plötzlich beugte Elswyth sich herüber und ergriff eine von Alfreds dünnen, überraschend starken Händen. Sie neigte den Kopf, küßte die langen Finger, und legte die Hand wieder zurück. Fragend hob Alfred eine Augenbraue: »Wofür war das denn?«

»Ich kenne keinen anderen Mann, der mir zugetraut hätte, daß ich mein Pferd unter Kontrolle habe«, sagte sie. »Selbst Athulf wäre hinter mir hergaloppiert.«

»Ein Pferd direkt auf seinen Fersen hätte Silken erst recht erschreckt«, gab Alfred ruhig zurück.

»Ich weiß.« Sie lächelte ihn an. Es war ein schwaches, jedoch sehr vertrautes Lächeln.

»Du reitest besser als ich«, fügte er hinzu.

»Alfred«, sagte sie, »ich vergöttere dich.«

Er grinste. »Erzähl mir das noch einmal heute abend.«

»Ich glaube, wir übernachten heute in einer Abtei in der Nähe von Bordesley«, antwortete sie bedauernd. »Ich nehme an, ich werde dich gar nicht sehen.«

Urplötzlich war seine gute Laune verschwunden. »Gibt es dort kein Gästehaus?«

»Sie haben ein Haus für die Frauen. Die Männer werden bei den Mönchen untergebracht.«

Er machte eine halblaute Bemerkung. Dann sah er beschämt aus. »Die braven Mönche haben Gott ein ganzes Leben in Enthaltsamkeit gelobt. Ich denke, dann sollte ich ihm wenigstens die eine Nacht gönnen.«

»Morgen sind wir auf Croxden«, sagte sie. »Dort werden wir zusammen untergebracht.«

Sie vernahmen das Geräusch von Pferdehufen und das Klirren von Zaumzeug, und dann erschien ihre Eskorte auf dem schmalen Weg zwischen den Bäumen und schloß sich ihnen an. Alfred und Elswyth ritten in gemäßigtem Tempo weiter und unterhielten sich über unpersönliche Dinge.

Es war keine große Festgesellschaft, die auf Croxden zusammengekommen war, um die Hochzeit von Athulf, Ealdorman von Gaini, und Hild, Tochter des Ealdorman von Hwicce, zu feiern. Wie Alfred bemerkt hatte, war es im Frühjahr schwierig, eine große Anzahl von Gästen und Pferden zu verpflegen. Das kürzliche Ableben des Brautvaters bot eine gute Entschuldigung für eine kleine Feier.

Natürlich war Eadburgh anwesend, außerdem Ceolwulf, Hilds Mutter und ihre Brüder Ethelred und Aelfric.

Ethelred erinnerte sich gut an Alfred und konnte es kaum erwarten, den westsächsischen Prinzen wiederzusehen. Die Ereignisse seit dem Abzug der Dänen aus Nottingham hatten Ethelred nur in dem Glauben bestätigt, daß es falsch von Burgred gewesen war, den Feind entkommen zu lassen. Ethelred wollte alles über Alfreds Zukunftspläne erfahren. Der mercische Adel, Athulf eingeschlossen, schien in Lethargie verfallen zu sein.

Ethelred, der nach ihnen Ausschau gehalten hatte, erblickte

die Gruppe aus Wessex als erster, als sie durch die Tore von Gut Croxden kam. Er stand auf den Stufen des Gästesaals, wo er untergebracht war, und beobachtete, wie Alfred sich aus dem Sattel schwang. Ethelred hatte seit dem letzten Jahr in Nottingham eine Art Heldenverehrung für Alfred entwickelt, und jetzt erkannte er die mühelose Grazie wieder, die ihn so sehr beeindruckt hatte, und die er seitdem vergeblich nachzuahmen versucht hatte. Ethelred war nicht mager und geschmeidig wie eine Katze, und er hatte sich den ganzen Winter über seinen stämmigen Körper und seine kurzen Beine gegrämt.

Die Sonne fiel auf Alfreds grünes Stirnband, und sein goldenes Haar reflektierte die Lichtstrahlen. Er übergab sein Pferd einem Stallburschen und wandte sich an seine Frau. Auch Ethelred sah das Mädchen auf dem kleinen grauen Wallach an, und seine Augen öffneten sich weit.

Das konnte doch nicht Elswyth sein, dachte er verwirrt. Das Haar hatte zwar die richtige Farbe, und das Pferd gehörte auch ihr, aber ...

Die westsächsischen Thane aus Alfreds Eskorte stiegen ab, und jetzt sah Ethelred den Verwalter von Croxden die Treppe des großen Saales herabkommen, um die Neuankömmlinge zu begrüßen. »Mylady!« rief er aus, und Ethelred konnte die Freude in seiner Stimme deutlich heraushören. »Willkommen daheim!«

Alfred lachte, als er das schlanke, schwarzhaarige Mädchen aus dem Sattel hob. Dann sagte sie zum Verwalter, der nun vor ihr stand: »Vielen Dank, Offa. Ich freue mich auch, Euch zu sehen.«

Ethelred erkannte sie an der Stimme. Diese dunkle, fast rauhe, langgezogene Stimme war unverwechselbar.

Der Verwalter geleitete den Prinzen und seine Frau über den Hof, und Ethelred trat hastig aus dem Schatten der Tür zum Gästesaal.

»Willkommen auf Croxden, Mylord«, sagte er, als er Alfred kurz vor der Treppe zum großen Saal einholte. Der Prinz blieb stehen und sah ihn an. Ethelred behielt seinen ernsten Gesichtsausdruck bei und hoffte verzweifelt, daß Alfred sich an ihn erinnern würde. »Ich habe mich darauf gefreut, Euch wiederzusehen«, fügte er hinzu.

Die goldenen Augen des Prinzen, deren Farbe Ethelred noch bei keinem anderen Menschen gesehen hatte, leuchteten vor Freude.

Ethelred spürte, wie ihm die Röte ins Gesicht schoß. Er haßte es, daß seine helle Haut jede Gefühlsänderung verriet. Er wünschte, seine Haut würde braun werden, wie ...

»Sei gegrüßt, Ethelred«, sagte Alfreds Frau. »Wie lang bist du schon hier?«

Ethelred vergaß seine Verlegenheit und starrte das schöne Mädchen an, das überraschenderweise wirklich Elswyth war. Er kannte Elswyth schon seit Jahren, seit der Verlobung seiner Schwester mit ihrem Bruder vor vier Jahren. Sie waren gleichaltrig und hatten sich immer gut verstanden, wenn seine Familie Croxden besucht hatte. Sie hatten gemeinsam gejagt, und er hatte sie für mutiger gehalten als die meisten Jungen, die er kannte; aber ihm war nie aufgefallen, daß sie hübsch war. Er war sehr überrascht gewesen, als er erfahren hatte, daß sie Alfred heiraten würde. Er konnte sich nicht vorstellen, daß der Wildfang Elswyth irgendjemanden heiraten würde, schon gar nicht seinen heimlichen Helden.

Deshalb blickte er nun leicht verwirrt auf das feinknochige Gesicht des schönen Mädchens mit den blauen Augen, das Elswyth war. Es lag an den Haaren, dachte er. Ohne die ewigen geflochtenen Zöpfe sah sie völlig verändert aus. Er war noch zu jung, seine Gedanken für sich zu behalten, deshalb platzte er heraus: »Du siehst so anders aus, Elswyth!«

Sie grinste, und einen Augenblick lang war sie wieder der Lausbub, den er kannte. »Das liegt an der Frisur«, sagte sie. »Aber du bist ganz der alte, Ethelred. Ich bin froh, daß du hier bist. Wird Burgred dich zum Nachfolger deines Vaters als Ealdorman ernennen?«

»Es geht doch nichts über Direktheit«, murmelte Alfred, als sie langsam auf die Treppe zugingen.

»Ich hoffe es«, antwortete Ethelred. »Ich habe zwar einen Onkel, aber er ist nicht gesund. Meine Mutter hat mit der

Königin gesprochen, und sie glaubt, daß ich ernannt werde. Athulf wird sich auch für mich einsetzen.« Er sah Alfred an. »Ich werde nach der Hochzeit mit dem König sprechen.«

»Ah«, sagte Elswyth und blickte Alfred an.

Seine Lippen zuckten. »Du und ich müssen uns einmal unterhalten, Ethelred«, sagte er. »Ich würde es sehr begrüßen, wenn du Ealdorman würdest. Ich denke, wir beide haben viel gemeinsam.«

Ethelreds mandelförmige Augen leuchteten sehr grün. »Ja, Mylord.«

Plötzlich veränderte sich Elswyths Gesicht. Ethelred blickte in dieselbe Richtung wie sie und sah, daß Eadburgh aus der Tür des Saales getreten war und sie oben auf der Treppe erwartete. Sie hielten auf der Stufe unter ihr inne, und ihre Gastgeberin sagte mit königlicher Gelassenheit zu Elswyth: »Willkommen auf Croxden, Tochter.« Dann sah Eadburgh Alfred an, und jetzt lächelte sie freundlich: »Auch Euch ein Willkommen, Prinz.«

»Danke, Mylady«, antwortete Alfred mit seiner abgehackten westsächsischen Sprechweise. Ethelred sah, wie er seiner Frau beiläufig die Hand auf die Schulter legte. »Wir freuen uns, hier zu sein und Athulfs Hochzeit mit Euch zu feiern.«

Eadburgh blickte wieder ihre Tochter an. »Du siehst sehr gut aus, Elswyth. Es freut mich, daß du zur Abwechslung anständig angezogen bist.«

Nur Ethelred sah, wie Alfreds Griff auf der Schulter seiner Frau sich verstärkte. Einen Augenblick herrschte Schweigen; dann sagte Elswyth mit einer süßen, rauhen Stimme, die alle erstaunt aufblicken ließ: »Danke, Mutter. Ich bin auch erfreut, Euch zu sehen.«

Eadburgh sah verblüfft aus. Es folgte ein kurzes Schweigen. Dann sagte sie: »Warum stehen wir hier auf der Treppe herum? Nimm deinen Mann mit in den großen Saal, Elswyth.«

Alfred schenkte seiner Schwiegermutter ein charmantes Lächeln. »Elswyth ist müde, Mylady. Könntet Ihr uns stattdessen zeigen, wo wir untergebracht sind?«

»Natürlich.« Eadburgh wandte sich an Elswyth. »Ich habe euch dein altes Zimmer im Damengemach gegeben.«

»Oh, gut.« Ihre Tochter hob das strahlende Gesicht zu ihrem Mann empor. »Mein altes Zimmer«, sagte sie.

»Je älter und vertrauter es ist, desto besser gefällt es Elswyth«, bemerkte Alfred zu Ethelred, als er das Gesicht des Jungen sah. »Ich tröste mich damit, daß sie mich sehr mögen wird, wenn ich erst ein alter Opa bin.«

Elswyth lachte vergnügt in sich hinein, ein tiefer, dunkler herrlicher Laut. »Komm mit«, sagte sie. »Ich zeige dir den Weg. Offa kümmert sich schon um unsere Thane.«

Schweigend stand Ethelred oben auf der Treppe und beobachtete Alfred und seine schwarzhaarige Frau, die den Hof wieder überquerten und zu dem kleinen Saal gingen, wo das Gemach des Mädchens war. Elswyth redete auf Alfred ein, sah zu ihm auf, und dann legte sie ihm den Arm um die Taille und lehnte sich an ihn. Auf diese Weise umschlungen, verschwanden sie im Damengemach.

»Nun ja«, sagte Eadburgh. Ethelred wandte sich um und sah, daß er nicht der einzige Beobachter war. Neben ihm standen Eadburgh und Offa. Eadburgh sah schockiert aus; Offa hocherfreut. »Dieses Mädchen weiß einfach nicht, was sich gehört«, sagte Elswyths Mutter und preßte die Lippen zusammen.

»Lord Athulf hat sein Bestes gegeben, Mylady«, antwortete Offa unschuldig. »Aber ihm fehlte einfach die Hand einer Frau.«

Eadburgh warf dem Verwalter einen bitterbösen Blick zu, wandte sich ab und ging davon.

Nach einer Woche streng reglementierter Gebete und noch strenger reglementierter Mahlzeiten befreite Ostern die Menschen von der Kasteiung der Fastenzeit. Drei Tage nach Ostern traute der Hausgeistliche Athulf und Hild. Dem Hochzeitsbankett saßen Eadburgh und Hilds Mutter, die gerade Witwe geworden war, vor, und die Stimmung war nicht gerade überschäumend. Athulf nahm seine Frischangetraute früh mit zu Bett, und der Rest der Gesellschaft löste sich offensichtlich erleichtert auf.

»Glückspilz«, bemerkte Ceolwulf trübsinnig zu Alfred, als die beiden von der bescheidenen Bettzeremonie für die Neuverheirateten zurückkehrten. »Ihr ebenso, Prinz. Ich bin der einzige, der sich in ein einsames Bett zurückziehen muß.«

Alfred lächelte ihn an. Dieser Bruder von Elswyth war genauso alt wie er und sehr gutaussehend. Alfred mochte ihn. »Du solltest heiraten, Ceolwulf.«

»Ich will eigentlich gar nicht heiraten«, gab Ceolwulf zurück. »Ich will nur meiner Mutter entkommen.« Er warf Alfred einen gewollt komischen Blick zu. »Kannst du dir vorstellen, wie trostlos das Leben auf Croxden geworden ist, seit Elswyth weg ist? Im letzten Jahr war es schon schlimm genug, als Elswyth und meine Mutter sich ständig bekriegt haben, aber jetzt ist es noch schlimmer.«

»Wieso?« fragte Alfred abwesend. Seine Gedanken waren bei Elswyth im Bett, nicht bei Ceolwulfs Sorgen.

»Ich glaube, keinem von uns war bewußt, wie wichtig Elswyth für dieses Gut war«, antwortete Ceolwulf. Seine Stimme klang verwirrt. »Es sah nie so aus, als würde sie irgend etwas tun!« Alfred grinste, und Ceolwulf fuhr fort. »Meine Mutter ist zwar bestimmt die gewissenhafteste Gutsherrin. Sie überwacht die Arbeit in der Bäckerei, in der Weberei, in der Färberei und in den Küchen. Trotzdem schien unter Elswyth alles besser zu funktionieren.« Es folgte eine Pause; dann zogen sich Ceolwulfs Augenbrauen zusammen. Er korrigierte sich: »Nein, vielleicht nicht besser. Alle waren glücklicher. Die Dienerschaft war glücklicher, und alle gehorchten bereitwilliger. Jetzt scheint es nur noch Streit zu geben.«

»Das liegt daran, daß für Elswyth alle Leute auf dem Gut Individuen sind«, antwortete Alfred. Sein Lächeln war verschwunden; er war nun völlig ernst. »Wir anderen sehen nur den Stallburschen, den Imker und die Gänsemagd. Elswyth sieht Oswald, Wulfstan und Ebbe. Frei oder unfrei, das ist ihr gleichgültig. Alle sind Individuen. Und das wissen sie. Deshalb lieben sie sie und würden alles für sie tun. Schon in den wenigen Monaten, die sie auf meinen Gütern Wantage und Lambourn verbracht hat, konnte man das feststellen. Diese Fähigkeit, den Menschen zu sehen, und nicht nur den Rang, ist ihre große Gabe.«

Ceolwulf sah seinen Schwager an; seine grauen Augen waren ein wenig erstaunt. Dann zuckte er mit den Schultern und fand seine eigene Antwort. »Sie war schon immer ein willensstarkes Balg. Seit sie fünf war, hat sie bei Athulf und mir immer ihren Willen durchgesetzt.« Er lächelte schief. »Bei mir war das vielleicht nicht besonders schwer, aber bei Athulf ist das etwas anderes. Trotzdem konnte er sich selten gegen sie behaupten. Ich glaube, die Leute auf dem Gut empfanden das genauso.«

Alfred grinste wieder. »Sehr wahrscheinlich.«

Sie hatten die Tür des kleinen Saals erreicht, wo Ceolwulf untergebracht war. Er seufzte noch einmal. »Nun, Prinz, ich wünsche Euch eine gute Nacht.«

Alfred antwortete freundlich und ging zum Damengemach. Die Bänke im kleinen Saal waren leer, da die Mägde in der Dachstube schliefen. Unter Elswyths Schlafzimmertür schimmerte Licht, und Alfred eilte mit ein paar großen Schritten zu seiner Frau.

Sie saß mit gekreuzten Beinen auf dem Bett. Über ihr dünnes Leinenunterhemd hatte sie eine Decke gezogen, und ihr langes Haar war im Nacken mit einem bestickten Band zusammengebunden. Auf dem Nachttisch brannte eine Öllampe, und sie spielte auf der Bettdecke ein Würfelspiel. Als er eintrat, sah sie auf, lächelte und bemerkte: »Was für eine traurige Hochzeit. Armer Athulf. Ich wette mit dir, daß sich seine Wege demnächst nur noch selten mit denen meiner Mutter kreuzen werden.«

»Deine Mutter ist nicht gerade ein lustiger Mensch«, stimmte Alfred zu. Er schnallte seinen Gürtel auf und zog sich die Tunika über den Kopf. Elswyth sammelte die Würfel ein, legte sie auf den Tisch, lehnte sich in die Kissen zurück und beobachtete ihn. »Ich glaube, ich sollte mit Ethelred nach Tamworth reiten«, sagte er.

»Meinst du?« antwortete sie fast träge.

»Ja.« Er ging zum Bett und setzte sich, um sich der weichen Lederschuhe zu entledigen. Sie legte die Hand auf seinen warmen, glatten Rücken. Sie spürte, wie seine Muskeln sich anspannten, als er die Schuhe unters Bett schob. »Es ist wichtig, daß Wessex und Mercien weiterhin zusammenhalten.« Er richtete sich auf, wandte sich um und blickte auf sie hinab. »Mir ist noch etwas anderes eingefallen. Wie wäre es, wenn wir für Ceolwulf eine westsächsische Braut suchen würden? Wenn Ethelred zum Ealdorman ernannt wird, und Ceolwulf sich durch seine Ehe mit Wessex verbunden fühlt, haben wir zwei Mercier mehr, die uns beistehen.«

»Hmm.« Sie sah ihn nachdenklich an. »Das könnten wir tun. Aber ich würde dir raten, nicht zuviel von Ceolwulf zu erwarten. Er ist mein Bruder, und ich mag ihn, aber Ceolwulf wird immer den Weg des geringsten Widerstandes gehen.« Sie zuckte mit den Schultern. In ihren Augen lagen Mitleid und leichte Verachtung. »Er kann nichts dafür. Es liegt in seiner Natur.«

»Trotzdem«, sagte Alfred. »Wir müssen eben nur unseren Weg zu dem des geringsten Widerstands machen.«

Wieder zuckte sie mit den Schultern. »Es ist auf alle Fälle einen Versuch wert.«

»Wir müssen ihm ein nettes, fügsames Mädchen suchen, das ihm seine Ruhe läßt«, sagte Alfred. Seine Augen lachten jetzt. »Jemanden wie dich.«

»Richtig.« Sie lächelte ihn süß an. »Ceolwulf und ich sind immer gut miteinander ausgekommen.«

»Weil du ihn vollkommen eingeschüchtert hast«, gab ihr Mann zurück. Er löste ihr Haarband und sah zu, wie ihr die glänzende, blauschwarze Masse wie ein Seidenumhang über die Schultern fiel. »Der arme Mann! Nach dir und deiner Mutter wird ihm ein gutmütiges, westsächsisches Mädchen wie ein Engel vorkommen.«

Elswyths blaue Augen blitzten. Sie setzte sich so gerade auf wie ein Speer. »Vergleiche mich nicht mit meiner Mutter! Wir sind uns überhaupt nicht ähnlich.«

»Ihr habt beide einen eisernen Willen.« Er drückte sie zurück in die Kissen und streckte sich neben ihr aus.

Sie versuchte, sich ihm zu entziehen. »Alfred, nimm das zurück! Ich bin nicht wie meine Mutter.«

Er griff in ihr Haar und hielt sie fest. »Du bist nicht wie deine Mutter«, wiederholte er und imitierte ihre mercische, langgezogene Sprechweise.

Sie mußte gegen ihren Willen lachen und gab vor, ihn wegzustoßen. »Wenn ich so eine Furie bin, dann wirst du ja wohl kaum mit mir schlafen wollen.«

»Aber so eine schöne Furie«, murmelte er und legte sein Bein über ihre Beine, um sie niederzuhalten. Sie lag jetzt unter ihm, ihr Haar ausgebreitet wie ein schwarzer Heiligenschein.

Er merkte, daß sie sich fragte, ob sie stark genug war, ihn wegzustoßen. Er ließ es sie versuchen. Als sie wieder zurück in die Kissen fiel, war sie ein wenig außer Atem. »Und ein gutmütiges, westsächsisches Mädchen wäre mir viel zu langweilig.«

»Du bist ein Teufel«, sagte sie. Doch das Gerangel hatte sie erhitzt; das konnte er am Glanz ihrer Augen erkennen.

»Elswyth«, sagte er. Der neckende Ton war aus seiner Stimme verschwunden. »Gütiger Gott, Elswyth.« Und er preßte seinen Mund auf ihren.

Sofort umschlang sie ihn und zog ihn an sich. »Ich liebe dich«, sagte sie nach einer Weile. Die rauhe Stimme war nahe an seinem Ohr. Er schob ihr Unterhemd hoch, und sie ließ die Hände über seinen glatten, nackten Oberkörper gleiten. Er berührte sie, und sie erschauderte.

Athulf und seine junge Braut schliefen in dieser Nacht lange vor Alfred und Elswyth.

15

ALFRED und Elswyth kehrten Ende April nach Wessex zurück. Alfred war sehr zufrieden, daß Ethelred zum neuen Ealdorman von Hwicce ernannt worden war. Die Dänen blieben in York. Alfred trieb die Naturalrente ein, es wurde gesät. Lämmer, Ferkel und Kälber kamen zur Welt. Im Juni wurden die Schafe geschoren. Die Wolle wurde in den Ställen gesammelt und später von den Frauen gekämmt und gesponnen. Zäune wurden gebaut und repariert, und neue Fischwehre errichtet. Dann kam der Sommer.

In einer hellen Sommernacht im Spätjuli stand Elswyth auf

Wantage vor der Tür und atmete die kühle Abendluft ein. Es war ein heißer Tag gewesen, und die Hitze hing noch im Saal. Der Hof war verlassen, doch von der anderen Seite des Staketenzauns schallten Musik und Gelächter herüber. Die Leute auf dem Gut feierten an diesem Abend das Ende der Heuernte.

Alfred war in dieser Woche nicht auf Wantage. Er war für seinen Bruder geschäftlich nach Mercien geritten. Elswyth war im vierten Monat schwanger. In den ersten paar Monaten war ihr jeden Morgen schlecht gewesen, doch jetzt fühlte sie sich besser. Sie hatte beschlossen, auf den langen Ritt nach Tamworth zu verzichten und lieber auf Wantage zu bleiben, um mit ihrem Fohlen zu arbeiten, solange sie noch reiten konnte.

Ethelred hatte Alfred nach Mercien geschickt, weil Burgred ihn benachrichtigt hatte, daß die Dänen sich bereit machten, York zu verlassen. Das ganze letzte Jahr über hatten die Mercier York bewacht, und jetzt trat ein, was alle befürchtet hatten. Die dänische Armee hatte sich schon länger im Norden aufgehalten, als irgendjemand zu hoffen gewagt hatte; in den letzten sechs Monaten mußten sie das Land kahl gegessen haben.

Elswyth kreuzte die Arme vor der Brust und erschauderte ein wenig in der kühlen Nachtluft. Sie war in den letzten sechs Monaten so glücklich mit Alfred gewesen. Sie hatte sich der Freude des Augenblicks hingegeben und sich ihr Glück nicht durch Zukunftsängste verderben lassen. Die Fähigkeit, in der Gegenwart zu leben, hatte sie aus ihrer Kindheit herübergerettet.

Aber nun war der Frieden vorüber. Das ahnte sie in dieser Nacht, als sie allein auf ihrem sicheren Hof stand und der Fröhlichkeit der Gutsbewohner lauschte, die von der sanften Sommerluft herübergetragen wurde. Die Dänen brachen wieder auf. Wohin würden sie jetzt marschieren?

Als Elswyth zurück in den Saal ging, um ihr einsames Bett aufzusuchen, spielte die Musik noch immer. Sie schlief erst ein, lange nachdem der letzte Feiernde ins Bett gefallen war.

Im August kam die dänische Armee in Horden die alte römische Straße herab, die direkt von York nach Fen Country, das Sumpfland Ostangliens mit seinen vielen Klöstern, führte. Die

Klöster, seit der Zeit des Heiligen Guthlac Zentren der Zivilisation, waren ein gefundenes Fressen für eine Wikingerarmee, die im letzten Jahr in York magere Zeiten erlebt hatte.

Elswyths Bruder Ceolwulf überbrachte Alfred die Nachricht vom dänischen Einfall in Ostanglien. Et war von Burgred als Bote entsandt worden und ohne Unterbrechung von Tamworth nach Lambourn geritten, wo Alfred und Elswyth sich zu dieser Jahreszeit aufhielten. Er suchte zuerst Alfred auf, weil Ethelred, der König von Wessex, weiter südöstlich in Sussex weilte.

»Das gesamte Fen Country steht in Flammen«, sagte Ceolwulf, als er mit seiner Schwester und ihrem Mann auf Lambourn im Saal saß. Ceolwulf aß, während er sprach, weil er auf seinem Ritt nach Süden kaum Rast gemacht hatte. »Bauernhöfe, Landgüter, Klöster – alles, was auf der Marschroute der Heiden liegt, geht in Rauch auf.«

»Welche Klöster?« fragte Alfred bedrückt.

»Crowland zum Beispiel.« Ceolwulf schluckte den Schinken in seinem Mund herunter. »Einer ihrer Novizen, ein Junge, der Halbmercier ist, ist der Hölle entkommen und hat es bis Tamworth geschafft. Die Geschichte von Crowland ist nur ein Beispiel dafür, was überall in Ostanglien geschieht.«

»Was ist im Kloster Crowland passiert?« fragte Elswyth.

Ceolwulf legte das Messer nieder. Seine grauen Augen waren sehr finster. Er sagte: »Es ist eine häßliche Geschichte, Schwester.« Als niemand sprach, fügte er hinzu: »Nach dem, was uns der Junge erzählt hat, waren sie früh genug vorgewarnt, daß die Dänen kommen. Sie konnten nämlich die Brände in den umliegenden Städten sehen.« Alfred und Elswyth verstanden und nickten. Ceolwulf spielte mit dem Messer. »Der Abt und die Mönche haben zuerst die meisten Schätze vergraben – die geweihten Gefäße und das Gold.« Ceolwulf drehte das Messer immer wieder in seinen Fingern. »Dann hat der Abt eine Messe für alle Klosterbewohner abgehalten. Sie waren noch in der Kirche, als die Dänen durch die Klostertore brachen. Die meisten Mönche versuchten sich zu verstecken, aber die Heiden haben sie durch das Labyrinth der Klostergebäude gejagt. Sie haben sie in die Enge getrieben und umgebracht.«

Es herrschte Schweigen, als Ceolwulf das Messer niederlegte und aufschaute. Sein attraktives Gesicht war sehr blaß. »Der Junge war mit dem Abt in der Kirche geblieben. Sie waren beide in der Sakristei, der Abt noch in seinen heiligen Gewändern, als die Höllenhunde in die Kirche einbrachen und den Geistlichen niederstachen.« Er sah seinen Schwager an. »In seiner eigenen Kirche, Alfred! Fast vor seinem eigenen Altar!«

Alfred war leichenblaß. Nur seine Augen brannten golden. »Erzähl weiter«, sagte er zu Ceolwulf.

»Sie haben alle umgebracht außer diesem einen Jungen. Als sie das Gold nicht finden konnten, waren sie so erzürnt, daß sie die Leichen auf einen Haufen geworfen und zusammen mit der Kirche und allen Gebäuden angezündet haben.«

»Möge Gott ihre Seelen verdammen«, sagte Alfred gepreßt.

»Warum haben sie den Jungen verschont?« erkundigte sich Elswyth.

Ceolwulf lächelte schief. »Wegen seiner Schönheit. Und er ist wirklich schön, meine Liebe. Große Augen, zarter Körperbau. Das war sein Glück.«

»Wo, in Gottes Namen, ist Edmund?« fragte Alfred mit zusammengebissenen Zähnen. »England kann es sich nicht leisten, Bildungszentren wie Crowland zu verlieren!«

»Sie beschränken sich nicht auf Crowland«, gab Ceolwulf zurück. »Nach dem, was der Junge gesagt hat, sind die Dänen weiter nach Medeshamsted gezogen.«

»Und von dort nach Bardeney und weiter nach Ely.« Alfreds funkelnde Augen waren nur noch Schlitze, ganz wie bei einem Falken. »Ceolwulf, *wo* ist der ostanglische König?«

Ceolwulf konnte ihm nicht in die Augen sehen. Er blickte auf seinen Bierkelch. »Ich weiß nicht.« Er nahm einen Schluck. »Aber er hat mit den Dänen Frieden geschlossen, als sie zum ersten Mal in Ostanglien gelandet sind. Vielleicht kann er das wieder tun.«

»*Frieden schließen?*«

Ceolwulf zuckte zusammen.

»Du mußt verrückt sein«, sagte Elswyth ungläubig. »Wie kann man mit solchen Menschen Frieden schließen?«

»Burgred hat es getan«, sagte Ceolwulf. »Du warst dabei, Alfred –«

»Ich war dabei und fand es falsch. Aber die Dänen haben nicht halb Mercien abgebrannt, bevor Burgred einem Frieden zugestimmt hat!«

»Manchmal«, sagte Ceolwulf dickköpfig, »ist es besser, Frieden zu schließen und zu nehmen, was man kriegen kann, als zu kämpfen und alles aufs Spiel zu setzen.«

»Da stimme ich dir nicht zu«, sagte Alfred. Seine Stimme war wie Eis.

Ceolwulf fuhr sich mit der Hand durch das hellbraune Haar. »Edmund ist noch jung –« begann er.

»Dann sollte er etwas Feuer im Leib haben.« Nach seinen feurigen Augen zu urteilen, war in Alfreds Leib genug davon. »Ich werde mit dir nach Sussex reiten«, informierte er seinen Schwager. Dann sagte er zu Elswyth: »Ceolwulf und ich brechen morgen bei Sonnenaufgang auf. Ich gehe jetzt und erteile Befehle für Thane und Pferde.«

»In Ordnung«, antwortete sie und schaffte es, nicht um die Erlaubnis zu bitten, mitkommen zu dürfen. Alfred würde schnell reiten, und in ihrem jetzigen Zustand würde sie ihn nur behindern. Sie sah, wie ihr Mann den Saal verließ, und erkannte an seinem Gang, daß er wütend war. Langsam wandte sie sich wieder ihrem Bruder zu. An seinen grauen Augen, die sich von der Tür abwandten, sah sie, daß er verletzt war.

Armer Ceolwulf, dachte Elswyth mit der vertrauten Mischung aus Mitleid und Verachtung. Immer der Friedensstifter. Leider war die Zeit der Friedensstifter schon lange vorbei.

Ceolwulf erwiderte ihren Blick. »Das sind keine einfachen Plünderer, Elswyth«, sagte er ganz ruhig. »Das ist eine Armee von siebentausend Mann. Eine berittene Armee. Eine Armee, die keine Felder bestellen oder Schweine hüten oder Bäume fällen muß. Eine heidnische Armee ohne christliche Skrupel oder Rücksichtnahme. Wir können nicht gegen sie bestehen. So einfach und so schrecklich ist das.«

Ceolwulf, der Friedensstifter, dachte sie wieder. Aber Ceolwulf war nicht dumm. Alfred hatte schon oft ähnliche Argumente vorgebracht. Der Unterschied zwischen den beiden Männern war, daß Alfred nach einem Weg suchte, um die Vorteile der Dänen außer Kraft zu setzen, während Ceolwulf einfach aufgab. Doch sie mochte Ceolwulf, der immer gütig zu ihr gewesen war. »Was sagt Athulf dazu?« fragte sie.

Er zuckte mit den Schultern. »Athulf hat ein Kämpferherz. Aber auch er sieht den Tatsachen ins Auge.«

»Wir hätten in Nottingham gegen sie kämpfen sollen! Damals hatten wir sie.«

»Hast du ihre Schwerter gesehen?« fragte Ceolwulf. »Ich habe im Winter eins bekommen. Diese Waffen sind viel effizienter als unsere, Elswyth. Stärker und leichter zu handhaben.«

»Du mußt es Alfred zeigen«, sagte Elswyth sofort. »Vielleicht kann er es kopieren lassen.«

»Wenn Alfred denkt, er kann gegen die Dänen kämpfen, irrt er sich«, sagte Ceolwulf.

Doch Elswyth ließ niemals Kritik an Alfred zu. »Du gibst dich geschlagen, bevor du überhaupt gekämpft hast«, sagte sie verächtlich zu ihrem Bruder. »Deinetwegen schäme ich mich meiner Herkunft. Sind in Mercien alle deiner Meinung?«

Durch ihre Verachtung keineswegs erschreckt, zuckte er mit den Schultern. »Der junge Ethelred von Hwicce ist wie Alfred Feuer und Flamme dafür, daß Edmund kämpfen soll.«

»Ich hoffe bei Gott, daß er es tun wird«, sagte Elswyth.

»Wenn er es tut«, gab ihr Bruder zurück, »dann hoffe ich, daß du für seine Seele betest.«

Den gesamten Frühherbst hindurch richteten die Dänen verheerende Schäden an und brannten die ostanglischen Klöster nieder. Dann sandte der dänische Anführer, Ivar Knochenlos, eine Nachricht an den jungen ostanglischen König. Er forderte Edmund auf, den Dänen einen Großteil der ostanglischen Reichtümer auszuzahlen und unter Ivars Oberherrschaft weiterzuregieren.

Diese Forderung machte allen klar, daß die Dänen sich diesmal nicht ausbezahlen lassen würden. Sie wollten dasselbe wie in Nordhumbrien, ein abhängiges Königreich. Von seinem

Gut Hoxne in Suffolk antwortete Edmund Ivar, daß er als christlicher König nicht so sehr an seinem irdischen Leben hinge, daß er sich einem heidnischen Herrscher unterwerfen würde.

Ivar brüllte vor Freude, als er die Antwort hörte, und brach sofort mit seiner Armee nach Hoxne auf. Das ostanglische Fyrd sammelte sich um seinen König, und die beiden Streitmächte stießen auf den Feldern in der Nähe des königlichen Landgutes aufeinander. Die Ostanglier wurden vernichtend geschlagen, und ihr König, Edmund, wurde lebend gefangengenommen.

Im November 869 vollzog Ivar Knochenlos, der Anführer der Großen Dänischen Armee, den »Blutadler« an Edmund, dem König der Ostanglier, dem letzten Herrscher der Wuffingas aus Sutton Hoo. Mit dem Martyrium ihres Königs brach aller Widerstand in Ostanglien zusammen. Den restlichen Herbst und das ganze nächste Jahr verbrachten die Dänen in Thetford, Ostanglien, und ernährten sich von den Ernteerträgen und den Bauernhöfen des Landes.

Nordhumbrien war verloren. Ostanglien war verloren. Nun gab es nur noch zwei unabhängige angelsächsische Staaten in England: Mercien und Wessex.

»Wer wird als nächstes an der Reihe sein?« fragte Ethelred Alfred, als sie sich zu einem düsteren Weihnachtsfest in Dorchester trafen.

»Wessex«, antwortete Alfred finster. »Mercien liegt zu weit vom Meer entfernt und ist nicht so leicht zugänglich, und die Gegenden Merciens, die man am leichtesten erreicht, im Norden und im Osten in der Nähe von Nottingham, sind erst vor kurzem geplündert worden. Wessex dagegen wurde jahrelang nicht angerührt; und wir sind von Ostanglien aus leicht über den Icknield Way zu erreichen. Wir müssen uns wappnen, Ethelred. Die Dänen werden als nächstes nach Wessex kommen.«

»Ich glaube, du hast recht«, sagte Ethelred. Seine gütigen braunen Augen betrachteten den Bruder eine Weile. »Du hattest auch in Nottingham recht. Wir hätten damals kämpfen sollen, als wir noch im Vorteil waren.«

Alfreds Mund preßte sich zusammen. »Es nützt nichts, verpaßten Gelegenheiten nachzutrauern. Wir sollten am Icknield

Way Wachposten aufstellen. Wir wollen die Dänen doch nicht vor unserer Haustür haben, bevor wir das Fyrd zusammengerufen haben.«

»Ich werde jemanden zu Burgred schicken, um herauszufinden, welche Unterstützung er uns bieten kann.«

»Möchtest du, daß ich gehe?«

»Nein.« Ethelred lächelte ihn angespannt an. »Dein Kind wird bald geboren. Du mußt bei Elswyth bleiben. Ich werde jemand anders entsenden.«

Elswyths Kind wurde in der bitteren Kälte eines Januarnachmittags geboren, als der Schnee dünn auf den Sälen, Ställen und Zäunen Dorchesters lag, wo sie und Alfred nach Weihnachten geblieben waren. Die Entbindung dauerte lang und ging sehr still vonstatten. Alfred betete und ging im Prinzensaal auf und ab. Er lehnte alle Ablenkungen ab, die der gutherzige Ethelred ihm vorschlug. Cyneburg leistete Elswyth Beistand und kam regelmäßig in den Saal hinaus, um dem nervösen Ehemann zu versichern, daß alles in Ordnung war.

»Es dauert so lange!« sagte Alfred wahrscheinlich zum hundertsten Mal zu Ethelred. »Die Wehen haben schon in der Nacht eingesetzt. Warum dauert es so lange?«

»Das erste Kind läßt sich immer Zeit«, antwortete Ethelred mit der ganzen Weisheit des fünffachen Vaters. »Cyneburg sagt, es besteht keine Gefahr für Elswyth. Es ist nicht nötig, sich so aufzuregen. Wenn du so weitermachst, bekommst du wieder Kopfschmerzen.«

»Sie ist noch so jung. Zu jung. Das ist alles meine Schuld.« Alfred lief weiter unruhig umher. Er erinnerte Ethelred an einen großen, goldenen Kater im Käfig.

»Jeder Mann fühlt sich in dieser Situation so«, versicherte Ethelred dem Bruder. Seine braunen Augen waren leicht amüsiert. »Dir wird es besser gehen, wenn du erst deinen Sohn in den Armen hältst.«

Alfred antwortete nicht, sondern lief weiter auf und ab. Ein Diener kam und legte ein Holzscheit aufs Feuer, und Alfred sagte plötzlich: »Ich gehe noch einmal zur Kirche.«

Ethelred seufzte, machte aber keine Anstalten, ihn aufzuhalten.

Draußen war der Himmel stahlgrau. Vor Einbruch der Nacht wird es wieder schneien, dachte Alfred. Er überquerte den gefrorenen Hof und machte sich auf den Weg zur Kirche, ein Fußmarsch von fünf Minuten. Es war bitterkalt in der Holzkirche, doch er kniete nieder und betete, bis er vor Kälte so steif war, daß er kaum wieder aufstehen konnte.

Bestimmt wird alles gutgehen, dachte er, als er den schmalen Gang zur Holztür entlangging. Elswyth war jung und gesund. Sie hatte die Reise von Wantage nach Dorchester ohne Schaden überstanden. Alfred hatte zu Hause bleiben wollen, doch sie hatte darauf bestanden, zum Weihnachtsfest und zur Geburt nach Dorchester zu reisen.

»Für mich sind mit Dorchester ganz besondere Erinnerungen verbunden«, hatte sie mit einem leisen, vertrauten Lächeln gesagt. »Ich würde Weihnachten gern wieder dort verbringen.«

Alfred hatte eingewilligt, hauptsächlich weil er dachte, daß Elswyth Cyneburg in der Nähe haben wollte, wenn es soweit war. Elswyth hatte nicht zu vielen Frauen ihres Ranges ein gutes Verhältnis, aber sie und Cyneburg waren immer gut miteinander ausgekommen. Auch Alfred hatte bei dem Gedanken Erleichterung empfunden, daß seine Schwägerin Elswyth bei der Niederkunft Beistand leisten würde. Und er wußte, daß er froh wäre, Ethelred um sich zu haben. Deshalb hatten sie die anstrengende Winterreise nach Dorchester auf sich genommen, und jetzt war es soweit.

Der Wind riß Alfred die Tür aus der Hand, als er sie schließen wollte, so daß sie gegen das Gebäude schlug. Er mußte sie gewaltsam zudrücken. Als er zu dem Pfad ging, der zurück zum Saal führte, überkam ihn plötzlich die Erinnerung an den Morgen, als sein Vater starb. Er war in der Kirche gewesen, als es geschah, erinnerte er sich. Er war zurück zum Saal gegangen und... Er fing an zu rennen.

Er war außer Atem, und die Brust tat ihm von der kalten Luft weh, als er die Saaltür heftig aufstieß und fast hereinstürzte. Die Atmosphäre im Saal war jetzt anders. Er spürte es sofort. Sein

Herz begann so laut zu schlagen, daß er es in seinem Kopf hören konnte. Er brachte kein Wort heraus.

Dann kam Ethelred auf ihn zu. Alfred brauchte einen Augenblick, bis er bemerkte, daß sein Bruder lächelte.

»Glückwunsch«, sagte Ethelred. »Du hast eine Tochter.«

Zuerst empfand Elswyth nur Dankbarkeit, daß es vorbei war. Sie hatte gewußt, daß eine Geburt schmerzhaft war, aber sie war trotzdem nicht darauf vorbereitet gewesen, wie schlimm es wirklich war. Sie wollte es still ertragen. Als Cyneburg ihr riet, zu ihrer eigenen Erleichterung zu schreien, biß sie die Zähne nur noch fester zusammen und schüttelte den Kopf. Sie hatte keine Intimsphäre mehr, die Frauen faßten ihren Körper nach Belieben an. Ihr Stolz lag darnieder, aber sie konnte wenigstens still sein.

Als sie erfuhr, daß sie eine Tochter hatte, war sie nur überrascht. Sie hatte nicht ein einziges Mal gedacht, daß es ein Mädchen werden könnte. Müde und teilnahmslos lag sie da, während die Frauen sie wuschen und ihr das Haar bürsteten.

Dann legte Cyneburg ihr das Baby in die Arme.

Elswyth hatte damit gerechnet, daß sie das Baby mögen würde. Natürlich würde sie Alfreds Sohn mögen. Seine Kindermädchen würden sich um ihn kümmern, und wenn er ein bißchen älter wäre, würde sie jeden Tag eine Zeitlang mit ihm spielen. Alfred würde es gefallen, einen Sohn zu haben.

Jetzt sah Elswyth ihrer Tochter zum ersten Mal ins Gesicht. Es war winzig, überraschend winzig, und die helle Haut war rotweiß gesprenkelt. Der kleine Kopf war mit dunkelgoldenem Flaum überzogen. Die Augen waren blaßblau. Das Baby bewegte die Lippen und fing an zu schreien.

»Ich glaube, sie hat Hunger«, sagte Elswyth besorgt.

»Du mußt ihr die Brust geben«, sagte Cyneburg. »Ich zeige es dir.«

Alfred kam herein, als Elswyth das Baby gerade fertig gestillt hatte. Cyneburg scheuchte die anderen Frauen aus dem Raum und ließ die frischgebackenen Eltern allein.

»Ist sie nicht wundervoll?« hauchte Elswyth mit Blick auf den kleinen, flaumigen Kopf an ihrer Brust.

Alfred starrte den Säugling ehrfürchtig an. »Sie ist so klein.«

»Ich weiß.« Sie wiegte das Baby in ihrer Armbeuge, so daß Alfred das Gesicht seiner Tochter sehen konnte. »Die Haare hat sie von dir, Alfred. Aber sieh dir die Augenfarbe an!«

»Das ändert sich wahrscheinlich noch«, sagte Alfred, der erfahrene Onkel. »Das ist bei Babys oft so.«

Es war still, als sie beide fasziniert in das kleine, perfekte Gesicht ihrer Tochter starrten. Sie gähnte. Ihre Eltern tauschten einen bewundernden, erfreuten Blick aus.

Dann sagte Elswyth ganz leise: »Sie ist müde.«

Alfred sah von seiner Tochter in das entzückte Gesicht seiner Frau. Die Frauen hatten ihr langes Haar gekämmt, und es hing jetzt wie ein glänzendes, schwarzes Tuch über dem sauberen, weißen Leinenunterrock. Sie hatte dunkle Schatten unter den Augen, und ihre Wangen sahen hohl aus. »Du solltest auch schlafen«, sagte er, und seine Stimme war sanft vor Zärtlichkeit. »Es war eine schwere Geburt.«

»Es war schrecklich«, antwortete sie ehrlich. »Aber ich habe an dich gedacht, und wie sehr du immer leidest.« Sie sah auf und blickte ihm lange in die Augen. »Und du erlebst am Schluß nicht diese Freude.«

Doch er sah zornig aus. »Meine dummen Kopfschmerzen und das, was du heute durchgemacht hast – das kann man doch nicht miteinander vergleichen!«

»Es ist so demütigend«, sagte sie.

Seine gerunzelte Stirn glättete sich. Sein Mund verzog sich nach unten. »Ja«, sagte er resigniert. »Das ist es.«

Das Baby schmatzte im Schlaf, und sie bewunderten es stumm. Dann kam Cyneburg zurück.

»Elswyth muß jetzt schlafen«, sagte sie pragmatisch zu Alfred und nahm Elswyth das Baby aus dem Arm.

»Alfred auch«, sagte seine Frau und sah ihm wissend ins Gesicht.

Er gab keine Antwort, beugte nur den Kopf und küßte sie auf den Mund. Dann verließ er unter den strengen Augen Cyneburgs widerwillig den Raum.

II

Der Sturm bricht los
A. D. 871
Das Jahr der Schlachten

16

ALS Erlend Olafson an einem kalten, feuchten Novembernachmittag im Jahre 870 im dänischen Lager in Thetford einritt, konnte man an der emsigen Geschäftigkeit erkennen, daß große Ereignisse ihre Schatten vorauswarfen. Überall wimmelte es von Stallknechten und Pferden, und ein ganzer Zug Vorratswagen wurde mit Ersatzpfeilen und Proviant beladen. Der Junge mit dem bescheidenen Gefolge von drei Mann fand sofort jemanden, der ihm den Weg zum Quartier seines Onkels Guthrum weisen konnte. Etwas schwieriger war es, zu seinem Onkel vorgelassen zu werden. Er nahm gerade an einer Versammlung mit den Königen und Jarlen teil, aus denen der Führungsstab der dänischen Armee in England bestand. Schließlich konnte Erlend Guthrums Gefolge die Erlaubnis abtrotzen, in der Baracke seines Onkels auf ihn zu warten.

Es war ein kühler Tag, und in Guthrums provisorischer Holzhütte brannte kein Feuer. Erlend sah sich in dem kahlen Raum um und bemühte sich, den Mut nicht sinken zu lassen. Auf einmal erschien ihm seine Reise von Dänemark nach England wie eine Wahnsinnstat. Er wünschte sich plötzlich, er wäre zu Hause in Jütland und in Sicherheit. Welcher Troll hatte ihn nur über die Meere getrieben?

Erlend gab sich sofort selbst die Antwort. Der Troll hieß Asmund. Er war der zweite Mann seiner Mutter, und wegen ihm war Erlend in Jütland nicht mehr sicher. Die letzten Monate hatten es an den Tag gebracht: Asmund war zu dem Schluß gekommen, daß es am einfachsten wäre, sich Nasgaards, des Besitzes von Erlends Vater, zu bemächtigen, indem er Erlend, den rechtmäßigen Erben, aus dem Weg räumte.

Seit dem Tag, an dem ihm dämmerte, was auf Nasgaard vor sich ging, als ihm bewußt geworden war, was all die seltsamen

Unfälle, die ihm zustießen, zu bedeuten hatten, war Erlend die Angst nicht mehr losgeworden.

Er war sofort zu seiner Mutter gegangen. Sogar jetzt noch konnte er die Erinnerung an ihren Gesichtsausdruck nicht ertragen, als er es ihr erzählt hatte. Er wollte zwar nicht glauben, daß sie mit Asmund unter einer Decke steckte, aber sie würde auch nicht eingreifen. Das hatte er deutlich genug am Aufblitzen ihrer grünen Augen erkannt, bevor sie den Blick auf den Schoß gesenkt hatte. Asmund war jetzt ihr Ehemann, der Vater des Kindes, das sie trug, und sie würde sich nicht zwischen ihn und den Sohn aus erster Ehe stellen.

Auch sonst gab es in Dänemark keine Stelle, an die er sich wenden konnte, um zu seinem Recht zu kommen. Zu dieser Zeit gab es in Dänemark keinen Hauptkönig mehr. Nicht, seitdem Horik vor fast zwanzig Jahren bei der Invasion, die Erlends Großvater angeführt hatte, umgekommen war. Seit Horiks Tod hatten die Kleinkönige getan, was sie wollten; es gab keine starke Zentralgewalt mehr, die das Unrecht, das von den Nimmersatten begangen wurde, wiedergutmachen konnte. Dänemark glich zu dieser Zeit einer Wolfshöhle; jeder nahm sich, was er kriegen konnte. Wer in Dänemark keinen Erfolg hatte, mußte sein Glück in der Ferne suchen.

Guthrum, der Bruder von Erlends Vater, hatte sein Glück mit den Söhnen Ragnar Lothbroks in England gesucht. Als Erlend sich den Kopf zerbrochen hatte, wer ihm bei seiner Fehde mit Asmund helfen konnte, war ihm Guthrum in den Sinn gekommen. Erlend konnte sich nicht daran erinnern, seinen Onkel je getroffen zu haben, der zehn Jahre jünger als Erlends Vater war; doch er glaubte, daß es Guthrum ganz sicher nicht gefallen würde, wenn seiner Verwandtschaft einer der größten Besitze Jütlands gestohlen wurde.

Nun saß er also in diesem fremden Raum in diesem fremden Land und wartete darauf, daß ein ihm unbekannter Verwandter über sein Schicksal entschied. Wenn Guthrum ihn fortschickte... Doch er glaubte es nicht. Erlend repräsentierte Nasgaard, und Nasgaard war für jeden Mann begehrenswert, besonders für einen Wikinger wie seinen Onkel.

Nach fast einer Stunde hörte er vor der Bretterhütte seines Onkels die Stimme eines Neuankömmlings. Dann wurde die Tür aufgestoßen, und ein Mann trat in das kleine, kalte Zimmer. Erlend stand da wie ein Hund, der einen Wolf anblickt. Er war so angespannt, daß er am ganzen Körper zitterte. Der Mann blieb bei der Öllampe stehen, die neben dem einzigen Möbelstück, der mit Stroh gefüllten Lagerstätte, brannte. Seine Schultern waren so breit, daß sie Erlend die Sicht auf die Hälfte des Raumes versperrten. Erlend erinnerte sich dunkel daran, daß sein Vater auch solche Schultern gehabt hatte. »Du bist also Olafs Sohn«, sagte Guthrum mit einer tiefen, röhrenden Stimme.

»Ja, Mylord.« Erlends klare Stimme, auf die immer Verlaß war, wenn er zu seiner Harfe sang, ließ ihn jetzt im Stich und zitterte. Er wurde vor Verlegenheit rot und gab vor, sich zu räuspern.

»Und was tust du hier in England, Neffe?« fragte Guthrum. »Der Erbe von Nasgaard hat es doch nicht nötig, auf Raubfahrt zu gehen, um sich zu bereichern.«

»Meine Mutter hat wieder geheiratet«, antwortete Erlend und zwang seine modulationsfähige Stimme dazu, ausdruckslos zu bleiben. »Mein Stiefvater und ich mögen uns nicht besonders, und ich hielt es für das Beste, so weit wie möglich von ihm wegzugehen.« Mit erhobenem Kopf und den Augen auf gleicher Höhe mit dem blonden Riesen vor ihm sagte er dann: »Asmund hat es auf die Ländereien meines Vaters abgesehen, Mylord. Er hat es auch auf mein Leben abgesehen. Deshalb bin ich hier.«

Es wurde still, als die beiden sich mit abschätzenden Blicken musterten. Erlend fand, daß sein Onkel der bestaussehende Mann war, den er je getroffen hatte. Guthrums Haare waren hellgelb, wie man es so oft in Dänemark sah, aber er trug sie kürzer, als Erlend es gewöhnt war. Es war eine Frisur, die ihm schon bei seiner Ankunft an den anderen Männern im Thetforder Lager aufgefallen war: So kurzgeschnitten, daß das Haar die Ohrläppchen bedeckte, und mit einem langen, geraden Pony, der bis zu den Augenbrauen reichte.

Aber noch etwas anderes fiel auf, wenn man Guthrum ansah.

Man kann seine Gewalttätigkeit erahnen, dachte Erlend. Man sah es an den glitzernd blauen Augen und an dem dünnen, trotzdem sinnlichen Mund unter dem kurzen Oberlippenbart.

Wahrscheinlich fragt Guthrum sich, wie Olaf zu einem Sohn wie mir kommt, dachte Erlend mit einem Anflug von Bitterkeit. Denn Erlend war klein für sein Alter und dünn; sein Haar war braun und die Augen grün. Während er seinen Onkel so betrachtete, dachte Erlend, daß Guthrum leicht mit Asmund fertig geworden wäre. Ein Mann wie Guthrum hätte keinen unbekannten Verwandten um Hilfe gebeten.

Schließlich sprach Guthrum. »Wie alt bist du?« fragte er Erlend.

»Sechzehn, Mylord.«

»Du siehst jünger aus.«

»Ich weiß«, war die bittere Antwort.

Wieder folgte ein kurzes Schweigen. Dann sagte Guthrum: »Konntest du niemand anders um Hilfe bitten? Nasgaard ist von deinem Vater auf dich übergegangen; es kann nicht durch deine Mutter weitergegeben werden.«

»In Dänemark denkt zur Zeit jeder nur an seinen Vorteil«, antwortete Erlend, und seine Stimme klang noch bitterer als zuvor.

»Beim Raben, das sind ja schöne Zustände!« Guthrum deutete auf ein Fell auf dem Boden und ließ sich mit gekreuzten Beinen nieder. Für seine Größe war er sehr beweglich. »Nun gut, Sohn meines Bruders«, sagte Guthrum. »Vielleicht war es richtig, zu mir zu kommen. Männern mit Unternehmungsgeist bietet England heutzutage mehr als Dänemark.« Er zog eine seiner dicken, blonden Augenbrauen hoch. »Du bist zwar klein, aber wenn du der Sohn deines Vaters bist, kannst du mit Waffen umgehen.«

»Natürlich«, sagte Erlend. »Aber was ist mit Nasgaard?«

»Ich habe nicht die geringste Absicht, Nasgaard diesem neuen Ehemann von Eline zu überlassen«, antwortete Guthrum. Er zeigte Erlend lächelnd die Zähne. »Du bist der einzige Sohn deines Vaters; ich bin sein einziger Bruder. Falls dir etwas zustößt, sollte nicht dieser Asmund Nasgaard erben, sondern ich. Und ich verspreche dir, Neffe, ich lasse mir von niemandem etwas wegnehmen, was mir zusteht.«

In Erlends Erleichterung lag eine Spur Wachsamkeit. Es war eindeutig ein Wolfslächeln gewesen, das sein Onkel ihm geschenkt hatte. »Es freut mich, das zu hören, Onkel«, sagte er vorsichtig.

»Aber Nasgaard kann warten«, sagte Guthrum. »Es wird auch noch da sein, wenn ich die Zeit finde, es zurückzuerobern. Im Moment ist in England mehr zu holen.«

Erlend schlang die Arme um die Knie. »Wieso?« fragte er.

»Wir haben schon die Königreiche Nordhumbrien und Ostanglien erobert«, informierte Guthrum ihn. »Mercien hat uns eine große Abstandssumme gezahlt, damit wir es in Ruhe lassen. Du siehst die Vorbereitungen; in einer Woche marschieren wir nach Wessex. Es wird nicht mehr lang dauern, bis wir die gesamte Insel mit ihren Ländereien und Reichtümern beherrschen.«

Erlends Augen wurden groß. »Wirklich?« Er hatte keine Ahnung gehabt, daß die Dänen in England so erfolgreich waren.

Guthrum nickte und sah ihn forschend an.

»Ivar Knochenlos ist ein guter Anführer«, sagte Erlend.

Guthrum zuckte mit den Schultern. »Ivar Knochenlos ist nicht mehr bei uns. Er hat im Winter die Herrschaft über Dublin übernommen. Halfdan ist jetzt unser einziger Anführer.« Guthrums Augen flackerten auf. »Halfdan und ich waren uns immer völlig einig«, sagte er.

Erlend dachte über diese Neuigkeit nach. Ivar Knochenlos war schon zu Lebzeiten bei seinem Volk eine Legende. Es überraschte Erlend, daß ein Mann wie er eine anscheinend so erfolgreiche Armee verließ, und das sagte er Guthrum jetzt.

»Dublin hat die Herrschaft über das gesamte dänische Irland sowie über die ganze Schiffahrt auf der Irischen See, Neffe«, lautete die leicht verächtliche Antwort. »Der Herrscher von Dublin hat eine große Machtposition inne.«

»Ivar Knochenlos«, sagte Erlend und sprach den Namen mit aufrichtiger Ehrfurcht aus. »Ich habe ihn noch nie gesehen,

Onkel. Ist es wahr, daß er nur mit Knorpeln im Körper zur Welt kam?«

»Ich weiß nicht, was er in sich hat«, antwortete Guthrum. »Aber ich habe wirklich noch nie einen so beweglichen Mann gesehen.« Angeekelt hob er die sinnliche Oberlippe. »Es ist kein schöner Anblick.« Die blauen Augen erforschten Erlends Gesicht. »Bist du allein gekommen?« fragte er.

»Ich bin mit Thorkel, dem Sohn meines Pflegevaters Björn, und seinen zwei Cousins gekommen, Mylord.« Erlends grüne Augen brannten. »Ich hatte keine Macht auf Nasgaard«, sagte er. »All die anderen Männer meines Vaters haben sich auf Asmunds Seite geschlagen.«

Die blonden Augenbrauen verschwanden kurz unter dem dicken, gelben Pony. Dann sagte Guthrum: »Ich kann diese Unternehmung in England nicht aufgeben und auf deinen Befehl hin sofort springen, Neffe. Aber wenn ich hier erst einmal fertig bin und mein eigenes Land habe, dann werde ich sehen, was wir gegen diesen Usurpator in Jütland unternehmen können. Ich rate dir, bis dahin bei mir zu bleiben. Wer weiß? Vielleicht kannst auch du deinen Besitz durch das Schwert vergrößern.«

In der tiefen, röhrenden Stimme lag ein Hauch von Belustigung. Erlend hatte plötzlich große Lust, in das gutaussehende, gewalttätige Gesicht seines Onkels zu schlagen. Statt dessen sagte er sanft: »Vielen Dank für die Einladung, Mylord. Ich werde bleiben.« Als Guthrum sich erhob, fragte er: »Kommt es bald zur Schlacht, Onkel?«

Guthrum zuckte mit den Schultern. »Wer weiß? Die Sachsen geben lieber ihr Geld her als ihr Leben. Und der westsächsische König war dabei, als die Mercier sich in Nottingham gegen eine Konfrontation entschieden haben. Aber wenn sie nicht kämpfen, werden sie bezahlen. So oder so, Sohn meines Bruders, werden wir gewinnen.« Noch einmal musterte er Erlend von oben bis unten. »Hol deine Habseligkeiten hierher, Neffe. Morgen kannst du mir zeigen, wie gut du mit Schwert und Axt umgehen kannst.«

»Ja, Mylord«, sagte Erlend und tat, wie ihm befohlen wurde.

Der königliche Haushalt feierte in Dorchester Weihnachten, als die Nachricht kam, daß die Wikingerarmee von Ostanglien aus den Ridgeway hinab gekommen und in Wessex einmarschiert war. Sie lagerte in Reading. Als erstes entsandte Ethelred einen Reiter an den Ealdorman von Berkshire, mit dem Befehl, sofort das Berkshire Fyrd einzuberufen; zweitens schickte er einen Boten an Burgred von Mercien. Als nächstes begab sich Ethelred daran, die Überreste der westsächsischen Fyrds zu einer großen Armee zusammenzufassen. Das System für eine so schnelle Einberufung hatte Alfred im vergangenen Jahr entwickelt. Alle Beteiligten wußten, was zu tun war. Es dauerte nur vier Tage, bis sich die vereinigten Fyrds von Wessex bewaffnet in Winchester versammelt hatten.

Elswyth begleitete Alfred nach Winchester, obwohl es nur noch sechs Wochen bis zu ihrer zweiten Niederkunft waren. Sie saß in einer Sänfte. Er versuchte nicht sie davon abzubringen, ihn zu begleiten, denn er wußte genau, daß sie dazu fähig war, ihm zu Pferde zu folgen, sobald er ihr den Rücken drehte.

Es war eine der größten Belastungsproben ihres Lebens gewesen, ihn allein nach Reading gehen zu lassen.

»Ich wünschte, ich könnte mitkommen!« sagte sie heftig, als sie in der Nacht vor Abmarsch des Heeres endlich allein waren. »Es ist schrecklich, eine Frau zu sein und zu Hause bleiben zu müssen!«

»Es würde mir überhaupt nicht gefallen, wenn du ein Mann wärst«, zog er sie auf. Er schnalzte mit dem Finger gegen ihre Wange. »Denn ich würde dich trotzdem lieben, egal, welches Geschlecht du hast. Stell dir nur vor, wie seltsam ich dastünde.«

Sie befanden sich in ihrem Schlafgemach in Winchester. Ihre Tochter, Ethelflaed, die sie Flavia nannten, schlief mit dem Kindermädchen nebenan. Der Saal draußen war zum Bersten voll; die Thane schliefen zu zweit auf einer Bank. Alle Häuser und Säle in Winchester waren an diesem Abend überfüllt, und die Männer kampierten sogar an der Stadtmauer entlang und auf den Feldern außerhalb. Am nächsten Morgen würden fünftausend Westsachsen aus Winchester losmarschieren, um sich bei Reading den Dänen zu stellen.

Sie wollte nicht, daß Alfred ging. Alles in ihr schrie danach, daß er bei ihr bleiben sollte. Es würde eine Schlacht geben. Er konnte verwundet werden ... Er konnte fallen. Ich könnte es nicht ertragen, dachte sie. Sie könnte es nicht.

»Elswyth?« sagte Alfred. Er hatte sein Hemd auf die Kleidertruhe gelegt und kam auf sie zu. Sie holte tief Atem und zwang sich, ihn anzusehen. Seine Augen waren dunkel geworden; im Licht der Öllampe sahen sie fast braun aus. Er setzte sich neben sie aufs Bett und zog sie in seine Arme. Sie saß ganz still da und lauschte dem regelmäßigen Herzschlag unter der glatten nackten Haut an ihrer Wange. »Du wirst doch zurechtkommen?« hörte sie ihn sanft fragen.

Sie hörte die Furcht, die er zu verbergen suchte. Oh Gott, dachte sie. Ich kann ihn nicht so gehen lassen! Irgendwie mußte sie die Kraft finden, ihn von den Fesseln ihrer Liebe zu befreien. Oder seiner Angst um sie.

Geheiligte Maria, betete sie. Du hast dabeigestanden und zugesehen, während sie deinen Sohn kreuzigten. Hilf mir. Gib mir die Kraft, die ich brauche.

Alfred hatte keine Angst zu sterben. Sein Glaube an Gott war zu stark, um den Tod zu fürchten. Er hatte Angst um sie. Um sie, die ohne ihn zurückbleiben würde.

»Ich komme schon klar«, antwortete sie. Wie durch ein Wunder war ihre Stimme fest und sicher. »Ich muß mich um unsere Kinder kümmern. Hab keine Angst um mich, Alfred. Tu, was du tun mußt. Ich werde dasselbe tun.«

Er lockerte seine Umarmung, damit er ihr ins Gesicht sehen konnte. Sie zwang sich, den Blick ruhig und furchtlos zu erwidern. Ihr Kinn lag in seiner Hand. »Ich liebe dich mehr als alles andere auf der Welt«, sagte er. Seine Augen wurden wieder golden.

Sie mußte ihre ganze Willenskraft aufbringen, um ihr Gesicht unter Kontrolle zu halten, sich nicht an ihn zu klammern und ihn anzuflehen, gesund zu ihr zurückzukehren. »Ich gehe jede Wette ein, daß Cyneburg Ethelred naßweint«, sagte sie. Es gelang ihr sogar, verächtlich die Lippen zu kräuseln. »Ich bin aus härterem Holz geschnitzt.«

Es war die Marterqualen wert, denn er lächelte. Es war ein aufrichtiges Lächeln, erfreut, zärtlich und erleichtert zugleich. »Das ist wahr«, sagte er. »Elswyth . . .«

Niemand sagte ihren Namen wie er, kurz und abgehackt, mit mehr Betonung auf den Endkonsonanten als auf dem ersten Vokal. Sie hatte ihren Namen nie gemocht. Bis sie ihn aus Alfreds Mund gehört hatte.

Sie verfluchte den schweren, unförmigen Körper, der sie voneinander trennte. Er neigte den Kopf und küßte sie. Dann hielt er sie fest, so daß sein Körper ihr Schutz bot. Sie drückte das Gesicht an seine nackte Schulter. Seine Haut war so warm unter ihrer Wange. So warm. So glatt. So lebendig. Seine Hände waren hart, und er hatte an den Fingerspitzen Schwielen. Doch als er sie hielt, waren sie so zart, so stark und lebendig. Sie strich mit der flachen Hand über seinen Rücken und fühlte die Muskeln unter dem glatten, warmen Fleisch. Er war so perfekt. Sie konnte den Gedanken nicht ertragen, daß er verwundet werden könnte. Es war qualvoll, ihn so zu halten und zu wissen, daß er in ein paar Tagen tot sein konnte.

Ich kann es nicht ertragen, dachte sie. Sie spürte seine Lippen auf ihrem Haar, verbarg ihr Gesicht wieder an seiner Schulter und wußte, daß sie keine Wahl hatte.

Die Dänen schlugen ihr Lager östlich des königlichen Guts Reading auf, an einer Stelle, wo der Knotenpunkt der Flüsse Kennet und Themse ihnen von drei Seiten Schutz bot. Es dauerte nur ein paar Stunden, auch die vierte Seite zu befestigen. Sobald der Erdwall errichtet war, wurde die Umgebung nach Nahrung und Beute abgesucht.

»Morgen führt Sidroc einen Trupp Plünderer flußabwärts«, sagte Guthrum am Abend des neunundzwanzigsten Dezember zu seinem Neffen. »Würdest du gern daran teilnehmen?«

Erlend blickte seinen Onkel unter halb gesenkten Wimpern an. Guthrums Gesicht war freundlich. »Ja, natürlich«, antwortete Erlend. Er konnte keine andere Antwort geben, und beide wußten es. »Und Ihr, Onkel?«

Guthrum schüttelte den Kopf. »Das ist Sidrocs Trupp. Aber

ich weiß, daß du begierig darauf bist, dein Schwert in Blut zu tauchen. Deshalb habe ich ihn gefragt, ob er dich mitnimmt.«

»Das war sehr aufmerksam von Euch«, antwortete Erlend, und wenn es ironisch gemeint war, konnte man es nicht an seiner Stimme hören. Er war sich im klaren darüber, daß Guthrum keine Träne vergießen würde, wenn ihm auf dem Schlachtfeld etwas zustoßen sollte. Dann hätte Guthrum den alleinigen Anspruch auf Nasgaard. Doch er verdächtigte seinen Onkel nicht, seinen Tod aktiv zu planen. In dieser Beziehung war Guthrum ehrenwerter als Asmund. Wenigstens hoffte Erlend das. Und in der Tat konnte Erlend gut mit Waffen umgehen. Trotz seiner geringen Körpergröße konnte er sich gegen viel größere Männer behaupten. Er würde sich ohne Klagen Sidroc anschließen.

In der Nacht, bevor sie aufbrechen wollten, fielen Graupelschauer, und am frühen Morgen gab es Frost. Deshalb war es glatt, als die Dänen sich aufmachten, auf der Suche nach Nahrung, Futter und allem, was sie sonst noch im reichen Berkshire erbeuten konnten, dem Fluß Kennet nach Westen zu folgen. Erlends Pferd war voll Energie, und Erlend hatte Mühe, es Schritt gehen zu lassen. Bei zu schnellem Tempo würden Pferd und Reiter auf dem Eis ausrutschen und zu Boden gehen.

Der Atem des Trupps war weiß in der kalten Luft. Wie die anderen trug auch Erlend seine Ledertunika, jedoch kein Kettenhemd. Sie rechneten nicht damit, auf bewaffneten Widerstand zu stoßen. Die Westsachsen würden Wochen brauchen, um sich zu organisieren, falls sie überhaupt vorhatten, Widerstand zu leisten. Guthrum schien es für wahrscheinlicher zu halten, daß sie Geld bieten würden.

Auf dem ersten Gehöft, auf das sie stießen, nahmen sie fünf Säcke Gerste, eine Wagenladung Heuballen, drei Kühe und ein Pferd mit. Das Haus war verlassen, und ein paar Männer wollten die Wälder nach den Bewohnern absuchen, doch Sidroc hielt sie zurück. »Frauen gibt es erst zum Schluß«, sagte er. »Der Proviant hat Vorrang.«

Sie ritten ein paar Meilen den Fluß entlang, dann nach Nordwesten, wo die reicheren Bauernhöfe zu liegen schienen.

Erlend bekam den Auftrag, das Vieh zusammenzutreiben, und als sie den kleinen Marktflecken Englefield erreichten, hatte er die Plünderei von Herzen satt und wünschte, sie wären wieder in Reading. Er hatte Vieh noch nie gemocht.

Plötzlich schoß aus den Bäumen um die Allmende herum, wo die Dänen Rast gemacht hatten, eine Unmenge tödlicher Pfeile. Im dänischen Lager regierte das Chaos, als die Männer nach Waffen und Deckung suchten. Erlend hörte Sidroc brüllen, als er nach Schild, Schwert und Axt griff. Dann kamen wieder Pfeile geflogen, und Männer strömten aus den Wäldern. Die Dänen konnten gerade noch zu den Waffen greifen, da fielen die Westsachsen schon über sie her.

Der Boden war immer noch vereist, und Erlend versuchte das Gleichgewicht zu halten, als er inmitten der Beutewagen, der Pferde und des brüllenden Viehs mit der Axt auf barhäuptige Männer einhackte. Es war ein schreckliches Durcheinander. Dann war ein Schrei zu hören: »Es kommen noch mehr Männer!« Überall um Erlend herum suchten Männer das Weite. Erlend brauchte einen Moment, bis er erkannte, daß es die Dänen waren, die wegrannten. Ein großer, ochsenähnlicher Westsachse kam mit erhobenem Schwert auf ihn zu. Erlend duckte sich unter einen mit Honigfässern beladenen Wagen und nahm die Beine in die Hand. Er hatte das Glück, am Rande des Feldes ein Pferd einfangen zu können; fast alle anderen aus Sidrocs Trupp mußten den gesamten Weg nach Reading zurückrennen.

Die Nachricht von Ealdorman Ethelwulfs Sieg bei Englefield kam an dem Morgen, an dem die westsächsische Armee nach Winchester aufbrechen wollte. Ethelred und Alfred nahmen gerade an der Messe teil. Die Nachricht verbreitete sich wie ein Lauffeuer durch die Reihen der Bewaffneten. Die Dänen waren nicht unbesiegbar!

»Ich kann mir nichts Besseres vorstellen«, sagte Alfred zu Ethelred, als sie nebeneinander auf der Treppe des Münsters standen. »Diese Nachricht wird unseren Männern Mut machen.«

»Ja«, stimmte Ethelred zu. Vorsichtig fügte er hinzu: »Aber vergiß nicht, daß Ethelwulf nur einen Trupp Plünderer überfallen hat.«

»Und Ethelwulf hatte nur das Berkshirefyrd«, gab Alfred sofort zurück. Er grinste. »Sei nicht so zaghaft, Ethelred. Das sind wunderbare Neuigkeiten!«

Ethelreds Lächeln, das nun zurückkehrte, war alles andere als sorglos. »Ich weiß, ich weiß.« Dann sagte er seufzend: »Wir müssen langsam aufbrechen. Die Männer scheinen bereit zu sein.«

»Die Männer sind bereit, und wir auch.« Ethelreds Hofmarschall brachte Alfreds Pferd und das des Königs. Alfred schwang sich anmutig in den Sattel, ergriff die Zügel und wartete auf Ethelred, der länger brauchte. Dann setzten die Brüder sich in Bewegung und gesellten sich zu den berittenen Ealdormen an der Spitze der riesigen Fußsoldatenarmee. Gegen zehn Uhr morgens befanden sich die Westsachsen auf der Straße nach Reading.

Die langsamen Proviantwagen brauchten zwei Tage, bis sie die alte Römerstadt Silchester erreichten. Das Heer lagerte hinter den zerfallenen Mauern, und Alfred sagte zu Ethelred: »Ich finde, wir sollten einen Überraschungsangriff versuchen.«

Ethelred gab keine Antwort.

»Sie können nicht ahnen, daß wir hier sind«, fuhr Alfred überzeugend fort. »Wenn man bedenkt, wie lange Burgred und Edmund gebraucht haben, ihre Streitkräfte zusammenzurufen, dann müssen die Dänen denken, es dauert noch Wochen, bevor wir sie überfallen können. Der Überraschungseffekt wird unser Vorteil sein, Ethelred.«

»Ich bin mir nicht so sicher«, sagte Ethelred langsam. »Nach allem, was man hört, haben sie Reading sehr gut befestigt.«

»Nottingham haben sie auch sehr gut befestigt. Die Dänen suchen sich immer eine Stelle, die man leicht befestigen kann. Wir machen uns etwas vor, wenn wir glauben, daß sie in der Beziehung nachlässig sind.«

Ethelred zupfte an seiner Augenbraue. »Ich vermute, du hast

recht. Trotzdem, Alfred ... Ich bin mir nicht sicher, ob wir den ersten Schritt machen sollten. Vielleicht sollten wir lieber warten und sehen, was sie vorhaben ...«

Alfred bemühte sich, seine Ungeduld zu zügeln. Ruhig und vernünftig sagte er: »Ealdorman Ethelwulf hat den ersten Schritt gemacht, und du siehst ja, was geschehen ist.«

»Ealdorman Ethelwulf hat nicht die gesamte dänische Armee angegriffen!«

Alfreds Gesichtsausdruck war ungewöhnlich hart. Ganz plötzlich wirkte er zehn Jahre älter. Er sagte: »Ethelred, wir müssen handeln, solange wir das Fyrd zusammenhaben. Sonst passiert dasselbe wie in Mercien. Die Männer werden zurück auf ihre Höfe gehen. Wenn wir darauf warten wollen, daß die Dänen den ersten Schritt machen, dann sind wir verloren.«

Ethelred blickte dem Bruder lange ins Gesicht. Dann sagte er: »Vielleicht hast du recht, Alfred. Eins ist sicher, wir hätten in Nottingham auf dich hören sollen.« Er ließ von seiner Augenbraue ab. »In Ordnung«, sagte er entschlossen. »Wir versuchen einen Überraschungsangriff auf Reading.«

»Morgen?«

»Morgen.« Ethelred zog die so oft malträtierte Augenbraue hoch. »Worauf wollen wir warten?«

Alfred lachte und sah wieder so alt aus, wie er war. Er stand auf und fragte: »Soll ich es an die Ealdormen weitergeben?«

»Ja«, sagte Ethelred ruhig. »Tu das.«

Reading war von Flüssen umgeben. Südwestlich floß der Kennet, im Norden die Themse und im Osten der Loddon. Auf der ungeschützten Seite im Südosten hatten die Dänen Erdwälle errichtet. Die Westsachsen kamen von Süden, die römische Straße am Kennet entlang, der sich nach Reading schlängelte, bis direkt zum Fuß der Erdwälle. Die Überraschung war perfekt. Sie fielen über die Dänen her, die sich außerhalb der Stadtmauern aufhielten, und metzelten sie nieder.

Erlend befand sich im Lager, als die Schreie von außerhalb über die Mauern schallten. Er hatte seinem Onkel gerade etwas auf der Harfe vorgespielt, da Guthrum sich überraschend interessiert an Erlends Können und der großen Anzahl sächsischer Gedichte, die er kannte, gezeigt hatte.

»Im Namen des Raben!« fluchte Guthrum, und seine blauen Augen glitzerten in der kalten Januarsonne. Der Lärm von draußen war haarsträubend. »Die Bastarde greifen an!«

Im Lager rannten alle Männer zu Rüstung und Waffen. Erlend hielt sich neben seinem Onkel, als Guthrum seine Männer um sich sammelte. »Fallt wie die Wölfe über sie her!« schrie Guthrum. Mit den funkelnden Augen und den weißen Zähnen, auf die das Sonnenlicht fiel, sah er wirklich aus wie der Wolf, den er beschwor. Energisch zog er sich den Helm über das kurze Haar, erhob Schwert und Streitaxt und steuerte auf die Festungswälle zu. Seine Männer folgten ihm; jeder nahm in der Keilformation, die von den Wikingern in der Schlacht bevorzugt wurde, seine gewohnte Position ein.

Die Wikingerarmee war außergewöhnlich gut ausgebildet. Das hatte Erlend in den Wochen, seit er sich seinem Onkel angeschlossen hatte, bemerkt und bewundert. Guthrums Männer waren schon jahrelang bei ihm, genau wie die Männer der meisten anderen Könige und Jarle. Die meisten hatten ursprünglich zu Schiffsbesatzungen gehört; ihre Muskeln waren vom Rudern gestählt, und ihre Kameradschaft war dadurch gefestigt, daß sie gemeinsam den Stürmen der Nordsee getrotzt hatten. Unter der Besatzung der Langschiffe gab es keine sozialen Unterschiede. Alle waren Krieger. Und hier, zu Lande, wurden sie durch ihre Stärke, Disziplin und die Kameradschaft, die sie auf See gelernt hatten, zu überlegenen Soldaten: tapfer, erfahren, und ihrem Anführer treu ergeben. Keiner der Dänen, die an diesem kalten, klaren Januartag den Wall überwanden, zweifelte daran, daß sie diese hergelaufene westsächsische Armee in die Knie zwingen würden.

Die Dänen boten wirklich einen furchterregenden Anblick, als sie aus Reading herausschwärmten, um über die Westsachsen herzufallen. Die Sonne schien auf ihre Metallhelme und goldenen oder silbernen Armschienen. Sie fiel auf ihre Schwerter, Streitäxte und polierten Panzer. Sie brachte die leuchtenden Farben ihrer Schilde, Wimpel und des schrecklichen Rabenbanners zur Geltung, das über Halfdan, ihrem Anführer, schwebte. Ihre Schlachtrufe ließen das Blut in den Adern gefrieren, und einen Augenblick lang schwankten die Westsachsen und begannen, den Rückzug anzutreten.

Dann ertönte ein Schrei: »*Wessex! Wessex!*«, und die Fyrds drängten wieder vorwärts. Fast eine Stunde lang tobte die Schlacht vor den Toren Readings. Die Westsachsen, deren Aufmerksamkeit sich auf die Front konzentrierte, bemerkten nicht, daß Halfdan eine Truppe von Männern unter Jarl Harald beauftragt hatte, sich unbemerkt hinter ihre Linien zu schleichen und ihnen den Rückzug nach Süden abzuschneiden. Ethelred und Alfred bemerkten erst, was geschehen war, als von hinten ein Schrei wie Donner durch die Reihen der heftig kämpfenden Männer rollte: »*Wir sitzen in der Falle! Wir sitzen in der Falle!*«

Guthrum wandte sich mit einem wölfischen Grinsen an Erlend. »Harald hat ihnen den Fluchtweg abgeschnitten. Sie sind jetzt von den Flüssen eingeschlossen. Wir haben sie.«

»Allmächtiger Gott, Alfred«, rief Ethelred seinem Bruder zu. »Was sollen wir tun? Sie haben uns in die Falle gelockt.«

»Weiterkämpfen!« antwortete Alfred. Aber noch während er sprach, erkannte er, daß sich unter den Fyrds langsam die Panik breitmachte. Sehr bald würden die Männer aufgeben und fliehen. Und dann würden sie gnadenlos niedergemetzelt.

Gott. Alfred zwang sein Gehirn zum Funktionieren. Er kannte Reading und die Flüsse. Einen Augenblick stand er da, geschützt im Kreise von Ethelreds Leibgarde, und sagte zu seinem Bruder: »Bei Twyford gibt es eine Furt über den Loddon. Wir müssen uns nach Wiscelet zurückziehen.«

»In Ordnung.« Ethelred gab den Befehl an seine Thane weiter, und bald sprach sich die Nachricht zu allen Ealdormen herum.

Rückzug nach Wiscelet antreten. Zusammenbleiben und Rückzug nach Wiscelet antreten. Wir überqueren den Loddon bei Twyford.

Das Heer folgte dem Ruf der Anführer. Die Thane, Freien und Stadtbewohner, aus denen die westsächsischen Fyrds bestanden, hielten sich unter der Führung ihrer Ealdormen zusammen und begannen einen wohlgeordneten Rückzug nach Westen. Eine Stunde später überraschten sie ihre Verfolger, indem sie den Loddon an einer Furt überquerten, von deren Existenz die Dänen nichts wußten. Die Dänen zögerten, entschieden sich, die Verfolgung aufzugeben, und die Westsachsen waren frei.

17

DIE Westsachsen begaben sich nach Nordwesten, in Richtung des Ridgeway und der Downs. Im Winter war es unbedingt notwendig, auf einem passierbaren Weg zu bleiben, und der Ridgeway war bei jedem Wetter geeignet. Sobald sie weit genug von Reading entfernt waren, entsandte Ethelred einen Reiter nach Mercien, um Burgred zu bitten, Wessex mit dem mercischen Fyrd sofort zu Hilfe zu eilen. Als Treffpunkt legte Alfred Lowbury Hill fest, den höchsten Punkt des östlichen Teils von Ashdown; diesen Namen hatten die Westsachsen der östlichen Linie der Berkshire Downs gegeben. Lowbury war ein bekannter Ort, an seiner Höhe und einem Erdbauwerk aus alten Zeiten leicht zu erkennen. Die Mercier würden keine großen Probleme haben, es zu finden.

Es war weiterhin kalt, aber klar, als die westsächsische Armee durch die verlassene Gegend marschierte. Sie hatten schwere Verluste erlitten und waren vom Feld vertrieben worden, aber trotzdem waren sie gehobener Stimmung. Sie hatten sich gut geschlagen, und ihre Anführer hatten sie geschickt aus einer lebensgefährlichen Situation gerettet. Sie hatten die Dänen gekränkt, soviel war sicher. Allein die Tatsache, daß der Feind sie nach der Überquerung des Flusses nicht verfolgt hatte, wies darauf hin, wie stark die Kränkung der Skandinavier war.

Alfred dachte genauso wie sein Heer. Sie waren so nahe am Ziel gewesen! Wenn sie nur nicht so unerfahren gewesen wären ...

Unter den westsächsischen Gefallenen war auch Ethelwulf,

der Ealdorman von Berkshire, der bei Englefield so tapfer den Sieg errungen hatte. »Ein mutiger Anführer«, sagte Ethelred, als er die Nachricht von einem Mitglied der Leibgarde des Ealdorman erfuhr. »Ein schwerer Verlust.«

Die meisten sächsischen Toten waren vor den Stadtmauern Readings zurückgelassen worden, aber Ethelwulfs Thane hatten die Leiche des Ealdorman mit über den Fluß gebracht. Als das Heer am fünften Januar Lowbury Hill erreichte, gab es als erstes ein würdiges Begräbnis für Ethelwulf. Die Gebete sprach der Hausgeistliche des Königs.

Die Westsachsen schlugen ihr Lager direkt am Ridgeway auf, eine halbe Meile südwestlich von Lowbury Hill, und warteten auf Burgred und die Mercier. Alfred entsandte Männer zu seinen Gütern Wantage und Lambourn, die in der Nähe lagen, und forderte Verstärkung an. Frei oder unfrei, lautete der Befehl, alle wehrfähigen Männer, die einen Speer tragen konnten, mußten sich beim Militärlager in Ashdown melden. Als am siebten Januar die Nacht hereinbrach, gab es in Ethelreds Lager mehrere hundert Mann Verstärkung.

Die Wache, die Tag und Nacht auf Lowbury Hill aufgestellt war, hielt nach Norden Ausschau, die Richtung, aus der die Mercier kommen würden. Der kurze Wintertag ging in die Abenddämmerung über. Die Westsachsen reparierten ihre Waffen, füllten ihre Bäuche und warteten. Endlich, als das Licht schnell dahinschwand, kam das Geräusch, auf das sie alle gelauert hatten: herangaloppierende Hufe. Als der Kundschafter von Lowbury Hill ins Lager gepprescht kam, waren der König und Alfred sofort auf den Beinen.

»Mylord! Mylord!« Es war einer von Ethelreds Thanen, jung und wegen seiner ungewöhnlich scharfen Augen auserwählt. Er war außer Atem. In seiner Stimme schwang jedoch nicht Freude, sondern Angst mit. »Sie kommen den Ridgeway hoch, Mylord! Von Reading her! Es sind aber nicht die Mercier. Ich sehe die Dänen kommen!«

Der westsächsische Überfall auf Reading hatte die Dänen vollkommen überrumpelt. »Sie haben wirklich angegriffen«, sagte

Guthrum erstaunt zu Erlend, als sie sich in der Nacht des vierten Januar in Guthrums Bretterhütte zum Schlafen fertig machten. Guthrums Zähne leuchteten weiß im Licht der Öllampe. »Wunderbar! Anscheinend gibt es doch noch ein englisches Königreich, das genug Mumm hat, gegen uns zu kämpfen.«

»Haben die Ostanglier nicht auch gekämpft?« fragte Erlend. Seitdem er nach England gekommen war, hatte er sein Bestes gegeben, um sich mit dem Verlauf des Feldzugs der dänischen Armee vertraut zu machen.

»Erst, als wir ihnen keine Wahl mehr gelassen haben.« Die Stimme seines Onkels war voll Verachtung. »Und sie konnten sich auch nicht länger als fünfzehn Minuten gegen uns behaupten.«

»Diese Westsachsen scheinen recht stark zu sein«, wagte Erlend einzuwenden. Da er sowohl in Englefield als auch in Reading dabeigewesen war, fühlte er sich berechtigt, ein Urteil abzugeben.

»Sie haben zugelassen, daß wir ihnen in die Flanke fallen. Wenn da nicht diese Furt gewesen wäre ...«

Erlend war schlau genug zu schweigen. Die dänischen Anführer waren nicht gerade erfreut darüber, daß die Westsachsen über den Loddon entkommen waren. Halfdans Flüche waren überall im Lager zu hören gewesen, als er erfahren hatte, was geschehen war.

»Das ist nur ein Haufen Bauern«, sagte Guthrum. Er beugte sich vor und blies die Lampe aus. »Im offenen Feld, in einer fairen Schlacht könnten sie sich ebensowenig gegen uns behaupten wie die Ostanglier.«

Es wurde still. Erlend hörte, wie Guthrum sich auf seinem Strohbett umdrehte, um zu schlafen. »Onkel?« fragte er sehr leise. »Werden wir die Schlacht suchen?«

»Vielleicht.« Guthrum klang schläfrig. »Morgen trifft sich der Kriegsrat.« Dann sagte er: »Schlaf jetzt, Neffe.«

Erlend legte sich auf sein eigenes Strohlager nieder. Er war hellwach. Er hatte heute einen Mann getötet. Der erste Mensch, den er je getötet hatte. Er war überrascht, als er den Mann zu Boden gehen sah. Es war ein seltsames Gefühl gewesen, überhaupt nicht der wilde Triumph, den er erwartet hatte. Dann hatte ein anderes Schwert auf seine von Kettenpanzern geschützte Schulter eingehackt, und er hatte den Mann zu seinen Füßen vergessen.

Aus dem anderen Feldbett ertönte Guthrums Schnarchen. Erlend schloß die Augen und erlebte im Geist die Schlacht noch einmal. Er öffnete die Augen wieder und starrte ins Dunkle. Langsam und vorsichtig streckte er Arme, Beine, Schultern und Rücken. Er war am Leben. Guthrum schnarchte lauter. Plötzlich fühlte Erlend sich müde. Er schloß die Augen, und diesmal sah er nur die Dunkelheit. Er zog sich seinen Umhang um die Schultern, und dann schlief auch er ein.

Die dänischen Anführer – Halfdan, sein Mitkönig Bagsac und die Jarle – hielten am nächsten Tag einen Rat ab und beschlossen, aus Reading herauszumarschieren und die Schlacht mit den Westsachsen zu suchen.

»Nordhumbrien und Ostanglien haben wir durch je eine Schlacht gewonnen«, sagte Halfdan zu seinem Kriegsrat. »Mein Ziel ist es, uns auch Wessex einzuverleiben. Ich sehe keinen Grund, weshalb wir nicht noch einmal triumphieren sollten. Und wenn wir schon einen Schritt machen, dann lieber schnell, bevor die Mercier den Westsachsen zu Hilfe kommen.«

Es gab keine einzige Gegenstimme. Kundschafter wurden entsandt, um die Stellung der Westsachsen zu lokalisieren. Am Morgen des siebten Januar, einem weiteren klaren, kalten Wintertag, schwärmte die dänische Armee in voller Kampfausrüstung aus Reading aus und marschierte den Ridgeway hinauf zum Lowbury Hill, wo die westsächsische Armee lagerte.

Die Überraschung der Westsachsen war so groß wie die der Dänen gewesen war, als die Fyrds Reading angegriffen hatten. Weder der König noch seine Berater hatten damit gerechnet, daß die Dänen ihren Stützpunkt verlassen würden, und sie hatten es versäumt, die gesamte letzte Strecke des Ridgeway zu schützen. Am verheerendsten war jedoch, daß die Westsachsen die Hügelkette südöstlich ihres Lagers unbemannt gelassen hatten. Halfdan lagerte in einem kleinen Tal dahinter und postierte Späher auf der ungeschützten Hügelkette, nur dreihundert Meter über dem westsächsischen Lager.

Alfred fluchte erbittert, als er begriff, was geschehen war. Sonst hatten die Dänen ihre Stützpunkte immer so widerwillig verlassen! Er hätte im Traum nicht daran gedacht, daß sie sich herauswagen würden.

»Wir hätten diese Hügelkette besetzen sollen«, sagte er zu Ethelred. »Es ist unverzeihlich, daß ich nicht daran gedacht habe.«

»Jetzt ist es zu spät, über diesen Fehler zu jammern«, sagte Ethelred. Sein Gesicht war verzerrt und grimmig. »Wir müssen sofort die Entscheidung treffen, ob wir allein kämpfen wollen oder ob wir versuchen wollen, im Schutze der Dunkelheit zu entkommen. Wenn wir bleiben, müssen wir morgen in die Schlacht ziehen.«

Die beiden Brüder waren einen Augenblick allein und warteten auf die Ankunft der Ealdormen, die zu einem Kriegsrat zusammengerufen worden waren. Ethelreds Augen ruhten auf dem Gesicht seines Bruders. Ethelred wollte, daß die beiden noch vor Eintreffen der Ealdormen eine Entscheidung trafen. Das erkannte Alfred. Er zwang sich, die Wut auf seine eigene Dummheit beiseite zu schieben und sich auf das aktuelle Problem zu konzentrieren. Eine Schlacht, dachte er. Morgen. Ohne die Mercier.

»Die Männer sind guten Mutes, Ethelred«, sagte er langsam. »Selbst wenn die Mercier nicht rechtzeitig eintreffen, kommen wir zurecht, glaube ich. Weglaufen wäre schlimmer. Das würde die Fyrds ganz sicher entmutigen. Sie haben jetzt zweimal gegen die Dänen gekämpft und sich behauptet. Sie haben Selbstvertrauen. Wenn wir morgen kämpfen, wird es eine gute Schlacht.«

»Ich glaube du hast recht. Und Gott weiß, wann wir wieder eine solche Armee zusammenbringen.« Ethelreds braune Augen waren klar, als er seinen jüngeren Bruder ansah. »Alfred«, sagte er und hielt inne. Dann sagte er sehr vorsichtig: »Falls mir morgen irgend etwas zustoßen sollte, mußt du mein Nachfolger werden.« Seine Augen waren immer noch klar und ruhig.

Alfred hob ruckartig den Kopf. Er wurde blaß, seine Augen

weiteten sich und wurden dunkel. Er antwortete nicht. »Ich liebe meine Söhne«, fuhr Ethelred fort, immer noch mit derselben vorsichtigen Stimme. »Aber sie sind noch Jungen. Wessex braucht einen Mann auf dem Thron.« Er machte eine Pause. Dann sagte er wieder: »Du mußt König werden.«

Alfred rang nach Worten. Er wollte Einspruch erheben, Ethelred sagen, daß er nicht so reden sollte, aber die Worte blieben ihm im Halse stecken. Sein Herz weigerte sich zu glauben, was sein Gehirn wußte: Ethelred war sterblich. Schließlich, nach einem inneren Kampf, den Ethelred deutlich sehen konnte, gab Alfred den Versuch zu antworten auf und nickte.

Ethelred legte die Hand auf die Schulter seines Bruders. Alfred bedeckte sie mit seiner eigenen. Dann, als hätte die Berührung seine Zunge gelöst, sagte er eindringlich: »Was auch geschieht, Ethelred, laß dich nicht lebendig gefangen nehmen!«

Sein Bruder lächelte schief. »Ich werde daran denken.« Er blickte Alfred über die Schulter. »Da kommen die Ealdormen.«

Es war ganz dunkel, als von Norden ein einzelner Reiter ins westsächsische Lager geritten kam und nach dem König fragte. Sobald Alfred das Gesicht Ethelreds von Hwicce sah, wußte er, daß er keine gute Nachricht brachte.

»Die Waliser haben sich erhoben«, sagte der junge mercische Ealdorman zum König und seinem Bruder. »Burgred und die anderen Ealdormen kämpfen an unserer Westgrenze. Sie können Wessex nicht zu Hilfe eilen.«

Ethelred und Alfred tauschten einen grimmigen Blick aus. Sie hatten sich schon damit abgefunden, daß Burgred nicht vor der morgigen Schlacht eintreffen würde, aber sie hatten sich darauf verlassen, daß Mercien ihnen in Zukunft beistehen würde. Alfred dachte an die Tausende Westsachsen, die nach Nottingham marschiert waren, und hielt den Mund.

Ethelred sagte zu seinem mercischen Namensvetter: »Ich danke Euch für diese Nachricht, Mylord Ealdorman. Ihr habt sicher einen anstrengenden Ritt hinter Euch. Kommt und eßt etwas.«

Alfred sah in das ruhige, würdevolle Gesicht seines Bruders und verspürte eine heftige Welle aus Liebe und Stolz.

»Ich habe außer der Nachricht auch mein Schwert mitgebracht«, antwortete der rothaarige Mercier. Sein Gesichtsausdruck zeigte deutlich, daß Ethelred von Hwicce sich durch die Botschaft, die er hatte überbringen müssen, tief gedemütigt fühlte. »Natürlich nur, wenn Ihr es annehmt«, fügte er steif hinzu.

»Wir nehmen Euer Schwert mit Freuden an, Mylord«, antwortete Ethelred, der König, mit seiner freundlichen Höflichkeit. »Und Euer tapferes Herz dazu. Die Schlacht findet morgen statt. Was man auf dem Hügel dort drüben sieht, sind die Dänen.«

»Morgen?« fragte Ethelred erstaunt. Dann sagte er mit einer Inbrunst, die von Herzen kam: »Gott sei Dank!«

Darüber grinste Alfred. »Ihr habt seit Nottingham lange warten müssen, mein Freund.«

»Das ist wahr.« Der junge Ethelred grinste zurück und fuhr sich mit der schmutzigen Hand durchs Haar. »Wenn Ihr mir vielleicht zeigen könntet, wo ich etwas zu essen finde, Mylord...«

Alfred ging bis spät im Lager umher, sprach mit den Thanen, die er kannte, scherzte mit einem Mann hier, ermunterte einen anderen dort. Die Stimmung des Heeres war zuversichtlich. Die Männer waren überhaupt nicht entmutigt dadurch, daß sie bei Reading vom Feld getrieben worden waren; sie schienen sich sogar auf das nächste Gefecht zu freuen. Diesmal, sagten sie zu ihrem Prinzen, gab es keine Flüsse, zwischen denen man sie einschließen konnte!

Als Alfred schließlich zu seinem eigenen Zelt zurückkehrte, war er zufrieden. Der Boden war vor Kälte gefroren, und am Himmel leuchteten die Sterne. Es sah nicht aus, als würde das Wetter bei dem morgigen Gefecht eine Rolle spielen. Die Anzahl der Truppen war fast ausgeglichen. Der Sieg würde an das Heer gehen, das härter kämpfte.

Wenn es Gott gefiele, würden das die Westsachsen sein!

Sobald die ersten Lichtstrahlen den Himmel erhellten, rührten sich die Dänen. Die Westsachsen aßen Brot und Käse und beobachteten, wie der Feind auf der Hügelkette über ihnen langsam seine Truppen in Schlachtordnung brachte. Die Anführer von Wessex – der König, der Bruder des Königs, Alfred, die Ealdormen, die Leibgarde des Königs und der vereinzelte mercische Adlige, der ihnen zu Hilfe geeilt war – trafen sich vor dem Lederzelt des Königs zum Kriegsrat.

»Sie stellen sich in zwei Kolonnen auf«, sagte Osric, Ealdorman von Hampshire. Alle Männer drehten sich um und sahen noch einmal zur Hügelkette hinüber. Der Ridgeway teilte die Hügel, und auf einer Seite des alten Weges stand eine Kolonne, über der das Rabenbanner der Anführer, der Könige Halfdan und Bagsac, wehte. Die andere Kolonne sammelte sich unter einer Vielzahl individueller Wimpel.

»Die Wimpel auf der linken Seite gehören zu den einzelnen Jarlen«, sagte Ethelnoth von Somerset.

»Also stehen die Männer des Königs rechts und die der Jarle links«, sagte Ethelred.

Die Männer seines Rates grunzten zustimmend.

»Wir werden uns auch in zwei Kolonnen aufstellen«, sagte Ethelred. »Ich führe die Kolonne gegen Halfdan an, Alfred die gegen die Jarle.«

Die Ealdormen schwiegen überrascht und sahen sich an. Ethelnoth von Somerset, der bei Aclea mit Ethelbald gekämpft hatte und sein Freund gewesen war, sagte: »Mylord, der Prinz ist so mutig wie ein Löwe, daran besteht kein Zweifel. Aber er ist erst einundzwanzig Jahre alt und reichlich jung für eine solche Verantwortung. Überlaßt die linke Seite mir oder einem anderen von uns Älteren, die mehr Kriegserfahrung haben.«

Alfred sagte nichts, doch sein Gesicht war angespannt; seine Augen waren verengt und funkelten vor Wut.

»Nein«, sagte Ethelred. »Alfred übernimmt die linke Seite; und Mylords, falls mir heute auf dem Schlachtfeld etwas zustossen sollte: Ich befürworte Alfreds Nachfolge.«

Dieser Befehl des Königs rief keinen Widerspruch hervor. Keiner der Anwesenden wünschte sich, daß in Wessex ein Kind das Ruder übernahm. »Gut«, sagte Ethelred ruhig. »Laßt uns die Waffen anlegen und zu unserem Herrn und allen Heiligen für den Sieg beten.«

Alfred war sehr still, als er seine Kampfausrüstung anzog. Brand, der dem Prinzen half, sah in das vertraute Gesicht und sagte dann doch nicht, was ihm auf der Zunge gelegen hatte. Alfreds Gedanken waren nicht bei Brand. Der Than hob den Kettenpanzer des Prinzen hoch, damit er ihn über die Ledertunika ziehen konnte, die er bereits trug. Als das Panzerhemd richtig saß, reichte er dem Prinzen sein Schwertgehenk. Alfred blickte von dem Gehenk zu dem Mann, der es hielt, und tauchte zum ersten Mal wieder aus seiner Gedankenverlorenheit auf. Die goldenen Augen registrierten das Gesicht des Thans. »Möge Gott heute mit Euch sein, Mylord«, sagte Brand voll Inbrunst.

»Mit Euch ebenso.« Die vertraute, abgehackte Stimme klang genauso wie immer. Brand lächelte, und nach einer Weile klopfte Alfred seinem Than auf die Schulter. »Wir werden sie schlagen, mein Freund.« Er grinste. »Ich weiß es.«

Ganz plötzlich wußte auch Brand es. Seine grünlichen Augen glühten. »Ja, Mylord!«

Alfred schob das Schwert ins Gehenk und steckte seinen Sachsdolch in das Gehenk auf der anderen Seite. Sein Haar war mit dem für ihn typischen grünen Stirnband zusammengebunden. Die Westsachsen kämpften immer noch unbehelmt. »Bewaffnet Euch, Brand«, sagte er kurz angebunden. »Und folgt mir.«

Brand beeilte sich, um nicht zu weit zurückzubleiben.

Als das Morgenlicht den Himmel vollständig erhellte, hatten die beiden Heere ihre Positionen eingenommen. Die Dänen auf der Hügelkette östlich des Ridgeway hatten die höhere Stellung. Ethelred hatte seine Männer zu einer leichten Steigung hinter dem Lager südwestlich des Ridgeway geführt. Die reine, kalte Januarsonne strahlte, die beiden Armeen standen sich in einem Abstand von nur tausend Metern gegenüber. Das Schreien ritueller Schmähungen, das jede Schlacht ankündigt, begann, und Schwerter schlugen dröhnend auf Schilde. Der Lärm aus den dänischen Reihen war entsetzlich, und während sie in der hellen Sonne warteten, wuchs die Spannung in den westsächsischen Linien. Im Kriegsrat hatten die Anführer beschlossen, in die Offensive zu gehen. Nur so bestand die Hoffnung, den Vorteil der Dänen, die Kontrolle über den Hügel, unwirksam zu machen und die Macht ihres Sturmangriffs zu brechen. Dennoch standen sie jetzt im kalten Sonnenlicht und warteten.

Alfred stand unter seinem persönlichen Banner mit dem weißen Pferd, blickte zum anderen Flügel hinüber und hielt Ausschau nach seinem Bruder. Der goldene Drache von Wessex wehte zwar, doch der König war nicht darunter zu sehen.

»Wo ist der König?« fragte er Osric, den Ealdorman von Hampshire, der unter seinem Befehl kämpfte.

Das Gesicht des Ealdorman war grimmig. »Hört in seinem Zelt die Messe«, antwortete er.

Alfred sah zum Zelt des Königs hinüber, das hinter den Kampflinien aufgeschlagen war. Er antwortete unwillkürlich: »Doch wohl nicht jetzt?«

»Doch, Mylord«, kam die stoische Antwort. »Jetzt.«

Auf dem Hügel gegenüber begannen die Massen sich zu bewegen. Dann erschallten Hörner und aus den dänischen Linien ertönten noch lautere Schreie. Sie erhoben ihre Schilde mit den hellen Farben und begannen, langsam den Hügel hinabzurücken. Sie bedeckten den gesamten Abhang, und ihr Lärm war mörderisch.

»*Brand!*«

»Ja, Mylord?« Der Than war sofort an Alfreds Seite.

»Lauft zum König und sagt ihm, daß die Dänen vorrücken. Wir müssen jetzt angreifen!«

Alfred hatte kaum zu Ende gesprochen, da war Brand schon verschwunden.

Die Dänen hielten ihren Sturmangriff noch zurück, ließen aber ihre Schlachthörner ertönen. Die westsächsischen Fyrds wurden unruhig. Alfred sah, daß die Männer zu ihm blickten, und dann zum Banner des Königs.

Gott im Himmel, dachte er. *Ethelred muß jetzt angreifen!*

Brand war jetzt neben ihm. Er war so schnell gerannt, daß er außer Atem war. »Mylord, der König sagt, er verläßt den Altar nicht, bevor der Priester die heilige Zeremonie beendet hat. Das würde das allerschlimmste Unglück bringen.«

Osric sah Alfred an, als er Brands Antwort hörte. »Was sollen wir tun, Prinz?« fragte er. »Wenn wir noch länger warten, müssen wir uns von der Schlacht zurückziehen.«

»Die Gebete des Königs mögen sich zwar zu unseren Gunsten auswirken«, antwortete Alfred grimmig, »aber wir müssen uns auch selbst helfen.« Er zog sein Schwert. »Wir greifen an.«

Osric sah unsicher aus. »Ohne den König?«

Alfred spürte die Rastlosigkeit des Heeres. Noch eine Minute, und alles wäre verloren. Er wandte sich an Osric, und sein Gesicht war hell und wild wie das eines Falken. »Ohne den König«, sagte er. »Folgt mir.« Er erhob sein Schwert, ließ den Schrei seines Hauses ertönen, »*Wessex! Wessex!*«, und stürmte den Hügel hinab. Die Männer unter seinem Kommando strömten ihm nach. Nach kurzem Zögern folgte auch die führerlose Kolonne des Königs.

Die Dänen, die sahen, daß die Westsachsen angriffen, stürmten nun ebenfalls vorwärts. Die beiden Armeen stießen am Fuße des Tales mit Gerassel zusammen. Der Schock über den westsächsischen Sturmangriff war so groß, daß er die Dänen zwang, sich ein Stück den Hügel hinauf zurückzuziehen, woher sie gekommen waren.

Brand bemühte sich, seine Stellung hinter Alfred zu halten. Der Prinz befand sich in der vordersten Schlachtreihe, und Edgar zu seiner Rechten hielt das Banner hoch, um allen auf dem Feld Alfreds Position anzuzeigen. Die Westsachsen drängten nach vorn, angespornt von ihrem ungestümen Prinzen. Sie kamen immer weiter den Hügel hinauf und drängten die Dänen zurück. Auf halber Höhe gab es eine Wegkreuzung, eine Stelle, an der sich fünf alte Wege trafen. Die Kreuzung war durch einen vereinzelten, verkümmerten Dornenbaum markiert, und dort gewannen die Dänen Halt. Der langsame Rückzug kam zum Stillstand, und die Männer unter dem Banner eines ihrer Jarle, dem Banner eines großen, goldenen Adlers, sammelten sich.

Erlend kämpfte darum, sich in der Nähe von Guthrums Adlerbanner zu halten. Bei Thors Hammer, er hatte nicht gewußt, daß eine Schlacht so verbissen sein konnte. Der Westsachse, der unter dem Banner des weißen Pferdes kämpfte, war wie ein Wildschwein im vollen Angriff. Erlend hatte schon gedacht, ihn könnte nichts stoppen. Doch jetzt behauptete sich Guthrum, schrie und tobte und feuerte seine Männer an, vorwärts zu stürmen und die Westsachsen den Hügel hinabzudrängen. Der Kampf zwischen den Anführern konzentrierte sich um den Dornenbaum herum. Es war Mann gegen Mann, ein Klirren von Schwertern, Streitäxten und Speeren, ein blutiges Geben und Nehmen, in dem die Toten den Lebenden vor die Füße fielen, und die Verwundeten unbeachtet im Todeskampf lagen, während die Schlacht über ihnen tobte. Erlend sah, wie sein Onkel, der von Toten umgeben war, über die von ihm zu Fall gebrachten Männer stieg, um an die nächsten heranzukommen,

In seinen Adern brannten Stolz und das Feuer der Schlacht. Er kämpfte sich an die Seite seines Onkels durch. Sein Arm war bis zur Schulter blutbeschmiert, und er hackte, fluchte und tötete wie alle anderen aus Guthrums Gefolge. Unter dem Banner des weißen Pferdes wüteten die Männer aus Wessex ebenso heftig.

Bei Thors Hammer, dachte Erlend, als er einen Schlag auf die kettengepanzerte Schulter bekam und sich umwandte, um genauso fest zurückzuschlagen. Am Abend würde keiner von ihnen mehr am Leben sein, um den Sieg für sich in Anspruch zu nehmen!

Dann kam ein Triumphgeschrei vom Fuße des Hügels. Erlend sah, wie Guthrum in die Richtung blickte, aus der der Lärm kam, verschränkte zur Deckung seinen Schild mit dem seines Nachbarn und schaute ebenfalls dorthin.

Auf Seite der Westsachsen kamen frische Truppen aufs Feld.

»Vorwärts, Söhne des Odin!« schrie Guthrum. Doch die Männer um ihn herum zauderten jetzt.

»Verstärkung. Sie bekommen Verstärkung.« Die Nachricht verbreitete sich durch die Linien der Wikingerarmee. Sie konnten sich kaum gegen die Truppen behaupten, die sich gegenwärtig auf dem Feld befanden. Neue Männer würden schnell die Wende bringen. Langsam verloren die Dänen an Boden.

»Sind die Mercier doch gekommen?« schrie Alfred Edgar zu, der wie durch ein Wunder noch immer unverletzt war und das Banner mit dem weißen Pferd umklammerte.
»Ich glaube nicht –«
»Es sind nicht die Mercier, Mylord«, rief Brand hinter ihm. »Es ist der König. Der König und seine Leibgarde. Sie kommen aus der Messe und kämpfen mit!«

Auf Alfreds Gesicht waren Blutstreifen; er hatte sich mit der Hand darübergewischt. Seine Haare waren von Feindesblut verfilzt. Doch das Sonnenlicht brachte seine klaren, goldenen Augen zur Geltung, und ein strahlendes Grinsen ließ seine Zähne aufblitzen. »Ethelred!« sagte er. »Perfekt!« Er wandte sich wieder der Schlacht zu und stürzte sich aufs neue ins Gefecht.

Ethelreds Thane, alles geübte Krieger, die es nicht erwarten konnten, mitzumischen, drängten enthusiastisch an die Front. Der erneute Angriff nahm den Dänen den Mut. Zuerst langsam, dann immer schneller wandten die Dänen sich ab und flohen vom Feld. Guthrum hielt länger aus als die meisten, aber als er sah, daß er der einzige Jarl war, der sich noch auf dem Schlachtfeld befand, befahl auch er seinen Männern den Rückzug. Die Gegend um den Dornenbaum herum war mit Toten übersät, als Alfred endlich zu seinem Bruder, dem König ging, um sich mit ihm zu beraten.

»Ein Sieg!« sagte Ethelred, als er Alfred näher kommen sah. »Um Gottes willen, Alfred! Bist du verwundet? Du bist über und über voll Blut.«

»Das ist nicht meins«, antwortete Alfred und wischte sich die Hände an der Hose ab. »Ethelred, ich finde, wir sollten sie verfolgen. Sie sind jetzt nicht mehr in der Lage, uns zu schaden, und je mehr von ihnen wir töten, desto weniger werden morgen gegen uns antreten.«

»Ich stimme Euch zu, Mylord.« Es war Ethelnoth von Somerset, der nun herankam. »Sie fliehen Hals über Kopf. Wir sollten sie verfolgen, bis es dunkel wird.«

»In Ordnung«, sagte Ethelred. »Gebt den Fyrds den Befehl, die Verfolgung aufzunehmen.«

Ethelnoth nickte, wandte sich jedoch nicht sofort zum Gehen. Statt dessen fiel sein Blick auf die blutüberströmte Gestalt des Prinzen. »Ich werde Eure Führungskraft nie wieder in Frage stellen, Alfred von Wessex«, sagte der ältere Mann feierlich. »Ihr seid ein wahrer Sohn Eures Hauses, ein Kriegsführer, unter dem ich immer mit Stolz dienen werde.«

»Ich danke Euch, Mylord von Somerset«, antwortete Alfred ebenso würdevoll. »Aber den Sieg hat uns der König gebracht. Er kam gerade rechtzeitig.« Er sah seinen Bruder an und grinste. »Ihr kamt mit solcher Wucht, Ethelred, daß ich Euch für die Mercier gehalten habe!«

Ethelred, dessen Kampfausrüstung kaum beschmutzt war, legte den Arm um die Schultern seines Bruders. »Du hast sie für mich in Schach gehalten, Alfred. Ethelnoth und die gesamte Armee wissen das.« Er lachte ein wenig unsicher. »Ich kann kaum fassen, daß es wahr ist. Wir haben gewonnen!«

Die Brüder standen nahe beieinander und überblickten den Schauplatz vor ihnen. Der gesamte Hügel und das Tal waren mit Gefallenen übersät. Die meisten Westsachsen waren jetzt dabei, die fliehenden Dänen zu verfolgen, abgesehen von den Trupps, die das Schlachtfeld absuchten und die Verwundeten von den Toten trennten. Die Wintersonne fiel auf diese Höllenszenerie, und Alfred sagte grimmig zu Ethelred: »Ja, Ethelred. Wir haben gewonnen.«

18

ERLEND und Guthrum erreichten erst nach Einbruch der Dunkelheit die sicheren Stadtmauern von Reading. Am nächsten Tag wurde das volle Ausmaß ihrer Niederlage bekannt. Bagsac war tot, ebenso fünf Jarle, darunter der ehrwürdige Sidroc, der Halfdan länger gedient hatte, als sich irgendjemand erinnern konnte. Fast zweitausend Mann waren gefallen.

Guthrum saß stumm in Halfdans Bretterhütte und folgte den Gesprächen um sich herum. Sein Gesichtsausdruck war unergründlich. Er hatte zwar eine große Anzahl seiner eigenen Männer retten können, doch das tröstete ihn nicht. Guthrum hatte noch nie eine Schlacht verloren. Das Gefühl gefiel ihm ganz und gar nicht.

»Wer war der Anführer, der unter dem weißen Pferd gekämpft hat?« fragte er schließlich, als in der Diskussion eine Pause entstand und alle ihn verwirrt ansahen, weil er schwieg.

»Der Bruder des Königs«, sagte Halfdan. Sein gegerbtes, zerfurchtes Gesicht sah aus wie immer. Halfdan war zu kriegserfahren, um wegen einer verlorenen Schlacht zu verzweifeln. »Er heißt Alfred. Er ist sehr jung, habe ich gehört. Noch nicht einmal Mitte Zwanzig.«

Guthrum grunzte. Alfred, dachte er und sah vor seinem geistigen Auge noch einmal die schlanke Gestalt unter dem wehenden, scharlachroten Banner des weißen Pferdes. Er hatte den Angriff angeführt, hatte die Westsachsen immer weiter nach vorne drängen lassen. Guthrum war selbst ein begeisterter Schlachtführer; er erkannte seinesgleichen sofort.

»Ihr König war nicht auf dem Feld, Mylord«, sagte einer der anderen Jarle. Der Wikingerkriegsrat tauschte verächtliche Blicke aus. Es war ihnen unbegreiflich, daß ein Anführer seine Männer in den Kampf ziehen ließ, während er selbst in Sicherheit zurückblieb.

»Er hat Angst vor dem Blutadler«, sagte Halfdan. Er lächelte zufrieden und zeigte dabei seine fleckigen, abgebrochenen Zähne. Dann sah er sich noch einmal in dem reduzierten Kreis seines Kriegsrats um und gab seine Entscheidung bekannt. »Wir können nicht zulassen, daß sie sich auf diesem Sieg ausruhen«, sagte er. »Sie erwarten bestimmt, daß wir uns ruhig verhalten und uns den Winter über die Wunden lecken. Das werden wir nicht tun. Wir werden zuschlagen. Wir werden das Rabenbanner direkt in ihr Herzland tragen. Wir werden ihre Hauptstadt Winchester ins Visier nehmen und sie ausplündern.«

Die Westsachsen stellten Wachen auf, die das Wikingerlager bei Reading beobachten sollten, und quartierten ihre eigenen Truppen in Silchester ein, an der Kreuzung der beiden römischen Straßen, über die die Dänen am wahrscheinlichsten kommen würden, falls sie versuchten, Reading zu verlassen. Alfred bot sich freiwillig an, die Nachricht ihres Sieges nach Winchester zu überbringen.

»Ich brauche ein Bad«, sagte er am Morgen nach Ashdown zu Ethelred. »Laß mich Elswyth und Cyneburg die Nachricht überbringen, und in zwei Tagen bin ich wieder bei euch.«

Ethelred sah seinen Bruder amüsiert an und sagte sarkastisch: »Elswyth wird ihren properen Ehemann kaum wiedererkennen«, sagte er. »Du bist dreckig.«

Alfred hatte sich unter den eisigen Bedingungen im Lager so gut wie möglich gewaschen, aber er sah bei weitem nicht so makellos aus wie sonst. Sein Haar war so hart und verfilzt, daß er es einfach mit seinem Stirnband im Nacken zusammengebunden hatte. Jetzt antwortete er Ethelred ein wenig gereizt: »Ich habe getrocknetes Blut unter den Fingernägeln und in den Haaren, und ich kann es nicht ohne heißes Wasser und Seife abwaschen.«

Ethelred sah ihn sich genauer an. Er zog Alfred schon seit Jahren wegen seiner Reinlichkeit auf. »In den Ohren auch«, sagte er. »Wie um Himmels willen hast du Blut in die Ohren bekommen?«

»Ich weiß nicht. Ich weiß nur, daß ich es loswerden will!« In Alfreds Stimme lag ein panischer Unterton, und Ethelreds Belustigung erstarb sofort.

»Geh nach Winchester«, sagte er. »Hier passiert bestimmt nichts. Trotzdem werden wir Reading weiter bewachen.«

»In zwei Tagen bin ich wieder da«, sagte Alfred.

»Kein Grund zur Eile«, sagte Ethelred vergnügt. »Die Dänen werden auf dich warten.«

Alfred nahm Brand und Edgar mit und brach nach Winchester auf. Es war noch kälter geworden, und der Himmel sah aus, als würde es demnächst schneien. Die drei Männer behielten meist einen leichten Galopp bei. Das hielt sie warm und brachte sie schneller voran. Die Dunkelheit brach herein, als sie endlich die Mauern und Tore von Winchester vor sich sahen. Sie ritten ein, als die ersten Schneeflocken fielen.

Alles, was Alfred wollte, war ein Bad. Aber Cyneburg war auf die Treppe des großen Saales gerannt gekommen, und er mußte zu ihr gehen. Elswyth war nirgendwo zu sehen, deshalb wandte er sich an Brand und bat: »Sagt Ihr meiner Frau, daß ich hier bin?«

»Ja, Mylord«, antwortete der Than sofort. Er übergab die Zügel jemand anderem und machte sich auf zum Prinzensaal. Alfred begab sich zur Frau seines Bruders.

»Ethelred geht es gut«, sagte er, sobald er in Hörweite kam. »Es hat eine Schlacht gegeben, und wir haben gewonnen.«

Cyneburgs angespanntes Gesicht erhellte sich. Sie lächelte zu Alfred auf, als er die oberste Stufe erreichte. »Unsere Gebete sind erhört worden«, sagte sie inbrünstig. »Komm herein und wärme dich.«

Alfred folgte ihr in den Saal, lehnte es jedoch ab, Platz zu nehmen. »Ich bin nicht in der Verfassung, vor dem Feuer einer Frau zu sitzen, Cyneburg«, sagte er entschieden. »Ich brauche ein Bad. Aber die Nachricht, die ich bringe, ist ermutigend. Wir haben die Dänen nach Reading zurückgedrängt und mehr als zweitausend ihrer Männer getötet.« Er schenkte ihr ein kleines Lächeln. »Ethelred hat den Sturmangriff angeführt, der ihren Widerstand gebrochen hat.«

»Geht es ihm auch gut?«

»Er ist bei bester Gesundheit.«

Cyneburg lächelte strahlend. »Gott sei Dank.«

Die Tür zum Saal öffnete sich, und die Stimme, auf die er gewartet hatte, sagte: »Alfred! Ihr habt gewonnen?«

Er sah seine Frau an. »Das haben wir.« Dann sagte er töricht, als ob das alles war, was zählte: »Elswyth, ich brauche ein Bad.«

»Gut. Komm mit, dann bekommst du eins«, antwortete sie. Sie war jetzt an seiner Seite, und er blickte hinab in die dunkelblauen Augen, die er liebte. Er machte keine Anstalten, sie zu küssen oder irgendwie anzufassen, und nach dem Bruchteil einer

Sekunde wandte sie sich an Cyneburg. »Alfred hat zwei Thane mitgebracht. Gebt Ihr ihnen etwas zu essen, Mylady?«

»Natürlich«, antwortete Cyneburg. »Dann können sie mir alles über die Schlacht erzählen. Du brauchst heute abend nicht mehr zum großen Saal zu kommen, Alfred.«

Er hatte kaum Zeit, ihr zu danken, weil Elswyth sich so rasch zur Tür begab. Er holte sie ein, und sie gingen zusammen in die frühe Winterdunkelheit. Es lag jetzt Schnee auf der Saaltreppe. Alfred machte eine Bewegung, um den Arm seiner Frau zu ergreifen, bremste sich jedoch und sagte statt dessen scharf: »Sei vorsichtig. Es ist glatt.«

Sie nickte und ging, obwohl sie schwanger war, trittsicher neben ihm die Treppe hinab. Seite an Seite schritten sie zum Prinzensaal. Sie sprachen kaum. Sobald sie in der Tür waren, rief Elswyth nach der Holzwanne, die sie zum Baden benutzten.

»Papa!« Seine Tochter hatte ihn erblickt und kam auf sicheren Beinen über den mit Binsen bestreuten Boden auf ihn zu. Flavia war ein außergewöhnlich bewegliches und weit entwickeltes Kind. Sie hatte schon mit zehn Monaten laufen und sprechen können. Ihre vier kleinen Zähne blitzten in einem wunderbaren Lächeln auf, und sie streckte die Arme aus, um hochgenommen zu werden.

Alfred wich zurück. Es geschah, bevor er wußte, was passierte, deshalb konnte er es nicht verbergen. Flavia hielt inne und blickte von ihm zu Elswyth. »Mama?« sagte sie plötzlich verunsichert.

Elswyth trat vor und nahm das Kind auf den Arm. »Papa ist ganz schmutzig, Flavia«, sagte sie ruhig. »Er will dich nicht anfassen, bevor er gebadet hat.«

»Schmutzig?« sagte Flavia und betrachtete Alfred von Elswyths sicheren Armen aus. Ihre blaugrünen Augen waren vor Verwunderung geweitet. »Papa?«

»Sehr schmutzig«, sagte Alfred.

Flavia sah genauer hin. »Schmutzig!« Sie klang außerordentlich erfreut.

Elswyth hielt Ausschau nach Flavias Amme, und als die Frau herantrat, übergab sie ihr ihre Tochter. Flavia schrie aus Protest.

Elswyth schenkte ihr keine Beachtung und sagte zu Alfred: »Komm mit ins Schlafgemach. Dein Bad wird bald fertig sein.«

Es schien Ewigkeiten zu dauern, bis die Wanne gefüllt war. Immer wieder gingen Dienerinnen mit Wassereimern ein und aus. Alfred stand da, die Hände hinterm Rücken versteckt, und hörte Elswyths Erzählung über einen neuen Wurf Hundewelpen zu. Endlich war die Wanne voll, und er konnte seine Kleider ablegen und seinen schmutzigen, blutverschmierten Körper ins heiße Wasser eintauchen. Elswyth gab ihm ein Stück Seife und ging hinaus in den Hauptsaal. Er tauchte den Kopf unter Wasser und wusch sich die Haare. Dreimal. Dabei wurden auch seine Fingernägel sauber. Er schrubbte Ohren, Gesicht, Brust und Knöchel. Die Wanne stand zwar vor dem Kohlenbecken, aber es war trotzdem kühl im Schlafgemach. Das Wasser wurde bereits kalt, als er sich endlich sauber genug fand. Die Dienerin hatte ein Handtuch auf einen Schemel gelegt, und sobald er aus der Wanne stieg, wickelte er sich darin ein. Hastig trocknete er sich ab und griff nach den sauberen Kleidern, die Elswyth ihm auf dem Bett bereitgelegt hatte. Als Elswyth zurück ins Zimmer kam, saß er angezogen auf dem einzigen Stuhl und band gerade die Strumpfbänder über Kreuz um seine Hosenbeine.

Er sah sie an, mit einem sehr langen Blick, dem ersten, den er sich seit seiner Heimkehr gestattete. Sie lächelte. »Besser?«

Er lächelte schief zurück. »Besser.«

Sie stellte sich neben ihn, nahm das Handtuch und rieb sein Haar trocken. Bereitwillig gab er sich ihrer Berührung hin. Selbst als sie einen Kamm nahm und rücksichtslos damit an dem noch feuchten, wirren Haar zerrte, rührte er sich nicht. Er sprach erst, als sie fertig war.

»Ich konnte es nicht ertragen, dich zu berühren«, sagte er. »Ich habe mich so ... unrein gefühlt. Ich habe so viele Männer getötet, Elswyth.« Er saß noch immer auf seinem Stuhl, und sie stand jetzt vor ihm. Mit dunklen Augen sah er zu ihr auf. »Ich konnte dich und Flavia nicht berühren, solange ich das ganze Blut an mir hatte.«

»Ich weiß«, sagte sie. Ihr schönes Gesicht war sehr ernst. »Das habe ich gesehen.«

Er erschauderte. »Ethelred hat gesagt, ich hatte es sogar in den Ohren!«

Darauf trat sie näher und zog sein Gesicht gegen ihren massigen Bauch. »Jetzt bist du wieder sauber«, sagte sie ruhig.

Er preßte sich an sie, und sie hielt ihn fester. Schließlich sagte er mit gedämpfter Stimme, die eindeutig einen bitteren Unterton hatte: »Wenigstens habe ich mich nicht vor meinen Männern übergeben.«

Sie strich das Haar glatt, das erst wieder golden würde, wenn es trocken war. »Falken töten gedankenlos und ohne Gnade«, sagte sie. »Genauso wie Wildschweine. Es ist gut, daß Menschen sich von Tieren unterscheiden. Hat Gott uns nicht deshalb Seelen gegeben?«

Es folgte ein langes Schweigen. Dann sagte er: »Du hältst mich also nicht für einen Feigling, weil ich das Töten so schwer nehme?«

»Nein.« Das Baby in ihr versetzte ihr einen Tritt, so daß sie beide es spürten. Sie sagte leise: »Ich habe Leben in mir getragen und weiß, wie wertvoll es ist, mit wieviel Sorge und Anstrengung es zur Welt gebracht wird. Es ist richtig, den Tod zu betrauern, auch wenn das Leben aus Notwendigkeit beendet wurde.«

Langsam machte er sich von ihr los und erhob sich. Einen Augenblick standen sie schweigend da, den Stuhl zwischen ihnen. Er sah ihr in die Augen. »Auf dem Schlachtfeld«, sagte er aufrichtig, »habe ich gedankenlos und ohne Gnade getötet. Erst danach ...«

Ihre Antwort war prosaisch. »Wenn man erst einmal auf dem Schlachtfeld ist, Alfred, hat man keine andere Wahl, als zu töten. Oder getötet zu werden. Und für mich bist du mehr wert als die gesamte dänische Armee. Denk daran, wenn du dein Schwert in die Hand nimmst.«

Er gab keine Antwort, aber seine Augen sahen wieder aus wie immer, klar und golden; der dunkle Blick war verschwunden. Sie griff nach seiner Hand. »Komm und schließ Frieden mit Flavia«, sagte sie. »Sonst wird sie heute nacht keine Ruhe geben.«

Alfred schlief unruhig, und am nächsten Morgen wachte er mit Kopfschmerzen auf. Er war nicht einmal überrascht über den vertrauten, unangenehmen Schmerz. Es schien, als würde er immer nach großer emotionaler Anstrengung kommen.

Elswyth schien auch nicht überrascht zu sein. »Es schneit«, sagte sie zu ihm. »Du hättest sowieso nicht aufbrechen können.« Dadurch fühlte er sich etwas besser. Er legte sich hin und wartete auf das Ende des Anfalls.

Gegen Abend ließen die Kopfschmerzen nach, und er schlief ein. Als er wieder wach wurde, war es dunkel, und die Lampe war angezündet. Daneben saß Elswyth auf einem Stuhl, und im klaren, gelben Lichtschein lag ihr Gesicht bloß.

Sein erster Gedanke war, daß sie müde aussah. Unter den blauen Augen hatte sie leichte Schatten, die ihm noch nicht aufgefallen waren, und die Wangen unter den großartigen Wangenknochen waren eingefallen. Sie sieht älter aus, dachte er, so viel älter als das Mädchen, das ich erst vor zwei Jahren geheiratet habe. Sie wußte nicht, daß er sie beobachtete, und sie verlagerte ihr Gewicht, als ob sie unbequem säße. Sie stützte sich ab und nahm wieder eine andere Position ein.

Zwei Babys in zwei Jahren, dachte er traurig. Sicher, ein Kind war ein Geschenk Gottes. Trotzdem hatte Alfred sich nicht gefreut, als Elswyth ihm gesagt hatte, daß sie noch ein Kind bekommen würden. Er wußte, wie eingeschränkt sie sich gefühlt hatte, während sie mit Flavia schwanger ging; und jetzt mußte sie die langen, ermüdenden Monate der Schwangerschaft nach so kurzer Zeit wieder ertragen.

Was hatte sie gestern zu ihm gesagt? »Ich weiß, mit wieviel Sorge und Mühe Leben auf diese Welt kommt.« Plötzlich durchfuhr ihn ein Gefühl von Ärger und Frustration. Er hatte sie nicht geheiratet, um ihr eine solche Bürde zu sein!

Es war so schnell geschehen, weil Elswyth aufgehört hatte, Flavia zu stillen. Jedenfalls hatte Cyneburg das gesagt. Elswyth hatte einen Fieberanfall bekommen, der zwar kurz gewesen war, aber so heftig, daß sie keine Milch mehr hatte. Flavia mußte einer Amme überlassen werden, und innerhalb eines Monats war Elswyth wieder schwanger.

Dieses Kind würde sie stillen, bis es reiten konnte, dachte Alfred wild entschlossen. Sie wandte den Kopf, als würde sie seine Unruhe spüren.

»Alfred. Du bist wach.« Sie stand auf und stellte sich neben das Bett. Sie lächelte. »Besser?«

Sie trug noch ihr blaues Kleid. Ihr Haar war aus dem Gesicht gekämmt und auf dem Kopf zu einer geflochtenen Krone festgesteckt. Wie wenigen Frauen diese strenge Frisur doch steht, dachte er. Elswyths eingefallene Wangen betonten die Schönheit ihrer Wangenknochen nur noch mehr. »Ja«, sagte er schließlich. »Viel besser.« Er setzte sich auf und baute ihr aus Kissen eine Rückenstütze neben sich. »Komm zu mir«, sagte er. »Du siehst müde aus.« Als sie zögerte, stand er auf, kam um das Bett herum, nahm sie hoch und setzte sie sanft in das Nest, das er gebaut hatte. Sie lachte, lehnte sich zurück und versuchte eine bequeme Stellung zu finden. Er stopfte ihr ein Kissen ins Kreuz. »Besser?«

»Ja.«

Wieder ging er um das Bett herum und setzte sich neben sie. Er nahm ihre dünne Hand. »Es ist bald soweit«, sagte er sanft.

Sie seufzte. »Hoffentlich.« Dann sagte sie: »Es hat vorhin aufgehört zu schneien, aber jetzt hat es wieder angefangen.«

»Ich muß morgen aufbrechen. Ich habe Ethelred versprochen, mich nicht aufzuhalten.«

Sie sah auf ihre fest umschlungenen Hände, die so still auf seinem Oberschenkel lagen. Auch er trug seine Kleidung, jedoch weder Lederstrumpfbänder noch Schuhe. »Ich will nach Wantage«, sagte sie.

»Wantage ist zu nahe bei Reading, Liebes«, antwortete er immer noch sanft. »Außerdem bist du nicht in der Verfassung zu reisen.«

Sie starrte immer noch auf ihre Hände. »Ich hasse Winchester. Ich habe hier keine Beschäftigung.«

»Ich weiß. Wenn das Baby erst da ist, werde ich dich zu einem unserer Güter bringen. Wenn nicht nach Wantage, dann nach Chippenham, oder vielleicht nach Sussex.«

»Mir gefällt es auf Wantage besser. Auf Wantage oder Lambourn.« Sie klang mürrisch, gar nicht wie sie selbst.

»Sobald die Dänen Reading verlassen, kannst du zurückkehren. Ich verspreche es, Elswyth.«

Sie hob die Augen und sah ihm ins Gesicht. »In Winchester fühle ich mich nicht zu Hause.«

»Nicht?« Er legte den Arm um sie und zog sie fest an sich. Sie lehnte den Kopf an seine Schulter, und er hörte einen müden Seufzer. Er ballte die Faust, aber seine Stimme war ruhig, als er sagte: »Ich wußte, ich würde Kopfschmerzen bekommen. Es war unvermeidlich. Und alles, was ich dachte, war, daß ich nach Hause muß, bevor es passiert. Daß ich sie nicht im Lager bekommen durfte.«

Sie bewegte sich ein wenig. »Dann ist Winchester also für dich zu Hause?« Sie klang überrascht.

»Nein«, antwortete er schlicht. »Du bist es.«

Es folgte eine lange Pause. Das Holzkohlenbecken brannte in der Ecke und spendete ein trüberes Licht als die Öllampe. »Ja«, sagte sie schließlich. »Das ist der Grund. Kein Ort ist mein Zuhause, wenn du nicht da bist. Aber auf Wantage wäre es besser als hier.«

Er lachte ein wenig unsicher. »Ich werde mein Bestes tun, um die Dänen aus Reading zu verjagen, Liebes, damit du nach Wantage kannst.«

»Nein!« Sie entzog sich ihm und drehte sich um, damit sie ihm ins Gesicht sehen konnte. »Du bist am sichersten, wenn sie in Reading bleiben. Kümmer dich nicht um mich, Alfred. Ich bemitleide mich nur selbst. Schenk meinen Worten keine Beachtung.«

»Ich schenke deinen Worten immer Beachtung«, antwortete er. »Normalerweise sagst du sehr viele vernünftige Dinge.«

»Im Moment nicht.« Sie nahm seine Hand und hielt sie an ihre Wange. »Wenn das Baby erst einmal da ist, wird es wieder besser.«

»Ganz bestimmt. Laß uns hoffen, daß wir dann erst einmal ein paar Jahre keine Kinder mehr bekommen.«

»Dazu sage ich Amen«, bemerkte Elswyth, und zum ersten Mal hörte er einen bitteren Unterton in ihrer Stimme.

Er legte die Hand auf ihr Haar und dachte, daß es vielleicht gar nicht schlecht war, wenn er fort im Krieg war. Das würde ihr eine Atempause verschaffen.

Es schneite die ganze Nacht, aber in der Morgendämmerung hörte es wieder auf. Alfred und seine Begleiter ritten aus Winchester heraus, sobald es hell war. Bei diesem Wetter war die Straße nicht so leicht passierbar, und es war ein langer Ritt nach Silchester. Bei Einbruch der Dunkelheit hatte es wieder zu schneien begonnen.

Im Lager von Silchester war es still, als Alfred endlich hereinritt. Der Schnee dämpfte jeden Laut. Am Morgen war die kristallklare Schönheit der Welt atemberaubend, aber für die westsächsische Armee hatte der Schnee schlimme Folgen. Immer mehr Männer machten sich aus dem Lager davon und kehrten nach Hause zurück.

»Können wir denn nichts gegen diesen Truppenschwund unternehmen?« fragte Alfred Ethelred wütend. Ihr großer Sieg war erst zehn Tage her, und die westsächsische Armee war nicht einmal mehr halb so stark wie bei Ashdown.

»Es liegt am Schnee«, antwortete Ethelred. Sein Gesicht und seine Stimme waren müde. »Die Frauen zu Hause sind bei dieser Schneemenge nicht in der Lage, alles zu tun, was erledigt werden muß. Die Männer kehren auf ihre Bauernhöfe zurück, weil sie es müssen, Alfred. Wenn ihr Vieh nicht gefüttert wird, stirbt es.«

»Die Dänen sind wichtiger als das Vieh«, sagte Alfred. Sein Gesicht war entschlossen und unnachgiebig; um seinen Mund war eine Falte.

»Für dich bestimmt«, antwortete Ethelred. »Und für mich. Aber nicht für die Männer, aus denen das Fyrd besteht.« Dann sagte er in das unerbittliche Gesicht seines Bruders: »Sei fair. Unsere Frauen müssen sich während unserer Abwesenheit nicht abquälen, um eine unsichere Existenz zu erhalten. Unsere Kinder werden bestimmt nicht verhungern. Das gilt nicht für die meisten unserer Männer.«

Es war einen Augenblick still; dann atmete Alfred tief durch. »Du hast recht.« Er lächelte seinen Bruder schief an. »Ich frage mich, ob die Westsachsen wissen, welches Glück sie mit ihrem König haben.«

Ethelred seufzte. »Ich bezweifle es.« Seine braunen Augen waren düster, als er das reduzierte Heer in seinem Lager betrachtete. Ihm waren die Probleme, die ein solcher Schwund mit sich brachte, genauso bewußt wie Alfred. »Wir haben den Dänen bei Ashdown eine gehörige Tracht Prügel verabreicht«, sagte er jetzt zu seinem Bruder. »Laß uns beten, daß sie den Winter über in ihrem Lager in Reading bleiben. Im Frühjahr können wir wieder das ganze Fyrd zusammenrufen.«

»Im Frühling muß gesät werden«, sagte Alfred. »Noch etwas, worüber die Dänen sich keine Gedanken machen müssen.«

Ethelred zuckte mit den Schultern. »Wir werden mit dem, was wir haben, unser Bestes geben. Ansonsten vertrauen wir auf Gott.«

»Amen«, sagte Alfred und ging fort, um mit den Wachen zu sprechen, die als nächstes Reading beobachten sollten.

In der Nacht des zwanzigsten Januar, der Nacht, in der Elswyths Sohn geboren wurde, schlichen sich die Dänen im Schutze der Dunkelheit aus Reading, passierten bei Silchester unbemerkt die Westsachsen und zogen nach Süden. Erst kurz vor Tagesanbruch bemerkten Ethelreds Späher bei Reading, was geschehen war, und galoppierten zum Lager des Königs, um Alarm zu schlagen.

»Gott im Himmel«, sagte Ethelred. »Sie sind an uns vorbei und auf dem Weg nach Winchester!«

»Wir müssen hinter ihnen her«, sagte Alfred. Sein Gesicht war nicht weniger grimmig als Ethelreds.

»Wir sind nicht einmal halb so viele wie sie.«

»Wir haben keine andere Wahl«, sagte Alfred, und nach einem kurzen Augenblick stimmte Ethelred zu.

»Du hast recht. Wir müssen schnell hinterher. Aber zuerst schicke ich einen Boten nach Winchester, um die Stadt zu warnen. Cyneburg und Elswyth müssen sich bereit machen, damit sie im Notfall fliehen können.«

»Elswyth steht kurz vor der Niederkunft, Ethelred«, sagte Alfred. Seine Stimme klang abgehackt. »Sie kann nicht fliehen.«

Er ballte die Faust. »Wir müssen die Dänen um jeden Preis von Winchester fernhalten!«

Das reduzierte westsächsische Heer marschierte noch am Vormittag los. Die Dänen, informierten sie die vorausgeschickten Späher, waren nicht direkt nach Winchester durchgestoßen, sondern hatten in der Nähe der Marktstadt Old Basing, etwa vierzehn Meilen südlich von Reading, Stellung bezogen.

»Sie haben sich wie immer eine gute Position zur Verteidigung gesucht«, murmelte Alfred, als er die Nachricht erfuhr. »Die Rieselwiesen des Loddon bieten ihnen guten Schutz.«

Es war dunkel, als die Streitkräfte des Königs etwa drei Meilen vom dänischen Lager entfernt Halt machten. Ethelred stellte Wachen auf und gab ihnen die Anweisung, die Dänen diesmal sowohl am Tag als auch in der Nacht zu beobachten. Dann trafen er und Alfred sich mit den Ealdormen.

»Sie haben eine größere Streitkraft als wir«, sagte Ethelnoth von Somerset. »Wir können nicht mit einem zweiten Ashdown rechnen.«

»Wir müssen sie nicht schlagen«, antwortete Alfred. »Wir müssen sie aufhalten.«

Diesen Worten folgte ein zustimmendes Murmeln der anderen Männer im Rat. Dann sagte Ethelred: »Wie sollen wir vorgehen? Sollen wir die Straße von Süden blockieren und uns zur Schlacht stellen?«

»Das wäre Wahnsinn«, sagte Ethelnoth sofort. »Sie sind mehr als wir. Ich bezweifle, daß unsere Männer gegen sie bestehen können.«

»Wir sollten das Lager stürmen wie in Reading«, riet Osric von Hampshire. »Selbst wenn sie uns wie damals vertreiben, werden wir ihnen Schaden zufügen. Und sie werden wissen, daß wir noch im Feld sind, und bereit zu kämpfen.«

Es herrschte Schweigen, während alle über diese Möglichkeit nachdachten. Dann sagte Ethelred: »Ich würde sagen, Mylords, daß Ihr die beste Vorgehensweise vorgeschlagen habt.«

Die restlichen Mitglieder des Rates murmelten zustimmend. »Alfred?« fragte Ethelred. »Was sagst du?«

»Ich stimme zu, Mylord. Wir sollten das Lager stürmen.«

»In Ordnung.« Ethelred sah sich im Kreis der Männer um, die um sein Lagerfeuer hockten. »Morgen«, sagte er. »Ein Aufschub wäre sinnlos.«

Ethelnoth grunzte. »Völlig sinnlos. Ich werde meinen Männern befehlen, sich auf die Schlacht vorzubereiten.«

»Ich auch«, sagten Osric von Hampshire, Ethelm von Wiltshire und Ceolmund von Kent. Bevor sie sich in dieser Nacht zur Ruhe begaben, hatten die Westsachsen wieder einmal ihre Waffen und Seelen auf den Kampf gegen die Dänen vorbereitet.

In Winchester stellten die Frauen ihre eigenen Wachen an der Straße auf, auf der die Dänen kommen würden, und bereiteten sich auf eine eventuelle Flucht vor. »Du kannst nicht fliehen, Elswyth«, sagte Cyneburg, als sie bemerkte, daß Elswyth sich aus dem Bett geschleppt hatte und in ihrem Gemach das Gehen übte. »Wenn es zum Schlimmsten kommt, mußt du dich irgendwo in der Stadt verstecken. Du kannst in deinem Zustand unmöglich reiten. Und was wird aus dem Baby?«

»Ich kann, wenn ich muß«, antwortete Elswyth dickköpfig. »Ich werde nicht hierbleiben, damit sie mich als Geisel nehmen und Alfred damit unter Druck setzen können.«

»Du kannst bei diesem Wetter kein Kleinkind mitnehmen.«

»Edward muß hierbleiben«, räumte Elswyth ein. »Er ist hier sicher. Wem fällt schon ein Neugeborenes mehr in der Stadt auf? Aber mein Gesicht ist bekannt; für genug Geld wird mich jemand verraten. Das kann ich nicht riskieren. Wenn ich muß, Cyneburg, kann ich reiten. Und Flavia ebenso.«

Cyneburg sah sie mit einer Mischung aus Ärger und Bewunderung an, warf die Hände in die Luft und hastete aus dem Raum.

Am Morgen des dreiundzwanzigsten Januar brachte ein Than, der die ganze Nacht durchgeritten war, Neuigkeiten über eine Schlacht nach Winchester. Die Westsachsen hatten das dänische Lager bei Basing angegriffen und waren zurückgeschlagen worden. »Aber es war eine heftige Schlacht, Mylady«, informierte der Mann Cyneburg, die die Nachricht an Elswyth weitergab. »Obwohl sie uns zahlenmäßig überlegen waren, haben unsere Männer viele Stunden lang standgehalten. Wir sind nach Süden abgezogen, damit die Dänen wissen, daß sie wieder kämpfen müssen, wenn sie nach Winchester wollen. Wir haben ihnen Schaden zugefügt. Auch wir haben Schaden genommen, aber der König, der Prinz und die Ealdormen sind unversehrt. Jetzt müssen wir abwarten, was die Dänen als nächstes tun.«

Am Morgen des fünfundzwanzigsten Januar verließen die Dänen ihr Lager bei Basing und gingen auf demselben Weg nach Norden zurück, auf dem sie gekommen waren. Anders als die Westsachsen bewegte sich die Wikingerarmee auf Pferden fort, und bereits gegen Abend waren sie wieder in Sicherheit.

»Wir haben gewonnen«, sagte Alfred zu Ethelred. »Wir haben zwar die Schlacht bei Basing verloren, aber wir haben die wichtigste Schlacht von allen gewonnen. Winchester ist in Sicherheit.«

»Vorerst«, sagte Ethelred.

»Vorerst.«

»Und du hast einen Sohn«, sagte der König mit einem Lächeln. Diese Nachricht war sofort nach Geburt des Babys ins Lager geschickt worden. »Morgen reiten wir nach Winchester und sehen ihn uns an.«

19

DIE Dänen verhielten sich ruhig in Reading. Sie wurden abwechselnd von Ealdorman Ethelm von Wiltshire und Ealdorman Ailnoth von Berkshire und ihren Männern bewacht. Alle, die nicht zur Leibgarde des Königs oder zum hohen Adel gehörten, gingen heim auf ihre Bauernhöfe und hielten sich für eine erneute Einberufung bereit. Nach Basing war Ethelred gezwungen gewesen, die Fyrds nach Hause zu schicken. Problematisch war nicht nur, daß sie ihre Felder bestellen mußten, sondern auch, daß sie verpflegt werden mußten.

»Die Dänen ernähren sich von den Plünderungen in der

Umgebung«, sagte Alfred an einem regnerischen Märzabend bitter zu Elswyth, als sie im Prinzensaal auf Wilton zusammen vor dem Feuer saßen. »Ethelred kann sein eigenes Volk nicht derart ausbeuten. Das gibt den Heiden einen eindeutigen Vorteil.«

»Das stimmt.« Sie streckte die Füße dem wärmenden Feuer entgegen und wackelte mit den Zehen. Sie hörte, wie der Regen gegen die Holzwände des Saales schlug. Elswyth liebte das Geräusch von Regen in der Nacht.

Alfred schwieg. Mit düsterem Blick starrte er ins Feuer. Den ganzen letzten Monat hat er sich wie eine eingesperrte Raubkatze gebärdet, dachte Elswyth. Es gab nichts zu tun, außer darauf zu warten, daß die Dänen den nächsten Schritt machten, und er haßte es, untätig herumzusitzen. Außerdem war Fastenzeit, und die Düsterkeit der Jahreszeit und der Liturgie trug nicht gerade dazu bei, seine Stimmung zu heben.

»Die Welt ist in Düsternis versunken und wartet auf die Auferstehung unseres Herrn«, sagte er nun und sprach auf unheimliche Weise die Gedanken seiner Frau aus. »Passend, Elswyth. Aber wo ist der Erlöser für Wessex?«

Er war wirklich in düsterer Stimmung. Elswyth selbst war inzwischen wieder viel fröhlicher. Heute war sie zum ersten Mal nach der Geburt des Babys wieder ausgeritten, und ihre Muskeln taten ihr angenehm weh. Sie hatte sich so wohl gefühlt, wieder auf einem Pferd zu sitzen, durch die freie Natur zu galoppieren und sich leicht und frei zu fühlen. Das trübe Wetter und die dunkle Jahreszeit waren nichts gegen dieses anregende Freiheitsgefühl. Sie verspürte einen Anflug von Ärger über Alfred. Es war doch alles gar nicht so schlimm.

»Ihr habt euch doch sehr gut geschlagen«, sagte sie jetzt bewußt vernünftig. »Ihr habt euch bei jedem Zusammenstoß mit den Dänen behauptet, und bei Ashdown habt ihr sogar den Sieg davongetragen. Ich sehe nicht, warum sich das ändern sollte.«

»Sie können uns zermürben«, sagte er. »Wie lange können wir noch die Fyrds einberufen, wieder heimschicken und sie dann wieder kommen lassen? Unsere Männer werden der Sache überdrüssig werden, Elswyth. Und die Dänen . . . Sie werden einfach weitermachen.«

»Warum bringst du es dann nicht einfach hinter dich und ergibst dich?«

Er hatte zusammengesunken auf seinem Stuhl gesessen, doch auf diese Worte hin drückte er das Rückgrat durch und hob ruckartig den Kopf. »Was?«

»Wenn sowieso alles so hoffnungslos und düster ist, warum ergibst du dich nicht einfach? Wozu willst du noch kämpfen, wenn du am Ende sowieso verlierst?«

Funkelnde Habichtaugen starrten sie an. »Ich habe nicht gesagt, daß wir sowieso verlieren!«

»Ich dachte aber, das hätte ich gehört.«

»Ich habe nie behauptet, daß wir verlieren. Ich habe gesagt, es würde . . . schwierig.«

»Oh.« Sie sah ihn aus weit aufgerissenen Augen an, die so dunkelblau wie der Nachthimmel waren. Ihre Wangen waren von der Wärme des Feuers leicht gerötet. »Ich muß mich verhört haben.«

Widerwillig grinste er sie an. »Du hast dich nicht verhört. Ich habe nur laut gedacht.«

»Ich weiß.« Sie lehnte sich herüber, nahm seine Hand in ihre und drückte sie. »Aber du bist so deprimierend! Du verdirbst mir die Freude am Geräusch des Regens.«

Sofort wurde er wieder finster. »Ich bezweifle, daß die Wachen bei Reading dieselbe Freude daran haben.«

Sie wackelte wieder mit den Zehen. »Ganz sicher nicht. Das angenehmste daran ist zu wissen, daß es draußen kalt, naß und ungemütlich ist, während man selbst drinnen sicher, warm und trocken ist.« Sie starrte verträumt ins Feuer. »Als ich ein kleines Mädchen war, habe ich mich immer in eine Decke eingewickelt auf die Veranda gestellt und dem Regen in der Nacht zugesehen. Natürlich nur, wenn meine Mutter nicht da war.«

Er sah sie an, und diesmal erreichte das Lächeln seine Augen. Er fragte: »Möchtest du das jetzt tun?«

Sie sah ihn erfreut an. »Auf die Veranda gehen und dem Regen zusehen?«

»Die Thane werden zwar denken, daß wir verrückt sind, aber warum nicht?«

Sie grinste. »Daß *ich* verrückt bin, denken die Thane sowieso schon, aber ich würde ungern deinen guten Ruf ruinieren.«

»Hol die Decken«, sagte er.

Zwei Minuten später schlichen sich der Prinz von Wessex und seine Frau kichernd wie Kinder in Decken gehüllt auf die Veranda des Prinzensaales und sahen aneinandergeschmiegt dem Regen zu.

Die Dänen hatten den Winter damit verbracht, kleine Beutezüge in die Umgegend zu unternehmen, um Mensch und Vieh zu ernähren. Außerdem sammelten sie so viele Informationen wie möglich über diese unerwartet kriegerischen Westsachsen. Überraschend war einer ihrer Hauptspäher in diesem Winter der junge Erlend geworden.

Trotz seiner geringen Körpergröße hatte sich Erlend auf dem Wessexfeldzug als würdiger Sohn seines Vaters erwiesen. Doch Erlend besaß noch zwei andere Fähigkeiten: Er war ein guter Harfespieler und sprach fließend Sächsisch.

»Als ich zwölf war, hat sich ein sächsischer Harfespieler einen ganzen Winter lang auf Nasgaard aufgehalten«, hatte Erlend seinem neugierigen Onkel erzählt, als Guthrum ihn über seine Fähigkeiten ausfragte. »Er hat mir viele seiner Lieder beigebracht, und ich habe auch ein wenig seine Sprache gelernt.«

Guthrum verfügte wie die meisten Dänen nur über rudimentäre Kenntnisse des Sächsischen, und Erlends Fähigkeit, in ganzen Sätzen zu sprechen, beeindruckte ihn gewaltig. »Würdest du als Sachse durchgehen?« fragte er seinen Neffen, und an den glänzenden Augen seines Onkels konnte Erlend erkennen, daß er Ränke schmiedete.

»Nein«, antwortete Erlend schnell. Dann sagte er nachdenklich, die Augen aufmerksam auf Guthrums Gesicht gerichtet: »Aber ich könnte für einen Franken gehalten werden. Mein Fränkisch ist besser als mein Sächsisch, und diese Männer aus Wessex würden meinen dänischen Akzent bestimmt nicht bemerken.« Deshalb war Erlend nicht überrascht, als er eines

Tages zu Halfdan gerufen und gebeten wurde, sich in der Verkleidung eines wandernden Harfespielers unter die Westsachsen zu mischen.

»Keiner würde dich verdächtigen«, hatte der dänische Anführer gesagt, und seine Augen hatten die kleine, dünne Gestalt des Erben von Nasgaard gemustert. »Du siehst überhaupt nicht dänisch aus.«

»Was soll ich für Euch herausfinden, Mylord?« fragte Erlend mit neutraler Stimme und ausdruckslosem Gesicht.

»Ich muß alles wissen, was du über den westsächsischen König Ethelred herausfinden kannst«, sagte Halfdan zu dem Jungen. »Ich brauche Informationen über sein Heer. Meine anderen Kundschafter sagen, daß es sich aufgelöst hat, aber das kann ich nicht glauben.« Halfdan runzelte die Stirn, so daß sich seine buschigen, ergrauenden Augenbrauen über dem Rücken seiner breiten Nase zusammenzogen. »Um es kurz zu machen, Sohn des Olaf, ich brauche jede Information, an die du herankommen kannst. Nichts ist zu unwichtig, als daß es nicht von Interesse wäre. Verlaß uns einen Monat lang, spiel deine Harfe in den westsächsischen Dörfern und auf den Gütern, und komm dann zurück und berichte mir alles, was du erfahren hast.«

Erlend hatte von dem rauhen Gesicht Halfdans zu den hellblauen Augen seines Onkels gesehen und dann wieder zu Halfdan. Es wäre nicht schlecht, Halfdans Respekt zu gewinnen, dachte Erlend. Es konnte gut sein, daß er eines Tages einen Verbündeten gegen Guthrum brauchen konnte.

Deshalb war Erlend auf Halfdans Vorschlag eingegangen und hatte sich als wandernder Harfespieler verkleidet auf die Straßen von Wessex begeben. Solche Musikanten waren kein ungewöhnlicher Anblick in der Gegend, und niemand schien den Dänen verdächtig zu finden. Erlend spielte in Dörfern und auf Gehöften und fand sich eines Tages sogar in den Mauern des königlichen Landguts Lambourn wieder. Alfred war nicht anwesend, aber die Leute auf dem Gut hießen Erlend herzlich willkommen, und er spielte die halbe Nacht für sie auf der Harfe.

Die Gutsbewohner sprachen nur wenig vom König, sondern fast nur über den Prinzen. Viele der Männer auf Lambourn waren bei Ashdown dabeigewesen, und von ihnen erfuhr Erlend die Geschichte, daß Ethelred sich geweigert hatte, vor Ende der Messe zu den Waffen zu greifen.

Zwei Brüder von so unterschiedlichem Temperament, dachte Erlend, als er der Erzählung lauschte. Sie konnten sich kaum besonders gern haben. »Hat Ethelred Söhne?« fragte er beiläufig und klimperte nachlässig auf seiner Harfe.

»Ethelreds Söhne sind noch zu jung, um den Thron zu besteigen«, lautete die bereitwillige Antwort. »Sollte dem König etwas zustoßen, wäre Alfred sein Erbe.«

Erstaunt zog Erlend die Augenbrauen hoch. »Wie alt sind die Söhne?« fragte er.

»Einer ist noch ein Baby. Der älteste, Ethelhelm ist zehn oder elf. Zu jung, um in Zeiten wie diesen die Geschicke des Landes zu lenken.«

Nicht allzu jung, dachte Erlend, als er dem Mann, der ihm geantwortet hatte, zustimmend zulächelte. Ein Elfjähriger wäre bestimmt nicht erfreut darüber, wenn ein Onkel sich seines Königtums bemächtigte. Und wenn es im Königshaus Unstimmigkeiten gab, gab es immer Adlige, die ihren Vorteil daraus ziehen wollten.

Wenn sich die Westsachsen in einen Krieg über die Thronfolge verstricken würden, wäre der Weg für die Dänen frei. Das war ein faszinierender Gedanke, den Erlend im Gehirn speicherte, um ihn an Halfdan weiterzugeben, wenn er nach Reading zurückkehrte.

Währenddessen legte Halfdan in Reading die Hände nicht in den Schoß. Im Winter hatte er einem seiner Brüder in Dänemark die Nachricht gesandt, daß er Ersatz für die Männer brauchte, die er bei Englefield, Reading und Ashdown verloren hatte. Im frühen März kam die Antwort, daß Mitte April eine neue Armee nach Reading kommen würde, zu Beginn der Jahreszeit, die von den Dänen Kuckucksmonat genannt wurde. Das waren gute Nachrichten für den dänischen Kriegsrat, als er sich Mitte März zu einer Besprechung traf, kurz nachdem Erlend von seiner Wanderschaft zurückgekehrt war.

»Die Eroberung von Wessex kann ernsthaft beginnen, wenn

wir erst einmal unsere Truppen verstärkt haben«, sagte Halfdan zu seinen Männern, als sie sich in einer der engen Schutzhütten aus Holz trafen, die von den Dänen in Reading errichtet worden waren. »Im Kuckucksmonat und im Monat der Lammherde ist es schlecht, wenn ein Bauer nicht auf seinem Land ist. Nach dem, was Erlend Olafson uns berichtet hat, könnte Ethelred Schwierigkeiten haben, zu dieser Jahreszeit eine Armee einzuberufen.«

»Und selbst, wenn er es doch schafft, kann er sie nicht lange zusammenhalten.« Guthrums weiße Zähne blitzten kurz auf. »Er kann nicht so viele Männer ernähren, ohne sein eigenes Land auszubeuten. Auch das hat Erlend uns berichtet.« Es war Guthrums Idee gewesen, seinen Neffen als Spion loszuschicken, und er war durchaus nicht abgeneigt, sich Erlends Leistungen als Verdienst anzurechnen.

»Erlend hat sehr gute Arbeit geleistet«, brummte Halfdan. Er rieb sich das Gesicht und sagte: »Hier in Reading bewachen uns nur wenig Sachsen. Wir können jederzeit durchbrechen. Wir sollten uns vor Ankunft der Sommerarmee weiter hinauswagen, um die Gegend westlich von Reading auszukundschaften.«

Die Jarle des Kriegsrates grunzten zustimmend. Den Winter über war Reading den meisten Dänen zu eng geworden.

Guthrum meldete sich zu Wort. »Sowohl in Nordhumbrien als auch in Ostanglien ist die Verteidigung des Landes mit dem Tod des Königs zusammengebrochen. Und nach dem, was mein Neffe berichtet hat, könnten die Westsachsen sich in einen Streit über die Thronfolge verstricken, wenn Ethelred sterben sollte. Da ist zwar Alfred, aber es gibt auch noch einen fast erwachsenen Sohn des Königs.«

Halfdan lächelte; seine abgebrochenen, fleckigen Zähne waren unter dem buschigen Oberlippenbart kaum zu sehen. »Darüber habe ich auch schon nachgedacht, Guthrum. Es wäre gut für uns, wenn die Westsachsen sich untereinander bekriegen würden. Dann könnten wir ihnen leicht an die Kehle gehen und unseren eigenen König einsetzen, wie wir es in Nordhumbrien getan haben.« Das Lächeln des dänischen Königs wurde breiter. »Ich übertrage Euch diese Aufgabe, Guthrum. Wenn die Westsachsen sich uns entgegenstellen, sorgt dafür, daß ihr König gefangengenommen oder getötet wird.«

Guthrums Augen waren lebhaft blau, als er mit aufrichtiger Begeisterung antwortete: »Das werde ich tun, Mylord.«

Am siebzehnten März marschierten die Dänen aus Reading hinaus, diesmal in voller Stärke. »Kein Streifzug«, berichtete ein Than von Ealdorman Ailnoth Ethelred auf Wilton. »Es waren zu viele, Mylord. Wir konnten nicht angreifen. Ailnoth sagt, Ihr solltet die Fyrds zusammenrufen. Wir werden ihnen folgen und Nachricht über ihr Ziel geben.«

Am zwanzigsten März marschierten die Fyrds aus Somersetshire, Wiltshire und Hampshire auf Wilton ein. Am späten Nachmittag kam einer der Männer des Berkshire Fyrds, das die dänische Armee bewachte, angeritten und informierte Ethelred, daß die Dänen den Ridgeway hinauf in Richtung Chippenham nach Westen gezogen waren. Ohne auf die anderen Fyrds zu warten, marschierten die Westsachsen am nächsten Morgen früh aus Wilton heraus und begaben sich auf die alte, römische Straße, die von Winchester nach Marlborough führte.

Die Straße war in schlechtem Zustand und schlammig. Trotzdem marschierten die Männer der Fyrds beharrlich voran. Es gab keinen einzigen Mann unter dem Banner seines Herrn, der die Gefahr dieses dänischen Vorstoßes nach Westen nicht erkannte.

Sie lagerten neben der Straße und zogen im frühen Morgenlicht weiter. Als sie noch zehn Meilen südlich von Marlborough waren, trafen die Berkshirespäher auf sie.

»Die Dänen sind in Meretun, Mylord, nur zwei Meilen nördlich von Euch« erklärte der Anführer des Spähtrupps Ethelred und seinem Rat. »Sie wissen, daß Ihr im Anmarsch seid und zum Kampf bereit.«

»Ja«, sagte Ethelred grimmig. »Das sind wir.«

Als die Westsachsen eine Stunde später auf die Dänen stießen, fanden sie den Schauplatz bei Meretun nicht viel anders vor als den bei Ashdown zwei Monate zuvor. Das Dorf lag an der Stelle, wo der Ridgeway die römische Straße kreuzte, und wieder hatte die Wikingerarmee sich in zwei Flügel aufgespalten und den Ridgeway in die Zange genommen. Genau wie beim letzten Mal teilten die Westsachsen ihre Streitkräfte, um sich ihnen entgegenzustellen. Es schien, als seien die Dänen in der Überzahl, wenn auch nicht in überwältigender Mehrheit. Der erste Sturmangriff erfolgte um zwölf Uhr mittags, und die beiden Armeen verwickelten sich in einen erbitterten Kampf.

Guthrum kämpfte an diesem Tag nicht mit den anderen Jarlen, sondern unter Halfdans Befehl in der Kolonne des Königs. Wie erwartet, hatte der westsächsische König das gegnerische Kommando übernommen, und während die Schlacht tobte, behielt Guthrum das westsächsische Banner mit dem goldenen Drachen ständig im Auge. Er hatte aus seinem eigenen Gefolge ein paar Männer ausgewählt, die an diesem Tag bei ihm bleiben sollten, bis ihr Auftrag erfüllt war. Er war erfreut, diese Männer noch um sich zu sehen, als Halfdan nach fast zwei Stunden eines nahezu ausgeglichenen Kampfes den Befehl zum Rückzug gab. Die Schlacht war immer noch nicht entschieden, deshalb wußten alle Dänen, was dieser Befehl zu bedeuten hatte. Halfdan würde einen Rückzug vortäuschen, damit die Westsachsen die Verfolgung aufnahmen; sobald der Feind seine Linien geöffnet hatte, würden sich die Dänen neu formieren und die inzwischen desorganisierten und verwundbaren Westsachsen angreifen und niedermetzeln.

Noch vor dem Rückzug würde Guthrum jedoch Ethelred töten. Er schaute sich nach seinen Männern um und sah, daß sie verstanden. Dann, als die Dänen sich langsam zurückzogen, und die Westsachsen nach vorne drängten, näherte sich Guthrum seinem Opfer.

Die Leibgarde des Königs war auf den wilden Angriff, der aus dem Nichts zu kommen schien, nicht vorbereitet. Der Feind war auf dem Rückzug, anscheinend geschlagen, und dann fielen plötzlich zwanzig Dänen wie tollwütige Hunde über sie her, angeführt von einer großen, knurrenden Bestie in Menschengestalt, die mit einem einzigen Schlag mit der blutigen Streitaxt drei Thane niederstreckte.

Auch Ethelred war unvorbereitet. Doch als Guthrum sich auf

ihn stürzte, hatte er sein Schwert gezogen, und obwohl er nicht so ein guter Krieger war wie der Däne, war er doch nicht ungeschickt. Er wehrte den tödlichen Stoß ab, indem er nach rechts sprang, und die Axt traf ihn an der Schulter statt an der Kehle. Auch Ethelred stieß mit dem Schwert zu, und einen kurzen, intensiven Augenblick lang sah er in die wilden, blauen Augen seines Angreifers. Dann kamen die Männer seiner Leibgarde heran und drängten die Dänen zurück. In weniger als drei Minuten waren die Meuchelmörder im Wirrwarr ihrer Armee verschwunden.

»Mylord, Ihr seid verwundet!« Aus Ethelreds Oberarm strömte Blut, und jetzt verspürte er zum ersten Mal den Schmerz. »Ihr müßt Euch vom Feld zurückziehen«, sagte Bertred, und sein Schatzmeister legte den Arm um ihn, um ihn zu stützen. »Wenn diese Wunde nicht versorgt wird, verblutet Ihr.«

Ethelred war schwindelig. Er benetzte die Lippen. »Sagt Alfred ... er hat jetzt das Kommando«, sagte er. »Ethelm übernimmt den Befehl über meinen Flügel.«

»So wird es geschehen«, sagte eine Stimme. Jemand anders legte ihm ein Tuch auf die Schulter. »Holt ein Pferd«, hörte er von weit her. »Der König kann nicht laufen.« Dann wurde er ohnmächtig.

Alfred und seinen Männern erschien es wie ein Wunder, als die Dänen mit dem Rückzug begannen, und sie stürzten sich mit wildem Enthusiasmus in die Verfolgung. Die Westsachsen erinnerten sich gut an das Gemetzel, das sie bei Reading angerichtet hatten, als sie die Dänen verfolgt hatten, und sahen keinen Grund, warum sie dieses Meisterstück nicht wiederholen konnten.

Die Verfolgung dauerte über eine Stunde. Alfred hatte sich mit seiner Leibgarde auf den Ridgeway zurückgezogen, als er von Ethelreds Verletzung erfuhr. Deshalb befand er sich nicht unter den Verfolgern, als die Dänen schließlich wieder kehrtmachten.

Diesmal wurde die andere Seite niedergemetzelt. Die Westsachsen, die jetzt zerstreut und völlig unvorbereitet waren,

waren ausgeliefert wie Schafe auf der Schlachtbank. Erst als die ersten Westsachsen nach Meretun zurückgerannt kamen, erkannte Alfred, was geschehen war.

»Wir müssen den König von hier fortschaffen«, sagte er grimmig zu Ethelreds Leibgarde. Sie waren sich des Sieges so sicher gewesen, daß Ethelred sich noch immer in Meretun befand, wo man sich in einem Zelt um ihn kümmerte. »Begebt Euch auf die Straße nach Süden«, sagte Alfred jetzt. »Ich werde versuchen, die Dänen hier in Meretun aufzuhalten.«

Und so kam es, daß die Hals über Kopf fliehenden Westsachsen, als sie nach Meretun gerannt kamen, von ihren eigenen Männern empfangen wurden, die sie drängten, sich ihnen anzuschließen. Als die Dänen schließlich in der Erwartung, das Schlachtfeld verlassen vorzufinden, auftauchten, waren sie überrascht, von einem Pfeilregen und der vorrückenden Schildmauer der westsächsischen Fyrds empfangen zu werden.

Diese Schlacht war nicht so heftig wie die erste; sowohl die Dänen als auch die Westsachsen waren von der Verfolgungsjagd müde. Als es dunkel wurde, rief Alfred seine Männer zurück, und auf seinen Befehl hin flohen sie ohne jede Scham in die Abenddämmerung. Es war zu dunkel, als daß die Dänen hätten folgen können.

Sie hatten verloren, doch Alfreds letzter Widerstand hatte Ethelred die Zeit gegeben, die er brauchte. Als es dunkel wurde, war der verwundete westsächsische König in sicherer Entfernung und befand sich auf dem Rückweg nach Wilton.

Die Reise nach Wilton erschöpfte Ethelred, aber nach ein paar Tagen Bettruhe schien er sich gut zu erholen. Die halbe dänische Armee kehrte unter Halfdan nach Reading zurück, während die andere Hälfte in Meretun blieb. Alfred nahm die Männer des Sussexfyrd, die bei seiner Rückkehr noch immer auf Wilton waren und zog noch einmal nach Norden, um den Dänen in Meretun nach Kräften zuzusetzen. Die Männer auf Surrey entsandte er zur Ablösung der Wache bei Reading. Die Fyrds aus Wiltshire und Berkshire hatten in diesem Frühling mehr als ihren gerechten Kampfbeitrag geleistet.

Alfred war noch einmal nach Wilton zurückgeritten, um sich selbst von Ethelreds langsamer Genesung zu überzeugen, als vom Ealdorman von Surrey, der für sein Fyrd bei Reading verantwortlich war, die Nachricht kam, daß ganze Schiffsladungen Verstärkung die Themse heraufgekommen waren, um sich in Reading Halfdan anzuschließen. Mehrere tausend Mann, berichtete der Than des Ealdorman grimmig, und Proviant.

Alfred fluchte, als er das erfuhr. Die westsächsische Armee würde in diesem Frühling sicher noch nicht wieder ihre volle Stärke erreicht haben. Die Ealdormen von Wiltshire und Berkshire hatten kein Blatt vor den Mund genommen, was die Chancen betraf, ihre Männer schon wieder zusammenzutrommeln. »Es hat wenig Sinn, sein Land zu retten, wenn man fast verhungert, weil es daheim nichts zu essen gibt«, hatte Ethelm von Wiltshire unverblümt gesagt. »Mich und meine Leibgarde könnt ihr haben, aber die Thane und die Freien der Grafschaft . . . Ich glaube eher nicht.«

Alfred ritt wieder nach Norden, entschlossen, in Meretun so viele Dänen niederzumetzeln, wie er nur konnte. Es war unmöglich, einen offenen Kampf zu führen; statt dessen lagen die Westsachsen in Deckung und fielen über die Dänen her, immer wenn sie ihren Stützpunkt verließen, um sich in der Umgegend Nahrung und Futter zu beschaffen.

Es war Karfreitag, als einer von Ethelreds Thanen Alfred aufsuchte und ihm berichtete, daß sein Bruder im Sterben lag.

20

ALFRED galoppierte auf direktem Wege von Meretun nach Wilton. Auf Gütern, die auf dem Weg lagen, wechselte er mehrmals die Pferde. Nur Brand und Edgar ritten mit ihm. Das Tempo war zu schnell, um sich unterhalten zu können. Doch in Alfreds Kopf brannte eine wilde Mischung aus Ungläubigkeit und Furcht.

Er lag im Sterben. Wie war das nur möglich? Ethelred hatte

sich auf dem Wege der Besserung befunden. Er war stark und jung, noch nicht einmal fünfunddreißig. Sicher, die Verletzung war schwer gewesen. Aber nicht tödlich! Wie konnte er da sterben?

Und dann der beängstigende Gedanke, schnell verdrängt, wenn er auftauchte, nur um wieder an die Oberfläche zu kommen: *Wenn Ethelred stirbt, werde ich König.*

Es konnte nicht sein, durfte nicht sein. Nicht Ethelred. Schmerz schnürte ihm die Kehle zu. Laß es nicht wahr sein, betete er. Lieber Gott, lieber Gott, lieber Gott. Nicht Ethelred.

Elswyth mußte nach ihm Ausschau gehalten haben, denn sie kam auf den Hof gerannt, sobald sein Pferd durch das Tor kam. »Was ist passiert?« fragte er, als er zu Boden sprang. »Der Bote hat gesagt, daß Ethelred im . . . im . . .«

»Er liegt im Sterben, Alfred«, antwortete sie, als er verstummte. Sie war sehr blaß, ihre blauen Augen sahen fast schwarz aus. Sie legte ihm die Hand auf die Schulter und ging mit ihm zum großen Saal. »Blutvergiftung«, sagte sie. »Es verbreitet sich im ganzen Körper.«

Er blieb stehen und schloß die Augen. Er konnte ihre Nähe spüren. Sie sagte nichts. Er öffnete die Augen wieder und zwang sich, weiterzugehen. »Kann man denn nichts tun?« Doch er wußte die Antwort, bevor sie antworten konnte. Wenn das Gift sich erst einmal ausbreitete, gab es keine Rettung mehr.

»Wir haben alles versucht. Ich wollte am Mittwoch schon nach dir schicken, aber Ethelred war dagegen. Am Donnerstag hat er dann doch nach dir verlangt.« Ihre Stimme klang noch rauher als sonst.

Sie waren jetzt im Saal angelangt. Elswyth sagte: »Geh hinein zu ihm!« und ließ seinen Arm los.

Alfred nickte wortlos und durchquerte den Raum mit langen Schritten. Vor der Tür zu Ethelreds Gemach hielt er einen Augenblick inne, und ihm kam der Gedanke, daß dies der Raum war, in dem Ethelbald gestorben war. Er erschauderte. Dann öffnete er die Tür und trat ein.

Cyneburg saß neben dem Bett, auf demselben Stuhl, auf dem Judith einst gesessen hatte. Auf der anderen Seite des Königs befand sich Ethelreds Hofgeistlicher, der mit leiser Stimme Gebete sang. Als die Tür sich öffnete, wandten sich beide um, und als sie sahen, wer es war, standen sowohl Cyneburg als auch der Priester auf.

Cyneburg blickte von Alfred zurück zu dem Mann im Bett. »Dein Bruder ist da«, sagte sie zu Ethelred. Ihre Stimme war ganz sanft. Dann gab sie dem Priester einen Wink, und beide begaben sich zu Alfred. Cyneburg wirkte sehr ruhig. »Ich lasse euch allein«, sagte sie zu Alfred. Außerstande zu antworten, nickte er; sie ging mit dem Priester hinaus. Alfred trat an das Bett seines Bruders.

Ethelreds Gesicht war fiebrig rot, seine Lippen mit Blasen bedeckt und rauh. Doch die braunen Augen erkannten ihn. »Ethelred«, sagte Alfred.

Die fiebrigen Lippen brachten ein kleines Lächeln zustande. »Ich hatte schon Angst, ich hätte zu lange gewartet, um dich holen zu lassen.«

Alfred versuchte zu antworten, doch seine Kehle war völlig zugeschnürt.

»Ich wollte dich noch einmal sehen, bevor ich sterbe«, sagte Ethelred.

Alfred setzte sich auf Cyneburgs Stuhl und beugte den Kopf übers Bett. »Ethelred«, war das einzige Wort, das er herausbringen konnte. Dann spürte er die Hand des Bruders auf seinem Haar.

»Du weißt, daß du es werden mußt«, sagte Ethelred. »Ich habe in meinem Testament alles festgelegt, Alfred. Da drüben.« Als Alfred den Kopf immer noch nicht hob, sagte er: »Geh und hol es mir.«

Alfred hob den Kopf. Seine Augen waren feucht. »Wo?« fragte er heiser.

»In der kleinen Truhe. Neben der Schatztruhe.« Ethelred gestikulierte mühsam.

Alfred ging zu der Truhe, in der Ethelred seine wichtigen Dokumente aufbewahrte, und fand das Testament auf mehreren Urkunden. Er brachte es zum Bett. Ethelred sagte: »Ich habe es schon vor Monaten von einem der Mönche in Winchester in mein Testament schreiben lassen. Du wirst mein Nachfolger. Siehst du?«

Alfred überflog das Schriftstück. »Ja, ich sehe es.«

»Zeig das dem Witan. Sie würden dich sowieso wählen, aber es ist gut, wenn du mein Wort und mein Siegel hast.«

»Ich . . . Ich werde versuchen, ein so guter König zu sein wie du, Ethelred.« Alfred biß sich auf die Unterlippe. »Du hast mir immer ein gutes Beispiel gegeben, wie ein christlicher König sein sollte.«

Die rauhen, geschwollenen Lippen lächelten noch einmal. »Du wirst ein besserer König sein als ich. Es beruhigt mich, Wessex in so fähigen Händen zurückzulassen.« Er bewegte die Finger ein wenig, und schnell ergriff Alfred die Hand seines Bruders. Ethelreds Haut fühlte sich heiß und trocken an. Dann sagte Ethelred: »Du sorgst für meine Kinder.«

Das war keine Frage, aber Alfred antwortete trotzdem. »Als ob es meine eigenen wären.«

»Ich weiß.« Ethelred seufzte und schloß die Augen. »Ich bin müde«, sagte er.

»Ruhe dich aus, mein Bruder.« Alfred stand auf, beugte sich herab und berührte die fiebrige Stirn mit den Lippen. »Ich habe dich mehr geliebt als jeden anderen Menschen auf der Welt«, sagte er, und wieder waren seine Augen feucht.

Die Augen seines Bruders öffneten sich flatternd. »Und ich dich«, sagte Ethelred. Alfred nickte, kontrollierte gewaltsam seine Gesichtszüge, wandte sich um und ging hinaus.

Ethelred starb am Ostersonntag bei Sonnenaufgang. Er hatte darum gebeten, bei Wimborne Abbey beerdigt zu werden; es wurden Vorkehrungen getroffen, seine Leiche unverzüglich dorthin zu überführen. Die meisten Ealdormen würden bei der Beisetzung anwesend sein, da Wahl und Krönung des neuen Königs unmittelbar danach stattfinden würden.

Es dauerte nur einen Tag, Ethelred von Wilton nach Wimborne zu bringen. Sie spannten Pferde anstatt Ochsen vor den Karren mit dem Sarg. Jeder wußte, daß Wessex nicht lange ohne König sein durfte.

Alfred ritt hinter dem Sarg seines Bruders und erinnerte sich an den Trauerzug seines Vaters. Damals hatte Ethelred ihm beigestanden; Ethelred hatte ihm immer beigestanden. Er erinnerte sich an die Worte seines Bruders am Tag, als sein Vater gestorben war: »Ich werde auf dich aufpassen, kleiner Bruder«, hatte Ethelred gesagt. »Ich werde auf dich aufpassen.«

Ethelred hatte Wort gehalten, war ihm sowohl Vater gewesen als auch Bruder und Freund. Niemals würde ihm ein Mensch wieder so nahe stehen wie Ethelred; nie wieder würde ihn mit jemandem eine so tiefe Freundschaft des Geistes und des Herzens verbinden wie mit seinem Bruder.

Da würde immer diese große, schmerzende Leere sein; der Platz, den Ethelred in seinem Herzen eingenommen hatte, konnte von niemand anderem ausgefüllt werden.

Ethelred hatte ihn gekannt, seine Schwächen und seine Stärken; er hatte den wahren Alfred auf eine Art gekannt, wie es keiner seiner vertrautesten Thane je könnte. Es war zu riskant, jemand anderen zu nahe an sich heranzulassen.

Niemand durfte je erfahren, wie schlimm seine Kopfschmerzen wirklich waren.

Niemand durfte es erfahren. Nicht jetzt, wo sich alle auf seine Stärke verlassen mußten, wo das Überleben einer ganzen Nation von ihm abhing.

Er würde König sein. Diese Aussicht machte ihm angst. Damit hatte er nie gerechnet. Wie hätte er das voraussehen können, er, der jüngste von fünf Brüdern? Wie hätte er ahnen können, daß ihm so etwas widerfahren würde? Und gerade jetzt... Wo die Dänen ihnen an die Kehle wollten... Wo es ums nackte Überleben ging.

Lieber Gott, lieber Gott, lieber Gott. Woher sollte er die Weisheit nehmen, sein Volk sicher durch diese Krise zu führen?

»Ethelred wird dir helfen.« Es war Elswyths heisere, langgezogene Stimme, die wie so oft auf unheimliche Weise seine eigenen Gedanken zum Ausdruck brachte. Er wandte sich seiner Frau zu, die dicht neben ihm ritt. Ihre Augen ruhten auf seinem Gesicht. »Er war ein wirklich guter und frommer Mann, Alfred«, sagte sie. »Er ist bestimmt ganz nah bei Gott. Ethelred wird für dich Fürsprache einlegen.« Ihre Augen waren von dunklerem Blau als der Frühlingshimmel. »Wie kann Gott nicht auf eine Stimme wie seine hören?« fragte sie.

Er erwiderte den Blick seiner Frau, und sein Herz wurde etwas leichter. Sie hat recht, dachte er. Wenn irgendein Sterblicher es verdient hatte, ein Heiliger zu sein, dann Ethelred. Ethelred würde ihm helfen. Er nickte. Er war sich der Schatten unter seinen Augen, die sie so beunruhigten, nicht bewußt. »Ja«, sagte er. »Das ist wahr.«

Sie lächelte. Ihre Augen waren so schön. Ich bin nicht allein, dachte er. Ich habe Elswyth.

»Seine Liebe wird dir Kraft geben«, sagte sie.

»Ja.«

Er blickte nach vorn und ließ den Blick auf dem mit Gobelin bedeckten Sarg auf dem Wagen vor sich ruhen. Ethelred hatte ihm immer Kraft gegeben.

Doch tief im Inneren spürte er einen Schmerz, den kein noch so aufrichtiger Glaube vollkommen lindern konnte. *Oh Ethelred. Ich werde dich so vermissen.*

Cyneburg brach während der Totenmesse zusammen. Ihr deutlich vernehmbares, verzweifeltes Schluchzen machte es für Alfred noch schwerer. Er würde Cyneburg ein paar Güter überschreiben müssen, überlegte er, um sich abzulenken. Er hatte furchtbare Angst, daß auch er die Beherrschung verlieren könnte. Ethelred hatte ihm den gesamten königlichen Besitz vermacht. Alfred freute sich nicht gerade auf ein Gespräch unter vier Augen mit Ethelreds Frau. Er befürchtete, sie könnte darüber verbittert sein, daß ihr Sohn um die Königswürde gebracht worden war. Sicher hatte sie erwartet, daß der Junge seinem Vater nachfolgen würde.

Genau wie Alfred.

Er traf sich am späten Nachmittag mit Cyneburg, nachdem Ethelred auf dem Gelände der Abtei begraben worden war. Es war noch hell, als er seine Schwägerin um eine Unterredung bat, und sie gingen gemeinsam in den Abteigarten.

»Du mußt mir sagen, auf welchen Gütern du am liebsten

leben würdest«, sagte Alfred. »Dann sorge ich dafür, daß sie urkundlich auf dich überschrieben werden.«

»Danke«, antwortete sie mit ausdrucksloser Stimme.

»Cyneburg . . .« Er sah sie hilflos an. Sie hatten sich immer gemocht, sich aber nie nahe gestanden, und jetzt wurde ihm diese Distanz zwischen ihnen besonders schmerzlich bewußt. »Ethelreds Kinder sind mir so lieb wie meine eigenen«, sagte er schließlich. »Du darfst niemals zögern, mich um irgendetwas zu bitten, was sie brauchen könnten.«

Sie standen sich vor einer kleinen Gruppe blühender Apfelbäume gegenüber. Der süße Duft der Blüten lag in der Luft. »Ich verstehe, daß du König werden mußt, Alfred«, sagte Cyneburg jetzt tonlos. »Ethelred hat es mir erklärt, und ich verstehe es. Ethelhelm ist zu jung, in einer so gefahrvollen Zeit das Kommando über das Land zu übernehmen. Ich sehe das ein. Aber . . .« Zum ersten Mal, seitdem sie den Gästesaal verlassen hatten, sah sie ihn direkt an. »Ich möchte, daß du mir versprichst, Ethelhelm zu deinem Erben zu machen«, sagte sie.

Er sah sie ernst an. »Er ist noch zu jung, Cyneburg. Wenn ich in der Schlacht fallen sollte, wird der Witan einen König ernennen, der alt genug ist, das Land zu führen. Ich kann kein Kind zu meinem Nachfolger ernennen. Selbst wenn ich es täte, würde der Witan es nicht beachten.«

»Ich meine . . .« Sie biß sich auf die Lippe. »Ich meine später, wenn die Kinder erwachsen sind.« Sie riß sich zusammen und sagte es. »Ich möchte, daß du mir versprichst, Ethelhelm vor deinem Edward den Vorzug zu geben.«

Er war überrascht, daß er so verärgert über ihre Bitte war. Wie konnte sie von ihm verlangen, sich zu einem solchen Zeitpunkt derart festzulegen? »Wenn die Zeit reif ist, einen Erben zu bestimmen, ernenne ich denjenigen, der dem Land am besten dienen kann, Cyneburg«, sagte er. Sein Gesichtsausdruck ließ sie einen Schritt zurücktreten. »Das habe ich von Ethelred gelernt. Und von meinem Vater. Ein König muß das Wohl des Landes immer über seinen persönlichen Ehrgeiz stellen.«

Sie sah ihn nicht mehr an. Sie hatte es für eine so gute Idee gehalten, Ethelhelms Zukunft so gut zu sichern, wie sie konnte.

»Ethelred würde sich schämen, wenn er seine Frau so reden hören könnte«, sagte die abgehackte Stimme ihres Schwagers jetzt streng, und die Tränen schossen ihr wieder in die Augen. Sie fing bitterlich zu weinen an.

»Es tut mir leid.« Er legte den Arm um sie. »Ich wollte dich nicht zum Weinen bringen, Cyneburg. Ich weiß, daß du nicht du selbst bist. Ich weiß, wie sehr du ihn vermißt. Ich . . . Ich vermisse ihn auch.«

Das wußte sie. Sie wußte, daß Alfred Ethelred wirklich geliebt hatte. Sie schämte sich, und deshalb mußte sie noch mehr weinen. Sie lehnte sich an den schlanken Körper, der sich so überraschend stark anfühlte. Er umarmte sie fester, und sie ließ den Kopf auf seine Schulter fallen.

»Komm«, sagte er sanft. »Ich bringe dich zu deinen Frauen.«

Der Witan traf sich am nächsten Morgen im Refektorium der Mönche auf Wimborne. Athelred, der neue Erzbischof von Canterbury, war anwesend, ebenso wie die Bischöfe von Sherborne und Winchester, und Ealhard, der Bischof von Dorchester. Das religiöse Oberhaupt Wimbornes war nicht anwesend. Wimborne war ein Doppelkloster, in dem sowohl geistliche Männer als auch Frauen lebten, und wurde von einer Äbtissin geleitet. Frauen war die Teilnahme an den Beratungen des Witan nicht gestattet.

Der einzige Ealdorman, der fehlte, war Godfred, Ealdorman von Dorset. Außerdem war eine Reihe von königlichen Thanen aus höheren Schichten anwesend, die schon oft am Witan teilgenommen hatten. Insgesamt saßen fast dreißig Mann im Rat.

Der Erzbischof von Canterbury, der höchste Geistliche des Landes, leitete die Besprechung. »Wir sind zusammengekommen, Mylords«, sagte er nach dem Eröffnungsgebet feierlich, »um einen Nachfolger für unseren hochverehrten Ethelred zu wählen.« Die Männer des Witan waren gelassen. Alfred saß im Kreis der Adligen. Ethelreds Testament lag vor ihm auf dem Tisch, und sein Blick ruhte auf der Pergamenturkunde, während die umständliche Eröffnung des Witan ihren Lauf nahm. Schließlich sagte der Erzbischof: »Der König hat uns ein Testament hinterlassen, das wir uns von Rechts wegen anhören müssen, bevor wir fortfahren.« Alle Blicke richteten sich auf Alfred, und er nahm die Urkunde und erhob sich von seiner Bank.

Er ist so jung, dachte Ethelnoth von Somerset, als er der klaren, harmonischen Stimme zuhörte, die Ethelreds Verfügungen über die Thronfolge verlas. Erst einundzwanzig Jahre alt. Und die Aufgabe, die vor ihm lag, war ungeheuerlich. Das einzige englische Königreich, das noch hoffen konnte, sich gegen die Dänen zu behaupten, war Wessex. Und falls Wessex fallen sollte... Wenn es fallen sollte, gäbe es England nicht mehr. Dann würden die Dänen die gesamte Insel kontrollieren. Alles, was die Angelsachsen seit ihrer ersten Landung vor so vielen Jahrhunderten geschaffen hatten, würde verschwinden, ausgelöscht von den Heiden aus dem Norden.

Der Gedanke war unerträglich.

Nicht zum ersten Mal verfluchte Ethelnoth den Verlust Ethelbalds. Das war ein König gewesen, der den Dänen hätte die Stirn bieten können!

Und trotzdem... Alfred war ein mutiger Bursche. Das hatte Ethelnoth bei Ashdown sehr wohl erkannt. Außerdem drückte er sich nicht vor Entscheidungen. Es gab Gerüchte über eine Krankheit, die ihn einschränkte, aber Ethelnoth hatte noch nie das geringste Anzeichen dafür bemerkt. Außerdem war er ein Prinz der westsächsischen Königslinie. Er konnte seine Abstammung bis Cerdic und Ceawlin zurückverfolgen. Wenn Wessex irgendeinem Mann folgen würde, dann Alfred.

Der Prinz hatte zu Ende gelesen, und jetzt sprach wieder der Erzbischof. Plötzlich erhob sich ein Mann zur Linken Ethelnoths.

»Mylord Bischof.« Köpfe drehten sich, um zu sehen, wer da sprach. Es war Cenwulf, ein Than des Königs aus Dorset. »Mylord«, sprach der Than weiter. »Es gibt jemanden, der mehr Anrecht auf den Thron hat als Prinz Alfred, und ich werde Euch jetzt seinen Namen verkünden.«

Auf den Bänken erhob sich ein überraschtes Murmeln. Cenwulf hob die Stimme, um den Lärm zu übertönen. »Athelwold, der Sohn von Ethelwulfs ältestem Sohn, Athelstan. Ihn schlage ich zur Wahl vor, Mylords. Dieser Prinz ist alt genug, um die

Thronfolge anzutreten, was nicht der Fall war, als sein Vater so frühzeitig starb.«

Aha, dachte Ethelnoth. Deshalb war Godfred von Dorset nicht erschienen. Er wollte nicht zwischen die Fronten geraten.

»Wie alt ist Athelwold?« bellte der Bischof von Sherborne.

»Zwanzig, Mylord«, antwortete Cenwulf mit Nachdruck. »Nur ein Jahr jünger als Prinz Alfred.«

Ethelnoth blickte zu Alfred. Der Prinz hatte Platz genommen und sah jetzt Cenwulf an. Sein Gesicht war ruhig und verschlossen.

»Athelwold hat den Vorrang«, fuhr Cenwulf fort. »Er ist der Sohn des ältesten Sohnes von Ethelwulf. Wir sollten Athelwold zu unserem neuen König ernennen.«

»Wie viele Schlachten hat er schon geschlagen?« ertönte Ethelm von Wiltshires Stimme schroff. »Wir haben den ganzen Frühling mit Alfred gekämpft. Wir wissen, wie mutig er ist. Er ist ein Anführer, dem wir vertrauen können. Es ist jetzt nicht die Zeit, einen Grünschnabel zum König von Wessex zu ernennen.«

»Jawohl!«

»So ist es!«

»Wahre Worte!«

»Mylords! Mylords!« Der Erzbischof von Canterbury bemühte sich, die Kontrolle über die Versammlung wiederzugewinnen.

»Athelwold hat ein Recht darauf!« übertönte Cenwulf den Protest des Erzbischofs.

»Es gibt kein Anrecht auf den Thron von Wessex.« Jetzt sprang Ethelnoth selbst auf. Er blickte in die Gesichter der anderen Ratsmitglieder und sah, daß sie ihm zustimmten. »In Wessex liegt das Recht, den König zu ernennen, beim Witan«, fuhr er fort, und seine harten, grauen Augen richteten sich nun auf Cenwulf, der etwas weiter unten am Tisch stand. »Es ist unser Recht und unsere Pflicht, den Prinzen aus der königlichen Linie zu ernennen, der uns am geeignetsten erscheint, dem Land zu dienen. Und ich sage, dieser Mann ist Alfred.«

Von den Bänken erschallte zustimmendes Gebrüll.

»Mylord.« Nun erhob sich Alfred. Seine entschiedene Stimme übertönte mühelos den Lärm im Raum, und es wurde still. Alfred sah Cenwulf an, den einzigen Than, der noch stand. »Wenn es Euch recht ist, Mylord«, sagte der Prinz, »würde ich gern etwas sagen.«

Ethelnoth beobachtete interessiert, wie der königliche Than aus Dorset, ein guter Freund von Ethelwulfs Sohn Athelstan, zögerte und sich dann setzte. Das ist ein gutes Omen, dachte Ethelnoth. Der Junge hatte etwas Respekteinflößendes.

»Mylords.« Alfred wandte sich jetzt an die gesamte Gruppe. »Gott weiß, ich habe diese Ehre nie angestrebt. Alle wissen, wie sehr ich meinen Bruder Ethelred geliebt und verehrt habe.« Seine Stimme war völlig ruhig, trotzdem konnte Ethelnoth die starke Emotion hinter Alfreds Worten erahnen. Und es war die Wahrheit. Selten hatte es zwei Brüder gegeben, die sich näherstanden als Alfred und Ethelred. Alfred sprach weiter. »Aber Ethelred, der beste und christlichste aller Könige, ist von uns gegangen, und wir sind gezwungen, einen neuen zu wählen. Er hat darum gebeten, daß mir die Verantwortung übertragen wird. Fast die letzten Worte, die er zu mir sprach ...« Zum ersten Mal zitterte die vollkommen kontrollierte Stimme. Alfred hielt inne und fuhr dann ruhig fort. »Fast die letzten Worte, die er zu mir sprach, waren: ›Es beruhigt mich, Wessex in so fähigen Händen zurückzulassen.‹«

Alfred hatte auf die Urkunde mit Ethelreds Testament geblickt, die vor ihm auf dem Tisch lag, doch jetzt hob er den Kopf. Seine Augen, so dunkelgolden wie sein Haar, wanderten von Gesicht zu Gesicht. »Ich weiß nicht, ob ich Euch zum Sieg über die Dänen führen kann«, sagte er. »Aber ich verspreche Euch das eine. Ich werde niemals aufgeben. Ich werde mich nie ergeben. Ich werde Sommer wie Winter die Fyrds von Wessex im Feld lassen, bis die Dänen geschlagen sind oder ich tot bin.« Seine Stimme war nicht emotional; sie war kalt. Kalt, ruhig und unversöhnlich wie sein Gesicht.

Zum ersten Mal an diesem Morgen war es totenstill im Raum. Ethelnoth erhob sich noch einmal. Er sah Alfred an und blickte dann im Kreis der Männer umher, die auf den Refektoriumsbänken um ihn herum saßen. »Mylords«, sagte er in die Stille hinein. »Ich schlage vor, daß der Witan Prinz Alfred zum König ernennt.«

Das Schweigen wurde unterbrochen, als mit Ausnahme von Cenwulf der ganze Raum mit Gebrüll aufsprang.

Später, als sich der Lärm etwas gelegt hatte, und die Männer sich in Zweier- und Dreiergruppen unterhielten, trat Osric von Hampshire an Ethelnoth heran. Einen Augenblick standen die beiden schweigend da und betrachteten Alfred inmitten eines Kreises größerer, massigerer Männer.

»Ist Euch bewußt«, sagte Osric ihm leise ins Ohr, »daß das Schicksal Englands von heute an von Herz und Verstand dieses jungen Mannes abhängt?«

»Ja«, sagte Ethelnoth mit einer Stimme, die fast so abgehackt war wie Alfreds. »Ich weiß.« Dann sagte er in einer tieferen Tonlage: »Wir müssen alle beten, daß er sich einer so schweren Aufgabe gewachsen erweist.«

»Amen«, sagte Osric, als ob er ein Gebet beendet hätte.

Das Witenagemot war am Morgen abgehalten worden, und am Nachmittag wurde Alfred gekrönt. Die Zeremonie wurde hastig in der Abteikirche abgehalten und hatte wenig von dem Prunk, der mit der Krönung von Alfreds Bruder einhergegangen war. Trotzdem war diese Krönung vielleicht die schicksalhafteste, die je in Wessex abgehalten wurde. Wenn die dänische Armee nicht zurückgedrängt wurde, konnte dieser der letzte König sein, den die Westsachsen stellen würden. Dieser Gedanke beschäftigte alle, als sie die allzu vertraute Zeremonie abhielten, die Wessex einen neuen König geben würde.

Alfreds Kopfschmerzen begannen während der Messe. Diesmal gab es keine Vorwarnung. Sie kamen schnell, wie eine Herde heranpreschender Pferde. Innerhalb von fünfzehn Minuten hämmerten sie in voller Stärke in seinen Schläfen und hinter seiner Stirn.

Er hielt während der gesamten Zeremonie still. Dem scharfsichtigen Ethelnoth fiel auf, daß der junge König seltsam steif wirkte; er hatte die Zähne zusammengebissen, und sein Mund war zu einer harten Linie zusammengepreßt. Als er die Kirche verließ, war Alfred weiß im Gesicht und hielt den Kopf mit dem neuen goldenen Reif so steif, als ob er ihn nur durch reine Willenskraft hochhalten konnte.

Überwältigt, dachte Ethelnoth grimmig. Überwältigt von der ungeheuren Verantwortung, die er übernommen hatte. Kein Wunder.

Kopfschmerzen, dachte Elswyth verzweifelt, die hinter der Prozession herging, als sie die Kirche verließen. Warum waren bloß alle bedeutenden Ereignisse in Alfreds Leben dazu verdammt, durch Kopfschmerzen verdorben zu werden?

Sobald sie sich auf dem großen Abteihof befanden, drängte sie sich an die Seite ihres Mannes. In seinem Gesicht flackerte Erleichterung auf, als er ihre Stimme hörte.

»Mylords«, sagte sie bestimmt und hakte Alfred unter. »Wenn Ihr wünscht, daß Euer neuer König stark genug ist, Euch zu führen, dann schlage ich vor, daß Ihr ihm etwas Ruhe gönnt. Er ist in großer Trauer um seinen Bruder.«

Eine Runde erstaunter Augen starrte sie an. Die Thane von Wessex waren nicht daran gewöhnt, daß eine Frau Befehle gab.

»Natürlich, Mylady.« Das war Ethelnoth von Somerset.

»Meine Frau hat recht. Ich bin ... müde.« Alfreds Stimme hatte den hohlen Klang, der Elswyth vertraut war, aber offensichtlich hatte niemand den Verdacht, daß etwas mit ihm nicht in Ordnung war. »Ich werde später zu Euch sprechen«, sagte er.

Dann waren sie erlöst, und sie führte ihn zielstrebig zum Gästehaus, wo sie untergebracht waren. Für die Männer hinter ihnen mußte er völlig aufrecht wirken. Nur Elswyth wußte, wie er sich auf sie stützte und sich von ihr lenken ließ. »Kannst du sehen?« fragte sie ihn leise.

»Das Licht ...« sagte er. »Im Freien ist es schwierig.«

»Vor dem Gästesaal sind zwei Stufen«, sagte sie. Sie hob ihren Arm ein wenig. »Jetzt.«

Sie schaffte ihn in ihr Gemach und schloß die Tür.

Drei Stunden später kam ein Reiter aus Reading angaloppiert. Da sie wußten, daß die meisten Westsachsen in Wimborne waren, hatten die Dänen die Männer aus Surrey angegriffen, die sie bewachten, und hatten sie niedergemetzelt.

»Es war ein Blutbad, Mylord«, berichtete der Bote seinem Ealdorman bitter. »Wir hatten keine Chance gegen sie. Wer wegrennen konnte, ist entkommen. Ich bin so schnell wie möglich nach Wimborne geritten, um Euch die Nachricht zu bringen.«

»Wir müssen den König informieren«, sagte Ulfric von Surrey. Eine grimmige Abordnung von Ealdormen und königlichen Thanen marschierte auf den großen Hof hinaus und begab sich geschlossen zu dem Gästehaus, in dem Alfred untergebracht war.

Als sie den Saal halb durchquert hatten, stellte Elswyth sich ihnen in den Weg. »Alfred darf jetzt nicht gestört werden«, sagte sie. »Er schläft.«

»Hierfür müssen wir ihn stören, Mylady«, sagte Ulfric und ging weiter.

»*Ich sagte halt.*« Mehr als ihre Worte war es ihr Ton, der sie wie angewurzelt stehenbleiben ließ. Sechs männliche Augenpaare starrten Alfreds Frau erstaunt an. Sie sagte: »Was ist so wichtig, daß Ihr mit meinem Herrn sprechen müßt? Wenn es wirklich so ernst ist, werde ich ihn für Euch wecken.« Ihre mercische, langgezogene Aussprache war sehr deutlich.

Zu seiner eigenen Überraschung erklärte Ulfric es ihr.

»Ich verstehe.« Die blauen Augen des Mädchens, und nach Ethelnoths Meinung *war* sie nicht mehr als ein schmächtiges Mädchen, flogen von Gesicht zu Gesicht. Sie warteten. »Ich hole ihn«, sagte sie. »Wartet hier.« Und sie wandte sich um und verschwand im Zimmer.

Unter den Ealdormen herrschte unbehagliches Schweigen. Dann lachte Ethelnoth. »Ich hätte nie gedacht, daß mich eine Frau kleinkriegen könnte«, sagte er humorvoll. Seine Worte lösten die Spannung, und die anderen Männer lachten ebenfalls. Sie blickten zur Tür des Königsgemachs und warteten.

Es dauerte nicht lange. Plötzlich öffnete sich die Tür wieder, und Alfred trat ein, er hatte sich völlig unter Kontrolle.

Ethelnoth erriet mehr aus Elswyths Gesicht als aus Alfreds, daß etwas nicht stimmte. Sie beobachtete ihren Mann mit einer solchen Intensität. Genauso würde ein Tier sein kränkelndes Junges beobachten, dachte er. Wieder sah er den König an.

Er hatte Schatten unter den allzu dunklen Augen, die wie Prellungen aussahen. Er stand zu steif da, und er bewegte nie den Kopf. Plötzlich erkannte Ethelnoth, was nicht stimmte. Alfred hatte Schmerzen.

Ihm fielen die Gerüchte über eine Krankheit ein. Sie sind also wahr, dachte er.

Was auch immer das Problem war, Alfreds Gehirn funktionierte. Seine Befehle waren präzise. Sie sollten so viele Männer wie möglich zusammenrufen und zu dem Standkreuz reiten, das die Kreuzung der römischen Straßen markierte, die von Meretun und Reading südlich nach Winchester und Wilton führten. »Wenn sie ins Herz von Wessex wollen, werden sie eine dieser Straßen nehmen oder sogar beide«, sagte Alfred. »Die Zeit drängt. Haltet Euch nicht damit auf, Unwillige einzuberufen. Nehmt die Männer, die Ihr kriegen könnt, und trefft Euch mit mir am Standkreuz. Ich werde morgen dort sein.«

»Mylord«, sagten sie. »Das werden wir tun.«

Innerhalb einer Stunde waren die Ealdormen von Wimborne fortgeritten, um für den König eine Armee aufzustellen.

21

AM folgenden Tag trafen sich zweitausend Mann beim Standkreuz.

Alfred hatte Thane aus seiner Leibgarde nach Norden geschickt, um die Lage in Meretun und Reading auszukundschaften, und so wartete die westsächsische Armee auf Informationen über die Dänen und auf ihre Proviantwagen.

»Sie können uns noch überholen, wenn sie die Straße direkt von Reading nach Winchester nehmen und sich nicht erst mit ihren Streitkräften aus Meretun treffen«, sagte Alfred, als sie einen Tag lang gewartet hatten. Er entsandte Ethelnoth mit den Männern aus Somerset, um die Hauptstraße nach Winchester zu besetzen, während der Rest an den Kreuzungen der zwei anderen Straßen Wache hielt, die ins Herz von Wessex führten.

Nach drei Tagen kehrten die Kundschafter mit der Nachricht zurück, daß beide Teile der dänischen Armee sich in Reading zusammengeschlossen hatten und sich auf der Hauptstraße in Richtung Silchester nach Süden bewegten. Bei Silchester konnten sie zwischen zwei Straßen wählen, zwischen der nach Wilton, die Alfred bewachte, und der, die nach Winchester führte und von Ethelnoth beobachtet wurde. Alfred biß die Zähne zusammen und wartete. Am nächsten Tag kam die neue Nachricht, daß die Dänen in Silchester ein Lager aufschlugen.

Alfred war bitter enttäuscht. Er hatte nicht die Männer, um ein dänisches Lager anzugreifen, und hatte gehofft, im freien Feld auf sie zu treffen, wo die Westsachsen in der Vergangenheit ein paar Erfolge gefeiert hatten. Je länger er warten mußte, desto schwerer würde es für ihn, seine Männer im Feld zu halten.

Er beschloß, nach Süden zu marschieren und den Dänen soviel Schaden zuzufügen, daß sie gezwungen wären, Silchester zu verlassen.

»Immer, wenn wir eine Gruppe Plünderer losschicken, verlieren wir Leute.« Guthrum war von Abscheu erfüllt. Die Männer, die sie beim letzten Überfall verloren hatten, waren seine gewesen. »Sie kommen nicht einmal heraus, um zu kämpfen. Es kommen nur Pfeile aus dem Nichts, und das war es dann.«

»Sie wissen, was geschehen ist, als die Männer, die sie zur Bewachung Readings abgestellt hatten, zu gut zu sehen waren«, antwortete Erlend. Er und sein Onkel waren in einem der zerfallenen römischen Gebäude der alten Stadt untergebracht, und jetzt zupfte er an ein paar Harfensaiten. Dann sagte er: »Offensichtlich haben sie nicht genug Männer, um uns direkt anzugreifen.«

»Ihr König ist tot.« Bei diesem Gedanken glitzerten Guthrums blaue Augen. Es war eine schwere Enttäuschung für ihn gewesen, daß er Ethelred auf dem Schlachtfeld nicht getötet hatte. Daß der König später seinen Verletzungen erlegen war, hatte dem Jarl große Genugtuung bereitet.

»Ethelred ist tot«, wiederholte Guthrum jetzt, »und wir wissen noch immer wenig über die Thronfolge. Bisher lag die

Stärke der Westsachsen in ihrer Einigkeit. Ich frage mich, ob dieses Einvernehmen auch Ethelreds Tod überdauert.«

Es war kurz still, und Guthrum fuhr sich mit den Fingern durch den schweren, gelben Pony. »Ich würde viel darum geben, die Antwort auf diese Fragen zu erfahren«, murmelte er halb zu sich selbst.

Erlend strich über die Saiten der Harfe und ließ herrliche Töne erklingen. »Soll ich versuchen, es herauszufinden?« fragte er.

Guthrum wandte sich ihm ruckartig zu. »Du?«

Erlend zuckte mit den Schultern. »Ich könnte noch einmal mit meiner Harfe durch die Gegend ziehen.«

Ungeduldig runzelte Guthrum die Stirn. »Deine kleine Maskerade wird uns diesmal nichts nützen, Neffe. Das einfache Volk wird noch nicht wissen, was in den Versammlungen der Großen entschieden wurde.«

Erlends Gesicht wurde hart. Der Hauch von Spott in der tiefen Stimme seines Onkels schmerzte; Guthrum hatte seine »kleine Maskerade« nicht herabgewürdigt, als er sie im letzten Winter Halfdan vorgeschlagen hatte. Er hatte auch nicht gezögert, Erlends Leistungen als sein Verdienst hinzustellen.

»Vielleicht«, sagte Erlend und entlockte seiner Harfe aufs neue eine Fülle kunstvoller Klänge, »vielleicht kann ich mich im Haushalt eines ihrer Adligen einschleichen.«

Es folgte ein langes Schweigen. Dann sagte Guthrum: »Du hast an Selbstvertrauen gewonnen, Bursche. Es ist eine Sache, einfache Leute zu täuschen, und eine andere, die Großen hinters Licht zu führen.«

»Der Unterschied ist nicht allzu groß«, antwortete Erlend. Seine grünlichen Augen musterten Guthrums Gesicht. Er machte sich keine Illusionen darüber, was sein Onkel dachte. Wenn Erlend enttarnt wurde, würde er Guthrum nicht mehr im Weg stehen. Wäre er jedoch erfolgreich, bekämen die Dänen wichtige Informationen, und Guthrum konnte es sich als Verdienst anrechnen lassen, einen so cleveren Verwandten zu haben.

Guthrum lächelte. Sein Wolfslächeln, dachte Erlend. »Das ist keine schlechte Idee«, sagte sein Onkel. »Finde heraus, wer zum König ernannt worden ist, und wer gegen ihn ist.«

»Mylord . . .« Auch Erlend bleckte die Zähne und grinste zurück. »Das werde ich tun.«

Nach zwei Wochen blieben Alfred nur noch seine eigenen Thane und die der Leibgarden der Ealdormen. Es war Mai, und zu Hause waren die Bauern mit dem alljährlichen Problem konfrontiert, ihr Vieh zu ernähren, bis das Frühlingsgras kräftig genug war, um die Tiere auf die Weide zu schicken. Im Frühling war die Fütterung immer ein ernstes Problem, und in diesem Jahr kam er spät.

Alfred zog sich nach Wilton zurück und entsandte Osric und seine Männer, um Winchester zu besetzen. Es war einfacher, die Thane der Leibgarden von den königlichen Gütern aus zu versorgen als im Feld.

Alfred brauchte drei Tage, um seine Männer nach Wilton zu bringen, die Proviantwagen hielten sie auf. Als sie ihr erstes Nachtlager aufschlugen, gesellte sich in der Nähe von Wodnesford ein umherziehender Harfenspieler zu ihnen. Edgar hatte den Jungen, der an der Straße herumlungerte, als erster entdeckt und zum Feuer gerufen.

»Für eine Mahlzeit spiele ich ein Lied für Euch, Mylords«, sagte Erlend und sah mit seinem gewinnendsten Lächeln in die vom Feuer erhellten Gesichter um sich herum. Verführerisch ließ er die Finger über die Saiten gleiten.

Die Westsachsen winkten ihn näher heran, und er ließ sich zwischen ihnen nieder, nahm die Harfe in die Armbeuge und fragte schlicht: »Was wollt Ihr hören?«

»Iß erst einmal, Junge«, sagte der Than neben ihm gutmütig. »Kein Grund, mit leerem Magen zu spielen.«

»Genau«, sagte jemand anderes und brachte Erlend eine Schüssel Eintopf aus dem Topf über dem Kochfeuer.

»Woher kommst du, Junge?« fragte ein anderer Mann, als Erlend zu essen begann. Der Eintopf war überraschend gut.

»Ich bin Franke, Mylord«, gab der Junge zurück.

»Was führt dich nach Wessex?« fragte ein anderer. In den Fragen lag kein Argwohn, und Erlend hatte sich den Winter über mit seiner Geschichte immer wohler gefühlt.

»Ich hatte Lust, die Welt zu sehen«, antwortete er bereitwillig. »Wir waren zu zehnt zu Hause, und niemand hat eine Träne vergossen, als ich ging.«

Die Männer um das Feuer herum nickten und zuckten mit den Schultern. So war das Leben. Erlend aß seinen Eintopf auf und nahm seine Harfe. »Ich kenne ein paar Verse aus dem *Beowulf*«, sagte er.

»Das ist gut«, sagte der Mann neben ihm, und Erlend ließ die Finger über die Harfe gleiten und hielt das Ohr nahe daran, um jeder einzelnen Saite zu lauschen. Dann hob er den Kopf und schüttelte sich das Haar aus der Stirn. Er trug es nicht kurz wie die anderen Männer im dänischen Lager, sondern schulterlang wie die Westsachsen.

»Lauschet« begann er und ließ noch einmal die Töne erklingen, »der Geschichte vom längst vergangenen Ruhm der dänischen Könige und den Taten ihrer Prinzen. Wie Skyld Scefing, der manchen Krieger in Schrecken versetzte, verfeindete Völker niederwarf und die Herzen ihrer Herren mit Grauen erfüllte.«

Er sang gut, und seine Harfenmusik war der perfekte Hintergrund für die fesselnden Worte. Ein zufriedenes Seufzen ging durch den Kreis der Männer, und sie machten es sich bequem und hörten zu.

Erlend spielte eine gute Stunde, und während der ganzen Zeit rückten die Männer immer näher ans Feuer, an dem er saß. Als er schließlich die Harfe beiseite legte, zollten sie ihm den Tribut des Schweigens.

»Sehr gut gesungen«, sagte eine klare Stimme vom anderen Ende des Feuers. Es war einer der Männer, für die sie am Anfang des Liedes Platz gemacht hatten. »Wie heißt du?«

»Erlend, Mylord«, antwortete der Junge. Er hatte im letzten Winter beschlossen, daß es weniger wahrscheinlich war, einen Fehler zu machen, wenn er seinen eigenen Namen benutzte.

»Erlend«, sagte eine andere Stimme. »Das ist kein fränkischer Name.«

Er hatte sofort eine Antwort parat. »Die Mutter meiner Mutter stammte aus Norwegen, Mylord.«

»Gebt dem Jungen etwas zu trinken«, sagte der Mann mit

der außergewöhnlichen Stimme. »Er hat nach einer solchen Anstrengung bestimmt Durst.«

»Ja, Mylord!« Drei Männer machten Anstalten aufzustehen, einer sagte: »Ich hole es«, und die anderen setzten sich wieder.

Erlend bekam Bier, und während er es dankbar trank, sah er zur anderen Seite des Feuers. Die Flammen zeigten ihm die Gestalt, die er suchte. Diese Haarfarbe kam ihm bekannt vor. Als der Mann aufstand, erkannte Erlend ihn. Diese Art, sich zu bewegen, hatte er schon einmal gesehen, auf dem Schlachtfeld von Ashdown. Selbst in voller Kampfrüstung hatte Alfred sich wie eine Katze bewegt.

Erlend trank gerade sein Bier aus, als Alfred mit drei Männern im Gefolge das Feuer verließ. Der Junge wischte sich mit dem Ärmel den Mund ab, wandte sich an den Than neben ihm und fragte unschuldig: »Wer war der Mann mit dem goldenen Haar?«

Das von Feuer beschienene Gesicht des Mannes verzog sich zu einem Lächeln. »Das war der König, mein Junge. Das war Alfred höchstpersönlich.«

»Oh.« Erlend weitete seine Augen ehrfürchtig. »Ich wußte nicht, daß ich vor einem König spiele!«

Von denen, die zuhörten, erhob sich gutmütiges Gelächter. Erlend zog die Knie an und legte das Kinn darauf. Er sah aus wie vierzehn, als er dort saß, und er wußte es. »Ich wußte nicht einmal, wer König ist«, sagte er.

Der Mann neben ihm sah erstaunt aus. »Es kann nicht viel Zweifel im Land darüber gegeben haben, wer gewählt würde. Alfred ist der einzige, der uns in so gefahrvollen Zeiten führen kann. Das wissen sicher alle in Wessex.«

»Aber hatte nicht auch König Ethelred Söhne?« Erlends Augen waren rund vor geheuchelter Unschuld.

»Der Junge ist Franke«, sagte eine Stimme zu seiner Linken, als erklärte Erlends Nationalität seine Unwissenheit.

Der Mann neben ihm band seine Strumpfbänder zu, als er Erlend freundlich erklärte: »Ethelreds Söhne sind zu jung. Ethelred selbst wußte das. In seinem Testament hat er Alfred, seinen Bruder, zum Erben bestimmt.«

»Wirklich?« Erlend mußte keine Verwunderung vortäuschen. Das Gefühl war aufrichtig. »Das war ... selbstlos von ihm«, sagte er. »Nur wenige Könige würden ihre direkten Nachkommen übergehen.«

»Das Königshaus von Wessex ist nicht wie andere königliche Häuser«, kam die stolze Antwort von irgendwo aus dem Kreis. »Eure fränkischen Prinzen würden sich eher die Kehlen durchschneiden, bevor sie sich helfen würden. Das Haus Cerdic ist nicht so. Für sie geht das Land vor. Alle in Wessex wissen das.«

Erlends Nachbar fügte hinzu: »Alle in Wessex wissen von der Liebe, die König Ethelred für seinen Bruder empfand, und von dem Vertrauen, das er ihm entgegenbrachte. In Zeiten wie diesen war Alfred die einzige Wahl.«

Erlend hörte konzentriert zu, aber es gab kein Anzeichen von Widerspruch in der Gruppe. Der junge Däne legte sich inmitten der westsächsischen Thane schlafen und dachte darüber nach, was er erfahren hatte.

Wenn es stimmte, was die Thane sagten, dann war das Haus Cerdic wirklich einzigartig auf der Welt. Aber dies sind Alfreds Männer, dachte Erlend. Genauso wie die Leute auf Lambourn, die ihm zuvor von der Beziehung zwischen Ethelred und seinem Bruder berichtet hatten. Erlend bezweifelte stark, daß in Wessex alle so einig waren, wie es diese Thane ihn glauben machen wollten. Es lag nicht in der Natur der Menschen, daß das Land vorgeht, wie einer der Thane gesagt hatte. Erlend hatte keinen Zweifel, daß er im Zeitalter der Wölfe lebte. Jetzt, wo der gekrönte König von Wessex tot war, würden die Wölfe hervorkommen und sich knurrend auf das Königreich stürzen, das er hinterlassen hatte. Erlend faßte den Entschluß, noch etwas länger bei der Armee zu bleiben und zu sehen, wer diese Wölfe sein würden.

Am nächsten Morgen war die sächsische Armee früh auf den Beinen, doch Erlend, der an das Tempo der Dänen gewöhnt war, erschienen Alfreds Männer schwerfällig und langsam. Es lag daran, daß sie keine Pferde hatten, vermutete er, als er mit dem Fyrd mitmarschierte und mit der Harfe über der Schulter den

Gesprächen zuhörte. Eine Armee, die zu Fuß geht, ist viel langsamer als eine zu Pferde, dachte er. Die einzigen berittenen Männer unter den Sachsen waren der König, seine engsten Vertrauten und die Ealdormen. Im Gegensatz dazu hatte jeder dänische Soldat ein Pferd. Die ostanglischen Pferde, die sie sich bei der Landung in England beschafft hatten, hatten sich als unbezahlbar erwiesen.

Ein deutlicher Vorteil für die Dänen, dachte Erlend. Sie konnten die Sachsen jederzeit überholen. Eine nützliche Information, die er an Halfdan und Guthrum weitergeben konnte, wenn er ins Lager zurückkam.

Die Thane bewegten sich langsam die dünn beschotterte römische Straße hinab, und Erlends grüne Augen überflogen die Reihen, um die Truppen zu zählen. Nicht annähernd so viele wie in Ashdown gekämpft haben, dachte er. Doch alle Männer schienen gut ausgerüstet zu sein und trugen sowohl Schwerter als auch Speere, ein sicherer Hinweis auf höhere Schichten. Die Bauern waren augenscheinlich nach Hause gegangen.

Erlends Blick fiel immer wieder auf die Gestalt Alfreds, der so selbstsicher an der Spitze seiner marschierenden Männer auf seinem dunklen Fuchs ritt. Erlend empfand fast Mitleid mit dem knabenhaft schlanken westsächsischen König. Alfred konnte sich unmöglich gegen die Armee behaupten, die von den Dänen im April in Reading aufgestellt worden war. Sie war fast viermal so groß wie die der Westsachsen.

Die westsächsischen Thane schienen zu erwarten, daß Erlend mit ihnen lagern würde. Er stimmte gerade seine Harfe und wartete darauf, daß die Kochfeuer entzündet wurden, als ein glattrasierter junger Mann mit braunen Haaren und grünlichen Augen wie seine eigenen zu ihm kam und sagte: »Der König lädt dich ein, heute abend mit ihm zu speisen.«

Erlend erhob sich langsam. Seine Ähnlichkeit mit dem Than erstreckte sich nicht auf die Körpergröße. Als er schließlich aufrecht stand, mußte er aufblicken, um dem anderen Mann in die Augen zu sehen. »Ich fühle mich geehrt«, sagte er höflich, hängte sich die Harfe über den Rücken und schritt neben Alfreds Mann her.

»Wir haben keine Harfenspieler im Fyrd«, berichtete ihm der Than auf dem Weg zum Lagerplatz des Königs. »Die königlichen Harfinisten sind inzwischen alle zu alt, um größere Strecken mitzumarschieren. Deshalb ist es ein Glücksfall, daß du dich uns angeschlossen hast.« Der Mann, der aussah, als wäre er erst Anfang Zwanzig, lächelte zu ihm herab. »Mein Name ist Brand«, sagte er. »Ich gehöre zu Alfreds Leibgarde.«

»Tragt Ihr deshalb ein Stirnband?« fragte Erlend scharfsinnig.

Brand lachte. »Ja. Seit Nottingham ist das unser Kennzeichen.«

Erlend ging absichtlich langsamer. »Nottingham?« fragte er, öffnete die Augen weit und heuchelte Verwunderung. »Gab es bei Nottingham eine Schlacht? Ich dachte, die Könige von Mercien und Westsachsen hätten sich damals entschlossen, nicht zu kämpfen.«

»Der mercische König wollte nicht kämpfen.« Das war offensichtlich ein wunder Punkt. »Sie hätten auf Alfred hören sollen«, sagte Brand. »Wir hatten die Fyrds zweier Länder in Nottingham und haben die Dänen ungeschoren davonkommen lassen.«

»Alfred wollte also kämpfen?« fragte Erlend.

»Ja. Glaub nicht, daß es die Männer aus Wessex waren, die in Nottingham gekniffen haben. Das waren die Mercier.« Brand klang, als würde das Wort »Mercier« einen schlechten Geschmack in seinem Mund hinterlassen.

Bevor Erlend jedoch noch weiter fragen konnte, hatten sie ihr Ziel erreicht. »Komm«, sagte Brand, und der Than ging geradewegs auf den König zu, während Erlend hinter ihm zurückblieb. »Hier ist der Harfenspieler, Mylord«, sagte Brand, wandte sich um und winkte Erlend näher heran.

Es war das erste Mal, daß Erlend Alfred aus der Nähe sah. Er verbeugte sich und blickte dann den Mann, der vor ihm stand, mit offener Neugier an. Alfred war größer als Erlend, aber trotzdem hätte niemand den westsächsischen König als großen Mann bezeichnet. Sein schulterlanges Haar hatte einen einzigartigen dunkelgoldenen Farbton, und er war fast jungenhaft schlank. Er war glattrasiert, und seine Haut schimmerte im Schein des Feuers leicht golden. Wenn er ein Mädchen wäre, dachte Erlend, würde man ihn als schön bezeichnen.

Erlend dachte an die starken Knochen und massigen Muskeln seines Onkels. Neben Guthrum würde Alfred von Wessex wie ein Kind aussehen. Wenn Erlend nicht gesehen hätte, wie Alfred bei Ashdown gekämpft hatte, hätte er sich gewundert, warum die Westsachsen gerade ihn zum König gewählt hatten.

Doch Erlend erinnerte sich nur allzugut an Ashdown und an die Verteidigung, die dieser Mann organisiert hatte, um den Rückzug seines verwundeten Bruders von Meretun zu decken. Trotz seiner augenscheinlichen Zierlichkeit war Alfred ein Mann, mit dem man rechnen mußte.

Alfred sagte zu ihm: »Ich freue mich, einen so fähigen Harfenspieler bei uns im Lager begrüßen zu dürfen.« Erlends Musikerohren registrierten, daß der König eine mittlere Stimmlage hatte, aber seine Sprechweise war kurz und abgehackt.

Plötzlich wurde Erlend bewußt, daß kein armer Musiker von niederem Stande einen gekrönten König so unverschämt anstarren würde, und er schlug die Augen nieder. »Danke, Mylord«, antwortete er und scharrte ein wenig mit den Füßen, um seine Ehrfurcht anzudeuten. »Es ist mein Glück, mich solch einer großzügigen Truppe angeschlossen zu haben«, fügte er hinzu.

»Wir werden dich für dein Abendessen schon gehörig singen lassen«, sagte Alfred. »Ich habe dich gestern abend gehört. Du bist sehr gut.«

Das Lob war nichts Besonderes. Es bestand kein Grund, daß ihn ein solch freudiger Stolz durchfuhr. Verärgert über sich selbst runzelte Erlend die Stirn. »Danke, Mylord«, sagte er kurzangebunden und war sich bewußt, daß er undankbar klang, was ihn noch mehr ärgerte.

Alfred schien nichts zu bemerken, sondern deutete auf einen Platz am Feuer. Als er sich setzte, war Erlend überrascht, daß der König sich neben ihm niederließ. Brand brachte Alfreds Abendessen, getrockneten Fisch, und bediente danach Erlend.

Erlend wußte, daß Harfenspieler von den Westsachsen verehrt wurden, aber das hatte er nicht erwartet.

»Du bist aus Franken?« fragte der König freundlich, als Erlend seinen Fisch aß.

»Ja, Mylord«, antwortete Erlend vorsichtig. Guthrum hatte sehr richtig bemerkt, daß es eine Sache war, einfache Leute zu täuschen, und eine andere, die Großen hinters Licht zu führen.

»Die zweite Frau meines Vaters war fränkisch«, sagte Alfred. »Sie war eine großartige Frau. Judith von Frankreich. Sie ist jetzt mit Balduin von Flandern verheiratet.«

Erlend kannte die Geschichte von Judith von Frankreich. Ganz Europa kannte die Geschichte. Noch eine schöne Frau, die jeden Anstand mit Füßen getreten hatte, um den Mann, den sie wollte, in ihr Bett zu bekommen. Wie hatte Alfred sie genannt? Eine großartige Frau? Auch Erlends Mutter war eine großartige Frau. Er hielt nicht besonders viel von diesem Menschenschlag.

»Ich bin ein Sohn aus dem einfachen Volk, Mylord«, sagte er jetzt steif. »Ich weiß wenig vom Leben bei Hofe.«

»Aber du kennst die Lieder, die dort gesungen werden«, kam die ungezwungene Antwort. »Und deine Harfe ist vorzüglich.«

Erlend zwang sich, seinen Fisch langsam zu kauen. Da war also ein Gehirn unter dem glänzenden Goldhaar, dachte er. Er verspürte ein angenehmes Hochgefühl. Er würde richtig nachdenken müssen. Er schluckte seinen Fisch herunter. »Ein Wanderharfenist hat mir das Spielen beigebracht, Mylord.« Er biß ein Stück Gerstenbrot ab. Lieber nicht zu viele Informationen freiwillig herausrücken, dachte er. Nur auf direkte Fragen antworten. »Er hatte schon überall in England und Europa gespielt«, murmelte Erlend unhöflich mit vollem Mund. »Er war schon alt, als ich ihn kennenlernte, und als er starb, hinterließ er mir seine Harfe.«

»Ich verstehe«, sagte Alfred. Er hatte keinen Fisch gegessen, bemerkte Erlend. Jetzt biß er zum ersten Mal in sein Brot.

»Wir sollten morgen gegen Mittag auf Wilton ankommen, Mylord«, sagte Brand auf Alfreds anderer Seite. »Es sieht so aus, als würde das Wetter schön bleiben.«

»Gut«, antwortete Alfred ruhig. »Es ist immer gut, nach Hause zu kommen.«

Erlend war noch bei der sächsischen Armee, als sie am Nachmittag des folgenden Tages auf dem königlichen Gut Wilton ankam. Er blieb teils, weil er noch nicht im Besitz der Informationen war, die er wollte, teils weil er der Herausforderung nicht widerstehen konnte, sich in Verkleidung direkt in die Säle des feindlichen Stützpunkts zu begeben. Die westsächsischen Thane hießen ihn gutmütig willkommen und sagten ihm, daß für einen Harfenspieler mit seinem Talent immer ein Platz auf einer Saalbank frei wäre.

Es war eine ganz andere Art Gefahr als auf dem Schlachtfeld, und Erlend entwickelte einen ausgeprägten Gefallen daran.

Unter kobaltblauem Himmel ritten sie auf Wilton ein. Erlend, der die Paläste Frankreichs noch nie gesehen hatte, war von diesem Wohnsitz der Könige von Wessex beeindruckt. Innerhalb des Holzpalisadenzauns von Wilton gab es fünf Wohnsäle von beträchtlicher Größe, ferner eine Kirche, Außengebäude und Ställe. Jeder der Säle hatte ein erstes Stockwerk, wo die Diener schliefen. Die wichtigsten Thane schliefen in den Sälen darunter, während der Rest der Armee innerhalb der Mauern des Gutes im Freien lagerte. Erlend war überrascht darüber, daß ihm eine Bank im kleinsten Wohnhaus zugewiesen wurde; noch ein Zeichen des Respektes, den die Westsachsen Harfenspielern entgegenbrachten, dachte er. Das Schlafgemach in diesem Saal wurde vom Ealdorman von Kent namens Ceolmund bewohnt, und Erlend wurde unter Ceolmunds Thanen untergebracht.

Der kleine Saal füllte sich schnell mit Thanen, die ihre Ausrüstung in Ordnung brachten und ihre Waffen prüften. Erlend legte vorsichtig seine Harfe unter die ihm zugewiesene Bank und entschloß sich, nach draußen auf den Hof zu gehen, weg von dem Lärm und der Unordnung drinnen.

Der Hof war ebenfalls belebt. Dienerinnen eilten mit Wassereimern umher, und Diener hasteten mit Nachrichten und Speisen hin und her. Ein paar von Alfreds Thanen standen vor dem großen Saal an einen Pfosten gelehnt faul in der Sonne herum. Plötzlich kam ein einzelner Reiter durch das offene Tor geritten. Wie alle anderen auf dem Hof wandte auch Erlend sich um und schaute.

Es war ein schwarzhaariges Mädchen, sah Erlend erstaunt. Es ritt das schönste Fohlen, das er je gesehen hatte. Überrascht über die Menge Leute schnaubte das Fohlen und bäumte sich auf. Das Mädchen lehnte sich ein wenig nach vorne und klopfte den glänzenden, braunen Hals. Das Fohlen blieb stehen und beobachtete aus weit aufgerissenen, weißrändrigen Augen die Szene vor sich. Das Mädchen versuchte nicht, das Pferd vorwärts zu drängen, doch an der Bewegung seiner Lippen erkannte Erlend, daß es ihm gut zuredete.

Die Tür des Hauptsaales öffnete sich, und Erlend sah Alfred herauskommen. Auf seinen Schultern ritt ein kleines Mädchen, und die Haarfarbe des Kindes ließ Erlend vermuten, daß sie seine Tochter sein mußte. Alfred kam flink die Treppe hinab. Er hielt die kleinen Hände des Kindes fest, damit es nicht das Gleichgewicht verlor, und ging über den Hof zu dem Mädchen auf dem braunen Fohlen.

Eine Stimme drang an Erlends Ohr. »Mama!« Er registrierte erstaunt, daß dieses schwarzhaarige Mädchen Alfreds Frau sein mußte.

Als Alfred sich näherte, stellte das Fohlen die Ohren auf, blieb aber ruhig stehen. Das Mädchen – die Königin – blieb im Sattel, bis ihr Mann an ihrer Seite war. So verweilten sie ein paar Minuten und redeten. Dann ging Alfred zum Kopf des Fohlens und hielt die Zügel, während das Mädchen abstieg.

Mühelos schwang sie sich aus dem Sattel, und Erlend war schockiert, als er sah, daß sie Hosen trug, wie ein Mann. Alfred winkte, und ein Diener, einer von ungefähr zwanzig Leuten, die diese Szene stumm und fasziniert beobachtet hatten, eilte herbei, um das Fohlen in den Stall zu führen. Der König und die Königin gingen in ein Gespräch vertieft über den Hof zum Hauptsaal. Das Kind saß noch immer auf den Schultern des Vaters, aber jetzt krallte es sich in seinen Haaren fest.

Die drei stiegen die Treppe hinauf und verschwanden im Saal. Die Thane und die Diener, die sich während der letzten fünf Minuten nicht gerührt und keinen Mucks von sich gegeben hatten, fingen aufgeregt wieder an zu reden und hin und her zu laufen.

Erlend bemerkte, daß jemand neben ihm stand, und er wandte sich an den Than und fragte: »War das die Königin?«

»Wir haben keine Königinnen in Wessex«, lautete die unerwartete Antwort. »Aber das war Alfreds Frau, Lady Elswyth.«

»Keine Königinnen?« Erlend war erstaunt.

»Das ist bei uns nicht üblich.« Der Than, der zu Ethelnoths Leibgarde gehörte, sah Erlend nachsichtig an. »Es ist nie klug, einer Frau zuviel Macht zu geben«, sagte er.

Es folgte ein kurzes Schweigen. Erlend verscheuchte das Bild von Elines kleinem, herzförmigen Gesicht mit den grünen Augen, das vor ihm aufstieg. »Ich nehme an, das ist wahr«, antwortete er dann, und seine klare Stimme klang ein wenig rauh.

»Das war die Tochter des Königs«, fuhr der Than fort.

»Das dachte ich mir. Sie haben dieselbe Haarfarbe.«

»Sie haben auch einen Sohn.« Es schien dem Than wichtig zu sein, auf diese Tatsache hinzuweisen. »Er ist zwar erst ein paar Monate alt, aber sehr vielversprechend, sagt man.«

»Da bin ich mir sicher«, antwortete Erlend höflich. Sein Halbbruder auf Nasgaard war älter, dachte er. Würde bald so alt sein wie das kleine Mädchen, das so sicher auf den Schultern des Vaters geritten war. Ob Asmund seinen Sohn auch so liebevoll und väterlich umhertrug?

Erlend bezweifelte das.

22

AM nächsten Morgen hielt Alfreds Hofgeistlicher für den König, die Ealdormen und die Thane des Witan in der Kirche die Messe ab. Eine der ersten Amtshandlungen Alfreds nach seiner Krönung war es gewesen, einen sympathischen Priester zu finden, der mit ihm reiste. Als er nur stellvertretender Kommandeur gewesen war, hatten ihm die Priester der Güter ausgereicht, aber der König mußte auf Reisen für sich und seine Männer immer einen Geistlichen dabeihaben. Alfred hatte Ethelreds Kaplan, einen zwar frommen, jedoch einfachen und ungebildeten Mann, übergangen und statt dessen einen Mann aus Canterbury ernannt, einen der wenigen Priester, die in Wessex noch ein bißchen lesen und Lateinisch schreiben konnten.

Während Pater Erwald in der Kirche die Messe hielt, tat der Hausgeistliche von Wilton dasselbe im großen Saal für die restlichen Thane und die Leute auf dem Gut. Erlend ging mit den anderen, weil er sich nicht von ihnen unterscheiden wollte. Es war das erste Mal, daß der Däne einen christlichen Gottesdienst besuchte, und er war außerordentlich enttäuscht. Er verstand kein Latein. Es gab kein Opfer und kein Bankett. Er hatte immer gedacht, daß die Christen sich am Fleisch ihres Gottes labten, aber nichts dergleichen geschah. Der Priester verteilte kleine Hostienstücke, die von etwa der Hälfte der Anwesenden ehrerbietig entgegengenommen wurden, und das war alles. Erlend ging nicht nach vorne, um die Hostie entgegenzunehmen. Er war darauf bedacht gewesen, es den Gläubigen um sich herum gleich zu tun, aber er kannte das Ritual nicht und hatte Angst, einen Fehler zu begehen.

Das macht nicht viel her, dachte er, als er den Than neben sich beobachtete, der den Kopf senkte und im Gebet die Lippen bewegte, wie Erlend annahm. Enttäuschend fade. Erlend hatte sich mehr erhofft.

In einer knappen Stunde war alles vorbei, und die Holztische wurden zum Frühstück aufgestellt. Eine langweilige Religion, dachte Erlend. Guthrum würde darüber lachen. Für einen Krieger war sie mit Sicherheit uninteressant.

Nachdem zum Frühstück Brot, Honig und Haferbrei serviert worden waren, schlich sich Erlend unbemerkt aus dem Saal und ging durch das Tor des Gutes nach draußen. Er hatte vor, die Umgebung so gut wie möglich auszuspionieren. Während seiner Reisen im letzten Winter war er nicht so weit nach Südwesten gekommen.

Es war ein weiterer wunderschöner Frühlingstag. Das Gras war in den letzten Wochen grüner und dichter geworden, und die eingezäunten Weiden außerhalb der Gutsmauern sahen verlockend fruchtbar und saftig aus. Auf alle Fälle schienen das die Pferde, die auf die am wenigsten entlegene Weide getrieben worden waren, so zu sehen. Sie grasten eifrig und hoben nicht einmal den Kopf, als Erlend auf den Rutenzaun zuging, der sie umgab. Abgesehen von dem schönen braunen Fohlen, das Alfreds Frau am Tag zuvor geritten hatte. Das Fohlen stand am nächsten am Zaun, hielt den Kopf hoch und blickte zum Gut hinüber. Erlend ging langsam auf es zu und wünschte, er hätte einen Leckerbissen dabei.

Das braune Fohlen blieb, wo es war, und beobachtete ihn, während er näher kam. Als er den eineinhalb Meter hohen Rutenzaun erreichte, blieb er stehen und betrachtete es ehrfurchtsvoll. Wie die meisten Dänen war Erlend ein guter Reiter, und sein Vater hatte auf den Weiden von Nasgaard ein paar edle Pferde gehalten. Er erkannte ein gutes Pferd auf Anhieb.

Dieses hier war fast perfekt. Lange Beine, schlank, aber kräftig, und die Röhrbeine ausreichend kurz. Der Hals war bewundernswert lang und schön geneigt, der Widerrist für eine so junge Stute gut ausgeprägt. Die Kruppe war schön rund, und sie hatte eine gut bemuskelte Hinterhand. Ihr Kopf ist besonders schön, dachte er, als er bewundernd die großen Augen, die kleinen, hübschen Ohren und die scharf geschnittenen Nüstern betrachtete. Das Fell glänzte rötlich golden im hellen Sonnenlicht. Sie war wunderbar gepflegt und wurde offensichtlich gut behandelt. Sie beobachtete ihn mit mäßigem Interesse und ohne jede Furcht. Dann stellte sie plötzlich die Ohren auf.

»Was für eine Schönheit du bist«, sagte er gerade ehrfurchtsvoll, als hinter ihm eine tiefe, langgezogene Stimme erklang.

»Und sie ist sich dessen sehr wohl bewußt.« Erschrocken drehte sich Erlend um und sah Alfreds Frau auf der Wiese stehen. Elswyth lächelte ihn an. »Sie heißt Copper Queen. Abgekürzt Copper. Ich glaube, deine Komplimente gefallen ihr. Sie ist sehr eitel.«

»Ich . . . Sie ist schön . . .« stammelte Erlend.

Die dunkelblausten Augen, die er je gesehen hatte, blickten geradewegs in seine. »Du solltest sehen, wie sie geht«, antwortete Elswyth und stellte sich neben ihn.

Erlend wußte nicht, was er sagen sollte. Am Tag zuvor auf

dem Hof war er ein Stück von Alfreds Frau entfernt gewesen und hatte ihr Gesicht nicht gut sehen können. Aus der Nähe und im hellen Licht der gnadenlosen Sonne stellte er fest, daß sie ungewöhnlich schön war. Heute trug sie keine Hosen, sondern ein blaues Kleid, das offensichtlich alt war. Erlend mußte nach unten sehen, um ihr in die Augen zu blicken. Das gefiel ihm außerordentlich und machte ihm etwas Mut.

»Ihre Hufe sind ein bißchen klein geraten«, sagte er. »Das ist der einzige Makel, den ich an ihr entdecken kann.«

Die blauen Augen blitzten auf und verengten sich dann nachdenklich. »Vielleicht sind sie wirklich ein bißchen klein«, gab das Mädchen nach einer Weile zu. »Aber bis jetzt hat das keine Probleme verursacht. Sie ist sonst so gut gebaut, daß sie sehr elegant läuft.«

»Ja, ich sehe, daß sie angenehm zu reiten sein muß. Diese Neigung des Halses . . .«

Er brach ab, weil Elswyth ihn plötzlich anlächelte. Als er verwundert in das hübsche Gesicht blickte, bemerkte er, daß sie sehr jung war. So alt wie er, würde er wetten. »Du verstehst etwas von Pferden«, sagte sie anerkennend. »Wie schön.«

Leicht verwirrt riß Erlend seinen Blick von ihr los. »Was tragt Ihr da bei Euch?« fragte er hastig und deutete auf die Ausrüstung, die sie in den Händen hielt. Soweit er es erkennen konnte, hatte sie einen langen Strick, Zaumzeug, ein paar Zügel, einen Sattelgurt und eine Peitsche bei sich.

»Ich werde heute mit Copper am langen Seil arbeiten«, antwortete Elswyth.

»Was ist das lange Seil?« Sie war so sachlich, daß er bemerkte, wie seine Ehrfurcht verflog und er sich langsam wohler fühlte. Und es interessierte ihn wirklich. Er hatte Pferde schon immer gemocht; in seiner einsamen Kindheit war sein Pony sogar sein bester Freund gewesen.

Aus Verärgerung darüber, daß Elswyth sie vernachlässigte, wieherte Copper. Elswyth lachte und hängte die Ausrüstung über den Zaun. Währenddessen antwortete sie rasch: »Das ist ein System, das ich erfunden habe, als ich schwanger war und nicht reiten konnte. Ich habe herausgefunden, daß das lange Seil effektiver ist als Reiten, vor allem bei einem jungen Pferd. Das Pferd muß dann nicht unter einem zusätzlichen Gewicht sein Gleichgewicht finden.«

»Aber wozu ist das gut?« fragte Erlend. »Was bezweckt Ihr damit?«

»Ich bringe Copper die richtige Haltung bei«, lautete die überraschende Antwort. Elswyth hatte die Stirn des Fohlens gerieben und gab ihm jetzt einen Apfel.

»Haltung?« sagte Erlend verblüfft, als das Fohlen knirschend kaute. »Alle Pferde wissen, wie sie sich halten müssen.«

»Alle Pferde gehen auf der Vorderhand«, sagte Elswyth und bot dem Fohlen die zweite Hälfte des Apfels an. Sie wurde freudig angenommen. »Ich möchte, daß meine Pferde ihre Hinterbeine gebrauchen. Wenn ein Pferd seine Hinterhand einsetzt und mehr unter den Schwerpunkt tritt, ist das Pferd leichter zu reiten. Es hat ein besseres Gleichgewicht und kann so mühelos tun, was von ihm verlangt wird.«

»Davon habe ich nie etwas gehört«, sagte Erlend verwundert.

»Alfred sagt, es gibt ein Buch von einem Griechen, in dem es um die Ausbildung von Pferden geht. Er hat nach Frankreich geschrieben, um es für mich zu besorgen.« Ihr Zopf war so dick wie sein Handgelenk und fiel direkt bis auf ihre Taille. Er glänzte blauschwarz im hellen Sonnenlicht. »Die Griechen haben in der Schlacht Pferde verwendet«, fügte sie hinzu. »Deshalb waren Kontrolle und Gewandtheit von größter Wichtigkeit für sie.« Wieder rieb sie Coppers Stirn und ging dann am Zaun entlang zum Tor. Das Fohlen lief auf der anderen Seite des Zauns mit ihr.

»Könnt Ihr etwa lesen?« fragte Erlend erstaunt.

Sie warf ihm über die Schulter ein Grinsen zu. »Nein. Aber Alfred. Er kann sogar Lateinisch lesen, und er sagt, er will das Buch übersetzen und es mir vorlesen, wenn er es erstmal hat.«

»Oh«, sagte Erlend, überrascht über einen König, der sich mitten im Kampf um die nackte Existenz seines Landes die Zeit nahm, nach einem Buch zu schicken. Für seine Frau.

»Würdest du gern zusehen, wenn ich mit Copper arbeite?« fragte Elswyth.

»Ja. Das würde ich sehr gerne.«

Sie nickte ihm aufmunternd zu und fing an, das Pferd aufzuzäumen. »Es ist schön, jemanden zu treffen, der gut über Pferde Bescheid weiß«, sagte sie. »Die meisten Thane haben nicht genug Geduld, ein Pferd vorschriftsmäßig auszubilden und zu reiten, wenn sie sich auch gut um ihre Tiere kümmern.« Sie legte jetzt den Sattelgurt an, der kein richtiger Sattelgurt war, sondern ein langes Band, das den ganzen Bauch des Pferdes umfing. Dann befestigte sie die langen Zügel, die sie am Sattelgurt angebracht hatte, an den Ringen des Zaumzeugs.

»Wo habt Ihr das gelernt, Mylady?« fragte er, als er ihr das Tor aufhielt, damit sie das Fohlen herausführen konnte.

»Was ich weiß, habe ich selbst herausgefunden«, antwortete die Frau des Königs. »Aber wie gerne würde ich dieses Buch in die Finger kriegen!«

Erlend verbrachte den Morgen damit, Elswyth zuzusehen, und vergaß seinen Plan, die Umgebung Wiltons auszuspähen, völlig. Er fand ihre Arbeit mit dem langen Seil höchst faszinierend. Es sah so aus, als würde sie nur das Seil halten, mit der Peitsche knallen und Copper in einem großen Kreis um sich herumtraben lassen, aber Erlend war aufmerksam genug zu sehen, wie die Bewegungen des Fohlens sich nach etwa fünf Minuten veränderten. Am Ende der Unterrichtsstunde traten Coppers Hinterhufe in die Abdrücke ihrer Vorderhufe, und sie hielt den Kopf niedrig und fast senkrecht. Es war wunderbar anzusehen.

»Ich muß meinen Sohn stillen«, sagte Elswyth, als sie gemeinsam zurück zu den Toren des Gutes gingen. »Aber warum kommst du heute nachmittag nicht und spielst mir etwas auf deiner Harfe vor? Ich würde dich gern hören.«

Nach kurzem Zögern sagte Erlend zu.

Am Mittag ritt eine Gruppe von Männern, die Erlend noch nie gesehen hatte, auf Wilton ein. Nach der guten Qualität des Pferdes und der Kleidung des Anführers zu urteilen, muß er bedeutend sein, dachte Erlend. Der Anführer verschwand im großen Saal, und etwa eine halbe Stunde später folgte Erlend ihm mit seiner Harfe.

Der große Saal von Wilton hatte als einziger auf dem Gut kein erstes Stockwerk. Die Decke hier war sehr hoch, und das Dach wurde von Balken gestützt. Die Holzwände waren mit Wandteppichen geschmückt, und über dem Thron wurden ausgewählte Waffen zur Schau gestellt. Der Kamin in der Mitte des Saales war insofern außergewöhnlich, als er aus Ziegelsteinen war und nicht aus Stein.

Ein paar Thane saßen auf den Bänken; der Frühlingstag hatte die meisten Männer nach draußen gelockt. Aber Alfred war da. Er saß auf einer Bank neben dem Thron: zu seinen Füßen lagen drei Hunde, und der Mann, der gerade angekommen war, saß neben ihm. Sie waren in ein Gespräch vertieft. Erlend zögerte, als er in der Tür stand. Elswyth war nirgends zu sehen.

Die Tür des Schlafgemachs am anderen Ende des Saales öffnete sich, und ein kleines Mädchen kam hereingestolpert, erblickte Alfred und steuerte zielstrebig auf ihn zu.

»Papa«, rief es. »Ich bin wach!«

»Das sehe ich«, antwortete der König und setzte seine Unterhaltung fort. Als seine Tochter ihn erreichte, beugte er sich jedoch herab und hob sie auf seinen Schoß.

»Ist das Eure Tochter?« fragte der Mann, mit dem der König sprach, sichtbar erstaunt. Sie sprachen nicht laut, aber Erlend hatte sehr gute Ohren und konnte sie gut hören.

»Ja.« Alfred lächelte. »Das ist Flavia.«

»Ich dachte, sie wäre noch ein Baby.«

»Kein Baby!« sagte Flavia entrüstet. »Edward ein Baby. Ich großes Mädchen.«

»Das sehe ich«, sagte der junge Mann. »Und außerdem sehr schön.«

Flavia ließ sich durch Komplimente nicht beeindrucken. Sie lehnte sich an Alfreds Brust und sagte: »Wer du?«

Der rothaarige junge Mann grinste. »Ich bin Ethelred«, sagte er. »Ein Freund deines Vaters.«

Die Stimme des jungen Mannes ist genauso langgezogen wie Lady Elswyths, dachte Erlend. Ein paar Thane auf der Bank sahen Erlend jetzt an, und er ging langsam auf sie zu, wobei er immer noch dem Gespräch am Thron zuhörte.

»Lord Ethelred kommt aus demselben Land wie deine Mutter, Flavia«, sagte Alfred. Er sprach mit dem Kind, als wäre es viel älter.

»Wo das?« kam sofort die Frage.

»Mercien, Liebes.«

O je, dachte Erlend. Mercien. Hatten die beiden sächsischen Länder vor, sich zu verbünden? Wenn ja, waren das keine guten Neuigkeiten für die Dänen.

»Was willst du hier, Musiker?« fragte einer der Thane. Die Frage war nicht angriffslustig, jedoch wohlüberlegt.

»Lady Elswyth bat mich, heute nachmittag auf meiner Harfe für sie zu spielen«, antwortete Erlend. »Aber ich sehe sie nicht . . .«

»Oh.« Das leichte Mißtrauen in der Gruppe ließ nach. »Sie ist wahrscheinlich bei dem kleinen Prinzen. Du kannst hier bei uns warten, wenn du möchtest.«

Erlend nickte und setzte sich auf die Bank. Die Männer ignorierten ihn und führten ihr Gespräch fort.

»Zur Hölle mit Burgred, dem jämmerlichen Feigling«, sagte einer von ihnen. »Wir haben ihm im letzten Jahr doch auch geholfen.«

Ein anderer grunzte zustimmend. »Hätte Alfred etwas zu sagen gehabt, hätten wir bei Nottingham gekämpft. Es war Burgred, dem der Mut fehlte.«

Burgred, das wußte Erlend, war der König von Mercien. Aha. Es schien, als würden die Mercier Wessex doch nicht zu Hilfe eilen. Das waren gute Nachrichten.

»Der junge Ethelred ist der einzige Mercier mit Kämpferblut in den Adern«, sagte der Than, der Edgar hieß.

Der namens Brand antwortete: »Ethelred und Lady Elswyth.«

Alle lachten. »Jawohl«, sagte ein dunkelhaariger Mann. »Elswyth würde ganz Mercien zu den Waffen rufen, wenn sie das Land regieren würde.« In seiner Stimme lag ein stolzer Unterton.

»Und Gott steh den armen Thanen bei, die ihrem Ruf nicht folgen würden!« Wieder lachten alle.

Genau in dem Moment öffnete sich die Tür des Schlafgemachs wieder, und Elswyth persönlich kam in den Saal. Erlend bemerkte, daß sie jetzt ein anderes Kleid trug, eines, das für eine so vornehme Lady passender war. Der lange Zopf war ebenfalls verschwunden.

»Ethelred«, sagte sie, und ihre tiefe, rauhe Stimme war für jeden hörbar, auch wenn er nicht so ein empfindliches Gehör hatte wie Erlend. Einer der Hunde sprang auf und begrüßte sie schwanzwedelnd.

»Ethelred hat rote Haare, Mama«, verkündete Flavia, und Elswyth nickte.

»Ja, Flavia, ich weiß.« Sie hatte inzwischen den Thron erreicht, und sie und Ethelred tauschten den Friedenskuß aus. Sie setzte sich, und der Hund rollte sich vor ihren Füßen zusammen. »Was gibt es Neues von Burgred?« fragte Elswyth.

»Was zu erwarten war«, lautete die knappe Antwort.

»Er kämpft immer noch gegen die Waliser?« In ihrer Stimme lag tiefe Verachtung. Der Mercier zuckte mit den Schultern und antwortete nicht.

»Was die Waliser?« fragte Flavia.

Alfred sagte zu seiner Frau: »Kannst du ihre Amme rufen, Elswyth? Es ist unmöglich, etwas zu besprechen, wenn man ein Echo auf dem Schoß sitzen hat.«

Flavia schrie. Elwyth winkte einer Dienerin zu, die gerade in den Saal gekommen war. »Hilda, bringst du bitte Flavia zu Tordis?«

»Ja, Mylady.« Das Mädchen nahm Alfred seine Tochter ab, nachdem er ihre kleinen Arme von seinem Hals gelöst hatte, und trug sie unbarmherzig aus dem Raum.

»Sie ist wunderschön«, sagte Ethelred aufrichtig.

»Sie hat einen eisernen Willen«, antwortete Flavias liebender Vater.

»Ich kann mir nicht erklären, von wem sie das geerbt hat«, sagte ihre Mutter milde.

»*Ich* schon«, antworteten Alfred und Ethelred einstimmig. Dann fingen beide an zu lachen.

»Sie ist genau wie Alfred«, sagte Elswyth zu ihrem Landsmann.

»Laß dich nicht durch diese sanfte Art täuschen, Ethelred. Ich habe noch nie erlebt, daß dieser Mann nicht bekommen hat, was er wollte.«

»Er hat im letzten Jahr keine Schlacht bei Nottingham bekommen«, antwortete Ethelred.

»Stimmt.« Der humorvolle Ton des Gespräches erstarb. Elswyth seufzte. »Dieser Fehler verfolgt uns bis heute.«

Zu diesem Zeitpunkt hörten alle Thane auf der Bank unverhohlen der Unterhaltung derer, die über ihnen standen, zu. Erlend strich über den Holzrahmen seiner Harfe und lauschte ebenfalls.

»Was ist mit Athulf?« fragte Elswyth.

»Athulf tut sein Bestes, um die Städte und Klöster in Mercien zu befestigen. Aber er hat keine Befugnis, das Fyrd zusammenzurufen, und Burgred hat bisher keine Anstalten gemacht, das zu tun.«

Es herrschte vielsagendes Schweigen. Dann sagte Elswyth: »Ich wünschte, er würde krank werden und sterben.«

»Elswyth!« Sowohl Alfred als auch Ethelred klangen entsetzt.

»Es ist doch wahr.« Sie zeigte keine Reue. »Er ist wie eine schwere Last. Solange er am Leben ist, können wir nichts unternehmen. Er bringt nicht nur Mercien in Gefahr, sondern ist auch für Alfred nutzlos. Nutzlos und gefährlich. Der Herr würde uns einen Gefallen tun, wenn er ihn zu sich nähme.«

Es herrschte Schweigen. Es war offensichtlich, daß beide Männer ihrer Meinung waren, es jedoch ungern zugeben wollten. Dann sagte Alfred zu Ethelred: »Als du nach Ashdown nach Mercien zurückgekehrt bist, dachte ich nicht, daß ich dich so schnell wiedersehen würde.«

»Ich kann meinem Land mehr Gutes tun, wenn ich mit Euch in Wessex kämpfe, als wenn ich mit Burgred an der walisischen Grenze herumsitze«, antwortete Ethelred grimmig. »Natürlich nur, wenn Ihr mich wollt.«

»Selbstverständlich wollen wir dich«, sagte Alfred.

»Oh, da ist Erlend.« Elswyth hatte ihn gerade entdeckt. »Der fränkische Harfenspieler«, erklärte sie Alfred. »Ich habe ihn gebeten, heute nachmittag für mich zu spielen.«

»Ein bißchen Harfenmusik kommt nicht ungelegen«, antwortete ihr Mann. »Ruf ihn her.«

Also ging Erlend auf den König von Wessex, seine Frau und einen der wichtigsten Ealdormen von Mercien zu. Elswyth sagte zu ihrem Mann: »Ich habe mich heute morgen mit Erlend unterhalten, Alfred. Er ist ein sehr guter Mann.«

»Dann muß er sich mit Pferden auskennen«, sagte Alfred sofort.

»Du bist so amüsant!« Sie warf ihm einen hochmütigen Blick zu.

»Mit Pferden auskennen?« Ethelred war verwirrt.

»Elswyth beurteilt einen Menschen danach, wie gut er im Sattel sitzt«, informierte Alfred seinen Gast.

Elswyth streckte noch immer die Nase in die Luft. »Ich habe Erlend nicht reiten sehen«, erklärte sie ihrem Mann. Mit einem leichten Grinsen fügte sie hinzu: »Aber er hat mir dabei zugesehen, wie ich mit Copper am langen Seil gearbeitet habe, und er hat verstanden, was ich tue. Dafür braucht man ein gutes Auge für Pferde.«

Die goldenen Augen des Königs ruhten auf Erlends Gesicht. Sie waren weniger freundlich als die seiner Frau. »Wenn meine Frau sagt, daß du über Pferde Bescheid weißt, Harfenspieler, dann stimmt das.« Es folgte ein kurzes Schweigen. »Ich frage mich, wo du das gelernt hast.«

Wieder wurde Erlend bewußt, wie schnell Alfred den Finger auf jede Ungereimtheit legte. Bevor er selbst wußte, was er sagen würde, entgegnete er: »Ich hatte nicht immer das Glück, mein Brot mit Musik zu verdienen, Mylord. Ich bin auch schon Stalljunge gewesen.«

»Ich war schon immer der Meinung, daß man entweder von Natur aus ein Auge für Pferde hat oder eben nicht«, sagte Elswyth. »Seht Euch nur den schrecklichen Gaul an, den Wilfred gekauft hat. Er findet ihn schön, und das wäre er wahrscheinlich auch, wenn man ihm die Beine abschneiden würde.« Sie sah Erlend an. »Seine Röhrbeine sind zu dünn und zu lang, und außerdem hat er sichelförmige Sprunggelenke.«

Einer der Thane auf der Bank, auf der Erlend zuvor gesessen

hatte, murmelte entrüstet vor sich hin. Elswyth rief zu ihm hinüber: »Es ist die Wahrheit, Wilfred, und ich habe es Euch schon gesagt, als Ihr ihn gekauft habt.«

Erlend unterdrückte ein Lächeln, Elswyths Mann gab sich nicht einmal die Mühe, sein Grinsen zu verbergen. Ethelred sagte: »Du hast dich überhaupt nicht verändert, Elswyth.«

»Ich ändere mich nie«, sagte sie selbstzufrieden.

»Gut«, sagte Alfred und sah Erlend an. »Spiel uns etwas vor.«

Zwei Tage später kam ein Kundschafter mit der Information ins Gut Wilton gestürzt, daß die Dänen auf dem Marsch waren. Die Nachricht wurde an Alfreds Thane weitergegeben: »Sie kommen nach Wilton.« Und die Krieger machten sich zum Kampf bereit.

Alfred schickte seine Frau, seine Kinder und eine Eskorte von Thanen gen Süden nach Dorchester. Erlend beobachtete ihren Aufbruch. Elswyth ritt einen kleinen, grauen Wallach und hielt ihr Baby im Arm. Flavia ritt mit Ethelred von Mercien, den Alfred gebeten hatte, die Eskorte anzuführen, die seine Familie in Sicherheit bringen sollte. Außerdem war Ethelred beauftragt worden, sich um die Verteidigung Dorchesters zu kümmern, wohin sich die Männer aus Wessex im Notfall zurückziehen wollten.

Erlend beschloß, daß es auch für ihn Zeit war, von Wilton fortzugehen. Es war inzwischen fast sicher, daß Alfred nicht viel Verstärkung organisieren konnte. Deshalb war Erlend in der Lage, Halfdan einen akkuraten Bericht über die Truppenstärke des Feindes zu geben. Keiner der Westsachsen schien sich dafür zu interessieren, daß er ging, oder gar überrascht darüber zu sein. Sie hatten offensichtlich nicht erwartet, daß ein kleiner Musiker sich berufen fühlen könnte, mit ihnen zu kämpfen. Etwas westlich von Andover traf Erlend auf die dänische Armee. Zuerst suchte er Guthrum auf, der seiner Geschichte schweigend und mit neidischer Bewunderung zuhörte.

»Du hast dich gut geschlagen, Neffe«, sagte er schließlich, als Erlend zu Ende erzählt hatte. »Wissen sie immer noch nicht, wer du wirklich bist?«

»Nein.«

Guthrums Gesicht nahm den Ausdruck an, den es immer trug, wenn er etwas aushecke. Er sagte jedoch nichts weiter, sondern befahl Erlend nur, mit ihm zu Halfdan zu kommen.

»Ihr seid mehr als viermal so viele wie sie«, informierte Erlend seinen Anführer etwa fünf Minuten später. »Die meisten ihrer Männer sind zurück auf ihre Höfe gegangen. Alfred hat nur die Thane bei sich, die in seinem Saal wohnen, und die seiner Ealdormen.«

»Wie ist das Land beschaffen?« wollte Halfdan wissen.

Erlend beschrieb es, so gut er konnte.

»Dann wird dieser Alfred nicht im Freien auf uns treffen wollen«, sagte Halfdan entschieden. »Nicht, wenn es so wenig Wald gibt, in dem man Schutz suchen kann, und wenn die Truppenstärke so unausgeglichen ist, wie du sagst. Er wird entweder Schutz an einem befestigten Ort suchen oder zu fliehen versuchen.«

»Dieses Gut Wilton ist von dicken Holzwällen umgeben«, sagte Guthrum. »Erlend meint, die Westsachsen haben sich auf die Schlacht vorbereitet, nicht auf die Flucht.«

Erlend stimmte seinem Onkel zu. »Ich glaube nicht, daß Alfred davonlaufen wird. Er hat ganz sicher Vorbereitungen getroffen, Widerstand zu leisten, und wenn er so wenig Männer hat, ist es das Beste für ihn, sich von dicken Mauern aus zu verteidigen.«

»Gut«, sagte Halfdan. Die Dänen waren Experten in Belagerungskriegen. »Dann gehen wir dorthin.«

»Noch etwas, Mylord«, sagte Guthrum ruhig. »Ich glaube, es wäre gut, wenn die Westsachsen Erlend nicht zu Gesicht bekommen würden.«

Halfdan sah den Jarl an. Seine buschigen, grauen Augenbrauen drückten Überraschung aus. »Warum?«

Guthrum lächelte das Lächeln, das Erlend im Geiste immer als Wolfslächeln bezeichnete. »Sie haben Erlend bei sich aufgenommen. Er hat für ihren König gespielt und mit ihm gesprochen. Wenn es nötig ist, kann er noch einmal den Harfenisten spielen und sich Zutritt zu ihren Ratssitzungen verschaffen.«

Halfdan grunzte. »Eine gute Idee.« Er zeigte seine fleckigen Zähne. »Besser wäre es aber, unser Werk in Wilton zu vollenden.«

»Ja, Mylord«, antworteten Onkel und Neffe im Chor und verließen den König, um sich wieder zu ihrem Kommando zu begeben.

23

DAS Maiwetter war weiterhin ungewöhnlich schön und heiß, als das dänische Kriegsheer die römische Straße hinabströmte, die nach Wilton führte. Es war am achtundzwanzigsten Mai spätnachmittags, als sie nach Westen auf einen Weg abbogen, von dem Erlend ihnen erzählt hatte, daß er sie direkt zum königlichen Gut Wilton führen würde. Sie vermuteten, daß dort die Männer von Wessex hinter dem Zaun auf sie warteten.

Nach einer Meile kamen sie zu einer Wiese, die neben einem Strom lag, der in den Fluß Wilye floß. Östlich von ihnen erhob sich ein Hügel, und vor ihnen erstreckte sich der Weg nach Wilton. Am Fluß konnten sie ihre Pferde tränken, und die Wiese war als Weide geeignet. Halfdan, dessen Heer mehr als viermal so groß war wie Alfreds, befahl seinen Männern selbstsicher, das Lager für die Nacht aufzuschlagen. Die Westsachsen würden schon wissen, daß er kam, dachte er. Es gab keinen Grund zur Eile. Es war am besten, sie noch ein bißchen schwitzen und an das Schicksal Nordhumbriens und Ostangliens denken zu lassen.

Es wurde spät dunkel. Erst nach Mitternacht konnte Alfred seine Männer aus Old Sarum, wo die Westsachsen den ganzen Tag über versteckt gelegen hatten, fortschaffen. Old Sarum lag vier Meilen östlich von Wilton, zwei Meilen östlich der Wiese, auf der die Dänen lagerten.

Die Westsachsen hatten den Abend mit Gebeten und dem Ablegen der Beichte verbracht. Es war ein kühnes Wagnis, im offenen Kampf auf die Dänen zu treffen. Das wußten alle. Ihre Erfolgschancen waren jedoch enorm gestiegen, als die Dänen sich entschlossen, auf der Wiese Halt zu machen, anstatt weiter nach Wilton zu ziehen. Eine Schlacht vor den Mauern von Wilton wäre Alfred nicht so gelegen gekommen wie auf dem Gelände, wo sie jetzt wahrscheinlich stattfand.

Alfred setzte auf mehrere Dinge. Er setzte auf die Vermessenheit der Dänen; darauf, daß sie sich nicht die Mühe machten, im Osten Späher aufzustellen. Wenn sie wirklich Wachen aufstellten, die Halfdan warnten, wäre es für Alfred unmöglich, auf den Anhöhen Stellung zu beziehen, und das Überraschungsmanöver würde für die Westsachsen in einer Katastrophe enden.

Es war ein riskantes Spiel, aber er hatte keine Alternative. Alfred hatte nie die Absicht gehabt, sich auf Wilton einer Belagerung auszusetzen. Er hatte vorgehabt, die Dänen von hinten anzugreifen, ihnen soviel Schaden wie möglich zuzufügen und sich dann in den Wald von Selwood zurückzuziehen. Aber jetzt ... Wenn die Männer aus Wessex auf dem Hügel Stellung beziehen und in der Morgendämmerung einen Überraschungsangriff starten konnten, dann hätten sie vielleicht sogar eine Siegeschance.

Alles war ruhig, als Alfred und seine Männer die andere Seite des Hügels erreichten, die östlich des dänischen Lagers lag. Der Mond war nicht zu sehen, und der Himmel wurde nur von fernen Punkten ungewöhnlich heller Sterne erleuchtet. Die Anführer ließen ihre Pferde am Fuße des Hügels zurück, und die westsächsischen Thane, ungefähr fünfzehnhundert Mann stark, fingen an, den grasbedeckten Hang hinaufzusteigen. Kein Warnruf hielt sie auf. Die Dänen, die sich niemals hätten träumen lassen, daß Alfred so verwegen sein könnte, sich ihnen in einer Schlacht im Freien zu stellen, hatten sich nicht die Mühe gemacht, Späher zu postieren.

Kurz vor dem höchsten Punkt der Steigung bezogen die Westsachsen Stellung und ließen sich nieder, um das Ende der Nacht abzuwarten. Alles war still. Endlich sahen die Thane, wie der Himmel hellgrau wurde. Dann bekam er rote Streifen, und schließlich war es so hell, daß man sehen konnte.

Alle Augen waren auf die schlanke, barhäuptige Gestalt ihres Königs gerichtet, der die Schildkolonne auf der rechten Seite anführte. Es war das erste Mal, daß Alfred unter dem königlichen Banner von Wessex kämpfen würde, und nicht unter seinem persönlichen Banner mit dem weißen Pferd.

Unter den Blicken der Ealdormen und Thane wurde das Banner mit dem goldenen Drachen emporgehoben. Klar und durchdringend kam durch die frühe Morgenluft der Ruf »*Wessex! Wessex!*«, und dann stürmte der König los.

Seine Thane antworteten mit Gebrüll. »Wessex! Wessex!« Dann war die gesamte westsächsische Armee über den Hügel und preschte ihn hinab in das unvorbereitete dänische Lager.

Guthrum konnte nicht glauben, was geschah. Sie hatten angegriffen! Er kam kaum aus dem Bett und hatte keine Zeit, seine Rüstung anzulegen. Er konnte sich gerade noch Schwert und Schild schnappen und mit seinem Gefolge vorwärtsstürzen, um sich dem Vorstoß der Westsachsen entgegenzustellen, die mit der unerwarteten Macht einer Lawine über sie herfielen.

Wenn die dänische Armee weniger erfahren gewesen wäre, hätte Alfreds Sturmangriff den Sieg gebracht. Viele dänische Krieger, unvorbereitet und ohne Waffen, fielen bereits in den ersten paar Minuten der Schlacht. Dann sammelten sie sich jedoch. Ihre Stärke lag in ihrem Gehorsam den Anführern gegenüber und ihrem ausgeprägten Kameradschaftssinn.

Zwischen den Zelten und Kochfeuern des dänischen Lagers tobte die Schlacht weiter. Die Pferde, denen die Dänen am Abend zuvor die Vorderbeine gefesselt hatten, um sie weiden zu lassen, wurden durch den Geruch von Blut wild, und das Geschrei der Verwundeten wurde von dem Schreien rasender Pferde unterbrochen, die verzweifelt versuchten, sich von ihren Fesseln zu befreien.

Die Dänen bemühten sich, zwei grobe Keilformationen zu bilden, von denen Halfdan die eine und Guthrum die andere befehligte. Die roten Streifen der Morgenröte hatten sich längst in helles Tageslicht verwandelt, als sich endlich ein Durchbruch abzeichnete. Nach und nach zogen sich die Dänen zurück.

Guthrum, der Halfdans Denkweise sehr gut kannte, sammelte seine Männer um sich und hielt sie zusammen, während sie sich langsam von den Westsachsen zurückdrängen ließen. Erlend, der wie alle anderen von Alfreds Angriff überrumpelt worden war und mit der Truppe seines Onkels gekämpft hatte, war überrascht über den Rückzug und teilte dies dem Mann neben sich mit.

»Wir locken sie aus ihrer Formation«, grunzte der Mann ihm zu, dessen Blick auf Guthrum ruhte, nicht auf Erlend. »Sobald der Jarl das Signal gibt...«

Ganz plötzlich brach Guthrums Kolonne auf. Überall um sich herum sah Erlend Männer fliehen. »Komm mit, du kleiner Narr!« schrie ihm jemand zu, und so drehte sich auch Erlend um und folgte den Dänen, die augenscheinlich aus Angst um ihr Leben vom Feld rannten.

Ethelnoth führte das Kommando über die Männer, die gegen Guthrum kämpften, wenn der Kampf auch so vom Zufall bestimmt und über das von Verwundeten und Toten übersäte Feld verteilt war, daß es eher zutraf, daß jeder Mann das Kommando über sich selbst hatte. Deshalb konnte Ethelnoth nicht viel tun, um seine Männer daran zu hindern, die Verfolgung aufzunehmen. Nach kurzem Zögern folgten auch die Ealdormen. Dann rannten Halfdans Männer von der Wiese weg, und der Rest der Westsachsen stürmte aufgrund des unerwarteten Sieges mit Feuereifer hinter ihnen her.

Alfred fluchte, aber er konnte seine übereifrigen Thane nicht zurückhalten. Abgesehen von den Toten und den Sterbenden hatte sich die Wiese in kürzester Zeit geleert. Alfred konnte nur hoffen, daß die Dänen wirklich flohen, und daß dies nicht wieder eine List war wie bei Meretun.

Das konnte nicht sein, dachte er verzweifelt, als er nur von seiner Leibgarde umgeben auf dem Schlachtfeld stand. Die Dänen waren völlig überrascht gewesen. Ihnen war keine Zeit geblieben, sich irgendwelche trickreichen Manöver auszudenken. Diesmal waren sie sicher wirklich in die Flucht geschlagen worden.

»Wir haben sie geschlagen!« Edgar, der Träger des Drachenbanners, hatte keine Zweifel am Ergebnis der Schlacht.

»Wollt Ihr nicht an der Verfolgung teilnehmen, Mylord?« fragte Wilfred, offensichtlich erpicht darauf, sich selbst an der Jagd zu beteiligen.

»Nein. Die Ealdormen werden die Führung übernehmen.« Alfred sah sich um. Es waren vielleicht noch fünfzig seiner eigenen Männer auf dem Feld. Auf vielen Gesichtern war die Enttäuschung über seine Entscheidung deutlich zu erkennen. Entschieden sagte Alfred: »Wir laden so viele unserer Verwundeten auf die dänischen Pferde wie möglich. Dann reitet Ihr nach Dorchester.«

»Jetzt, Mylord?« Wilfred war verblüfft. »Wäre es nicht am besten, sich zuerst um die Verwundeten zu kümmern, ohne sie wegzubringen?«

»Jetzt«, wiederholte Alfred. Sein Gesicht sah nicht triumphierend aus, sondern besorgt. »Ich möchte die Verwundeten hier wegschaffen. Und ich will so viele dänische Pferde wie wir mitnehmen können.« Er blickte von einem mit Dreck und Blut verschmierten Gesicht zum anderen. Sein eigener Gesichtsausdruck war zugleich grimmig und traurig. »Schnell«, sagte er.

Die Thane setzten sich in Bewegung. Die eine Hälfte durchsuchte das Durcheinander in den dänischen Zelten nach Zaumzeug, die andere Hälfte machte sich an die grausige Arbeit, die Verwundeten, die noch reiten konnten, von denen zu trennen, die sie zurücklassen mußten.

Innerhalb einer Stunde hatten sie fünfzig Mann mit Pferden ausgestattet. Alfred schickte die Gruppe los, eskortiert von zwanzig seiner Thane, von denen jeder noch zwei Pferde mit sich führte. Dann sagte Alfred zu den Thanen, die noch bei ihm waren: »Fangt so viele Pferde ein wie ihr könnt und zäumt sie auf!« Und sie machten sich an die Arbeit.

Zwei Stunden nach Beginn des dänischen Rückzugs trudelten die Überreste der westsächsischen Armee nach und nach völlig zerlumpt auf der Wiese ein. Die Dänen hatten wirklich gewartet, bis der Feind sich hoffnungslos zerstreut hatte, sich dann gesammelt, kehrtgemacht und sie niedergemetzelt. Weniger als vierhundert Mann schafften es bis zur Wiese zurück, und dort erwartete sie der König mit aufgezäumten Pferden. »Reitet nach

Dorchester!« wurde jedem befohlen, und die westsächsischen Thane stellten keine Fragen, sondern stiegen auf und flohen die römische Straße hinunter nach Süden.

Alfred wartete, bis er die Schlachtrufe der Verfolger hörte, bevor er Nugget bestieg und hinter seinen Männern hergaloppierte.

Die Dänen kehrten in dem Bewußtsein zur Wiese zurück, einen fast vollkommenen Sieg errungen zu haben. Durch den vorgetäuschten Rückzug hatten sie Alfreds Armee schwere Verluste beigebracht. Erst eine halbe Stunde, nachdem sie mit der schrecklichen Arbeit begonnen hatten, die Toten und Verwundeten zu zählen, erreichte Halfdan die Nachricht, daß ihnen Hunderte von Pferden abhanden gekommen waren.

»Alfred hat die Fesseln gekappt und sie freigelassen«, sagte Guthrum mit leichter Verachtung zu Erlend. »Ich konnte ihn nicht unter unseren Verfolgern entdecken. Er muß sich mit den Pferden befaßt haben. Das ist natürlich ärgerlich, aber wir werden sie schon wieder einfangen. Wenn sie das Getreide in den Eimern hören, werden sie ganz schnell zurückkommen.«

Erst als sie bemerkten, daß das Zaumzeug fehlte, wurde den Dänen klar, was wirklich geschehen war.

»Er hat unsere Pferde gestohlen! Über fünfhundert!« Guthrum war jetzt nicht mehr verächtlich. »Wir haben ihn zwar haushoch besiegt, aber er hat fünfhundert Pferde von uns! Im Namen des Raben, was für ein einfallsreicher Bastard er doch ist!«

»Er ist clever«, sagte Erlend mit verengten Augen. Er stand inmitten ihrer verstreuten Habe neben seinem Onkel.

Guthrum fuhr sich mit der blutigen Hand durch den geradegeschnittenen Pony. »Zu Beginn des Überraschungsangriffs haben wir zwei Jarle verloren. Zwei Jarle und fast tausend Männer. Wir hätten im Osten einen Späher aufstellen müssen.« Seine leuchtenden blauen Augen starrten Erlend an. »Du hast gesagt, er würde versuchen, Wilton zu verteidigen, Neffe.«

Erlend war sich dessen nur allzu bewußt. »Ihr wart mehr als viermal so viele wie sie«, sagte er. Seine Augen waren sehr grün. »Keiner von euch hat damit gerechnet, daß er angreifen würde.«

»Das stimmt«, kam nach einer Weile die etwas widerwillige Antwort. »Es scheint, als wäre dieser Alfred ein Gegner, der den Namen verdient.«

»Es wäre vielleicht klüger gewesen«, sagte Erlend grimmig, »wenn wir ihnen Ethelred gelassen hätten.«

»Wir müssen ein berittenes Fyrd haben«, sagte Alfred zu Elswyth. »Die Dänen kommen soviel schneller voran als wir; das ist einer ihrer größten Vorteile.«

Es war ein warmer, diesiger Julitag. Alfred war wochenlang von Dorchester fort gewesen, und nach seiner Rückkehr hatten er und Elswyth die Pferde genommen und waren am Nachmittag allein zu Maiden Castle geritten. »Meinst du eine Kavallerie, wie die Römer?« fragte sie. Sie ließen ihre Pferde grasen und lagen Seite an Seite auf dem grasbedeckten Abhang, wo einst ebendiese Römer die eingeborenen Britannier geschlagen hatten. Jahrhunderte bevor die Sachsen einen Fuß auf englischen Boden gesetzt hatten.

»Nein. Die Dänen kämpfen nicht vom Pferd aus, und das ist auch nie Tradition der Angelsachsen gewesen. Aber die Dänen reisen zu Pferde. Und sie transportieren ihren Proviant über die Flüsse. Wenn wir nicht lernen, es ihnen gleichzutun, Elswyth, haben wir keine Chance, mit ihnen mitzuhalten.« Er schlug mit der Faust aufs Gras. »Sie haben es in einem und einem halben Tag von Wilton bis zurück nach Reading geschafft. Wir hätten dreimal so lang gebraucht, weil unser Proviant mit Ochsenkarren befördert wird.«

»Außerdem bekommen sie per Schiff Verstärkung«, sagte Elswyth. »Wie viele zusätzliche Truppen sind in diesem Frühling von Dänemark nach Reading gesegelt? Du mußt in der Lage sein, sie sowohl auf See als auch zu Lande zu stoppen, Alfred.«

»Wir haben keine Schiffe!« rief er ärgerlich.

Sie zuckte mit den Schultern. »Dann mußt du welche bauen.«

»Wir haben keine Zeit, Schiffe zu bauen«, sagte er. Seine Stimme war jetzt ruhig. Ruhig und bitter.

Sie wandte den Kopf und sah ihn an. Er ist dünner, dachte sie. Dünner und härter. Er war in diesem Frühling und Sommer fast ununterbrochen im Feld gewesen und hatte seine Leibgarde und kleine Gruppen der Fyrds aus den Grafschaften auf schnellen Streifzügen gegen die Dänen geführt, die sich einen Monat lang bei Wilton festgesetzt hatten, bevor sie in der letzten Woche schließlich zu ihrem Stützpunkt Reading zurückgekehrt waren.

»Sie haben das Land um Wilton herum völlig ausgeplündert«, sagte sie jetzt, »aber sie haben nicht versucht, weiter nach Süden vorzudringen.«

»Noch nicht.«

Schweigend betrachtete sie ihn noch einen Moment. Er war sehr braun, und sein Haar hatte blonde Strähnen zwischen dem dunkleren Gold. Schließlich sagte sie vorsichtig mit neutraler Stimme: »Du weißt selbst, daß du sie abfinden solltest.«

»*Nein!* Ich werde mich nicht auf Burgreds Niveau begeben!« Seine Stimme überschlug sich vor Erregung.

Sie legte das Kinn auf ihre angezogenen Knie. Es war ein sehr warmer Tag, und sie trugen beide kurze Ärmel. Seine muskulösen Unterarme waren so braun wie sein Gesicht. Seine Halsschlagader pulsierte. Sie konnte es deutlich sehen, weil der Kragen seines Hemdes offen war. »Wessex ist erschöpft«, sagte sie. »Du selbst hast gerade gesagt, daß du deine Kriegsführung umorganisieren mußt. Dafür brauchst du Zeit. Finde die Dänen erst einmal ab, Alfred.«

»Als ich die Thronfolge antrat, habe ich dem Witan versprochen, niemals aufzugeben.« Er griff nach einem kleinen Stein und warf ihn den Hügel hinab. Als er unten gelandet war und liegen blieb, sagte er: »Wie kann ich um Frieden bitten, Elswyth? Das ist unmöglich.« Er hob einen neuen Stein auf und warf ihn hinter dem ersten her.

»Die Dänen haben dich nicht geschlagen«, sagte sie. »Du bist immer noch König, du hast immer noch ein Heer im Feld. Finde sie ab, und Wessex bleibt ein unabhängiges Königreich. Die Dänen können dir nicht antun, was sie Nordhumbrien und Ostanglien angetan haben. Die Menschen in Wessex wissen das. Ihr Mut ist ungebrochen. Sie werden verstehen, daß es nur für kurze Zeit ist, wenn du einen Frieden erkaufst, daß du dir die Zeit kaufst, um dich für die Zukunft vorzubereiten.«

»Ich habe Burgred verspottet, als er in Nottingham einen Frieden erkauft hat«, sagte er. Sie hatte ihn kaum jemals so verbittert gehört. »Und jetzt schlägst du vor, daß ich dasselbe tue?«

Sie sagte: »Mir scheint, daß dein Stolz deinem gesunden Menschenverstand im Wege steht.«

Es folgte ein gespanntes Schweigen. Dann sprang Alfred mit einer geschmeidigen Bewegung auf. Er wandte ihr den Rücken zu und warf noch einen Stein. Er flog in hohem Bogen durch die Luft, und Elswyth lachte. »Alfred, sei nicht so dramatisch. Bitte um Frieden. Sammele mehr Pferde für deine Fyrds. Bau ein paar Schiffe. Wenn sie dann zurückkommen, werden wir bereit für sie sein.«

Er wandte sich um und starrte sie an. Seine Augen glühten. »Das ist nicht komisch!« Er war wütend.

»Die Lage ist nicht komisch«, sagte sie. »Du bist es.« Dann fügte sie ungeduldig hinzu: »Um Himmels willen, Alfred, niemand wird dich mit dem fetten Faulpelz Burgred verwechseln. Sie werden viel eher deinen gesunden Menschenverstand loben. Hör auf, die Situation so persönlich zu nehmen.«

Ein seltsamer, faszinierter Ausdruck machte sich auf seinem Gesicht breit. Langsam sagte er: »Mir fällt gerade ein, was mein Vater mir einmal gesagt hat. Das war, als er meinem Bruder Ethelbald kampflos den Thron überließ. Er sagte: ›Ein wahrer König stellt das Wohl seines Königreiches immer über seinen persönlichen Ehrgeiz.‹«

»Ein sehr guter Rat«, sagte Elswyth.

»Damals dachte ich, daß er unrecht hatte, daß er hätte kämpfen sollen.«

»Die Bibel sagt, daß es eine Zeit für alles gibt«, sagte Elswyth. »Eine Zeit zum Kämpfen und eine Zeit für den Frieden. Ich glaube, daß Wessex eine Zeit des Friedens braucht, Alfred.«

Wieder schwieg er, aber diesmal dachte er nach. Er wandte sich aufs neue von ihr ab und starrte nach Norden. »Es müssen noch andere Dinge erledigt werden«, sagte er. »Wir müssen zum Schutz unseres Volkes Befestigungsanlagen bauen. Die Leute sind allein auf ihren Bauernhöfen zu verwundbar.«

Sie sagte nichts, doch ihre dunkelblauen Augen waren weiterhin auf seinen Hinterkopf gerichtet. »Wir brauchen auch ein besseres System für den Nachschub«, sagte er.

Wieder wurde es still. Am Himmel kreisten die Vögel; Insekten summten. Eine weiße Wolke verdeckte kurz die Sonne. Schließlich wandte Alfred sich um und sah seine Frau an. »Du hast recht«, sagte er. Seine Stimme war ruhig, doch die Bitterkeit war daraus verschwunden. »Ich muß um Frieden bitten.«

»Du wußtest es die ganze Zeit«, sagte sie. »Du brauchtest nur einen kleinen Schubs.«

Er breitete die Arme aus, und sie sprang auf und lief zu ihm. »Ich hasse es genauso wie du«, sagte sie. Sie umschlang seine Taille und legte ihre Wange an seine Schulter. »Ich wünsche ihnen den Tod, jedem einzelnen von ihnen. Aber du kannst das Heer nicht lange genug im Feld halten, bis die Aufgabe erledigt ist.«

»Nicht in diesem Jahr«, stimmte er seufzend zu. »Aber ich werde niemals aufgeben, Elswyth. Eher müssen sie mich umbringen.«

»Keiner von uns wird aufgeben«, antwortete sie und umarmte ihn fester. »Ich bin nicht so ein guter Christ wie du, Alfred, aber ich verstehe, daß England in heidnische Dunkelheit zurückfällt, wenn wir die Dänen gewinnen lassen. Das dürfen wir nicht zulassen.«

Er preßte den Mund auf ihren Kopf. »Nein.« Seine Stimme klang gedämpft.

»Du mußt vielen Freien das Reiten beibringen«, sagte sie. »Dabei will ich gerne helfen.«

Er sah auf ihr Gesicht herab und brach plötzlich in Gelächter aus. »Die Armen! Sobald einer dem Pferd mit der Kandare weh tut, wirst du ihn umbringen.«

»Ganz bestimmt.« Eifrig plante sie weiter. »Du mußt auch Pferde für die Proviantwagen abrichten. Wie du schon sagtest, die Ochsen sind zu langsam.«

»Und du hilfst mir dabei?«

»Selbstverständlich.« Sie grinste ihn an. »Das wird Spaß machen.« Er beugte sich herab und küßte sie heftig. »Elswyth«, sagte er. »Ich liebe dich.«

»Nicht so sehr, wie ich dich liebe.«

»Doch.« Sie gingen zu ihren grasenden Pferden zurück.

»Wie sehr liebst du mich?« fragte sie und begann mit einem vertrauten Spiel, das sie fast den ganzen Weg nach Dorchester beschäftigte.

Es gab keinen Widerstand gegen Alfreds Entscheidung, um Frieden zu bitten. Wessex war erschöpft, wie Elswyth gesagt hatte. Erschöpft, aber nicht geschlagen. Die Westsachsen hatten zwar keinen Triumph davongetragen, aber die Dänen ebensowenig. In den acht Gefechten des Jahres 871 hatten die Dänen einen König, neun Jarle und tausende Soldaten verloren. Als Alfred ein Friedensangebot machte, stimmte Halfdan zu.

Die Bedingungen der Dänen waren ein harter Brocken für Alfred. Die Wikinger würden all ihre Kriegsbeute behalten und forderten ungehinderten Abzug aus dem Land. Außerdem mußte Alfred eine gewisse Summe Gold aufbringen, zwar nicht so viel wie Burgred, aber immer noch genug, um Alfreds Stolz zu verletzen. Er tat es trotzdem, und die Thane und Freien aus Wessex zahlten bereitwillig.

Im September verließ die Große Dänische Armee Reading und zog über die Themse nach London, den Haupthafen Merciens. Alfred entsandte eine kleine Gruppe Thane unter Ethelred von Mercien zur Bewachung Londons und begab sich daran, Wessex auf die Rückkehr der Dänen vorzubereiten. Niemand in Wessex zweifelte daran, daß sie wiederkommen würden.

III

Der Frieden
A. D. 872–876

24

ES war ein graublauer Februartag, und der schmelzende Schnee hatte die Straßen in schlammigen Morast verwandelt. Erlend zog seinen Umhang enger um die Schultern und quälte sich weiter vorwärts. Wegen des böigen Winds hielt er den Kopf leicht gesenkt. Noch einen Tag, dachte er, und er würde auf Wantage sein.

Es war Erlends eigene Idee gewesen, sich noch einmal auf Alfreds Territorium zu wagen. Im vergangenen Herbst und Winter hatten sich die Dänen behaglich in London niedergelassen. Sie hatten kaum kämpfen müssen. Ein paar einfache Überfälle, und der König von Mercien hatte eingewilligt, von seinem Königreich eine allgemeine Steuer zu fordern, um den Frieden aufrechtzuerhalten.

»Ein jämmerlicher Feigling«, war Guthrums Meinung über Burgred. »Wir werden dieses Königreich vollkommen schröpfen und uns den Rest mit dem Schwert nehmen.« Er zuckte mit den kräftigen Schultern. »Burgred ist ein Narr.«

»Auch Alfred hat einen Frieden erkauft«, hatte Erlend gesagt.

»Alfred wußte, was er tat.« Der Name des westsächsischen Königs hatte alle Verachtung aus Guthrums Gesicht gewischt. »Er ist jedenfalls kein Narr. Und er wird die Zeit zu nutzen wissen, während wir woanders beschäftigt sind.«

Da hatte Erlend sich angeboten, seine Harfe zu nehmen und sich noch einmal verkleidet in das Königreich der Westsachsen zu begeben.

»Laßt den Jungen gehen, wenn er es wünscht.« Halfdan hatte mit den Schultern gezuckt, als Guthrum ihm die Angelegenheit vortrug. »Es kann nichts schaden, und vielleicht findet er sogar etwas heraus, was für uns von Nutzen ist. Während wir hier in

London sind, ist er wertlos für uns. Soll er sich doch woanders nützlich machen.«

Guthrum entsandte Kundschafter, die herausfanden, daß Alfred sich auf Wantage aufhielt. Dann ließ Guthrum Erlend die Themse hinaufsegeln, fast bis nach Reading, wo er an Land gesetzt wurde, um als Wandermusiker verkleidet umherzustreifen. Inzwischen war Erlend fast einen ganzen Tag lang an der Themse entlang in Richtung Westen gelaufen. Ein kleines Stück weiter würde er auf die alte römische Straße stoßen, die nach Norden in Richtung Oxford führte. Von seinen früheren Reisen her wußte er, daß er ein paar Meilen auf der Straße nach Norden gehen konnte, bevor er wieder nach Westen abbiegen mußte, um zum königlichen Gut Wantage zu kommen.

Erlend hatte Guthrum diese neue Unternehmung aus einer Laune heraus vorgeschlagen. Er hatte schon die ganze Zeit darüber nachgedacht, während die Dänen es sich in London so bequem gemacht hatten. Er wußte, daß er sich wieder in Alfreds Lager einschmuggeln konnte, und diese Aussicht gefiel ihm. Es hatte ihm auf Wilton gefallen, er hatte sich clever und listig gefühlt, als er den Feind hinters Licht führte und dabei Informationen für sein Volk sammelte. Das war viel befriedigender gewesen als nur herumzuwandern und für die armen Leute Harfe zu spielen.

Alfreds Angriff auf das unvorbereitete dänische Lager bei Wilton hatte Erlend als persönlichen Affront empfunden. Schließlich hatte Erlend Halfdan über die Stärke von Alfreds Heer informiert, und ebendiese wertvolle Information hatte die Dänen veranlaßt, unachtsam zu sein.

Im Namen des Raben, wer hätte damit gerechnet, daß Alfred angreifen würde? Die Dänen waren viermal so stark gewesen wie er!

Es tröstete Erlend etwas, daß die Westsachsen bei dem vorgetäuschten Rückzug schwere Verluste erlitten hatten, doch auch die Dänen hatten beim ersten Sturmangriff viele Männer verloren. Und dann hatte Alfred auch noch ihre wertvollen Pferde gestohlen. Fast fünfhundert!

Den ganzen langen Herbst und Winter, während die Dänen

in London die Puppen hatten tanzen lassen, hatte Erlend vor sich hin gebrütet. Er war der Ansicht, daß er mit Alfred von Wessex eine Rechnung zu begleichen hatte.

Und da war noch eine andere Sache, die Erlend dem König der Westsachsen verübelte. Die Art, wie Alfred seinen jungen Neffen um den Thron gebracht hatte. Das klang nur allzu sehr nach Asmund, der Erlend Nasgaard weggenommen hatte.

Denn Erlend hatte nicht vergessen, was er in Jütland zurückgelassen hatte, und er hatte sich auch nicht mit dem Verlust abgefunden. Als er von Dänemark fortgesegelt war, hatte er sich geschworen, daß er sein Erbe eines Tages zurückgewinnen und Nasgaard wieder ihm gehören würde. Diesen Schwur wollte er auch in die Tat umsetzen.

Er hatte Guthrum darum gebeten, ihm bei der Einlösung dieses Schwures zu helfen, aber er traute seinem Onkel nicht. Guthrum würde ihm zwar helfen, aber Erlend war sich nicht sicher, wer am Ende der Herr von Nasgaard sein würde, wenn Asmund erst einmal vertrieben war: Er selbst oder Guthrum.

Deshalb hatte Erlend beschlossen, daß er einen anderen Fürsprecher brauchte als Guthrum, wenn er seine Rechte in Dänemark wiedererlangen wollte. Halfdan konnte ein solcher Fürsprecher sein. In Dänemark war noch ein Sohn von Ragnar Lothbrok an der Macht. Wenn Halfdan für Erlend eintreten würde, könnte er Asmund von seinen Ländereien, die er sich unrechtmäßig angeeignet hatte, vertreiben und sie trotzdem vor dem Zugriff seines gierigen Onkels schützen.

Wenn Erlend es doch nur erreichen könnte, daß Halfdan in seiner Schuld stünde... Wenn er eine Waffe in Halfdans Hand legen könnte, die den Dänen bei der Eroberung Westsachsens helfen würde...

Denn Wessex würde sich nicht so leicht geschlagen geben. Die Dänen hatten Alfred zwar immer wieder Niederlagen beigebracht, aber er war trotzdem wiedergekommen. Er hatte aus dem Hinterhalt so viele Plünderertrupps überfallen, die von den Dänen von Wilton aus losgeschickt worden waren, daß Halfdan sich schließlich entschlossen hatte, seine Armee zurück nach Reading zu holen. Alfred hatte ihnen so effektiv Schwierigkeiten bereitet, daß Halfdan sein Friedensangebot bereitwillig angenommen hatte. Verrat in den eigenen Reihen. Das war es, was Erlend diesmal an Alfreds Hof zu finden hoffte. Egal ob man Westsachse oder Däne war, alle Menschen waren darauf aus, sich zu bereichern. Erlend sah es als seine Mission an, das schwächste Glied in Alfreds Verteidigung ausfindig zu machen. Da war ein König, der anderen das Recht auf den Thron streitig gemacht hatte. Es mußte jemanden geben, der ihn haßte, jemanden, der ihn bereitwillig verraten würde. Und diesen Jemand würde Erlend finden.

Das konnte zu Alfreds Untergang führen.

Nur die Leibgarde des Königs hielt sich mit ihm auf Wantage auf, und es war Brand, der Erlend erkannte und begrüßte, als er durch die Tore des königlichen Gutes kam. Der junge Than war auch erst kurz zuvor eingeritten und übergab sein Pferd gerade einem Stallburschen, als er Erlend erspähte.

»Willkommen, Harfenist«, sagte er, als er in der Mitte des Hofes auf Erlend traf. »Du kommst gerade recht. Alfreds Spieler ist krank, und wir waren an den letzten beiden Abenden gezwungen, mein armseliges Geklimper zu ertragen.«

Erlend lächelte. »Das ist wirklich ein herzlicher Empfang, Mylord. Ich freue mich sehr, für den König zu spielen.«

»Komm mit«, sagte Brand und legte freundlich die Hand auf Erlends Arm. »Ich suche dir eine Bank, auf der du schlafen kannst.«

Erlend ging neben Brand zum großen Holzsaal von Wantage. Dieses Gut war nicht so groß wie das bei Wilton. Hier gab es nur drei Wohnsäle, alle kleiner als die, die Erlend im letzten Frühling auf Wilton gesehen hatte. Zu dieser Tageszeit hielten sich nur wenig Männer auf dem Hof auf, aber die Bänke im Saal waren belegt, als Erlend Brand durch die große Tür folgte. Das Feuer im Hauptkamin brannte hell, doch der Rauch zog nach oben und verschwand durch den Abzug im Dach. Erlend verlangsamte seine Schritte und sah sich um. Er bewunderte den großen Wandteppich über dem Thron, der ein weißes Pferd darstellte. Der Saal war von dem tiefen, zufriedenen Dröhnen männlicher Unterhaltung erfüllt. »Der König ist heute nicht zum Jagen gegangen«, sagte Brand, um die vielen Männer im Saal zu erklären. »Ich glaube, dort drüben ist ein freier Platz.«

Ein paar Männer riefen Erlend einen Gruß zu, als er zu den Bänken hinüberging, die die rechte Seite des Saales säumten. »Hier«, sagte Brand und zeigte auf einen Bankabschnitt, über dem weder Schild noch Schwert hingen. »Hier kannst du schlafen.«

»Danke, Mylord«, antwortete Erlend und ließ das kleine Bündel mit seinen Habseligkeiten auf die Holzbank fallen. Die Harfe brachte er vorsichtig unter der Bank in Sicherheit.

»Wo hast du dich herumgetrieben, seitdem du uns auf Wilton verlassen hast?« fragte Brand, der sich neben Erlends Bündel niederließ und die langen Beine ausstreckte.

»Hauptsächlich in Sussex und Kent«, antwortete Erlend ausweichend. Er lächelte Alfreds Than entschuldigend an. »Ich war nicht allzu erpicht darauf, eine Schlacht mitzuerleben, Mylord. Kämpfen ist Gift für mich. Wo ist eigentlich der König jetzt?« fragte Erlend und blickte unwillkürlich zu den geschlossenen Türen der Schlafgemächer.

»Draußen und sieht nach den Pferden«, kam die unbekümmerte Antwort. »Wir inspizieren zuerst die Schiffe und dann die Pferde.«

Erlend riß demonstrativ die Augen auf. »Ich habe gehört, ihr habt den Dänen bei Wilton einen Haufen Pferde gestohlen.«

Brand grinste. »Fast fünfhundert. Während der ganzen Zeit, in der die beiden Armeen sich durch die Gegend gejagt und gegenseitig abgeschlachtet haben, hat Alfred uns Pferde aufzäumen lassen. Davon haben wir dreihundert hier auf Wantage, und sie fressen uns die Haare vom Kopf.«

Erlend gab vor, an seinem Bündel herumzuspielen. »Ihr spracht von Schiffen, die inspiziert werden? Was für Schiffe?« fragte er über die Schulter.

Brand antwortete bereitwillig: »Alfred baut Schiffe. Die verfluchten Dänen bekommen ihre Verstärkung übers Meer. Wenn wir diesen Krieg gewinnen wollen, müssen wir dem einen Riegel vorschieben.«

Es war kurz still, als Erlend diese Information verdaute. »Da ist der König ja ganz schön beschäftigt gewesen«, sagte er.

»Der König ist immer beschäftigt«, antwortete Brand. »Wenn du deine Sachen geordnet hast, dann komm mit mir zu den Küchengebäuden. Ich werde sehen, ob sich für dich etwas zu essen findet.«

»Ihr seid sehr freundlich«, sagte Erlend, und es erstaunte ihn selbst, daß er es ernst meinte.

Eine Stunde nach Erlends Ankunft ritten der König und seine Frau auf Wantage ein. Sie kamen gemeinsam in den großen Saal, und diesmal war Erlend nicht schockiert über Elswyths Hosen. Sie hatten drei Hunde im Schlepptau, und die Thane, die auf den Bänken gefaulenzt hatten, nahmen Haltung an und sahen zu ihrem König. Alfred und Elswyth gingen sofort zum Kamin und wärmten sich die Hände am Feuer. Elswyth blickte zu ihrem Mann auf und sagte etwas, das so leise war, daß Erlend es nicht hören konnte. Alfred neigte den Kopf und hörte aufmerksam zu.

Ein Than mit auffallend rotem Haar, den Erlend noch nie gesehen hatte, stand von einer Bank auf und näherte sich dem König. »War alles zu Eurer Zufriedenheit, Onkel?« Seine Stimme war ein heller Tenor und Erlend konnte ihn sehr gut verstehen.

Onkel? dachte Erlend. Er war der Meinung gewesen, daß Ethelreds Söhne viel jünger waren. Dieser Mann sah jedoch ungefähr so alt aus wie Alfred.

»Die Pferde gedeihen prächtig«, antwortete Alfred. Seine abgehackte Stimme war sehr höflich.

»Du kannst dir sicher sein, daß in meiner Obhut jedes Pferd gedeiht, Athelwold.« Das war Elswyth. Diese rauhe, langgezogene Stimme hätte Erlend sogar im Schlaf erkannt. Sie klang eindeutig verärgert.

Der Rotschopf lenkte hastig ein. »Ich wollte damit nicht sagen, daß Ihr die Pferde vernachlässigt, Mylady. Ich meinte nur –«

Das schwarzhaarige Mädchen, das Alfreds Frau war, winkte

ab, wandte sich an ihren Ehemann und sagte: »Ich kümmere mich jetzt lieber um die Kinder.«

Erlend beobachtete, wie sie zu einem Schlafgemach ging, und fragte sich, wie eine so kleine, weibliche Gestalt so gebieterisch wirken konnte.

Der rothaarige Than sprach jetzt mit Alfred, doch seine Stimme war nun leiser und deshalb nicht zu hören.

Erlend wandte sich an Edgar, der auf der Bank neben ihm saß und eine Holzfigur schnitzte. »Wer ist dieser Athelwold?« fragte er und modulierte seine Stimme sorgfältig. »Er war nicht im Gefolge des Königs, als ich auf Wilton war. Diese Haarfarbe hätte ich nicht übersehen.«

»Athelwold ist Alfreds Neffe«, antwortete Edgar. »Der Sohn seines ältesten Bruders, Athelstan.«

Erlend brauchte eine Minute, um diese Information in sich aufzunehmen. Dann sagte er: »Athelwold ist der älteste Sohn des ältesten Sohnes?«

»Ja.«

»Dann sollte er König sein, und nicht Alfred.« Die Worte waren ausgesprochen, sobald sie ihm in den Kopf kamen. Ein Fehler, dachte Erlend, als er sah, wie sich Edgars Gesicht veränderte.

»Nein«, grollte Alfreds Than. »Wir in Wessex wählen unsere Könige nicht nur nach der Abstammungslinie. Alfred ist vorschriftsmäßig vom Witan gewählt worden, weil er der geeignetste Führer für uns war – und er wurde Athelwold vorgezogen.« Edgar ließ seine Schnitzarbeit einen Augenblick sinken und starrte Erlend aus blauen Augen herausfordernd an.

»Ich verstehe«, antwortete Erlend hastig. Nach einer Weile schnitzte Edgar weiter. »Was wird das?« fragte der Musiker, um das Thema zu wechseln. »Ein Hirsch. Für Flavia.« Edgars geschickte Finger schnitzten sorgfältig und fachmännisch.

»Flavia?« fragte Erlend.

»Prinzessin Flavia. Alfreds Tochter.«

»Ach ja«, sagte Erlend und erinnerte sich an das kleine Mädchen, das im Hofe von Wilton auf den Schultern seines Vaters geritten war. »Ein hübsches Kind«, fügte er hinzu. »Sie ist ein Quälgeist«, sagte Edgar mit sichtbarem Stolz. »Und sie ist schön.«

»Da ist auch noch ein Sohn, wenn ich mich recht erinnere.«

»Edward. Ja. Zwei hübsche Kinder hat Alfred da.«

Erlend sah schweigend zu, wie Edgar anfing, ein Geweihende zu schnitzen. Doch nach kurzer Zeit wanderten seine Augen von der feinen Holzarbeit zu dem großen, jungen Mann mit dem rotgoldenen Haar neben der kleineren Gestalt des Königs.

Athelwold. Der Sohn von Alfreds ältestem Bruder. Die Waffe, nach der er suchte, stand vielleicht direkt vor ihm, in Gestalt dieses Rotschopfes. »Wie alt ist Athelwold?« fragte er Edgar.

»Einundzwanzig«, antwortete der Than.

Einundzwanzig, dachte Erlend. Alt genug, um König zu sein. »Warum hat man Alfred Athelwold vorgezogen?« fragte er Edgar und bemühte sich, einfach nur neugierig zu klingen.

»Athelwold hat noch nie eine Schlacht geschlagen. Man hielt es für klüger den Mann zu wählen, von dem alle wußten, daß er sowohl eine Schlacht als auch eine Ratssitzung führen konnte.« Edgar zuckte mit den Schultern. »Es stand eigentlich nie zur Debatte, wen der Witan wählen würde. Ethelred hat in seinem Testament Alfred bestimmt. Niemand hat auch nur einen Gedanken an Athelwold verschwendet. Es war für alle ein Schock, als Cenwulf ihn dem Witenagemot vorschlug.«

Erlend hob die Augenbrauen. »Wer ist Cenwulf?«

»Ein Than aus der Grafschaft Dorset. Ein Freund von Athelwolds Vater, Athelstan.« Jetzt stellte Edgar die Fragen. »Warum interessierst du dich so für Athelwold?«

Erlend zuckte mit den Schultern und grinste. »Harfenspieler haben eine Spürnase für gute Geschichten, Mylord. Und ein Franke hat einen besseren Instinkt für Feindseligkeiten, die in einem Königshaus eventuell im verborgenen schwelen.«

»Da suchst du an der falschen Stelle«, antwortete Edgar barsch. »Die Westsachsen sind anders als die Franken.«

Erlend lächelte zustimmend, aber tief in seinem Inneren wußte er, daß es nicht stimmte, was Edgar gesagt hatte. Alle Menschen waren gleich, von Habgier getrieben und immer zum Verrat bereit.

Er mußte versuchen, sich mit diesem Athelwold anzufreunden, dachte er. Schließlich hatten sie viel gemeinsam.

An diesem Abend spielte Erlend nach dem Essen im großen Saal. Alfred sprach freundlich mit ihm und schenkte ihm einen Ring aus reinem Gold. Wie die Leibgarde des Königs legte der junge Musiker sich auf seine Bank und war sehr zufrieden. Nach den begeisterten Reaktionen auf sein Harfenspiel zu urteilen, sollte es keine Probleme geben, seinen Aufenthalt auf Wantage um vier Wochen zu verlängern. Er schlief ein und träumte von Nasgaard.

Ein paar Stunden später weckte ihn ein Geräusch. Die Tür eines Schlafgemachs öffnete sich, und dann ertönte Alfreds beunruhigte Stimme aus einem Zimmer. Eine zitternde Kinderstimme antwortete: »Ich hatte einen bösen Traum, Papa. Kann ich bei euch schlafen?«

Alfreds Stimme war wieder zu hören, dann Elswyths. Erlend vernahm das Geräusch von Kinderfüßen. Dann sagte Elswyth: »Mach die Tür zu, Flavia.« Wieder Schritte, die Tür wurde geschlossen, und es war wieder still. Erlend lag da und starrte auf das schwelende Feuer in der Mitte des Saales.

Auch er hatte als Kind böse Träume gehabt, erinnerte er sich. Manchmal hatte er sich tagelang vor dem Zubettgehen gefürchtet und Angst davor gehabt, die Augen zu schließen, weil ihn im Schlaf Ungeheuer verfolgt hatten. Als er sich seiner Amme anvertraut hatte, schimpfte sie ihn aus und nannte ihn ein Baby. Weder seinem Vater noch seiner Mutter hatte er je davon erzählt. Es war ihm nie in den Sinn gekommen, daß er bei ihnen im Bett hätte Trost suchen können.

Schließlich sank Erlend wieder in den Schlaf. Als er aufwachte, waren alle im Hause dabei, sich auf die Messe vorzubereiten.

Erlend fand nicht gleich eine Gelegenheit, mit Athelwold zu sprechen. Unmittelbar nach dem Frühstück ritten Alfred und seine Thane zur Jagd, und Erlend mußte zurückbleiben, weil er kein Pferd hatte.

Elswyth blieb auch auf dem Gut, und Erlend verbrachte den Tag damit, Alfreds Frau zu beobachten. Sie faszinierte ihn. Das schwarzhaarige Mädchen war so anders als alle anderen Frauen, die er je getroffen hatte. Erlend kannte zwei Arten weiblicher Wesen. Die Frauen, die mit der dänischen Armee reisten, und Damen wie seine Mutter. Erlend war inzwischen so alt, daß er gelernt hatte, sich der einen Sorte zu bedienen und sich vor der anderen zu hüten. Alfreds Frau schien jedoch in keine der beiden Kategorien zu passen.

Elswyth verbrachte den Tag mit ihren Sprößlingen. Flavia, das Kind, das in der Nacht wach geworden war, war zwei Jahre alt und ein Energiebündel, den ganzen Tag über sah Erlend sie nicht ein einziges Mal in normalem Tempo gehen. Sie rannte immer. Das Baby, Edward, lernte gerade erst laufen und war zwangsläufig langsamer. Aber auch er war ständig in Bewegung. All dies fand Erlend heraus, als Elswyth ihn einlud, ihr Gesellschaft zu leisten, nachdem sie ihn einsam beim Harfenspielen in einer Saalecke entdeckt hatte.

Zwei hübsche Kinder hat Alfred da, hatte Edgar am Tag zuvor gesagt. Und sie waren wirklich hübsch, hatte Erlend gedacht, als er neben Elswyth den Weg zum Küchengebäude entlangging. Flavia hatte dieselbe Haarfarbe wie Alfred, ein kräftiges Dunkelgold, während Edwards Haare so blond waren, daß man sie fast schon als silbern bezeichnen konnte. Beide Kinder hatten außergewöhnliche, auffallend blaugrüne Augen.

»Eure Kinder haben so schöne Augen«, sagte er zu ihrer Mutter. »So etwas habe ich noch nie gesehen.«

»Die Augenfarbe haben sie vom westsächsischen Königshaus«, antwortete Elswyth. »Alfred sagt, sein Bruder Ethelbald hatte die gleiche, und sein Großvater auch.« Sie trug Edward auf den Armen umher und hob ihn jetzt auf die Schultern. Er war ein großer Junge und wog fast so viel wie seine ältere Schwester.

»Soll ich ihn für Euch tragen?« Erlend war selbst überrascht über sein Angebot.

»Wenn er zu dir geht«, antwortete Elswyth zweifelnd. Doch sie blieb stehen, und Erlend tat es ihr gleich und streckte dem Kind die Arme entgegen. Bei Edward braucht man keine Angst zu haben, daß er zerbrechlich sein könnte, dachte er, als er Alfreds Sohn hochhob.

Edward blickte von seiner Mutter zu dem fremden Mann, der

ihn jetzt hielt. Es ist erstaunlich, dachte Erlend, daß so ein kleines Gesicht eindeutig männlich sein kann. Erlend lächelte das Baby an, lief weiter und sagte zu Elswyth: »Er ist nicht gerade ein Fliegengewicht.«

Sie lachte. »Alfred sagt, in fünfzehn Jahren muß er bestimmt zu Edward aufschauen. Ich glaube, er hat recht.«

Edward hatte offensichtlich beschlossen, daß Erlend ein akzeptabler Ersatz für Elswyth war, denn er legte einen Arm um Erlends Hals und sagte etwas völlig Unverständliches.

»Er mag dich«, sagte Elswyth, und Erlend verspürte ein absurdes Gefühl von Stolz.

Die Herrin von Wessex wurde in der Küche wie eine alte Freundin begrüßt. Das riesige Küchenfeuer prasselte, und Elswyth, Erlend und die Kinder ließen sich in der angenehmen Wärme nieder und bekamen etwas Haferbrei und Brot, Überreste vom Frühstück.

Edward aß selbständig und beschmutzte sich von oben bis unten. Seine Mutter lächelte ihn an und wischte ihm geistesabwesend das Gesicht mit dem Zipfel seines Umhangs ab. Eine Dienerin säuberte den zerkratzten Holztisch, und die Frauen unterhielten sich weiter.

Flavia durchsuchte alle Ecken. Erlend hatte Angst, daß sie zu nahe ans Feuer ging, aber Elswyth antwortete gelassen: »Oh nein, Flavia weiß, daß Feuer gefährlich ist. Sie faßt es nicht an«, und schwatzte weiter mit den Dienerinnen. Edward fing an, mit dem Löffel laut auf den Tisch zu schlagen und vor sich hin zu singen.

Erlend war erstaunt über die Ungezwungenheit, die zwischen der Herrin und ihren Untergebenen herrschte. Eine der Köchinnen, eine etwa vierzigjährige, dralle Matrone, belehrte ihre junge Herrin über Heilmittel für das Zahnen. Elswyth hörte interessiert zu. Edward hörte auf, mit dem Löffel auf den Tisch zu hämmern, und eine Dienerin nahm ihn an der Hand, ging mit ihm im Zimmer umher und zeigte ihm Gegenstände. Es war wunderbar warm im Raum, und es duftete nach Essen. Erlend konnte sich nicht daran erinnern, es je so gemütlich gehabt zu haben.

Nach fast einer Stunde stand Elswyth auf, um zu gehen. Als sie den Kindern die Umhänge wieder anzog, fragte Flavia: »Wohin gehen wir jetzt, Mama?«

»Die Lämmchen ansehen.«

Zwei kleine Gesichter leuchteten auf wie Kerzen. »Oh, schön! Wir besuchen die Lämmchen, Edward!« sagte Flavia zu ihrem Bruder, und der Kleine plapperte ihr nach: »Ämmchen. Ämmchen!«

Elswyth lachte, und Erlend beugte sich herab, um Edward wieder auf seine Schultern zu heben.

Fast eine halbe Stunde lang fesselten die zwei Monate alten Lämmer die Aufmerksamkeit der Kinder. Elswyth lehnte am Zaun des Geheges, in dem sich die Tiere und ihre Kinder befanden, und beobachtete ihre Kleinen beim Spielen im Schlamm.

»Wo bist du in den letzten Monaten gewesen, Erlend?« fragte sie den Harfenspieler, der neben ihr am Zaun lehnte.

Er gab ihr dieselbe Antwort wie Brand. Sie nickte. Eine Haarsträhne hatte sich aus ihrem dicken Zopf gelöst und hing ihr ins Gesicht. Sie strich sie sich hinters Ohr und sagte: »Wir brauchen dringend einen Harfenspieler. Alfreds Musiker ist alt; seine Finger sind krumm, und ihm fällt es schwer, die Saiten zu zupfen. Natürlich bleibt er so lange bei uns, wie er will, aber er kann nicht mehr als ein oder zwei Lieder singen.« Sie sah ihn an. »Du bist ein guter Musiker, Erlend. Ich möchte, daß du bei uns bleibst.«

Er starrte in ihre blauen Augen. Solche Augen hatte er noch nie gesehen, und dabei kam er aus einem Land, in dem die meisten Leute blaue Augen hatten. Sie waren so dunkel. So dunkel und trotzdem so blau. Er sagte: »Ich bin kein Than von hoher Geburt, Mylady. Ich komme aus einfachem Hause, und meine Leute waren arm.«

Sie zuckte mit den Schultern. »Was macht das schon, Erlend? Du bist gut in deinem Metier.« Sie schenkte ihm ein strahlendes Lächeln. »Ich mag dich. Wenn du bei uns bleiben möchtest, würden wir uns freuen. Du wirst feststellen, daß Alfred ein großzügiger Herr ist.«

Sie sprach nie von ihrem Mann als »der König«, sie nannte ihn immer »Alfred«.

Das war mehr, als er je zu hoffen gewagt hatte. Eine feste Stelle im Hause des Feindes. Guthrum würde vor Lachen brüllen, wenn er es erfuhr.

Warum fühlte er sich dann so unbehaglich? Wieso bereitete es ihm solche Schwierigkeiten, in diese ehrlichen, blauen Augen zu sehen?

Er fragte: »Der König ist damit einverstanden?«

»Natürlich.« Sie klang überrascht. »Du bist ein guter Harfenspieler, und ich habe ihm gesagt, daß ich dich mag.«

»Das stimmt.« Erlend erinnerte sich jetzt. Sein kleines, blasses Gesicht war den Kindern zugewandt. »Er sagte, ich müßte mich wohl mit Pferden auskennen.«

Im Gehege setzte Edward sich plötzlich in den Schlamm. Seine Mutter lachte. Erlend sagte mit einer seltsamen Stimme: »Ich hätte eine Tracht Prügel bezogen, wenn ich so nach Hause gekommen wäre.«

Die beiden betrachteten die nassen, schlammigen, rundum glücklichen Kinder, die zwischen den Lämmern herumtollten. »Kinder müssen dreckig sein«, sagte Elswyth und fügte mit einem verschwörerischen Seitenblick hinzu: »Das beste daran, Kinder zu haben, ist, daß man alles tun kann, was man als Kind tun wollte, aber nicht durfte.«

Er lachte. »Ich wette, Euch konnte kaum etwas davon abhalten, zu tun, was Ihr wolltet, Mylady«, sagte er und war überrascht über sich selbst. Aber es war einfach unmöglich, im Umgang mit Elswyth förmlich zu bleiben.

Die Frau des Königs von Wessex sagte: »Wenn die Kinder ihr Nickerchen machen, zeige ich dir Copper. Dann müssen wir noch ein Pferd für dich finden, Erlend. Du reitest doch, oder nicht?« Sie klang absolut überzeugt.

»Ja, Mylady«, sagte Erlend.

25

»ICH habe uns einen neuen Harfenisten besorgt«, sagte Elswyth zu Alfred, als er sich nach der Jagd zum Abendessen umzog.

»Als du heute nicht mit auf die Jagd gekommen bist, wußte ich, daß du etwas aussheckst«, sagte ihr Mann. »Erlend?«

»Ja. Und ich habe ihm eins der Pferde gegeben, die du den Dänen gestohlen hast. Er ist ein guter Reiter Alfred. Er hat eine schöne leichte Hand.«

Es war kurz still, als Alfred die Bänder seines Hemdes löste. Dann sagte er: »Ich frage mich nur, wo ein Junge wie er gelernt hat, mit so leichter Hand zu reiten.«

Elswyth hatte ihr Kleid ausgezogen, und jetzt drehte sie sich um und sah ihn an. Sie trug nur ein Leinenunterhemd, und ihr langes Haar wallte ihren Rücken hinab. »Du hast ihn schon einmal gefragt, und da hat er gesagt, daß er als Stallbursche gearbeitet hat.«

»Stallburschen versorgen die Pferde, sie reiten sie nicht. Das weißt du.«

Sie setzte sich aufs Bett und starrte ihn an. »Du bist doch sonst nicht so mißtrauisch.«

»Ich weiß.« Er hatte sein Stirnband abgelegt und fuhr sich jetzt mit der Hand durchs Haar. »Aber irgendetwas stimmt mit dem Jungen nicht, Elswyth. Ich spüre es.« Er zog sich das Hemd über den Kopf.

»Die Hunde mögen ihn«, sagte sie. »Edward mag ihn. *Ich* mag ihn.«

»Na schön«, sagte er und ließ sein Hemd auf die Kleidertruhe fallen. »Vielleicht bin ich nur eifersüchtig.« Er durchquerte den Raum und kam zu ihr ans Bett. Er legte ihr die Hände auf die Schultern.

Sie sah zu ihm auf. Abgesehen von der Münze, die er immer an einer Goldkette um den Hals trug, war er von der Hüfte aufwärts nackt. Sogar im Winter war seine glatte Haut leicht golden. Er sah geschmeidig und stark aus, und in ihr erwachte ein vertrautes Verlangen. Seine Finger auf ihren Schultern bewegten sich zärtlich. Ihre Blicke trafen sich und verschmolzen. »Du bist doch nicht eifersüchtig«, sagte sie.

»Nicht?« Seine Hände glitten von ihren Schultern zu ihrem Hals und dann auf ihr Gesicht. Seine langen Finger zeichneten ihre Lippen nach. »Ich habe dich nie für mich allein«, murmelte er. Sogar nachts haben wir immer irgendein Kind in unserem Bett.«

Ihr Atem ging schneller.

»Ganz zu schweigen von den Hunden«, sagte sie. Sie fuhr sich mit der Zunge über die vom Winter ausgetrockneten Lippen. »Aber jetzt sind wir allein.«

Seine Augen waren sehr ernst und durchdringend. »Das sind wir«, sagte er. Er kümmerte sich nicht um sein Hemd, sondern ging geradewegs zur Tür. Elswyth hörte, wie er zu einem der Thane sagte, daß er nicht gestört werden wollte, dann schloß er die Tür wieder und schob den Riegel vor. Die Männer im Saal würden alle wissen, was der König und seine Frau jetzt taten, aber das war Elswyth gleichgültig. Sie legte sich zurück und sah ihn auf sich zukommen.

Der königliche Haushalt blieb bis Ende Februar auf Wantage und begab sich dann ein paar Meilen südlich nach Lambourn. Erlend war im Jahr zuvor schon auf Lambourn gewesen, und die Leute auf dem Gut erinnerten sich mit Freude an den Wanderharfenisten. Wenn da nicht dieser christliche Brauch gewesen wäre, der Fastenzeit genannt wurde, dann hätte Erlend ein schönes Leben gehabt.

Er hatte keine Ahnung, worum es bei dieser Fastenzeit ging, und da er ja angeblich selbst ein Christ war, konnte er auch nicht fragen. Er wußte nur, daß er ständig hungriger war, als er es in einem so reichen Haushalt wie Alfreds erwartet hatte. Der König versuchte auch nicht, sich vor den Unannehmlichkeiten der Fastenzeit zu drücken: Endlose Messen in der kalten Morgenluft und die ewigen Fischgerichte. Alfred, der keinen Fisch mochte, verlor merklich an Gewicht. Erlend verstand das überhaupt nicht.

Eines konnte Erlend jedoch während der langen, kalten,

hungrigen Tage der Fastenzeit tun, nämlich die Bekanntschaft mit Athelwold pflegen. Was er über den rothaarigen Than erfuhr, fand er außerordentlich interessant.

Athelwold war in einer Gegend von Wessex aufgewachsen, die Dorset hieß, die Grafschaft, aus der die Familie seiner Mutter kam. Er war erst vier gewesen, als sein Vater starb, und hatte keine Erinnerung an ihn, aber er wußte sehr wohl, daß sein Vater Ethelwulfs ältester Sohn war. Seine Mutter war mit diesem Cenwulf, dem besten Freund ihres Mannes und Athelwolds Patenonkel, in Verbindung geblieben; Cenwulf war es auch, der Athelwulf eingeredet hatte, daß nach Ethelred nicht Alfred, sondern er König von Wessex sein sollte. Als das fehlschlug, hatte er Athelwold dazu gebracht, sich Alfreds Haushalt anzuschließen.

Das hatte Erlend von Athelwold persönlich erfahren. Während der dunklen und hungrigen Fastenzeit des Jahres 872 hatte sich eine seltsame Beziehung zwischen den beiden jungen Männern entwickelt. Man konnte es nicht Freundschaft nennen, denn sie mochten sich nicht besonders. Aber zwischen ihnen herrschte ein heimliches, tiefes Einvernehmen darüber, daß sie sich in gewisser Weise sehr ähnlich waren.

Ihre größte Gemeinsamkeit war ihre Abneigung gegen den König. Beide verbargen dieses Gefühl sorgfältig vor den anderen an Alfreds Hof, aber jeder erkannte im anderen seine eigene Ablehnung wieder.

Athelwold war ein guter Heuchler. Erlend glaubte nicht, daß irgendjemand sonst ahnte, wie verbittert Athelwold über Alfreds Beliebtheit war und darüber, daß seine Herrschaft so gefestigt war, obwohl der Thron seiner Meinung nach ihm zustand. Alfreds Weigerung, Athelwold zu seinem Erben zu ernennen, milderte den Haß seines Neffen auch nicht gerade.

Die Bitte Athelwolds, zum Erben seines Onkels ernannt zu werden, war keineswegs abwegig. Athelwold war nach Alfred das älteste männliche Mitglied des Hauses von Wessex. Unter ganz ähnlichen Umständen und unter Berücksichtigung des jugendlichen Alters seiner Söhne hatte Ethelred Alfred zu seinem Thronfolger ernannt. Alfred jedoch hatte Athelwolds Anliegen einfach beiseite geschoben. Alfred hatte keinen Secondarius. Theoretisch war immer noch sein einjähriger Sohn Edward sein Erbe.

Der König hatte für seine Weigerung, Athelwold zum Secondarius zu ernennen, keine Gründe angegeben. Es hatte auch niemand gewagt, ihn zu sehr zu bedrängen. Alfred war zwar der liebenswürdigste und zugänglichste König, den man sich denken konnte, doch wenn er ein Thema nicht diskutieren wollte, dann wurde es auch nicht diskutiert.

Erlend fragte sich manchmal, ob es vielleicht noch jemand anders gab, der von Athelwolds Verbitterung wußte – der König selbst. Erlend war sich nie ganz sicher, was hinter dem freundlichen Lächeln und den unergründlichen goldenen Augen wirklich vor sich ging.

Der königliche Haushalt zog nach Wilton, um dort Ostern zu feiern. Bevor sie Lambourn verließen, konnte Erlend sich ein paar Tage freimachen und nach London reiten. »Es gibt da ein Mädchen«, erzählte er Elswyth und scharrte mit den Füßen, um Unbehagen vorzutäuschen. Er wolle nachsehen, wie es ihr ging, und ihr vielleicht etwas von dem Gold schenken, das er für sein Harfenspiel bekommen hatte.

Elswyth hatte gelacht und ihn gehen lassen. Erlend fühlte sich im Umgang mit Elswyth immer wohl. Beim König war das eine ganz andere Geschichte. Erlend fragte sich immer öfter, wieviel der König sah. Alfred war immer höflich zu ihm, immer großzügig. Aber er hatte manchmal einen Ausdruck in den Augen, der Erlend verriet, daß Alfred ihm nicht so sehr vertraute wie Alfreds Frau es tat. Dessen war sich Erlend sicher.

»Der Harfenist des Königs!« In Guthrums blauen Augen blitzte eine Mischung aus Triumph und Belustigung auf. »Im Namen des Raben, Junge, da hast du eine Heldentat vollbracht!«

»Es läuft gut für uns«, antwortete Erlend. Er sah sich in dem behaglichen Haus um, in dem sich Guthrum in London eingenistet hatte. »Wie läuft die Eintreibung der Steuern?« fragte er.

»Ganz gut.« Guthrum schrie in den hinteren Teil des Hauses

nach Bier. »Burgred hat uns vor zwei Tagen die erste Ratenzahlung abgeliefert. Er muß sein ganzes Königreich schröpfen, um zu zahlen, was Halfdan verlangt hat.«

Ein Mädchen betrat mit Bierkelchen das Zimmer. Erlend hatte das Mädchen noch nie vorher gesehen. Sie gab Guthrum einen Kelch und brachte Erlend den anderen. Erlend stellte fest, daß sie jung und sehr hübsch war. Das Mädchen erwiderte seinen Blick nicht, sondern verließ den Raum schnell wieder.

»Das war ein neues Gesicht«, sagte Erlend zu Guthrum.

Der Däne grunzte. »London hat mehr zu bieten als nur Geld«, sagte er. »Eine nette Abwechslung von dem gewöhnlichen Lagergefolge.«

»Sie ist also Mercierin.«

Guthrum trank von seinem Bier. »Wenn du willst, kannst du sie heute nacht haben.« Er wischte sich den Mund ab und grinste. »Der Harfenist des Königs verdient eine Belohnung. Erzähl mir, was hast du herausgefunden?«

Eine halbe Stunde später sagte Erlend: »Ich muß morgen wieder aufbrechen. Wenn ich länger fortbleibe, werden sie Verdacht schöpfen.«

Guthrum sagte: »Es könnte Probleme in Nordhumbrien geben.«

Fragend hob Erlend seine dreieckigen Augenbrauen.

»Offensichtlich wird dort gegen unseren Vasallenkönig Egbert rebelliert.«

»Und wenn die Rebellen Erfolg haben, was will Halfdan dann unternehmen?«

»Wir werden uns wieder nach Norden begeben müssen. Aber nicht lange. Ich bin mehr und mehr der Überzeugung, daß der Schlüssel zu England Wessex ist.« Guthrum runzelte die Stirn. »Mir gefällt nicht, daß Alfred Schiffe baut. Diese Neuigkeit gefällt mir ganz und gar nicht.«

»Er ist clever«, sagte Erlend nicht zum ersten Mal. Fast widerwillig fügte er hinzu: »Seine Leute mögen ihn gern, Guthrum. Sie werden ihm wieder folgen, wenn er es verlangt.«

»Einem starken Anführer folgen die Menschen immer«, sagte Guthrum.

Erlend dachte an Asmund. »Ja«, stimmte er ein wenig bitter zu. »Das ist wahr.«

»Wir gehen jetzt zusammen zu Halfdan«, sagte Guthrum, trank seinen Kelch leer und stand auf. »Er wird zufrieden mit dir sein, Erlend.«

Das hoffte Erlend natürlich, und er folgte seinem Onkel bereitwillig.

An diesem Abend schickte Guthrum das mercische Mädchen zu ihm. Sie wartete in Erlends Zimmer, als er nach einem großen Festessen in Halfdans neuerworbenem Londoner Saal zurückkehrte. Als er hereinkam, saß sie mit gefalteten Händen und gesenktem Kopf auf seinem Bett.

Überrascht blieb er in der Tür stehen und schloß sie dann langsam hinter sich. Sie sah ihn nicht an, aber er konnte sehen, wie verkrampft ihre Hände waren.

»Wie heißt du?« fragte er sie auf dänisch.

Sie sah ihn jetzt an. Sie schüttelte den Kopf und antwortete auf sächsisch: »Ich verstehe Euch nicht, Mylord.« Sie sprach nicht so übertrieben langgezogen wie Elswyth, aber mit einem verwirrend vertrauten Tonfall.

»Wie heißt du?« fragte Erlend wieder, jetzt in seinem ausgezeichneten Sächsisch.

Ihre blauen Augen weiteten sich. Dann antwortete sie widerstrebend: »Edith.«

»Edith.« Er ging langsam auf das Bett zu. Sie beobachtete ihn verängstigt mit weit aufgerissenen Augen. Ihre Hände waren so fest verschränkt, daß die Knöchel weiß hervortraten. »Bist du eine Dienerin, Edith?« fragte er.

Sie hob das Kinn ein wenig. »Das ist das Haus meines Vaters«, sagte sie.

»Wo ist dein Vater?«

»Ihr habt ihn umgebracht«, antwortete sie kalt. Er setzte sich zu ihr aufs Bett, bedacht darauf, zwischen ihnen etwas Abstand zu lassen. »Ich habe deinen Vater nie gesehen«, sagte er. »Wie kannst du da behaupten, daß ich ihn umgebracht habe?«

»Ihr . . . Eure Leute . . . Guthrum«, antwortete sie. Sie sprach den Namen seines Onkels aus, als sei er ein Fluch. »Mein Vater hat versucht, mich vor ihm zu schützen, und da hat er ihn getötet. Ihn getötet und mich geschändet.« Sie starrte auf ihre Hände. »Er hat mich in Euer Zimmer geschickt. Er sagte, Ihr habt nach mir verlangt.«

Sie war ein sehr hübsches Mädchen. Ihre Haare waren hellbraun und fein wie Seide. Ihre Augen waren eine Mischung zwischen Blau und Grau. Plötzlich erinnerte sich Erlend an einen Vorfall auf Lambourn vor einigen Wochen. Ein unbedeutender Than der Grafschaft hatte die Tochter eines Freien vergewaltigt. Der Freie hatte sich an den König gewandt, um Gerechtigkeit zu erlangen, und Alfred hatte den Than gezwungen, das Mädchen zu heiraten.

Erlend war von diesem Urteil schockiert gewesen. Das Mädchen war vollkommen unbedeutend, weit unter dem gesellschaftlichen Rang eines Thans der Grafschaft. Er konnte nicht glauben, daß der Than die Entscheidung des Königs akzeptiert hatte.

»Besser als kastriert zu werden«, hatte Brand derb zu Erlend gesagt, als er ihn deshalb befragte. »Nichts erzürnt Alfred mehr, als wenn Mächtige Machtlose ausnutzen. Der Mann kann von Glück sagen, daß er nur das Mädchen heiraten mußte.« Alfreds Vertrauter hatte mit den Schultern gezuckt. »Vielleicht ist das eine Warnung für andere. In den Städten gibt es überall genug Huren. Es gibt keinen Grund, sich an einem einfachen Mädchen zu vergreifen.«

Erlend betrachtete das schlanke Geschöpf neben sich und erinnerte sich an Brands Worte. Es gibt keinen Grund, sich an einem einfachen Mädchen zu vergreifen. Er sagte: »Ich werde dir nicht wehtun, Edith.«

Sie rührte sich nicht, sah ihn nicht an, sondern saß nur da, unbeweglich wie ein Tier in der Falle. »Ich werde dich nicht anrühren«, fügte er hinzu, um alle Mißverständnisse zu beseitigen.

Daraufhin sah sie ihn an. Er lächelte ein wenig, um sie zu beruhigen. Dann sagte er unbeholfen: »Die Sache mit deinem Vater tut mir leid.«

Plötzlich standen ihre Augen voller Tränen. Sie nickte, weil sie nicht antworten konnte.

»Bleib heute nacht hier«, sagte Erlend. »Dann wird er nicht...« Seine Stimme erstarb. Sie sah ihn mißtrauisch an. »Du kannst mein Bett haben. Ich schlafe auf dem Boden«, sagte er, und ihre Augen weiteten sich erstaunt.

Und so kam es, daß Erlend Olafson, dessen Großvater einen König abgesetzt hatte, der rechtmäßige Erbe einer der größten Besitztümer in Jütland, die Nacht auf dem Boden verbrachte, damit eine Kaufmannstochter unbelästigt in seinem Bett schlafen konnte.

Der königliche Haushalt blieb den ganzen März über auf Wilton. Das Wetter war gut, und die Felder von Wessex wurden früh gepflügt. Alfred hatte einhundert dänische Pferde mit nach Wilton gebracht, und nach Ostern kamen die Freien, die zum Wiltshirefyrd gehörten, nach Wilton, um reiten zu lernen.

»Sie müssen nur die Pferde lenken können und dürfen nicht herunterfallen«, warnte Alfred seine Frau, die den Unterricht übernehmen sollte, was keinen, der sie kannte, überraschte. Der Form halber hatte Alfred ein paar Thane mit der Aufgabe betraut, aber alle wußten, wer in Wirklichkeit die Verantwortung trug. »Sie müssen nicht reiten wie Zentauren, Elswyth«, sagte er jetzt warnend. »Sei nicht zu pedantisch.«

»Was sind Zentauren?« fragte Elswyth.

»Gestalten aus der griechischen Sage«, antwortete Alfred. »Ich habe einmal Bilder von ihnen gesehen, als ich in Rom war. Sie sind angeblich halb Mensch, halb Tier.«

»Keine Sorge, Alfred«, versicherte Elswyth mit einem strahlenden Lächeln. »Ich verspreche, nicht zu streng mit deinen armen Freien zu sein.«

Alfreds Hauptinteresse galt in dieser Zeit nicht den Pferden, sondern den Schiffen. Sie wurden in Southampton gebaut, und Alfred nutzte jede Gelegenheit, um nach Süden zu reiten und nachzusehen, wie die Arbeit voranging.

Erlend war entsetzt gewesen, als er zum ersten Mal gesehen hatte, wie groß Alfreds Schiffe waren. Bevor er selbst nach

Southampton reiste, hatte er dem Gerede über Schiffe keine große Beachtung geschenkt. Die Angelsachsen waren zu lang nicht zur See gefahren, um in diesem Element für die Dänen eine Bedrohung darzustellen. Wahrscheinlich baute Alfred in der kühnen Hoffnung, die Wikinger auf dem Meer herauszufordern, Fischerboote.

Doch dann sah er die Langschiffe, die in Southampton schon zu Wasser gelassen waren. Zwei von ihnen hatten sechzig Ruder. Die Wände waren höher als bei den Langschiffen, die von den Dänen benutzt wurden, und sie lagen außergewöhnlich seetüchtig auf dem Wasser.

Im Namen des Raben, fluchte Erlend im stillen. Wo hatten die Westsachsen gelernt, solche Schiffe zu bauen?

Und dann lernte er die Friesen kennen.

Offensichtlich hatte auch Alfred bemerkt, daß es seinen Landsmännern auf diesem Gebiet an Sachkenntnis fehlte, und so hatte er eine ganze Truppe friesischer Schiffbauer nach Wessex kommen lassen, um Schiffe zu bauen und den Westsachsen beizubringen, wie man sie segelte.

Erlend hatte schon gelernt, wie man ein Großboot segelt, bevor er zehn war, doch er hielt es für das Klügste, dieses Wissen für sich zu behalten. Alfred dachte sowieso schon, daß er gebildeter war, als es sich durch seinen imaginären Lebenslauf erklären ließ. Wenn jetzt noch die meisterliche Beherrschung des Segelns zum Harfenspielen und Reiten dazukam, würde seine Tarnung endgültig auffliegen.

In diesem Frühling war das Wetter zum Segeln besonders gut, und Alfred blieb länger in Southampton, als er ursprünglich vorgehabt hatte. Erlend und Athelwold waren bei ihm. Alfred schien die beiden immer mitzunehmen, egal wie klein sein Gefolge sonst auch war. Athelwold fühlte sich durch diese Ehre geschmeichelt. Erlend dagegen fragte sich langsam, ob der Grund nicht darin lag, daß Alfred den beiden nicht traute und sie nicht aus den Augen lassen wollte.

Als sie ungefähr drei Wochen in Southampton waren, suchte Athelwold eines Nachmittags Erlend auf, der gerade auf einer Bank im Saale des Gutes sein Zaumzeug säuberte und ölte.

»Ich habe gerade etwas sehr Interessantes herausgefunden«, sagte Athelwold und setzte sich neben Erlend. Er sah den Harfenisten an und schien seine Aufregung nur mühsam zu unterdrücken.

»Wirklich?« Erlend sah von seiner Arbeit auf. »Und das wäre?«

»Alfred hat in dieser Gegend eine Geliebte.«

Erlend war überrascht und schockiert. »Eine Geliebte? Alfred? Jemand muß Euch zum Narren halten.«

Athelwolds blaßblaue Augen mit den rötlichen Wimpern, die heller als sein Haar waren, leuchteten triumphierend. »Nein. Ich habe es von Brand erfahren. Ihr gehört ein kleines Gut in der Nähe, und vor seiner Heirat war er zwei Jahre mit ihr zusammen.«

Erlend spürte eine Welle der Erleichterung. »Oh. *Vor* seiner Heirat.« Er sah Athelwold verächtlich an. »Was hat das schon zu sagen.«

Athelwold runzelte die Stirn über so wenig Begeisterung. »Sie ist sehr schön, diese Roswitha. *Sehr* schön. Das hat Brand mir gesagt.« Die blassen Augen verengten sich. »Ich frage mich, ob Elswyth von ihr weiß.« Er sprach Elswyths Namen aus, als wäre er giftig.

Erlend glättete das Stirnband an seinem Zaumzeug und sah seinen Gefährten nachdenklich an. Elswyth mochte Athelwold nicht, und wenn die Frau des Königs jemanden nicht mochte, wußte derjenige es auch. Anders als bei Alfred wußte man bei Elswyth immer, woran man war. Wenn sie jemanden mochte, behandelte sie ihn wie einen Bruder, wen sie nicht mochte, den verachtete sie. Was man ihr sonst auch vorwerfen mochte, Elswyths Gefühle waren niemals nur lauwarm.

Erlend blickte nun in Athelwolds aufgeregtes Gesicht und wußte, daß es Athelwold großen Spaß machen würde, zwischen Alfred und seiner Frau Unfrieden zu stiften. Erlend strich über das glatte Leder seines Zaumzeugs und dachte, daß es ihm zwar gefallen würde, den selbstbewußten König in Verlegenheit zu bringen, er aber Elswyth nicht verletzen wollte. Deshalb sagte er scharf zu Athelwold: »Paßt auf, daß Ihr Euch nicht zum

Narren macht, Athelwold. Elswyth wird niemals glauben, daß Alfred etwas Schlechtes tut.«

Die blassen Augen sahen ihn unverwandt an. Dann sagte er: »Ich hatte einen Augenblick lang vergessen, daß du einer ihrer Fürsprecher bist.« Der schlaksige Neffe des Königs erhob sich von der Bank und schlenderte zum Feuer. Erlend beobachtete ihn dabei und runzelte die Stirn.

Alfred genoß seinen Aufenthalt in Southampton in vollen Zügen. Der Schiffbau ging gut voran, und er schien jeden Tag etwas Neues über das Segeln und das Meer zu lernen. Alfred war immer glücklich, wenn er etwas lernte, und das schöne Wetter und der Geruch der frischen, salzigen Luft steigerten das Vergnügen noch. Wenn Elswyth doch nur in Southampton wäre, dachte er, als er an einem besonders schönen Nachmittag vom Hafen durch die Stadt ritt. Dann wäre das Leben vollkommen. Es wäre außerordentlich angenehm, sich nicht jeden Abend in ein einsames Bett zurückziehen zu müssen.

Wie jeden Nachmittag in den letzten drei Wochen ging er sonnenverbrannt und hungrig in seinen Saal und freute sich auf das Abendessen. Er war überrascht, als Athelwold auf ihn zukam und sagte: »Mylord, heute nachmittag ist Besuch für Euch eingetroffen.«

Alfred vermutete, daß ein Schiff aus Frankreich angelegt hatte. Die Bücher, dachte er erfreut. Man konnte sich immer auf Judith verlassen; sie fand immer das Gewünschte. »Was für Besuch?« fragte er Athelstans Sohn und sah sich im Saal nach einem fremden Gesicht um.

»Mylord, der Besucher erwartet Euch in Eurem Schlafgemach«, sagte Athelwold ehrerbietig. »Soll ich gehen –?«

»Nein.« Alfred lächelte seinen Neffen geistesabwesend an. »Ich gehe schon selbst.« Und er schritt durch den Saal und öffnete die Tür zu seinem Privatgemach.

Als er sah, wer ihn erwartete, blieb er so ruckartig stehen, als sei er vor eine Mauer gerannt. »Roswitha!« Die Thane im Saal hörten deutlich die Überraschung in diesem erschreckten Ausruf. Dann schloß Alfred die Tür hinter sich.

Auch Roswitha hatte das Erstaunen gehört, und sie sah ihn ängstlich aus ihren großen, grauen Augen an. »Mylord...« Sie hielt verwirrt inne. »Habt... Habt Ihr nicht nach mir schicken lassen?«

Alfred lehnte sich gegen die geschlossene Tür. »Nein«, sagte er. »Ich habe nicht nach dir schicken lassen.«

Sie wurde blaß.

»Setz dich«, sagte er und beobachtete, wie sie etwas zittrig auf den Stuhl am Kohlenbecken sank.

»Fürwahr, Mylord...« Sie stotterte. »Ich wäre nicht gekommen, wenn man mir nicht gesagt hätte, Ihr hättet nach mir geschickt. Ich verstehe nicht...«

»Nein, natürlich wärst du sonst nicht gekommen«, antwortete er. Er trat von der Tür weg und zwang sich zu einem Lächeln. Sie sah vollkommen entsetzt aus. »Komm, du mußt mich nicht so verängstigt ansehen. Ich komme mir vor wie ein Menschenfresser.«

Ihre Wangen bekamen wieder etwas Farbe. »Ihr könntet nie ein Menschenfresser sein, Mylord«, sagte sie.

Er ging durch den Raum und setzte sich auf die Bettkante. »Wer hat dir gesagt, daß ich nach dir geschickt habe?« fragte er.

»Ich... Der Than.«

»Welcher Than?« fragte er geduldig.

»Er sagte, sein Name sei Athelwold. Er hat gesagt, Ihr wolltet mich sehen, und daß ich mit ihm zum Gut Southampton kommen sollte.«

»Athelwold«, sagte er. »Ich verstehe.«

Es wurde still. Es war vier Jahre her, seit sie sich zum letzten Mal gesehen hatten, und seitdem war viel geschehen. Sie sahen sich neugierig an und taxierten sich gegenseitig.

Sie hat sich überhaupt nicht verändert, dachte Alfred. Sie war schon immer eine der schönsten Frauen gewesen, die er kannte, und das hatte sich nicht geändert. Ihre Schönheit strahlte noch immer Ruhe, Frieden und Gelassenheit aus. Plötzlich dachte er, daß es schön war, sie zu sehen, und zu wissen, daß es ihr gut ging.

Roswitha dachte: Wie sehr er sich verändert hat! Äußerlich gar nicht so sehr, dachte sie, als sie den vertrauten katzenartigen Gang und das dunkelgoldene Haar mit dem Stirnband, das er immer trug, in sich aufnahm. Aber er sah stärker aus als in ihrer Erinnerung. Härter. Er war eben keine achtzehn mehr.

Er hatte sich auf subtilere, trotzdem auffallende Weise verändert. Alfred hatte schon immer eine gewisse Autorität ausgestrahlt. Sogar als Sechzehnjähriger, als sie ihn kennengelernt hatte. Aber jetzt... Jetzt war diese Autorität viel größer. Sie hatte es sofort gespürt, als er die Tür geöffnet hatte. Jetzt befand sich ein König mit ihr im Raum; ein König, der sie mit Alfreds vertrauten, goldenen Augen anblickte. Plötzlich erinnerte sie sich schmerzlich an den Tag, an dem er ihr Lebwohl gesagt hatte. Und sie senkte den Kopf, um die Tränen zu verbergen, die ihr in den Augen brannten.

»Bist du nicht verheiratet?« fragte er.

Sie schüttelte den Kopf.

Er blickte auf das gesenkte, goldene Haupt und runzelte sorgenvoll die Stirn. »Heißt das, du hattest keine Gelegenheit zu heiraten, Roswitha? Oder daß du nicht wolltest?«

Jetzt blickte sie auf und lächelte ihn mit glitzernden Augen an. »Ich wollte nicht«, sagte sie. Dann fügte sie sanft hinzu: »Du hast mich für alle anderen verdorben, Alfred.«

Es war das erste Mal, daß sie ihn beim Namen nannte. Sie sah, daß es eine Wirkung auf ihn hatte. Mit abgehackter Stimme sagte er kurzangebunden: »Unsinn.«

Sie schüttelte wieder den Kopf.

Er betrachtete sie, wie sie dort saß, passiv und fügsam; eine große Schönheit, die keine Fragen stellte und keine Ansprüche erhob. Er dachte daran, wie Elswyth sich in dieser Position verhalten würde, und verdrängte den Gedanken sofort wieder. Elswyth würde niemals in dieselbe Lage geraten. Sie hätte ihn schon vor Jahren erdolcht.

»Meine Liebe«, sagte er freundlich, »ich befürchte, uns hat jemand einen Streich gespielt.«

Sie nickte und blickte ihn weiterhin aus diesen leuchtenden, grauen Augen an.

»Ich möchte deinem Ruf nicht schaden«, sagte er und fühlte sich dabei wie ein Narr.

»Mein Ruf ist mir gleichgültig, Alfred«, sagte sie mit der großen, aufrichtigen Sanftheit, die ihn früher so bezaubert hatte.

Jetzt verspürte er jedoch nur einen Anflug von Verärgerung. Sie war ihm keine große Hilfe. »Roswitha«, sagte er nun bestimmter. »Ich lasse dich nach Hause eskortieren.« Er sah, wie sie wieder erblaßte.

»Mylord...« Sie biß sich auf die Lippe. Ihre Gesichtszüge waren rein und perfekt, ihre Nase klein und gerade. Alfred dachte an das hochmütige Exemplar mit dem dünnen Nasenrücken, das auf Wilton auf ihn wartete, und verfluchte Athelwold im stillen. Roswitha stand auf und kam auf ihn zu. Hastig erhob auch er sich. »Ich verstehe die Beweggründe dieses Thans nicht«, sagte sie mit ihrer hübschen, kindlichen Stimme. »Aber ich bin sehr froh, Euch wiederzusehen.« Sie kam nahe an ihn heran, blieb dann stehen und sah in sein Gesicht auf.

Ihr Geruch war ihm sofort vertraut. Er wußte, daß eine kleine Bewegung ausreichen würde, und sie läge in seinen Armen. Seine Sinne reagierten auf ihre Nähe, aber sein Gehirn sagte eindeutig: *Nein.*

»Roswitha«, sagte er, »komm mit in den Saal, und ich lasse dir etwas zu essen kommen. Du bist bestimmt hungrig nach deinem Ritt. Dann wird Wilfred dich nach Hause bringen.«

Er wollte nicht grausam sein. Er fühlte sich sogar schrecklich schuldig. Warum konnte sie nicht glücklich verheiratet sein? Er hatte ihr genug Geld überschrieben. Er würde sehen, ob er einen Ehemann für sie finden konnte, dachte er, als er die Hand auf ihren Arm legte und mit ihr zur Tür seines Schlafgemachs marschierte.

Die erste Person, die er sah, als er die Tür öffnete, war Athelwold. Er warf seinem Neffen einen Blick zu, der ihm sofort das Lächeln vom Gesicht wischte, und rief nach Wilfred, um ihm Roswitha zu übergeben.

26

BRAND war wütend, als er erfuhr, wozu seine unbedachte Bemerkung Athelwold gegenüber geführt hatte. Athelwold beteuerte seine Unschuld und behauptete, er habe Alfred nur einen Gefallen tun wollen. Die Thane wußten jedoch alle von der Feindschaft zwischen Athelwold und Elswyth, und keiner von ihnen hegte irgendeinen Zweifel über Athelwolds wahre Motive.

Erlend glaubte, er sei der einzige, der verstand, daß Athelwold mit seiner Intrige nicht auf die Frau des Königs abgezielt hatte, sondern auf Alfred selbst. Er hatte Alfreds Ehre im Visier gehabt, dessen war sich Erlend sicher.

Es wäre ein Ding der Unmöglichkeit, Guthrum das zu erklären, dachte Erlend, als er später am Abend wach auf seiner Bank lag, und alle anderen eingeschlafen waren. Allein die Vorstellung, daß ein König den Respekt seiner Männer verlieren könnte, nur weil er mit einer anderen Frau geschlafen hatte als mit seiner eigenen! Guthrum würde sich darüber totlachen!

Erlend legte die Arme hinter den Kopf, starrte auf die Dachsparren unter der Decke und dachte darüber nach.

Sein Vater hatte andere Frauen gehabt. Als Erlend nach England gesegelt war, hatte er im Dienstbotensaal auf Nasgaard mehrere uneheliche Brüder zurückgelassen. Auch von Asmund wußte man, daß er mit einer Dienerin schlief. So waren Männer eben. Jedenfalls hatte man das Erlend so beigebracht. Erst als er an Alfreds Hof gekommen war, hatte er es anders erlebt.

Lag das in diesem christlichen Glauben begründet? fragte er sich. Aber Alfreds Thane waren nicht enthaltsam, soviel war sicher. Als Brand von den vielen Huren in den Städten gesprochen hatte, sprach er aus Erfahrung. Und Brand hielt sich für einen guten Christen. Auch die verheirateten Thane, die ihre Frauen zu Hause zurückgelassen hatten, um beim König ihren Dienst abzuleisten – sogar sie bedienten sich jeder willigen Frau, die ihnen über den Weg lief.

Warum sollten sie von Alfred erwarten, daß er anders handelte?

Denn daran bestand kein Zweifel: Sie erwarteten von ihm, daß er anders war als sie. Hätte er Roswitha mit in sein Bett genommen, hätte er einen Teil des fast fanatischen Respekts, den die meisten seiner Thane für ihn hegten, eingebüßt. Erlend wußte, daß es so war, denn seltsamerweise hatte er selbst so empfunden.

Es muß an Elswyth liegen, daß ich so empfinde, dachte Erlend, als er in die Dunkelheit starrte. Es hatte ihm so einen Schock versetzt, als Athelwold Alfreds Untreue angedeutet hatte, weil er Elswyth so gern mochte. Seine Fassungslosigkeit konnte überhaupt nichts mit seinen Gefühlen für den König zu tun haben.

Trotzdem, dachte Erlend weiter, hatte er sich in bezug auf Elswyth nichts vorzuwerfen. Sicher, er fand sie schön, und er war gern mit ihr zusammen. Aber er hatte in ihr nie etwas anderes als Alfreds Frau gesehen. Er begehrte Elswyth nicht. Dessen war er sich sicher.

Das Schnarchen im Saal machte auch Erlend schläfrig. Es war so schön warm unter seiner Wolldecke. Er gähnte. Solche tiefschürfenden Gedanken zu so später Stunde strengten zu sehr an. Automatisch griff er nach seiner Harfe, die unter der Bank verstaut war, schloß die Augen und schlief ein.

Erlend war nicht der einzige, der in dieser Nacht wachlag und nachdachte. Er war auch nicht der einzige, der Athelwolds wahre Beweggründe kannte, Roswitha zum Gut Southampton zu bringen. Alfred hatte diesem Neffen nie ganz getraut, der ihm vom Alter her so nahe stand und sein Recht auf den Thron geltend machen wollte und jetzt lag Alfred wach in seinem einsamen Bett und überlegte, was er gegen Athelwold unternehmen konnte.

Er könnte seinen Neffen versöhnen, indem er ihn zum Secondarius ernannte. Alfred wußte, daß Athelwolds Anspruch darauf nicht unberechtigt war, und er wäre sicher zufrieden, wenn er wüßte, daß er der anerkannte Nachfolger war, falls Alfred in der Schlacht fallen sollte.

Aber Alfred würde Athelwold nicht zum Erben ernennen. Es

war besser, die Dinge laufen zu lassen, dachte er, als er mit dem Arm über der Stirn dalag und dem Schnarchen des Hundes lauschte, dessen Kopf auf seinen Füßen ruhte. Wenn ihm etwas zustoßen sollte, bevor Edward erwachsen war, sollte doch der Witan entscheiden, wer als Regent am geeignetsten war.

Alfred wünschte sich, das Königtum an seinen Sohn weiterzureichen. Es war ein instinktives Gefühl, überhaupt nicht rational, aber wenn er in Edwards strahlende, blaugrüne Augen sah, spürte er, daß er einen König gezeugt hatte.

Deshalb würde er Athelwold nicht zum Erben ernennen und nichts unternehmen, um diesen lästigen Neffen, dessen Eitelkeit so sehr verletzt war, zu versöhnen. Deshalb mußte er der Tatsache ins Auge sehen, daß Athelwold ihn höchstwahrscheinlich haßte und alles tun würde, was in seiner Macht stand, um Alfreds Autorität zu untergraben.

Elswyth ist auch keine große Hilfe, dachte Alfred jetzt, wenn sie Athelwold ihre Abneigung so offen zeigt. Er würde das jedoch nicht ändern können. Elswyth war nicht in der Lage zu heucheln.

Alfred streckte die Hand aus und befühlte das leere, kalte Bett neben sich. Gott, wie sehr er sie vermißte!

Was würde sie sagen, wenn sie die Sache mit Roswitha erfuhr? Denn erfahren würde sie es, dessen war sich Alfred sicher. Entweder Athelwold oder Erlend würden es ihr sagen. Darauf würde er die gesamte königliche Schatzkammer verwetten.

Der Hund veränderte seine Position und schnaufte im Schlaf laut auf. Alfred grinste. Er träumt von der Hirschjagd, dachte er. Es war nicht nötig, noch länger in Southampton zu bleiben. Der Schiffbau kam großartig voran. Es war Zeit, zu seiner Frau zurückzukehren.

Er schloß die Augen und schlief ein.

Alfred hatte Erlend in Gedanken unrecht getan. Doch der König und sein Gefolge waren noch keine Stunde in Wilton, als Athelwold Elswyth seine Version der Geschichte erzählte.

Alfred tobte gerade mit den Kindern und den Hunden vor dem Kamin im großen Saal, als Elswyth hereinstolziert kam.

Athelwold hatte sie auf dem Weg zu den Küchengebäuden abgefangen, wo sie mit der Köchin über das Abendessen sprechen wollte, und sie war sofort zum Saal zurückgegangen. Sie stolzierte – es gab kein anderes Wort dafür – zum Kamin, sah Alfred hochnäsig an und preßte zwischen den Zähnen hervor: »Ich würde Euch gern sprechen, Mylord. Und zwar allein.«

Alle in der Nähe lauschten. Natürlich wußte jeder im Raum, worum es ging. Alle, die nicht mit in Southampton gewesen waren, waren spätestens zehn Minuten nach der Ankunft von ihren Freunden in Kenntnis gesetzt worden.

»Natürlich, meine Liebe«, sagte Alfred milde. »Ziehen wir uns in unser Gemach zurück?«

»Will mit!« sagte Flavia, sprang auf und griff nach der Hand ihres Vaters.

»Nein«, sagte Elswyth mit der Stimme, die sie bei den seltenen Gelegenheiten einsetzte, in denen sie absoluten Gehorsam verlangte. Beide Kinder starrten ihre Mutter mit offenem Mund an und mischten sich wieder unter die Hundemeute. Elswyth stolzierte durch den totenstillen Saal zur Tür des Schlafgemachs. Alfred folgte ihr. Er war zwischen Belustigung und Verärgerung hin und hergerissen. Warum mußte Elswyth so dramatisch werden? Und dazu noch in aller Öffentlichkeit.

Er schloß die Tür und fragte: »Was hat Athelwold dir erzählt?«

Sie wandte sich ruckartig um. Ihre blauen Augen funkelten, die schmalen Nasenlöcher waren zusammengepreßt. »Er hat mir erzählt, daß Roswitha in Southampton war. Er hat gesagt, du hättest in deinem Schlafgemach mit ihr gesprochen.«

Er nickte nachdenklich. »Hat er dir auch erzählt, daß er es war, der sie dorthin gebracht hat? Und daß er es getan hat, um zwischen dir und mir Unfrieden zu stiften?«

»Ich habe dir schon einmal gesagt, Alfred« – sie preßte die Worte immer noch zwischen den Zähnen hervor –, »wenn du je wieder in ihre Nähe kämest, würde ich sie umbringen.«

Er streckte die Schultern und ging weiter in den Raum hinein. Er blickte von seiner Frau zum Bett und dann wieder zu ihr. Sie waren fast einen Monat lang getrennt gewesen. »Es war nicht ihre Schuld«, sagte er. »Athelwold hat ihr weisgemacht, ich hätte nach ihr schicken lassen.«

»Du warst allein mit ihr.« Jetzt beschuldigte sie ihn direkt.

»Elswyth, worüber regst du dich eigentlich so auf?« Er gab sich große Mühe, ruhig und vernünftig zu klingen. Er wollte keinen Streit. »Glaubst du etwa, ich bin mit ihr ins Bett gestiegen?«

Natürlich glaubte sie das nicht. Das wußten beide. Sie starrte ihn wütend an, und er sprach mit derselben vernünftigen Stimme weiter: »Wenn du zeigst, daß es dich trifft, reagierst du genauso, wie Athelwold gehofft hat.«

Seine Vernunftbetontheit hatte nicht die erwünschte Wirkung. Sie hob das Kinn. »Sprich nicht mit mir wie mit Flavia!« Ihre Stimme wurde jetzt lauter.

»Dann hör auf, dich wie sie zu verhalten.« Jetzt wurde auch er ärgerlich. So hatte er sich seine Heimkehr nicht vorgestellt. »Athelwold hat uns einen dummen Streich gespielt, das ist alles. Mach nicht mehr daraus, als es ist.«

Sie zitterte vor Wut am ganzen Körper. Und alles völlig grundlos, dachte Alfred, und auch in ihm stieg der Zorn auf.

»Ich will wissen, warum diese Frau immer noch in Southampton lebt«, sagte Elswyth wütend.

Alfred sah seine Frau mit geballten Fäusten an. Die Chance, sie in dieser Stimmung ins Bett zu bekommen, war äußerst gering, dachte er. Er sollte sie lieber allein lassen, bevor der Streit eskalierte.

»Ich spreche nachher weiter mit dir, wenn du dich beruhigt hast«, sagte er schroff und schickte sich an, den Raum zu verlassen.

»Wag es nicht, mich hier stehenzulassen!« schrie sie außer sich.

Er drehte sich schwungvoll um. »Du führst dich schlimmer auf als Flavia«, gab er zurück, und seine Stimme war viel lauter als sonst. Sie nahm einen Silberbecher von dem kleinen Tisch beim Kohlenbecken und schleuderte ihn in seine Richtung. Er duckte sich, und der Becher zerschellte an der Tür, genau an der Stelle, wo sein Kopf gewesen war. Sie starrten sich an; nur ihr beschleunigter Atem war zu hören. Alfred wußte nicht, wer von ihnen verdutzter war, er oder Elswyth.

Er sagte: »Du zielst sehr gut.«

Sie antwortete: »Danke.«

Dann fingen sie gleichzeitig an zu lachen.

»Du bist eine Furie«, sagte er und kam auf sie zu. »Ich weiß nicht, wieso ich dich so liebe.«

Immer noch lachend lief auch sie ihm entgegen. Sie breitete die Arme aus. Sie trafen sich in der Mitte des Raumes und küßten sich leidenschaftlich. Ein paar Minuten später landeten sie dort, wo Alfred schon die ganze Zeit hingewollt hatte. Im Bett.

Wie alle anderen im Saal saß Erlend regungslos da, als Alfred die Tür zum Schlafgemach hinter sich schloß. Es herrschte vollkommene Stille, und alle spitzten die Ohren. Sogar die Kinder waren durch den außergewöhnlich strengen Verweis ihrer Mutter einen Augenblick verstummt.

In den ersten Minuten war nichts zu hören. Dann vernahm man deutlich Elswyths erhobene Stimme. Danach hörten sie zu ihrer Überraschung Alfred. Er schien zurückzuschreien. Dann krachte etwas gegen die Tür. Und dann war es still.

Minuten vergingen. Die Hunde schliefen ein. Flavia stand auf und steuerte auf das Schlafgemach der Eltern zu. Edward folgte ihr und sagte: »Mama. Ich will Mama.«

»Guter Gott«, sagte Edgar und stürzte los, um dem zielstrebigen Duo den Weg zu versperren. »Jetzt nicht, Schätzchen«, sagte er zu Flavia. »Deine Mutter und dein Vater sind gerade dabei . . . äh . . . sich zu unterhalten. Sie wollen jetzt allein sein. Komm mit und sieh mir beim Schnitzen zu.«

Flavias kleines, außerordentlich schönes Gesicht nahm einen Ausdruck an, den sie alle nur allzugut kannten. »Nein«, sagte sie. Ihr Lieblingswort. Edward, der ihr stets treu folgte, war derselben Meinung.

»Wo sind die Kindermädchen abgeblieben?« knurrte Edgar und blickte sich im Saal um, in dem es von feixenden Thanen nur so wimmelte.

»Ich gehe und suche sie«, bot sich einer an und verließ den Raum.

Flavia marschierte weiter auf die verbotene Tür zu. Erlend hörte sich selbst sagen: »Wenn du magst, Flavia, darfst du auf meiner Harfe spielen.«

Das kleine Mädchen blieb stehen. »Deine Harfe? Ich darf sie anfassen?«

»Ja«, sagte Erlend.

Ein strahlendes Lächeln erhellte das kleine Gesicht. Flavia hatte es schon wochenlang in den Fingern gejuckt, seine Harfe in die Hände zu bekommen. »Oh, Erlend«, sagte sie. »Danke!« Und sie kam angerannt.

Edward zögerte, deutlich hin und hergerissen zwischen den beiden großen Lieben seines Lebens, seiner Mutter und seiner Schwester. »Du darfst sie auch anfassen, Edward«, sagte Erlend schmeichelnd, und das gab den Ausschlag.

»Diese Kinder sind verwöhnte Bälger«, hörte Erlend Athelwold weiter unten im Saal sagen.

Das sind sie auch, dachte Erlend, als er Flavia die Harfe hielt, damit sie an den Saiten zupfen konnte. Sie war sehr vorsichtig, und als der klare Ton erklang, leuchteten ihre blaugrünen Augen vor Freude. Mit Liebe verwöhnt. Aber vielleicht ist das gar nicht so schlecht, dachte er, als Edwards allzu vertrautes »Ich auch, ich auch« in seine Ohren drang.

Der Haushalt des Königs blieb nicht lange auf Wilton, sondern begab sich nach Norden zum königlichen Gut Chippenham, das östlich des Fosse Way am Fluß Avon lag. Chippenham war Gut Wantage sehr ähnlich, es war nur größer, bemerkte Erlend, als die Thane des Königs an einem kühlen Spätnachmittag im Frühling auf den Hof ritten.

Ein junger Mann, den Erlend nicht erkannte, hatte auf den Stufen des großen Saales gewartet, um Alfred zu begrüßen.

»Großer Gott«, sagte Edgar, der neben Erlend auf dem Pferd saß. »Was ist jetzt wieder geschehen?«

»Wer ist das?« fragte Erlend.

»Ceolwulf. Elswyths Bruder.« Edgar schwang sich aus dem

Sattel; seine blauen Augen sahen besorgt aus. »Er muß von Tamworth aus den Fosse Way heruntergeritten sein. Ich bezweifele, daß er gute Nachrichten bringt.«

Überraschenderweise waren Ceolwulfs Nachrichten aus Mercien jedoch gut. Die Nordhumbrier hatten sich gegen den Marionettenkönig, den die Dänen in York eingesetzt hatten, erhoben und ihn aus dem Königreich vertrieben. König Egbert hatte mit Wulfhere, dem Erzbischof von York, bei Burgred in Mercien Zuflucht gesucht.

»Und Burgred gewährt ihnen Schutz?« fragte Elswyth ihren Bruder ungläubig, als sie sich vor dem Feuer im Saal unterhielten.

»Hast du erwartet, daß er den Erzbischof abweist?« erwiderte Ceolwulf in ähnlichem Tonfall.

»Vielleicht nicht den Erzbischof«, antwortete sie. »Aber ganz bestimmt diesen Verräter Egbert.«

»Ich würde ihn nicht als Verräter bezeichnen«, sagte Ceolwulf. Die Spalte in seinem Kinn, die einzige Ähnlichkeit mit seiner Schwester, wurde tiefer, als er die Zähne zusammenbiß. »Er hat getan, was er für das Beste hielt, um seinem Land Frieden zu bringen, Elswyth. Hat Christus nicht gesagt: ›Selig sind die Friedensstifter‹?«

Elswyth öffnete den Mund, um zu antworten, doch bevor sie sprechen konnte, sagte Alfred ungeduldig: »Hört auf zu streiten, ihr zwei. Ceolwulf, weißt du, wer die Rebellion in Nordhumbrien anführt?«

»Ein Than namens Ricsige. Anscheinend hat er es geschafft, die Nordhumbrier zu vereinen. Sie hatten wenig Schwierigkeiten, Egbert aus York zu vertreiben. Wulfhere war einer von Egberts Förderern und fühlte sich dort nicht mehr sicher. Deshalb hat er den König nach Mercien begleitet.«

»Was ist mit den Dänen?« fragte Alfred.

Ceolwulf zuckte mit den Schultern. »Es ist kaum zu erwarten, daß sie besonders erfreut sind.«

»Nein«, entgegnete Alfred. »Kaum.«

Den Dänen mißfiel die Rebellion in Nordhumbrien sogar so sehr, daß sie sich im Juni aus dem komfortablen London zurückzogen und gen Norden nach York marschierten. Erlend, der keine Möglichkeit hatte, seine Leute zu erreichen, erfuhr nicht eher davon als Alfred.

Der Sommer kam, und der königliche Haushalt kehrte nach Wantage zurück. Es war Juli, als Judiths Bote endlich bei Alfred eintraf und ihm die Bücher brachte, die sie für ihn hatte besorgen sollen. Abgesehen von dem Xenophon für Elswyth lieferte er noch Boethius' *De Consolatione Philosophiae* und die *Cura Pastoralis* des Heiligen Gregor im Quartformat.

Das Sommerwetter war herrlich, doch Alfred verschwand zwei Wochen lang mit den Büchern in seinem Gemach. Erlend war erstaunt. Er hatte zwar gewußt, daß der König lesen konnte, daß er sogar gerne las, aber dieser ... Fanatismus war kaum zu glauben.

»Er versucht, den Xenophon ins Angelsächsische zu übersetzen«, erklärte Elswyth Erlend, als sie eines Tages zusammen zu Coppers Weide gingen, wo Elswyth reiten wollte. Erlend trug Sattel und Zaumzeug für sie. »Er sagt, es ist zu schwer für ihn, laut zu übersetzen, während er liest. Sein Latein ist nicht so gut. Deshalb braucht er so lange.« Sie warf Erlend einen bedauernden Blick zu. »Ich muß gestehen, ich bereue es fast, daß ich ihn gebeten habe, sich die elenden Bücher schicken zu lassen. Neue Bücher stimmen Alfred immer so verdrießlich.«

»Verdrießlich?« wiederholte Erlend. »Wenn er sich nicht darüber freut, wieso verbringt er dann soviel Zeit ...?«

Elswyth zuckte mit ihren schlanken Schultern. »Das ist ein bißchen kompliziert, Erlend. Ein Teil von Alfred wäre vollkommen glücklich, wenn er den ganzen Tag in einem Kloster säße und Bücher lesen würde. Dieser Teil von ihm ist sehr frustriert über die mangelnde Bildung im Land. Es macht ihn wütend, wenn er nur an all die Bibliotheken denkt. ›Diese kostbaren Quellen von Wissen und Kultur‹« – hier parodierte sie die typische Aussprache ihres Mannes, und Erlend lachte –, »die von den Dänen niedergebrannt wurden.« Sie seufzte und wurde vollkommen ernst. »Er haßt den Gedanken, daß er König eines Volkes ist, das keinen Anspruch mehr darauf hat, als wirklich zivilisiert zu gelten. Und es stimmt, die Bildung hat in Wessex mehr Schaden genommen als in Mercien. Ich kann zwar nicht lesen, aber ich verstehe, wie wichtig es ist, Wissen von einer Generation zur anderen weiterzugeben.« Sie sah ihn an und zog leicht die Augenbrauen hoch. »Wie kann man das anders erreichen als durch Bücher?«

Diese Argumentation hatte Erlend noch nie zuvor gehört, und er wußte keine Antwort darauf. Statt dessen sagte er: »Ich kann mir den König schlecht als Mönch vorstellen.« Darüber grinste Elswyth. »Ich habe ja gesagt, das ist nur ein Teil von ihm. Aber jedesmal, wenn Judith ihm ein neues Buch schickt, geht es von vorne los. Er steigert sich in K . . . Er macht sich selbst krank«, verbesserte sie sich gewandt, »wenn er das elende Ding liest, und dann regt er sich über die Unwissenheit in seinem Land auf. Er kann nichts dafür. So ist er nun einmal.«

Erlend antwortete nicht, und sie gingen einen Augenblick schweigend weiter und genossen die warme Sonne, die auf sie herunterbrannte. Erlend dachte über die Information nach, die Elswyth fast unbedacht preisgegeben hätte.

»Er steigert sich in K . . .« Welches Wort hatte sie fast gebraucht?

Erlend wußte, daß Alfred ab und zu krank war. Während seines Aufenthaltes am Hofe des Königs war es zweimal vorgekommen. Beide Male war Alfred einen Tag lang in seinem Gemach geblieben und hatte niemanden sehen wollen außer seiner Frau, Brand und Edgar. Der restliche Haushalt war zwar gedämpfter Stimmung gewesen, aber nicht allzusehr besorgt. Das passierte alle paar Monate, hatte Edgar Erlend erzählt. Der König wurde krank. Am nächsten Tag ging es ihm immer besser. Beide Male war Alfred am nächsten Tag wieder erschienen, vielleicht ein wenig blaß, aber sonst völlig normal.

Niemand wollte Erlend sagen, um welche Krankheit es sich handelte. Er vermutete, daß die meisten Thane es wahrscheinlich nicht wußten. Brand war jedoch bestimmt informiert, ebenso wie Edgar, doch sie würden es niemals verraten. Erlend hatte vermutet, daß es sich um Magenbeschwerden handelte; Alfreds Ernährung ließ den Schluß zu, daß der König Verdauungsprobleme hatte. Aber Elswyths Worte schienen auf etwas anderes hinzudeuten. Auf eine nervlich bedingte Krankheit, in die er sich hineinsteigerte ... Schweigend ging Erlend mit nachdenklich gerunzelter Stirn weiter.

Sie näherten sich jetzt der Weide, und Elswyth pfiff. Hinter einer kleinen Steigung ertönte ein Wiehern und dann das Geräusch trommelnder Hufe, als Copper Queen angaloppiert kam.

Erlend lehnte sich an den Rutenzaun und beobachtete, wie Elswyth ihr Pferd begrüßte. Die braune Stute, dachte er wieder einmal, ist mit Sicherheit das schönste Geschöpf, das ich je gesehen habe. Die Perfektion ihres natürlichen Körperbaus war durch Elswyths Arbeit mit ihr nur noch gesteigert worden, und die Muskeln ihrer Kruppe bewegten sich leicht unter dem glänzenden goldbraunen Fell. Sie war hoch gezüchtet und hypernervös, aber sie unter dem Sattel gehen zu sehen und zu beobachten, wie Stolz, Kraft und Intelligenz sich in solche Eleganz verwandelten, trieb einem schlichtweg die Tränen in die Augen.

Schon seit längerer Zeit, wann immer Erlend Copper Queen beobachtete, wurde er an etwas oder an jemanden erinnert, aber er konnte nicht sagen, wem sie ähnlich sah. Es war ärgerlich, aber er war nicht in der Lage, sich zu erinnern.

Es wurde heiß, als Elswyth mit der Stute fertig war, und Erlend schulterte ihren Sattel und sah mit einem Anflug von Besorgnis in ihr rosiges Gesicht. Es war viel zu rot. »Möchtet Ihr Euch ein paar Minuten unter diesen Baum setzen, Mylady?« fragte er. »Ihr seht etwas erhitzt aus.«

Zu seiner Überraschung willigte sie ein. Sie suchten unter dem dichten Sommerbaldachin einer alten Eiche Schutz vor der Sonne, und Elswyth lehnte sich an ihren Sattel und schloß die Augen.

Besorgt musterte Erlend ihr Gesicht. Er mochte Elswyth wirklich gern. Wenn er je eine Schwester hätte, dachte er oft, sollte sie wie Elswyth sein: Mutig, leidenschaftlich und loyal. Er runzelte die Stirn, als er ihr entspanntes Gesicht prüfend betrachtete. Ihr Gesicht war schmaler als sonst. »Fühlt Ihr Euch nicht wohl, Mylady?« fragte er zögernd.

Die mitternachtblauen Augen öffneten sich und funkelten

amüsiert. »Ich bin schwanger«, sagte sie. »Mir geht es gleich wieder besser, Erlend. Sei unbesorgt.«

Seine Augen weiteten sich entsetzt. Sie war schwanger! Im Namen des Raben, was dachte sich Alfred dabei, sie aufs Pferd zu lassen? Sie könnte eine Fehlgeburt erleiden. Ohne groß nachzudenken, sagte er: »Ihr solltet in Eurem Zustand nicht reiten, Mylady. Ich bin überrascht, daß der König es gestattet.«

Die Belustigung in ihren Augen erstarb. »Ich bin völlig gesund, Harfenist. Ich habe noch ein paar Monate Zeit, bevor ich das Reiten einschränken muß.«

Ein paar Monate! »Der König sollte Euch das Reiten nicht gestatten, Mylady«, wiederholte er. »Stellt Euch nur vor, Copper würde mit Euch stürzen!«

Elswyths Augen waren eisig blau, und Erlend bemerkte plötzlich, daß er einen schweren Fehler begangen hatte. Es war akzeptabel, Elswyth zu kritisieren, aber sie würde es niemals tolerieren, daß außer ihr jemand Kritik an Alfred übte. Sie stand auf und blickte hochmütig auf ihn herab. »Bring mir den Sattel«, sagte sie mit einer Stimme, die so kalt war wie ihre Augen, und ging rasch über die Felder davon.

Im frühen August mußte Alfred sein intensives Studium wegen einer unbedeutenden Krise in Surrey unterbrechen. Die Delegation einer Volksversammlung aus der Nähe von Dorking kam nach Wantage und beschwerte sich beim König darüber, daß die Adligen in ihrer Gegend gegeneinander kämpften und dabei die Getreidefelder der Bauern niedertrampelten. Ulfric, der Ealdorman, der dafür zu sorgen hatte, daß die Adligen seiner Grafschaft den Frieden nicht brachen, unternahm nichts, um der Fehde Einhalt zu gebieten. Am nächsten Tag brach Alfred mit seinen Thanen nach Surrey auf. Erlend und Athelwold waren wie immer mit von der Partie.

Sie waren drei Wochen fort. Alfred beendete nicht nur die Fehde und setzte für alle Beteiligten das Wergeld fest, sondern enthob außerdem Ulfric seiner Stellung und besetzte sie neu. Sie blieben so lange in Surrey, bis sie sicher sein konnten, daß Eadred, der neue Ealdorman, genügend Macht hatte, seiner

Verantwortung gerecht zu werden. Als sie nach Berkshire zurückkehrten, war es Mitte August, und der königliche Haushalt war inzwischen nach Lambourn gereist.

Als Erlend Elswyth sah, war sein erster Gedanke, daß sie gut aussah. Ihre Wangen waren pfirsichfarben; dunkler wurde ihre helle Haut nie. Die Kinder waren so goldbraun geworden wie Alfred, sogar Edward, dessen helles Haar eigentlich auf eine Haut schließen ließ, die eher zu Sonnenbrand neigte. Alfred verschwand mit seiner Familie in den Privatgemächern des Königs, und Erlend und die anderen Thane brachten ihre Ausrüstung in den Hauptsaal und begaben sich zu ihren Stammplätzen auf den Bänken.

Am nächsten Tag ritten Alfred und Elswyth gemeinsam aus. Erlend hatte dafür kein Verständnis. In Dänemark zogen sich schwangere Frauen ins Haus zurück und ließen sich sonst nirgends blicken. Bei den Bauern war das natürlich etwas anderes. Bäuerinnen arbeiteten bis zum Schluß, kamen nieder und gingen sofort wieder an die Arbeit. Aber Bauersfrauen waren so stark wie Pferde. Bei Adligen war das etwas anderes.

Erlend war zwar durch Elswyths Verhalten schockiert, aber er empfand nicht nur Mißbilligung, sondern hauptsächlich Furcht. Er verstand Alfred ganz und gar nicht. Natürlich mochte der König seine Frau und war deshalb geneigt, ihr ihren Willen zu lassen. Aber es konnte doch nicht sein, daß Alfred nicht in der Lage war, seine Frau zu beherrschen. Erlend hatte erlebt, wie wirkungsvoll er mit den aufrührerischen Adligen in Surrey verfahren war. Die Rechtssprechung des Königs war schnell und effektiv gewesen. Bei Alfreds Abreise aus Surrey war niemand im Zweifel darüber gelassen worden, was mit ihm geschehen würde, falls die alten Fehden wieder aufgenommen würden.

Erlend konnte es sich nur so erklären, daß Alfred die Gefahren nicht erkannte, denen er seine Frau aussetzte, wenn er ihr das Reiten weiterhin erlaubte.

Es wurde regnerisch, und die Männer nutzten das kühlere Wetter, um zu jagen. Erlend sehnte sich nach Neuigkeiten von seinen Leuten, aber er konnte wenig tun. Seine beste Chance, etwas zu erfahren, war, zu bleiben, wo er war.

Im September begab sich der königliche Haushalt stets nach Winchester. Erlend war entsetzt, als er erfuhr, daß Elswyth vorhatte, die gesamte Strecke zu Pferde zurückzulegen. Er war sogar so entsetzt, daß er mit Alfred unter vier Augen sprach, als sich die Gelegenheit ergab.

Es war Spätnachmittag, die Diener stellten die Holztische fürs Essen auf, und Erlend sah, daß Alfred einen kurzen Augenblick allein war. Er näherte sich dem Thron des Königs, und Alfred, der geistesabwesend ins schwelende Kaminfeuer gestarrt hatte, sah zu ihm auf und zog eine Augenbraue hoch.

»Mylord«, sagte Erlend hastig, bevor er die Gelegenheit hatte, sich die Klugheit seiner Worte noch einmal zu überlegen. »Ich mache mir Sorgen um Lady Elswyth. Mir gefällt es nicht, daß sie nach Winchester reiten will. Es wäre sicher klüger, wenn sie die Sänfte nehmen würde.«

Er biß die Zähne zusammen. Er war unverschämt und aufdringlich gewesen. Er wußte es. Trotzdem war er froh, daß er gesprochen hatte. Er starrte Elswyths Ehemann trotzig an und wartete.

Die goldenen Augen sahen zunächst überrascht aus; danach wurden sie nicht zornig, sondern nachdenklich. »Du machst dir Sorgen über ihre Gesundheit?« fragte Alfred. Seine Stimme war ruhig und so leise, daß nur Erlend sie hören konnte.

»Ja.« Erlend holte tief Luft. Er war nur fünf Jahre jünger als Alfred, aber dem König gegenüber fühlte er sich immer wie ein Kind. »Mylord, wenn Frauen eine Fehlgeburt haben, können sie sterben.« Alfreds Gesichtsausdruck veränderte sich nicht. Erlend sagte: »Ich weiß das. Auf diese Weise habe ich meine Pflegemutter verloren.« Er biß die Zähne zusammen und versuchte das Gefühl unter Kontrolle zu bekommen, das so unerwartet in seiner rauhen Stimme aufgeflammt war.

Es herrschte ein beunruhigendes Schweigen, während Erlend darauf wartete, daß der König ihm befahl, zu gehen. Er tat es nicht. Statt dessen sagte Alfred langsam und ernst: »Erlend, wenn es nur nach mir ginge, würde ich sie in goldenes Tuch wickeln und sie irgendwo verstecken, bis alles vorbei und sie außer Gefahr ist. Aber Elswyth würde es hassen; sie würde sich wie ein wildes Tier im Käfig fühlen. Du kennst sie gut genug, um das zu wissen.«

»Aber es wäre doch zu ihrem eigenen Besten!« sagte Erlend. Als Alfred nur ein wenig schief lächelte, fügte er hinzu: »Ihr seid schließlich ihr Ehemann. Auf Euch muß sie hören.«

»Ich bin ihr Mann«, sagte Alfred, »und nicht ihr Gefängniswärter.« Er sah einen Augenblick nachdenklich in Erlends verwirrtes Gesicht und versuchte dann geduldig, es zu erklären. »Wenn du möchtest, daß jemand dich liebt, Erlend, mußt du diesem Menschen seine Freiheit lassen. Der sicherste Weg, Liebe zu töten, ist, den anderen einzuschränken.«

»Ich verstehe Euch nicht«, sagte Erlend. Er hatte völlig vergessen, daß er zu einem König sprach. »Sie ist eine Frau. Eure Frau. Es ist Eure Pflicht, sie zu beschützen und sie vor Schaden zu bewahren.«

In Alfreds Wange zuckte ein Muskel. Erlend starrte ihn an. Er war noch nie zuvor so zu Alfred durchgedrungen. Der König sagte mit der abgehacktesten Sprechweise, zu der er fähig war: »Der beste Weg, Schaden von ihr abzuwenden, wäre, wenn sie gar nicht erst schwanger würde.«

Erlend war jetzt vollkommen verblüfft und wußte keine Antwort auf eine so ... ungewöhnliche Sichtweise.

Alfred rieb sich die Schläfe und schenkte Erlend ein müdes Lächeln. »Wie du schon sagtest, sie ist eine Frau«, sagte er. »Und deshalb muß sie mit dem Los der Frauen fertig werden. Und wie Elswyth eben ist, tut sie das sehr tapfer. Ich kann ihr da nicht hineinreden, Erlend.« Wieder rieb er sich die Schläfe. »*Ich* riskiere mein Leben«, sagte er. »Was glaubst du, wie sie sich fühlt, wenn ich in die Schlacht ziehe? Befiehlt sie mir etwa, vorsichtig zu sein, nicht in vorderster Front mit meinen Männern zu kämpfen und nur an mein Leben zu denken, weil es ihr soviel wert ist?« Die Augen des Königs brannten und schienen sich forschend in Erlends Gehirn zu bohren.

»Natürlich müßt Ihr Eure Männer in die Schlacht führen«, sagte Erlend. »Ihr seid schließlich der König.«

»Ja.« Ganz plötzlich und ohne ersichtlichen Grund schwand die Anspannung aus Alfreds Gesicht. Er sagte mit normaler

Stimme: »Unser aller Stunden sind gezählt, Erlend. Ob Mann oder Frau, wir alle müssen die Aufgaben erfüllen, vor die Gott uns stellt, und dafür müssen wir unser Bestes geben. Es wird eine Zeit kommen, in der wir zusammen sein werden, ohne daß diese weltlichen Sorgen unsere Freude überschatten. Aber diese Zeit ist noch nicht gekommen.« Alfred beugte sich nach vorne und legte Erlend die Hand auf die Schulter. »Sie mag dich auch«, sagte er. Er erhob sich und ging, um mit seinem Verwalter zu sprechen, der in der Tür stand und besorgt aussah.

Erlend beobachtete, wie der König den vollen Saal durchquerte. In diesem Moment fiel ihm ein, an wen Copper ihn erinnerte.

27

DIE Dänen blieben nicht länger als einen Monat in Northumbrien. Alfred und seine Männer waren erstaunt darüber, Erlend nicht. Halfdan hatte die Gegend um York erst vor kurzer Zeit völlig verwüstet; er versprach sich sicher wenig davon, für ein Land in die Schlacht zu ziehen, das bereits ausgeplündert war.

Im frühen Dezember kam die Nachricht nach Winchester, daß die Dänen nach Torksey am Trent gezogen waren und dort ihr Winterquartier aufgeschlagen hatten.

»Mercien«, sagte Alfred. »Ich fürchte, diesmal wird Burgred nicht so leicht davonkommen wie in Nottingham.«

Burgred griff jedoch wieder zu seiner üblichen Methode, mit den Dänen fertig zu werden, und belegte sein Land wieder mit einem Danegeld. Der Frühling kam, und die Dänen blieben in Torksey. Anfang Mai stahl sich Erlend in der frühen Morgendämmerung von Gut Wantage davon, um zu seinen Leuten zurückzukehren. Er wollte nicht gehen, und gerade deshalb wußte er, daß er es mußte. In diesem letzten Jahr hatte er sich zwischen seinen Feinden auf gefährliche Weise wie zu Hause gefühlt. Er hatte fast völlig verdrängt, was mit ihm geschehen würde, falls sie herausfanden, wer er wirklich war.

»Ihm liegt das Umherziehen im Blut, deshalb hält es ihn nicht lange an einem Ort«, war Edgars Erklärung für Erlends Verschwinden. Elswyth war zwar verletzt, doch ihr Leben war zu erfüllt, als daß es durch Erlends Verlust allzusehr beeinflußt wurde. Alfred sagte nichts, aber seine Gedanken gingen in eine andere Richtung als Edgars.

Im August zog sich Alfreds und Elswyths Neugeborenes das Sommerfieber zu und starb. Auch Elswyth, die fast eine Woche nicht geschlafen hatte, erkrankte lebensgefährlich. Es wurde Oktober, bevor sie sich wieder richtig gesund fühlte; ihren beiden verbliebenen Kindern eine Mutter zu sein half ihr dabei, die Wunde, die der schmerzliche Verlust ihr zugefügt hatte, heilen zu lassen. Sie wußte, die Narbe würde bleiben, aber das Leben würde weitergehen.

Im November zogen die Dänen den Trent hinunter nach Repton in das Herz des alten Mercien, das Zentrum des Bistums und den bevorzugten Wohnsitz der mercischen Könige.

In Wessex gingen der Schiffbau und die Ausbildung der Pferde weiter. Im Frühling des Jahres 874 wußte Alfred, daß er seinen Nachschub entweder über die Flüsse oder durch Pferdekarren transportieren konnte, was ihn erheblich mobiler machen würde, wenn die Dänen zurückkehrten.

Aus Mercien kamen nur sporadisch Nachrichten. Alfred wußte, daß Ethelred und Athulf versuchten, Widerstand gegen die dänische Besetzung Reptons zu organisieren, aber nach dem, was sie in Wessex hörten, wüteten die Dänen offensichtlich in der Gegend um Repton völlig ungehindert.

Alfreds Haushalt verbrachte den Sommer auf Wantage, als Ethelred von Mercien an einem Julinachmittag auf dem königlichen Gut einritt. Ethelred wurde von Alfreds Schwester, Ethelswith, Königin von Mercien, begleitet. Alfred und seine Thane waren auf der Jagd, und so blieb es Elswyth überlassen, ihren Landsmann und ihre Schwägerin zu begrüßen und sie in den kühlen, dunklen Saal zu führen.

Ethelred stand breitbeinig auf dem mit Binsen bestreuten Boden und starrte auf den großartigen Wandteppich mit dem weißen Pferd, der über dem Thron hing, während Elswyth sich um Alfreds Schwester kümmerte. Ethelswith war grau im Gesicht; sie war erhitzt und erschöpft. Ohne ihre Erleichterung zu verbergen, ließ sie sich auf einen hochlehnigen Stuhl fallen. Elswyth trug den Dienerinnen auf, so schnell wie möglich Bier und kühle, feuchte Lappen zu bringen. Dankbar wischte sich Ethelswith den Schweiß vom Gesicht und den Schmutz von den Händen. Dann kam das Bier. Ethelred trank durstig und betrachtete über den Rand seines Kelches Alfreds schöne, schwarzhaarige Frau.

Elswyth ist erwachsen geworden, dachte er. Das Mädchen, das er gekannt hatte, hatte ihn mit Fragen bestürmt, sobald er vom Pferd gestiegen war. Diese Elswyth hier stellte jedoch die Bedürfnisse der offensichtlich erschöpften Ethelswith über ihren eigenen dringenden Wunsch nach Informationen. Als er die beiden Frauen beobachtete, sah er Ethelswith lächeln, und jetzt erst setzte auch Elswyth sich. Sie blickte zu Ethelred auf, der nach so vielen Stunden im Sattel lieber stand, und fragte: »Was ist geschehen?«

Gott, dachte Ethelred. Wie sollte er ihr das nur beibringen?

»Ethelred«, preßte sie zwischen den Zähnen hervor, und jetzt klang sie schon eher wie die Elswyth, die er in Erinnerung hatte. »Wenn du nicht bald etwas sagst, schreie ich.«

Er lächelte müde und rieb sich die Stirn. »Burgred hat aufgegeben«, sagte er. »Er ist vor einer Woche nach Rom gesegelt.«

»Was?«

»Er war zermürbt«, sagte Ethelswith niedergeschlagen. »Die Dänen haben das Königreich ausgeblutet, und als sie kein Geld mehr aus uns herauspressen konnten, haben sie die Klöster angegriffen.«

Elswyths Augen begannen zu funkeln. Sie starrte Ethelred an. »Habt ihr denn nicht versucht zu kämpfen?«

Seine milchig weiße Haut wurde rot. »Wir haben es versucht. Wenigstens Athulf und ich. Aber wir hatten nur unsere eigenen Männer, Elswyth. Wir waren zu wenige.«

»Von den anderen mercischen Adligen ist euch niemand gefolgt?«

Die Farbe schwand aus seinen Wangen. »Nein«, sagte er. Es ihr zu sagen war nicht so schwer; Elswyth war selbst Mercierin. Seine Schande war auch ihre Schande. Aber wie sollte er es Alfred beibringen?

Elswyth fluchte. Ethelswith starrte sie schockiert an; Ethelred jedoch sagte: »Ja. Ich stimme dir zu.«

Elswyth holte tief Luft, und ihre schmalen Nasenlöcher bebten. Dann stellte sie die Frage, vor der Ethelred sich gefürchtet hatte: »Wenn Burgred geflohen ist, wer ist dann jetzt König?«

Den ganzen Weg von Tamworth hatte Ethelred im Geiste geübt, wie er es formulieren sollte. »Laß mich erklären, was geschehen ist«, sagte er jetzt mit ruhiger Stimme. »Die Dänen haben Burgred einen Boten geschickt. Er sagte, sie würden Mercien verschonen, wenn Burgred ihnen die Treue schwören würde, ihnen das Königreich zur Verfügung stellen würde, wenn sie es besetzen wollten, und wenn er ihnen mit seinem eigenen Gefolge von Thanen dienen würde, wenn er gerufen würde.«

Elswyth war kreidebleich; ihre Augen waren nur noch Schlitze und glitzerten mitternachtblau. Sie schwieg. Ethelred sprach weiter: »Wie Mylady Ethelswith bereits sagte, war Burgred zermürbt. Er konnte es nicht ertragen, sich weiterhin mit den Dänen herumzuärgern, und deshalb hat er den Entschluß gefaßt, in Rom Zuflucht zu suchen. Vor seiner Abreise hat er jedoch einen Nachfolger ernannt. Der neue ... König verhandelt jetzt mit den Dänen.«

»Aber wer ist dieser neue König?« fragte sie.

Ethelred sah sie mitleidig an. »Elswyth, es tut mir so leid. Es ist Ceolwulf.«

Sie wurde noch blasser, als sie sowieso schon war. »Oh nein! Das kann nicht sein! Nicht einmal Ceolwulf ...«

Es war kurz still. »Es tut mir leid«, wiederholte Ethelred. Als sie immer noch schwieg, fügte er hinzu: »Du weißt doch, wie er ist, Elswyth. Er glaubt, das Richtige zu tun. Er ist wirklich der Meinung, daß der Friede jeden Preis wert ist. Das hat er schon immer geglaubt.«

»Und was ist mit Athulf?« Ihre Stimme klang seltsam.

Das war das Schlimmste. Ethelred wich ihrem Blick aus. »Die Dänen haben Geiseln verlangt, um Merciens Versprechen zu garantieren«, sagte er. »Sie verlangten, daß eine der Geiseln Ceowulfs Bruder sein mußte.«

»*Nein!*«

Gerade als sie diesen schmerzlichen Schrei ausstieß, kam Alfred in den Saal. Er hatte es so eilig, zu ihnen zu kommen, daß er losrannte. »Was ist passiert?« fragte er und ließ seine Frau nicht aus den Augen. »Geht es dir gut, Elswyth?« Als sie nur nickte, ohne ihn anzusehen, wandte er sich an Ethelred und fragte: »Was ist geschehen? Ist es Athulf? Ceolwulf?« Er dachte offensichtlich, daß die Besucher Elswyth die Nachricht vom Tode eines ihrer Brüder überbrachten.

Ethelred preßte die Kiefer zusammen, als er in Alfreds besorgtes Gesicht sah. Der König der Westsachsen war zwar erst fünfundzwanzig Jahre alt, aber er hatte sein Königreich verteidigt und den Dänen Widerstand geleistet wie kein anderer englischer König. Mercien war geschlagen: nein, nicht einmal geschlagen, sondern den Dänen einfach überlassen worden. Ethelreds Wangen brannten vor Demütigung, als er Alfred seine Geschichte mit vorsichtiger, ausdrucksloser Stimme erzählte.

»Mein Gott«, sagte Alfred, als er geendet hatte. Zu seiner Schwester sagte er: »Ich bin froh, daß du zu mir gekommen bist, Ethelswith.«

»Ich wollte nicht mit ihm fliehen«, sagte Ethelswith von Mercien, und die Verachtung in ihrer Stimme vertiefte die Röte auf Ethelreds Wangen noch mehr.

Alfred sah wieder seine Frau an. Dann sagte er zu seinen Gästen: »Ihr seid bestimmt staubig und müde. Ich lasse euch in einen der Gästesäle bringen. Dort könnt ihr euch ausruhen.«

Ethelswith lächelte dankbar und nahm Ethelreds Hilfe beim Aufstehen an. Elswyth saß aufrecht auf ihrem Stuhl und schien nicht einmal zu bemerken, daß die Königin aufgestanden war. Ethelswith blickte sie mitleidig an, sah zu ihrem Bruder und bemerkte, daß auch er seine Frau beobachtete. Ein Gefühl, das sie nicht kannte, zog ihr den Magen zusammen. Ihr ganzes Leben lang, dachte sie bitter, hatte sie nie jemand angesehen wie

Alfred Elswyth jetzt anschaute. Dann nahm Ethelred sie beim Arm, und sie verließen den Saal, den sie nicht mehr gesehen hatte, seit sie ein kleines Kind war, bevor man sie nach Mercien verbannt hatte, um einen feigen König zu heiraten.

»Elswyth«, sagte Alfred, als sich die Tür hinter seiner Schwester und Ethelred schloß. Er legte die Hand auf den Arm seiner Frau. »Komm mit.«

Sie stand auf und ging wie eine Schlafwandlerin mit ihm zur Tür des Schlafgemachs. Als sie die Tür jedoch durchschritten hatten, machte sie sich von ihm los und stellte sich neben das Bett. Sie starrte auf die rote Wolldecke, die darauf lag. »Athulf wird nichts geschehen«, sagte er hinter ihr. »Ceolwulf würde ihn niemals in Gefahr bringen. Das weißt du.«

»Ich weiß.« Ihre Stimme war bitter. »Ceolwulf wird ein guter, kleiner Marionettenkönig sein. Darauf können wir uns alle verlassen.«

Alfred atmete tief durch. »Wir sollten nicht allzu überrascht sein«, sagte er, »Wir kennen Ceolwulf alle. Er ist kein Feigling, Elswyth. Er ist nur . . . ein Friedensstifter.«

»Er ist ein Narr«, sagte Elswyth immer noch bitter. Endlich wandte sie sich ihm zu. »Ich würde ihn am liebsten umbringen!« sagte sie mit zusammengebissenen Zähnen.

Er antwortete nicht, sondern sah sie nur mit ernsten, besorgten Augen an. »Die anderen haben auch nichts unternommen«, sagte sie. »Du hast die Männer aus Wessex fast ein ganzes Jahr gegen die Dänen geführt, und meine Landsmänner haben nichts getan!«

»Athulf hat es versucht. Ethelred ebenfalls.«

»Niemand ist ihnen gefolgt, außer den Männern, die eidlich an sie gebunden sind.«

»Das passiert eben mit einem Land, wenn der König schwach ist«, sagte er.

Tränen glänzten in ihren Augen. »Ich weiß nicht, wieso ich wütend auf dich bin«, sagte sie. »Du kannst doch gar nichts dafür.«

Er breitete die Arme aus, und sie stürzte sich hinein. Sie

schlang die Arme fest um seine Taille und preßte das Gesicht an seine Schulter. »Oh Gott, Alfred«, sagte sie. »Wie *konnte* er nur?«

»Ich weiß nicht«, antwortete er. »Mein Vater hat auch seinen Thron aufgegeben, Elswyth. Wußtest du das? Ethelbald hat eine Rebellion angezettelt, als mein Vater Judith geheiratet hat, und mein Vater hat ihm den Thron überlassen anstatt zu kämpfen. Auch die Geschichte von Wessex hat müde Könige zu bieten, meine Liebe.«

»Das ist nicht dasselbe«, sagte sie. »Trotzdem danke.«

Er legte die Wange an ihr Haar. »Gott«, sagte er. »Wenn Mercien verloren ist ...«

Er spürte, wie ihr Rücken steif wurde und öffnete die Arme, damit sie von ihm wegtreten konnte. »Ich weiß.« Sie sah hinauf in sein Gesicht. »Jetzt ist nur noch Wessex übrig.«

»Da ist noch Nordhumbrien«, sagte er. »Der Norden hat sich hinter diesen Ricsige gestellt.«

»Ja.« Ihre Nasenlöcher sahen zugekniffen aus. »Nordhumbrien hat wenigstens gekämpft. Ostanglien hat gekämpft. Wessex ist noch dabei. Nur Mercien ...«

»Wir müssen eine Gegenregierung gegen Ceolwulf aufstellen«, sagte Alfred, der die neue Situation kritisch beurteilte. »Er wird ein dänisches Mercien regieren, aber wir müssen dem Land die Möglichkeit eines englischen Merciens offenhalten.«

Elswyth starrte ihn an. Er gibt sich nie geschlagen, dachte sie. Er würde auch nie geschlagen werden. Sie sagte: »Hast du vor, einen anderen König aufzustellen?«

Er warf ihr einen seltsamen Blick zu. »Keinen anderen König. In der letzten Zeit haben sich Könige in Mercien als nicht allzu erfolgreich erwiesen. Vielleicht eher einen Reichsverweser, bei dem sich der gesamte Widerstand gegen die Dänen sammeln kann.«

Sie sah ihn forschend an. »Ja«, sagte sie. »Das ist eine gute Idee. Da Athulf als Geisel genommen wurde, muß Ethelred diese Aufgabe übernehmen.«

»Wenn er bloß nicht so jung wäre«, sagte Alfred.

Sie lächelte: das erste Lächeln, das sie zustandebrachte, seit sie die Sache mit Ceolwulf erfahren hatte. »Er ist im selben Alter wie du damals, als du König wurdest«, sagte sie.

Bedauernd lächelte er zurück. »Ich wünschte oft, *ich* wäre nicht so jung.«

Sie seufzte. »Ich fühle mich auch nicht jung, und ich bin vier Jahre jünger als du.«

»Sag das nicht!« Mit einer heftigen, geschmeidigen Bewegung hatte er sie wieder fest in die Arme geschlossen. »Ich kann es nicht ertragen, wenn du so sprichst.«

Sie seufzte und ließ ihre Wange an seiner Schulter ruhen. »Es ist jetzt ein Jahr her«, sagte sie. »In zwei Tagen ist es genau ein Jahr her, seit er gestorben ist.«

»Ich weiß.« Er preßte die Lippen auf ihr Haar.

»Ich möchte wieder ein Baby, Alfred«, sagte sie.

»Bist du sicher?« Seine Stimme war rauh.

Sie schloß die Augen. »Du warst so gut zu mir«, sagte sie. »So geduldig.«

»Elswyth . . .«

Sie schüttelte den Kopf, weil sie zu Ende bringen wollte, was sie zu sagen hatte. »Ich habe ständig gedacht, es wäre wie ein Verrat, ein neues Baby zu bekommen. Und ich *wollte* auch kein anderes Baby. Ich wollte Cedric.« Sie öffnete die Augen. »Aber jetzt möchte ich eins.«

Er antwortete nicht, doch seine Umarmung wurde fester.

»Oh Gott«, sagte sie. »Ich hätte nie gedacht, daß es so schwer sein könnte, ein Kind zu verlieren!«

Im Herbst war die Kapitulation Merciens vollendet. Ceolwulf war von den meisten mercischen Bischöfen und Ealdormen als König anerkannt worden, und genaugenommen herrschte im Land Frieden. Die dänischen Anführer in Repton waren mit ihrer Leistung in Mercien sehr zufrieden und richteten ihre Aufmerksamkeit auf die beiden Königtümer, die sie noch nicht erfolgreich erobert hatten: Nordhumbrien und Wessex.

»Wir befinden uns hier in England nun schon seit fast zehn Jahren im Feld«, sagte Guthrum zu Erlend, als sie an einem Septemberabend im königlichen Saal von Repton, der einst die mercischen Könige beherbergt hatte, gemeinsam vor dem Feuer saßen. »Die Männer werden langsam müde. Sie haben inzwischen genug Gold. Jetzt wollen sie Land. Sie wollen sich niederlassen, ihr eigenes Land bewirtschaften, Söhne bekommen. Es ist Zeit, diesen Krieg zu beenden.«

»Leicht gesagt«, murmelte Erlend. »Aber wahrscheinlich nicht so leicht zu bewerkstelligen. Sobald man Nordhumbrien oder Wessex den Rücken zudreht, muß man mit einer Rebellion rechnen.«

»Wir werden die Armee aufteilen«, sagte Guthrum. »Halfdan erobert Nordhumbrien zurück und siedelt unsere Leute dort an. Das sollte nicht allzu schwer werden.«

»Die Armee aufteilen!« Erlends grüne Augen waren geweitet. »Und wer befehligt die andere Hälfte?«

Er wußte die Antwort, noch bevor er Guthrums Lächeln sah. »Ich«, sagte sein Onkel. »Und wenn die anderen Königreiche erst einmal gesichert sind, werde ich mich Wessex widmen.«

28

IM Jahre 875 eroberten die Dänen Nordhumbrien zurück. Die Hälfte der Armee, die mit Halfdan nach Norden gezogen war, verwüstete ganz Bernicia und kämpfte auch gegen die Pikten und die Waliser von Strathclyde. Dann, als Halfdan die Grenzen von Deira für gesichert hielt, teilte er das Land in der Gegend von York unter seinen Männern auf, und die dänischen Soldaten pflügten den Boden, der einst von Engländern bestellt worden war.

Nachdem er Mercien so vieler seiner Reichtümer beraubt hatte wie nur möglich, zog Guthrum noch im selben Jahr mit seiner Armee nach Cambridge und ließ sich dort nieder, um die Eroberung Ostangliens zu vollenden. Am Jahresende war auch Ostanglien der Regierung eines Marionettenkönigs unterstellt.

Zu Beginn des Jahres 876 gab es auf der Insel nur noch ein unabhängiges englisches Königreich, und das war Wessex.

»Papa ist wieder da!« Zwei Kinder auf fast identischen, fetten, grauen Ponys beobachteten eine Reihe von etwa fünfzig Mann in der Ferne. Von ihrem Hügel aus hatte man einen sehr guten Blick auf die Straße, die nach Wantage führte, und Flavia und Edward hatten keine Zweifel daran, wer die Gruppe war, die sich in gleichmäßigem Trab näherte.

»Ich dachte, er käme nie wieder nach Hause«, beklagte sich Flavia. »Mein neuer Zahn ist bestimmt schon nachgewachsen, bevor er die Zahnlücke sehen kann.«

Edward grinste seine Schwester an. »Wer schneller ist«, forderte er sie heraus, und bevor sie antworten konnte, hatte er sein Pony mit einem Tritt zum Galoppieren gebracht und stürmte mit voller Geschwindigkeit den Hügel hinab. Flavia folgte ihm sofort nach.

Alfred erkannte das Grenzzeichen, eine Gruppe Rotbuchen, und dachte erfreut, daß er in einer halben Stunde auf Wantage sein würde. Er war fast sechs Wochen fort gewesen, und je näher er zu Elswyth kam, desto mehr gestattete er es sich, darüber nachzudenken, wie sehr er sie vermißt hatte.

Er dehnte seinen müden Rücken, stellte sich dann kurz in den Steigbügeln auf, um auch die Beine zu strecken. Er wandte den Kopf, um etwas zu Brand zu sagen, der neben ihm ritt, und sah plötzlich seine Kinder den grünen Hügel an der Straße herunterstürmen. Er hob die Hand, damit die Männer hinter ihm anhielten, und sagte zu Brand: »Ich hoffe nur, daß sie diese Ponys stoppen können, bevor sie direkt in uns hineinrasen.«

Brand brachte seinen Braunen neben Alfreds Hengst zum Stehen und sah zu den heranpreschenden grauen Ponys. »Großer Gott«, sagte er.

»Papa! Papa!« Edward blickte nur kurz auf, um zu winken, doch genau in dieser Sekunde holte Flavia ihn ein. Ihr Pony raste bis zum Straßenrand und hielt so ruckartig an, daß es fast in die Knie ging. Flavias kleiner Hintern blieb jedoch fest im Sattel, und sie lehnte sich zurück, um dem Pony dabei zu helfen, das Gleichgewicht wiederzuerlangen. Dann sah sie ihren Vater mit einem triumphierenden Lächeln an. Alfred bemerkte sofort, daß ihr ein Vorderzahn fehlte.

»Ich habe gewonnen!« sagte sie. Dann erklärte sie überflüssigerweise: »Wir haben ein Wettrennen veranstaltet, Papa. Ich bin froh, daß du wieder da bist.«

»Das ist nicht fair!« rief Edward hitzig. Er war nur zwei Sekunden nach seiner Schwester angekommen. »Hätte ich Papa nicht zugewunken, hätte ich gewonnen.«

»Du hattest einen Vorsprung«, sagte Flavia. »*Das* war unfair.«

»Guten Tag, Papa«, sagte Edward. Er ignorierte seine Schwester und lächelte seinen Vater erfreut an. »Hast du ein paar Dänen getötet?«

»Nein, Edward. Ich habe überhaupt keine Dänen zu Gesicht bekommen«, antwortete Alfred. Er blickte von Flavias unordentlichem, goldenen Haar zu Edwards ebenfalls zerzaustem, silbernen Wuschelkopf. »Es ist gut, daß ihr mir hier über den Weg lauft. Es wird schon spät.«

Die beiden feisten Ponys kamen auf die Straße hinab, und Brand wich nach hinten aus, damit die Kinder neben Alfred hereiten konnten. Die Kavalkade setzte sich wieder in Bewegung, diesmal im Schrittempo. Alfred sagte zu seiner Tochter: »Ich habe den Eindruck, daß dir etwas fehlt, Flavia.«

Sie grinste breit und stellte ihre Zahnlücke zur Schau. »Er ist mir ausgefallen, Papa. Und es wächst ein neuer nach. Schau!« Sie stellte sich in den Steigbügeln auf und hielt ihm ihr Gesichtchen entgegen.

Alfred beugte sich von seinem Hengst herab und sah prüfend in ihren Mund. Da war er, ein kleiner, scharfkantiger, weißer Zahn, der sich durch den rosa Gaumen nach oben schob. Er zerzauste ihre Haare und sagte: »Du wirst erwachsen, Flavia.«

»Ich auch!« sagte Edward auf Flavias anderer Seite. »Mein Zahn wackelt auch!«

»Das stimmt gar nicht, Papa«, sagte Flavia mit gedämpfter Stimme.

»Und ob!« heulte ihr Bruder entrüstet auf.

Alfred sagte: »Wieso seid ihr beiden allein in den Downs unterwegs? Ich habe euch doch gesagt, ihr sollt immer einen Erwachsenen mitnehmen, wenn ihr ausreitet.«

»Einer deiner Thane ist ja auch mitgekommen, Papa«, sagte Flavia mit der Unschuldsmiene, die sie immer aufsetzte, wenn sie etwas angestellt hatte. »Aber er ist in den Fluß gefallen und patschnaß geworden. Wir haben ihn nach Hause geschickt. Du hättest doch sicher nicht gewollt, daß wir ihn mit seinen nassen Sachen dem kalten Wind aussetzen, oder?«

Alfred blickte in die leuchtenden, blaugrünen Augen seiner Tochter hinab und sah dann seinen Sohn an. Er hatte die gleichen Augen und denselben unschuldigen Gesichtsausdruck. Er entschloß sich, lieber nicht zu fragen, wieso der Than ins Wasser gestürzt war.

»Das war äußerst rücksichtsvoll von dir, Flavia«, sagte er statt dessen mit ernstem Gesicht. »Welcher arme Kerl ist denn in den Fluß gefallen?«

»Athelwold«, sagte sie triumphierend.

Edward lachte boshaft in sich hinein. »Das wird Mama freuen«, sagte er, und hinter Alfred fing Brand zu husten an.

»Wie geht es Mama?« fragte Alfred und ignorierte die Zukkungen seines Begleiters.

»Sehr gut«, sagte Flavia.

»Sie verbringt zuviel Zeit mit diesem Baby.« Das war Edward. Der Fünfjährige hatte Schwierigkeiten damit, seine privilegierte Position als Nesthäkchen an seine drei Monate alte Schwester abzutreten.

Nachdenklich sah Alfred in das empörte Gesicht seines kleinen Sohnes. »Babys nehmen viel Zeit in Anspruch«, stimmte er zu.

»Aber als du noch ein Baby warst, hast du auch viel von Mamas Zeit beansprucht, Edward.«

»Ich finde, wir sollten das Baby zurückgeben«, verkündete Edward. »Es sieht komisch aus und weint viel zu viel.«

»Man kann doch ein Baby nicht zurückgeben!« rief Flavia entsetzt aus. »Das ist einfach dumm, Edward.«

»Ich bin nicht dumm!« schrie Edward. »Du bist dumm. Du und Mama. Ihr seid dumm, dumm, dumm, wenn es um das Baby geht!« Er wurde feuerrot im Gesicht.

»Das reicht jetzt, Edward«, sagte Alfred mit der abgehackten

Stimme, die beide Kinder kannten. »Das Baby ist deine Schwester, und sie bleibt ganz sicher bei uns. Ich schäme mich für dich. Flavia war lieb zu dir, als du noch ein Baby warst. Sie hat uns nicht darum gebeten, dich zurückzuschicken.«

Edwards Kiefer fiel nach unten. »*Mich* zurückschicken?« fragte er. »Ihr könnt mich nicht zurückschicken. Ich bin schließlich ein Junge.«

»Du bist ein Junge«, stimmte Alfred zu. »Aber als Junge hast du die Pflicht, Mädchen freundlich und großzügig zu behandeln. Das gilt auch für deine kleine Schwester.«

»Edward ist bloß eifersüchtig, weil Mama ihm jetzt nicht mehr so viel Aufmerksamkeit schenkt«, sagte Flavia nicht sehr taktvoll, aber treffend.

»Gar nicht!« schrie Edward und lief wieder rot an.

»Edward«, sagte Alfred.

Edward schluckte. »Ja, Papa«, sagte er nach einer Weile. Dann fügte er herrisch hinzu: »Ich werde versuchen, lieb zu dem Baby zu sein.«

»Ich mag das Baby«, sagte Flavia mit einem strahlenden Lächeln. »Ich finde es süß.«

Alfred verspürte den dringenden Wunsch, seine Tochter zum Schweigen zu bringen. Edward war nicht nur auf Elswyths Aufmerksamkeit eifersüchtig, sondern auch auf Flavias. »Das ist schön«, sagte er trocken zu Flavia. Da er es für das Beste hielt, das Thema zu wechseln, fragte er dann: »Wie geht euer Unterricht bei Pater Erwald voran?«

»Ich habe alle Buchstaben gelernt, Papa!« sagte Edward stolz. »Flavia auch.«

Alfred lächelte seine Kinder an. »Bessere Nachrichten könnte ich mir nicht wünschen«, sagte er, und die zwei zufriedenen kleinen Gesichter strahlten zurück.

»Ethelred hat mir berichtet, daß die Dänen Athulf immer noch als Geisel halten«, sagte Alfred zwei Stunden später zu Elswyth, als sie abgesehen von dem schlafenden Baby im Korb allein im Schlafgemach waren. »Aber er ist in Sicherheit. Das hat Ceolwulf Ethelred offensichtlich versichert.«

»Er ist jetzt seit zwei Jahren in Gefangenschaft«, sagte Elswyth. Sie saß auf der Bettkante und schaute ihm beim Durchsehen seiner Urkundentruhe zu. »Das ist zu lange, Alfred. Ich habe Angst um ihn.«

Er gab seine Suche auf, schloß die Truhe wieder und sah sie an. Er seufzte. »Ich weiß, Liebes. Aber mir sind die Hände gebunden. Er wird festgehalten, damit Ceolwulf loyal bleibt. Dieser Guthrum, der die Dänen jetzt anführt, wird ihn nicht herausgeben.«

Sie antwortete nicht, sondern blickte nur auf ihren Schoß. Nach einer Weile fragte sie: »Ist Ethelred noch in London?«

»Ja. Die Dänen waren damit beschäftigt, das Trenttal zu sichern, und im Moment hat Ethelred das Kommando über London. Und über die Themse.« Alfred dachte an die Pläne, die er und Ethelred geschmiedet hatten, und gestattete sich ein kleines, zufriedenes Lächeln. Sie hatten vor, am Fluß eine Sperre zu errichten. Als Elswyth nichts sagte, fügte er hinzu: »Ein Teil des mercischen Klerus und noch ein anderer Ealdorman haben sich für Ethelred ausgesprochen, Elswyth. Du siehst also, es ist noch nicht alles verloren.«

Endlich blickte sie auf. In ihren Augen schimmerte es. »Ich werde Ceolwulf niemals verzeihen, Alfred«, stieß sie hervor. »Niemals!«

»Das wird keiner von uns«, stimmte er zu. Er betrachtete ihr weißes, angespanntes Gesicht, runzelte die Stirn und versuchte, das Thema zu wechseln. »Wie ich sehe, ist Edward immer noch auf das Baby eifersüchtig«, sagte er.

»Er wird darüber hinwegkommen.« Ihr Gesichtsausdruck hatte sich nicht geändert.

Er runzelte die Stirn noch stärker. Er wußte, daß sie sich um Athulf Sorgen machte. Einer der Gründe für Alfreds Ritt von Southampton nach London war gewesen, daß er für Elswyth Nachrichten über Athulf hatte beschaffen wollen. Aber weder er noch sonstjemand konnte etwas für Athulf tun. Genau diese Hilflosigkeit war es natürlich, die Elswyth so frustrierte.

Alfred ging zum Babykorb und sah hinein. Seine kleine Tochter schlief friedlich; ihre langen, schwarzen Wimpern ruhten auf der durchsichtigen Gesichtshaut. Er fand, daß sie aussah, als würde sie noch eine Weile Ruhe halten.

Er wandte sich wieder seiner Frau zu. »Schlimm genug, daß Ceolwulf Mercien verraten hat«, sagte sie. »Aber auch noch Athulf!«

Sie hatten das schon unzählige Male durchgekaut, und im Augenblick hatte Alfred andere Dinge im Kopf. Er versuchte noch einmal, das Thema zu wechseln. »Ich war nicht sehr erfreut, als ich heute gesehen habe, daß Flavia und Edward unbeaufsichtigt ausreiten, Elswyth. Das ist zu gefährlich.«

Er beobachtete ihr Gesicht, während sie seine Worte registrierte. »Unsinn«, sagte sie. »Diese Ponys sind absolut zuverlässig.«

»Die Ponys vielleicht. Aber die Kinder nicht. Gott weiß, welchen Unfug sie anstellen, wenn kein Erwachsener dabei ist, der genug Verstand hat, sie zurückzuhalten.« Er bemühte sich, so leise zu sprechen, daß er das Baby nicht aufweckte.

»Ich habe ja auch jemanden mitgeschickt, Alfred«, setzte sie ein wenig defensiv an, aber er unterbrach sie.

»Ich sagte einen Erwachsenen mit Verstand. Das ist Athelwold nicht.«

Ein schockierend erfreutes Lächeln erhellte ihr Gesicht. Er hatte gewußt, daß der Gedanke an Athelwolds Schicksal sie aufheitern würde. »Sie haben ihn in den Fluß geworfen«, sagte sie. »Er war fuchsteufelswild.«

»Dessen bin ich mir sicher«, antwortete Alfred. Er ging vom Babykorb weg und bewegte sich in Richtung Bett. »Ich mag Athelwold auch nicht«, sagte er, »aber stoß ihn nicht allzusehr vor den Kopf, Elswyth. Er hat immer noch gewisse Macht in Dorset, und ich brauche ein vereinigtes Königreich, wenn ich mich den Dänen wieder stellen muß.«

»Sei nicht albern, Alfred«, sagte seine Frau. »Ich kann mir nicht vorstellen, daß irgend jemand so dumm ist, lieber Athelwold zu folgen als dir. Und ich finde es großartig von den Kindern, ihn in den Fluß zu werfen.«

Er setzte sich neben sie und sah ihr in die Augen. »Wie haben sie das angestellt?« fragte er.

Sie erzählte es ihm.

»Der arme Athelwold«, sagte er, und seine Lippen zuckten.

Elswyth grinste. »Flavia und Edward sind so lustig«, sagte sie. »Hoffentlich wird die kleine Elgiva genauso.«

»Sie wird so aussehen wie du und wahrscheinlich zum schlimmsten Quälgeist von allen«, antwortete er prompt.

»Das wäre schön.«

Er legte ihr die Hand auf die Schulter und strich sanft mit dem Finger über ihren schlanken, weißen Hals. »Ich habe dich vermißt«, sagte er leise. »Du mich auch?«

»Manchmal«, antwortete sie und sah ihn aus den Augenwinkeln an. Sie verzog die Mundwinkel leicht nach unten.

»Wann hast du mich vermißt?« Seine Hand glitt von ihrer Schulter herab auf ihren Arm. Dann drückte er sie aufs Bett und legte sich auf sie. Sie ließ es geschehen. Er stützte sich mit beiden Händen ab und sah auf sie herunter. »Wann, Elswyth?« fragte er wieder. Seine Stimme war viel rauher als üblich.

»Hmm.« Sie sah in das Gesicht auf, das ihr jetzt so nahe war. Seit der Geburt des Babys hatten sie sich nicht mehr geliebt. Zuerst hatte sie noch Schmerzen gehabt, und dann war er fort gewesen, um sich um seine Schiffe zu kümmern. Sie schaute ihn an und sah in seinen verengten Augen die nackte Begierde. Ihre Lippen öffneten sich leicht, und alle Gedanken an Athulf und die Kinder verflüchtigten sich. »Nachts«, murmelte sie.

Er beugte sich tiefer herab, und dann war sein Mund auf ihrem. Sein Haar fiel nach vorne und kitzelte ihre Wangen. Sie zog ihn zu sich herunter. Er rollte sich zur Seite, um sein Gewicht von ihr zu nehmen, und dann lagen sie fest umschlungen auf dem Bett und küßten sich begierig. Elswyths Blut fing Feuer. Es war so lange her, seit sie sich so gefühlt hatte... Seine Hand strich über ihren Körper... All diese Kleider, dachte sie, als sie sich an ihn preßte und ihren nackten Hals wölbte, damit er sie dort küssen konnte. Sie konnte ihn nicht fühlen durch all diese Kleider.

Vor der Tür war Hundegebell zu hören, und dann eine Männerstimme.

»Alfred«, sagte Elswyth sehr heiser. »Schließ lieber die Tür ab.«

Er hob den Kopf und sah auf sie herab. Seine Augen brannten golden. »Das habe ich schon«, sagte er und fing an, sein Hemd aufzubinden.

Athelwold starrte auf die verschlossene Tür des Königs, und seine Lippen wurden dünner. Sie waren jetzt schon fast eine Stunde dort drinnen, und niemand im Saal hegte einen Zweifel daran, was sie gerade taten.

Ich hätte sie auch gerne unter mir, dachte Athelwold roh. Ich würde sie so behandeln, wie sie es verdient, die Katze. Alfred war zu sanft zu ihr. Athelwold würde ihr schon zeigen, wie es war, in der Gewalt eines Mannes zu sein.

Sie hatte ihre Bälger dazu angestiftet, ihn in diesen Fluß zu stoßen. Er wußte es.

Gott, wie er sie haßte. Und Alfred genauso. Der König gab vor, ihn zu respektieren, aber das war es auch schon. Alles Verstellung. Urplötzlich war sich Athelwold vollkommen sicher, daß Alfred ihn niemals zum Secondarius ernennen würde. Er wollte, daß sein eigenes Gör ihm als König nachfolgte, nicht Athelwold.

Das bedeutete, daß Athelwold auf eigene Faust handeln mußte, wenn er je König werden wollte. Und der beste Ort dafür war Dorset. Er hatte sich mehr als zwei Jahre in Alfreds Haushalt aufgehalten und wußte inzwischen, daß keine Hoffnung bestand, hier Verbündete zu gewinnen. Für sie alle war der König fast ein Gott. In Dorset dagegen gab es Männer, die sich noch an Athelwolds Vater erinnerten. Cenwulf würde ihm treu bleiben, und die Familie seiner Mutter ebenfalls.

Er mußte diese aussichtslose Hoffnung, Alfreds Anerkennung zu gewinnen, aufgeben und auf sein Gut in Dorset zurückkehren. Der Frieden zwischen Alfred und den Dänen konnte jetzt nicht mehr sehr lange andauern. Alle anderen Teile Englands waren gedemütigt worden. Als nächstes würden die Dänen sich Wessex zuwenden.

Ceolwulf ist in Mercien sehr erfolgreich, dachte Athelwold.

Nach dem, was Brand sagte, hatte er sogar Münzen mit seinem Namen und Portrait prägen lassen. Alfreds Männer hatten solche Münzen in London gesehen. König Ceolwulf.

Was die Dänen in Mercien für einen einfachen Than des Königs tun konnten, konnten sie genausogut für einen Prinzen von edlem Geblüt tun. Athelwold würde bereitwillig ein Königtum unter der Oberherrschaft der Dänen übernehmen. Das wäre auch nicht schlimmer, als wenn Wessex von einem mercischen oder nordhumbrischen Bretwalda regiert würde. Das sagte er zu sich selbst.

Natürlich müßte Alfred zuerst sterben, aber darüber würde Athelwold keine Träne vergießen. Ihm kam plötzlich noch ein anderer Gedanke, der ihn dazu veranlaßte, vor Vergnügen die Zähne zu fletschen. Wie gerne würde er Elswyth in den Händen der Dänen sehen. *Das* würde ihr ganz schnell den verächtlichen Gesichtsausdruck austreiben. Athelwold dachte daran, was die Dänen wahrscheinlich mit Alfreds stolzer Frau anstellen würden, und sein Atem wurde schnell, und das Fleisch zwischen seinen Beinen hob sich.

»Athelwold!« Es war Edgar, der da seinen Namen rief. Athelwold blinzelte und blickte Alfreds Than an.

»Ja?«

»Einer der Stallburschen ist gekommen, um Euch zu informieren, daß Euer Pferd lahmt.«

Athelwold sah den Jungen an, der vor ihm stand. Er hatte ihn nicht einmal kommen sehen. »Lahmt?«

»Ja, Mylord. Wahrscheinlich ein geprellter Huf. Möchtet Ihr mitkommen und es Euch ansehen?«

Athelwold fluchte und stand auf. Diese verdammten Gören waren daran schuld, dachte er, fluchte noch einmal und schritt zur Saaltür. Der Stallbursche folgte ihm.

Edgar beobachtete ihn mit nachdenklichem Gesicht.

Zwei Tage, bevor der königliche Haushalt planmäßig für das Osterfest von Wantage nach Wilton umziehen sollte, ritten Alfred und Elswyth mit ihren beiden älteren Kindern in den Downs aus. Es herrschte schönes Frühlingswetter, und Alfred fand, daß er allen Grund hatte, mit sich und der Welt zufrieden zu sein.

Es schien, als wäre Wessex noch ein weiteres Jahr vor den Dänen sicher. Tief im Sumpfland Ostangliens lag Guthrum noch immer in Cambridge verschanzt und wurde von einer Wache beobachtet. Alfreds Schiffe segelten stolz an den Küsten von Sussex und Kent auf und ab und hielten Ausschau nach langen Wikingerschiffen, die sich eventuell in westsächsische Gewässer wagten. Im vorigen Jahr hatten sie sogar ein Gefecht mit einer kleinen Wikingerflotte gehabt, und die westsächsischen Schiffe, die mit Thanen aus Wessex und friesischen Matrosen bemannt waren, hatten die Eindringlinge erfolgreich vertrieben.

Alfred selbst hatte sich während des Kampfes an Bord seines größten Schiffes befunden, und es war eine der aufregendsten Erfahrungen seines Lebens gewesen. Während des vierjährigen Friedens war der König immer mehr zu der Überzeugung gelangt, daß die einzige Möglichkeit, sich erfolgreich gegen die Dänen zu verteidigen, darin bestand, sie auf dem Element herauszufordern, das sie im letzten Jahrhundert, in dem sie gegen Westeuropa Krieg geführt hatten, so sehr dominiert hatten. Wenn ich die Dänen auf dem Meer ausschalten kann, ist das auch an Land möglich, dachte er.

Neben ihm sagte Elswyth: »Du denkst wieder an deine Schiffe.«

Er wandte sich ihr zu. Er war zu sehr daran gewöhnt, daß sie seine Gedanken lesen konnte, um von der Bemerkung überrascht zu sein. »Woher weißt du das?« war alles, was er fragte.

»Du bekommst dann einen bestimmten Gesichtsausdruck.«

»Was denn für einen?« Er war wirklich neugierig.

»Ich weiß nicht. Salzig . . .«

»*Salzig?*« Er blinzelte ein wenig in der Sonne. »Elswyth, wie kann ein Gesichtsausdruck salzig sein?«

Sie lachte leise in sich hinein. Ihr Lachen klang dunkel und voll, wie immer, wenn sie rundum glücklich war. Er lächelte sie an. Sie wachte nicht mehr so besorgt über das neue Baby und war so entspannt wie lange nicht mehr.

Gott sei Dank habe ich diesen Frieden erkauft, dachte Alfred.

Egal, was die Zukunft bringt, wir hatten wenigstens diese Atempause. Wir alle.

Das Gelächter seiner Kinder durchdrang die Luft. Flavia und Edward ritten vor ihnen und unterhielten sich angeregt. Die beiden haben sich immer etwas zu sagen, dachte Alfred, als er auf die blaubekleideten Rücken seiner Kinder sah. Edward war jetzt etwas größer als Flavia, und sein kräftiger Rücken war deutlich breiter als ihrer.

»Es ist schön, daß sie so gut befreundet sind«, sagte Elswyth.

Alfred dachte an Ethelred. »Ja«, sagte er. »Ich glaube, sie werden immer die besten Freunde sein.«

Glücklich und zufrieden ritten sie auf dem Hof von Wantage ein und fanden den Haushalt in Aufruhr vor.

»Mylord«, sagte Brand, der angerannt kam, um Alfreds Zügel zu halten. »Die Wachen, die Ihr in Ostanglien aufgestellt habt, sind soeben angekommen. Die dänische Armee ist vor drei Tagen aus Cambridge herausgeritten!«

Alfred schwang sich aus dem Sattel. »Wohin sind sie gegangen?«

»Mylord, sie sind zuerst nach London gezogen, aber nicht dort geblieben. Sie haben die römische Straße nach Silchester genommen und sind dann weiter nach Westen marschiert.« Brand schluckte. »Nach Wilton, Mylord.«

»Die gesamte Armee?« fragte Alfred.

»Ja, Mylord. Alle zu Pferde, und sie reiten schnell.«

»Bringt diese Wachen zu mir«, sagte Alfred und schritt davon, ohne einen Blick zurück auf seine Familie zu werfen, die wie gelähmt auf ihren Pferden saß und ihm nachsah.

Die Dänen waren in Wessex einmarschiert. Der Frieden war vorüber.

IV

Die Krise
A. D. 876–878

29

DIE Dänen machten nicht in Wilton halt, sondern marschierten die römische Straße hinab bis fast nach Dorchester. Dort drehten sie nach Osten ab und ließen sich schließlich in Wareham nieder. Wareham war Erlends Idee gewesen. Als Alfreds Harfenspieler verkleidet war er schon einmal dort gewesen, und damals hatte er gefunden, daß dieser Ort den Dänen eines Tages von Nutzen sein konnte. In der Römerzeit war Wareham ein *castellum*, eine befestigte Stadt, gewesen, und die alten Steinmauern standen noch immer. Das römische Wareham, das auf einer schmalen Landzunge zwischen den Flüssen Frome und Tarrant lag, war vor Angriffen von Land aus außerordentlich gut geschützt.

Der Aspekt, der Wareham für Guthrum besonders interessant gemacht hatte, war jedoch seine Nähe zum Meer. Während des Wessexfeldzugs vor vier Jahren hatte das Hauptproblem der Dänen in der Versorgung ihrer Armee bestanden. Für den kommenden Feldzug plante Guthrum deshalb, seine Armee von Schiffen versorgen zu lassen. Auf diese Weise wäre er nicht allein auf Plünderungen in der Umgebung angewiesen. Wareham lag am Frome, kurz vor seiner Mündung in den Hafen von Poole. Sein ausgezeichneter Ankerplatz eignete sich hervorragend dafür, übers Meer Proviant heranzuschaffen.

Als Guthrum Wareham dann persönlich in Augenschein nahm, erklärte er es für perfekt. Die Dänen übernahmen die Stadt, warfen zur Verstärkung der bereits vorhandenen römischen Steinmauern ein paar Erdwälle auf und machten sich daran, noch vor Alfreds Ankunft soviel Nahrung und Beute wie möglich herbeizuschaffen. Sie begannen das Unternehmen mit der Plünderung eines Nonnenklosters.

Es dauerte fünf Tage, bis das westsächsische Fyrd in Wareham erschien. Erlend stand hoch oben auf der alten römischen Mauer und beobachtete, wie die Männer aus Wessex am anderen Ufer des Frome ihr Lager aufschlugen.

»Diesmal sind es weniger Fußsoldaten«, erläuterte er dem Mann, der neben ihm stand. »Mindestens die Hälfte scheint beritten zu sein.«

»Ja«, antwortete Athulf. »Und sie können viel leichter Futter für ihre Pferde finden als ihr, ganz zu schweigen von Nahrung für ihre Männer.«

Erlends Augen ruhten auf dem Banner des goldenen Drachen, das in der leichten Brise des Flusses so kühn wehte. Athulf wußte nichts von den einhundertundfünfzig Schiffen, die gerade mit Proviant und Verstärkung an Bord nach Wareham segelten, um Guthrums Landmacht zu unterstützen. Auch jetzt verschwieg Erlend Athulf die Schiffe. Statt dessen ließ er seine Augen über die eindrucksvolle Truppe im westsächsischen Lager schweifen und sagte: »Alfred hat eine gewaltige Armee zusammengebracht. Es müssen wenigstens fünftausend Männer sein.«

»Das sind mehr, als Ihr habt«, sagte Athulf zufrieden und lächelte grimmig.

Während der letzten zwei Jahre hatte sich zwischen der mercischen Geisel und Guthrums Neffen eine seltsame Freundschaft entwickelt. Als Athulf ins dänische Lager gekommen war, hatte sich Erlend unerklärlicherweise für Elswyths Bruder verantwortlich gefühlt. Er hatte sich freiwillig als Athulfs Dolmetscher zur Verfügung gestellt, und Athulf hatte sehr schnell gemerkt, daß er von dem jungen Dänen abhängig war; er war die einzige Gesellschaft, die er in seinem Exil in einer heidnischen Welt hatte.

»Mein Onkel wird keine offene Schlacht riskieren«, antwortete Erlend nun Elswyths Bruder. »Guthrum kann abwarten, wenn es nötig ist. Er weiß, daß es dauern kann, die Westsachsen zu zermürben.«

»Da!« Athulfs Stimme war vor Aufregung plötzlich scharf. Er hob den Kopf wie ein Hund, der seinen Herrn wittert. »Da ist Alfred!«

Doch Erlend hatte den Mann auf dem großen, grauen Hengst schon gesehen. Der König ritt inmitten seiner Männer, bahnte sich den Weg durch das Durcheinander im Lager, sagte einigen ein paar ermunternde Worte, gab anderen einen Befehl. Während Erlend ihn beobachtete, hielt Alfred sein Pferd an, hob den Kopf und blickte zu den Mauern von Wareham herüber.

Die strahlende Frühlingssonne vergoldete Alfreds Gesicht, und sein Haar wehte im Meereswind. Erlend war, als hätte ihn jemand in den Magen geboxt. Alfred befand sich in zu großer Entfernung, als daß man seine Gesichtszüge hätte erkennen können, doch beim bloßen Anblick der fernen Gestalt krampfte sich Erlends Magen zusammen. Der Däne ärgerte sich über sich selbst, und er blickte finster drein, als Athulf sagte: »Der Ehemann meiner Schwester ist ein Kämpfer. Wessex wird Euch nicht so leicht in die Hände fallen wie Mercien.«

»Das wissen wir selbst.« Erlend klang so wütend, wie er sich fühlte. »Ich kann Euch versichern, daß wir Alfred nicht unterschätzt haben«, bellte er.

»Ich wünschte bei Gott, ich wäre mit den anderen da draußen!« Die Worte klangen, als seien sie aus Athulfs Kehle gerissen worden.

Ich auch. Die Worte formten sich in seinem Kopf, bevor er sie zurückhalten konnte. Schnell preßte er die rechte Hand vor den Mund, um die verräterischen Silben zu unterdrücken, bevor er sie aussprechen konnte. Im Namen des Raben, was war nur los mit ihm? Wie konnte er so etwas denken? Er war schließlich Däne!

Auf der anderen Seite des Flusses löste der Mann auf dem großen, grauen Hengst seinen Blick von den Mauern Warehams und wandte sich ab. Athulf ballte die Fäuste. »*Das* ist mein wahrer Bruder«, sagte er bitter, wandte sich ab und ging. Leichenblaß stand Erlend allein auf der Mauer, und seine Augen ruhten weiter auf der immer kleiner werdenden Gestalt des Mannes auf dem großen, grauen Pferd.

»Die Westsachsen sind mindestens fünftausend Mann«, sagte Erlend später zu seinem Onkel, als er Guthrum bei den Pferdelinien traf.

»Zählen kann ich selbst, Neffe«, antwortete Guthrum. Er

streichelte den Hals seines großen, braunen Hengstes und starrte dann Erlend an. »Ich habe auch nicht die Absicht, sie zur offenen Schlacht herauszufordern, solange sie in voller Stärke sind. Wenn meine Schiffe erst einmal mit der Verstärkung da sind, werden wir weitersehen.«

Erlend blickte in das Gesicht seines Onkels empor und nahm die vertrauten Gesichtszüge wahr, als hätte er sie lange Zeit nicht gesehen. Guthrum hatte die strahlend blauen Augen in der Sonne leicht zusammengekniffen, kleine, schräge Fältchen breiteten sich fächerartig von ihnen aus. Diese Falten waren vielleicht ein wenig tiefer als vor fünf Jahren, als Erlend in Thetford angekommen war, aber abgesehen davon hatte Guthrum sich überhaupt nicht verändert. Das blonde Haar war noch genauso gelb, und die harten Wangenknochen und der sinnliche Mund wirkten so rücksichtslos wie immer.

Guthrum fügte hinzu. »Das ist schließlich erst der Anfang des Feldzuges. Sicher, er kann mit einer großen Armee aufwarten, aber kann er sie auch zusammenhalten? Beim letzten Mal konnte er es jedenfalls nicht, und ich glaube auch nicht, daß er es diesmal kann. Wir müssen nur abwarten.«

Er, Guthrum benutzte selten Alfreds Namen. Es war immer »er«. Erlend sagte nichts, sondern blickte zum westsächsischen Lager hinüber. Guthrum sprach weiter. »Ich kann diese Stadt gegen jede Streitmacht beliebiger Größe halten. Du hast eine gute Wahl getroffen, Neffe. Wareham ist fast uneinnehmbar. Besser könnte man es sich nicht wünschen.«

»Alfred« – Erlend benutzte den Namen aus Prinzip – »Alfred kann vielleicht nicht hinein, Onkel, aber wir können auch nicht heraus.«

»Wir haben Nahrung und Futter für einen Monat«, sagte Guthrum.

»Die Schiffe werden innerhalb dieser Zeit hier eintreffen und nicht nur Proviant, sondern auch mehrere tausend Mann Verstärkung bringen. Und in einem Monat werden seine Männer sich nach Hause geschlichen haben, um das Getreide einzubringen. Dann haben wir ihn.«

»Auch die Westsachsen haben Schiffe.« Erlend hatte Guthrum schon mehrfach darauf hingewiesen, doch der dänische Anführer wollte einfach nicht glauben, daß irgendein Volk für die Wikinger auf dem Meer eine ernsthafte Bedrohung darstellen konnte.

Guthrum reagierte wie immer. Er zuckte mit den breiten Schultern und lächelte spöttisch. »Du überschätzt die Talente dieses Königs, Erlend. Ich glaube manchmal, daß er dich verhext hat. Denk daran, das letzte Mal, als wir einen Fuß in sein Königreich gesetzt haben, mußte er sich einen Frieden erkaufen. Trotzdem sprichst du dauernd von ihm, als wäre er unbesiegbar.« Die blauen Augen glitzerten so hell wie das sonnenbeschienene Meer. »Manchmal glaube ich, du hast dich bei den Westsachsen wohler gefühlt als bei deinen eigenen Leuten.«

»Ich bin Däne, Onkel«, antwortete Erlend steif. Er spürte, wie er feuerrot wurde. »Ich bin Erlend Olafson von Nasgaard, und das werde ich nie vergessen.«

Einen Moment lang herrschte angespanntes Schweigen, während Onkel und Neffe sich mit kaum verhohlener Feindseligkeit anstarrten. Dann sagte Guthrum: »Noch hast du Nasgaard nicht, Erlend.«

Unbewußt eine von Alfreds charakteristischen Gesten nachahmend, zog Erlend eine Augenbraue hoch. »Weil Ihr Wessex noch nicht erobert habt, Mylord«, antwortete er langgezogen. »Hat Halfdan nicht gesagt, Ihr würdet mich unterstützen, sobald Eure Arbeit hier erledigt ist? Und hat er nicht auch gesagt, daß er persönlich mir als treuer Freund zur Seite stehen würde?«

Ein blaues und ein grünes Augenpaar trafen sich und fochten einen stillen Kampf aus. Guthrum war von Halfdans Versprechen nicht allzu begeistert gewesen. Er sagte: »Wir werden hier bald fertig sein, Erlend, das verspreche ich dir.« Guthrum trat zwei Schritte näher. »Und wenn es soweit ist, werde ich diesen westsächsischen König Odin opfern.« Er fletschte die Zähne zu seinem Wolfslächeln und blickte auf den Neffen herab, mit offensichtlichem Vergnügen fügte er hinzu: »Und du wirst mir dabei zusehen.«

Eine Woche später segelte eine Flotte Langschiffe in den Hafen von Poole. Zuerst kam ein Triumphschrei aus dem dänischen Lager. Dann sahen sie das Banner von Wessex mit dem goldenen Drachen.

»Da draußen müssen hundert Schiffe sein!« sagte Guthrum verblüfft. »Im Namen des Raben, woher haben sie hundert Schiffe?«

»Ich habe es Euch ja gesagt, Onkel«, antwortete Erlend. »Er hat sie bauen lassen.«

»Du hast mir nicht gesagt, daß es so viele sind!«

»Es ist drei Jahre her, seit ich in Wessex war. Er hatte viel Zeit, seine Flotte zu vergrößern.«

Guthrum blinzelte in die Sonne. »Aber es sind Langschiffe. Große Schiffe. Im Namen des Raben, sie sind größer als unsere!«

»Das habe ich Euch auch gesagt. Er hat Friesen kommen lassen, um sie zu bauen. Und sie werden auch von Friesen gesegelt, nicht nur von westsächsischen Bauern.«

»Wir haben eine Flotte von fast einhundertundfünfzig Schiffen«, sagte Guthrum, doch sein Gesicht war grimmig. Er fügte hinzu: »Und bisher hat es noch kein Friese geschafft, an einem Dänen vorbeizusegeln.«

»Das stimmt. Aber wenn es zu einem Gefecht kommt, werden wir wahrscheinlich einen Teil unseres Nachschubs verlieren.«

Guthrum gab keine Antwort, sondern drehte sich auf dem Absatz um.

Ein Monat verging, und die dänische Flotte ließ sich noch immer nicht blicken. Das westsächsische Fyrd schien auch nicht zu schrumpfen.

Guthrum beauftragte Plünderertrupps, aus Wareham auszubrechen und in der Umgebung Nahrung zu beschaffen.

»Brennt alles nieder«, sagte er zu seinen Männern.

»Vergewaltigt ihre Frauen. Wir müssen langsam deutlich machen, wer hier der Herr ist, wenn wir nicht in der Falle sitzen wollen.«

Ein paar dänische Plünderer kamen durch, und in der Umgebung waren Rauchsäulen zu sehen. Wochen vergingen, und

Erlends forschenden Augen schien es, als seien die Westsachsen weniger geworden.

»Die Schafe müssen bald geschoren werden«, sagte Erlend zu seinem Onkel. »Das ist keine Arbeit, die sie den Frauen überlassen können. Wenn der Monat der Schafschur kommt, wird Alfred Probleme haben, seine Männer zusammenzuhalten.«

»Wo in Odins Namen bleiben unsere Schiffe? Sie hätten die Themse heraufkommen sollen, um die Meerenge von Dover, und von dort nach Wareham. Was ist passiert, daß sie so lange brauchen? Harald Bjornson weiß, daß ich wegen des Nachschubs auf ihn angewiesen bin. Er würde sich nicht soviel Zeit lassen, es sei denn, seine Flotte ist kampfunfähig gemacht worden.«

Erlend wußte keine Antwort. Niemand im dänischen Lager fand eine Erklärung. Aber über eine Sache waren sie sich im klaren: Ohne ihre Schiffe würden sie nicht ausreichend Nahrung und Futter haben. Sie wären gezwungen, aus Wareham auszubrechen, und dazu würden sie sich der westsächsischen Armee im Kampf stellen müssen.

»Wenn wir nur noch ein paar Wochen aushalten könnten«, sagte Guthrum jetzt zu Erlend. Seine Augenfalten waren tief in die sonnengebräunte Haut eingegraben. »In ein paar Wochen müssen unsere Schiffe hier sein. Und seine Armee wird stark geschrumpft sein. Noch ein paar Wochen, dann können wir ihnen im offenen Kampf die Stirn bieten.« Damit gestand er indirekt ein, daß die Dänen in der Überzahl sein mußten, um sich des Sieges sicher zu sein.

»Wir können die Pferde essen, wenn es sein muß«, sagte Erlend, der wußte, welchen Stellenwert Pferde für seinen Onkel hatten.

Guthrum fluchte fürchterlich, ging davon und starrte wieder aufs Meer hinaus.

Brand fragte Alfred: »Was glaubt Ihr, wie lange er noch aushalten kann?« Die beiden standen zusammen am Frome und sahen über den Fluß zu den Mauern Warehams hinüber.

»Er hat schon lange genug ausgehalten«, antwortete Alfred.

Sein Haar glänzte in der hellen Junisonne. »Unsere Armee ist um mehr als die Hälfte geschrumpft. Wir haben unsere geringe Kampfkraft gut überspielt, sonst hätte er schon längst angegriffen. Aber ich wage es nicht, noch länger zu warten. Ethelred hat bei der Flußblockade bei London Großartiges geleistet, aber die Dänen werden bald mit ihren Schiffen durchkommen. Ich kann nicht länger warten.«

»Was wollt Ihr tun, Mylord?« fragte Brand.

»Um Frieden bitten«, sagte Alfred.

Brand sah den Gesichtsausdruck des Königs und gab klugerweise keine Antwort.

Erlend und Guthrum standen auf den Mauern Warehams und beobachteten, wie die vier Westsachsen ihre Pferde durch den Fluß schwimmen ließen. Die Pferde bekamen festen Boden unter die Füße und erreichten dann das Ufer. Die vier Männer stellten sich nebeneinander auf und trabten dann langsam auf die Mauern Warehams zu.

Die beiden Männer, die außen ritten, trugen Banner. Das eine war das goldene Drachenbanner von Wessex, das andere ein einfaches, weißes. In sicherer Entfernung hielten die Westsachsen an und warteten.

»Was können sie nur wollen?« fragte Guthrum Erlend.

»Ich weiß nicht. Sie wollen reden, das ist klar. Ihr solltet lieber jemanden losschicken, der es herausfindet, Onkel.«

Guthrum grunzte, drehte sich um und schrie einem der Männer, die ein wenig Sächsisch sprachen, zu, er solle mit einer Eskorte hinausreiten, um herauszufinden, was die Westsachsen wollten.

Fünf Minuten vergingen. Erlend, der aufmerksam zu den Westsachsen herüberspähte, war es, als würde er Edgar erkennen. Dann öffneten sich die Tore Warehams, und vier Dänen trabten heraus. Die Westsachsen blieben stehen, wo sie waren. Bald darauf trafen die beiden Gruppen aufeinander.

Minuten vergingen. »Ivor spricht nicht besonders gut Sächsisch«, murmelte Erlend und bemerkte den scharfen Blick nicht, den Guthrum ihm zuwarf.

Schließlich steuerten die Dänen zurück zu den Mauern Warehams, und die Westsachsen machten einen Schwenk, um zu ihrem Lager am anderen Ufer des Flusses zurückzukehren. Guthrum kletterte von der Mauer herunter und ging zu seiner Hütte. Erlend folgte ihm, ohne zu zögern.

»Sie wollen einen Frieden. Soviel habe ich verstanden«, sagte Ivor, der Mann, der Guthrum Bericht erstattete. »Wenn wir einwilligen, sollen wir von der westlichen Mauer ein weißes Banner wehen lassen.«

»Frieden?« Guthrum begann, in seiner Hütte auf und ab zu schreiten. »Er muß mehr Männer verloren haben, als wir dachten.«

»Oder er weiß, daß er sie verlieren wird«, sagte Erlend.

»Was hat er angeboten?« fragte Guthrum.

»Ich weiß nicht, Mylord. Wir konnten uns nicht besonders gut verständigen. Ich kann nur ein paar Worte Sächsisch.« Ivor grinste. »Und das sind keine Worte des Friedens.«

Guthrums dicke, blonde Augenbrauen waren zusammengezogen. »Im Namen des Raben, wie sollen wir Frieden schließen, wenn keiner die Sprache des anderen spricht? Die paar Männer, die wir hatten, die Sächsisch konnten, sind mit Halfdan nach Norden gezogen.«

»Wir haben Lord Erlend, Mylord«, schlug einer der Männer vor. »Er und der Mercier unterhalten sich die ganze Zeit.«

Erlend spürte, wie Guthrums leuchtend blaue Augen auf seinem Gesicht ruhten. Er bemühte sich um einen unergründlichen Gesichtsausdruck. »Oder Athulf selbst«, sagte Erlend. »Nach den zwei Jahren bei uns spricht er recht gut Dänisch.«

»Dem Mercier traue ich nicht«, sagte Guthrum. »Du wirst es tun müssen, Neffe.«

Erlend spürte, wie ihm der Schweiß ausbrach. »Wenn die Westsachsen erst einmal wissen, wer ich bin, tauge ich nicht mehr als Spion.«

Guthrum zuckte die Schultern. »Das ist nicht zu ändern. Außerdem sieht es nicht so aus, als würden wir dich in dieser Verkleidung noch einmal brauchen, Erlend. Schließlich bist du seit fast vier Jahren nicht ins westsächsische Lager zurückgekehrt. Als Dolmetscher bist du nützlicher für mich. Ich muß wissen, was er will.«

Guthrum hing das weiße Banner von den Mauern Warehams und hielt Ausschau nach Alfreds Antwort. Die Sommersonne erhellte noch immer den Abendhimmel, als die vier Westsachsen aufs neue den Fluß überquerten und auf die dänische Delegation warteten.

Erlends Gesicht war unergründlich, als er auf seinem schwarzen Hengst über die Ebene ritt, die ihn von Alfreds Männern trennte. Er hatte sich oft gefragt, was Alfred sagen würde, wenn er die Wahrheit über den Wanderharfenisten erfuhr, den er in seinem Haushalt willkommen geheißen hatte. Die Verkleidung war gut gewesen und hatte sich als rundum erfolgreich erwiesen. Eigentlich hätte Erlend sich bei der Begegnung mit den Männern, die er nach Strich und Faden an der Nase herumgeführt hatte, amüsieren und sich überlegen fühlen müssen.

Aber er war nicht amüsiert und fühlte sich auch nicht überlegen. Er war beschämt und fühlte sich erniedrigt. Er wollte nicht vor den Augen der westsächsischen Thane als Betrüger entlarvt werden.

Elswyth würde verletzt sein, wenn sie es erfuhr. Und Alfred . . .

Verdammt. Es war tatsächlich Edgar.

»Mylords«, sagte Erlend förmlich in dem ausgezeichneten Sächsisch, das nach den zwei Jahren, in denen er nur mit Athulf gesprochen hatte, einen leichten mercischen Akzent angenommen hatte. »Lord Guthrum schickt mich, um mit Euch über einen Frieden zu verhandeln.«

Edgar lächelte erleichtert, als er hörte, daß er Sächsisch sprach. Er hatte den jungen Mann auf dem glänzenden, schwarzen Hengst noch nicht erkannt. Erlend hatte sich an diesem Tag besondere Mühe mit seinem Äußeren gegeben: er hatte sich bemüht, dem armen, kleinen Harfenisten so unähnlich wie möglich zu sehen. Sein braunes Haar war auf Wikingerart kurz geschnitten, und sein langer, dicker Pony reichte bis zu den dreieckigen Augenbrauen. Um den Hals trug er eine goldene Kette, und über den Ellbogen große, goldene Ringe, die wie

Schlangen um die nackten Arme gewunden waren. Sein Hengst war über einssechzig hoch, so daß er auf die Westsachsen herabblicken konnte.

Edgar sagte: »Ich bin die Stimme des westsächsischen Königs. Alfred hat mich ermächtigt, über den Frieden zu verhandeln.«

Die Brise vom Fluß wehte Erlend das Haar in die Stirn. Er sagte: »Wenn Ihr einen Frieden wollt, müßt Ihr dafür zahlen.«

Jetzt starrte Edgar ihn an. Seine blauen Augen weiteten sich, als ihm langsam die Erleuchtung kam. »Wer seid Ihr?« fragte der Westsachse abrupt. Seine Stimme war plötzlich hart.

Erlends Magen zog sich zusammen, doch äußerlich behielt er den unergründlichen Gesichtsausdruck bei. »Ich bin Erlend Olafson von Nasgaard«, sagte er. »Der Neffe Lord Guthrums.«

»*Erlend!*«

Jetzt starrten ihn auch die drei Thane in Edgars Begleitung an. Erlend biß die Zähne zusammen und haßte sie alle. »Wie geht es Euch, Edgar?« fragte er. »Wir haben uns lange nicht gesehen.«

»*Ihr* seid der Neffe des dänischen Anführers? Ihr seid Däne?«

»Ja.«

»Großer Gott.«

»Was bietet Alfred als Gegenleistung für einen Frieden?« fragte Erlend, und jetzt war sein Akzent verschwunden.

Edgars Augen verengten sich. Er blickte Erlend ins Gesicht, als er antwortete: »Wenn Lord Guthrum einen heiligen Eid schwört, das Land zu verlassen, gewährt der westsächsische König ihm freies Geleit aus Wessex. Als Sicherheit verlangt Alfred, daß Guthrum ihm Geiseln überläßt, und zwar fünf Männer von Rang aus Eurem Heer. Außerdem fordert der westsächsische König die Herausgabe von Lord Athulf.«

Erlend ahmte Guthrums Lächeln nach und zeigte die Zähne. »Alfred *fordert?*« fragte er.

»Jawohl.« Edgars Gesicht war grimmig. »Ihr befindet Euch in einer ungünstigen Lage, Mylord Erlend.« In dem Titel, den Edgar ihm verlieh, lag ein Hauch von Hohn. »Ihr sitzt in Wareham in der Falle. Wie ein Fuchs in seinem Bau. Viertausend Männer müssen essen. Auch Eure Pferde brauchen Nahrung.

Wenn Ihr diese Friedensbedingungen nicht annehmt, werden wir Euch verhungern lassen.«

»Ihr habt nicht genug Männer, um uns in Wareham gefangenzuhalten«, sagte Erlend. »Es ist der Monat der Schafschur, Edgar. Ich weiß ganz genau, was in dieser Zeit mit den westsächsischen Fyrds geschieht.« Er klopfte den seidig glänzenden Hals seines Hengstes. »Alfred werden nur noch die Thane seiner Leibgarde zur Verfügung stehen, und vielleicht noch die einiger Ealdormen. Wir dagegen werden immer noch viertausend Mann sein.«

Edgar sah wütend aus. Erlend blickte zum Rabenbanner, das über den Köpfen der dänischen Unterhändler wehte, und dann zurück zu Edgar. »Guthrum wird über den Seeweg Nachschub bekommen«, fügte er sanft hinzu. »Es sieht so aus, als würdet Ihr sowohl Eure Flotte als auch Euer Heer verlieren, Edgar, wenn Ihr keinen Frieden schließt.«

Edgars Lächeln war genauso wölfisch wie Guthrums. »Ethelred von Mercien hat die Themse abgesperrt«, sagte er. »Auf einer Strecke von fünf Meilen war der gesamte Fluß voller Fallen. Eure Flotte konnte nicht durchkommen.«

Erlends Augen weiteten sich. Dann blickte er über den Frome zum westsächsischen Lager hinüber. »Das ist also mit den Schiffen passiert.« Gegen seinen Willen lächelte er bewundernd. »Alfred ist selten um eine Lösung verlegen.«

»Er ist es auch jetzt nicht«, antwortete Edgar. »Ohne die Geiseln und ohne Athulf gibt es keinen Frieden.«

Erlend dachte nach. Im Westen wurde die Sonne langsam rosa. Die Pferde scheuten und schnaubten sich an. Erlends Hengst mochte keine Grauschimmel und hatte etwas gegen Edgars kräftig aussehenden Wallach. Schließlich sagte Erlend: »Alfred wird eine Ablösesumme zahlen müssen, Edgar. Mein Onkel wird diese Bedingungen ohne irgendeine Art von Bezahlung niemals akzeptieren.«

Die beiden Männer sahen sich an. Schließlich nickte Edgar. »Ich werde es meinem König sagen.«

Auch Erlend nickte.

»Wieviel?« fragte Edgar.

Erlend dachte wieder nach und nannte eine Summe, die er sowohl für Guthrum als auch für Alfred akzeptabel hielt. Edgar nickte wieder. »Aber wir brauchen die Geiseln«, sagte er.

»Ihr sollt Eure Geiseln haben. Und Athulf. Aber wir brauchen das Geld.«

»Ich werde es Alfred sagen«, sagte Edgar wieder.

»Und ich Guthrum«, antwortete Erlend. »Wenn wir morgen früh das weiße Banner von den Mauern wehen lassen, wißt Ihr, daß wir Euer Angebot akzeptiert haben.«

Edgar nickte und hob die Zügel, um sein Pferd zu wenden.

»Athulf ist wohlauf«, hörte Erlend sich sagen. »Das könnt Ihr Alfred versichern.«

Edgar starrte ihn an, nickte wieder und galoppierte, gefolgt von drei anderen Thanen aus Alfreds Eskorte, zurück zum Fluß. Mit erhobenem Kopf wandte sich Erlend wieder den Toren Warehams zu.

30

»ER hat die Themse mit Barrikaden versperrt«, informierte Erlend Guthrum. »Das ist mit unseren Schiffen passiert.«

Guthrum stieß einen fürchterlichen Fluch aus.

»Er bezahlt Euch, wenn Ihr Wessex verlaßt, Onkel. Wir haben bisher immer Ablösesummen akzeptiert. Ihr werdet als Sieger aus dieser Übereinkunft hervorgehen, wenn Ihr Alfred zum Zahlen zwingt.« Erlend kannte Guthrums Stolz und wußte, wie wichtig es seinem Onkel war, sich als Sieger zu fühlen, wenn es zu einem Friedensschluß kam.

»Wieviel?« fragte Guthrum.

Erlend sagte es ihm.

»Die Mercier haben sechsmal soviel bezahlt!« brüllte Guthrum.

»Es ist nur etwas weniger als Alfred Euch beim letzten Mal gezahlt hat«, sagte Erlend.

»Es ist bedeutend weniger!«

»Mylord, unsere Lage erlaubt uns nicht, mehr zu fordern«, sagte Erlend entschieden.

Guthrums blaue Augen blitzten. »Er kann unsere Schiffe nicht für alle Ewigkeit aufhalten. Sie können jederzeit hier sein.«

»Stimmt. Aber zuerst müssen sie die westsächsischen Schiffe durchbrechen, Onkel. In einem solchen Gefecht werden wir mit Sicherheit eine große Anzahl von Männern und eine Menge Proviant verlieren.«

Guthrum fluchte wieder. »Er will Geiseln?« fragte er dann.

»Ja. Fünf Männer von hoher Geburt. Und Athulf.«

»Athulf kann er haben.« Guthrum machte eine wegwerfende Handbewegung. »Die Mercier sind ungefährlich, ob wir Athulf nun haben oder nicht.«

Erlend nickte.

Sie standen zusammen an Guthrums Hüttentür. Abgesehen vom schwindenden Tageslicht, das durch die offene Tür fiel, war es dunkel im Raum. Guthrums Gesicht war nachdenklich geworden. Er sagte: »Er akzeptiert meinen Schwur? Und gewährt unserer Armee freies Geleit aus Wessex heraus?«

»Ja.«

»Und er wird eine Ablösesumme zahlen?«

»Ja«, sagte Erlend wieder.

Guthrum lächelte. »Nun gut. Ich akzeptiere seine Bedingungen. Ich werde ihm Athulf und fünf meiner Adligen übergeben, und ich werde einen Eid auf den heiligen Ring Odins schwören, daß ich mein Wort halte.«

Erlend war tief erstaunt. Er hatte nicht gedacht, daß es so leicht sein würde. »Welche Männer wollt Ihr Alfred überlassen?« fragte er vorsichtig.

Guthrum rasselte die Namen der Söhne von fünf Jarlen herunter, und Erlend mußte zugeben, daß ihr Rang Alfreds Forderungen erfüllte.

»Ich halte die Bedingungen für fair«, sagte Erlend, noch immer vorsichtig. »Unsere Armeen sind in eine Sackgasse geraten. Dieser Friede ist ein Ausweg für beide Parteien.«

»Ich will das Geld aber, noch bevor ich Wareham verlasse«, sagte Guthrum. »Sag ihnen das, Erlend.«

»Jawohl, Mylord.«

»Und sie müssen meine Schiffe in den Hafen lassen.«

»Onkel, Alfred ist kein Dummkopf. Dem wird er nicht zustimmen.«

»Ich muß mich mit meinen Schiffen in Verbindung setzen können. Wie sollen sie sonst erfahren, wo sie sich uns wieder anschließen können?«

Erlend dachte nach. »Ich glaube, wir können Alfred davon überzeugen, ein paar unserer Schiffe in den Hafen zu lassen, damit wir unsere Armee mit Lebensmitteln versorgen können. Aber nicht die gesamte Flotte.«

Guthrum zuckte mit den Schultern, eine charakteristische Geste, die Aufmerksamkeit auf seine muskulösen Oberarme lenkte. Es war ein warmer Junitag gewesen, und abgesehen von den gewundenen Goldringen, die beide über den Ellbogen trugen, waren Guthrums Arme ebenso nackt wie Erlends. »Nun gut, Neffe. Sorge nur dafür, daß wenigstens ein paar Schiffen Zugang zu Wareham gewährt wird.«

»Jawohl, Onkel«, antwortete Erlend. »Morgen früh, wenn Edgar zurückkehrt, werde ich es ihm sagen.«

»Was geht hier vor?« Athulf sprang auf, als Erlend hereinkam. Die beiden teilten sich eine der Holzhütten, die sich die Dänen zum Schutz gebaut hatten, als sie in Wareham angekommen waren.

Draußen wurde es dunkel, und Athulf hatte eine Kerze angezündet. Erlend ging langsam zu dem Strohhaufen, der ihm als Bett diente, ließ sich im Schneidersitz nieder und sah Elswyths Bruder an.

In dem Moment, als er ihn zum ersten Mal gesehen hatte, hatte er gewußt, wer er war. Dasselbe schwarze Haar, dasselbe vornehm geschnittene Gesicht, dieselbe schmale, überhebliche Nase, Erlend wurde sich bewußt, daß der Mercier ihm fehlen würde. Er würde die langgezogene, sächsische Stimme vermissen. Jetzt sagte er schlicht: »Alfred will Frieden schließen. Eine seiner Bedingungen ist Eure Freilassung.«

Er sah in Athulfs blauen Augen Hoffnung aufflackern. Es

waren nicht Elswyths Augen. Niemand sonst hatte Augen wie Elswyth. »Wird Guthrum zustimmen?« fragte Athulf angespannt.

»Ja.«

»Gott sei Dank.« Athulf setzte sich auf sein eigenes Strohlager und senkte den Kopf. Erlend schwieg, um dem Mercier Gelegenheit zu geben, sich zu sammeln. Als Athulf wieder aufblickte, informierte Erlend ihn über die Friedensbedingungen. »Es ist eine ehrenhafte Lösung für beide Seiten«, sagte Athulf, als Erlend wieder verstummt war.

»Ja.«

»Wer sind die Geiseln?«

Erlend nannte die Namen.

»Das ist fair«, sagte Athulf. »Alles Söhne von Jarlen.«

»Ja.« Erlend sah auf seine Knie. »Athulf, ich muß Euch etwas erzählen. Ihr werdet es in Alfreds Lager sowieso erfahren, aber ich würde es Euch lieber selbst sagen.«

»Was ist es denn, Erlend?« Die Stimme des Merciers klang verblüfft und neugierig.

»Ihr kennt mich als Erlend Olafson, Neffe von Guthrum, Erbe von Nasgaard. Und das bin ich auch. Aber Alfred ... Alfred hat mich als jemand anders gekannt.«

Athulf schwieg. Erlend blickte flüchtig auf und sah dann wieder auf seine Knie.

»Vor fünf Jahren«, fuhr er hartnäckig fort, »habe ich mich verkleidet in den westsächsischen Königshaushalt eingeschlichen. Ich habe ein Jahr lang dort gelebt. Alfred und Eure Schwester dachten, ich wäre ein fränkischer Harfenist. Ich war dort, um zu spionieren.« Er blickte wieder auf, und diesmal sah er Athulf in die Augen. »Halfdan hat mich dorthin geschickt, um nach Möglichkeit die Schwachpunkte der Westsachsen auszuspionieren.«

Athulfs Augen waren unbewegt. Er sagte nichts.

»Als unsere Armee aus Wessex abzog, bin ich aus Alfreds Haushalt weggegangen. Ich bin nie zurückgekehrt. Sie wußten nicht, wer ich bin. Bis heute, als ich mit Edgar über den Frieden verhandeln mußte.«

Wieder wurde es still; zu Erlends großer Verblüffung fing Athulf an zu grinsen. »Ich wünschte, ich hätte Edgars Gesicht sehen können, als er Euch heute erkannt hat.«

Erstaunt starrte Erlend den Mercier an. »Ich war ein Spion, Athulf. Ich habe Alfreds Gastfreundschaft ausgenutzt und ihn ausspioniert.«

»Ich gehe jede Wette ein, daß Ihr nicht viel Brauchbares herausgefunden habt.« Athulfs Stimme war plötzlich trocken.

Erlend hob langsam die Knie und legte das Kinn darauf. »Ihr habt recht«, antwortete er kleinlaut.

»Es gibt wenig Menschen, die in so weiten Kreisen beliebt sind wie mein Schwager«, sagte Athulf. »Und niemand, der wichtige Dinge so zuverlässig für sich selbst behält. Ich weiß nicht, wie er es anstellt, aber man kann sich in Alfreds Gesellschaft vollkommen wohlfühlen, auch wenn man das Gefühl hat, ihn überhaupt nicht zu kennen.«

Erlends Augen ruhten auf Athulf, aber sie hatten einen seltsam blinden Ausdruck, der dem Mercier verriet, daß Erlend ihn überhaupt nicht wahrnahm. Nach einer Weile sagte er: »Das ist nur allzu wahr.« Erlend sprach langsam und nachdenklich. Seine grünen Augen blickten wieder konzentriert. »Er und Eure Schwester stehen sich sehr nahe«, sagte er.

»Habt Ihr schon gehört, wie diese Ehe zustande kam?« fragte Athulf. Als Erlend den Kopf schüttelte, setzte der Mercier sich bequemer hin und gab die Geschichte von Elswyths Heiratsantrag zum besten.

Erlend lachte wie seit Monaten nicht mehr.

»Ich dachte, es sei ein Fehler«, sagte Athulf. »Elswyth war als Kind ein Hitzkopf. Aber über die Jahre sind sie zusammengewachsen. Ihre Wurzeln haben sich sogar so verschlungen, daß es manchmal schwierig ist festzustellen, wo der eine anfängt und der andere aufhört. Ich glaube, deshalb braucht Alfred auch die Kameradschaft seiner Männer nicht. Er bekommt alles, was er braucht, von Elswyth.«

Erlend dachte daran, wie er Alfred zur Rede gestellt hatte, weil er Elswyth erlaubte, während der Schwangerschaft zu reiten. Er erinnerte sich an die Worte des Königs. Er hatte sie niemals vergessen und oft über sie nachgegrübelt. Wenn man jemanden liebte, hatte Alfred gesagt, mußte man diesem Menschen die Freiheit lassen, einen zurückzulieben.

Jetzt sagte er zu Athulf: »Er denkt anders über Frauen als die meisten Männer.«

»Elswyth ist auch anders als die meisten Frauen«, antwortete Athulf humorvoll. »Ich spreche da aus Erfahrung. Ich mußte sie schließlich großziehen.«

Erlend machte es auf eine seltsame, fast verbotene Weise Spaß, über den westsächsischen König und seine Frau zu sprechen. »Ich war mir nie ganz sicher, was Alfred von mir dachte«, sagte er als nächstes. »Elswyth ist so leicht zu durchschauen, aber Alfred . . . Man weiß nie genau, was Alfred gerade denkt.«

»Nein. Und ich vermute, das ist auch ein Teil seiner Faszination.« Skeptisch zog Erlend die dreieckigen Augenbrauen hoch, doch Athulf lächelte nur. »Gebt es doch zu, Erlend. Er ist ein faszinierender Teufelskerl.« Als Erlend immer noch nicht zustimmte, fügte er hinzu: »Beobachtet nur die anderen Männer, wenn er anwesend ist. Sie passen ständig auf, ob er vielleicht etwas sagt, oder ob sein Gesichtsausdruck sich auch nur minimal verändert. Das war schon so, als er noch ein Junge war, noch bevor er König wurde.« Athulf grinste plötzlich. »Wahrscheinlich verbringt er die Hälfte der Zeit, in der man sich fragt, was er von einem hält, damit, im Geiste aus dem Lateinischen zu übersetzen.«

Darüber mußten beide lachen. Athulf wurde jedoch schnell wieder ernst und sagte eindringlich: »Ich werde Alfred und meiner Schwester erzählen, wie gütig Ihr zu mir wart, Erlend Olafson. Wenn Ihr nicht gewesen wärt, weiß ich nicht, wie ich diese Jahre im Exil ertragen hätte.«

Erlend spürte, wie er rot wurde. »Es war mir ein Vergnügen, Euch Gesellschaft zu leisten, Athulf.«

Es herrschte kurzes Schweigen. Dann sagte Athulf: »Ihr seid überhaupt nicht wie Euer Onkel.«

Das war ein wunder Punkt, und Erlend antwortete sofort: »Ich bin Däne!«

»Ihr seid ein Däne mit Gewissen, mein Freund«, sagte Athulf

von Mercien, während er seine Decke ausbreitete, um sich schlafen zu legen. »Nehmt Euch in acht, denn in dieser Beziehung ist Guthrum Euch gegenüber im Vorteil. Ich würde ihm nicht über den Weg trauen.«

»Ich weiß. Ich bin kein Dummkopf. Einer der Gründe, warum ich eingewilligt habe, als Spion zu fungieren, war, daß ich Halfdans Gunst gewinnen wollte. Wenn ich Nasgaard zurückgewinnen will, möchte ich nicht allein auf Guthrums Hilfe angewiesen sein.«

»Um Gottes willen, nein«, sagte Athulf mitfühlend. »Aber an Eurer Stelle würde ich ihm in keiner Hinsicht trauen, Erlend.«

Doch Erlend schüttelte den Kopf. »Er würde mir kein Haar krümmen, Athulf. Er ist durch und durch Däne. In bezug auf Nasgaard traue ich Guthrum nicht, aber mein Leben würde ich in seine Hand legen.« Erlend beugte sich über die Kerze, um sie auszublasen. Er sagte: »Ich habe ihm in den letzten fünf Jahren vertraut, und wie man sieht, lebe ich noch.« Er pustete die Kerze aus und legte sich hin. »Gute Nacht«, sagte er. »Bald werdet Ihr im Lager der Westsachsen schlafen.«

»Wenn es Gott gefällt«, sagte Athulf und bekreuzigte sich inbrünstig.

Erlend zog sich die Decke über die Schultern und schlief sofort ein.

Alfred brauchte fast zwei Monate, um die Summe aufzutreiben. Ein Drittel zahlte er aus der königlichen Schatzkammer, und zwei Drittel kassierte er von seinen Ealdormen, die ihren Anteil wiederum bei den Thanen ihrer Grafschaften eintrieben. Während dieser Sommermonate gewährten die Westsachsen zehn von Guthrums Schiffen Einfahrt in den Hafen von Poole, so daß die Dänen sich mit Proviant versorgen konnten.

Die Eideszeremonie und der Austausch der Geiseln gegen Lösegeld fand Ende August statt. Der Ort für dieses Ereignis war am Fromeufer durch zwei Speere, an denen weiße Banner wehten, markiert worden, und dort trafen sich die Delegationen des dänischen und westsächsischen Lagers.

Erlend begleitete Guthrum in seiner Eigenschaft als Übersetzer. Außerdem waren noch Athulf, die fünf unglückseligen, dänischen Geiseln und eine Eskorte von Männern aus Guthrums persönlichem Gefolge dabei. Guthrum und Erlend standen zwischen den Speeren und sahen zu, wie die Westsachsen ihre Pferde durch den Fluß schwimmen ließen. Ein kleines Boot hielt mit ihnen Schritt. Die Geldtruhe auf dem Boot war für alle deutlich sichtbar.

Erlend hatte nur Augen für eine einzige Gestalt in der westsächsischen Gruppe. Alfreds langes Haar wurde heute von einem Goldreif zusammengehalten, der ein Zeichen seines Königtums war, er trug eine ärmellose, schneeweiße Leinentunika. Seine gebräunten Arme schmückten keine Armbänder, aber seine Ringe an den Fingern blitzten in der Augustsonne. Der graue Hengst, den er ritt, kletterte an Land, und Alfred signalisierte seinen Männern, am Flußufer anzuhalten.

Schweigend beobachteten die Dänen, wie der westsächsische König abstieg und die Zügel einem Mitglied seines Gefolges übergab. In Begleitung Brands und Edgars näherte sich Alfred dann Guthrum und den anderen Dänen, die ihn umringten. Erlend sah, wie er Athulf einen schnellen Blick zuwarf.

Erlends Herz schlug so heftig, daß er überzeugt war, daß Guthrum es hörte. Im Namen des Raben, dachte er, während er seine Wut unterdrückte. Wieso empfand er so? Warum machte es ihm etwas aus, was Alfred von Wessex von ihm hielt?

Die unvergessenen goldenen Augen, die von langen, goldenen Wimpern eingerahmt waren, sahen ihn jetzt an. »Erlend Olafson von Nasgaard«, sagte Alfred. Seine Stimme war vollkommen ausdruckslos. »Seid Ihr hier, um zu übersetzen?«

»Ja, Mylord.« Den Göttern sei Dank, seine Stimme war ruhig. Er holte tief Luft, deutete mit dem Kopf auf Guthrum und sagte: »Das ist der dänische Anführer, Jarl Guthrum. Er ist gekommen, um seine Geiseln zu übergeben und das Lösegeld zu kassieren.«

Die beiden feindlichen Anführer sahen sich an, und Erlend betrachtete die beiden. Guthrum war einen halben Kopf größer und viel kräftiger gebaut. Alfred dagegen hatte die schlanke, muskulöse Grazie einer Katze, und das Gesicht, das von einem

Helm dunkelgoldenen Haares eingerahmt war, sah aus wie das eines Jägers.

Guthrum sagte auf dänisch: »Alfred von Wessex, jetzt treffe ich Euch also endlich.« Er sprach wie zu einem Ebenbürtigen.

Erlend übersetzte.

Alfred sagte zu Erlend, den Blick immer noch auf Erlends Onkel gerichtet: »Ich bin gekommen, um zu sehen, wie Jarl Guthrum einen heiligen Eid schwört, mein Königreich zu verlassen. Ist er bereit, das zu tun?«

Ohne Guthrum zu Rate zu ziehen, antwortete Erlend: »Ja.«

»Was für einen Eid?« fragte Alfred.

Erlend holte einen schweren Goldring hervor, der über und über mit riesigen Granaten besetzt war und in den Runen eingraviert waren. »Das ist der heilige Ring des Odin«, sagte er. »Er liegt auf dem Altar dieses Gottes und spielt bei allen Opferzeremonien eine Rolle. Auf diesen Ring wird Lord Guthrum schwören, Wessex zu verlassen, sobald Ihr ihm sein Geld bezahlt habt.«

Guthrums Augen, die so blau waren wie der Augusthimmel, blickten von Alfreds Gesicht zu Erlends und dann wieder zu Alfreds. Guthrum konnte genug Sächsisch, um der Unterredung zu folgen.

Alfred sagte: »Ich weiß nicht, was ein solcher Eid einem Heiden bedeutet. Bei den Christen ist ein Eid ein Versprechen, das bei Gott beschworen wird. Es ist heilig und darf niemals gebrochen werden. Tut man es doch, verliert man in den Augen Gottes und der Menschen alle Ehre und jede Glaubwürdigkeit.«

Erlend übersetzte.

Guthrum lächelte, und Erlend erschauderte. »Sag ihm, daß es bei uns dasselbe bedeutet«, sagte sein Onkel.

Erlend wandte sich wieder an Alfred und wiederholte Guthrums Worte auf sächsisch. Alfred nickte ernst. Dann sagte er zu Brand: »Gib den Befehl, das Geld herzubringen.«

Ein paar Möwen flogen tief über dem Frome und schrien sich gegenseitig an. Der Fluß glitzerte in der Augustsonne. Es ist ein herrlicher Tag, dachte Erlend, als die schwere Truhe vor die

Dänen gewuchtet und zur Kontrolle geöffnet wurde. Dann berührte Guthrum Odins Ring und legte einen Eid ab.

Erlend übersetzte. Die Worte waren einfach und klar. Er konnte nichts Falsches an ihnen finden. Er sah an Alfreds Augen, daß auch der westsächsische König damit zufrieden war. Alfred nickte, und Guthrum sagte: »Er kann die Geiseln jetzt abführen.«

Athulf trat sofort vor; widerstrebend folgten die fünf anderen Männer seinem Beispiel. Alfred lächelte Athulf an und umarmte den Mercier. »Ihr seht gut aus, mein Bruder«, sagte der König dann. »Elswyth war besorgt um Euch.«

Athulf lachte zittrig. Seine Augen glänzten verdächtig, als er vom König zurücktrat. »Mein Gott, Alfred«, sagte er. »Ihr könnt Euch nicht vorstellen, wie glücklich ich bin, Euch zu sehen!«

Guthrum verschränkte die Arme und beobachtete die beiden Sachsen mit einem spöttischen Lächeln auf den sinnlichen Lippen, Alfred blickte herüber und bemerkte es. Er klopfte Athulf auf die Schulter, deutete auf das Boot und sprach dann Guthrum persönlich an, ohne Erlend anzusehen. »Ich werde Eure Geiseln so gut behandeln, wie Ihr meinen Bruder behandelt habt, Lord Guthrum«, sagte er ruhig. »Aber wenn Ihr Euer Wort brecht, töte ich sie.«

Sein Blick ruhte auf Guthrums Gesicht. Erlend fing an, zu übersetzen, aber Guthrum bedeutete ihm mit einem Wink zu schweigen. »Wir verstehen uns schon«, sagte er mit seinem starken Akzent auf sächsisch zu Alfred.

»Gut.« Alfred nickte Edgar zu, der anfing, die dänischen Geiseln zum Boot zu treiben. Auch Alfred wollte sich abwenden, hielt jedoch inne und sah Erlend an. »Ich hatte immer so meine Zweifel an Euch«, sagte er. Sein Gesichtsausdruck war undurchdringlich.

»Ich weiß.« Erlend bemühte sich sehr um ein reumütiges Lächeln. »Die Harfe. Und dann noch die Pferde.«

Alfreds Stimme war genauso wie sein Gesicht – gelassen und unmöglich zu deuten. Er sagte: »Bauernjungen haben auch keine Pflegemütter, um die sie trauern.«

Überrascht weiteten sich Erlends Augen. Dann fiel ihm ein, zu welcher Gelegenheit er seine Pflegemutter erwähnt hatte, und er errötete. »Ihr müßt mich für sehr ungeschickt gehalten haben«, sagte er, und die Bitterkeit in seiner Stimme verriet seine Gefühle nur allzu deutlich.

»Nein«, sagte Alfred. »Ihr seid sehr redegewandt, und Eure Erklärungen waren immer plausibel. Etwas anderes hat Euch verraten.«

»Und was war das, Mylord?«

Alfred musterte Erlend von Kopf bis Fuß. »Ihr tretet nicht auf wie ein Mann von niederer Abstammung, Erlend Olafson. Allein Eure Kopfhaltung verrät Euch. Denkt daran, wenn Ihr das nächste Mal im Lager des Feindes Harfe spielt.«

Erlend starrte Alfred mit kaum unterdrückter Feindseligkeit an. »Warum habt Ihr mich dabehalten, wenn Ihr wußtet, daß ich ein Betrüger war?«

Alfreds Augen lächelten, doch sein Mund blieb völlig ernst. »Ihr seid ein guter Harfenist.« Dann folgte er seinen Männern zum Fluß, und Brand begab sich sofort hinter den König, um ihm Deckung zu geben.

Schweigend stand Erlend neben seinem Onkel, während die Westsachsen ihre Pferde bestiegen und wieder in den Frome wateten. Auch das Boot, das nun kein Geld mehr transportierte, sondern mit dänischen Geiseln beladen war, stieß in den Fluß. Guthrum sagte entschieden. »Er hat keine Angst vor uns.«

»Nein.« Erlends Stimme klang wie ein Krächzen.

»Das ist ein Fehler.«

Erlend starrte seinen Onkel an. »Ihr habt einen Eid geschworen, Mylord«, sagte er.

Guthrum warf ihm aus sehr blauen Augen einen Blick zu, schwang sich auf das Pferd, das einer seiner Männer für ihn hielt, und galoppierte zurück zu den Mauern Warehams.

Elswyth befand sich auf Wilton, und dorthin schickte Alfred Athulf am Tag nach seiner Befreiung. Alfred selbst blieb noch eine Woche in Wareham und beobachtete, wie die Dänen ihren Abzug vorbereiteten. Danach, in der zweiten Septemberwoche, verlegte er den Großteil der ihm verbliebenen Männer, die dänischen Geiseln eingeschlossen, nach Wilton. Er ließ nur eine Wache in Wareham zurück, die die Dänen im Auge behalten sollte. Die Verpflegung seiner Männer war auf Wilton viel einfacher zu bewerkstelligen als in Wareham.

»Glaubt Ihr, daß er zu seinem Wort steht, Mylord?« hatte Brand gefragt, als der Befehl zum Abzug aus Wareham gegeben wurde.

»Ja.« Dessen war sich Alfred völlig sicher. »Wenn er an seine heidnischen Götter glaubt, wird er es nicht wagen, den Eid zu brechen und sich ihren Zorn zuzuziehen. Aber wenn er das Land verlassen will, muß er in jedem Fall die römische Straße nehmen, die an Wilton vorbeiführt, und von dort aus können wir ihn weiter beobachten. Ich vertraue nicht darauf, daß er während des Rückzugs seine Männer vom Plündern abhält.«

Bei Alfreds Ankunft war Elswyth noch auf Wilton. Zu Beginn der Belagerung Warehams hatte sie Flavia, Edward und die Hunde nach Chippenham in Wiltshire geschickt. Sie selbst war jedoch mit dem Baby auf Wilton geblieben. Elswyth hatte ursprünglich vorgehabt, Elgiva zu entwöhnen und sie mit den anderen nach Chippenham zu schicken, doch Alfred war dagegen gewesen. Sie wußte, daß er seine Kinder liebte, aber die Monate, in denen sie schwanger war, mochte er ganz und gar nicht. Ihr ging es genauso, und da sie noch nicht einmal zweiundzwanzig war, lagen noch viele fruchtbare Jahre vor ihr. Deshalb war es das Beste, der kleinen Elgiva so lange wie möglich die Brust zu geben. Und so blieb das Baby bei ihr auf Wilton, wo sie so nahe bei Wareham waren, daß sie wußten, was dort vor sich ging, aber auch weit genug davon entfernt, um im Notfall fliehen zu können.

Elswyth war vor Freude außer sich gewesen, Athulf wiederzusehen, aber die Nachricht, daß Alfred eigene Geiseln genommen hatte, beunruhigte sie. »Was sollen wir mit diesen Dänen anfangen?« fragte sie ihren Mann kurz nach seiner Ankunft auf Wilton. Sie hatte zugesehen, wie die Geiseln in einen der kleineren Säle abgeführt wurden, und es beunruhigte sie, daß diese Dänen so jung waren.

»Wir halten sie gefangen«, antwortete Alfred. »So wie Guthrum Athulf gefangengehalten hat. Aber wir müssen einen Erlend finden, der für sie übersetzen kann.«

»Athulf hat mir das von Erlend erzählt«, sagte sie, und war einen Moment vom Thema abgelenkt. »Ich kann es einfach nicht glauben, Alfred. Er war ein dänischer Spion. Und ich habe ihn auch noch gemocht!«

Alfred lächelte sie an. »Er hat wenig herausgefunden, was von Bedeutung war, Liebes. Dessen kannst du dir sicher sein.«

Ihre Augen wurden schmal wie die einer Katze. »Willst du damit sagen, daß du ihn verdächtigt hast?« fragte sie und war auf dem besten Wege, darüber wütend zu sein, daß er ihr diese Zweifel nicht anvertraut hatte.

»Ich dachte nicht, daß er Däne ist«, antwortete Alfred. »Aber ich habe auch nicht geglaubt, daß er das war, was er vorgab zu sein.« Er zuckte mit den Schultern. »Ich dachte, er sei vielleicht der Sohn einer Adelsfamilie, der zu Hause in Schwierigkeiten geraten ist und zum Weglaufen gezwungen war.«

»Ich hatte niemals auch nur den leisesten Verdacht.« Sie ärgerte sich ganz offensichtlich über sich selbst. »Und dabei konnte er so gut mit Pferden umgehen!«

Ein leises Lächeln brachte seine Augenfältchen zum Vorschein. »Das war eine Sache, die ihn verraten hat. Kein Bauernjunge lernt zu reiten wie Erlend.«

Elswyth betrachtete das leicht belustigte Gesicht ihres Mannes. »Ich hoffe nur, du warst wütend, als du ihn gesehen hast«, bemerkte sie.

Er zog verwirrt die blonden Augenbrauen zusammen. »Wieso hoffst du das?«

»Du bist furchterregend, wenn du zornig bist. Nach dem Streich, den er uns gespielt hat, verdient Erlend es, einmal richtig in Angst und Schrecken versetzt zu werden.«

Die Falte zwischen seinen Augenbrauen glättete sich wieder, und das Lächeln kehrte in seine Augen zurück. »Ich bin selten wütend.«

»Ich weiß«, antwortete sie offen. »Deshalb ist es ja so furchterregend, wenn du es einmal bist.«

Darüber lachte er. Als nächstes blickte er sich im überfüllten Saal um. Diener trugen Gepäck aus dem Hof herein, und die Tür des Schlafgemachs stand weit offen, um den Durchgang zu erleichtern. »Laß uns zusammen ausreiten«, schlug er vor. »Hier drinnen ist es zu laut, um sich zu unterhalten, und es wird noch ein paar Stunden hell sein.«

Ihr Gesicht hellte sich auf. »In Ordnung. Aber ich muß erst das Baby stillen.«

Eine halbe Stunde später ritten sie durch die Tore von Wilton. Die Septembersonne schien noch warm auf sie herab. »Warum ist Guthrum noch nicht aus Wareham abgezogen?« fragte sie, als sie dem Pfad folgten, der sich durch den Wald zum Fluß schlängelte.

»Er hat viertausend Männer in Wareham stationiert, Elswyth. Es braucht seine Zeit, eine so große Armee abzuziehen.«

»Bist du auch sicher, daß er sein Wort hält?«

»Ja.« Sein Gesicht sah im Licht des Spätnachmittags gelassen aus.

»Ich wäre es nicht«, murmelte Elswyth. »Was bedeutet einem Heiden schon ein Eid? Es gibt schließlich sogar Christen, die sich nicht an einen Schwur halten.«

Aber Alfred ließ sich nicht aus der Ruhe bringen. »Vergiß nicht, ich habe seine Geiseln. Sie sind allesamt Söhne von Jarlen. Das hat Athulf bestätigt. Was würde aus dem Vertrauen, das Guthrums Armee ihm schenkt, wenn er seinen Eid bricht und diese Männer opfert?«

Es war kurz still. Sie waren jetzt zwischen den Bäumen und mußten hintereinander weiterreiten. Alfred blieb zurück, um Elswyth den Vortritt zu lassen.

»Mir gefällt diese Geiselnahme nicht«, sagte sie, drehte sich im Sattel um und sah ihn an. »Was sollen wir mit diesen Männern machen? Sie sind noch so jung, Alfred! Fast noch Jungen. Wir können sie nicht wie wilde Tiere anketten.«

»Ich habe auch nicht die Absicht.« Alfred deutete auf eine kleine Lichtung, die die Bäume zu ihrer Rechten teilte. »Hier ist es schön«, sagte er. »Laß uns eine Weile absteigen.«

Elswyth bog vom Pfad ab, hielt an, stieg ohne Hilfe ab und

löste ihren Sattelgurt. Sie ritt heute auf Silken, weil Copper auf Lambourn geblieben war. »Also?« sagte sie über die Schulter zu Alfred, der ihr folgte. »Was sollen wir mit ihnen machen? Sie sprechen nicht einmal unsere Sprache!«

»Ich schicke sie mit einer Wache nach Cheddar, wo sie dann weiter bewacht werden.« Auch er war abgestiegen und löste seinen Sattelgurt. »Mach dir nicht solche Sorgen, Elswyth. Sie bekommen zu essen, ein Dach über dem Kopf und alles, was sie brauchen. Guthrum hat Athulf nicht mißhandelt, und ich habe es auch mit diesen Jungen nicht vor. Sie sind nur als Faustpfand für Guthrums Versprechen hier.«

»Aber Alfred«, sagte sie unglücklich. »Was geschieht, wenn Guthrum sein Wort bricht?«

»Elswyth . . .« Er war auf leisen Sohlen hinter sie getreten. »Ich habe dich nicht hierhergebracht, um über die Geiseln zu sprechen.« Er nahm ihre Hand und führte sie von den Pferden weg, hin zu der mit trockenen Kiefernnadeln bedeckten, ebenen Stelle, die er vom Sattel aus erspäht hatte.

Sie blieb stehen, versuchte sich von ihm loszureißen und sprach aus, was sie wirklich bedrückte. »Alfred, wenn er sein Wort bricht, mußt du sie töten. Und das wird dich unglücklich machen.«

»Er wird sein Wort nicht brechen.« Er ließ zu, daß sie ihm ihre Hand entzog, legte aber beide Hände um ihre Taille. »Elswyth . . .« sagte er. Sanft. Schmeichelnd.

Hinter ihr stand ein Baum, und sie lehnte sich dagegen und starrte zu ihm auf. »Ich will reden«, sagte sie.

»Später.« Er beugte sich zu ihr herab. Sein Kuß war tief, forschend, erotisch. Nach einer Weile öffnete sich ihr Mund, und sie taumelte gegen ihn, als sei sie plötzlich von einer Windböe erfaßt worden. »Ich habe dich vermißt«, flüsterte er und ließ seinen Mund über ihren gewölbten Hals gleiten. Er küßte den pochenden Puls, den er dort fand.

Die Feuerspur, die sein Mund hinterließ, vertrieb all ihre Sorgen um die Geiseln. Sie schlang die Arme um seine Hüfte, streichelte seinen Rücken und spürte, wie er sie näher an sich heranzog, so daß ihre Körper aneinandergepreßt waren. Die laubreichen Zweige der Birke, unter der sie standen, dämpften das Sonnenlicht. Sie konnte die Kraft in seinen Beinen spüren, die sich an ihre drängten. Dann trug er sie zu dem Fichtennadelbett auf der Lichtung.

Die Sonne war hier intensiver, weil sie nicht von Bäumen gefiltert wurde. Wenn sie aufsah, blickte sie in den Dunstschleier des Spätsommerlichts. Er streifte seine Kleider ab. Sein glatter, muskulöser Körper leuchtete in der Sonne, sein Haar war ein Helm glänzenden Goldes. Dann war er wieder neben ihr, und sie nahm sein Gesicht in beide Hände. »Ich habe dich auch vermißt«, sagte sie sanft und strich mit den Daumen über die makellose, harte Linie seiner Wangenknochen.

Er knöpfte ihr Kleid auf. Seine Lippen folgten seinen Fingern, als er sie in der warmen Sonne entblößte. »Dieses Kleid gefällt mir«, murmelte er. Sein Mund liebkoste die blasse, seidige Haut ihrer Taille.

»Es soll bequem für das Baby sein, nicht für dich.« Es wehte ein laues Lüftchen, das die Gerüche des tiefen Waldes zu ihrer kleinen, sonnigen Lichtung trug. Die Kiefernnadeln stachen und dufteten. Er streifte ihr das Kleid von den Schultern und zog es nach unten. Sie hob die Hüfte, um ihm zu helfen, und dann befreite er sie schnell und sicher von ihrer restlichen Kleidung.

»Wie ich mich nach dir gesehnt habe. In all diesen einsamen Nächten...« Er beugte sich wieder über sie. Er küßte ihren Hals, ihre Brüste. Sein Mund glitt immer weiter an ihrem Körper herab. »Mir ging es genauso.« Ihre Worte waren nur noch ein atemloses Flüstern. Sie vergrub die Hände in seinem Haar und stieß einen kleinen Schluchzer aus, der aus der Tiefe ihrer Kehle kam. Daraufhin ließ er die Hände unter ihre Hüfte gleiten, hob sie an und stieß sich hinein. Sie wölbte sich ihm entgegen.

Sein Rücken unter ihren Händen war warm von der Sonne, sein Fleisch unter ihren Fingerspitzen fühlte sich glatt und hart an. Er sagte ihren Namen. »Ich liebe dich«, flüsterte sie und antwortete seinen Worten, seinem Körper, der tief in ihrem vergraben war. Und sie stiegen höher und höher zu einem Ort, an dem die Welt explodierte und nichts mehr von Bedeutung war als sie beide.

Erst viel später, als sie wieder angezogen waren und im Sattel saßen, dachte Elswyth wieder an die Geiseln. Sie öffnete den Mund, um darüber zu sprechen, betrachtete Alfreds Profil und schloß den Mund wieder. Was konnte man dazu schon sagen? Er brauchte die Geiseln als Faustpfand für Guthrums Versprechen. Das verstand sie sehr gut. Was die Zukunft brachte, hing vom dänischen Anführer ab, nicht von Alfred.

Guthrum würde den Eid nicht brechen, dachte sie bei sich. Alfred war ein guter Menschenkenner. Wessex würde ein paar weitere Jahre in Sicherheit sein.

31

ES geschah in der dunklen Nacht des siebzehnten Oktober. Die dänische Streitkraft unter Guthrum ritt aus Wareham heraus und zog nicht wie erwartet nach Norden in Richtung Mercien, sondern nach Westen, tiefer nach Wessex hinein. Erlend hatte selbst Guthrum eines solchen Wortbruchs nicht für fähig gehalten, doch als er protestierte, hatte sein Onkel die Zähne gefletscht und gesagt, er habe offensichtlich zuviel Zeit bei den Christen verbracht und sei deshalb zimperlich geworden.

»Aber unsere Geiseln!« Erlend hatte nicht nachgegeben. »Alfred hat gesagt, er bringt sie um, wenn Ihr Euer Wort brecht.«

»Männer sterben nun einmal im Krieg«, kam die brutale Antwort. »Außerdem wird es diesem christlichen König wahrscheinlich schwerer fallen, als er denkt, kaltblütig Männer umzubringen. Ich glaube, die Geiseln sind bei Alfred von Wessex in guten Händen, ganz egal, was ich tue.«

Und so donnerten fast viertausend Dänen an der westsächsischen Wache vorbei aus Wareham hinaus zur Küstenstraße, die nach Exeter führte. Harald Bjornson, der Kommandant von Guthrums Flotte, kannte den alten römischen Ort Exeter, der noch von den alten Mauern geschützt war und über die Mündung des Flusses Exe Zugang zum Meer hatte.

Die strategische Lage der dänischen Flotte hatte den Ausschlag für Guthrums Entscheidung gegeben, nach Exeter zu reiten. Alfreds Schiffe lagen noch im Hafen von Poole und schlossen Wareham ein, deshalb lag zwischen den Wikingerschiffen und Exeter nichts außer den Gewässern des südlichen Kanals. Die dänische Flotte mit ihrer Ladung von dreitausend Mann würde die Mündung des Exe erreichen, bevor die westsächsischen Schiffe sie aufhalten konnten. Wenn die Armee auf dem Schiff erst einmal gelandet war, würde Guthrum siebentausend Mann unter seinem Kommando haben, und Wessex wäre sein.

Vier Männer der Wache in Wareham galoppierten durch die Nacht, um Alfred auf Wilton davon zu benachrichtigen, was passiert war. Als sie auf dem königlichen Gut ankamen, war der Haushalt gerade beim Frühstück. Ein paar Minuten, nachdem Alfred die Neuigkeiten erfahren hatte, rannten seine Thane Hals über Kopf zu den Pferden und verstreuten dabei die Binsen auf dem Boden des großen Saals, in der Eile stopften sie sich noch den Rest ihres Brotes in den Mund.

»Und die Proviantwagen?« fragte Elswyth, als sie Alfred dabei beobachtete, wie er in ihrem Schlafgemach seinen Harnisch anlegte.

»Kommen nach. Der Verwalter wird sich darum kümmern. Überprüfe die Pferde noch einmal, bevor sie angespannt werden, Elswyth, und stell fest, ob sie gesund sind.«

»In Ordnung.« Sie schluckte. »Glaubst du, daß ihr sie einholen könnt?«

»Das kommt darauf an, wie weit sie reiten. Wenn sie nach Exeter wollen, wo sie sich am besten verteidigen können, dann vielleicht. Es hängt davon ab, ob sie Rast machen.«

»Warum gerade Exeter?« Sie kam ihm beim Umschnallen seines Schwertes zu Hilfe.

»Die Stadt hat noch ihre römischen Mauern, und außerdem gibt es dort die Mündung und den Fluß.« Er hielt still und ließ sich von ihr das Schwertgehenk umschnallen. »Nichts wird Guthrum daran hindern zu landen, seine Männer auszuschiffen und seinen Proviant abzuladen.« Sie war fertig mit dem Gehenk und sah zu ihm auf. Sein zusammengepreßter Mund war sehr grimmig. Er sagte: »Wenn ich Guthrum wäre, würde ich dorthin gehen. Er ist zwar ein verräterischer Hurensohn, aber er ist clever. Ich glaube, Exeter ist sein Ziel.«

»Mylord, wir sind fertig.« Brand stand in der Tür.

»In Ordnung. Habt ihr die Geiseln mit Pferden ausgestattet?«

»Jawohl, Mylord.«

»Ich komme sofort, Brand«, sagte Alfred und wartete, bis der Than die Tür hinter sich geschlossen hatte. Dann sah er wieder seine Frau an. Sie fragte: »Du nimmst die Geiseln mit?«

»Ja.«

»Ich nehme an, du mußt.«

»Ja«, sagte er wieder.

Sie blickte auf in seltsame Augen, die so wild und unbarmherzig waren wie die eines Falken. Ihr Mund war völlig ausgetrocknet. »Geh mit Gott«, sagte sie. »Ich liebe dich.«

Er neigte den Kopf, küßte sie auf den Mund, schnell und fest, und war verschwunden.

Über zweitausend Reiter galoppierten hinter Alfred auf der römischen Straße her, die sie zuerst nach Dorchester und dann, wenn die Dänen nicht dort waren, westlich an der Küste entlang nach Exeter führen sollte. Sie hielten nur an, wenn die Pferde sich ausruhen mußten.

Die Dänen waren nicht in Dorchester, aber die Menschen dort berichteten dem König, daß sie vor vielen Stunden in westlicher Richtung durchgeritten waren. Alfred tauschte ein paar Pferde, die erschöpfter waren als die anderen, gegen ausgeruhte ein und begab sich dann ebenfalls nach Westen. Im Laufe des Tages hatte sich der Himmel unheilvoll grau verfärbt, und bei Einbruch der Nacht begann es zu regnen.

Der Wind peitschte, Blitze schossen vom Himmel, und der Sturm trieb Regenwände vor sich her. Alfred war gezwungen, mehrere Stunden haltzumachen; sowohl die Männer als auch die Pferde waren erschöpft, die Straße verwandelte sich in schlammigen Morast, und es war so dunkel, daß man die Hand vor Augen nicht sah. Die Westsachsen suchten Schutz, wo sie nur konnten, und warteten darauf, daß der Sturm nachließ. Viele von ihnen hüllten sich in ihre durchnäßten Umhänge und schliefen auf dem nassen Boden, ohne sich um das Unwetter, das über ihnen tobte, zu kümmern.

Alfreds Flotte suchte Schutz im Hafen von Poole. Guthrums Schiffe, die auf dem Weg nach Exeter waren, hatten nicht soviel Glück. Sie befanden sich gerade vor den Klippen von Swanage in Dorset, als sie vom Sturm überrascht wurden. Es gab keinen sicheren Hafen in der Nähe. Sie kämpften stundenlang gegen das Meer. Die starken Winde trieben sie immer wieder gegen die Klippen, und die schwere See schoß über die niedrigen Schiffswände, die sie mit ihren Schilden abzuschirmen versuchten. In der grauen, nassen Morgendämmerung, als das Meer sich langsam beruhigte, war Guthrums Kommandant endlich in der Lage, das Ausmaß des Schadens zu beurteilen.

Einhundertundzwanzig dänische Schiffe waren in dieser Nacht vor Swanage gesunken, fast dreitausend Männer ertrunken. Nach der vergeblichen Suche nach Überlebenden wendete Harald Bjornson mit grimmigem Gesicht die dreißig Schiffe, die ihm geblieben waren, und segelte nach Südwesten. Nicht wie geplant nach Exeter in Devon, sondern nach Cornwall, ins Land der Westwaliser.

Ein Teil von Guthrums Plan für diesen Herbstfeldzug hatte darin bestanden, sich an die Westwaliser zu wenden und sie eventuell für eine Allianz mit den Dänen zu gewinnen. Harald hoffte, wenigstens diesen Auftrag für Guthrum erfüllen zu können. Dann würde der Rest der dänischen Flotte noch weiter westlich segeln, um Ubbe zu suchen, Halfdans Bruder, dessen Schiffe auf den Meeren zwischen Dublin und der Küste von Wales umhersegelten. Wenn er der dänischen Armee in Exeter zu Hilfe kommen wollte, mußte Harald eine neue Flotte organisieren. Er entsandte eines der ihm gebliebenen Schiffe, um Guthrum in Exeter die Nachricht vom Schiffbruch und seinen neuen Plänen zu überbringen, und setzte dann die Segel für Cornwall.

Die Entscheidung des Feldzuges war in Swanage gefallen, aber mehrere Tage lang erfuhren es weder Alfred noch Guthrum. Es war sehr spät am Abend, als die erschöpfte westsächsische Armee sich endlich vor Exeter ausruhen konnte und das Rabenbanner von den römischen Mauern der alten Stadt wehen sah.

Alfred zog seine Männer auf der Ebene östlich der Stadt zusammen und gab den Befehl, das Nachtlager aufzuschlagen. Dann rief er nach Brand. »Ich will, daß ein Schafott errichtet wird, das man von den Mauern aus gut sehen kann«, sagte er. »Sorgt dafür, daß es außer Schußweite ist. Kümmert Euch morgen als erstes darum.«

Brand sah in das Gesicht des Königs und wandte dann den Blick ab. »Jawohl, Mylord.«

Die westsächsische Armee aß den Proviant, der noch in den Satteltaschen war, und ließ sich zur Nachtruhe nieder. Am nächsten Morgen kamen zur Verstärkung die ersten Männer vom Devonfyrd, das von Ealdorman Odda angeführt wurde, ins Lager geritten. Sie kamen gerade rechtzeitig, um zu sehen, wie Alfred seine fünf dänischen Geiseln henkte, eine nach der anderen, vor den Augen der Dänen, die schweigend auf den Mauern von Exeter standen und grimmig zusahen.

Die westsächsischen Thane blickten ihrem König nach, als er fortging, nachdem der letzte Däne abgeschnitten worden war, und auf den Gesichtern aller waren deutlich Respekt und Bewunderung zu erkennen.

»So verfährt Alfred mit Eidesbrechern«, sagte ein Mann aus Alfreds Leibgarde zu einem Than aus dem Devonfyrd. »Der König weiß genau, wie er einem hinterhältigen Feind antworten muß.«

Brand stand neben Edgar, und auch sie beobachteten, wie Alfred wegging. »Ich hoffe bei Gott, daß er morgen keine Kopfschmerzen hat«, murmelte Brand seinem Freund leise zu.

Edgars Gesicht war grimmig. Die dänischen Jungen waren tapfer gestorben, aber es war kein erbaulicher Anblick gewesen. »Er bekommt bestimmt welche«, antwortete Edgar. »Darauf würde ich mein Schwert verwetten.«

Es stellte sich heraus, daß sie beide recht hatten, was keinem von ihnen Genugtuung bereitete. Den ganzen nächsten Tag war Alfred durch Kopfschmerzen beeinträchtigt. Am Tag darauf erfuhren die Westsachsen von der Katastrophe, die sich vor Swanage ereignet hatte.

Es ist genauso wie in Wareham, dachte Erlend, als er auf den Mauern von Exeter stand und das westsächsische Lager beobachtete. Alfreds Schiffe lagen in der Mündung und blockierten den Zugang zum Fluß, und Alfreds Fyrds belagerten die Tore, um eventuelle Plünderertrupps abzufangen, die von Guthrum losgeschickt wurden, um Nahrung und Futter zu beschaffen. Und es wurde bald Winter.

»Unsere einzige Hoffnung liegt darin, die Westwaliser aufzustacheln«, sagte Erlend zu Guthrum, der neben ihm stand. »Es war ja auch Euer ursprünglicher Plan, in Dumnonia einen dänischen Stützpunkt zu gewinnen. Vielleicht hat Harald Bjornson ja Erfolg bei den Kelten.«

»Ich kann mir nicht vorstellen, wieso nicht«, sagte Guthrum. »Ganz Europa weiß schließlich, wie die Sachsen die Waliser von ihrem Land vertrieben und nach Wales und Cornwall zurückgetrieben haben. Die Waliser wären dumm, wenn sie die Chance nicht ergriffen, sich gegen ihre alten Feinde zu wenden.«

»Das sollte man meinen«, murmelte Erlend.

Guthrum machte ein finsteres Gesicht. »Du bist es doch, der ständig diese sächsischen Lieder von den Siegen über die Waliser singt.«

»Ich weiß.« Erlend schirmte mit der Hand die Augen gegen das grelle Sonnenlicht ab. »Und wenn es um die Waliser in Wales und die Mercier ginge, hätte ich auch wenig Zweifel am Ergebnis. Aber mit ihren keltischen Nachbarn sind die Westsachsen immer großzügiger verfahren, Onkel. Als ich dort war, dienten Kelten in Alfreds Leibgarde, und das Gesetz sieht vor, daß auf Kelten ein halb so hohes Wergeld liegt wie auf einem sächsischen Than. Das ist in Mercien nicht der Fall, aber in Wessex. Die Westwaliser sind vielleicht gar nicht so unzufrieden, wie wir es gerne hätten.«

»Im Namen des Raben!« fluchte Guthrum. »Wer konnte

ahnen, daß es im Oktober einen solchen Sturm geben könnte? Er hat all meine ausgefeilten Pläne zunichte gemacht.«

Erlend konnte nicht widerstehen zu sagen: »Vielleicht hat es Odin nicht gefallen, daß Ihr Euren Eid gebrochen habt.«

Guthrum drehte sich schwungvoll herum. Gewalttätigkeit flackerte über sein Gesicht wie ein Blitz im Sommer. »Odin liebt die Starken«, sagte Guthrum, und seine Stimme war wie ein Peitschenschlag. »Keine Feiglinge. Alfred ist jedenfalls keiner, Neffe. Er hat unsere Männer ohne jeden Skrupel gehenkt.« Widerwillig fügte er hinzu: »Ich dachte nicht, daß er den Mumm dazu hätte.«

»Nein, er ist kein Feigling«, stimmte Erlend zu, und seine Stimme war eiskalt. »Aber er wird Euch kein zweites Mal vertrauen.«

Guthrum blickte zum westsächsischen Lager zurück. »Was glaubst du, wieviel Männer er hat?«

»Wahrscheinlich hat er seine eigenen Thane und die Fyrds von Somerset, Dorset und Devon«, antwortete Erlend. »Mindestens. Und die Männer von Wiltshire stehen auf Abruf bereit. Sie sind genauso viele wie wir, denke ich. Mindestens.«

»Es ist zu riskant«, sagte Guthrum. »Diese Westsachsen sind gute Kämpfer.« Grimmig fügte er hinzu: »Wir müssen sie zermürben. Bisher hat er es noch nie geschafft, eine so große Streitkraft im Feld zu halten. Wir werden warten, bis sie nur noch wenige sind, und dann drängen wir auf eine Schlacht.«

Es herrschte Schweigen, als die beiden Männer versuchten, die sich bewegenden Gestalten im westsächsischen Lager zu erkennen. »Ja«, sagte Erlend schließlich. »Das wird das Beste sein.«

Aber die Jahreszeit begünstigte die Dänen nicht. Die Ernte war schon eingebracht, und Alfred bot den Männern, die mit ihm in Exeter blieben, eine ansehnliche Summe. Für die meisten Thane und Freien stellte das Geld mehr als eine Entschädigung für den Verlust an Arbeitszeit zu Hause dar. Ein Monat verging, und die westsächsische Armee behielt ihre ursprüngliche Stärke bei. Von den Westwalisern kam auch keine Nachricht.

Die Winterkälte setzte ein. Guthrum sandte seine Plünderertrupps nachts aus, wenn es leicht war, die Mauern zu überwinden, ohne von den Westsachsen gesehen zu werden. Manchmal kamen die Trupps mit Nahrung zurück, manchmal nicht. Ende Januar hatten die Dänen die Umgebung völlig ausgeplündert. Die Westsachsen dagegen bekamen ganze Wagenladungen Proviant geliefert.

»Wir können hier nicht länger ausharren«, sagte Guthrum eines Tages im frühen Februar zu seinem Rat, der aus Jarlen bestand. »Wir brauchen Land, um uns in Wessex niederzulassen, und müssen für alle Dänen auf dieser Insel Sicherheit gewinnen, indem wir die Bedrohung, die von Alfred von Wessex ausgeht, eliminieren. Ich kann nichts davon erreichen, wenn ich meine Armee in Exeter verhungern lasse.«

Alle Männer, die ums Feuer herum saßen, grunzten zustimmend. Dann fragte Jarl Svein: »Was gedenkt Ihr zu tun, Guthrum?«

»Um Frieden bitten und den Rückzug nach Mercien antreten. Unser Plan war nicht schlecht. Das Unwetter und der Untergang unserer Schiffe waren unser Verderben.«

Das zustimmende Grunzen wurde lauter.

In Guthrums Wange zuckte ein Muskel. Er sagte: »Ich habe von der Unzufriedenheit meiner Männer gehört. Sie sagen, daß diejenigen, die Halfdan gefolgt sind, inzwischen Herren ihrer eigenen Ländereien sind, am warmen Herd sitzen und willige Frauen haben, die nachts ihr Bett wärmen, während wir immer noch im Feld sind.«

Ein leises Raunen ging um. Erlend hatte auch einige Jarle fast dasselbe sagen hören. Guthrums Augen fingen an zu glühen. »Ich werde das Land in Mercien aufteilen«, sagte er. »Die Kriegsmüden sollen zum Pflug greifen. Ich führe niemanden an, der mir nicht folgen will.«

Es herrschte unbehagliches Schweigen. »Das wird das Beste sein«, sagte Jarl Svein schließlich. »Ihr habt recht, wenn Ihr sagt, daß unsere Männer kriegsmüde sind und den Hunger nach Sold und Blut verloren haben. Sie wollen Land, Guthrum.«

»Ich werde ihnen Land geben.« Guthrum stand auf und blickte auf die Männer herab, die im Kreis vor ihm saßen.

Verächtlich fügte er hinzu: »In der Schlacht möchte ich solche Leute sowieso nicht hinter mir haben.«

Wieder herrschte Schweigen, und diesmal war es noch unbehaglicher als das zuvor. Nur wenige Jarle waren in der Lage, Guthrums Blick standzuhalten.

»Wird Alfred in einen Frieden einwilligen?« Zum ersten Mal erklang im Rat Erlends Stimme.

Guthrum hakte die Daumen in den Gürtel und starrte seinen Neffen durch den Feuerrauch an. »Ich denke schon. Unsere Lage ist nicht so schlecht, daß wir nicht mit Waffengewalt aus Exeter ausbrechen könnten, wenn wir müßten. Wir würden dabei zwar viele Männer verlieren, aber er genauso. Alfred von Wessex kann es sich nicht leisten, seine Männer zu verheizen. Ich glaube, er wird Frieden schließen.«

»Schickt Erlend ins sächsische Lager«, sagte Svein. »Dann finden wir es heraus.« Die übrigen Mitglieder des Rates grunzten zustimmend.

Guthrum hatte Alfreds Situation recht genau eingeschätzt. So gern der westsächsische König der dänischen Armee in Exeter auch den Todesstoß versetzt hätte, er hatte einfach nicht genügend Männer dafür. In Wahrheit hatte Alfred bedeutend weniger Männer als Guthrum, aber bisher war es ihm gelungen, diese Tatsache zu verbergen. Es war für alle das Beste, Frieden zu schließen.

Die Friedensverhandlungen verliefen diesmal jedoch nicht so reibungslos wie in der Vergangenheit. Zuerst stimmte Alfred zwar zu, den Dänen freie Durchfahrt durch sein Königreich zu gewähren, weigerte sich jedoch, eine Ablösesumme zu zahlen, selbst die bescheidene Summe, die Erlend vorgeschlagen hatte.

»Es ist eine Frage des Stolzes, Mylord«, versuchte Erlend Alfred zu erklären, als er sich mit dem westsächsischen König traf, um die Friedensbedingungen zu besprechen, »Guthrum steht nicht gut da, wenn er das Königreich verlassen muß, ohne dafür Geld zu bekommen.«

»Wessex hat auch seinen Stolz«, lautete Alfreds kühle Antwort. Sie trafen sich im westsächsischen Lager, im Zelt des

Königs, und sie waren allein. Erlend war unbewaffnet; Alfred trug unter seinem Umhang einen kleinen Dolch, den er sich in den Gürtel gesteckt hatte. Es war ein sehr nebliger und kalter Tag.

»Ihr habt doch früher auch Danegeld bezahlt«, sagte Erlend. »Diesmal stehen die Dänen unter stärkerem Druck als wir.« Alfreds Atem hing weiß in der kalten Luft. »Ich werde Euch abziehen lassen, weil es für meine Männer besser ist, aber wenn Ihr auf einer Ablösesumme besteht, werde ich kämpfen.«

Erlend hatte sich auf dieses Treffen vorbereitet, sich mit allem gewappnet, was er gegen Alfred hatte, und war entschlossen, in seinen Verhandlungen mit Alfred so objektiv und emotionslos zu sein wie der König selbst. Deshalb sah er Alfred jetzt ruhig ins Gesicht und bildete sich ein Urteil darüber, was er dort sah.

Alfred hat sich in den letzten fünf Jahren verändert, dachte er. Oder vielleicht doch nicht ... Vielleicht ist er einfach mehr zu dem geworden, was er schon immer war. Alle Zartheit der Jungenzeit ist aus dem glattrasierten Gesicht verschwunden, ist zu einer fein geschnittenen, rein männlichen Schönheit geworden. Alfred ist jetzt ... siebenundzwanzig. Fünf Jahre älter als Erlend selbst. Fünfzehn Jahre jünger als Guthrum.

»Und ich will Geiseln«, sagte Alfred.

Erlend ließ den Atem entweichen, den er unbewußt angehalten hatte. »Warum?« fragte er.

Alfred lächelte. Es war kein amüsiertes Lächeln. »Ich habe feststellen müssen, daß auf Guthrums Wort soviel Verlaß ist wie auf den Frühlingshimmel«, sagte er. »Er scheint sich auch nicht allzusehr um die Männer zu kümmern, die er als Geiseln weggibt. Aber ich muß eine gewisse Garantie haben, daß es ihn etwas kostet, wenn er sein Wort bricht. Diesmal nehme ich fünfzig Geiseln, Erlend. Und eine von ihnen muß ein Jarl sein.«

Guthrum war wütend gewesen, als Erlend mit Alfreds Forderungen nach Exeter zurückgekehrt war. Erlend hatte fast eine Stunde gebraucht, um seinen Onkel soweit zu beruhigen, daß sie sich vernünftig unterhalten konnten.

»Er hat recht, Mylord«, sagte Erlend. »Wir stehen unter

größerem Druck als sie. Wenn Ihr an Alfreds Stelle wäret, würdet Ihr auch nicht zahlen.«

Guthrum ignorierte diese beleidigende Bemerkung. Dänen zahlten keine Ablösesummen, sondern kassierten sie. »Was glaubst du, wieviel Männer er im Lager hat?« Guthrum schritt wie in der gesamten letzten Stunde im Raum auf und ab. »Konntest du dich umsehen?«

»Ich habe es versucht, aber sie haben mich sofort zum Zelt des Königs gebracht. Aber selbst wenn er jetzt weniger Männer im Lager hat als wir, liegen immer noch seine Schiffe in der Mündung. Wenn sie mit Kriegern beladen sind, könnten sie uns in den Rücken fallen und einschließen.«

Guthrum fluchte.

»Außerdem sind unsere Männer nicht gerade besten Mutes«, fuhr Erlend unbarmherzig fort. »Wir sind schon zu lange belagert worden, zuerst in Wareham und jetzt hier. Das ist kein Leben, das den Dänen gefällt.«

Wieder fluchte Guthrum.

»Was die Geiseln betrifft ...« sagte Erlend.

Guthrum setzte sich. »Ich kann ihm keinen Jarl schicken.«

»Nein.«

»Im Namen des Raben, ich kann ihm überhaupt niemanden von Rang überlassen!«

»Nicht nach dem, was mit den letzten Geiseln geschehen ist«, stimmte Erlend ruhig zu.

»Diesmal werde ich Wort halten.« Guthrum klang jetzt betrübt. »Ich habe wirklich vor, mich nach Mercien zurückzuziehen. Wenn er einwilligt, die Geiseln zurückzugeben, sobald ich Wessex verlassen habe, dann vielleicht –«

»Ich glaube nicht, daß Alfred das vorhat.«

Guthrum warf Erlend einen durchdringenden Blick zu. »Was hast du denn vor, Neffe?« fragte er. »Ich sehe dir an der Nasenspitze an, daß du etwas sagen willst.«

»Ich weiß vielleicht eine Lösung«, gab Erlend zu.

»Schieß los«, sagte Guthrum.

Es dauerte fast die ganze Nacht, um den dänischen Anführer davon zu überzeugen, dem Vorschlag zuzustimmen, den Erlend ihm machte. Am nächsten Morgen ritt Erlend wieder ins westsächsische Lager.

Alfreds Antwort auf Erlends erste Frage war einfach. »Ich werde die Geiseln als Sicherheit dafür behalten, daß Guthrum sich aus Wessex fernhält«, sagte er. »Sobald eine dänische Armee wieder einen Fuß über meine Grenzen setzt, töte ich sie alle.«

»Fünfzig ist eine hohe Zahl, Mylord«, konterte Erlend. »Fünfzig Männer für eine unbestimmte Zeit zu ernähren, unterzubringen und zu bewachen, wird eine Belastung für Euch sein. Wessex ist kein Gefängnis, und Eure Thane und Verwalter sind keine Gefängniswärter.«

Alfreds Gesichtsausdruck veränderte sich nicht, aber an der Art, wie der König die Wimpern senkte, um seine Augen zu verbergen, erkannte Erlend, daß ihm dieser Gedanke nicht neu war. Trotzdem wiederholte er: »Ich muß eine Sicherheit haben.«

Sie trafen sich wieder in Alfreds Zelt, aber an diesem Morgen schien die Sonne, und die Klappe war geöffnet, um das Licht hereinzulassen. »Guthrum wird Euch die gewünschten Geiseln schicken, und zusätzlich einen Mann von hohem Rang«, sagte Erlend. »Wenn Ihr schwört, die fünfzig Männer zurückzugeben, wenn die dänische Armee Eure Grenzen überschritten hat, könnt Ihr diesen Mann für unbegrenzte Zeit als Garantie für Guthrums Wort behalten.«

Alfred blickte auf und sah den Dänen wieder an. Jetzt, wo Erlend ausgewachsen war, waren sie fast gleich groß. »Wer ist der Mann von Rang, den Guthrum so problemlos entbehren kann?« fragte Alfred.

»Ich.«

Es herrschte überraschtes Schweigen. Als es ihm zu lange dauerte, fügte Erlend hinzu: »Mich müßtet Ihr auch nicht streng bewachen, Alfred von Wessex. Ich gebe Euch mein Wort, daß ich nicht versuchen werde zu fliehen. Im Gegensatz zu Guthrums Wort« – jetzt entflammten farbige Flecken seine blassen Wangen – »ist auf meines Verlaß.«

Alfreds Gesicht blieb undurchdringlich. Er sagte: »Nach dem, was Athulf mir erzählt hat, mögt Ihr und Euer Onkel Euch nicht besonders. Athulf sagt, daß Guthrum sogar einen guten Grund hat, sich Euren Tod zu wünschen. Wenn dem so ist, seid Ihr als Faustpfand für Guthrums Wort nicht geeignet, Erlend.«

Die Stimme des Königs war so abgehackt wie nur möglich. Die roten Flecken verschwanden aus Erlends Gesicht, und er antwortete entschieden: »Es stimmt, daß Guthrum keine große Zuneigung für mich empfindet. Im Falle meines Todes wäre mein Onkel der rechtmäßige Erbe von Nasgaard, und Nasgaard ist wirklich eine großartige Beute. Aber wenn Guthrum Nasgaard wirklich begehrt, Mylord, kann er mir nicht nach dem Leben trachten. Kein Däne würde ihm mehr folgen, wenn das Blut seines Neffen an seinen Händen klebte.« Erlend zog die Augenbrauen hoch, wie Alfred es immer tat. »Ich bin die ideale Geisel. Guthrum würde mich zwar gern in der Schlacht fallen sehen, aber er wird meinen Tod niemals selbst verursachen.«

»War es Guthrums Idee, Euch als Geisel vorzuschlagen?« fragte Alfred.

»Nein.« Erlend erwiderte den undurchdringlichen Blick und hielt ihm stand. »Es war meine Idee. Guthrum gefiel sie nicht. Ich habe fast die halbe Nacht gebraucht, um ihn zu überzeugen, daß es die beste Lösung ist.« Erlend lächelte schief. »Es wäre nämlich etwas schwierig geworden, einen Jarl zu finden, den man an meiner Stelle hätte entsenden können.«

»Das kann ich mir vorstellen.« Alfreds Stimme war kalt.

»Mein Onkel hat Euch nicht zugetraut, daß Ihr den Mumm haben würdet, unsere Geiseln kaltblütig zu töten«, sagte Erlend offen. »Er weiß es jetzt besser, und unsere Armee auch.«

Ein Schatten schien über Alfreds Gesicht zu fallen, eine blaue Stelle unter den Augen, die vorher nicht dagewesen war. »Ja«, sagte er. »Jetzt wißt Ihr es.«

»Laßt uns unbehelligt nach Mercien ziehen, Mylord«, sagte Erlend. »Das wird das Beste für alle sein.«

Mit einer schnellen, geschmeidigen Bewegung trat Alfred plötzlich nach vorne, so daß er nur noch um Haaresbreite von Erlend entfernt war. Mit harter Stimme fragte er: »Was hat Guthrum in Mercien vor?«

Erlend blickte in die verengten, goldenen Augen. Er war

Alfred von Wessex noch nie so nahe gewesen. Seine ruhige Distanz verflog, und er bekam Herzklopfen.

Was ist nur mit mir los? dachte er verzweifelt. Er befeuchtete die Lippen mit der Zunge und antwortete: »Er will das Land an die Männer verteilen, die sich niederlassen wollen, Mylord. Es gibt Männer unter uns, die des Krieges müde sind und ihren eigenen Acker bestellen wollen. Deshalb sind viele Dänen überhaupt nach England gekommen – um das Land zu finden, das sie zu Hause nicht bekommen konnten.«

»Und was geschieht mit dem mercischen König?« fragte Alfred. »Was wird aus Ceolwulf?«

Erlend stand so dicht vor Alfred, daß er die Körperwärme des Königs spüren und die goldenen Bartstoppeln unter seiner Gesichtshaut sehen konnte. Erlend sagte mit einer Stimme, die nicht so ruhig war, wie er es gewünscht hätte: »Ceolwulf wird seinen eigenen Anteil bekommen, einen Teil des Königreichs, für sich und sein Volk. Den Rest beansprucht Guthrum für die Dänen.«

Es war still. Alfreds Körper bewegte sich nicht, aber Alfred selbst schien sich zurückzuziehen. Das war eine Angewohnheit des Königs, die Erlend schon früher beobachtet hatte; er zog sich im Geiste tief in sich zurück, während er eine Entscheidung fällte.

Nach einer Minute sagte Alfred: »Einverstanden. Wenn die Mercier dagegen sind, müssen sie sich Ethelred anschließen. Ich bin nur für Wessex verantwortlich.«

Erlend war unfähig, etwas zu sagen, stand nur vor dem König und wartete. Er fürchtete, Alfred könnte das Hämmern seines Herzschlags hören, so laut dröhnte er in seinen eigenen Ohren. Alfred sagte: »Ihr könnt Guthrum ausrichten, daß ich sein Angebot annehme. Ich gebe die Geiseln zurück, sobald er die mercische Grenze überschritten hat. Aber Euch behalte ich, Erlend Olafson.«

»Jawohl, Mylord«, sagte Erlend. Er wollte zurücktreten, fort von Alfred, aber der König legte ihm die Hand auf den Oberarm und hielt ihn fest.

»Ihr gebt mir Euer Ehrenwort, daß Ihr nicht fliehen werdet?«

»Ja«, sagte Erlend.

Falkenaugen erforschten sein Gesicht. Dann sagte er langsam: »Auf *Euer* Wort verlasse ich mich.«

»Warum?« Es war plötzlich die wichtigste Sache auf der Welt zu wissen, wieso Alfred ihm vertraute.

»Aus dem gleichen Grund, aus dem ich Euch vor fünf Jahren bleiben ließ«, antwortete Alfred.

»Und der wäre, Mylord?«

Alfred lächelte. »Elswyth mag Euch«, sagte er. »Und soweit ich weiß, hat sie sich bisher noch nie in einem Menschen getäuscht.«

Erlend starrte in das Gesicht, das seinem so nahe war. Alfred scherzt nicht, dachte er ungläubig. Er gründet sein Vertrauen wahrhaftig auf das Urteil einer Frau.

Schließlich ließ Alfred seinen Arm los, doch Erlend trat nicht sofort zurück. Der König sagte grimmig: »Eurem Onkel dagegen traue ich nicht über den Weg. Ich nehme diese fünfzig Geiseln, Erlend, und Guthrum bekommt sie erst zurück, wenn er in Mercien ist, weit weg von meinen Grenzen.«

Erlend trat einen Schritt zurück. »Ich werde Eure Nachricht weitergeben«, antwortete er. »Und morgen komme ich mit fünfzig anderen Geiseln in Euer Lager.«

Zwei Augenpaare, die fast auf gleicher Höhe waren, trafen sich und sahen sich lange an. Alfred nickte, wandte sich ab und rief nach Erlends Eskorte.

32

ALFRED ging diesmal kein Risiko ein. Er zog alle Männer zusammen, die ihm noch zur Verfügung standen, und folgte der dänischen Armee den Fosse Way hinauf bis nach Mercien hinein. Erst, als die Nachricht kam, daß Guthrum sicher in Repton angekommen war, ließ Alfred die Geiseln frei und schickte sie hinter ihrer Armee her. Dann kehrte er mit seiner Leibgarde nach Chippenham zurück, wo seine Familie auf ihn wartete. Erlend Olafson ritt mit Alfreds Zug nach Chippenham.

Erlend kannte Chippenham von seinem früheren Aufenthalt im westsächsischen Königshaushalt. Chippenham war schon immer eines von Alfreds Lieblingsgütern gewesen, weil man dort gut jagen konnte: die Wälder in der Gegend waren ausgezeichnet. Auch die Jahreszeit ist für die Jagd sehr geeignet, dachte Erlend. Er schätzte seine Chancen gut ein, daß man ihn an der königlichen Jagdgesellschaft teilnehmen lassen würde. Alfreds Leibgarde schien geneigt, ihn eher als Gast denn als feindliche Geisel zu behandeln. Sie würden sich nicht so verhalten, wenn sie nicht entsprechende Anweisungen vom König hätten.

Die Gruppe des Königs war gesichtet worden, und das große Tor von Chippenham öffnete sich. Dann ritt die einhundert Mann starke königliche Wache in den Hof, Erlend direkt hinter dem König zwischen Edgar und Brand.

Der Hof füllte sich. Stallburschen kamen angerannt, um die Pferde zu übernehmen. Erlend blickte zum großen Saal und sah auf der Stufe zwei Kinder vor Aufregung auf und ab springen. Erlend konnte die hohen, kindlichen Stimmen trotz des allgemeinen Lärms und der lauten Unterhaltung der Männer im Hof hören. »Papa! Papa!«

Wie alle um ihn herum schwang sich Erlend aus dem Sattel und starrte Alfred erstaunt an, der auf seine Kinder zuging und zur Begrüßung stürmisch von ihnen umarmt wurde. »Im Namen des Raben«, sagte er. »Das sind doch nicht etwa Flavia und Edward!«

Brand hatte sich neben ihn gestellt, und jetzt grinste der Westsachse. »Höchstpersönlich«, sagte er.

»Sie sind so groß geworden.«

»Das haben Kinder so an sich.« Brand blickte auf den Dänen herab. »Ich weiß nicht, ob sie sich an Euch erinnern«, sagte er. »Lady Elswyth aber ganz bestimmt, da bin ich mir sicher.«

Erlend sah in die grünen Augen, die seinen eigenen so seltsam ähnlich waren. »Was wird sie mit mir anstellen?« fragte er Alfreds Than mit ironischer Besorgnis.

»Das weiß der Himmel«, sagte Brand. »Aber Ihr solltet lieber mitkommen und es selbst herausfinden.« Er legte seine große Hand auf Erlends Schulter, und Erlend bemerkte, daß diese

Berührung ihn nicht drängen, sondern beruhigen sollte. Brand hatte erkannt, daß seine Besorgnis im Grunde gar nicht vorgetäuscht war.

Trotz des Tageslichts war es drinnen dunkel. Selbst für ein königliches Gut war der große Saal von Chippenham außerordentlich geräumig. In der Mitte befand sich ein Doppelkamin, der denen, die sich im Saal versammelten, die Wärme zweier Feuer spendete. An diesem Tag stand ein Holztisch davor, auf dem ein Wandteppich ausgebreitet lag. Die Frauen, die dort gearbeitet hatten, waren jedoch verschwunden, und nur Elswyth befand sich mit Mann, Kindern und vier rasend glücklichen Hunden noch dort. Nach und nach kamen die Männer herein und erhoben Anspruch auf ihre Schlafplätze. Alfred hielt einen Säugling in den Armen, und die gesamte königliche Familie, mit Ausnahme des Babys, wandte sich um und beobachtete Erlend, als er langsam auf sie zuschritt. Die Hunde kamen angerannt und schnupperten an ihm. Dann rannten sie zurück zu Alfred und umringten ihn, wobei sie so heftig mit dem Schwanz wedelten, daß sie einen Lufthauch verursachten.

Dann blieb Erlend vor ihnen stehen.

»Elswyth«, sagte Alfred, und Erlend hörte deutlich die Belustigung in seiner Stimme. »Hier ist Erlend Olafson, das Faustpfand für das Versprechen des dänischen Anführers.«

»Mylady«, sagte Erlend, der mit seinen gewundenen Armreifen und der goldenen Halskette dastand, und blickte sie vorsichtig an.

Die dunkelblauen Augen erwiderten den Blick und musterten ihn von Kopf bis Fuß. Er hatte fast vergessen, wie schön Elswyth war. Mit absoluter Aufrichtigkeit fügte Erlend hinzu: »Es ist schön, Euch wiederzusehen.«

»Eigentlich sollte ich wütend auf Euch sein«, sagte Elswyth, und ihre rauhe, langgezogene Stimme klang plötzlich angenehm in seinen Ohren. »Wir haben Euch freundlich behandelt, und zum Dank dafür habt Ihr uns ausspioniert.«

»Nicht besonders gut, fürchte ich«, gab Erlend sofort zur Antwort. Die Spitzen seiner dreieckigen Augenbrauen hoben sich. »Ich habe Guthrum weisgemacht, daß Alfred ganz sicher

Wilton verteidigen würde, und es war meine Schuld, daß die Westsachsen uns überraschen und unsere Pferde stehlen konnten.«

»Harfenist«, sagte Flavia plötzlich, die zwischen ihren Eltern stand.

Erlend betrachtete Alfreds Tochter. Dunkelgoldenes Haar in zwei langen Zöpfen, aufregende, unvergeßliche blaugrüne Augen. »Ja«, sagte er mit einem schwachen Lächeln. »Ich war einmal Euer Harfenspieler, Flavia.«

»Ihr seid Däne«, sagte Edward. »Dänen sind so gekleidet wie Ihr.« Edwards Blick ruhte auf Erlends Armreifen; er klang nicht gerade freundlich.

Elswyth legte die Hand auf die kräftige Schulter ihres Sohnes. »Lord Erlend ist ein besonderer Däne, Edward«, sagte sie. »Er war gütig zu meinem Bruder Athulf, als er in Geiselhaft war. Deshalb müssen wir auch zu ihm freundlich sein.«

Edwards Augen, die dieselbe Farbe hatten wie die seiner Schwester, suchten Alfred. Flavia sieht aus wie ihr Vater, dachte Erlend, dieser Junge jedoch nicht. Edward war schon zwei Zentimeter größer als Flavia, und das dichte Blondhaar, das sein rosiges, kindliches Gesicht umrahmte, war eher silbern als golden. »Wir mögen die Dänen nicht, Papa. Oder?« fragte er.

Alfred verlagerte seine jüngste Tochter von einem Arm auf den anderen, um den Fingern auszuweichen, die nach seinem Haar griffen. »Nein, Edward«, antwortete er. »Wir mögen die Dänen nicht. Aber wie deine Mutter schon sagte, Erlend ist unser Gast, und wir mögen ihn.«

Trotz Alfreds Bemühungen hatte das Baby es geschafft, eine Handvoll Haare zu erwischen, und jetzt zog es daran. Er runzelte vor Schmerz die Stirn und griff nach oben, um die kleinen Finger zu lösen. Erlend lächelte über Alfreds Grimasse und sagte zu Elswyth: »Wie geht es Copper Queen?«

Der überhebliche Ausdruck verschwand aus Elswyths Gesicht, und sie hätte fast zurückgelächelt. »Wartet, bis Ihr sie seht«, sagte sie. »Es geht ihr großartig.«

Alfred war es gelungen, sein Haar aus dem Griff seiner Tochter zu lösen, und jetzt übergab er das Baby in Elswyths

Arme. »Erst wenn man Kinder hat, versteht man, warum verheiratete Frauen das Haar aus dem Gesicht tragen«, bemerkte er zu Erlend und beugte sich herab, um seinem ältesten Hund die Ohren zu kraulen. »Erlend hat mir geschworen, nicht zu fliehen«, sagte er über die Schulter zu seiner Frau. »Er kann tun, was er will. Du mußt ihm noch einen Schlafplatz besorgen.«

»Spielt Ihr für uns Harfe, Erlend?« fragte Flavia und sah mit großen, unschuldigen Augen zu ihm auf.

Erlend blickte in das schöne, kleine Gesicht von Alfreds Tochter herab. »Es würde mir Freude machen, für Euch zu spielen, Mylady«, sagte er und bemerkte nicht, wie zärtlich seine Stimme plötzlich klang.

Elswyth dagegen nahm den Unterton wahr, und einen kurzen Augenblick lang traf ihr Blick den ihres Mannes. »Euer Akzent ist inzwischen eher mercisch als westsächsisch«, sagte sie. »Ist das Athulfs Einfluß?«

Erlend nickte. »Ich nehme es an, Mylady.« Mit ehrlichem Interesse fragte er: »Wie geht es Eurem Bruder?«

Elswyth küßte die plumpe, kleine Hand, die so begeistert gegen ihre Lippen patschte. »Den Umständen entsprechend gut.« Sie versuchte, um die Faust herum zu sprechen, die ihr jäh in den Mund gesteckt worden war. »Er besucht gerade Königin Ethelswith. Sie bewohnt eines von Alfreds Gütern in Surrey.«

Erlend sagte klugerweise nichts.

»Wo ist Eure Harfe?« fragte Flavia.

Alfred sah von den Hunden auf und grinste. »Sie ist genau wie ihre Mutter«, sagte er. »Unbarmherzig. Ihr solltet lieber Eure Harfe holen, Erlend, sonst haben wir keine ruhige Minute.«

»Oh ja«, sagte Flavia, stellte sich neben Erlend und schob ihre kleine Hand in seine. Sie schenkte ihm ein strahlendes Lächeln. »Ich komme mit.«

»Möchtest du nicht mitgehen, Edward?« fragte Elswyth, die das Baby inzwischen auf der Hüfte trug.

»Nein«, sagte Edward in einem Ton, der keinen Zweifel daran ließ, daß er immer noch keine Dänen mochte.

»So viele Männer«, sagte Elswyth und blickte sich im Saal

um. »Ich sollte besser mit dem Verwalter über das Essen sprechen.«

»Ich bleibe bei Papa«, war das letzte, was Erlend von Edward vernahm, als Flavia ihn zur Tür zerrte, zu seinem Gepäck und der Harfe.

Elswyth war schon im Bett, als Alfred später am Abend in ihr Schlafgemach kam. »Ich freue mich, daß du nett zu Erlend warst«, sagte er zu ihr, während er sich auszog. »Er war so nervös vor dem Wiedersehen mit dir.«

Sie zuckte mit den Schultern. »Ich konnte nicht anders. Er war sehr gut zu Athulf.« Sie setzte sich auf, stopfte sich ihr Kissen in den Rücken und sah zu, wie er seine Kleider auf der Truhe aufschichtete. »Du bist immer so ordentlich«, sagte sie amüsiert. »Legst du deine Sachen jeden Abend so ordentlich zusammen, auch wenn du im Feld bist?«

»Ich komme kaum aus meinen Kleidern *heraus*, wenn ich im Feld bin«, gab er zurück. »Das Bad, das ich heute genommen habe, war seit Monaten die erste Gelegenheit, mich richtig zu waschen.«

Sie grinste. »Wenn du jemals ein Buch über die Härten des Krieges schreibst, wirst du an erster Stelle die fehlenden Badewannen auflisten.«

Er legte das letzte Kleidungsstück, sein Stirnband, ab, fuhr sich mit den Fingern durchs Haar und schüttelte den Kopf wie ein Hund. Elswyth sagte nur halb scherzhaft: »Wie sehr ich deine kleinen Rituale vermißt habe, Alfred.«

Er wandte sich um und kam zum Bett. Er bewegte sich mit der Geschmeidigkeit und Grazie, die so typisch für ihn waren. Die einzige Lampe im Raum warf ihr goldenes Licht auf seine nackte Haut. Er schlüpfte neben Elswyth ins Bett, neigte sich über sie und sagte sehr sanft: »Ein Ritual habe ich besonders vermißt, weißt du, welches?«

»Ich fürchte, du hast dir für deine Heimkehr den falschen Zeitpunkt ausgesucht, mein Lieber«, sagte sie. Ihre blauen Augen waren voll Mitgefühl. »Ich habe meine Tage.«

Er stöhnte, ließ sich neben ihr auf den Rücken fallen und

starrte an die Decke. Jetzt beugte sie sich über ihn. »Es tut mir leid«, sagte sie.

Die goldenen Augen sahen zu ihr auf. »Es könnte schlimmer sein.« Dann fügte er hinzu: »Wieder einen Monat sicher herumgebracht.«

»Wenn man dir so zuhört, würde man niemals glauben, daß du so ein liebevoller Vater bist«, sagte sie. Ihr offenes Haar war nach vorne gefallen und hüllte ihn in einen weichen, nach Lavendel duftenden, schwarzen Seidenvorhang. »Du vergötterst die Kinder.«

Er bewegte sich nicht. »Wenn sie erst einmal da sind, ist alles in Ordnung«, sagte er. »Mir fällt nur die Zeit des Wartens so schwer.«

»Pater Ewald würde sagen, daß es Sünde ist, das fleischliche Vergnügen über das Kinderkriegen zu stellen.«

Seine Augen wichen nicht aus. »Es geht nicht nur um mein fleischliches Vergnügen«, sagte er. Sein Mund verzog sich. »Obwohl ich zugeben muß, daß es eine Rolle spielt.«

Sie neigte sich weiter zu ihm herab und küßte ihn auf den Mund. »Ich weiß«, sagte sie, schmiegte sich an ihn und bettete ihren Kopf auf seine Schulter wie auf ein Kissen. »Wäre es nicht schön, wenn wir beide die einzigen Menschen auf der Welt wären?« sagte sie verträumt. »Keine Kinder, keine Thane und keine Dänen, die unseren Frieden bedrohen. Nur du und ich.«

»Und die Pferde und die Hunde«, fügte er hinzu und zog sie nah an sich heran.

»Natürlich. Wie konnte ich die vergessen.«

Er hauchte einen Kuß auf ihren Kopf. »Das wäre paradiesisch«, sagte er. »Ich könnte sogar ohne die Pferde auskommen, wenn ich dich hätte.«

Sie schnaubte. »Ich wäre auch nicht so dämlich wie Eva. Ich würde mir nicht von einer teuflischen Schlange den Spaß verderben lassen.«

»Du würdest Satan sofort in die Flucht schlagen«, stimmte Alfred belustigt zu. Seine Stimme war jetzt wärmer. »Gegen dich hätte kein gefallener Engel auch nur die geringste Chance.«

»Stimmt«, antwortete sie selbstzufrieden.

Er lachte tief und leise.

»Erzähl mir, wie du dazu kommst, Erlend als Geisel zu nehmen«, sagte sie.

Sie redeten über eine Stunde lang, und dann schlief Elswyth ein, den Kopf immer noch an seine Schulter geschmiegt. Alfred hatte die Lampe schon vorher gelöscht, und jetzt lag er in der Dunkelheit und lauschte dem leisen Atem seiner Frau.

Es stimmte, dachte er, daß er die Nachricht, wieder Vater zu werden, nie so freudig aufnahm, wie er sollte. Es war auch wahr, daß ein Kind ein Gottesgeschenk war; daß es Sünde war, sein fleischliches Vergnügen über das Gebot des Herrn zu stellen, fruchtbar zu sein und sich zu mehren.

Aber . . . Es war nicht so, daß er seine Kinder nicht liebte. Es lag auch nicht nur an der Enthaltsamkeit, zu der er während der späten Schwangerschaft und der Niederkunft gezwungen war. Es war das Gefühl, daß er Elswyth, die schon immer dazu bestimmt war, so frei wie das Meer zu sein, durch die vielen Kinder belastete und einschränkte.

Manchmal beobachtete er sie, wenn sie mit einem Kind auf dem Arm und Kindern am Rockzipfel auf dem Gut umherlief, und fühlte sich unendlich schuldig.

Sie hatte sehr um den kleinen Sohn, der gestorben war, getrauert. Auch er hatte um das Kind geweint, aber für Elswyth war es viel schlimmer gewesen. Und dazu kam mit jedem neuen Kind die größere Sorge um ihr eigenes Leben. Frauen starben zu oft im Kindbett, als daß irgend jemand sicher sein konnte, daß seine Frau verschont bleiben würde.

Es wäre paradiesisch, mit Elswyth allein zu sein.

Aber hier war nicht das Paradies, dies war die Welt. Und jedem hatte Gott Pflichten auferlegt. Alfreds Pflicht war es, König zu sein, die Last zu tragen, für die Sicherheit seines Volkes zu sorgen, es zu beschützen und ihm in besseren Zeiten Bildung zu vermitteln, damit es die Wege Gottes besser verstehen konnte. Seine Pflicht bestand darin, auch seinen Kindern Bildung zu vermitteln, so daß sie ihr Volk führen konnten, wie Gott es wünschte.

Das waren die Bürden, die Gott ihm auferlegt hatte, und er

akzeptierte sie. Es machte ihm nichts aus, daß er selbst in den Zwängen dieser Welt gefangen war: bei Elswyth war es etwas anderes.

Manchmal blieb sein Herz stehen, wenn er sie ansah, und er dachte: Womit habe ich es verdient, daß Gott mir Elswyth geschenkt hat?

Er roch den Lavendelduft der Seife, mit der sie ihr Haar wusch. Wenn man ihn mit verbundenen Augen in irgendeinen Raum stellen würde, würde er wissen, ob Elswyth dort wäre. Genau wie sie ihn erkennen würde.

Wenigstens sah es so aus, als würden die Wikinger ihnen eine Friedensperiode gewähren. Nach dem letzten Friedensschluß mit den Dänen hatten sie sich fast fünf Jahre ferngehalten. Diesmal konnte er sicher mit wenigstens der Hälfte dieser Zeit rechnen. Wenn Guthrum seine Männer in Mercien ansiedeln wollte, würde der dänische Anführer vollauf beschäftigt sein.

Er konnte die Fyrds nach Hause schicken, das Getreide konnte angebaut, die Schafe geschoren und alle Arbeiten rechtzeitig erledigt werden.

Gott sei Dank hatte er seine Schiffe. Er glaubte nicht, daß Guthrum Frieden geschlossen hätte, wenn er sie nicht gehabt hätte.

Vor seinem geistigen Auge erschien das Bild des Wikingeranführers: die gewalttätigen, leuchtend blauen Augen, das kurzgeschnittene, gelbe Haar; der spöttische, sinnliche Mund. Erlends Onkel war ein Raubtier; und er war ein Anführer, wie er im Buche stand. Alfred glaubte nicht, daß Guthrum Wessex aufgegeben hatte. Er würde es wieder versuchen. Aber eine Zeitlang würden sie in Sicherheit sein.

Elswyth bewegte sich, als beunruhigten seine Gedanken sie, und Alfred drehte sich auf die Seite und umschlang sie, so daß ihre Körper so dicht wie möglich beieinanderlagen. Der Lavendelduft stieg ihm in die Nase, und er schlief ein.

Kurz nachdem Guthrum nach Repton gezogen war, forderte er in Dänemark Verstärkung an. Dann begann er in der Gegend um Derby, Nottingham, Lincoln, Stamford und Leicester damit, das mercische Land an diejenige zu verteilen, die sich niederlassen wollten. Ceolwulf, der gezwungen war, den Merciern Zuflucht zu gewähren, die von den landgierigen Dänen enteignet worden waren, überließ er Tamworth.

Ethelred von Mercien hielt sich noch in London auf, und von seinen Kundschaftern wußte Guthrum, daß Athulf, Guthrums ehemalige Geisel, sich ihm angeschlossen hatte. Im Moment war es Guthrum ganz recht, London den Merciern zu überlassen. Guthrums Hauptanliegen bestand darin, seine Armee wieder zu ergänzen.

Guthrum hatte nicht die Absicht, sich Alfred von Wessex geschlagen zu geben. Die Demütigung, daß er sich ohne Ablösesumme aus Wessex hatte zurückziehen müssen, brannte noch immer in seinem Herzen. Den ganzen Frühling über saß er im mercischen Königssaal in Repton und heckte einen Racheplan aus.

Wie kein anderer kannte er das Problem, das sich jedem Anführer einer Wikingerarmee stellte, die Wessex zu erobern versuchte. Sein Schwachpunkt war, daß er von seinen Stützpunkten aus Streifzüge in die Umgebung machen mußte, um Futter und Nahrung zu beschaffen. Die Westsachsen waren jedoch Meister darin, solche Plünderertrupps abzufangen, und der daraus resultierende Verlust an Männern und Proviant machte die Dänen kampfunfähig. Der Proviantmangel war es gewesen, der Halfdan vor sechs Jahren gezwungen hatte, sich aus Reading zurückzuziehen, und Proviantmangel hatte auch Guthrum gezwungen, aus Wareham und erst vor kurzem auch aus Exeter abzuziehen.

Deshalb war die Versorgung mit Proviant das Hauptproblem, das Guthrum lösen mußte, wenn er Wessex erfolgreich erobern wollte.

Auf der anderen Seite war der Hauptvorteil der Wikingerarmee ihre Mobilität. Auch wenn Alfred eine große Anzahl seiner Männer beritten gemacht hatte, waren die Westsachsen nicht daran gewöhnt, sich so schnell fortzubewegen wie die Dänen.

Der Hauptvorteil der Westsachsen war ihre Einigkeit. In

keinem anderen sächsischen Königreich hatten Männer aller Klassen so zusammengehalten. Kein anderes Land war in der Lage gewesen, immer wieder so viele Kräfte zum Kampf aufzubieten und trotz Niederlage weiterzumachen. Und der Grund für die Einigkeit der Westsachsen war Guthrum während des letzten Feldzuges nur allzu klargeworden. Es war ihr König.

Ohne Alfred würde die westsächsische Verteidigung wahrscheinlich zusammenbrechen. Guthrum war selbst ein zu erfahrener Anführer, um zu unterschätzen, wie wichtig der Mann an der Spitze war. Und nachdem er diesem Alfred persönlich gegenübergestanden hatte, bestand für ihn kein Zweifel mehr daran, daß *er* das Herz und der Kopf hinter dem Erfolg des Landes Wessex war.

Die Menschen folgten Alfred. Sogar Erlend – Guthrum hatte den Ausdruck in den Augen seines Neffen gesehen, als er Alfred ansah. Wenn schon der Feind Alfred von Wessex für einen Helden hielt, was mußte dann erst sein eigenes Volk denken?

Angesichts dieser Tatsachen gab es nur eine vernünftige Folgerung für Guthrum. Alfred mußte ausgeschaltet werden.

Wenn man Alfred eliminierte, würde die westsächsische Verteidigung zusammenbrechen. Wenn man Alfred ausschaltete und an seiner Stelle einen Marionettenkönig einsetzte, wäre das Land von den Dänen so leicht zu erobern wie eine Hure von einem Mann, der das Geld hat, sie zu kaufen.

Guthrum brauchte nicht das gesamte westsächsische Fyrd zu schlagen. Er mußte nur den westsächsischen König töten. Als er sich dieses Ziel erst einmal gesteckt hatte, war es nicht mehr schwer, die Durchführung zu planen.

33

IM Oktober des Jahres 877 hielt Alfred in Winchester ein königliches Gericht ab, als die Nachricht kam, daß die Dänen von Repton nach Gloucester gezogen waren.

»Gloucester«, sagte Alfred an diesem Abend, als er mit den

Ealdormen und den Thanen, die an der Ratsversammlung in Winchester teilnahmen, die Lage besprach. »Gloucester liegt zwar noch in Mercien, aber für meinen Geschmack ist es zu nahe an der Grenze zu Wessex.«

»Die Dänen sind jetzt mit der Aufteilung des Landes in Ostmercien fertig«, sagte Ceolwulf, Than aus der Grafschaft Dorset. »Vielleicht hat Guthrum jetzt vor, mit dem Land im Westen dasselbe zu tun. Der Boden bei Gloucester ist fett und fruchtbar, und der Severn fließt dort breit und tief zum Meer, die Dänen fühlen sich nicht wohl, wenn sie weit vom Meer entfernt sind.«

Zwischen Alfreds blonden Augenbrauen zeigte sich eine kaum sichtbare Falte. »Ich habe gedacht, daß Guthrum den Westen Merciens Ceolwulf überlassen wollte«, sagte er.

Ethelnoth von Somerset schnaubte. »Wer glaubt schon dem Wort eines Dänen?«

»Jedenfalls kein Sachse, soviel steht fest«, sagte der Ealdorman von Hampshire.

Alfred hatte eine Entscheidung getroffen. »Wir sollten lieber einen Trupp in Cirencester stationieren«, sagte er. »Von Cirencester aus können Späher die Straße aus Gloucester heraus bewachen und uns rechtzeitig warnen, wenn es so aussieht, als planten die Dänen einen Einmarsch.«

»Es wäre klug, in Circencester Männer zu stationieren, Mylord«, stimmte Codfred von Dorset zu. »Wir Ealdormen können abwechselnd Wachen entsenden. Es besteht kein Grund, Euren eigenen Haushalt zu belasten.«

Ethelnoth von Somerset sagte: »Wenn Ihr wünscht, Mylord König, kann ich morgen früh einen Trupp meiner schnellsten Reiter nach Cirencester schicken. Sie können Gloucester scharf bewachen und beobachten, ob es dort verdächtige Truppenbewegungen gibt.«

Alfred dachte eine Weile nach und nickte dann langsam. »In Ordnung«, sagte er. »Ich brauche wohlgemerkt keine Kampftruppe, sondern nur gute Männer mit schnellen Pferden. Und wenn es etwas Neues gibt, müssen sie zu mir kommen, und nicht zu Euch, Ethelnoth.«

»Jawohl, Mylord«, sagte Ethelnoth von Somerset. »Ich verstehe.«

In diesem Jahr begab sich der königliche Haushalt zum Weihnachtsfest nicht nach Dorchester. Alfred hatte die Nachricht erhalten, daß unter den Bewohnern des Gutes in Dorchester eine Krankheit grassierte, und sich deshalb entschlossen, mit der Tradition zu brechen und die Weihnachtsfeiertage in Chippenham zu begehen.

Bisher hatten sich die Dänen in Gloucester ruhig verhalten. Anfang Dezember waren die Männer aus Somerset in Cirencester von den Männern aus Dorset abgelöst worden, und da der Winter anbrach, hielt Alfred es für höchst unwahrscheinlich, daß die Dänen versuchen würden, ihren Stützpunkt in Gloucester zu verlassen.

Erlend, der sich so unauffällig wie möglich in Alfreds Haushalt eingefügt hatte, begleitete die Königsfamilie nach Chippenham und beobachtete aufmerksam die Weihnachtsfestlichkeiten. In gewisser Weise, dachte er, gleicht dieses christliche Weihnachtsfest dem skandinavischen Winterfest Jul. Wie nach altem skandinavischem Brauch lag auf dem Feuer ein Weihnachtsscheit, der Saal war mit Tannengrün geschmückt, und für das Festessen wurde ein Schwein gebraten. Die religiösen Aspekte dieses Weihnachtsfests dagegen waren ihm fremd.

Als Erlend zum letzten Mal an Alfreds Hof gewesen war, hatte er keine Fragen über das Christentum stellen können, weil er sich als Christ verkleidet hatte. Aber jetzt konnte er soviel fragen, wie er wollte, und meist wandte er sich an den König.

Alfred glaubte wirklich an seine Religion. Mit jeder Frage, die Erlend ihm stellte, wurde diese Tatsache deutlicher. Alfred glaubte an seinen Gottvater, an diesen Christus, der Gottes Sohn war, und er glaubte, daß dieser Gott wirklich in das Leben der Menschen eingriff.

»Die göttliche Vorsehung bestimmt unser Leben, Erlend«, sagte Alfred zu ihm. »Nicht das Schicksal, wie Ihr glaubt. Gott wirkt immer in uns. Es ist unsere Schuld, wenn wir nicht darauf hören.«

Dieser Glaube machte Alfred zu dem, was er war; das erkannte Erlend. Er versuchte zu verstehen, was Alfred mit dieser »göttlichen Vorsehung« meinte, aber es war schwierig. Schicksal war ein Begriff, den jeder Däne verstand. Dieser andere war etwas komplizierter.

Der königliche Haushalt, der sich an diesem Weihnachtsfest in Chippenham versammelt hatte, war bedeutend kleiner als üblich. Die Thane der königlichen Leibgarde waren zwei Jahre lang die meiste Zeit im Feld gewesen; viele von ihnen hatten seitdem ihre Familien nicht mehr gesehen. Jetzt, wo die Dänen sich in Gloucester ruhig verhielten, hatte Alfred denjenigen, die es wollten, erlaubt, Weihnachten zu Hause zu feiern. Ungefähr sechzig von den hundert Thanen, die zur Leibgarde des Königs gehörten, hatten sich dazu entschlossen.

In dieser Weihnachtszeit dankten viele Westsachsen Gott für den Frieden, der in Wessex herrschte.

Gottes Segen für den König. Das war der Trinkspruch, den man in der Weihnachtszeit überall im Land hörte. *Gott schütze König Alfred*. Alfred war es zu verdanken, seinem Mut und seiner Entschlossenheit, daß sie die Dänen geschlagen hatten. Lobet den Herrn, in Wessex herrschte Frieden. Das Epiphaniasfest, der zwölfte Tag nach Weihnachten, wurde in Chippenham mit einer großen Jagd und einem üppigen Festmahl gefeiert. Am Tag zuvor war etwas Schnee gefallen, gerade genug, um die Welt mit dem reinsten Weiß zu bestreuen, das sie in der Wintersonne funkeln ließ. Elswyth war mit den Männern geritten und hatte einen Hirsch erlegt.

Der nächste Morgen war grau und bitterkalt. Als Elswyth aufwachte, sah sie Alfred vollständig angezogen und in einen warmen Umhang gehüllt im Schlafgemach auf und ab gehen. Ein Blick in sein Gesicht genügte ihr, um festzustellen, daß er Kopfschmerzen hatte.

Dagegen konnte man nichts unternehmen. Das war das schlimmste daran. Wenigstens ist das Fest vorbei, dachte sie. So konnte er den ganzen Tag in seinem Gemach bleiben, ohne Angst haben zu müssen, irgend jemanden zu enttäuschen.

Er wollte keine kalten Tücher; er wollte nur in Ruhe gelassen werden. Also zog sie sich an und ging zum Frühstück in den Saal.

»Der König ist heute krank«, sagte sie ruhig zu den Thanen. »Ihr müßt ohne ihn auf die Jagd gehen.«

Niemand hatte Lust zu jagen, wenn der König krank war. Deshalb befanden sich die meisten Thane im Saal, als Cedric, Than aus der Grafschaft Wiltshire, auf den Hof galoppiert kam und den König sprechen wollte.

»Das ist unmöglich«, wurde ihm zunächst gesagt. Als er jedoch im Saal mit den Neuigkeiten herausplatzte, rannte Elswyth los, um Alfred zu holen.

Erlend erkannte sofort, daß Alfred Schmerzen hatte. Man sah es daran, wie er die Zähne zusammenbiß, an den Schatten unter den Augen und daran, wie er den Kopf hielt.

»Mylord King«, sagte Cedric von Wiltshire. »Ihr müßt fliehen. Die Dänen kommen den Fosse Way herunter. Hunderte, Mylord! Alle zu Pferde! Sie reiten geradewegs nach Chippenham. Und sie sind nur noch fünf Meilen entfernt!«

Einen Moment herrschte entsetztes Schweigen. Alle blickten auf Alfred. Erlend wurde ganz übel. Er sagte: »Guthrum will Euch gefangennehmen, Mylord. Er muß wissen, daß Ihr hier in Chippenham seid. Das ist keine Invasion, nicht mit nur ein paar hundert Mann. Er ist auf der Suche nach Euch.« Nun starrten alle Erlend an. »Ihr müßt von hier weg, Alfred!« sagte Erlend eindringlich und sah in die verdunkelten Augen des Königs. »Ihr müßt Euch in Sicherheit bringen!«

Die Tür zum Saal öffnete sich, und Flavia und Edward kamen herein. Erlend sah, wie Alfred zur Tür blickte, und dann zu Elswyth, die neben ihm stand. »Sattelt die Pferde«, sagte er, und seine abgehackte Stimme klang völlig normal. »Wir müssen alle aus Chippenham verschwinden. Wir können es nicht riskieren, daß sie uns hier mit den Kindern erwischen.«

»Wohin sollen wir fliehen, Mylord?« Es war Brand, der die Frage stellte, während die Männer zu den Türen rannten. »Nach Selwood?«

Es war kurz still. »Nein«, sagte Alfred.

»Somerset. Es waren die Männer aus Dorset, an denen die

Dänen ungehindert vorbeigezogen sind; ich vertraue meine Familie nicht Dorset an.« Er sah an Brand vorbei. »Wo ist mein Verwalter? Er soll die Dienstmädchen zu Bauernhöfen in der Gegend schicken. Hier auf Chippenham darf sich keine Frau mehr aufhalten, wenn die Dänen kommen.«

»Zur Stelle, Mylord«, sagte der Verwalter von Chippenham und trat vor, um seine Befehle entgegenzunehmen.

Elswyth sagte: »Flavia, Edward, geht und zieht eure wärmsten Sachen an.« Es war die Stimme, der die Kinder immer gehorchten. »Sagt Tordis, sie soll auch Elgiva warm anziehen. Schnell!« Während die Kinder zu ihrem Schlafgemach rannten, ging Elswyth in ihr eigenes Zimmer und zog sich selbst warme Sachen für den Ritt an.

Es dauerte nur zehn Minuten, bis die Pferde gesattelt waren, und die gesamte Gruppe, die aus Chippenham fliehen wollte, sich beritten im Hof befand. Edward und Flavia saßen vor zwei Thanen im Sattel, während Elgiva in Edgars Obhut gegeben worden war. Die Hunde liefen hin und her, Alfred hatte sich geweigert, seine Hunde den Dänen zurückzulassen. Es war ein feuchter, bitterkalter Tag; der Wind roch nach Schnee. Endlich ritt die königliche Gruppe im leichten Galopp aus Chippenham heraus und wandte sich nach Südwesten, nach Somerset, zu Ealdorman Ethelnoth, dessen Loyalität Alfred gegenüber außer Frage stand.

Der regelmäßige Galopp seines Pferdes bereitete Alfred Höllenqualen. Er war vollkommen grau im Gesicht; er hatte seine Sinne kaum noch beisammen. Es gab nur noch diesen Brandherd von Schmerz in seinem Kopf. Er hörte Elswyth sagen: »Gib mir deine Zügel, Alfred«, und er überließ sie ihr. Er konnte nicht genug sehen, um zu lenken. Es war eine gewaltige Anstrengung für ihn, sich einfach nur im Sattel zu halten.

Das war immer eine seiner größten Befürchtungen gewesen, daß er zu einem Zeitpunkt, an dem er dringend gebraucht wurde, von einer Kopfschmerzattacke heimgesucht wurde. Vor jeder Schlacht hatte er gebetet: »Nicht jetzt, lieber Gott. Bitte nicht jetzt.«

Er biß die Zähne zusammen, um die blind machenden Höllenqualen in seinem Kopf besser ertragen zu können. Einfach nur atmen, dachte er. Einatmen, ausatmen. Ein. Aus. Eins und zwei und eins und zwei. Der Schmerz würde aufhören. Noch ein paar Stunden, und dann würde er aufhören.

Er würde sich im Sattel halten. Und wenn es sein Ende wäre, er würde sich im Sattel halten.

»Wo sind wir jetzt?« fragte er.

»Ein paar Meilen westlich des Fosse Way«, hörte er Elswyths Stimme antworten.

»Keine Hauptstraßen«, sagte er. »Bleibt auf den kleineren Straßen. Reitet weiter nach Südwesten, nach Cheddar.«

»In Ordnung«, sagte sie.

Einatmen. Ausatmen. Eins und zwei. Sein Körper hielt sich nur noch instinktiv im Sattel. Er krallte sich an der grauen Mähne seines Pferdes fest. Gott, wenn er doch nur sehen könnte!

Nach zwei Stunden hielten sie an, um den Kindern und den Pferden eine Ruhepause zu gönnen. Ein paar Männer verschwanden im Wald, um sich zu erleichtern, und Elswyth gab ihren Kindern etwas zu essen.

Alfred stieg nicht ab. Er saß mit halbgeschlossenen Augen auf seinem Hengst, und sein Gesicht war so grau wie das Fell des Pferdes. Er biß sich auf die Unterlippe, und Erlend war klar, daß der König sich nur noch durch reine Willenskraft im Sattel hielt.

»Ich will mit Erlend reiten!« Es war Flavias Stimme, und als er herabblickte, sah er das Kind vor sich stehen.

»Flavia ...« Elswyth wollte sie ermahnen, doch Erlend warf ein: »Es wäre mir eine Freude, sie zu nehmen, Mylady. Mein Pferd hat noch Kraftreserven, und ich bin leichter als die meisten Thane.«

»Er ist Däne.« Erlend erkannte die Stimme nicht, aber sie kam aus den Reihen der Thane.

»Flavia darf mit Erlend reiten.« Das war Alfreds Stimme, etwas dumpf, aber trotzdem klar. »Laßt uns weiterreiten«, fügte er hinzu. Die Thane schwangen sich wieder in die Sättel.

Sie ritten jetzt langsamer, um die Pferde nicht zu überanstrengen. Flavia lehnte sich an Erlends Brust und döste. Erlend blickte auf den kleinen Goldkopf herab, der sich so vertrauensvoll an ihn schmiegte, und spürte, wie sein Herz sich zusammenzog. Er deckte sie mit seinem Umhang besser zu.

Was wäre mit Alfreds Kindern geschehen, mit Alfreds Frau, wenn sie Guthrum in Chippenham in die Hände gefallen wären?

Erlend hatte keinen Zweifel daran, was Alfred zugestoßen wäre.

Er sah von Flavia auf zu dem Mann, der jetzt direkt vor ihm ritt. Erlend sah, daß Elswyth immer noch Alfreds Zügel hielt. Niemand hatte sich angeboten, sie ihr abzunehmen; Silken war das einzige Pferd, das Alfreds Grauschimmel so nahe neben sich tolerierte. Sie ritten jetzt hintereinander einen schmalen Waldweg entlang; Brand und ein paar andere Thane wiesen den Weg. Große, schneebestäubte Bäume umgaben den Pfad auf beiden Seiten, und die Hunde rannten getreulich hinter Alfreds Hengst her. Sie hatten schon lange aufgehört, jedem einzelnen Geruch im Wald nachzujagen.

Die Männer aus Dorset hatten in Cirencester Wache gehalten. Dorset, dachte Erlend. Dorset war die Grafschaft, in der Alfreds Neffe Athelwold zu Hause war. Guthrum wußte von Athelwold. Erlend selbst hatte seinem Onkel von Athelstans Sohn und seinem Haß auf Alfred erzählt.

Im Namen des Raben, konnte es sein, daß es Guthrum gelungen war, mit Athelwold in Kontakt zu treten? Bei Guthrums Abzug aus Mercien war Verrat im Spiel – dessen war sich Erlend sicher. Es war nicht möglich, daß mehrere hundert Reiter zum Fosse Way zogen, ohne von den Kundschaftern erspäht zu werden, die Alfred in Cirencester aufgestellt hatte. Aber wenn diese Kundschafter Athelwolds Männer waren ... Dann hatten sie vielleicht den Befehl erhalten, Guthrums Abzug dem König nicht zu melden.

Als sein Pferd über die dünnen Zweige und kleinen Äste stieg, die durch Wind und Schnee auf den Waldweg gefallen waren, kam Erlend der Gedanke, daß Guthrum wieder sein Versprechen gebrochen hatte, ein Versprechen, für das Erlend mit seinem Leben bürgte. Doch im Moment sorgte Erlend sich nicht um seine eigene Sicherheit. Er war zu entsetzt über den Gedanken, was geschehen wäre, wenn es Guthrum gelungen wäre, Alfred auf Chippenham gefangenzunehmen.

Der Blutadler. Er war nie selbst dabeigewesen, aber er hatte genug darüber gehört, um zu wissen, welche Folter es sein konnte, wenn es dem Vollstrecker Spaß machte, die Prozedur in die Länge zu ziehen. Er blickte auf den Mann vor ihm, auf den geschmeidigen Rücken, der sich im Rhythmus des langsamen Trabs bewegte.

Diesem perfekten Körper, dachte Erlend, waren Schmerzen nicht fremd. Im Moment war Alfred blind vor Kopfschmerzen. Es mußte so sein, denn sonst hätte er Elswyth nie gestattet, seine Zügel zu nehmen.

Er litt also an Kopfschmerzen. Und er hatte seit seiner Kindheit mit ihnen leben müssen.

Elswyth drehte sich im Sattel um und sah ihren Mann an. Von der stechenden, kalten Luft war ihre cremefarbene Haut rosig geworden. Erlend hatte noch nie einen solchen Ausdruck auf ihrem überheblichen, vornehmen Gesicht gesehen. Sie sagte nichts, sondern sah wieder nach vorn.

Elswyths Gesichtsausdruck entsprach dem Gefühl in Erlends Magen. Und in diesem Moment verstand der Däne endlich, daß er überhaupt nichts gegen Alfred von Wessex hatte. Das Gefühl, das er für den westsächsischen König empfand, war eher das Gegenteil von Abneigung, war in Wahrheit Liebe.

»Ich habe Hunger.« Die Stimme kam von dem Pferd hinter Erlend und war eindeutig Edwards.

»Wir halten bald an, Prinz«, hörte Erlend den Than, der mit ihm ritt, sagen. »Du bist ein sehr tapferer Junge. Nur noch ein Weilchen, dann halten wir an.«

»Ihr müßt wegen mir nicht anhalten.« Die Stimme des Kindes war klar und stolz. »Ich esse erst dann, wenn mein Papa eine Pause machen will.« Erlend spürte, wie es ihm die Kehle zuschnürte. Sieben Jahre ist Alfreds Sohn, dachte er. Sie saßen seit über fünf Stunden im Sattel, und es fror. Erlend dachte – und es war das erste Mal, daß ihm ein solcher Gedanke kam –, daß er eines Tages gern einen Sohn wie Edward hätte.

Er blickte nach vorn, und es schien ihm, als säße Alfred jetzt aufrechter im Sattel. Dann hörte Erlend, wie der König fragte: »Wo sind wir jetzt?« Elswyth drehte sich um, sah ihren Mann an, und plötzlich erhellte ein strahlendes Lächeln ihr Gesicht. »Nahe genug bei Cheddar«, sagte sie. »Ist alles in Ordnung? Willst du deine Zügel zurück?«

»Ja.«

»Noch ungefähr eine Stunde, dann sollten wir in Cheddar sein«, sagte Elswyth, als Alfred die Zügel wieder über den Hals seines Pferdes schlang.

»Gut. Ich glaube, es ist sicher, in Cheddar zu übernachten.« Alfred drehte sich im Sattel um und blickte über die Pferdereihen, die ihm folgten. Sie kamen jetzt in die Mendip Hills, und überall um sie herum war Wald. Das königliche Gut Cheddar lag im Herzen der Hügel, umgeben von den steilen Böschungen und den Kalksteinschluchten, an die sich Erlend von einem früheren Besuch erinnerte.

Der Wind hatte sich erhoben, und es fing an zu schneien. Flavia wimmerte ein wenig, und Erlend zog sie fester an sich und versuchte, dem Kind etwas von seiner eigenen, geringen Körperwärme abzugeben. »Wir sind fast da, Liebling«, sagte er leise zu ihr. »Nur noch ein Weilchen.«

Alfred mußte ihn gehört haben, denn er rief: »Geht es dir gut, Flavia? Möchtest du mit mir reiten?«

»Oh ja, Papa!« kam die prompte Antwort.

Alfred lenkte sein Pferd an den Wegrand und wartete, bis Erlend neben ihm war. Erlend übergab das Kind in Alfreds Arme, und als Flavia zu ihrem Vater aufsah, konnte Erlend die Erleichterung in ihren blaugrünen Augen sehen. »Geht es dir besser, Papa?«

»Viel besser, Liebes. Versuch nur zu schlafen. Bei mir bist du sicher.« Alfred nickte Erlend zu und manövrierte seinen Grauschimmel wieder hinter Elswyth auf den Weg. Seine Tochter war unter seinem Umhang nicht mehr zu sehen.

Es wurde dunkel, als sie Cheddar erreichten. Das Gut war eher eine Jagdhütte als ein richtiges königliches Gut, und der Hauptsaal war klein. Der Verwalter war über ihre Ankunft entsetzt, normalerweise stieg der König nicht auf einem Gut ab, ohne seinem Verwalter genügend Zeit zu geben, es mit Lebensmitteln auszustatten. Zu dieser Jahreszeit gab es auf Cheddar nur Vorräte für die Bediensteten, die dort lebten, wie der Verwalter Elswyth unglücklich erklärte.

Elswyth kümmerte sich wenig um ihn, sondern befahl ihm, innerhalb einer Stunde eine Mahlzeit auf den Tisch zu bringen. Dann kümmerte sie sich um ihre erschöpften Kinder, deren Kindermädchen sie in der Hütte eines Freien in Chippenham zurückgelassen hatten. Der Verwalter eilte vor sich hin murrend fort, aber innerhalb einer Stunde waren die Holztische aufgestellt, und eine Mahlzeit wurde serviert. In dieser Situation waren die Thane nicht wählerisch, und alle machten sich mit Feuereifer darüber her.

Erlend hatte fast fertig gegessen, als er bemerkte, daß er beobachtet wurde. Er brauchte gar nicht aufzuschauen, um zu wissen, wessen Augen auf ihm ruhten. Er leckte sich die Finger ab und wandte dann den Kopf langsam zum Thron.

»Wenn Ihr fertig gespeist habt, Erlend, kommt bitte mit mir«, sagte Alfred.

»Jawohl, Mylord.« Erlends Stimme war bewundernswert fest, und mit ebenso bewundernswerter Ruhe stand er von seiner Bank auf und folgte Alfred in den einzigen privaten Raum im Saal, in das Schlafgemach des Königs. Er spürte, wie ihm die Blicke aller Männer im Saal folgten.

Alfred hatte eine Kerze mitgebracht, und jetzt entzündete er die Lampe. »Setzt Euch«, sagte er zu Erlend und deutete auf einen Hocker, während er selbst im Raum auf und ab schritt. Erlend setzte sich, faltete die Hände im Schoß und wartete.

»Mir scheint, Euer Onkel ist bei weitem nicht so besorgt um Euer Leben, wie Ihr dachtet«, bemerkte Alfred schließlich, blieb einen Moment stehen und fixierte Erlend mit Augen, deren Lider schwer waren. »Er hat sein Versprechen gebrochen. Er hat es gebrochen, obwohl er genau wußte, was mit den letzten Geiseln geschehen ist, die er auf ähnliche Weise verraten hat. Verläßt er sich vielleicht darauf, daß meine Zuneigung für Euch mich diesmal zurückhält?«

Erlends grüne Augen wichen nicht aus, und auch seine Stimme stockte nicht, als er antwortete. »Er rechnet nicht damit, daß Ihr mich mögt, Mylord. Und selbst wenn, würde er nicht erwarten, daß es Euch zurückhält.«

Alfreds Augen blieben bedeckt; die langen Wimpern schirmten sie ab, so daß man nicht in ihnen lesen konnte. »Und was ist mit Euch, Erlend Olafson? Für einen Mann, der weiß, daß sein Leben verwirkt ist, seht Ihr nicht sehr ängstlich aus.«

»Wenn Ihr vorgehabt hättet, mich zu töten, Mylord«, antwortete Erlend, »hättet Ihr es in Chippenham getan und meine Leiche dort zurückgelassen, damit Guthrum sie findet.«

Alfred schritt weiter im Raum auf und ab. »In Chippenham konnte ich nicht klar denken«, sagte er, »sonst hätte ich das vielleicht getan.«

»Das glaube ich nicht«, sagte Erlend und beobachtete, wie Alfred sich schwungvoll umdrehte und ihn wieder anstarrte. »Es war nicht Guthrums Absicht, mein Leben zu verspielen«, fuhr Erlend gesprächig fort. »Er wollte Euch gefangennehmen. Euch persönlich, Alfred von Wessex. Hätte er Euch in Chippenham erwischt, hättet Ihr gar nicht die Chance gehabt, mich umzubringen. Dann hätte Guthrum als mein Retter dagestanden. Ich glaube nicht, daß er darüber glücklich ist, daß ich immer noch in Eurer Gewalt bin. Er wird sogar noch unglücklicher sein, wenn Ihr mich umbringt.«

»Sollte mich das etwa zurückhalten?« fragte Alfred. »Weil es Guthrum unglücklich macht?«

»Nein.« Erlend sah dem König ins Gesicht. Alfred sieht müde aus, dachte er. Sehr müde. An diesem Abend sah man ihm jede Minute seiner achtundzwanzig Jahre an. »Alfred«, sagte Erlend, und nannte den König schon zum zweiten Mal unbewußt beim Vornamen. »Ich glaube nicht, daß Ihr auf Cheddar sicher seid, genausowenig wie auf irgendeinem anderen königlichen Gut. Es ist Guthrum gelungen, Euch zu überrumpeln, und er ist ein zu guter Stratege, um seinen Vorteil nicht auszunutzen. Er wird Euch verfolgen. Er wird Euch keine Zeit lassen, Euch auf eines Eurer Güter zurückzuziehen und die Fyrds einzuberufen.«

»Ich weiß.« Endlich kam Alfred zur Ruhe und setzte sich auf

die Bettkante. »Erlend«, sagte er. »Was glaubt Ihr, wie Guthrum die Dorsetwache in Cirencester passiert hat?«

»Durch Bestechung«, antwortete Erlend. Sein blasses Gesicht war düster. »Euer Neffe Athelwold ist aus Dorset, Mylord, und Athelwold haßt Euch. Er haßt Euch, weil Ihr Euch weigert, ihn zum Secondarius zu ernennen.« Erlend schlug die Augen nieder und sah dann tapfer wieder auf. »Guthrum weiß von Athelwold«, sagte er. »Ich habe ihm von ihm erzählt, als ich während des ersten Friedens aus Eurem Haushalt zurückkehrte.«

Zwei Augenpaare trafen sich und sahen sich an. Eine Zeitlang sprach keiner. Dann fragte Erlend: »Welcher Than hatte in Cirencester das Kommando?«

»Cenwulf«, antwortete Alfred, und Erlend atmete tief durch.

»Ich wußte es. So hat Guthrum also die Dorsetwache umgangen. Cenwulf war schon immer Athelwolds treuester Anhänger.«

»Ja. Genau das denke ich auch.«

Erlend lehnte sich auf seinem Hocker nach vorne. Er mußte dem König dringend etwas klarmachen. »Guthrum will Euch, Mylord. Er weiß, was mit der westsächsischen Verteidigung passieren würde, wenn Ihr nicht mehr wärt. Niemand sonst kann Euer Volk führen wie Ihr, niemand sonst verfügt über die treue Gefolgschaft von ganz Wessex. Wenn er Euch töten kann, ist dieser Krieg vorüber.«

»Habt Ihr ihm das auch gesagt, Erlend Olafson?« Alfreds Stimme war ganz leise.

Erlend wurde noch blasser, wenn das überhaupt möglich war. »Nein, Mylord. Aber mein Onkel ist schlau genug, selbst darauf zu kommen.«

Alfred antwortete nicht, sondern entfernte sich vom Bett und fing wieder an, auf und ab zu gehen. Er sprach über die Schulter. »Was kann Guthrum Athelwold als Gegenleistung für seine Kooperation in Cirencester angeboten haben? Ein Königtum, wie es Ceolwulf in Mercien hat?«

»Wahrscheinlich«, sagte Erlend mit erstickter Stimme. »Eine der größten Stärken der westsächsischen Verteidigung ist Einigkeit. Mein Volk fand es schon immer wirkungsvoll, einen Nominalkönig aufzustellen und so die Treuepflichten eines Landes zu spalten.«

»Was ist mit der Flotte? Ist es Guthrum gelungen, eine neue Flotte aufzustellen?«

Erlend zuckte mit den Schultern. »Ich war nicht in der Lage, das herauszufinden, Mylord.« Es war kurz still, als Alfred vor dem Dänen stehenblieb und auf ihn herabblickte.

»Würdet Ihr es mir sagen, wenn Ihr es wüßtet?« fragte Alfred.

Erlend stand langsam auf. Sie standen sehr nahe voreinander, und ihre Augen waren fast auf gleicher Höhe. »Würdet Ihr es tun, wenn Ihr in meiner Position wärt?« stellte er dem König die Gegenfrage.

Es herrschte ein langes Schweigen. Schließlich brach Alfred es. »Nein«, sagte er. »Wahrscheinlich nicht.«

Erlend konnte an Alfreds müden Augen sehen, wieviel Mühe es den König kostete, sich auf den Beinen zu halten. »Ich auch nicht«, sagte er. Dann fügte er eindringlich hinzu, als wäre jetzt nichts anderes auf der Welt von Wichtigkeit: »Geht zu Bett, Mylord. Ihr müßt für den morgigen Ritt wieder auf der Höhe sein, und dazu braucht Ihr Eure Nachtruhe.«

Um Alfreds Mund war eine Falte. »Habe ich immer noch Euer heiliges Versprechen, daß Ihr nicht fliehen werdet?«

»Ja.«

Wieder war es still. »Gut, Erlend«, sagte der König. »Ihr könnt gehen.«

Erlend legte gerade die Hand auf den Türriegel, als Alfred noch einmal sprach. »Ihr hättet in Chippenham bleiben können. Wir hätten keine Zeit gehabt, Euch zu suchen.«

Erlend wandte den Kopf. Sogar aus einer Entfernung von drei Metern waren dem König Anstrengung und Müdigkeit deutlich anzusehen. »Ich halte meine Versprechen, Alfred von Wessex«, antwortete Erlend. »Ich werde erst fortgehen, wenn Ihr mir die Erlaubnis gebt.«

»Warum?« fragte Alfred mit seiner abgehacktesten Stimme.

»Ich mag Eure Kinder«, antwortete Erlend, grinste, hob den Riegel und ging hinaus in den Saal.

34

NACHDEM die Holztische fortgeräumt worden waren, legten sich alle Westsachsen in Cheddar sofort schlafen. Draußen fiel immer noch Schnee. Leise, aber gleichmäßig. Flavia weigerte sich, im kleinen Saal, den die Kinder auf Cheddar normalerweise bewohnten, zu schlafen, und deshalb beherbergte das große Bett im Schlafgemach des Königs in dieser Nacht nicht nur Alfred und Elswyth, sondern auch ihre drei Kinder.

»Laß sie doch bei uns schlafen«, hatte Alfred gesagt, als er Flavias weinerliche Stimme hörte. »Heute nacht hält mich nicht einmal ein überfülltes Bett wach.«

Auch Elswyth war erschöpft, und alle fünf schliefen sofort ein, als Alfred die Decken über sie zog. Elswyth wachte in der Morgendämmerung auf, weil Flavias Po ihr in die Seite stieß.

Elswyth und Alfred lagen an den Seiten; zwischen ihnen waren die drei Kinder eingekeilt. Elswyth stützte sich auf ihren Ellbogen und betrachtete ihre Brut. Alle schliefen fest.

Sie schloß die Augen. Lieber Gott im Himmel, betete sie inbrünstig. Beschütze meine Kinder.

»Ich überlege, ob ich sie nach Kent schicken soll.« Von der anderen Seite des Bettes kam Alfreds leise Stimme, und Elswyth öffnete die Augen wieder und sah ihn an.

»Willst du dorthin gehen?« fragte sie und sprach genauso leise.

Er lag auf dem Rücken und hatte ihr das Gesicht zugewandt. Sein Haar ergoß sich wie ein Heiligenschein über das Kissen. »Nein. Ich kann Guthrum den Westen nicht völlig überlassen, Elswyth. Ich bleibe hier, solange ich kann.«

»In Cheddar?«

Eine Augenbraue hob sich. »Elswyth, meine Leibgarde besteht aus vierzig Mann. Ich kann nicht hier auf Cheddar bleiben, auch auf keinem anderen königlichen Gut. Nicht bevor ich mehr Männer zusammen habe.«

»Sende den Fyrds eine Nachricht. Sie werden dir zu Hilfe kommen.«

»Dessen bin ich mir nicht so sicher.«

»Was?«

»Psst. Du weckst die Kinder auf.« Alfred setzte sich ein wenig auf. Es war ein kalter Januarmorgen, deshalb blieb er unter der Decke.

»Erlend glaubt, daß Guthrum Athelwold das Königtum von Wessex anbieten wird.« Sein Atem hing weiß in der kalten Luft des Schlafgemachs.

Auch Elswyth setzte sich auf. Bei der Bewegung hob sich ihr Magen ein wenig; sie kämpfte das Übelkeitsgefühl mit bloßer Willenskraft nieder. »Es waren die Männer aus Dorset, die in Cirencester Wache gehalten haben«, sagte sie.

»Ja.«

»Verrat.« Ihr ausdrucksvoller Mund sah entschlossen und ernst aus.

»Ich fürchte, ja«, antwortete Alfred.

»Wir behalten die Kinder bei uns«, sagte sie.

»Hör zu, Liebes.« Er zog die Hand unter den Decken hervor und strich sich das Haar aus der Stirn. »Ich muß eine Weile untertauchen, bis ich mehr Männer zusammen habe. Guthrum hat mich völlig überrumpelt, und im Moment habe ich nicht die Männer, um irgendeine Art von Verteidigung zu organisieren. Der Rest meiner Thane wird schon den Weg zu mir finden. Ihrer kann ich sicher sein. Aber wenn Wessex denselben Weg geht wie Mercien . . .«

»Das wird es nicht.« Sie klang vollkommen überzeugt. »Wessex wird geschlossen hinter dir stehen. Aber du hast recht. Du mußt vorsichtig sein und abwarten, wer dein Freund und wer dein Feind ist.«

»Ich kann dich und die Kinder nicht durch die Sümpfe von Somerset schleppen.«

»Warum nicht?«

»Elswyth . . .« Er klang jetzt ungeduldig. »Sei doch bitte einmal im Leben vernünftig! Wir befinden uns im tiefsten Winter!«

»Ich bin vernünftig.« Ihre dunkelblauen Augen waren völlig ernst. »Ich vertraue meine Kinder niemandem an, dessen Loyalität sich dann vielleicht als fragwürdig erweist, Alfred. Und ich werde sie auch nicht auf eine gefährliche Reise quer durch Wessex schicken, während die Dänen im Land herumvagabundieren.«

Er erwiderte ihren Blick, und seine Augen waren dunkel und besorgt. Die Kinder waren eine Belastung für ihn, das erkannte sie. »Wir könnten sie ins Kloster in Glastonbury bringen, Alfred«, sagte sie. »Glastonbury liegt sicher inmitten des Sumpflandes in Somerset. Im Winter ist es eine Insel. Dort sind sie in Sicherheit, und dort hätten wir sie in der Nähe. Wir könnten sie dort wegholen, wenn wir müßten.«

Es herrschte Stille, während er über ihre Worte nachdachte. »Wenn du bei ihnen in Glastonbury bleibst, Elswyth.«

Ihre Antwort kam blitzschnell. »Ich würde lieber bei dir bleiben.«

»Ich weiß. Aber die Kinder haben Angst, wenn wir sie allein in Glastonbury lassen.«

Das stimmte. Sie wußte es, und trotzdem verlangte ihr ganzes Wesen danach, bei ihm zu bleiben. »Du willst mich nicht«, sagte sie, und ihre Stimme war bitter.

»Ich will dich immer.« Seine Augen blickten forschend in ihr Gesicht. Er runzelte die Stirn ein wenig, während er nachdachte. »Ich kann die Kinder nicht in Glastonbury lassen, wenn ich nicht weiß, daß jemand dort ist, der sie im Notfall in Sicherheit bringt«, sagte er. »Jemand, dem ich vertraue und der schnell reagiert.« Er fuhr sich noch einmal durchs Haar. »Ich könnte Brand zurücklassen. Oder Edgar.«

»Du kannst nicht auf Brands oder Edgars Dienste verzichten.« Sie atmete tief ein und gab einen kurzen, explosiven Seufzer von sich. »In Ordnung, Alfred. Ich bleibe mit den Kindern in Glastonbury.«

Ihre Blicke trafen sich über den drei kleinen Köpfen, golden, silbern und schwarz, die zwischen ihnen lagen.

Edward öffnete die Augen und quengelte: »Elgiva tritt mich!«

Alfred sagte: »Ihr müßt jetzt sowieso alle aufwachen. Wir reiten in einer halben Stunde los.«

Guthrum hatte gehofft, Alfred in Chippenham gefangenzunehmen und seinen Neffen Erlend zu retten. Das Scheitern dieser beiden Vorhaben war zwar äußerst ärgerlich, aber der Rest seines Planes, Wessex zu erobern, sah vielversprechend aus.

Chippenham hatte sich als idealer Ort für ein Basislager erwiesen. Die Stadt befand sich in einer günstigen Verteidigungsposition. Auf drei Seiten wurde sie vom Avon geschützt, auf der vierten durch einen Graben und einen Zaun; sie war vom Vorgebirge abgeriegelt. Das war genau die Art von Befestigung, die ein Wikingeranführer besonders schätzte. Das königliche Gut war für den Weihnachtsbesuch des Königs mit Nahrungsmitteln ausgestattet worden, und so erfreuten sich die Dänen außerdem noch an den Pökelfleischvorräten, Aalen, Brot, Honig und ungehopftem Bier, das sie auf den Speichern des Gutes vorfanden.

Und so saß Guthrum, während Alfred in Cheddar Zuflucht gesucht hatte, am Abend des siebten Januar im Königssaal Chippenhams und war hoch zufrieden. Er verfügte über einen sicheren Stützpunkt in der Nähe der zwei Hauptstraßen, über die er noch tiefer nach Wessex eindringen konnte. Dieser Teil von Wiltshire war von früheren Wikingerüberfällen unberührt geblieben, deshalb konnte man aus den Einwohnern noch Nahrung, Futter, Pferde und wenn möglich Steuern herauspressen. Die Verpflegung würde diesmal kein Problem darstellen. Guthrum konnte die viertausend Mann, die ihm morgen nach Chippenham folgen würden, mühelos versorgen.

Es war ärgerlich, daß es ihm nicht gelungen war, Alfred gefangenzunehmen. Offensichtlich hatte jemand die dänische Vorhut den Fosse Way herunterkommen sehen und Alfred rechtzeitig gewarnt. Guthrum hatte sich gegen eine Verfolgung entschieden. Es wäre zwar ausgesprochen befriedigend gewesen, diesen adleräugigen Westsachsen in seiner Gewalt zu haben, aber es war wichtiger, zuerst das Fundament seiner Macht zu festigen.

Guthrum wollte Alfreds Königreich, und der Däne hatte nicht die Absicht, den Vorteil, den er sich verschafft hatte, wieder zu verspielen. Von Athelwold wußte er, daß Alfred im Moment wenig Männer hatte. Es war das erste Mal, seit Guthrum denken konnte, daß der westsächsische König so unvorsichtig gewesen war. Der Däne war fest entschlossen, hart zuzuschlagen, solange der westsächsische König noch verwundbar war.

Wie alle Wikinger wußten, waren Angst und Schrecken die wirksamsten Waffen. Bisher war Wessex von den Verheerungen verschont geblieben, mit denen die Dänen die englischen Königreiche Nordhumbrien, Ostanglien und Mercien heimgesucht hatten. Aber Wessex wird dazulernen, dachte Guthrum tief befriedigt, als er an diesem Winterabend im Königssaal auf Alfreds Thron saß und über die Zerstörung seines Königreichs nachdachte.

Diesmal würden Guthrums Pläne nicht fehlschlagen. Im Frühling bekam er übers Meer Verstärkung geliefert, die zusätzlichen Tausende von Männern würden die dänische Armee unbesiegbar machen. Selbst mit denen, die ihm jetzt zur Verfügung standen, fühlte Guthrum sich unschlagbar. Die Männer aus Alfreds Fyrds würden zu beschäftigt mit ihren brennenden Scheunen sein, um dem Ruf ihres Königs zu folgen. Vielleicht würden sie sich zur Verteidigung ihrer Grafschaften zusammentun, aber eine derart bruchstückhafte Abwehr würde Guthrum direkt in die Hände spielen.

Diesmal, dachte Guthrum, als er seinen Kelch hob und mit einem großen, langen Schluck den Inhalt herunterstürzte, diesmal konnte nichts schiefgehen. Bis zum Sommer würde er auch Alfred in die Finger bekommen.

Ein paar Tage später galoppierten dänische Plünderertrupps den Fosse Way herunter, die römische Straße nach Winchester entlang und raubten, vergewaltigten und brandschatzten. Ende Januar ritt Athelwold nach Chippenham, um bei Guthrum gegen die Härte der dänischen Besatzung zu protestieren.

Guthrum lachte.

»Ihr habt versprochen, mich zum König zu machen!« ließ Athelwold ihm wütend über den Übersetzer mitteilen, den Guthrum aus Repton mitgebracht hatte. »König, genau wie Ceolwulf König in Mercien ist.«

»Genau wie Ceolwulf in Mercien«, stimmte Guthrum verächtlich zu. »König nach meinem Gutdünken, König unter meinem Befehl. Wenn Wessex erst einmal bezwungen ist, werde ich Euch zum König ernennen, Mylord Athelwold. Aber wenn Ihr wünscht, daß das Volk Alfred entsagt und sich Euch zuwendet, muß es zuerst die Kraft meiner Fäuste spüren.«

Athelwold dachte darüber nach, und es ergab Sinn.

»Alfred ist in Somerset«, informierte er den dänischen Anführer, und seine Stimme war jetzt versöhnlicher. »Er hat in den Sümpfen Zuflucht gesucht. Dort versteckt er sich und seine wenigen Anhänger vor Eurer Rache.«

»Ich weiß, wo Alfred ist«, antwortete Guthrum, und seine blauen Augen glitzerten gefährlich. »Er kann sich nicht ewig vor mir verkriechen. Wenn ich sein Königreich erst einmal unterjocht habe, ist noch genug Zeit, sich über seine Gefangennahme Gedanken zu machen.«

»Im Sommer hat man leichteren Zugang zu den Sümpfen«, sagte Athelwold. Seine blassen, rötlichen Wimpern zuckten, als er nervös blinzelte. »Im Winter steht die Hälfte des Landes unter Wasser, und man muß die Wege und Pfade kennen, sonst kommt man nie durch. Aber im Sommer ist es trocken.«

»Ihr seid mir eine große Hilfe, Mylord«, sagte Guthrum, und seine Augen waren jetzt so verächtlich wie seine Stimme.

Athelwold wurde so rot wie sein Haar. »Er verdient kein Mitleid von mir«, sagte er wütend. »Er hat mich meines rechtmäßigen Erbes beraubt.«

»Geht nach Hause«, sagte Guthrum. »Ich lasse nach Euch schicken, wenn ich Euch brauche.«

Nach kurzem Zögern gehorchte Athelwold.

Es war der schlimmste Winter in der Geschichte Wessex. Die Dänen zogen brandschatzend und plündernd durchs Land. Wiltshire, wo Chippenham lag, traf es besonders hart. Kirchen wurden entweiht, Klöster zerstört, westsächsische Jungen und Mädchen gefangengenommen und als Sklaven verkauft. Wulhere, der Ealdorman von Wiltshire, den Alfred erst im Jahr zuvor nach dem Tod des treuen Ethelhelm ernannt hatte, folgte dem Beispiel Burgreds von Mercien und floh ins Ausland, um der Rache der Dänen zu entgehen.

Auch die Waliser litten in diesem Winter, und zwar unter den Verheerungen durch Ubbe, Halfdans Bruder, der in Wales überwinterte, bevor er im Frühling nach Wessex segeln würde, um Guthrum durch seine Flotte Verstärkung zu bringen.

Wie eine alttestamentarische Heuschreckenplage breiteten sich die Dänen von Wiltshire aus auch über den Rest des Landes aus. In der Hoffnung, Alfred gefangenzunehmen, zogen sie nach Somerset, trotz aller Proteste Athelwolds nach Dorset, südöstlich bis nach Hampshire, wo viele Sachsen übers Meer vor den Dänen flohen, genauso wie vor Jahrhunderten die Britannier vor den Sachsen.

Der lange, kalte Winter zog sich hin. Das einzige, was in dieser trostlosen und schreckerfüllten Zeit den Funken einer Hoffnung in der Brust der Westsachsen wachhielt, war der Gedanke, daß Alfred noch frei war. Die Dänen hatten mehrfach versucht, in die Sümpfe Somersets einzudringen, waren aber gescheitert. Der König befand sich noch in Freiheit, und solange Alfred noch am Leben war, konnte die Hoffnung auf Rettung in den Herzen und Köpfen derer, die einmal unter dem Banner des goldenen Drachen gekämpft hatten, nicht völlig erlöschen.

»Ich werde niemals aufgeben.« Dieses Versprechen hatte Alfred seinem Land gegeben, als er vor sieben langen Jahren das Königreich übernommen hatte. Während der Wintermonate des Jahres 878, dem absoluten Tiefpunkt im Krieg gegen die Dänen, hielt er dieses Versprechen.

Der Westen Somersets bestand hauptsächlich aus Sumpfland, das von einem unregelmäßigen Hufeisen bewaldeter Hügel umgeben war. Die Sümpfe erstreckten sich über zwanzig Meilen weit von der Küste ins Land hinein und verwandelten sich je nach Regenfall und Gezeiten von Morast zu einer Lagune. In diesem Sumpfland, dem man sich im Winter weder übers Wasser noch übers Land nähern konnte, das nur für diejenigen sicher war, die den Weg kannten, fand Alfred Schutz vor dem dänischen Moloch, der durch Wessex ritt.

Der Winter war hart. Im Januar und Februar war es bitterkalt, und der König und seine kleine Leibgarde suchten in Bauernhütten Schutz und waren auf die Ärmsten der Armen angewiesen. Im Laufe des Winters fanden die Männer aus Alfreds Leibgarde, die Weihnachten nicht in Chippenham verbracht hatten, nach und nach den Weg ins Lager des Königs. Alfreds vertrauteste Thane waren ihm treu geblieben, aber die Nachrichten, die sie vom Rest des Landes brachten, waren entmutigend.

Überall in den Grafschaften von Wessex kapitulierten die westsächsischen Thane vor den dänischen Oberherren. Um Land und Familie zu retten, gab der Adel von Wessex auf. In keiner einzigen Grafschaft hatte sich Widerstand gegen Guthrum formiert. Nicht ein einziger Ealdorman hatte sich gegen den dänischen Jarl erhoben, der sich jetzt als König bezeichnete. Es war nicht zu glauben, aber es schien, als ginge Wessex doch noch denselben Weg wie Mercien.

Ende Februar war die Stimmung in Alfreds Lager ebenso düster und hoffnungslos wie die Nachrichten, die nach und nach aus der Außenwelt hereintröpfelten. An einem besonders bitterkalten Tag beschloß Erlend, der die Grausamkeit und Effizienz seines Onkels besser kannte als jeder andere, daß es an der Zeit war, mit Alfred ein ernstes Wort zu sprechen.

»Er muß sich in Sicherheit bringen«, sagte Erlend zu Brand, als sie nach einer ganztägigen Jagd Seite an Seite ihre Pferde striegelten. »Wenn diese Sümpfe erst einmal von außen zugänglich sind, wird Guthrum ihn auf Schritt und Tritt verfolgen. Alfred muß sich nach Frankreich absetzen, solange es noch geht.«

»Sagt Ihr es ihm, wenn Ihr wollt«, gab Brand nachdrücklich zurück. »Ich habe nicht den Mut dazu, Erlend.«

»Nun gut«, sagte Erlend. »Ich tue es.«

Zu dieser Zeit lagerten Alfred und seine Männer bei der königlichen Jagdhütte Athelney, die tief im Sumpfland Somersets lag. Wenn im Winter das Wasser des Parrot stieg, wurde aus vierundzwanzig Morgen trockenen Landes, das sich über die Sümpfe der Umgebung erhob, eine Insel.

Das Leben auf Athelney war schon immer hart gewesen, ein kleiner Schlafsaal und mehrere Außengebäude waren die einzige Zuflucht auf der Insel. Athelney war als Jagdhütte für die königlichen Prinzen gedacht, nicht für den König, daher konnte man dort nicht mehr als vierzig Mann unterbringen. Alfreds Leibgarde bestand jedoch im Moment aus siebzig Thanen, und das Quartier war sowohl für die Männer als auch für die Pferde sehr eng.

Alfred und seine Männer lebten gegenwärtig hauptsächlich von der Nahrung, die sie selbst von der Jagd mitbrachten. Andere Nahrungsmittel wie Brot und Bier sowie Futter für ihre Pferde bekamen sie entweder von königstreuen Bauern oder aus dem Gepäck der dänischen Plünderertrupps, die sich zu nahe an die Sümpfe heranwagten. Zu diesen Gelegenheiten wurden die Gejagten zu Jägern, und in den letzten Monaten hatten die Dänen gelernt, sich im Westen Somersets vorsichtig zu bewegen.

Die Wintersonne ging langsam unter, als Erlend Brand den Rücken zuwandte und sich auf die Suche nach dem König machte. Alfred war weder im kleinen Saal noch im Stall. Erlend stieß ganz zufällig auf sein Opfer, nachdem er die Suche schon aufgegeben hatte und zur Quelle hinuntergegangen war, um zu trinken. Dort fand er Alfred vor, der im noch verweilenden Sonnenlicht auf dem Stumpf einer gefällten Erle saß und in seinem Erbauungsbuch las.

Es war ein kleines Buch, und der König hatte es seit ihrer Flucht nach Somerset immer mit sich getragen. Es war so gebunden, daß er es an seinen Gürtel hängen konnte; der Ledereinband ließ sich zusammenklappen und lief an der Oberseite spitz zu, so daß er eine Art Hängetasche bildete. Brand zufolge hatte Alfred das Buch selbst gemacht; es enthielt Auszüge von verschiedenen Autoren, die den König besonders inspirierten. Im Moment war Alfred völlig darin versunken; er saß mit gebeugtem Kopf dort und las.

Erlend blieb stehen. Er zögerte, diesen offensichtlich privaten Augenblick zu stören. Alfred hatte in den beengten Verhältnissen dieser Tage sowieso sehr wenig Gelegenheit, ungestört zu sein. Doch dann, gerade als Erlend sich entschloß, lieber wieder zu gehen, blickte der König von seinem Buch auf.

»Mylord.« Erlend sprach vom Rande der Lichtung. »Ich würde Euch gern sprechen, wenn es nicht allzu unpassend ist.«

Alfred klappte sein Buch zu und legte es neben sich auf den Baumstamm. »Es ist nicht allzu unpassend«, antwortete er freundlich. »Sagt, was Ihr möchtet, Erlend.«

Erlend fuhr sich mit den Fingern durch sein schmutziges Haar und ging auf den König zu. Sie waren jetzt alle dreckig, bemerkte er, als er die Lichtung durchquerte und der Schlamm unter seinen Füßen quatschte. Verdreckt, bärtig und zerlumpt. Die Leibgarde des Königs, derart heruntergekommen. Alfred selbst sah auch nicht besser aus. Wie hämisch Guthrum wäre, wenn er uns jetzt sehen könnte, dachte Erlend.

Erlend blieb vor dem König von Wessex stehen und sah auf ihn herab. Alfred saß dort auf seinem faulenden Baumstamm, schmutzig und zerlumpt wie Erlend, und schien sich an der demütigenden Situation überhaupt nicht zu stören. Er erwiderte Erlends Blick und zog fragend eine seiner feinen Augenbrauen nach oben.

Erlend zögerte. Jetzt, wo er Alfred gegenüberstand, war er sich nicht mehr sicher, daß er mehr Mut haben würde als Brand. »Es geht um die Nachrichten aus Wales«, begann er unsicher. Die Nachrichten, auf die er sich bezog, waren erst an diesem Morgen eingetroffen. Ein Than aus Somerset mit einer walisischen Frau hatte dem König berichtet, die Verwandten seiner Frau hätten gesagt, daß die dänische Flotte Dyfed ebenso systematisch dem Boden gleichmachte wie Guthrum Wessex geplündert hatte. »Mylord«, sagte Erlend, der sich schließlich doch zu einem Versuch entschloß. »Ich bin mir vollkommen sicher, daß Ubbe im nächsten Frühjahr nach Wessex segeln wird.«

Alfred antwortete nicht, blickte nur weiter zu ihm auf und hielt die Augenbraue fragend in der Höhe. »Guthrum hat den Frühwinter in Gloucester verbracht«, fuhr Erlend fort und stellte die Beine auseinander, um auf dem schlammigen Boden festeren Halt zu gewinnen. »Von Gloucester aus kann man sich leicht mit Wales in Verbindung setzen. Und Ubbe ist Halfdans

Bruder, der Cousin von Harald Bjornson, der das Kommando über Guthrums Schiffe hatte, die vor Swanage gesunken sind. Aber vor allem ist mein Onkel Wikinger. Er wird immer darauf bedacht sein, sich übers Meer Verstärkung zu beschaffen.«

Alfred ließ die Augenbraue wieder sinken. Er sah nachdenklich aus. »Was glaubt Ihr, wo sie landen werden?« fragte der König.

»Das kann ich nicht sagen, Mylord. Irgendwo am Bristol-Kanal, nehme ich an.« Dann, als er zum wichtigsten Punkt dieses Gesprächs kam, sagte er nachdrücklicher: »Guthrum wird dem Westen niemals den Rücken drehen, solange Ihr frei seid, Mylord. Wenn der Frühling kommt, wird er ernsthaft versuchen, Euch aus dem Versteck zu jagen. Ich wette, daß er Ubbe so nahe wie möglich bei Somerset landen läßt.«

Kein Funke von Angst war in Alfreds höflich interessiertem Gesicht zu erkennen. Er sagte nur: »Ich werde eine Nachricht an den Ealdorman von Devon schicken. Er soll die Küste bewachen.«

Erlend biß die Zähne zusammen und kam auf den Punkt. »Die Männer aus Devon können Ubbe nicht aufhalten«, sagte er barsch. »Es ist Zeit, daß Ihr den Tatsachen ins Auge seht, Mylord König. Die westsächsische Verteidigung ist ebenso zusammengebrochen wie die in Mercien, Ostanglien und Nordhumbrien. Und Guthrum ist kein Mann, der sich seinen Vorteil wieder nehmen läßt.« Erlend trat einen Schritt näher zu dem Baumstamm, auf dem der zerlumpte König saß. Ohne daß er es bemerkte, war seine Stimme lauter geworden. »Bis zum Frühjahr wird er eine Schlinge um Wessex gelegt haben, und Ihr werdet nichts dagegen unternehmen können. Die Zeit ist gekommen, Euch in Sicherheit zu bringen, Mylord. Wenn Ihr noch länger wartet, wird es zu spät sein.«

Als Alfreds Hunde die erhobene Stimme hörten, kamen sie zwischen den Bäumen hervorgerannt und scharten sich um die Gestalt auf dem Baumstamm. Alfred murmelte ein paar Worte und kraulte ein paar Ohren, und Erlend beobachtete ihn mit ärgerlichem, frustriertem Gesicht. Als der König ihm keine Antwort gab, sondern weiter seine Hunde beruhigte, sagte

Erlend mit unverzeihlicher Grobheit: »Habt Ihr gehört, was ich Euch gerade gesagt habe?«

Mit einer mühelosen, fließenden Bewegung war Alfred auf den Beinen. »Ich habe Euch sehr wohl gehört«, antwortete er milde. Er bückte sich und hob sein Buch auf. »Und wie soll ich mich Eurer Meinung nach retten?« fragte er, als er sich wieder aufrichtete.

»Ihr müßt nach Frankreich übersetzen«, sagte Erlend. »Nehmt Eure Frau und die Kinder und bringt Euch in Sicherheit, Mylord, bevor Guthrum Euch den Rücken aufschneidet und Eure Rippen wie Adlerflügel für Odin ausbreitet.«

Es ist brutal, dachte Erlend, aber in dieser Situation waren brutale Maßnahmen erforderlich.

»Nein«, sagte Alfred. Seine Stimme war vollkommen ruhig und endgültig.

Erlends Ärger wuchs, als er den Mann, der vor ihm stand, anstarrte. Alfred hatte jetzt einen Bart, wie sie alle, und das goldene Barthaar kaschierte die Magerkeit seiner Wangen ein wenig. Sein Haar war dreckig und verfilzt, seine Kleidung voller Schmutzflecken und wegen der engen Pfade, auf denen sie durch die Sümpfe ritten, zerrissen. Die langen Finger, die das in Leder gebundene Buch hielten, hatten abgebrochene Nägel und waren mit Frostbeulen übersät. Er sah müde, schmutzig und verkühlt aus; aber irgendwie, Erlend wußte nicht wie, schaffte er es trotzdem, wie ein König auszusehen.

»Ich habe noch nie zuvor gedacht, daß Ihr dumm seid«, sagte Erlend wütend. »Seid Ihr etwa unfähig, die Situation einzuschätzen? Dann laßt mich das für Euch tun. Man hat Euch im Stich gelassen, Mylord. Wer von Euren Thanen ist auf Euren Ruf hin herbeigeeilt? In welcher Grafschaft hat ein Fyrd auch nur versucht, sich im Feld der Armee meines Onkels entgegenzustellen? Wessex ist am Ende, Mylord König! Es ist nicht nötig, daß Ihr mit ihm untergeht.«

»Es gibt schlimmeres als den Tod«, sagte Alfred, immer noch mit derselben ruhigen, endgültigen Stimme.

»Ja«, stimmte Erlend sofort zu. »Folter ist schlimmer als der Tod. Und das ist es, was Guthrum mit Euch vorhat!« Die goldenen Augen, die ihn ansahen, waren ungetrübt und vollkommen furchtlos. Erlend durchfuhr eine Wut, wie er sie nie zuvor verspürt hatte. »Ihr seid geschlagen, Alfred von Wessex«, sagte er gemein. »Ich kenne die Sagas. Kein König war jemals fähig, einer Niederlage, die so endgültig ist wie diese, noch einen Sieg abzuringen.«

»Ich bin erst geschlagen, wenn ich tot bin«, sagte Alfred. »Und ich bin noch nicht tot, Erlend Olafson.« Er wandte sich ab und blickte zu der kleinen Quelle, aus der sie ihr Wasser bezogen, und die untergehende Sonne warf ein glühendes Rot auf sein bärtiges Gesicht. Die Hunde rannten von Alfred fort zur Quelle hinunter, um herauszufinden, was es dort gab.

Erlend, der jetzt auf Alfreds einzige schwache Stelle zielte, sagte: »Wenn Ihr schon nicht an Euch selbst denken wollt, dann denkt wenigstens an Elswyth und Eure Kinder.«

Einen langen Augenblick antwortete Alfred nicht. Erlend dachte plötzlich, daß der König sehr einsam aussah, wie er sich dort als Silhouette zwischen der kahlen, schlammigen Erde und dem flammend roten Himmel abhob. Dann sagte Alfred: »Im Moment sind sie bei den Mönchen in Sicherheit. Wenn es nötig ist, schaffe ich die Kinder nach Flandern zu Judith. Darauf könnt Ihr Euch verlassen.«

»Und Eure Frau?« fragte Erlend knapp.

»Elswyth wird mich niemals verlassen. Ihr kennt sie gut genug, um das zu wissen.« Alfreds regungsloses Profil war undurchdringlich. Dann wandte er sich um. »Ich möchte, daß Ihr mir versprecht, sie in Sicherheit zu bringen, falls mir etwas passiert«, sagte er. »Werdet Ihr das tun, Erlend Olafson?«

»Ich . . .«

»Ich kann allem ins Auge sehen, was Guthrum mit mir vorhat«, sagte Alfred. Sein Gesicht war starr. »Aber nicht Elswyth. Erlend, versprecht mir, daß Ihr sie in Sicherheit bringt.«

»Elswyth wird nichts passieren«, sagte Erlend. »Ich würde für sie sterben. Das wißt Ihr.«

Alfred nickte und wandte sich ab, um das nackte Gefühl, das sein Gesicht allzu deutlich preisgegeben hatte, zu verbergen.

»Ihr selbst werdet niemals weggehen.« Es war eine Aussage und keine Frage, aber Alfred beantwortete sie trotzdem.

»Ich kann nicht.« Alfred beobachtete unverwandt seine Hunde. Dann sagte er, da er offensichtlich der Meinung war, dem Dänen eine nähere Erklärung schuldig zu sein: »Ich bin nicht nur ein König, Erlend. Ich bin ein christlicher König. Und für mich repräsentiert Guthrum die Dunkelheit.« Alfred beobachtete immer noch seine Hunde, während er mit gleichmäßiger und fester Stimme fortfuhr. »Er ist die Düsternis der Unwissenheit, der Grausamkeit, der Verschwendung und des Machtmißbrauchs. Er repräsentiert alles, was mich mein christlicher Glaube zu verabscheuen lehrt.«

Schließlich wandte Alfred wieder den Kopf und sah Erlend an. »Ich muß mich ihm in den Weg stellen«, sagte er. »Solange ich noch atmen kann, muß ich mich ihm entgegenstellen.«

Erlend sah in diese ruhigen Augen und stellte plötzlich fest, daß er nicht genug Luft bekam, um zu sprechen. Es herrschte Schweigen, während er mit sich selbst kämpfte. Schließlich sagte er: »Ihr habt nichts, womit Ihr Euch ihm entgegenstellen könnt.«

Zu seiner Verblüffung lächelte Alfred. »Ich habe gerade ein paar Worte des Apostels Paulus gelesen«, sagte der König. Seine Stimme war ruhig. »Es ist eine Passage, die ich in den letzten Monaten immer und immer wieder gelesen habe. Möchtet Ihr sie hören?«

Erlend blickte auf das Buch in Alfreds schmutzigen, ringlosen Händen. »In Ordnung«, sagte er widerwillig.

Der König öffnete die abgegriffene Ledertasche, schlug die Seite auf und fing nach einer kurzen Pause an zu lesen: »›Ziehet an die Waffenrüstung Gottes, daß ihr bestehen könnt gegen die listigen Anläufe des Teufels. Um deswillen ergreifet die Waffenrüstung Gottes, auf daß ihr an dem bösen Tage Widerstand tun und alles wohl ausrichten und das Feld behalten möget. So stehet nun, umgürtet an euren Lenden mit Wahrheit und angetan mit dem Panzer der Gerechtigkeit und an den Beinen gestiefelt, als fertig, zu treiben das Evangelium des Friedens. Vor allen Dingen aber ergreifet den Schild des Glaubens, mit welchem ihr auslöschen könnt alle feurigen Pfeile des Bösen.‹« Alfred schloß das Buch und zitierte noch weiter, offensichtlich auswendig: »›Und nehmet den Helm des Heils und das Schwert des Geistes, welches ist das Wort Gottes.‹«

Erlend sagte schroff: »Der ostanglische König, Edmund, den Guthrum wie einen Adler aufgespießt hat, dachte dasselbe.«

»Edmund ist als Märtyrer für Christus gestorben«, antwortete Alfred. Er klappte das Buch endgültig zusammen und blickte zu Erlend. Seine Augen waren weit und klar und vollkommen hingebungsvoll. »Wenn ich sterben muß, sei es so. Ich werde zu Gott gehen, wo wir alle letztendlich unseren Frieden finden.«

»Ihr seid Euch Eures Gottes sehr sicher«, sagte Erlend. Aus irgendeinem Grund fing er am ganzen Körper zu zittern an.

»Sehr sicher.« Alfred befestigte das Buch am Gürtel, und dann hob er die Hand und berührte Erlends Schulter. Er sagte: »Christus ist auch für die Dänen gekommen, Erlend. Denkt ab und zu daran.«

In einer Geste der Ermutigung und Freundschaft schlossen sich die starken, schlanken Finger kurz, und dann nahm Alfred seine Hand weg. Und ohne noch etwas zu sagen oder zurückzublicken, schritt der König davon.

Regungslos stand Erlend da und sah der zerlumpten Gestalt nach, die sich trotz allem mit solch leichtfüßiger Eleganz bewegte, bis sie zwischen den Bäumen verschwunden war. Dann legte er sich selbst langsam die Hand auf die Schulter, genau auf die Stelle, die Alfreds Finger berührt hatten. Er zitterte am ganzen Körper, wie ein Blatt bei starkem Wind. Jäh setzte er sich auf den verlassenen Holzklotz und vergrub das Gesicht in den zitternden Händen.

35

DER Februar verabschiedete sich mit einer unbarmherzigen Sintflut eisigen Winterregens. Da sie nicht jagen konnten, versammelten sich die Thane auf Athelney im einzigen, kleinen

Saal, um den nassen, kalten Nachmittag dort zu verbringen. Die Männer saßen aufgereiht auf den Bänken an der Wand, hatten die Füße zum warmen Feuer gestreckt und beschäftigten sich mit der Reparatur von Lederausrüstung und Werkzeugen und mit Holzschnitzerei. Das tiefe Brummen der Männerstimmen übertönte den Regen.

An diesem Nachmittag saß der König inmitten seiner Männer, Edgar auf der einen, Brand auf der anderen Seite. Im Saal von Athelney gab es keinen Thron, nur die einfachen Bänke. Das Wetter hatte sie gezwungen, das Rauchloch im Dach zu schließen, und deshalb war die Luft in dem überfüllten Raum voller Qualm.

Alfred hatte einige Zeit schweigend dagesessen, als Brand ihn schließlich ansprach. Der König nickte nur geistesabwesend und starrte weiterhin mit leerem Blick auf den Hirsch, der über dem Feuer gebraten wurde. Alfred nahm auch nicht den besorgten Blick wahr, den Brand ihm zuwarf, bevor der Than sich wieder seinem Gespräch mit Erlend zuwandte, der auf seiner anderen Seite saß.

Alfreds Gedankenverlorenheit legte sich auch nicht, als die Hunde vom nassen Hof hereinkamen, sich schüttelten und die Thane, die an der Tür saßen, vollspritzten. Er hörte nicht einmal das Gelächter. Er sah nur, wie schmutzig und zerlumpt die Männer waren, die sich auf den Bänken zusammenzwängten, wie dreckig und schlammig die Binsen waren, die den Boden des Saales bedeckten. Der Gestank nasser Wolle, von Leder und Schweiß, von Holzrauch und gebratenem Fleisch beleidigte seine Nase.

Gott im Himmel, dachte er, als seine Nasenlöcher unwillkürlich vor Ekel erbebten. Was soll ich nur tun?

Erlend hat gestern recht gehabt, dachte Alfred mit für ihn untypischer Bitterkeit. Er war geschlagen. Nur ein Narr konnte das nicht erkennen. Guthrum war der König von Wessex. Alfred war der König von vierundzwanzig Morgen Sumpf.

Rastlos rutschte er auf seinem Sitz hin und her. Diese Unterhaltung mit Erlend hatte ihn fast die ganze vergangene Nacht wachgehalten, hatte ihn dazu gezwungen, sich mit seiner gegenwärtigen Situation auseinanderzusetzen und sie genau auszuwerten. Seit Monaten hatte er jetzt schon von einem Tag zum anderen gelebt und sich nur aufs Überleben konzentriert, ohne sich große Gedanken um die Zukunft zu machen.

Nun, er hatte überlebt. Die Frage war nur wofür.

Die Worte, die ihn die ganze Nacht wachgehalten hatten, erklangen noch einmal in seinem Kopf. »Laßt mich die Situation für Euch beurteilen«, hatte Erlend gesagt. »Man hat Euch im Stich gelassen.«

Plötzlich konnte Alfred die Gerüche im Saal nicht mehr ertragen. Er sagte zu Brand: »Ich gehe nach draußen, um etwas Luft zu schnappen«, sprang beinahe auf und ging auf die einzige Tür zu. Er war so daran gewöhnt, beobachtet zu werden, daß er die Blicke kaum bemerkte, die ihm folgten, als er den mit dreckigen Binsen bestreuten Saal durchquerte.

Er schloß die schwere Tür hinter sich und blieb einen Moment im Schutz der Holzveranda stehen. Hier draußen war das Geräusch des Regens deutlich zu vernehmen. Alfred hörte ihn wie Kügelchen auf das Verandadach und in den Schlamm auf dem Hof prasseln. Die Vorderseite der Veranda war offen, und der Wind blies Alfred schwere, stechende Regentropfen ins Gesicht. Er warf den Kopf zurück und atmete tief durch. Die nasse, eiskalte Luft tat seinen nach Luft ringenden Lungen gut.

Er hing weiter seinen bitteren Gedanken nach. Er hatte in seinem Gespräch mit Erlend gestern edle Worte gebraucht. Kämpferische Worte, feurige Worte. Doch Worte waren nichts wert, wenn sie nicht durch Taten bekräftigt wurden.

Ich bin nicht geschlagen, bevor ich nicht tot bin.

Mutige Worte, aber inhaltslos. Er war geschlagen, und an diesem kalten, trostlosen Februarnachmittag, als er vor der armseligen Unterkunft stand, in die er seine Männer gepfercht hatte, wußte er es.

Laßt mich die Situation für Euch beurteilen. Man hat Euch im Stich gelassen.

Ubbe würde an der Küste landen und zur Unterstützung der bereits siegreichen Armee Guthrums neue Rekruten bringen. Mit dieser Verstärkung würden die Dänen unbesiegbar sein.

Der Hof schien knietief mit Schlamm bedeckt zu sein. Wenn es so kalt wurde, daß es fror, würde es gefährlich, einen Fuß nach draußen zu setzen.

Laßt mich die Situation für Euch beurteilen. Man hat Euch im Stich gelassen.

Wo in Gottes Namen waren seine Ealdormen? Wo waren die Fyrds der Grafschaften? Wie war es möglich gewesen, daß Guthrum Wessex ohne eine einzige Schlacht hatte niederwerfen können?

Alfred runzelte die Stirn und ging zum äußersten Rand der Veranda. Im Hof schien sich etwas zu bewegen. Dann, plötzlich, tauchten im dichten Regen und Nebel wie Geister Pferde auf. Alfred brauchte nur eine Sekunde, bis er einen der Reiter erkannte, und das Herz hüpfte vor Angst und Freude in seiner Brust. »Elswyth!« sagte er laut, sprang von der Veranda und rannte in den Regen und den Schlamm auf dem Hof, seiner Frau entgegen.

»Ist alles in Ordnung?« fragte er, als er ihre Taille umfaßte, um sie von Silkens Rücken zu heben. »Mit den Kindern?«

»Es geht allen gut«, versicherte sie ihm, und beim Klang ihrer rauhen Stimme hüpfte sein Herz wieder, diesmal nur vor Freude. Einen kurzen Moment verharrten sie so, er mit den Händen um ihre Taille, sie noch immer zu Pferde und in sein Gesicht herabblickend. Sie berührte kurz seine nasse Wange. »Ich wollte dich einfach nur sehen. Also bin ich gekommen.«

Er hob sie in seine Arme, doch anstatt sie auf dem Hof abzusetzen, watete er durch den Schlamm zurück zur Veranda. »Du bist ja völlig durchnäßt«, sagte er, als er sie auf die Beine stellte. »Es war verrückt, bei diesem Wetter auszureiten.«

»Ich bin sehr dick angezogen«, antwortete sie. Zum ersten Mal lächelte sie. »Freust du dich denn nicht, mich zu sehen?«

Er starrte begierig in ihr regenüberströmtes Gesicht. Regentropfen hingen von ihren langen, schwarzen Wimpern herab und tropften von der Spitze ihrer überheblichen Nase. Ihre durchsichtige Haut war vor Kälte rosig. Er neigte den Kopf und küßte sie heftig auf die kalten, nassen Lippen. »Ich freue mich sogar sehr, dich zu sehen«, sagte er leidenschaftlich.

Sie lächelte wieder und sagte: »Sag meinen Männern, wohin sie die Pferde bringen sollen.«

Das tat er, und dann nahm er sie mit in den Saal. Die Unterhaltung erstarb, als die Thane sahen, wer mit dem König hereinkam. Dann erklang aus fast allen Kehlen eine laute Begrüßung.

Elswyth betrachtete die vollgepackten Bänke und grinste. »Ihr stinkt«, informierte sie die Männer ihres Mannes, und sie brüllten vor Lachen.

Der kalte, trostlose Nachmittag war plötzlich wie verwandelt. Alfred nahm seine Frau mit in das kleine, unordentliche Schlafgemach, damit sie sich ihrer nassen Kleidung entledigen konnte, und bestellte für alle im Saal eine Maß von dem Bier, das sie sorgfältig rationiert hatten.

Als der König und seine Frau in den Saal zurückkehrten, war das Bier bereits ausgeschenkt, und auf der Bank neben Alfred war Platz für Elswyth gemacht worden. Dann holte Erlend seine Harfe hervor.

»Was möchtet Ihr gern hören, Mylady?« fragte er und ließ seine Finger verführerisch über die Saiten gleiten.

Alfred sah seine Frau an, die so nahe bei ihm auf der Bank saß. Ihr feuchtes Haar war zu einem Zopf geflochten, der so dick war wie sein Handgelenk, und ihre Wangen waren immer noch gerötet von ihrem Ritt. Sie lächelte Erlend an und sagte entschieden: »*Die Schlacht von Deorham*«, Erlend nickte, und ein zufriedener Seufzer ging durch den Saal. Wieder erklang die Harfe, dann sang Erlends klare Stimme die Worte, die alle Westsachsen schon in den Kinderschuhen lernten:

Ceawlin, der König
Lord unter Earls
Schenker von Schmuck und
Geber von Gaben
Er und sein Sohn
Crida, der Edeling
Gewannen lebenslang
Glorie in der Schlacht

> Schlugen mit Schwertklingen
> Dort bei Deorham
> Durchbrachen die Schildwand.
> Hackten auf Lindenholz,
> Hauten auf Schlachtschilde.
> Coinmail, Condidan. Farinmail
> Lords der Waliser.

Während Erlend dieses Lied über einen der ruhmreichsten Siege des größten Vorfahren Alfreds sang, sah sich der König im Saal um. Der Feuerschein flackerte auf den aufmerksamen Gesichtern seiner Thane, die jetzt sowohl von außen als auch von innen erstrahlten. Das Lied ging weiter:

> So manche Leiche ließen sie zurück –
> So manch Erblaßter, so manch Bleichhäut'ger
> Blieb dem weißschwänz'gen Adler zum Schmaus und
> Dem hornschnabligen Raben zum Reißen und
> Dem grausamen Falken zum Fressen und
> Der grauen Bestie dem Wolf im Weald.

Alfred dachte: Wessex ist verloren, und das ohne eine einzige Schlacht. Wie war das möglich gewesen? Was hätte sein Vorfahre Ceawlin gedacht, wenn er von einer so schmachvollen Kapitulation erfahren hätte?

Der Gesang war jetzt sehr hoch, und Erlend sang tremolierend noch höher als die klingenden Harfentöne:

> Wir, die Westsachsen,
> Solang' es noch Licht war.
> Versperrten in Gruppen
> Dem verabscheuten Feind den Weg.
> Mit Schwertern, die vom Schleifstein scharf waren.
> Hackten wir heftig auf die Flüchtenden ein.

Gestern noch hatte Alfred mit Erlend über seinen christlichen Glauben gesprochen, aber was er jetzt in seinen Adern spürte, war das Kriegerblut seiner heidnischen Vorfahren. Noch einmal blickte er sich im Saal um und betrachtete die glühenden Gesichter seiner Männer. Seiner treuen Männer. *Wir, die Westsachsen*, dachte er. Wir sind nicht geschlagen. Nicht diese Männer, die an diesem Tag in seinem Saal im Kreis saßen, und auch nicht die Thane seiner Grafschaften oder seine Ealdormen. Wir haben eine Schlacht verloren, dachte er. Nun, wir haben schon früher Schlachten verloren. Und sind wieder aufgestanden, um weiterzukämpfen.

Das Lied war zu Ende, und die Männer trampelten mit den Füßen und verlangten eine Zugabe. Alfred streckte die Beine aus, lehnte sich gegen die Wand, nahm Elswyths Hand und legte ihre verschränkten Finger auf seinen Oberschenkel. Er spürte ihren Arm an seinem.

Woher hatte sie gewußt, daß sie kommen sollte? Seitdem er sie vor fast zwei Monaten mit den Kindern in Glastonbury gelassen hatte, hatte er sie nur einmal gesehen, und das war, als er sie im Kloster besucht hatte. Niemals zuvor hatte sie versucht, ihn in einem seiner Flüchtlingslager zu besuchen.

Er neigte den Kopf, bis sein Mund nahe an ihrem Ohr war. »Woher wußtest du, daß du kommen solltest?« fragte er.

Sie verzog die Mundwinkel nach unten. »Ich weiß auch nicht«, antwortete sie, und ihre Stimme war so leise, daß nur er sie hören konnte. »Als ich heute morgen aufwachte, habe ich einfach gefühlt, daß du mich brauchst. Also bin ich gekommen.«

Sein Griff um ihre Hand verstärkte sich, aber sonst gab er keine Antwort.

Erlend sang, aß und sang dann wieder, bis er heiser war. Sogar die Thane, die Elswyth nicht mochten, mußten zugeben, daß sie über ihr Kommen froh waren. Niemand konnte sich daran erinnern, wann der König zum letzten Mal so fröhlich gewesen war wie an diesem Abend.

»Es wird ihm jetzt wieder gutgehen«, bemerkte Brand zu Erlend, als die Männer sich zum Schlafengehen bereit machten. »Niemand kann Alfred so aufheitern wie Elswyth.«

Erlend breitete seine Decke auf der Bank aus und gab nur ein Grunzen zur Antwort.

Brand überprüfte sein Schwert unter der Bank, das neben Schild und Harnisch lag. »Es muß großartig sein, so eine Ehe zu führen«, sagte er und setzte sich hin, um seine Schuhe auszuziehen.

»Ihr könntet auch heiraten, Brand«, sagte Erlend. »Alfred ist ein großzügiger Herr. Ihr habt genügend Reichtümer angehäuft, um Euch Euer eigenes Gut zu kaufen und Euch mit einer Familie niederzulassen.«

»Vielleicht, aber ich habe nicht den Wunsch dazu, Harfenist. Mir gefällt mein Leben, wie es ist.«

»Ihr müßtet den Dienst bei Alfred nicht aufgeben. In der Leibgarde des Königs gibt es auch ein paar verheiratete Thane.«

Brand formte seinen Umhang zu einem Kissen, ließ sich auf der harten Bank nieder und zog eine Decke über sich. Erlend tat dasselbe. Die beiden hatten Glück, überhaupt eine Bank zu haben: die Hälfte der Männer schlief auf dem Boden oder auf den Heuböden über den Ställen.

»Nachts ist es schön, eine Frau im Bett zu haben«, sagte Brand. »Ich hätte auch nichts dagegen, jetzt und hier eine zu haben. Aber die Ehe ... Das ist etwas ganz anderes.«

»Noch vor einer Minute habt Ihr ein Loblied auf die Ehe gesungen«, protestierte Erlend.

»Auf eine Ehe wie Alfreds«, sagte Brand.

Erlend legte die Hände hinter den Kopf und starrte in die Dunkelheit. »Es gibt auf der ganzen Welt keine Frau wie Elswyth«, sagte er, und seine Stimme war sehr ruhig.

Die Antwort darauf kam prompt. »Selbst wenn es sie gäbe, wäre sie nicht die richtige für mich.« Brand lachte schläfrig. »Wenn ich mit Elswyth verheiratet wäre, würde sie zum Schluß das Atmen für mich übernehmen. Das würde keinem von uns besonders gefallen.« Es folgte das eindeutige Geräusch eines Gähnens. Dann sagte er schläfrig: »Ehrlich gesagt bezweifele ich, daß ich es in mir habe, für irgendeine Frau starke Gefühle zu entwickeln.«

»Ich weiß.« Erlends Stimme klang völlig wach, völlig ernst. »Warum ist das so, Brand?«

»Wir geben all unsere Liebe Alfred«, lautete die niederschmetternd einfache Antwort. Eine Minute verging, und Brand fing an zu schnarchen.

Erlend lag lange wach und lauschte dem Regen, der aufs Dach fiel.

Das einzige Schlafgemach auf Athelney war nie dafür gedacht gewesen, einen König mitsamt seiner Angehörigen zu beherbergen. Auf dem Boden war wenig Platz, und der wurde jetzt von den Truhen eingenommen, die den westsächsischen Schatz enthielten. Der König reiste immer mit der Schatztruhe, eine Sitte, die sich als klug erwiesen hatte, als Guthrum Alfred in Chippenham fast gefangengenommen hätte. Der König mochte jetzt zwar ein Flüchtling sein, aber wenigstens war er nicht mittellos.

Elswyth saß auf dem Bett und kämmte sich. Alfred stand am Fußende und beobachtete sie. Mit einer Hand hielt sie den Kamm, die andere hielt eine Haarsträhne nahe an der Kopfhaut fest, so daß es nicht weh tat, wenn der Kamm ziepte. Das lange, schwarze Haar umhüllte sie wie ein Mantel, im flackernden Licht der Kerze auf dem Nachttisch glänzte es wie Seide. Als sie mit einer Locke fertig war, hob sie den Blick und sah in Alfreds Gesicht.

»Du siehst mit Bart so seltsam aus«, sagte sie. »Ich muß mich erst daran gewöhnen.«

Ein Ausdruck leichten Ekels kam über sein Gesicht. »Ich hasse es«, sagte er. »Ich habe das Gefühl schon immer gehaßt. Deshalb habe ich mir nie einen Bart wachsen lassen.« Er zuckte mit den Schultern. »Ich habe im Moment aber keine Wahl. Es gibt augenblicklich Wichtigeres als gepflegtes Aussehen.«

Sie ließ den Kamm sinken. »Was ist geschehen?« fragte sie.

Eine Weile gab er keine Antwort, sondern sah nur in ihre klaren, blauen Augen. *Ich habe einfach gefühlt, daß du mich brauchst,* hatte sie gesagt. Er hätte nicht überrascht zu sein brauchen. Er hatte schon immer gewußt, daß Elswyth ihn mit jeder Faser ihres Körpers verstand. Sie brauchte keine Worte, um zu wissen, was er fühlte.

Endlich sagte er ruhig: »Es war Erlend. Er wollte, daß ich aus dem Land fliehe.«

»Das wirst du nicht tun.« Das war keine Frage.

Ein schwaches Lächeln schimmerte in seinen Augen.

Sie sagte: »Aber du mußt etwas unternehmen, Alfred. Nach dem, was man in Glastonbury hört, legt sich das Land diesem Dänen einfach zu Füßen.« Sie verzog verächtlich die Lippen. »Wie Mercien«, fügte sie hinzu.

Er setzte sich neben sie aufs Bett. »Erlend sagt, ich bin im Stich gelassen worden.«

Sie sah ihn nachdenklich an und schwieg. Langsam schüttelte sie den Kopf. Das glänzende, schwarze Haar wogte bei der Bewegung. »Das glaube ich nicht.«

»Was glaubst du denn, Elswyth?« fragte er neugierig.

»Ich glaube, daß die Westsachsen wie die meisten Menschen sind. Sie warten nur darauf, daß ihnen jemand sagt, was sie tun sollen.«

Sein Blick war ernst. »Der Gedanke ist mir auch schon gekommen.«

»Menschen sind wie Pferde, Alfred«, sagte sie ernsthaft zu ihm. »Sie sind Herdentiere. Unglücklich, wenn sie allein sind, und am zufriedensten, wenn sie einen anerkannten Anführer haben, der sie herumkommandiert. Wenn man sechs Pferde zusammen auf die Weide stellt, wissen sie bis zum Abend alle, wer der Anführer ist. Wenn er kommt, kommen sie auch. Wenn er geht, gehen sie. Menschen sind genauso. Wenn man ihnen ihren Anführer wegnimmt, laufen sie ziellos umher und warten auf jemanden, der ihnen sagt, was sie tun sollen.«

Sein Mund sah etwas grimmig aus. »Ich dachte immer, dazu hätte ich Ealdormen.«

»Die Ealdormen sind nicht Alfred«, sagte sie. »Es gibt nur einen Mann, dem die Westsachsen jetzt noch folgen werden. Und das bist du.«

Er nahm ihren Kamm und hielt ihn in beiden Händen. Es war ein einfacher Kamm aus Knochen, nicht mit Juwelen besetzt oder emailliert. Er sagte: »Es scheint so.« Er klang resigniert.

»Es ist deine Aufgabe, die Herde zusammenzutreiben, Liebster«, sagte sie. »Niemand sonst kann das tun.«

Er legte den Kamm weg und ergriff eine ihrer Locken. »Hast du irgendwelche Vorschläge, wie ich das anstellen soll?« fragte er, und beobachtete, wie die glänzenden, schwarzen Haarsträhnen durch seine Finger glitten.

»Nein.«

»Das hatte ich befürchtet.« Er zog eine Augenbraue hoch.

»Dir wird schon was einfallen. Das tut es immer.«

Er blickte auf die Haarsträhne, die er immer noch zwischen den Fingern hielt. »Jede andere Frau auf der Welt würde mich anflehen, mich in Sicherheit zu bringen«, sagte er. »Du dagegen drückst mir das Schwert sogar noch in die Hand.«

»Du könntest nicht einfach weglaufen«, sagte sie. »Ich würde dich niemals bitten, dich selbst derart zu verraten.«

Es wurde still. Die Kerze flackerte auf dem kleinen Nachttischchen. Er rieb die saubere, seidige Strähne zwischen Daumen und Zeigefinger und befühlte ihre Struktur. Dann hob er den Blick und sagte: »Ich sehe dich an, Elswyth, und frage mich, wieso ich soviel Glück hatte.«

»Du hattest keine gelben Zähne.«

Er warf den Kopf zurück und schrie vor Lachen. Als er wieder Luft bekam, sagte er: »Du mußt erschöpft sein.« Er zog die Bettdecke zurück. »Schlüpf unter die Decke. Es ist kalt hier drin.«

»Ich bin nicht erschöpft«, sagte sie.

»Elswyth.« Unmerklich rückte er etwas von ihr ab. »Das ist nicht die richtige Zeit, noch ein Kind zu bekommen. Wenn etwas schiefgeht, mußt du mit den Kindern nach Flandern gehen. Ich will dich nicht mehr belasten als nötig.«

»Ich bewundere deine Selbstbeherrschung, Alfred«, sagte sie. Ihr Tonfall ließ seine Augen enger werden. »Aber dafür ist es ein wenig spät.«

Er musterte ihren Körper von oben bis unten. »Wann?« fragte er. Um seinen Mund herum war eine Falte.

»Es war ein Weihnachtsgeschenk«, sagte sie. Ungeduldig fügte sie hinzu: »Mach nicht so ein Gesicht. Ich versuche auch nicht, dein Leben für dich zu leben.«

Er legte die Hand unter ihr Kinn und drehte ihr Gesicht zum Kerzenlicht. Ihre durchsichtige Haut war rein wie immer, und auf ihren Wangenknochen lag ein Hauch Rosa, aber sie blickte ihn mit großen Augen aus dem schmal gewordenen Gesicht an. Er bemerkte es erst jetzt. Er spürte, wie sich sein Herz zusammenzog. Er ließ sie los und sah von ihr weg. Die Falte um seinen Mund wurde noch ausgeprägter.

»Ich wollte es dir gar nicht sagen«, bemerkte sie. »Ich wußte, du würdest dich nicht darüber freuen.«

Daraufhin wandte er sich ihr wieder zu und erwiderte ihren dunkelblauen Blick. Er murmelte etwas vor sich hin und nahm sie dann in die Arme. »Es tut mit leid, Liebes«, sagte er. Als sie sich an ihn drängte, umarmte er sie fester. »Ich bin ein undankbarer Kerl.«

»Manchmal schon.«

Sein Mund war in ihrem Haar vergraben. »Ich bin schmutzig. Ich sollte dir nicht zu nahe kommen.«

»Ich bin so froh, daß ich durch den Regen zu dir geritten bin«, sagte sie. Ihre Stimme war ein wenig erstickt, da ihr Mund an seine Schulter gepreßt war. »Und dann so eine Begrüßung!«

»Was willst du eigentlich von mir?« Er klang hitzig.

Sie nahm den Kopf von seiner Schulter und hob ihr Gesicht zu seinem empor. »Ich will, daß du mich küßt.«

Er beugte sich sofort herab, und sein Mund bedeckte ihren. Nach einer Weile ließen sie sich langsam zur Seite fallen, bis sie zusammen auf dem Bett lagen. »Ungefähr so?« fragte er schließlich, und jetzt war seine Stimme heiser vor Verlangen.

»Hmmm. *Dafür* hat es sich gelohnt, zwölf Meilen durch den Regen zu reiten.«

»Mir würden noch ein paar andere Sachen einfallen.«

Ihr Mund verzog sich. »Ich habe noch nie mit einem Mann mit Bart geschlafen.«

Er faßte mit einer Hand in ihr offenes Haar. »Jetzt ist es soweit.«

»Immer diese Versprechungen«, sagte sie. Er knurrte, preßte sie in die Kissen und küßte sie wieder.

36

ALFRED schlief tief und traumlos, und als er am Morgen erwachte, wußte er, was er zu tun hatte.

»Ich muß mit Ethelnoth sprechen«, sagte er und meinte den Ealdorman von Somerset. »Ich sehe keinen Grund, warum er mir nicht sofort das Somersetfyrd schicken kann.«

»Ethelnoth ist ein guter Mann«, stimmte Elswyth zu. Sie waren noch im Bett, zusammengekuschelt wie Kinder. »Habe ich dir schon erzählt, daß er mich in Glastonbury besucht hat?«

»Nein.« Alfred sah sowohl überrascht als auch erfreut aus. »Wirklich?«

»Ja. Er hat mir versichert, daß er jederzeit zu meinen Diensten wäre, wenn ich Hilfe bräuchte.«

»Bis das Wasser zurückgeht, bist du auf Glastonbury in Sicherheit«, sagte Alfred. »Guthrum kann nicht wissen, daß du dort bist. Aber wenn die Sümpfe zu trocknen beginnen, Elswyth, bist du dort nicht mehr sicher. Wenn die Dänen dann immer noch Wessex beherrschen, mußt du die Kinder nach Flandern zu Judith schaffen.«

»In Ordnung«, sagte sie.

»Du mußt auch gehen.«

»Das verspreche ich nicht.«

Er warf ihr seinen Falkenblick zu. Sie hielt ihm stand. »Wenn du in Gefahr bist, werde ich auch nicht gehen.«

Seine Nasenlöcher weiteten sich. »Die Dänen sind nicht gerade für ihre milde Behandlung von Frauen bekannt.«

»Genausowenig für ihre milde Behandlung von Königen.«

»Ich habe nicht vor, das Objekt von Guthrums Gemetzel zu werden.«

»Gut. Und ich gedenke nicht, das Objekt von Guthrums Lust zu werden.«

Sie war unnachgiebig. Er hatte es vorher gewußt. Er sprach seinen Ersatzplan an. »Wenn es nötig ist, wird Erlend dich beschützen«, sagte er.

Sie zog unter der Decke die Knie hoch und legte das Kinn darauf. »Am klügsten wäre es, die Dänen aus Wessex zu verjagen, Alfred.«

Er kratzte sich am Kopf. »Danke für den Ratschlag.«

»Was willst du mit Ethelnoth und dem Somersetfyrd tun?«

»Wir müssen in die Offensive gehen«, sagte er. »Das ist der einzige Weg, meinem Volk wieder Mut zu machen. Die Kombination von Wald und Sumpf hier in Somerset macht es zum idealen Land für Überfälle aus dem Hinterhalt. Das haben wir in diesem Winter bereits ansatzweise getan und den Dänen Essen und Futter abgenommen. Ich habe vor, diese Angriffe zu verstärken, damit sowohl den Dänen als auch den Westsachsen klar wird, daß ich noch immer eine Macht bin, mit der man rechnen muß.«

»Großartig«, sagte sie. Er zuckte mit den Schultern, und sie beugte sich herüber und kratzte ihn zwischen den Schulterblättern.

»Verdammt, Elswyth, es juckt so!« Nichts machte Alfred so verdrießlich wie das Gefühl, sich lange nicht gewaschen zu haben.

»Hoffentlich hast du mich nicht mit deinen Wanzen angesteckt«, sagte sie.

»Ich habe keine Wanzen!« Er starrte sie entrüstet an.

Sie grinste.

»Gott weiß, was ich alles habe«, sagte er.

»Du hast ein Löwenherz.« Ihre Hand glitt seinen Rücken hinauf und rieb seinen Nacken. Seine Augen waren vor Wonne halb geschlossen. »Hast du Ethelnoth in der letzten Zeit nicht gesehen?« fragte sie.

»Ich habe mit ihm gesprochen, als ich in Somerset ankam. Er hat mich aufgesucht und mich seiner Treue versichert. Seitdem habe ich nicht nach ihm geschickt.« Er seufzte. »Statt dessen habe ich darauf gewartet, daß meine anderen Ealdormen ihre Männer zusammenrufen.«

»Keine Neuigkeiten über Athelwold, die Ratte?«

»Nicht, daß ich wüßte.«

»Ich wünschte, Flavia und Edward hätten ihn ersäuft.«

»Wie geht es den Rackern? Benehmen sie sich anständig im Kloster?«

»Was glaubst du?«

Er rückte ein wenig, damit sie seine Schulter- und Nackenmuskeln massieren konnte. »Ich soll dich von beiden grüßen«, fügte sie hinzu. »Edward möchte, daß ich ihm ein Schwert mitbringe.«

Er schnaubte. »Und Elgiva?«

»Elgiva ist so ein liebes Kind. Ich habe keine Ahnung, wie wir zu ihr kommen, Alfred.« Er lachte leise. »Flavia und Edward lassen sie nie mitspielen. Ich glaube, es ist gut, wenn wir noch ein Kind bekommen. Elgiva braucht Gesellschaft.«

Er seufzte. »Vielleicht.« Er klang nicht überzeugt.

Sie sagte: »Was sehe ich da in deinen Haaren herumkriechen?«

»Was?«

Sie lachte ausgelassen. »Entschuldige. Ich konnte mich nicht beherrschen. Du bist so lustig mit diesem Bart ...«

Er starrte sie an, und sein Gesicht veränderte sich langsam. »Elswyth«, sagte er und sprach ihren Namen mit dem abgehackten Akzent aus, den sie so sehr liebte. Er strich mit dem Zeigefinger an ihrer Wange entlang und zeichnete den hohen, spitzen Knochen mit einer zarten, jedoch absolut besitzergreifenden Liebkosung nach. Sie starrte in seine Augen, die plötzlich verengt und forschend waren. Die Augen eines Jägers. »Du bist so schön«, murmelte er, und jetzt war seine abgehackte Stimme tief und heiser. »Ich habe dich so sehr vermißt.« Dann kamen seine Schultern über ihre, und er zog sie nach unten zur Mitte des Bettes, so daß sie auf dem Rücken unter ihm lag. Ihr Haar war über ihrem Kopf wie ein langes, schwarzes Band ausgebreitet. Er küßte sie am ganzen Körper, den schlanken Hals, die stolzen Brüste, den leicht geschwollenen Bauch.

In ihren Adern entzündete sich flüssiges Feuer. Die Decke war noch immer um sie gewickelt und umschloß sie in einem warmen, dunklen Zelt gemeinsamer Leidenschaft. Sie spürte, wie hart seine Finger waren, als sie ihre Brüste streichelten, ihre Taille, ihre Oberschenkel. Sie waren hart und schwielig, aber ihre Berührung war die eines Liebenden. Schließlich ließ er die Hände unter ihre Hüften gleiten, und sie wölbte den Rücken für ihn und brachte ihm all ihre warme Feuchtigkeit dar, damit er sich tief darin vergraben konnte.

Sie gaben und nahmen, gaben und nahmen, und schenkten sich Glückseligkeit und dann tiefen Frieden.

37

ETHELNOTH wurde gesucht und gefunden, und er und Alfred berieten sich stundenlang im kleinen Saal von Athelney. Alfred informierte seine Thane über das Ergebnis ihrer Besprechung. Sie würden in der Lichtung bei Athelney, wo die Jagdhütte lag, eine Festung errichten. Die wenigen Gebäude auf der Insel waren weder durch einen Zaun noch durch einen Graben geschützt und konnten auch nicht mehr Männer beherbergen als diejenigen, die sowieso schon hineingezwängt waren. Sie brauchten Unterkünfte für die Männer des Somersetfyrds, sagte Alfred. Und Palisadenzäune, um sich gegen einen eventuellen feindlichen Angriff auf ihre Feste zu schützen.

Es dauerte einen Monat, die Wälle aufzuwerfen, einen Graben auszuheben und Unterkünfte für fast fünfhundert zusätzliche Männer zu bauen. Alle Thane Alfreds, Erlend eingeschlossen, halfen bei der Arbeit. Auch der König selbst war sich nicht zu schade, Erde zu schaufeln oder Holzblöcke zu schleppen, die sie im dichten Erlenwald schlugen, der sich über die gesamte Insel zog. »Fastenkasteiung« nannte er das und gestattete niemandem, seinen Anteil der Arbeit zu erledigen.

Alfred hatte Erlends Warnung wegen Ubbe nicht in den Wind geschlagen und dem Ealdorman von Devon die Nachricht gesandt, daß die Wikinger wahrscheinlich versuchen würden, an seiner Küste zu landen. Ealdorman Odda hatte versprochen, zu tun, was er konnte, um sie zurückzuschlagen, und am zwanzigsten März, an Gründonnerstag, sandte Odda Alfred die Nachricht, daß Halfdans Bruder tatsächlich in Devon gelandet war.

Diese Nachricht wurde von einem Than des Devonfyrd namens Bevan überbracht. Es wurde bereits dunkel, als der Mann aus Devon die schmale Bretterbrücke überquerte, die Alfreds Männer über den Parret gezimmert hatten, und er fand den König und den Großteil seines Gefolges beim Abendessen im Saal vor.

Alfred nahm den Boten nicht mit in sein privates Schlafgemach, sondern bat ihn, vor den Männern zu ihm zu sprechen. Es wurde totenstill im Saal, als Bevan seine Nachricht überbrachte. Es erschien Erlend, der sich unter den aufmerksamen Zuhörern befand, daß sogar die Hunde zu kauen aufgehört hatten.

»Dreiundzwanzig Schiffe sind gelandet, Mylord«, begann Bevan. »Dreiundzwanzig Schiffe und zwölfhundert Mann. Mit allen Dänen, die in den Wintermonaten Dyved dem Boden gleichgemacht haben.« Der Junge – denn Erlend dachte, er könnte nicht älter als zwanzig sein – sah nur Alfred an, aber die laute Stimme verriet, daß er sich seines gespannten Publikums im Saal durchaus bewußt war.

Bevan, dessen Name und Aussehen auf britisches Blut hindeuteten, fuhr fort: »Als wir von ihrer Ankunft erfuhren, zog Odda, unser Ealdorman, sofort das Fyrd zusammen und besetzte die alte Festung von Countisbury.« Er machte eine kurze Pause und fügte dann hinzu: »Kennt Ihr Countisbury, Mylord König?«

Alfred nickte. Bevan sagte: »Seine Umwallung ist in schlechtem Zustand, aber seine Lage gewährt ihm von allen Seiten Schutz, außer von Osten. Lord Odda hielt es für die beste Festung, um sich gegen die Dänen zu verteidigen.«

Der Mann aus Devon hielt den Kopf mit dem schwarzen Haar erhoben. »Die Dänen sind uns gefolgt, Mylord«, sagte er, »und wir rechneten fest damit, daß sie die Festung stürmen würden. Aber die Tage vergingen, und sie rührten sich nicht.« Bevan machte eine Kunstpause, und Erlend dachte mit einer Mischung aus Belustigung und Verärgerung, daß der Junge das Zeug zum Harfenisten hatte. Sein Sinn für Dramatik war ausgeprägt genug.

Alfred wartete, und Erlend kam der Gedanke, daß es typisch für Alfred war, dem Jungen seinen großen Auftritt zu gönnen. Endlich sprach Bevan weiter. »Sie wollten mit uns dasselbe machen wie Ihr mit Guthrum in Exeter, Mylord. Uns aushungern. Was ihnen auch gelungen wäre, denn Countisbury hat innerhalb seiner Befestigungen keine Wasserreserven.«

Im Saal herrschte atemlose Stille. Alfreds Gesicht war höflich und aufmerksam, aber etwas darin mußte zu Bevan durchgedrungen sein, denn er fuhr jetzt eilig mit seiner Geschichte fort. »Ealdorman Odda sprach zu uns, Mylord, und sagte, wir wären zwar nur achthundert und die anderen zwölfhundert, aber eine Schlacht in der Hoffnung auf den Sieg wäre besser als ein qualvoller Hungertod. Dem stimmten wir alle zu. Am Montag der Karwoche stürmten wir bei Tagesanbruch aus der Festung heraus und fielen über das dänische Lager her.«

Alfred beugte sich auf seinem Stuhl ein wenig vor. Zwischen seinen blonden Augenbrauen war eine leichte Falte zu sehen. »Ja?« drängte er, als der Junge wieder eine Pause machte.

Triumphierend kam die Antwort. »Wir haben sie überrumpelt, Mylord König. Es war die totale Niederlage für sie. Wir haben ihren Anführer, Halfdans Bruder, getötet, achthundert seiner Männer und vierzig Mitglieder seiner Leibwache. Und dann...« Mit einer weiteren dramatischen Pause griff der Junge in seinen Umhang. »Dann haben wir das hier erbeutet!«

Alle im Saal rangen nach Atem. Was der Than aus Devon da weit ausgebreitet in den Händen hielt, war das gefürchtete und verhaßte Rabenbanner der Dänen.

Jetzt war Alfreds Gesicht nicht mehr undurchdringlich. Es leuchtete nun mit demselben Triumph, der in Bevans Stimme zu hören gewesen war. »Guter Junge!« sagte er. Bevans dunkles Gesicht strahlte zurück.

Alfred nahm dem Mann aus Devon das Banner aus den Händen und wandte sich seinen Männern zu, die bei dem Anblick aufgesprungen waren.

»Habt Ihr die Nachricht gehört, meine Freunde?« rief Alfred und hielt das ausgebreitete Rabenbanner in die Höhe.

»Jawohl, Mylord!« brüllten seine Thane.

»Und werden wir weniger erreichen als die Thane aus Devon?«

»Nein, Mylord!« kam der freudige Donner.

»In drei Tagen feiern wir in der Kirche in Aller Ostern«, sagte Alfred, und seine Stimme war jetzt etwas ruhiger. »Das Fest der Wiederauferstehung unseres Herrn Jesus Christus. Und außerdem feiern wir die Auferstehung von Wessex aus der Asche der Niederlage.« Er machte eine Pause, während er von Gesicht zu Gesicht blickte. »Am Ostermontag werden die Männer aus Wessex angreifen!«

Im Saal herrschte ein Höllenlärm. Erlend beobachtete, wie Alfred sich neben den jungen Than aus Devon stellte, und dann gab der König Edgar ein Zeichen.

Die Wiederauferstehung von Wessex, dachte Erlend, und beobachtete, wie Edgar an Alfreds Seite kam. Der König sagte etwas, und dann legte Edgar die Hand auf den Arm des Jungen und führte ihn zu einer Bank. Alfred drehte sich schwungvoll herum, ertappte Erlend dabei, wie er ihn ansah und grinste unwiderstehlich.

Erlend zuckte mit den Schultern; dann grinste er zurück. Er konnte sich einfach nicht zurückhalten. Guthrum wird außer sich sein, wenn er entdeckt, daß seine Flotte zum zweiten Mal nicht durchgekommen ist, dachte er. Und urplötzlich, als er und Alfred sich im lärmenden Saal so kurz und vertraut anlächelten, verstummte der Gewissenskonflikt, der Erlend schon so viele Jahre quälte, vollständig.

Gib es zu, sagte er zu sich selbst. Du bist froh, daß die Männer aus Devon Ubbe geschlagen haben.

Es war kein leichtes Eingeständnis für ihn, aber an diesem nassen, windigen Gründonnerstagnachmittag war es unumgänglich. Er, Erlend Olafson, als Däne geboren, Erbe eines der größten dänischen Kleinkönigtümer, war ohne jeden Zweifel glücklich über die dänische Niederlage.

Erlend war erst achtzehn gewesen, als er sich zum ersten Mal ins westsächsische Lager bei Wilton begeben hatte, heute war er vierundzwanzig. Sechs Jahre hatte er gebraucht, bis er seinem Gehirn erlaubte, sich einzugestehen, was sein Herz schon die ganze Zeit gewußt hatte.

Er liebte Alfred von Wessex. Liebte ihn als Bruder, als Freund, als König. An diesem bedeutungsvollen Nachmittag stand Erlend allein inmitten des lauten, überfüllten Saales, und seine Augen folgten Alfred, als der König zwischen seinen lärmenden Thanen hin und her ging.

Niemals, dachte Erlend, und sein Blick ruhte auf dem struppigen, goldenen Kopf, der sich von Gruppe zu Gruppe bewegte, niemals wird Alfred das Volk enttäuschen oder das Königreich verraten, das in seine Obhut gegeben worden ist. Niemals wird er seine eigenen Bedürfnisse und Wünsche über die Interessen derer stellen, die unter ihm stehen.

Guthrum stand für ein Jahrhundert der Äxte, ein Jahrhundert der Wölfe. Er war sowohl Eroberer als auch Raubtier und bis in die Fingerspitzen Wikinger.

Alfred dagegen stand für alles, was Guthrum niemals in Ehren gehalten hatte und auch nie verstehen würde.

Erlend verstand es zwar auch nicht ganz. Aber langsam wurde er sich bewußt, daß er gern dazulernen wollte.

Am Ostermontag kam Ethelnoth von Somerset mit fünfzig Thanen seiner Leibwache nach Athelney. Im Laufe des Tages kamen immer mehr Thane vom Somersetfyrd und einige Freie über die grob zusammengezimmerte Brücke, die über den Fluß Parret zur Insel führte. Bei Einbruch der Dunkelheit befanden sich fast dreihundert Mann innerhalb der Umzäunung des Forts, und der König hatte die Grundlage für eine neue Armee.

Alfreds Fort auf Athelney bot äußerlich ein trauriges Bild. Die hastig errichteten Hütten aus grobem Holz und Zweigen waren kaum angemessen, und außerhalb der mit einem Graben und Pfählen versehenen Befestigung waren eine öde, schlammige Sumpflandschaft und Erlenwald. Die dunklen Wolken hingen meist niedrig über der Insel, und der Frühlingsregen fiel schwer und hart.

Aber die Männer, die in Athelney lagerten, waren bester Stimmung. Der Sieg der Männer aus Devon in Countisbury machte ihnen Mut, und zu dieser Jahreszeit gab es reichlich zu essen. In den Wäldern gab es Wild, und in den Lichtungen und auf den Inseln inmitten der Sümpfe lagen zahllose Bauernhöfe und Weiden. Dieses Sumpfland war das Herz von Wessex, noch unberührt von den Dänen, und die treuen Leute auf den Bauernhöfen brachten bereitwillig Weizen, Milch und Eier zu ihrer Arche der Rettung, zum Fort des Königs auf Athelney.

Und wahrlich, überall in Wessex schöpfte man wieder Hoffnung, denn der König war dort draußen im Land. Immer und immer wieder kamen Alfred und seine Männer aus den Sümpfen hervor, fielen über eine Gruppe ahnungsloser Dänen her, töteten die Männer, stahlen ihre Pferde und zogen sich dann wieder in die feuchte Wildnis zurück, in die die Dänen ihnen nicht folgen konnten.

Guthrum saß in Alfreds Königssaal in Chippenham und tobte. Er hatte den ganzen Winter über in Chippenham gefeiert und seine Plünderertrupps mit der Beute aus der reichen Umgebung beladen zurückkehren sehen. Guthrum hatte gedacht, er hätte Wessex bereits fest unter Kontrolle. Er hatte sogar schon mit dem Gedanken gespielt, das reiche Ackerland unter seinem Gefolge aufzuteilen. Und dann, als er alles erreicht zu haben schien, war Ubbe von den Männern aus Devon erschlagen worden, und mit ihm achthundert seiner Männer.

Guthrum hatte schon Pläne für Ubbe und seine Männer geschmiedet. Er hatte beschlossen, nach der Landung der Flotte in Somerset einen kombinierten Angriff von Land und Meer aus gegen Alfred zu beginnen. Daher war der Verlust Ubbes und seiner Männer ein schwerer Schlag gewesen. Was Guthrums Ärger noch verstärkte, war die Tatsache, daß Alfred nach der Niederlage Ubbes seine Angriffe auf dänische Kriegerscharen ausgeweitet hatte. Alfred muß ahnen, dachte Guthrum bitter, daß die Dänen ohne Ubbe nicht genügend Männer haben, um die Westsachsen in den Sümpfen einzuschließen.

Im Laufe des Frühlings wurde Guthrum immer klarer, daß es absolut notwendig war, Alfred gefangenzunehmen. Immer wieder entsandte Guthrum Trupps in die Sümpfe von Somerset, um den Fuchs, der seine Kriegerscharen ausraubte, aufzuspüren, und immer wieder verlor er Männer und Pferde im Schilf und in den Lagunen.

»Ihr müßt warten, bis das Wasser zurückgeht«, belehrte Athelwold den dänischen Anführer an einem Aprilnachmittag im Saal von Chippenham. Athelwold war als ungebetener Gast zum königlichen Gut gekommen und hatte Guthrum sehr schlecht gelaunt vorgefunden. »Im Winter und im Frühling sind die Sümpfe undurchdringlich, außer für diejenigen, die sich dort auskennen«, schloß Alfreds verräterischer Neffe.

»Im Namen des Raben«, fluchte Guthrum. »Er kontrolliert von diesen verfluchten Sümpfen aus ganz Westwessex. Und wir wissen nie, wo er als nächstes herauskommt! Ich kann nicht bis zum Sommer warten. Ich spüre jetzt schon, wie sich die Stimmung im Lande ändert.«

»Ernennt mich zum König«, verlangte Athelwold ungeduldig und kam damit zum eigentlichen Grund seines Besuches. »Ernennt mich zum König, wie Ihr es versprochen habt, und Ihr werdet eine Veränderung sehen. Die Westsachsen werden einem der ihren folgen, wohin sie einem Fremden, einem Dänen, nicht folgen werden.«

»Sie verneigen sich vor meiner starken Faust.« Guthrums Gesicht und Stimme waren brutal. »Euch werden sie niemals folgen, nicht solange Alfred lebt. Wenn er erst einmal tot ist, ernenne ich Euch vielleicht zum König. Aber vorher nicht.«

Athelwold tobte, aber nur innerlich. Wie der Rest seiner Landsleute lebte er in Angst und Schrecken vor diesem dänischen Eroberer, der keine Gnade kannte und schon gar keine Furcht.

In der vierten Woche nach Ostern entsandte Alfred seine Thane in mehreren Gruppen und in Bauerngewänder gekleidet mit dem Auftrag, den Ealdormen von Wiltshire und Hampshire eine Nachricht zu überbringen.

Sie hatten den einfachen Befehl auswendig gelernt: SCHICKT EINE NACHRICHT AN DIE MÄNNER DES GRAFSCHAFTFYRDS. WIR

TREFFEN UNS AM PFINGSTSONNTAG AN EGBERT'S STONE. KÖNIG ALFRED.

Der König rief nur drei Fyrds zusammen: Die Männer aus Somerset, die sich bei ihm auf Athelney befanden, die Männer aus Wiltshire, deren Ealdorman nach Frankreich geflohen war und die deshalb einen neuen Anführer brauchten, und die Männer aus Hampshire, westlich von Southampton, die an ihrem Land festgehalten und sich geweigert hatten, mit denjenigen aus ihrer Grafschaft zu fliehen, die weniger kühn waren.

Drei Grafschaftsfyrds in voller Stärke mitsamt den Leibgarden ihrer Ealdormen ergaben an die zweitausendfünfhundert Mann für Alfred. Ethelnoth hatte vorgeschlagen, daß der König auch die Männer der östlicheren Grafschaften einberufen sollte, aber Alfred hatte abgelehnt. Der Schlüssel zu seinem Plan lag im Überraschungseffekt. Die Fyrds durften sich nicht sammeln: jeder Mann mußte einzeln zu Egbert's Stone kommen. Alfred wollte nicht, daß Guthrum Wind von der Unternehmung bekam, bevor sich die Männer der drei Grafschaften zusammengefunden hatten.

Er legte Ethelnoth seine Gründe dar. »Für die Männer aus Sussex und Kent wäre der Marsch zu weit, ebenso wie für die Männer aus Berkshire. Ich möchte nicht, daß Guthrum weiß, was wir im Schilde führen, bevor wir uns an Egbert's Stone zusammengetan haben. Ich möchte vorerst nur die Grafschaften einberufen, die ich schnell sammeln kann.«

Ethelnoth hatte sich der Argumentation des Königs angeschlossen und nicht mehr protestiert.

Der Haken an Alfreds Plan war nur zu offensichtlich: Die Art, wie er die Fyrds benachrichtigte, ließ ihn bis zu seiner Ankunft an Egbert's Stone im unklaren darüber, ob sie seinem Befehl gefolgt waren.

Niemand machte den Vorschlag, die Botschaft nach Dorset zu entsenden, in die Grafschaft, in der Athelwold zu Hause war.

38

AM Sonntag, dem elften Mai des Jahres 878, verließ Alfred unmittelbar nach der Frühmesse mit seinem Gefolge die Sümpfe Somersets, um sich mit den Männern aus Wiltshire und Hampshire an Egbert's Stone zu treffen. Dieses berühmte Grenzzeichen, das in der Erinnerung des Volkes untrennbar mit Alfreds Großvater verbunden war, lag am östlichen Rand Selwoods und war von den meisten Männern, die Alfred gerufen hatte, in einem Tagesmarsch zu erreichen.

Erlend begleitete Alfred. »Ich kämpfe nicht«, hatte er gesagt. »Weder für Guthrum noch für Euch. Aber vielleicht braucht Ihr mich zum Übersetzen.« Er sprach nicht aus, was er sonst noch dachte: Ich könnte Euch nützlich werden, falls Ihr um Euer Leben feilschen müßt.

Alfred hatte sich auf dieses Wagnis gut vorbereitet. Von seinem Besuch bei Elswyth und den Kindern in Glastonbury war er glattrasiert zurückgekommen, und sein Haar war jetzt mehrere Schattierungen heller als vorher.

»Eure Frau hat Euch offensichtlich in die Badewanne gesteckt, Mylord«, hatte Erlend gesagt, als Alfred nach Athelney zurückgekehrt war.

Alfred grinste. Ohne Bart sah er jünger aus. Aber vielleicht lag es auch nur daran, daß er strahlte, wie immer, wenn er mit Elswyth zusammengewesen war.

»Sie hat gesagt, mich würde keiner meiner Männer wiedererkennen, wenn ich in diesem Zustand zu Egbert's Stone käme.«

Erlend musterte ihn vom glänzenden Haar bis zu den schlammigen Stiefeln. Der Däne schüttelte den Kopf. »Sie würden Euch schon erkennen, Mylord«, sagte er. »Egal in welcher Verkleidung.«

Alfred rieb sich die glatte Wange. »Erlend«, sagte er inbrünstig. »Ich bin unbeschreiblich froh, daß ich endlich diesen juckenden Bart los bin!«

Erlend hatte gelacht.

An jenes Gespräch erinnerte er sich an diesem Morgen, als er seinen schwarzen Hengst bestieg und sich bereit machte, Alfred und Ethelnoth zu folgen, die an der Spitze ihrer Männer ritten. Mit Erlend marschierten die Männer aus Alfreds Leibgarde und die des Somersetshirefyrds, die mit ihnen auf Athelney gewesen waren.

Ethelnoth hatte Alfred versichert, daß sie an Egbert's Stone noch mehr Männer aus Somersetshire antreffen würden. Der Ealdorman hatte die Nachricht in der gesamten Grafschaft verbreiten lassen. Alle, die sich in der Lage gesehen hatten, ihre Höfe im Stich zu lassen und sich dem König auf Athelney anzuschließen, sollten sich am Pfingstsonntag an Egbert's Stone einfinden. Ethelnoth schien sich recht sicher zu sein, daß mindestens hundert Männer seinem Ruf folgen würden. Aber wenn nicht? Dieser Gedanke hatte Erlend in den letzten zwei Wochen beunruhigt. Mit diesem offenen Aufruf setzte Alfred sein Leben aufs Spiel. Der König hatte keine Garantie dafür, daß die Fyrds von Wiltshire und Hampshire ausrücken würden. Bisher hatte keine der beiden Grafschaften auch nur den Versuch unternommen, sich selbst zu verteidigen. Der Ealdorman von Wiltshire war sogar übers Meer geflohen, und Alfreds Aufruf war durch seinen neu ernannten Nachfolger überbracht worden. Wer konnte voraussagen, ob die Männer der Grafschaft ihm folgen würden? Und Hampshire ... Viele Männer aus Hampshire waren ebenfalls ins Ausland geflohen. Woher sollten die Daheimgebliebenen den Mut nehmen, dem Ruf ihres Königs Folge zu leisten?

Im Namen des Raben, was würde geschehen, wenn sich niemand an Egbert's Stone einfand? Oder nur ein paar hundert Mann?

Alfred würde ganz allein auf der Salisbury Plain stehen, ohne jede Möglichkeit, in den Sümpfen Schutz vor Guthrums rachsüchtigem Messer zu suchen.

Erlend betrachtete den allzu verwundbaren Rücken des Mannes, der vor ihm ritt. Alfred wirkte so dünn, doch er war kräftiger, als man dachte. Er hatte auf Athelney mit den Stärksten von ihnen Holzblöcke gehoben.

Erlend fuhr sich mit der Hand durch das braune Haar, das

ihm ins Gesicht wehte. Im Namen des Raben, dachte er wütend, dieser Plan war einfach Wahnsinn!

Sie verließen jetzt das Sumpfgebiet und folgten dem Fluß Brue, der sich östlich in Richtung der Salisbury Plain wand. Es war ein herrlicher Frühlingstag – ein leises Lüftchen wehte, Glockenblumen sprenkelten das Gras, und aus den Eichen erschallten Kuckucksrufe – aber Erlend konnte ihn nicht genießen. Er war zu besorgt darüber, was sie am Ende ihres Weges erwarten würde.

Der Brue machte eine Biegung gen Norden, doch Alfreds Truppe watete hindurch und marschierte statt dessen direkt nach Osten in den alten Wald von Selwood. Hier, im Schutz der dichten Bäume, fühlte Erlend sich sicherer. Ein Wald wie Selwood konnte auf ähnliche Weise nützlich sein wie die Sümpfe Somersets. Während sie einen vielbenutzten Waldweg entlangritten, betrachtete er seine Umgebung kritisch. Im Notfall, dachte er, konnte Alfred wenigstens im Selwood Schutz suchen, falls sich seine Pläne zerschlugen.

Sie legten Meile um Meile zurück, und der Tag schwand dahin.

WIR TREFFEN UNS AM PFINGSTSONNTAG AN EGBERT'S STONE. Die Botschaft war überbracht worden. Der König setzte sein Leben aufs Spiel und das Leben derer, die ihm folgten; und das alles im blinden Glauben daran, daß die Männer, die er gerufen hatte, ihm folgen würden.

»Was ist Egbert's Stone?« hatte Erlend Brand gefragt, als er zum ersten Mal von Alfreds Plan hörte.

»Die Legende sagt, daß Alfreds Großvater, bevor er von Beorhtric aus Wessex vertrieben wurde, an dieser Stelle einen Eid abgelegt hat, eines Tages zurückzukehren und Anspruch auf sein Königreich zu erheben«, hatte die Antwort gelautet. »Er steht in der Nähe der Grenzen von drei Grafschaften – Somerset, Wiltshire und Dorset – und ist ein guter Treffpunkt, weil er zentral liegt und sehr bekannt ist.«

Erlend dachte jetzt: Was geschieht, wenn Alfred an Egbert's Stone nur die beiden Ealdormen mit ihren Leibgarden erwarteten? Das wären nur zweihundert Mann. Das reichte nicht, dachte Erlend verzweifelt. Bei weitem nicht. Guthrum hatte viertausend Mann in Wessex stationiert. Alfred konnte nicht gegen sie kämpfen, wenn sie mehr als viermal so viele waren wie seine eigenen Männer.

Selbst wenn wirklich alle antraten, waren die Dänen immer noch fast doppelt so viele. Alfred rief schließlich nur drei Grafschaften zu den Waffen.

Langsam legten sie Meile um Meile zurück. Alfreds Thane waren beritten, viele Männer aus dem Somersetshirefyrd jedoch nicht. Die Pferde, die Elswyth so sorgfältig ausgebildet hatte, standen alle auf Wantage und Lambourn auf der Weide. Inzwischen hatte Guthrum sie sich zweifellos wieder unter den Nagel gerissen.

Schließlich lichteten sich die Bäume, und es ging ein wenig bergauf. Erlend blickte zum Himmel und schätzte, daß es ungefähr vier Uhr nachmittags war. Neben ihm sagte Brand, und seine Stimme verriet seine Anspannung: »Der Stein steht direkt hinter dem Hügel dort drüben.«

In diesem Moment drehte sich Alfred im Sattel um und überblickte die Männer, die ihm folgten. Als er sah, wie Erlend und Brand ihn anstarrten, lächelte er ihnen aufmunternd zu und wandte sich wieder nach vorne.

Der Tag war sehr still. Zu still, dachte Erlend, als sie langsam den Hügel hinaufritten. Wenn auf der anderen Seite eine Armee wäre, würde man sicher Stimmen hören.

Er hatte ein flaues Gefühl im Magen. Im Namen des Raben, dachte er wohl zum hundertsten Mal an diesem Tag, das ist Wahnsinn!

Dann erreichte der König mit Ethelnoth an der Seite die Hügelspitze. Erlend, der ihn genau beobachtete, sah, wie Alfred sein Pferd anhielt. Erlend wurde richtig übel. Er ignorierte dieses Gefühl und jede Form, drängte mit seinem Pferd nach vorn und kam neben Alfred zum Stehen. Dann blickte er hinab ins Tal.

Es war voller Männer.

Ohne ein Wort drängte Alfred sein Pferd vorwärts. Ethelnoth ließ ihn allein vorreiten und schloß sich Erlend, Brand und Edgar an.

Aus der Menschenmenge unter ihnen kam ein vereinzelter, durchdringender Schrei. Dann kam Bewegung in die Masse, als die Männer sich nach Westen drehten und dabei mit den Händen die Augen gegen die Sonne abschirmten.

Die späte Nachmittagssonne schien hinter Alfreds Kopf wie ein Heiligenschein. Dann erhob sich aus Tausenden Kehlen ein Gebrüll, wie Erlend es nie zuvor gehört hatte. Sie riefen nicht »Der König!« oder »Alfred!« Es war nur ein unartikulierter, gewaltiger Freudenschrei.

Sie sind tatsächlich gekommen, dachte Erlend und versuchte, den Kloß im Hals herunterzuschlucken. Alfred hatte gerufen, und die Männer aus Wessex waren gekommen. Sie hatten ihm genauso vertraut wie er ihnen. Und was aus ihrem freudigen Willkommensschrei am deutlichsten herauszuhören war, war ihre Liebe zu ihm.

Es waren nicht nur die Männer aus den Fyrds, die Alfreds Aufruf gefolgt waren, an diesem Pfingstsonntagnachmittag zu Egbert's Stone zu kommen. Allein aus Hampshire waren eintausend Mann erschienen. »Alle Männer, die im Westen meiner Grafschaft noch zu finden waren und alt genug sind, einen Speer zu halten«, sagte Osric, Ealdorman von Hampshire, verständlicherweise voll Stolz.

Die Männer aus Wiltshire standen ihnen in nichts nach. An diesem strahlenden Pfingstsonntagnachmittag standen fünfzehnhundert Mann aus dieser Grafschaft mit Schwertern und Speeren am Treffpunkt Egbert's Stone.

Und Ethelnoth von Somerset stellte fest, daß er die Anzahl der Männer aus Somersetshire, die seinem Ruf folgen würden, unterschätzt hatte. Sechshundert Mann hatten den Weg zu Egbert's Stone gefunden, um sich ihren Kameraden anzuschliessen, die sich schon kampfbereit im Zuge des Königs befanden.

Insgesamt dreitausendfünfhundert Männer hatten sich an diesem Tag auf der Anhöhe östlich vom Selwood versammelt, an der Stelle, wo drei Grafschaften aufeinanderstießen.

Auch die Kundschafter, die Alfred vor Tagen entsandt hatte, erwarteten ihn an Egbert's Stone. Sie brachten die Nachricht, daß Guthrum von Chippenham zum königlichen Gut Ethandun, auf den Kreidehügeln nördlich der Salisbury Plain, gezogen war.

Das waren gute Neuigkeiten für Alfred. Wie auf allen königlichen Gütern war der Saal von Ethandum durch einen Palisadenzaun geschützt, aber das Gut selbst war eher eine Jagdhütte als ein Hauptwohnsitz und nur sporadisch befestigt. Ethandun konnte man viel leichter im Sturmangriff nehmen als Chippenham, wenn das der Weg war, für den Guthrum sich entscheiden sollte.

Falls Guthrum sich jedoch zu einer offenen Schlacht entschließen sollte, wäre es für den König nicht schwierig, sich auf diesem für die Westsachsen vorteilhaften Gelände zu behaupten. Alfred war oft von Ethandun aus zur Jagd gegangen und kannte dort alle Wege und Grenzzeichen.

Insgesamt gesehen, dachte Alfred, als er dem Bericht seiner Kundschafter zuhörte und die Männer in seinem Lager dabei beobachtete, wie sie sich zum Essen um die Kochfeuer scharten, hätte es nicht besser verlaufen können.

»Wir marschieren morgen bei Tagesanbruch nach Iley Oak«, sagte er zu den Ealdormen, die sich um ihn versammelt hatten.

Eadulf von Wiltshire grunzte zustimmend. Iley Oak lag ungefähr zehn Meilen nordöstlich von Egbert's Stone in den Eastleigh Woods. Es würde für Alfreds Männer ein ideales Lager abgeben, denn in der Gegend gab es ein altes keltisches Fort, dessen Schanzwerk noch intakt war. Sowohl der Wald als auch das Schanzwerk würden der Armee Schutz bieten, wenn Guthrum sich dazu entschließen sollte, in die Offensive zu gehen und anzugreifen.

»Dann wissen die Dänen aber, daß wir auf dem Weg sind«, sagte Osric von Hampshire. »Dreitausendfünfhundert Mann können nicht unbemerkt durchs Land marschieren.«

»Ich will Guthrum ja gar nicht überraschen«, antwortete Alfred ernst. »Ich will ihn zur Schlacht zwingen. Unsere Armeen sind fast gleich stark. Unsere Männer dürstet es nach dänischem Blut. Jetzt ist es Zeit zuzuschlagen, bevor sich das Feuer in ihren Herzen wieder abkühlt.«

»Der König hat recht.« Es war Ethelnoth, der jetzt sprach.

»Ich persönlich habe jedenfalls genug von diesem Katz- und-Maus-Spiel.«

»Was geschieht, wenn Guthrum sich dazu entschließt, Ethandun, weiter besetzt zu halten? Oder wenn er sich nach Chippenham zurückzieht?« fragte Eadulf von Wiltshire.

»Dann belagern wir ihn«, sagte Alfred grimmig. »Ich werde nicht noch einmal mit ihm Waffenstillstand schließen. Wenigstens das habe ich gelernt.«

»Aye«, stimmte Ethelnoth zu. »Einem Dänen kann man nicht trauen.«

»Außer wenn man ihm ein Messer an die Kehle hält«, sagte der König. »Und ich habe die Absicht, dieses Messer zu sein.«

Eine Stunde nach dem Essen hatten sich die Männer aus Wessex in ihre Umhänge gehüllt und schlafen gelegt. Sie hatten einen weiten Marsch hinter sich und mußten am nächsten Tag bei Tagesanbruch weitermarschieren. Nach Iley Oak, in den Eastley Woods, sieben Meilen vom königlichen Gut Ethandun entfernt, wo die dänische Armee und ihr Anführer Guthrum lagen.

Am Montagvormittag, dem zwölften Mai erfuhr Guthrum vom westsächsischen Vormarsch.

»*Wie* viele Männer?« fragte er den Anführer des Trupps, der die Nachricht nach Ethandun gebracht hatte.

»Fast viertausend, Mylord. Alle unter dem Banner mit dem goldenen Drachen.«

»Und Alfred ist unter ihnen?«

»Ja, Mylord. Ich habe ihn schon einmal gesehen. Er ist nicht leicht zu verwechseln.«

»Ihr sagt, sie sind auf dem Weg nach Ethandun?«

»Ja, Mylord. Aber langsam, weil die meisten zu Fuß sind.«

Guthrum ergriff ein Gefühl der Befriedigung, als er an Alfreds Pferde dachte, die auf Wantage eingepfercht und somit nutzlos für ihn waren. »Dafür werdet Ihr reich belohnt, Erik. Es war gut, mir diese Nachricht zu überbringen.«

Das Gesicht des Mannes verzog sich zu einem erfreuten Lächeln, und als Guthrum ihn entließ, lief er sofort zu seinen Kameraden, um ihnen von seinem Glück zu berichten.

Guthrum, der jetzt allein in dem einzigen privaten Gemach im Saal von Ethandun war, schritt auf und ab.

Im Namen des Raben, wie hatte Alfred das geschafft? Wie hatte er direkt vor Guthrums Nase viertausend Männer zusammengezogen?

Sie waren auf dem Weg nach Ethandun, hatte Erik gesagt. Guthrum fuhr sich durch die kurzen Stirnfransen und schritt weiter auf und ab. Er hatte zwei Möglichkeiten; nein, drei. Er konnte hier in Ethandun bleiben und es besetzt halten. Er konnte nach Chippenham ziehen und es besetzt halten. Oder er konnte sich Alfred im offenen Feld stellen und kämpfen.

Die erste Möglichkeit verwarf er sofort. Ethandun war nicht gut genug befestigt, um einem Sturmangriff standzuhalten. Wenn Guthrum schon eine Stadt besetzt halten wollte, dann war Chippenham dafür besser geeignet.

Im Namen des Raben, aber das würde er nicht tun! Er hatte es so satt, innerhalb irgendwelcher Stadtmauern eingeschlossen zu sein, während Alfred draußen den Eroberer spielte. Es war Zeit, sich diesen Westsachsen auf dem Schlachtfeld zu stellen.

Der Däne schritt mit langen Beinen weiter auf und ab, während er seine Siegeschancen einschätzte. Bisher hatten die Westsachsen nur eine Schlacht gegen die Dänen gewonnen. Die Schlacht bei Ashdown. Aus allen anderen Kampfhandlungen waren die Dänen als Sieger hervorgegangen.

Guthrum, der es mit anderen nicht so genau nahm, war normalerweise ehrlich zu sich selbst. Er zwang sich, der Tatsache ins Auge zu sehen, daß die Westsachsen in allen Schlachten, die sie verloren hatten, in der Minderzahl gewesen waren. Die einzige Schlacht, die sie mit der gleichen Anzahl von Männern geschlagen hatten, war Ashdown gewesen. Und genau diese Schlacht hatten die Westsachsen gewonnen.

Egal, dachte er jetzt grimmig, als er den nächsten Tag plante. Es war an der Zeit, daß dieser Kampf zwischen ihm und Alfred entschieden wurde. Wie alle Dänen war Guthrum Fatalist, und er glaubte, daß jetzt das Schicksal die Entscheidung bringen mußte. Er würde sich der Schlacht mit dem westsächsischen König stellen. Was geschehen sollte, würde geschehen.

Nachdem er diese Entscheidung getroffen hatte, warf Guthrum den gelben Kopf zurück, straffte die kräftigen Schultern und ging fort, um seinen Männern Befehle zu erteilen.

Die Späher, die Alfred aufgestellt hatte, um Ethandun zu bewachen, kehrten zum König nach Iley Oak zurück und berichteten, daß die Dänen sich auf eine Schlacht vorzubereiten schienen.

»Gott sei Dank«, sagte Alfred inbrünstig. Wie Guthrum hatte er Belagerungen gründlich satt. Er befahl seinen Männern, sich ebenfalls bereit zu machen.

Nördlich von Iley Oak erhoben sich die steilen Kreidehügel des nordwestlichen Vorgebirges der Salisbury Plain. Dort gab es einen Weg, den Alfred gut kannte, der über die Ebene zu den Hügeln und dem alten Fort von Bratton führte. Auf dem Hang bei Bratton war ein weißes Kreidepferd in den Rasen geschnitten. Der volkstümlichen Überlieferung zufolge war es ein Symbol für den Sieg eines Vorfahren Alfreds vor Hunderten von Jahren. Das weiße Pferd war das Wahrzeichen des Königshauses Wessex gewesen bis Alfreds Großvater, Egbert, sich den goldenen Drachen als Symbol ausgesucht hatte.

Morgen bei Tagesanbruch, beschloß Alfred, würde er sich zum Fort bei Bratton begeben und dort seine Kampfstellung beziehen. Diese Schlacht, die letzte Schlacht für Wessex, würde er unter beiden Symbolen, dem weißen Pferd und dem goldenen Drachen, schlagen. Und mit Gottes Hilfe würden die Westsachsen den Sieg erringen.

Die Männer, die in Iley Oak lagerten, verbrachten den Nachmittag mit Beichten und Beten. Alfred ließ nicht zu, daß sie fasteten. Sie würden am nächsten Tag all ihre Kräfte brauchen.

Im ersten Licht der Morgendämmerung brachen die Westsachsen ihr Lager ab. Mit den berittenen Männern als Vorhut marschierten sie weiter, über den Wylye und dann den alten weißen Weg hinauf, der das steile Kreidefelsenriff hinauf zur Salisbury Plain führte. Auf dem Hügel von Ethandun, dem das königliche Gut in der Nähe seinen Namen verdankte, hielten sie an. Dort, unter dem sonnenhellen Symbol des Weißen Pferdes, nahmen sie ihre Schlachtposition ein.

Erlend war mit Alfreds Armee nach Ethandun gekommen, aber als die Westsachsen begannen, sich zu einer Schildwand zu formieren, sonderte er sich ab. Er ließ sein Pferd zurück und kletterte den Abhang hinauf, bis hoch zur Figur des weißen Pferdes, das vor so vielen Jahrhunderten in die Kreide gehauen worden war. Von diesem Aussichtspunkt konnte er die Landschaft Wiltshires weit überblicken.

Von dem hohen Hügel aus konnte Erlend nach Nordwesten über das Vale of Pewsey bis zu den Marlborough Downs sehen. In diesen Hügeln hatten die alten Westsachsen viele Schlachten geschlagen, hauptsächlich gegen die Britannier.

Im Norden bewegte sich etwas, und Erlend blickte in die Richtung, wo Gut Ethandun lag. Von dort sah er die Dänen vorrücken.

Ihre Helme und Schilde leuchteten in der Morgensonne. Fast viertausend berittene Männer, Schwerter und Speere gezückt, kamen von Gut Ethandun, um an einer Schlacht teilzunehmen, deren Siegesprämie der Besitz eines ganzen Landes war.

Es war ein beklemmendes Gefühl für Erlend, sie mit dem kühn wehenden Rabenbanner und den bunten, in der Morgenluft flatternden Fahnen der Jarle kommen zu sehen. Guthrum hatte gute Männer in seiner Armee; Männer, die er kannte; Männer, die seine Freunde waren. Dann ließ er langsam den Blick zu dem Heer schweifen, das direkt unter ihm Stellung bezogen hatte.

Alfreds Haar leuchtete ebenso hell wie die Wikingerhelme, als er zwischen seinen Männern umherging, ihre Schildwand überprüfte, ihnen Mut zusprach und Ratschläge erteilte.

Es war Frühling. Wildblumen färbten den Rasen bunt, und in den Bäumen sangen Buchfinken. Kiebitze flogen schreiend durch die Luft und zogen Kreise. Dann erblickten die beiden Armeen einander, und der Lärm der Vögel ging in ihrem Hohngeschrei unter.

Der rituelle Beginn einer jeden Schlacht war nun in vollem Gange. Schwerter schlugen auf Schilde. Man schrie sich Beleidigungen zu, und beide Seiten versuchten, den Gegner durch kampfeslustiges Gebaren einzuschüchtern. Aus fast achttausend Kehlen erhob sich ein Gebrüll, das die Vögel in Angst und

Schrecken versetzte und sie dazu veranlaßte, im Flachland Zuflucht zu suchen.

Erlend stand einsam ganz oben, seine Silhouette hob sich gegen das weiße Kreidepferd ab, und er beobachtete, wie die Dänen von den Pferden stiegen und ihre Stellung einnahmen. Ohne sich dessen bewußt zu sein, begann er im Geiste ein Lied zu komponieren. »Im Morgengrauen«, improvisierte er, »erschallten die Schilde und hallten durchs Tal. Der dürre Wolf im Wald war froh, und der schwarze Rabe, nach Gemetzel dürstend...«

Die Schreie wurden jetzt bedrohlicher, und nun kamen die westsächsischen Bogenschützen nach vorn. Von seinem Standort hoch auf dem Hügel konnte Erlend sehen, wie der todbringende Pfeilregen zu den dänischen Linien flog.

»Dann ließen sie es Pfeile regnen, die Nattern des Krieges, mit ihren Bögen aus Horn.« Erlend konnte die Worte so deutlich hören, als würde er sie laut aussprechen. Dann stockte ihm der Atem, und das Gedicht in seinem Kopf verstummte. Ein schlanker Mann mit goldenem Haar war mit erhobenem Schwert aus den westsächsischen Linien hervorgetreten. Er stürmte nach vorn. Mit ohrenbetäubendem Gebrüll stürzten die Fyrds aus Wessex hinter ihrem König her.

Aus den dänischen Reihen kam der gegnerische Pfeilregen; dann rückten auch die Dänen mit Schild, Schwert und Speer vor. Erlend meinte, seinen Onkel unter dem Rabenbanner erkannt zu haben. Dann stießen die beiden Armeen mit lautem Krachen zusammen.

Die sorgfältig aufgestellten Schildwände hielten dem Druck nicht lange stand. Innerhalb von Minuten schien sich das gesamte Feld in eine stürmische See verwandelt zu haben. Mann kämpfte gegen Mann. Wie gelähmt sah Erlend zu. Sein Gedicht war vergessen.

Lange Zeit gewann keine Seite die Oberhand. Erlend versuchte, die beiden großen Banner der Anführer im Auge zu behalten, aber es war unmöglich, in der bewegten Menschenmasse einzelne Personen zu erkennen. Der Himmel leuchtete in strahlendem Blau, und statt der prahlerischen Schmährufe zu Beginn der

Schlacht waren jetzt die grauenvollen Schreie der Verwundeten zu hören.

Über zwei Stunden lang kämpften die Armeen erbittert. Von seinem Aussichtspunkt konnte Erlend sehen, wie zertrampelt und blutverschmiert die Wiese war. Die Männer stiegen über Verwundete und Tote hinweg, um einander habhaft zu werden. Dann schwankte plötzlich das Banner mit dem goldenen Drachen, als der Than, der es in die Höhe hielt, langsam zusammensackte.

Edgar! Erlend sprach den Namen laut aus und ging zwei Schritte den Hügel hinab, als wolle er dem Freund zu Hilfe eilen. Dann hatte jemand anders das Banner wieder emporgehoben. Erlend konnte nicht erkennen, wer es war, aber plötzlich sah er im Kreis der Männer um den gefallenen Bannerträger herum den König. Alfred hatte sich über den Mann gebeugt, der auf dem Boden lag, und jetzt richtete er sich wieder auf, ging davon, durchbrach den Schutzring seiner Männer und griff den Feind an. Er hieb mit dem Schwert durch die Dänen hindurch, die sich um ihn drängten. Seinen Schild hielt er erhoben, um die Axtschläge abzuwehren, die auf seinen verwundbaren, unbehelmten Kopf zielten. Die Männer aus Alfreds Leibgarde gaben ihren gefallenen Kameraden auf und drängten dem König nach.

Die Schlacht tobte weiter. Langsam zuerst, doch dann immer schneller, verloren die Dänen an Boden. Weiter und weiter wurden sie zurückgetrieben. Erlends Blick suchte das Rabenbanner und seinen Onkel.

Guthrum kämpfte wie ein Wahnsinniger. Das Rabenbanner befand sich vor den dänischen Linien, und jetzt wurde es von den Westsachsen umringt. Ganz vorne in der westsächsischen Vorhut wehte das Banner mit dem goldenen Drachen, Symbol der Anwesenheit König Alfreds.

Es geschah nach und nach, nicht urplötzlich wie in vergangenen Schlachten. Die Dänen traten aus dem Glied und flohen vom Feld zu den Pferden, die sie hinter sich angepflockt hatten.

Erlend erkannte sofort, daß es sich hier nicht um einen vorgetäuschten Rückzug handelte, um den Feind dazu zu bringen, die Verfolgung aufzunehmen. Diesmal war es ernst. Die

Dänen warfen sich auf die Pferde und ritten zur Straße im Norden, die Straße, die sie zurück zum Gut Ethandun bringen würde, oder dreizehn Meilen weiter nach Chippenham.

Guthrum war einer der letzten Dänen, die das Feld verließen. Die Westsachsen rannten schon zu ihren eigenen Pferden, um die Verfolgung aufzunehmen, als Guthrum endlich aufgab. Er ließ eine Schildmauer aus seinen persönlichen Gefolgsmännern zurück, die den starken Druck von Alfreds Angriff zurückhalten sollte, schnappte sich sein Pferd und galoppierte nach Norden davon.

Die Westsachsen, die beritten zum Schlachtfeld bei Ethandun gekommen waren, verfolgten den fliehenden Feind. Die unberittenen Männer suchten sich die Pferde der Dänen, die jetzt tot oder verwundet auf dem Schlachtfeld lagen. Innerhalb von Minuten war das Feld bei Ethandun verlassen, abgesehen von den Männern, die Alfred zurückgelassen hatte, um sich um die Verwundeten zu kümmern und die Toten einzusammeln.

Langsam stieg Erlend von seinem Hügel herab, um bei der blutigen Arbeit, die Verwundeten von den Getöteten zu trennen, zu helfen. Er hatte sich die Stelle, wo Edgar gefallen war, gut gemerkt, und zu diesem Teil des Schlachtfeldes ging er zuerst.

Er sah sofort, daß Edgar tot war. Ein Speer hatte seinen beringten Kettenpanzer durchdrungen, genau an der Stelle, wo das Herz war. Es muß ein grausamer Stoß gewesen sein, dachte Erlend. Andererseits war der Kettenpanzer wahrscheinlich schon von früheren Stößen beschädigt gewesen. Der Bannerträger des Königs war immer ein Hauptziel für den Feind, aber Edgar hatte nie etwas davon hören wollen, seinen Posten an jemand anderen abzutreten.

Sanft schloß Erlend die blauen Augen, die blind zum wunderschönen Frühlingshimmel hinaufstarrten. Edgar war noch nicht steif, und Erlend schaffte es, den toten Than hochzuhieven und mit ihm vom stinkenden Feld zu taumeln. Alfred würde nicht wollen, daß Edgar mit den restlichen westsächsischen Toten in ein Massengrab geworfen wurde.

Als er die Leiche des gütigsten Mannes, den er je gekannt hatte, auf den Boden legte, dachte Erlend an das Lied, das er an diesem Morgen zu komponieren begonnen hatte, als er von seinem Hügel aus den Beginn der Kampfhandlungen beobachtet hatte. Edgar ist von uns gegangen, dachte er und strich dem toten Mann sanft das zerzauste Haar aus der Stirn. Aber durch seinen Tod in der Schlacht hat er sich Ruhm und Ehre verdient.

Erlend fiel das Motto der Wikingerkrieger ein, das seinem Volk von jeher Trost gespendet hatte. »Was niemals sterben wird, ist der Ruf, den wir nach unserem Tode hinterlassen.«

Das war etwas, das Erlend für seinen Freund tun konnte. Er würde ein Lied über Edgar und die Schlacht bei Ethandun schreiben und dafür sorgen, daß die Erinnerung an Edgar, den Sachsen, in Ehren gehalten wurde, solange Harfenisten sangen.

Irgendwie spendete ihm dieser Gedanke nicht den nötigen Trost.

Alfred würde sagen, daß Edgar zu Gott gegangen war. Als Erlend auf das stille Gesicht seines Freundes hinabblickte, hoffte er, daß Alfred recht hatte.

39

DIE Dänen umgingen Ethandun und galoppierten weiter nach Chippenham, das besser befestigt war. Die Westsachsen folgten ihnen dicht auf den Fersen. Sobald Guthrum sich innerhalb der Stadtmauern befand, schlossen die Dänen die Tore und überließen diejenigen, die sich noch außerhalb befanden, der Gnade des Feindes.

Alfred war nicht in der Stimmung, Gnade walten zu lassen. Er wußte genau, daß er den Dänen den Todesstoß versetzen mußte, wenn er Wessex zurückgewinnen wollte. Ohne zu zögern, gab er den Befehl, alle Dänen zu töten. Die Westsachsen legten sich tüchtig ins Zeug, und bald war die Erde mit dänischem Blut überströmt.

Danach befahl Alfred, das Vieh und die Schafe, die auf den Weiden Chippenhams standen, nach Ethandun zu bringen. »Ich möchte nicht, daß Guthrum sich in der Hoffnung wiegt, auf die

Schnelle einen Überfall durchführen zu können, um sich Nahrung zu beschaffen«, sagte der König zu Brand.

»Jawohl, Mylord«, antwortete Brand und rief sofort ein paar Männer zusammen, um Alfreds Befehl auszuführen.

Als nächstes befahl Alfred seinen Männern, auf den Feldern Chippenhams das Lager aufzuschlagen, so weit von den Stadtmauern entfernt, daß sie außer Schußweite waren. Dann ließ er sich nieder, um Guthrum auszuhungern.

Guthrum stand auf den Mauern Chippenhams und sah zu, wie die Westsachsen einen riesigen Graben aushoben, um die toten Dänen darin zu verscharren.

Er konnte kaum glauben, was geschehen war. Noch vor zwei Wochen war Alfred ein Flüchtling ohne jeden Grundbesitz gewesen, der sich aus Angst um sein Leben in den Sümpfen herumdrücken mußte. Heute saß er mit seiner Armee als Sieger vor den Toren Chippenhams. Und Guthrum war in der Stadt eingeschlossen und geschlagen.

Im Namen des Raben! Wie war es dazu gekommen? Wie hatte Alfred es fertiggebracht, die Fyrds von Wessex direkt vor Guthrums Nase zusammenzuziehen? Und er hatte sie nicht nur um sich gesammelt, sondern auch noch in die Schlacht geführt. Und sie hatten gewonnen!

Die Westsachsen waren jetzt fertig mit dem Graben. Er war sehr tief, und sie hatten eine Strickleiter heruntergelassen, um wieder herausklettern zu können.

Mit gerunzelter Stirn beobachtete Guthrum die Szene vor sich und dachte nach.

Dieser Alfred von Wessex hatte starke Zauberkräfte. Er war zwar ein hervorragender Schlachtführer, aber das war Guthrum auch. Der Unterschied zwischen den beiden lag woanders.

Bisher hatte Guthrum das Christentum immer für die Religion der Schwachen gehalten. Vielleicht hatte er unrecht gehabt. Vielleicht war dieser gekreuzigte Gott, den sie Christus nannten, wirklich stärker als die Götter der Skandinavier. Sogar stärker als Odin, der selbst einmal gehängt worden war.

Guthrum fand keine andere Erklärung dafür, daß er hier in

Chippenham gefangen war und Alfred vor den Toren lag. Alfred war so vollständig besiegt gewesen, wie man nur sein konnte. Und heute ...

Es ist Magie, dachte Guthrum, als er zusah, wie die Leichen seiner Männer in das gähnende Loch geworfen wurden, das die Westsachsen gegraben hatten. Es gab keine andere Erklärung für eine so katastrophale Schicksalswende.

Es dauerte zwei Wochen, bis die Dänen ihre Vorräte aufgebraucht hatten. Dann tat Guthrum das, wovon er schon die ganze Zeit gewußt hatte, daß er es tun mußte. Er bat um Frieden.

Der Däne war nicht überrascht, als Alfred Erlend entsandte, um die Verhandlungen zu führen. Erlend kam allein nach Chippenham, was Guthrum wiederum erstaunte. Diese Tatsache sprach er an, als er im Schlafgemach des Königs mit seinem Neffen zusammentraf.

»Er glaubt dir, was du ihm über unser Treffen sagst?« fragte Guthrum und zog überrascht die dicken, blonden Augenbrauen hoch. »Ich hätte Alfred nicht für so vertrauensselig gehalten.«

»Er weiß, daß ich ihm die Wahrheit sage«, antwortete Erlend. »Aber ich kann nicht behaupten, daß er zu Euch dasselbe Vertrauen hat. Ihr habt schließlich schon zweimal Euer Wort gebrochen, Onkel.«

Guthrum sah überhaupt nicht verunsichert aus. Im Gegenteil, er lächelte sogar. »Ich bin froh, daß er dich nicht wie die anderen Geiseln getötet hat, Neffe.«

Entgeistert blickte Erlend in die unverschämten blauen Augen seines Onkels. Der Mann hat überhaupt kein Gewissen, dachte er und bemerkte gar nicht, welch seltsamer Gedanke das für einen Wikinger war.

»Wäret Ihr auch nur im geringsten in Sorge um mein Wohlergehen gewesen, hättet Ihr Euer Wort gehalten«, sagte er sarkastisch in das dreiste Gesicht hinein.

Guthrum zuckte mit den Schultern. »Ich dachte, ich könnte Alfred gefangennehmen. Wenn es geklappt hätte, wärst du in Sicherheit gewesen.«

»Und es ist Euch nie in den Sinn gekommen, daß der Plan

vielleicht fehlschlagen könnte?« Erlends Stimme triefte nur so vor Sarkasmus.

Guthrum grinste sein Wolfsgrinsen. »Das Risiko mußte ich eingehen«, sagte er. »Es hätte fast geklappt.«

Erlend schüttelte langsam den Kopf. Er war gegen seinen Willen belustigt. Dann fragte Guthrum: »Warum hat er dich nicht umgebracht, Neffe? Meine ersten Geiseln konnte er gar nicht schnell genug aufhängen. Du dagegen bist noch gesund und munter.«

»Die ersten Geiseln hat er aufgehängt, um Euch eine Lektion zu erteilen. Dann hat er zweifellos bemerkt, daß Ihr unbelehrbar seid. Mich zu hängen hätte auf Euch keinen Eindruck gemacht, und dann hätte er keinen Harfenisten mehr gehabt.«

Guthrum grunzte. »Welche Bedingungen stellt Alfred mir?«

»Zunächst einmal die üblichen«, antwortete Erlend. »Ihr müßt schwören, Wessex zu verlassen, und Alfred zur Sicherheit Geiseln geben.«

Guthrums Augen wurden eng, und er betrachtete Erlend skeptisch. »Und das ist alles?«

Erlends Blick fiel auf den mit Binsen bestreuten Boden. Er war schmutzig. Die Binsen schienen monatelang nicht erneuert worden zu sein. Elswyth würde außer sich sein, wenn sie sah, was Guthrum aus ihrem hübschen Zimmer gemacht hatte.

»Nein«, sagte er. »Das ist noch nicht alles.«

Guthrum grunzte. Das hatte er auch nicht erwartet. »Nun?« drängte er, als Erlend stumm blieb. »Was sonst noch?«

»Ihr müßt Euch taufen lassen«, sagte Erlend und wartete auf den Ausbruch des Sturmes.

Statt dessen war es still. Nachdem eine Ewigkeit vergangen zu sein schien, löste Erlend den Blick vom Boden und sah seinem Onkel ins Gesicht. Zu seiner großen Überraschung fand er dort einen Ausdruck, mit dem er als Reaktion auf Alfreds Bedingung niemals gerechnet hatte. Guthrum sah interessiert aus.

»Er will, daß ich Christ werde?«

»Ja«, antwortete Erlend, und seine Stimme war schwach vor Erstaunen. »Werdet Ihr es tun?«

Guthrum grinste. »Warum nicht?«

Erlends Kiefer fiel nach unten. »*Warum nicht?*«

Guthrum strich sich über den gestutzten Bart. Zum ersten Mal fielen Erlend im blonden Haar graue Strähnen auf. »Du erhebst Einwände?« fragte Guthrum. »Du hast die Verehrung dieses christlichen Gottes genauer beobachtet als ich. Ist darin irgend etwas enthalten, was mir Schande bereiten könnte?«

»Nein.« Erlend dachte einen Moment nach und sprach dann vorsichtig weiter. »Ist Euch klar, daß der Gott der Christen sich sehr von unseren Göttern unterscheidet, Onkel?«

»Ich glaube, daß er mächtiger ist«, sagte Guthrum. »Alfred hat auf allen seinen Gütern Bildnisse dieses hängenden Gottes, Erlend. Ich habe sie mit eigenen Augen gesehen. Alfred verehrt diesen Gott mit großer Aufrichtigkeit, und der Gott belohnt ihn dafür mit dem Sieg.«

Erlend sah jetzt fasziniert aus. »Ich verstehe«, sagte er langgezogen. Dann fügte er vorsichtig hinzu: »Ihr wollt also Christ werden, um Anteil an der Gunst des christlichen Gottes zu haben?«

Guthrum antwortete schlicht: »Ja.«

»Nun gut.« Erlend schluckte. »Ich werde es Alfred mitteilen.«

»Er akzeptiert Eure Bedingungen«, sagte Erlend etwa zwanzig Minuten später zum König, als sie sich in Alfreds Zelt im westsächsischen Lager trafen.

Alfreds Augenbraue ging nach oben. »Er hat keine große Wahl.«

»Stimmt. Aber ich hatte befürchtet, er würde es ablehnen, sich taufen zu lassen.«

»Und das hat er nicht?«

»Er schien es fast zu begrüßen! Zuerst habe ich es nicht verstanden, aber dann wurde es mir klar. Hoffentlich ist Euch bewußt, Mylord, daß Guthrum eine andere Vorstellung vom Christentum hat als Ihr.«

»Und wie sieht die aus?« fragte Alfred neugierig.

»Er glaubt, daß Euer Gott mächtiger ist als seiner. Und, was typisch für ihn ist, er ist darauf bedacht, auf die Seite der Gewinner zu gelangen.«

Alfreds weiße Zähne blitzten. »Absolut verständlich.«

»Aber was hat es dann für einen Sinn, ihn zu taufen?« rief Erlend bestürzt aus. »Er hat keine Ahnung, was er tut und was Eure Religion wirklich bedeutet.«

»Ich weiß«, antwortete Alfred, und jetzt war sein Gesicht ernst. »Aber wenn seine eigene Religion nicht ausreicht, um ihn an sein Wort zu binden, dann schafft es vielleicht eine neue und mächtigere.«

Erlends Brauen zogen sich zusammen. »Was meint Ihr damit?«

Die Antwort war geradeheraus. »Ich habe vor, Guthrum soviel Angst davor einzujagen, was mit ihm geschieht, wenn er seinen Eid auf Christus bricht, daß er für immer aus Wessex fernbleibt.«

Erlend spürte, wie seine Augen sich weiteten. »Ihm Angst einjagen?«

»Genau.« Alfreds Mund war grimmig, seine Stimme hart. »Ehre bedeutet Guthrum gar nichts. Er wird nur von Eigeninteresse getrieben. Ich will, daß er glaubt, es wäre in seinem eigenen Interesse, mir gegenüber sein Versprechen zu halten.«

Es war einen Augenblick still, während Erlend diese Worte verdaute. »Warum bringt Ihr ihn nicht einfach um?« fragte er neugierig.

»Wenn ich ihn in der Schlacht in die Finger bekommen hätte, dann hätte ich ihn getötet«, lautete die nüchterne Antwort. »Aber er hat um Frieden gebeten. Wenn ich ihn jetzt umbringe, werde ich wahrscheinlich in eine Blutfehde mit den Dänen verwickelt, die sich im Norden niedergelassen haben. Sie werden sich verpflichtet fühlen, ihn zu rächen. Ich will Wessex nicht in eine Blutfehde stürzen, Erlend. Deshalb ist es das Beste, die Sache so zu arrangieren, daß Guthrum und ich unsere Feindschaft begraben und stattdessen Nachbarn werden.«

»Dann werdet Ihr ihm Mercien überlassen?«

»Er kann sich aussuchen, welchen Teil Englands er haben will, aber Wessex bekommt er nicht.«

»Wen möchtet Ihr als Geisel?«

Alfred lächelte. »Euch nicht, mein Freund. Ihr habt Eure Zeit in dieser Eigenschaft abgegolten, denke ich.«

Erlend antwortete nicht.

»Was habt Ihr vor, Erlend?« Jetzt stellte zur Abwechslung Alfred eine Frage. »Werdet Ihr nach Hause segeln und Anspruch auf Nasgaard erheben, wie es Euer Plan war?«

»Nach Hause«, sagte Erlend. Er lächelte schief. »Ich weiß nicht einmal mehr, wo mein Zuhause ist, Mylord. Ich war so lange aus Dänemark weg ... Ich habe so viele Jahre bei Eurem Volk verbracht ... Ich bin zwischen zwei Welten hin- und hergerissen.«

»In meinem Haushalt wird es immer einen Platz für Euch geben«, sagte Alfred, und Erlend spürte sein Herz schneller schlagen.

»Als Euer Harfenist?« fragte er.

Alfred schüttelte den Kopf. »Als mein Freund.«

Erlend senkte den Kopf, damit das Haar nach vorne fiel und sein Gesicht verbarg. »Ich weiß nicht. Ich weiß nicht, was ich tun werde.« Seine Stimme klang seltsam erstickt.

»Werdet Christ wie Guthrum«, sagte Alfred.

Erlend hob langsam den Kopf. Seine Nasenlöcher waren geweitet, und er atmete so schwer, als sei er gerannt. Er sah, daß Alfred mit ernstem Blick auf eine Antwort wartete. »Im Gegensatz zu Guthrum versteht Ihr, worum es geht«, sagte Alfred leise. Als Erlend noch immer nicht antwortete, sagte er: »Denkt darüber nach, Erlend.« Die Hand des Königs ruhte einen kurzen Moment auf seiner Schulter, dann ging Alfred hinaus in die Sonne und ließ Erlend allein im Zelt zurück.

Die Taufzeremonie für die Dänen wurde in Aller abgehalten, in der Kirche, in der Alfred und seine Männer während ihrer Zeit in Athelney ihre Andacht gehalten hatten. Außer Guthrum würden noch neunundzwanzig seiner wichtigsten Männer und Erlend Olafson, sein Neffe, die Taufe empfangen. Aller lag wie Athelney tief in den Sümpfen Somersets. Guthrum sah sich interessiert um, als er Alfred auf seinem Pferd durch das gefährliche Schilf folgte, das ungeschulte Auge konnte nicht zwischen trockenem Land und Wasser unterscheiden. Alles, was Guthrum meilenweit um sich herum sah, war dieses riesige Schilfmeer.

Guthrum wandte den Blick von seiner Umgebung auf den Rücken des Mannes, der vor ihm ritt. Diese Sümpfe hatten Alfred von Wessex gerettet, dachte er. Wenn sie ihm keine Zuflucht geboten hätten ...

Als könne er Guthrums Gedanken lesen, drehte Alfred sich plötzlich herum, und die beiden Männer sahen sich an. Guthrum sagte in seinem schwerfälligen Sächsisch: »Ihr ... Glück ...« und verdeutlichte durch Gesten, daß er die Sümpfe meinte.

Alfred grinste. »Ja«, antwortete er. »Ich weiß.«

Guthrum verstand ihn. Es fiel ihm überraschend leicht, Alfreds klarer Sprechweise zu folgen. »Wie weit ...«, sagte er. »Zur Kirche.«

»Nicht mehr weit«, lautete die Antwort. »Wir sind fast da.«

Und wirklich, in weniger als einer halben Stunde waren sie bei der Kirche in Aller angekommen. Wie Athelney und Glastonbury war Aller im Frühling, wenn das Wasser hoch stand, eine Insel, aber im Sommer trocknete der Wassergraben aus, so daß man es von allen Seiten erreichen konnte. Zu dieser Jahreszeit mußte man noch die schmale Holzbrücke überqueren, über die die Leute aus der Umgebung zur Kirche gelangten.

Die Kirche in Aller war ein kleines, enges Bauwerk aus Stein mit hohen, schmalen Fenstern an beiden Längsseiten. Es gab in Wessex viele Kirchen, die beeindruckender waren. Die Kirche in Wedmore, die nicht zu weit entfernt lag, wäre wahrlich ein geeigneterer Ort für diese bedeutungsvolle Taufe gewesen. Wedmore besaß nicht nur eine große Kirche, sondern war auch königliche Residenz und hätte der gesamten Gesellschaft eine bequeme Unterkunft geboten.

Aber in Aller hatte Alfred während der bittersten Stunden seines Exils in Somerset gebetet, und dorthin, zum Taufstein in Aller, brachte er seinen Wikingerkönig samt Gefolge. Das war Alfreds Dank dafür, daß seine Gebete erhört worden waren.

Guthrum war schon in christlichen Kirchen gewesen, aber nur um sie auszuplündern. Heute dagegen war er hier, um dem christlichen Gott, den er so oft entehrt hatte, seine Treue zu bekunden, und er stellte fest, daß er beeindruckt war. Aller war bei weitem nicht so groß wie viele der Klöster, in denen Guthrum sich früher aufgehalten hatte, aber hier lag Macht in der Luft. Guthrum konnte es spüren, seine Nackenhaare stellten sich auf. Dies ist der Quell, aus dem Alfred seine Kraft schöpft, dachte Guthrum, als sein Blick forschend auf das ernste Gesicht des Mannes fiel, der sein Taufpate war.

Alfred war nicht schwach, und er war auch kein Mann, der einen schwachen Gott verehrte. Alfred war ein starker, unbarmherziger Anführer und dank seines Gottes mit Glück gesegnet.

Guthrums Blick schweifte vom goldenen Gesicht seines Taufzeugen zu dem Kreuz, das über dem Altar hing. Dieser aufgehängte Gott erwartete von seinen Anbetern Treue. Das hatte man Guthrum deutlich gemacht. Wenn er einen Eid auf das Bildnis des gehängten Gottes schwor, mußte er ihn einlösen. Tat er das nicht, würde er sein Leben lang vom Pech verfolgt und im Leben nach dem Tode an einem Ort schmoren, der Hölle hieß.

Ich war ein Narr, das Christentum all diese Jahre für eine Religion der Schwäche zu halten, dachte Guthrum jetzt, als das weiße Leinenstirnband über das Salböl auf seiner Stirn gelegt und festgebunden wurde. Dieser Christus war ein Gott der Schlacht, ein Rachegott. Eine derartige Macht verstand Guthrum. Einem solchen Gott würde er gern Treue geloben.

Ein Gott war gegenwärtig. Genau wie Guthrum fühlte das auch Erlend, als er vor Alfreds Priester niederkniete und das kühle Salböl auf seiner Stirn spürte. Durch die hohen, schmalen Fenster, die in die Steinmauern geschlagen waren, kamen Lichtstrahlen und fielen schräg auf die Wandteppiche, die goldenen Altargefäße und die beiden blonden Häupter Alfreds und Guthrums. In der Luft hing der diffuse Geruch von Balsam, dem Duft des Gottes. Pater Erwald sang lateinische Worte, während er Guthrum das weiße Leinenband über das kostbare Salböl legte und es festband. Dann kam der Priester zu Erlend, um an ihm dieselbe Prozedur durchzuführen.

Erlend hatte noch keine Entscheidung darüber getroffen, was er tun würde, wenn diese Taufzeit vorüber war. Er konnte mit den Männern, die Guthrum ihm versprochen hatte, nach Dänemark segeln und sein Erbe zurückfordern. Oder er konnte mit seinem Onkel nach Ostanglien gehen und sich dort niederlassen, wie es Guthrum vorhatte. Guthrum interessierte sich nicht mehr für Dänemark. Ihm gefiel es in England, sagte er. Er fand das Klima angenehm, und er hatte die Frauen schätzen gelernt. Er würde hierbleiben und als König über Ostanglien und Mercien herrschen. Erlend war jederzeit willkommen, sich ihm anzuschließen.

Er konnte auch in Wessex bleiben. An Alfreds Hof, als Alfreds Freund. Endlich als ehrlicher Mensch, der keine Rolle mehr spielen und vorgeben mußte, etwas zu sein, was er nicht war.

Der Priester ging jetzt durch die Reihen der Dänen und legte ihnen allen das Band an. Sie mußten es eine Woche lang tragen, hatte Alfred zu Erlend gesagt. Dann wurde es ihnen im Rahmen einer Zeremonie wieder abgenommen. Diese Zeremonie würde auf dem königlichen Gut Wedmore abgehalten werden, wohin sich die Gesellschaft am nächsten Tag begeben würde.

Ein Lichtstrahl fiel auf Alfreds Gesicht. Der König sah Guthrum an, und sein Gesicht trug einen Ausdruck, mit dem Erlend gerade an diesem Ort, in diesem Moment, nicht gerechnet hatte. In Alfreds Gesicht fand sich kein Anzeichen von Triumph oder Freude. Der König blickte fast grimmig drein.

Erlend erschauderte. Guthrum sollte sein Wort diesmal lieber halten, dachte er.

Dann drehte Guthrum sich um, und einen kurzen Augenblick trafen sich die Blicke der beiden Könige. Erlend war sich sicher, daß sein Onkel in Alfreds Gesicht dasselbe las wie er. Er hielt einen Moment den Atem an, als er beobachtete, wie Guthrums lebhafte, gewalttätige Augen Alfreds harten, goldenen Blick erwiderten. Dann hob Guthrum einen Mundwinkel zu einem schiefen Lächeln, und der Wikinger deutete eine Geste nahezu höflicher Unterwerfung an. Alfreds Falkenaugen verschleierten sich, und er nickte dem Dänen fast unmerklich zu. Dann wandten sich beide Könige wieder dem Priester zu, der inzwischen allen das Leinen umgebunden hatte und zum Altar zurückkehrte.

Die Sonne versteckte sich hinter einer Wolke, als die Taufgesellschaft aus der Kirche heraustrat. Während sie am schmalen

Friedhof neben der Kirche standen und auf ihre Pferde warteten, damit sie weiter nach Glastonbury reiten konnten, wo sie übernachten wollten, verzog sich die Wolke, und die Sonne schien mit voller Stärke.

Ein Omen, dachte Erlend, und hob das Gesicht zum warmen Himmel empor. Er hörte das brüllende Gelächter seines Onkels und verspürte einen ungewohnten Anflug von Zuneigung.

Der alte Pirat, dachte er. Endlich hat er seinen Meister gefunden, und er hat die Größe, es zuzugeben. Dafür muß man ihn einfach bewundern.

»Du siehst sehr edel aus mit deinem Salböl, Erlend.« Es war Brands Stimme, und Erlend blickte in die vertrauten, grünlichen Augen seines Freundes. Bevor er antworten konnte, sagte Brand: »Es war gut, daß du seinen Namen angenommen hast.«

Jeder Däne hatte mit der heiligen Salbung einen christlichen Namen annehmen müssen. Erlend hatte sich den Namen Edgar ausgesucht.

»Ich vermisse ihn«, sagte Erlend schlicht.

»Das tun wir alle.« Brand seufzte. »Ich weiß nicht, wie wir es Flavia beibringen sollen. Sie hat ihn so sehr gemocht.«

»Ich weiß.«

Schweigend standen sie da, jeder mit seinen eigenen Gedanken beschäftigt; dann kamen die Stallburschen mit den Pferden. Innerhalb von zehn Minuten befand sich die ganze Gesellschaft auf dem Weg nach Glastonbury.

40

NACH einer Nacht in Glastonbury zog die gesamte Taufgesellschaft mit Elswyth und den Kindern nach Wedmore weiter, um die folgenden Wochen dort zu verbringen. Das königliche Gut Wedmore lag am Rande der Sümpfe Somersets in der Nähe der Mendip Hills. Seine Abgeschiedenheit hatte es während der letzten Invasion der Dänen vor Plünderungen geschützt. Der Verwalter hatte es inzwischen mit genügend Nahrungsmitteln ausgestattet, und so konnte es jetzt die frischgetauften Gäste des Königs beherbergen.

Der Verwalter war nicht der einzige, der Alfred und seine Gesellschaft erwartete. Neben dem kleinen, rundlichen Mann, an den Erlend sich von einem früheren Besuch erinnerte, stand ein großer, dünner Than mit rotem Haar und eindeutig nervösem Gesichtsausdruck. Zu seinem großen Schrecken erkannte Erlend Athelwold.

»Im Namen des Raben«, sagte er. »Woher nimmt er den Mut, hier aufzukreuzen?«

»Alfred hat nach ihm schicken lassen«, lautete Brands lakonische Antwort. »Es war nicht Athelwolds Idee, das sieht man an seinem Gesicht.«

Erlend starrte Brand an. »Was hat Alfred mit ihm vor?«

Brand zuckte mit den Schultern. »Das hat er mir nicht anvertraut.«

Athelwold trat vor, um die Zügel seines Onkels zu halten. Alfred sprach kurz mit ihm, stieg ab und hob dann seine Frau vom Pferd.

Erlend sah Elswyth an. Ihr Blick lag auf dem Neffen ihres Mannes, und Erlend erschauderte angesichts des feindseligen Ausdrucks in ihren dunkelblauen Augen.

»Athelwold sollte sich lieber von Elswyth fernhalten.« Das war Brand, der ebenso scharf beobachtete wie Erlend. »So wie sie ihn ansieht, würde sie ihn am liebsten auf der Stelle erdolchen.«

»Sie könnte ihm noch Schlimmeres antun«, sagte Erlend. »Sie könnte Flavia und Edward auf ihn loslassen.«

Brand grinste und erschauderte theatralisch. »Ich würde Athelwold ja selbst gern erdolchen, aber ich war noch nie ein Freund von Foltermethoden«, sagte er.

Die beiden Männer lachten und schwangen sich aus den Sätteln.

Athelwold war im Saal verschwunden. Elswyths Stimme war deutlich zu hören. »Ich würde ihm am liebsten die Augen auskratzen!« sagte sie zu ihrem Mann.

Alfred legte ihr den Arm um die Schulter und ging mit ihr

zum Saal. Er hatte den Kopf zu ihr herabgeneigt und sprach so leise, daß nur sie ihn hören konnte.

Erlend seufzte tief befriedigt. Er war zu Hause.

»Er ist der Sohn meines Bruders, Elswyth«, sagte Alfred viel später an diesem Abend zu seiner Frau, als sie allein im Schlafgemach waren. Elswyth hatte sich früh von den Festlichkeiten zurückgezogen, aber sie war noch wach, als Alfred sich endlich von seinen Gästen trennte und in ihr Gemach kam.

»Mir ist egal, wessen Sohn er ist«, gab Elswyth jetzt wütend zurück. Sie saß mit ein paar Kissen im Rücken im Bett. Selbst im schwachen Kerzenlicht konnte Alfred ihre Augen blitzen sehen. »Er ist ein Verräter! Wenn er jemand anderes wäre, würdest du ihn hängen lassen. Das weißt du selbst.«

Versöhnlich antwortete er: »Das streite ich gar nicht ab. Aber er ist nicht irgend jemand. Er ist Athelstans Sohn, und ich kann ihm nichts antun.« Er war dabei, sich auszuziehen, und legte seine Kleider mit der für ihn typischen methodischen Ordentlichkeit gefaltet auf einen Stapel auf die Kleidertruhe.

»Er hätte dir aber etwas angetan! Er hätte dich auf die abscheulichste und blutigste Art und Weise töten lassen –«

»Ich weiß. Ich weiß. Ich entschuldige ihn auch gar nicht.« Er zog sich die Tunika über den Kopf und kam mit zerzaustem Haar wieder zum Vorschein. »Ich behaupte auch nicht, daß ich ihm jemals trauen werde. Ich sage nur, daß ich ihn nicht aufhängen kann, egal wie sehr es dich nach seinem Blut dürstet.«

Ihr Mund verzog sich nach unten. »Du machst einen Fehler.«

»Vielleicht. Aber ich kann nicht anders. Ich hätte keine ruhige Minute mehr, wenn ich den Enkel meines Vaters auf dem Gewissen hätte. Ganz egal, was er getan hat.«

Vom Bett kam rebellisches Schweigen.

Er war jetzt bei seinem Stirnband angelangt, das er abnahm und sorgfältig auf den Kleiderstapel legte. »Wenn du Ceolwulf in die Finger bekommen könntest, würdest du ihn aufhängen?«

»Das ist nicht dasselbe«, antwortete sie ungehalten. »Ceolwulf ist es nicht wert, aufgehängt zu werden.«

»Athelwold auch nicht.«

Elswyth seufzte auf. »Mit dir zu streiten macht keinen Spaß, Alfred! Du drehst und wendest immer alles so, daß es aussieht, als seist du im Recht!«

Alfred grinste. »Guthrum bewundert dich«, sagte er, um das Thema zu wechseln. »Er hat mir gesagt, daß er dich sehr schön findet.« Er kam zum Bett.

Elswyth war vom Kompliment des Dänen überhaupt nicht beeindruckt und schnaubte verächtlich.

»Er hat auch gesagt, er geht jede Wette ein, daß du gut im Bett bist.«

»*Was?*«

»Aber am meisten hat ihn beeindruckt«, fuhr Alfred fort, der ihre Empörung ignorierte und neben sie ins Bett stieg, »daß du höchstpersönlich die Pferde ausgebildet hast, die wir ihm in Wilton gestohlen haben. Er war sehr beeindruckt, als er sie auf Wantage wieder in Besitz genommen hat.«

»Mir scheint, du und dieser zwielichtige Wikinger vertragt euch etwas zu gut«, sagte Elswyth streng. »Vergiß nicht, Alfred, dieser Mann hat dich fast um dein Königreich gebracht.«

»Das vergesse ich ganz bestimmt nicht, Liebes.«

Er streckte den Arm aus, und sie kuschelte sich an seine Schulter. »Glaubst du wirklich, du kannst ihm diesmal vertrauen?« fragte sie.

Der neckende Unterton war völlig aus seiner Stimme verschwunden, als er antwortete: »Ich denke schon. Aber ich verspreche dir, wachsam zu bleiben. Wessex muß in ständige Alarmbereitschaft versetzt werden. Ich bezweifele, daß wir je wirklich Frieden haben werden, solange ich lebe, Elswyth.«

Sie legte die Wange an die warme, nackte Haut seiner Schulter. »Guthrum wird also weiterhin König von Mercien und Ostanglien bleiben«, sagte sie.

Er drückte sie an sich. »Tut mir leid, Liebes. Aber ich kann nichts mehr für Mercien tun. Unsere Aufgabe ist es, hier in Wessex die Stellung zu halten. Im Moment müssen wir es Ethelred überlassen, den mercischen Widerstand anzuführen. Ethelred und deinem Bruder Athulf. Und vielleicht wird Edward, der Halbmercier ist, eines Tages in der Lage sein, wirkungsvoller Stellung zu beziehen als ich.«

Es war kurz still, während sie darüber nachdachte. Dann fragte sie: »Was hast du hier in Wessex vor?«

»Ich werde die befestigten *burghs* bauen, von denen wir schon gesprochen haben. Und ich muß ein System ausarbeiten, das es mir erlaubt, zu jeder Jahreszeit eine Armee im Feld zu halten. Dieses ewige Kommen und Gehen des Fyrds ist katastrophal.«

»Mmm.« Er fühlte das Kitzeln ihrer langen Wimpern, als sie seine nackte Haut streiften. Er streichelte zärtlich ihre Schulter und berührte mit den Lippen ihr seidiges Haar.

Er sagte träge: »Und ich muß Gelehrte ausfindig machen, Lehrer, die nach Wessex kommen und uns dabei helfen, die Kultur wiederzubeleben, die uns in den langen Kriegsjahren abhanden gekommen ist.«

»Ich wußte, daß wir irgendwann auf die Bücher zurückkommen würden«, sagte Elswyth mit ihrer rauhen Stimme.

Er lachte leise. »Du kennst mich eben zu gut.«

»Was wird Erlend jetzt tun?« murmelte sie. »Ob er nach Dänemark zurückgeht?«

Er drückte ihr einen sanften Kuß aufs Haar. »Ich weiß nicht. Der arme Junge. Er hat neulich zu mir gesagt, er sei so lange in England gewesen, daß er zwischen zwei Welten hin- und hergerissen sei.«

»Ich glaube nicht, daß er in Dänemark glücklich wäre«, sagte Elswyth. »Von der ganzen grimmigen Schar, die du taufen lassen hast, ist Erlend der einzige mit der Seele eines Christen.«

»Ich weiß. Ich habe ihn eingeladen, in Wessex zu bleiben, wenn er möchte.«

»Das war nett von dir.«

»Elswyth ...«

»Mmm?« Sie hob den Kopf und sah ihn an, und ihr langes Haar ergoß sich über seinen Arm wie ein schwarzer Umhang.

»Ich habe Guthrum gesagt, du wärest *sehr* gut im Bett«, sagte er.

Ihre Augen verengten sich und waren nur noch Schlitze. Trotz der schwachen Beleuchtung und halb geschlossen sahen sie immer noch blau aus. »Das hast du nicht«, gab sie zurück.

Ein schwaches Lächeln leuchtete aus seinen Augen. »Woher weißt du das?«

»Das sagst du nur, um mir heimzuzahlen, daß ich gesagt habe, du hättest Wanzen im Haar.«

Er grinste.

»Aber ich liebe dich trotzdem«, sagte sie. Ihre Stimme war jetzt so rauh wie nur möglich, und ihre langen, schlanken Finger streichelten seinen Oberkörper. Sie liebte es, seinen mageren, dennoch muskulösen Körper zu spüren; sie liebte seine glatte Haut, ihre schöne, goldene Farbe.

»Mein Gott, Elswyth, ich habe dich so sehr vermißt.« Er rutschte im Bett weiter nach unten und zog sie vorsichtig mit. Er war sich jederzeit des Kindes bewußt, das sie unter dem Herzen trug.

»Ich habe dich auch vermißt«, flüsterte sie.

Er drehte sich auf die Seite und zog sie an sich, da er sie nicht mit seinem Gewicht belasten wollte. Sie schlang die Arme um seinen Hals und antwortete mit einem feurigen Kuß. Er liebte sie mit der für ihn typischen Mischung aus Ungestüm und Sanftheit, und sie schliefen eng umschlungen ein.

Die Dänen blieben zwölf Tage auf Wedmore und feierten mit Alfred. Seinen Gästen zu Ehren scheute der König keine Kosten. Als Angelsachse wußte Alfred sehr wohl um die bombastischen Dimensionen seines Königtums und nutzte sie, um die Dänen zu beeindrucken. Der König mußte großzügig sein; er durfte nicht an Armbändern, Schwertern und Lob sparen. Tagsüber mußte der König sein Gefolge mit Jagdausflügen und abends mit einem Festschmaus und Harfenmusik bei Laune halten. Die Gruppe seiner Gefolgsmänner mußte den Tapferen und Aufrichtigen Kameradschaft und Treue bieten.

All das wußte Alfred; es war genauso ein Teil seines Erbes wie der christliche Glaube. Deshalb wußte er sehr gut, wie er Guthrum und sein Gefolge unterhalten mußte, wie er die Dänen durch Freundschaftsbande und Respekt an sich binden konnte.

Während der zwölf Tage, an denen er die Dänen auf Wedmore bewirtete, verschwendete Alfred weder Zeit noch Geld.

Darüber dachte Erlend nach, als er am letzten Abend des Aufenthalts der Dänen auf Wedmore am Essenstisch saß und vorgab, einem von Guthrums Jarlen zuzuhören, der von der heutigen Jagd erzählte. Die Diener räumten gerade das Geschirr ab, und Erlends Blick folgte einem besonders hübschen Mädchen, als es Platten übereinanderstapelte und zur Tür ging. Das Mädchen ging hinaus, und Erlend sah jetzt zum Thron hinüber, während er zustimmende Laute von sich gab, um seinen gesprächigen Nachbarn bei Laune zu halten.

Guthrum und Alfred saßen an diesem Abend nebeneinander auf dem Thron, wie sie es während Guthrums Aufenthalt auf Wedmore öfters getan hatten. Elswyth hatte dem Dänen taktvoll ihren angestammten Platz abgetreten und saß zur Linken Alfreds am Holztisch.

Guthrum und Alfred sprachen miteinander. Guthrums Sächsisch hatte sich während seines Besuches sehr verbessert, und die beiden Könige schienen sich ohne große Schwierigkeiten unterhalten zu können.

Es amüsierte Erlend und machte ihm etwas angst, seinen Onkel so im Banne Alfreds von Wessex zu sehen. Guthrum war überzeugt, daß der westsächsische König starke Zauberkräfte besaß. Vielleicht stimmt das sogar, dachte Erlend jetzt. Auf alle Fälle zog Alfred die Menschen in seinen Bann. Bei Erlend hatte es gewirkt, soviel war sicher.

Die Dienerschaft hatte fertig abgeräumt. Das Gemurmel erstarb, als Alfred sich erhob. Erlend sah sich im überfüllten Saal um, er war flammend hell von Fackeln erleuchtet, die im Abstand von einem Meter an den mit Wandteppichen behangenen Wänden brannten. In der Luft hing noch Essensgeruch, der zusammen mit dem Qualm zum Rauchloch im Dach aufstieg. Im Hauptkamin in der Mitte des Raumes brannte das Feuer gleichmäßig, sein Schein traf sich mit dem Licht von den Fackeln an den Wänden.

Der König fing an zu sprechen, und Erlends Blick schweifte sofort zurück zum Thron.

Alfred begann damit, Guthrums überragende Leistung auf der heutigen Jagd zu würdigen, und gab seinem Glauben an die Freundschaft Ausdruck, die die beiden Könige jetzt als Brüder verband. Ein leises Geräusch von der Tür zog Erlends Aufmerksamkeit auf sich, und er sah, wie die Dienerin, die ihm schon vorher aufgefallen war, zurück in den Saal schlüpfte, um dem König zuzuhören. Sie war nicht allein, ein Großteil der Dienerschaft war mit ihr hineingekommen und stand still an der Tür.

Sie ist wirklich sehr hübsch, dachte Erlend; ihm fiel auf, daß ihr glänzendes Haar kupferfarben war. Aber sie hatte keine Augen für ihn. Ihre ganze Aufmerksamkeit galt dem König. Langsam wandte Erlend den Blick wieder zu Alfred.

»Wenn im Land alles zum Guten steht«, sagte Alfred gerade, »ist es der König, der dafür gepriesen wird. Doch niemand kann sein Können unter Beweis stellen oder Macht ausüben, ohne im Besitz bestimmter Werkzeuge und Materialien zu sein. Ich werde Euch nun sagen, woraus die Materialien eines Königs bestehen, welches die Werkzeuge sind, mit denen er regieren muß: Ein Land, in dem es genügend Männer Gottes gibt« – an dieser Stelle blickte Alfred zu seinem Priester – »genügend Krieger« – die goldenen Augen musterten den Kreis seiner Thane – »und Menschen, die die Arbeit verrichten« – nun sah der König ernst zur Dienerschaft an der Tür. Erlend hatte gedacht, er sei der einzige, dem ihr Erscheinen aufgefallen war.

Es war totenstill im Saal, wie immer, wenn Alfred sprach. Das Gesicht des Mädchens mit dem kupferfarbenen Haar leuchtete so hell wie eine der Fackeln an den Wänden. Wie kam es, fragte sich Erlend, daß man sich immer, wenn man Alfred zuhörte, persönlich angesprochen fühlte, egal wie groß die Gruppe war?

»Ohne diese Werkzeuge«, fuhr Alfred fort, »kann kein König seine Arbeit verrichten. Abgesehen von diesen Werkzeugen muß der König Material haben. Damit meine ich, daß er Reserven haben muß, von denen die drei Klassen leben können: Land, Geschenke, Waffen, Fleisch, Bier, Kleidung und was sie sonst noch alles brauchen. Ohne diese Dinge kann der König die Werkzeuge nicht instand halten, und ohne die Werkzeuge kann er nichts von dem erreichen, was er tun muß.«

Deshalb liebe ich ihn, dachte Erlend, als er Alfred dort vor seinem Volk stehen sah. Es war einfach, Gold zu verschenken. Alle guten Anführer konnten das. Gold war eine Sache, aber Ruhm und Ehre zu teilen, das war etwas ganz anderes. Das war der Prüfstein wahrer Großzügigkeit. Und sogar so weit zu gehen, die untersten Ergebenen im Land mit einzubeziehen! Die Menschen, die arbeiteten.

Wieder blickte Erlend zur Dienerschaft an der Tür. Ein paar dieser Männer waren vielleicht sogar bei Ethandun gewesen, dachte er. Es waren nicht nur die obere Gesellschaftsschicht oder die freien Grundbesitzer gewesen, die an diesem schicksalhaften Pfingstsonntagnachmittag das Tal in der Nähe von Egbert's Stone gefüllt hatten. Eine große Anzahl Arbeiter von den verschiedenen Gütern war ebenfalls gekommen, hatte ihre geborgten Speere getragen und war bereit gewesen, ihr Leben für Alfred, ihren König, zu lassen.

Alfred hatte seine Rede beendet und wandte sich jetzt an Guthrum, um ihn etwas zu fragen.

Wessex wird überleben, dachte Erlend, der es plötzlich in seinem tiefsten Inneren wußte. Dieses englische Königreich hatte es als einziges geschafft, sich gegen die Dänen zu behaupten, und das würde es auch in Zukunft tun. Die Männer Gottes, die Krieger, und die Menschen, die die Arbeit verrichteten, würden, unter einem großartigen König vereinigt, dafür sorgen, daß Wessex, und so auch England, für zukünftige Generationen frei, christlich und angelsächsisch blieb.

Guthrum erhob sich. Erlend war überrascht. Sein Onkel schien mit seinem Sächsisch wirklich große Fortschritte zu machen.

Der Däne stand einen Moment da, und es wurde wieder still im Saal.

Er sieht großartig aus, dachte Erlend, als er die große, breitschultrige Gestalt seines Onkels betrachtete. Das gelbe Haar, das immer noch dicht war, wenn auch inzwischen mit leichtem Grau durchzogen, glänzte im Licht der Wandfackeln. Der sinnliche Mund war ungewöhnlich ernst. Als absolute Stille herrschte, hob Guthrum seinen Kelch.

»Auf Alfred«, sagte er in völlig verständlichem Sächsisch. »Den von seinen Feinden gefürchtetsten und von seinen Freunden geliebtesten Mann in England.«

Einen Moment lang herrschte verdutztes Schweigen.

Gut für Euch, Onkel, dachte Erlend.

Dann brach der Saal in Beifallsrufe aus.

Bevor sie sich zum Schlafen zurückzog, suchte Elswyth Erlend.

»Wir reiten in den nächsten Tagen nach Wantage«, sagte sie zu dem Dänen. »Ich hoffe, daß Ihr mit uns kommt.«

Erlend blickte in Elswyths hochmütiges Gesicht. Guthrum, das wußte er, hatte nicht gewußt, was er von Alfreds schöner Frau halten sollte. Sie war so anders als die Frauen, die der Wikinger bisher getroffen hatte.

»Ich weiß nicht, Mylady«, gab er jetzt zurück. Aufrichtig fügte er hinzu: »Ich weiß nicht, was ich tun soll.«

»Ihr glaubt, Ihr solltet nach Dänemark zurückkehren«, sagte Elswyth. »Aber was werdet Ihr dort tun, wenn Ihr Nasgaard erst einmal zurückgewonnen habt?«

»Mir eine Frau wie Euch suchen, mich niederlassen und leben wie ein Herr«, antwortete er prompt.

»Ihr wäret todunglücklich mit einer Frau wie mir«, sagte Elswyth. »Ihr braucht ein nettes, liebes Mädchen, das Ihr beschützen könnt.«

Erlend war teils verärgert, teils belustigt. »Ihr glaubt, ich wäre Euch nicht gewachsen?«

»Ich würde Euch herumführen, als hättet Ihr einen Ring durch die Nase«, antwortete Elswyth direkt. »Das würde Euch überhaupt nicht gefallen.«

Erlend fiel ein, daß Brand einmal etwas sehr Ähnliches geäußert hatte. Jetzt sagte er zu Alfreds willensstarker Frau: »Dann werde ich eben mit einer lieben, fügsamen Frau, die mich tagsüber anlächelt und nachts mein Bett wärmt, wie ein Herr auf Nasgaard leben.«

»Sucht Euch lieber ein nettes westsächsisches Mädchen und bleibt bei uns«, empfahl Elswyth. »Ihr werdet in Dänemark einsam sein. Dort denkt niemand so wie Ihr.«

Erlend starrte sie an. »Wie meint Ihr das?«

»Ich meine, daß Ihr zu lange mit Alfred zusammen wart. Ihr seid zu christlich geworden, Erlend. Bleibt in Wessex, und Alfred schenkt Euch Euer eigenes Gut.«

»Ich weiß nicht . . .« sagte Erlend wieder.

»Ich schon«, lautete die arrogante Antwort. Dann biß sie sich auf die Lippen. »Es ist schon schlimm genug, daß Edgar nicht mehr da ist. Es wäre schrecklich, wenn Ihr auch noch gehen würdet.«

Erlends Herz, das ihm schon die ganze Woche schwer gewesen war, wurde auf wundersame Weise leichter. »Ihr würdet mich vermissen?«

»Ich würde Euch vermissen. Flavia würde Euch vermissen. Am meisten würde Euch Alfred vermissen. Und vor allem, Erlend« – ihre blauen Augen blickten direkt in seine – »würdet Ihr uns vermissen.«

»Ich weiß«, antwortete er.

»Wenn Ihr nach Dänemark zurückkehren würdet, wäre es so, als ginge ich nach Mercien zurück«, sagte Elswyth. »Ich habe dort nichts mehr zu suchen. Mein Herz ist hier in Wessex. Genau wie Eures.«

Erlends Gesicht war leichenblaß, seine grünen Augen leuchteten. Er sagte nichts.

Die überhebliche Nase hob sich. Die Mitternachtsaugen funkelten. »Seid kein Narr, Erlend«, sagte Elswyth, Herrin von Wessex. »Bleibt hier bei den Menschen, die Euch lieben.«

Ein strahlendes Lächeln erhellte plötzlich Erlends Gesicht. »Nun ja«, sagte er. »Ich denke, das werde ich tun.«

Elswyth nickte und lächelte ihn beifällig an. »Gott sei Dank«, sagte sie. »Jetzt habe ich endlich jemanden, der mir bei den Pferden hilft.«

Erlend warf den Kopf in den Nacken und brüllte vor Lachen.

Erlend von Wessex, dachte er, als er Alfreds Frau beobachtete, wie sie zurück zum Thron ging. Es hörte sich gut an.

Er fragte sich, ob das Dienstmädchen mit dem kupfernen Haar verheiratet war.

Nachwort

Ich glaube, es war unvermeidlich, meine Trilogie über England im frühen Mittelalter, die mit Artus begann, mit einem Buch über Alfred den Großen abzuschließen, denn Alfred nimmt in der Geschichtsschreibung den Platz ein, den die Romanzenliteratur Artus zuteilt. Wenn man der Sage wirklich glaubt, daß Artus zurückkehren wird, wenn England ihn am dringendsten braucht, dann könnte man sogar behaupten, Alfred sei der wiedergeborene Artus.

In den elf Jahrhunderten der englischen Monarchie hat man nur einem einzigen König je den Beinamen »der Große« gegeben, und das ist König Alfred. Im wesentlichen haben sich die Ereignisse, von denen mein Roman erzählt, wirklich zugetragen. Wessex war das einzige englische Königreich, das sich den Dänen erfolgreich widersetzte. Sicher, in den Jahren nach dem Vertragsschluß zwischen Guthrum und Alfred in Wedmore wurde weiter gekämpft, aber es sollte keiner dänischen Armee mehr gelingen, in Wessex einzumarschieren. Alfred und seiner mutigen Führung ist es zu verdanken, daß England nicht vollends zur dänischen Kolonie wurde, sondern sich seine angelsächsische Kultur und Sprache erhalten hat.

Doch Alfred ist nicht nur als Kriegsführer in die Geschichte eingegangen. In der Zeit nach dem Vertrag von Wedmore, in der nur sporadisch Frieden herrschte, bemühte sich Alfred darum, in seinem verwüsteten Land Bildung und Kultur wiederzubeleben. Das Bildungssystem des angelsächsischen England hatte sich auf die großen Kloster gestützt, und nachdem diese von den Dänen zerstört worden waren, herrschte in Wessex eine Art Bildungsnotstand.

Nur wenige Menschen beherrschten die lateinische Sprache, und die Überlieferung aus Alfreds Zeit zeugt von der Begrenztheit ihrer Kenntnisse. Die meisten Priester kannten wahrscheinlich nur die Worte, die für die Messe notwendig waren. Alfred selbst schrieb im Vorwort seiner Übersetzung der *Cura Pastoralis:* »In England war die Unwissenheit so weit fortgeschritten, daß es auf dieser Seite des Humber kaum jemanden gab, der die Rituale verstand oder einen Brief vom Lateinischen ins Englische übersetzen konnte; und ich glaube, jenseits des Humber auch nicht viele. Es gab so wenige, daß ich mich zur Zeit meiner Thronbesteigung an keinen einzigen südlich der Themse erinnern kann.«

Wessex befand sich zu dieser Zeit in ständiger Kriegsbereitschaft; außerdem wurde eine Reihe befestigter *burghs* erbaut, die als Grundlage für viele zukünftige Städte dienen sollten. Zieht man dies in Betracht, ist es um so überraschender, daß der König noch Energien für etwas aufbrachte, das so unwichtig erscheint wie die Verbreitung von Büchern.

Daß es so war, ist einer der Aspekte, die Alfred so außergewöhnlich machen. Er wußte, daß ein Volk mehr braucht als nur seine Freiheit: es braucht auch eine Seele. Deshalb nahm er seine Übersetzungen aus dem Lateinischen in Angriff und übertrug eine Handvoll Bücher, von denen er glaubte, daß »die Menschen sie unbedingt kennen mußten«, ins Angelsächsische.

Michael Woods schreibt dazu: »Daß jemand in einer solchen Zeit ein systematisches Lehrprogramm initiiert, läßt auf einen bemerkenswerten Mann schließen, der praktisch, entschlossen und hart war. Er nahm nicht nur die Belastung auf sich, sein Land verteidigen zu müssen, sondern sorgte sich auch darum, wie das Leben seiner Untertanen in Zukunft aussehen würde. Daher wird er als einziger englischer König »der Große« genannt und genießt zu Recht bis heute die Wertschätzung der englischsprachigen Welt.«

Über die bloßen Fakten aus der Zeit von Alfreds Kampf gegen die Dänen wird in *The Anglo-Saxon Chronicle* und in *Bishop Asser's Life of King Alfred* berichtet. Über sein Privatleben ist jedoch wenig bekannt, außer daß er an einer mysteriösen Krankheit litt (die ich zu Migräneanfällen gemacht habe). Asser sagt nichts über Alfreds Frau, Ealhswith, er gibt nur den Hochzeitstag des Paares an. Alfreds Testament dagegen gibt uns Hinweise darauf, was er für seine Frau empfunden hat.

Der König beginnt vorschriftsmäßig mit seinem Vermächtnis an »Edward, meinen ältesten Sohn«. Es folgt eine Liste der Besitzungen, die er »meinem jüngeren Sohn ... meiner ältesten Tochter ... meiner mittleren Tochter ... meiner jüngsten Tochter« vermachen will. Dann kommt: »Und Ealhswith die Besitztümer Lambourn und Wantage und Ethandun«.

Er benutzt nicht die unpersönliche Wendung »Meiner Frau«, sondern ihren Namen. Und er vermacht ihr seine Lieblingsgüter: Wantage, wo er geboren wurde; Lambourn, das am nächsten bei Ashdown liegt, wo er seinen ersten großen Sieg über die Dänen errang; und Ethandun, wo er Guthrum endgültig besiegte und damit Wessex rettete.

Auch mit Alfreds Nachfolgern konnte England sich glücklich schätzen. Seine Tochter Ethelflaed (Flavia) heiratete Ethelred von Mercien und regierte nach seinem Tod das Land. Sie arbeitete eng mit ihrem Bruder Edward zusammen und brachte Alfreds großes Vorhaben, die Errichtung befestigter *burghs*, zur Vollendung. Im Jahre 916 bedrohten die Dänen eine Reihe von Festungen von Essex bis zum Mersey, elf davon von Ethelflaed und sechzehn von Edward gebaut oder instand gesetzt, gegen die jeder Ansturm vergeblich war. Wahrscheinlich hat es in der Geschichte kein erfolgreicheres Geschwisterpaar gegeben als die beiden ältesten Kinder Alfreds in den Jahren 911 bis 918.

Nach Ethelflaeds Tod nahm Edward Mercien unter Wessex' Krone. Edward, in der Geschichte als »der Ältere« bekannt, war ein außergewöhnlich fähiger König, und als er 924 starb, befand sich das skandinavische England bis zum Humber wieder unter englischer Herrschaft.

Erst Edwards Sohn sollte es gelingen, alle von den Dänen besetzten Ländereien Englands wieder unter die Herrschaft der westsächsischen Monarchie zu bringen. In der Schlacht bei Brunanburgh schlug Athelstan Olaf den Dänen und wurde so zum ersten wahren König von England.

Noch eine Bemerkung zu Alfreds Kindern. Eine seiner Töchter heiratete Balduin, Graf von Flandern, und begründete damit eine Freundschaft zwischen England und Flandern, die noch viele Jahre halten sollte. Dieser Balduin war der Sohn von Judith von Frankreich und Balduin »Eisenarm«, des Kriegers, von dem sie sich aus dem Palast ihres Vaters in Senlis hatte entführen lassen.

Eine der Hauptschwierigkeiten beim Schreiben dieses Buches waren die Namen. Die Hälfte aller angelsächsischen Namen scheinen mit der Vorsilbe »Ethel-« zu beginnen, was für den heutigen Leser sehr verwirrend sein kann. Ich habe mein Bestes getan, dem abzuhelfen, indem ich Ealhswith in das modernere Elswyth umgewandelt, Alfreds älteste Tochter Flavia anstatt Ethelflaed genannt und einige der historischen Ethelreds und Ethelwulfs in andere, leichter zu unterscheidende Namen abgeändert habe. Außerdem habe ich am Anfang des Buches eine Namensliste beigefügt, die dem Leser bei der Orientierung helfen soll.

Das Gedicht *Die Schlacht von Deorham* ist eine Bearbeitung von Tennysons Übersetzung von *The Battle of Brunanburh*. Die restliche Lyrik ist den angelsächsischen Gedichten *Judith, The Voyage of Saint Andrew* und natürlich dem *Beowulf* entnommen.

Für den interessierten Leser füge ich eine Liste der Quellen bei, die ich beim Schreiben dieses Buches verwendet habe.

Literaturverzeichnis

Quellen

Asser's Life of King Alfred, ed. W. H. Stevenson, Oxford, 1959.
The Angelo-Saxon Chronicle, ed. J. A. Giles, London, 1912.

Sekundärliteratur

Burne, A. H., *Battlefields of England*, London, 1950.
Duckett, Eleanor S., *Alfred the Great and his England*, London, 1957.
Finberg, H. P. R., *The Formation of England 550–1042*, London, 1974.
Helm, P. J., *Alfred the Great*, New York, 1965.
Hodgkin, R. H., *A History of the Anglo-Saxons*, Vol. II, London, 1935.
Kirby, D. P., *The Making of Early England*, New York, 1967.
Plummer, Charles, *The Life and Times of Alfred the Great*, Oxford, 1902.
Stenton, Sir Frank, *Anglo-Saxon England*, Oxford, 1947.
Wood, Michael, *In Search of the Dark Ages*, New York, 1987.

Tanja Kinkel

Die Schatten von La Rochelle
Roman. 413 Seiten

Ein opulenter historischer Roman, der in eine der faszinierendsten Epochen der französischen Geschichte entführt. Nach »Die Puppenspieler« und »Mondlaub« beweist Tanja Kinkel einmal mehr ihr außergewöhnliches erzählerisches Talent!

Man schreibt das Jahr 1640. Während in ganz Europa Glaubenskriege und Herrscherkämpfe toben, stößt in Frankreich ein Mann in das Zentrum der Macht vor: Richelieu, Kardinal und Erster Minister Ludwigs XIII. Er wird beneidet, bewundert und zutiefst gehaßt – und doch scheint er unangreifbar. Aber die glanzvolle Fassade zeigt die ersten Risse. Seine Beziehung zum König ist aufs äußerste gespannt, und ein geheimnisvoller Fremder zielt auf die einzig verwundbare Stelle in seinem Leben: seine Nichte Marie.

Blanvalet

Ausgewählte Belletristik bei Blanvalet

Bernard Cornwell
Der Schattenfürst
Roman. 544 Seiten

Clive Cussler
Schockwelle
Roman. 608 Seiten

Diana Gabaldon
Ferne Ufer
Roman. 1088 Seiten

Elizabeth George
Denn sie betrügt man nicht
Roman. 704 Seiten

Charlotte Link
Das Haus der Schwestern
Roman. 608 Seiten

Ruth Rendell
Die Herzensgabe
Roman. 416 Seiten